Stad van tranen

Kate Mosse bij Boekerij:

Het verloren labyrint
De vergeten tombe
De wintergeest
Citadel
De bruidskist en andere verhalen
De nacht van de vogels
Tijden van vuur
Stad van tranen

www.boekerij.nl

Als altijd, voor mijn lieve Greg & Martha & Felix
En voor Peter Clayton
20 juni 1964 – 18 juni 2018
Erg gemist

De Allerhoogste die het Al regeert
hoort de gebeden der rechtvaardigen.
Voorwaar, Hij zal de schuldelozen wreken
die door De Guise' verraderlijke hand
een bloedig en ontijdig einde vonden.

Christopher Marlowe
The Massacre at Paris (1593)

De geest is zelf een plaats die hel tot hemel
Kan maken of de hemel tot een hel.

John Milton
Paradise Lost, Book 1 (1667)

Ik heb al eens gezegd
Dat de ervaring die tot betekenis wordt opgewekt
Niet de ervaring is van slechts één leven
Maar die van vele generaties – nog daargelaten
Iets dat waarschijnlijk onverwoordbaar is:
De achterwaartse blik voorbij de zekerheid
Van wat geboekstaafd is, de steelse achterwaartse blik
Over de schouder, op de oer-verschrikking.

T.S. Eliot
'The Dry Salvages', *Four Quartets* (1941)

INHOUD

Een opmerking over de historische achtergrond

De Hugenotenoorlogen waren een opeenvolging van burgeroorlogen. Ze begonnen na jaren van sluimerend conflict op 1 maart 1562, toen katholieke soldaten van François, hertog van Guise, in Vassy ongewapende hugenoten vermoordden. Ze eindigden nadat miljoenen mensen gestorven of op drift geraakt waren met de ondertekening van het Edict van Nantes op 13 april 1598 door de aanvankelijk protestantse koning Hendrik IV, Henri van Navarra. Het meest beruchte voorval uit de Hugenotenoorlogen is de Bartholomeusnacht, een bloedbad in Parijs dat in de vroege uren van 24 augustus 1572 begon. Zowel ervoor als erna vonden er echter in dorpen en steden door heel Frankrijk vergelijkbare slachtpartijen plaats, onder andere in Toulouse in 1562 (de periode waarover ik in *Tijden van vuur* heb geschreven) en in navolging van het Parijse bloedbad moordpartijen in twaalf grote steden in 1572.

De gebeurtenissen in het voorjaar en de zomer van 1572 voorafgaand aan en vlak na de Bartholomeusnacht – de dood van Jeanne d'Albret, het huwelijk van Marguerite de Valois en Henri van Navarra, de moord op admiraal Coligny en de vraag wie er verantwoordelijk was voor de opdracht voor het bloedbad zelf – zijn door generaties van librettisten, kunstenaars, filmmakers, toneel- en romanschrijvers uitgebreid geïnterpreteerd (om niet te zeggen gefictionaliseerd), met als belangrijke namen Christopher Marlowe, Prosper Mérimée en Jean Plaidy. Maar vooral kennen we de creatieve interpretatie van de historische gebeurtenissen uit *La Reine Margot*, de roman van Alexandre Dumas uit 1845. Net als hij heb ik me een zekere mate van artistieke speculatie en vrijheid veroorloofd.

In een poging om zijn uiteengevallen koninkrijk te verenigen en de inwoners van de fanatiek katholieke Franse hoofdstad voor zich te winnen bekeerde Hendrik IV, de eerste Bourbon die koning van Frankrijk werd, zich in juli 1593 (voor de tweede keer en deze keer voorgoed) tot het katholicisme met de woorden: '*Paris vaut bien une messe*' – Parijs is wel een mis waard. Hij werd in februari 1594 in Chartres gekroond en een jaar later werd zijn excommunicatie opgeheven.

Het Edict van Nantes, dat in 1598 van kracht werd, was misschien minder een uitvloeisel van oprecht verlangen naar werkelijke religieuze tolerantie dan een gevolg van vermoeidheid en een militaire patstelling. Het edict bracht een schoorvoetende vrede in een land dat door kwesties van doctrine, godsdienst en soevereiniteit volkomen verscheurd was en daarbij vrijwel bankroet was geraakt.

Hendrik IV's kleinzoon, Lodewijk XIV, herriep het edict op 22 oktober 1685 in Fontainebleau en versnelde daarmee de gedwongen uittocht van de hugenoten die nog in Frankrijk waren achtergebleven. Elk land dat deze vluchtelingen opnam werd verrijkt door hun aanwezigheid.

De Tachtigjarige Oorlog in de Nederlanden was minstens even ingewikkeld. De oorlog begon in 1568 en was een opstand van de Zeventien Provinciën – het huidige Nederland, België en Luxemburg – tegen de gewelddadige bezetting door Spanje. Onder leiding van de Prins van Oranje, Willem de Zwijger, werd het bezettingsleger dat werd aangevoerd door de hertog van Alva – die voor Filips II van Spanje werkte – uiteindelijk uit het noorden en westen van het land verdreven. Op 18 februari 1578 werd de Satisfactie getekend, waarmee Amsterdam en Holland zich met elkaar verzoenden, en op 29 mei van hetzelfde jaar werd Amsterdam – de laatste grote stad in Holland die nog katholiek was – tijdens de zogenaamde Alteratie uiteindelijk calvinistisch. Wat in de context van de bloedige geschiedenis van die periode heel bijzonder is, is dat daarbij niemand werd gedood. Ook in mijn weergave van deze gebeurtenis heb ik mezelf veel artistieke vrijheid gegund.

Langzamerhand gingen Hollanders, Friezen, Zeelanders, Gelderlanders en anderen zichzelf steeds meer als Nederlanders beschouwen. Op 26 juli 1581 ondertekenden de Provinciën het Plakkaat van Verlatinghe, de eerste stap naar zelfbeschikking voor de Nederlanders. In 1588 werd de Republiek der Zeven Verenigde Nederlanden opgericht en in 1609, een jaar voordat Hendrik IV in Parijs werd vermoord, werd de Nederlandse Republiek erkend. Toch zou het nog een generatie duren voordat in 1648 de Vrede van Münster werd getekend, die het einde van de Tachtigjarige Oorlog en het begin van de zogenaamde Gouden Eeuw betekende.

Het verhaal van het Franse protestantisme en dat van het begin van de Nederlandse Republiek zijn beide onderdeel van het grotere Europese verhaal van de Reformatie, met Maarten Luther, die op 31 oktober 1517 zijn 95 stellingen op de deur van de slotkerk in Wittenberg spijkerde, de in 1536 begonnen ontbinding van de kloosters door Hendrik VIII van Engeland, de zendingsprediker Calvijn, die Genève vanaf 1541 tot een toevluchtsoord voor Franse vluchtelingen maakte, en de veilige uitwijkplaatsen Amsterdam en Rotterdam, waar protestantse vluchtelingen aan het einde van de jaren zestig van de zestiende eeuw terechtkonden. Dit waren de belangrijkste kwesties: het recht om je godsdienst in je eigen taal te belijden; verwerping van de reliekencultus en het concept van voorspraak; een veel grotere aandacht voor de woorden van de Bijbel zelf, gecombineerd met het verlangen het geloof op een eenvoudige manier te beoefenen op basis van leefregels uit de Heilige Schrift; afwijzing van de door velen verafschuwde excessen en wandaden binnen de Katholieke Kerk; en ten slotte de aard van de hostie tijdens de communie. Voor de meeste mensen lagen deze leerstellige kwesties echter ver van hun bed.

Er bestaan veel uitstekende boeken over de geschiedenis van de hugenoten, en de invloed van deze kleine gemeenschap is buitengewoon, met name door de diaspora die hen – over het algemeen goed opgeleide vluchtelingen – naar Nederland, Duitsland, Engeland, Ierland, de Nieuwe Wereld, Rusland, Denemarken, Zweden, Zwitserland en Zuid-Afrika bracht. De oorsprong van het woord 'hugenoot' is onduidelijk, hoewel er aanwijzingen bestaan dat het aanvankelijk misschien een scheldwoord was. Volgelingen uit die tijd noemden zichzelf meestal leden van *l'Église Réformée* of de Gereformeerde Kerk. Voor de leesbaarheid heb ik in de tekst echter protestants, calvinistisch en hugenoots gebruikt.

Stad van tranen is het tweede boek van een serie romans die zich afspelen tegen de achtergrond van drie eeuwen geschiedenis, van het zestiende-eeuwse Frankrijk en Amsterdam tot de Kaap de Goede Hoop in de achttiende en negentiende eeuw. De personages en hun families zijn fictief tenzij anders aangegeven, hoewel ze wel zijn geïnspireerd door mensen die in die tijd geleefd zouden kunnen hebben. Gewone mannen en vrouwen die in tijden van religieuze oorlog en ontheemding toch probeerden door te gaan, lief te hebben en te overleven.

Toen net als nu.

Kate Mosse,
Carcassonne, Amsterdam en Chichester,
januari 2020

Belangrijkste personages

In Puivert
Marguerite (Minou) Reydon-Joubert, *châtelaine* van Puivert
Piet Reydon, haar echtgenoot
Marta, hun dochter
Jean-Jacques, hun zoon
Salvadora Boussay, haar tante
Aimeric Joubert, haar broer
Alis Joubert, haar zus
Bernard Joubert, haar vader

In Parijs en Chartres
Vidal du Plessis (kardinaal Valentin), persoonlijk biechtvader van Henri, hertog van Guise en later heer van Évreux
Louis (Volusien), zijn onwettige zoon
Xavier, zijn rentmeester en lijfbediende
Pierre Cabanel, een kapitein in de katholieke militie
Antoine le Maistre, een hugenootse vluchteling uit Limoges

In Amsterdam
Mariken Hassels, een begijn
Willem van Raay, een rijke graanhandelaar en katholiek burger
Cornelia van Raay, zijn dochter
De grootjuffrouw van het begijnhof
Jacob Pauw, een katholiek burger
Jan Houtman, een calvinistische soldaat tijdens de Alteratie
Joost Wouter, een calvinistische huursoldaat
Bernarda Joubert, Minous jongste dochter

Historische personages

Catharina de' Medici, staatsvrouw en koningin van Frankrijk, moeder van drie Valois-koningen – Frans II, Karel IX en Hendrik III (1519-1589)

Marguerite de Valois, echtgenote van Navarra en Catharina's dochter (1553-1615)

Henri van Navarra, de eerste Bourbon die koning van Frankrijk werd (1553-1610)

Admiraal Gaspard de Coligny, militair leider van de hugenoten (1519-1572)

Henri, hertog van Guise en stichter van de Heilige Liga (1550-1588)

PROLOOG

Franschhoek, 28 februari 1862

De vrouw ligt onder een wit laken in een witte kamer en droomt over kleur.

Hier rust.

Ze is niet langer op de begraafplaats. Toch?

De vrouw zit gevangen in het grensgebied tussen slapen en waken, duikt af en toe op uit een oord van schaduwen en vage omtrekken naar een wereld vol licht. Ze brengt haar hand naar haar hoofd, en hoewel ze voelt dat de huid op haar slaap kapot is, is er geen bloed. Haar schouder doet pijn. Ze stelt zich voor dat haar huid bont en blauw is op de plek waar zijn vingers priemden en knepen. Beelden nu van het lichtbruine leren dagboek dat uit haar onwillige hand op de rode Kaapse aarde viel. Dat is het laatste wat ze zich herinnert. Dat, en de woorden die ze met zich meedraagt.

Dit is de dag van mijn dood.

De vrouw opent haar ogen. De kamer is schimmig en onbekend, maar het is een typisch vertrek in een Kaaps-Hollandse boerderij. Witte muren, leeg op een ingelijst borduurwerk met Bijbelverzen na. Een kale planken vloer, een ladekast en nachtkastje van stinkhout. Gedurende haar reis vanuit Kaapstad, door Stellenbosch, Drakenstein en Paarl, heeft ze in vele van dit soort huizen gelogeerd. Huizen van kolonisten, sommige groot en andere klein, maar allemaal met zichtbare heimwee naar Amsterdam en het leven dat de bewoners daar hebben achtergelaten.

De vrouw gaat rechtop zitten en zwaait haar benen over de rand van het bed. Haar hoofd tolt en ze wacht even tot het misselijke gevoel wegtrekt. Ze voelt de houten vloer onder haar kousenvoeten. Haar beige blouse en haar rok zitten aan één kant onder het rode stof, maar iemand heeft haar laarzen uitgetrokken en ze aan het voeteneind van het bed neergezet. Haar leren hoed hangt aan een haakje op de houten deur. Op de ladekast staat een koperen dienblad met daarop een aardewerken kruik met wijn – een sterke, plaatselijke wijn met de kleur van kersen – en onder een doek een stuk wit brood en reepjes gedroogd rundvlees.

Ze begrijpt het niet. Is ze gevangene of gast?

Enigszins wankel op haar benen loopt de vrouw naar de deur, die op slot blijkt te zitten. Buiten hoort ze spreeuwen fluiten en kwetteren. Ze maakt haar veterlaarsjes vast, loopt naar het raam. Een klein, vierkant raampje met dunne metalen spijlen aan de binnenkant. Om haar binnen of anderen buiten te houden?

Ze steekt een hand tussen de spijlen door en duwt het ruitje open. De avondhemel in de Kaap ziet er precies hetzelfde uit als die in de Languedoc. Wit met een vleugje roze terwijl de zon achter de bergen ondergaat. De vrouw kan de kapel op het hoogste punt van het dorp zien; ook een klein, wit gebouw in Kaaps-Hollandse stijl, met een rieten dak en spitsboogramen aan weerszijden van de houten boogdeur. Sinds een paar jaar geleden de nieuwe kerk haar deuren opende voor de protestantse gemeente, fungeert dit gebouw als school. Dat ze het kan zien geeft haar hoop, want het betekent dat ze in elk geval nog in het dorp is. Als hij van plan was geweest haar te doden zou hij haar toch vast wel naar de bergen hebben meegenomen om het daar te doen?

Ver uit de buurt van nieuwsgierige ogen.

Ook kan ze nog net de fruitboomgaarden zien, waar Kaapse juffer- en damastpruimen worden gekweekt en zoete saffraanperen en appels aan de bomen hangen. De afgelopen weken heeft ze geleerd alle soorten te herkennen, en ook de boeren die ze kweken: de familie Hugo en de Haumanns, de familie De Villiers en de afstammelingen van de Du Toits.

Opeens hoort ze de rijzende en dalende stemmen van meisjes die touwtjespringen. Ze spreken een mengeling van Nederlands en Engels, geen Frans, de erfenis van jaren van strijd om dit gestolen land te behouden. De Kaap is nu opnieuw een Britse kolonie; de hoofdstraat is omgedoopt in Victoria Street, ter ere van de Engelse koningin. Verder weg klinkt het klaaglijke zingen van de mannen die van het land terugkeren naar huis. Een andere taal, een taal die ze niet herkent.

Haar gevoel van opluchting is van korte duur. Al snel maakt het plaats voor verdriet vanwege het verlies van het dagboek, de kaart, het kostbare testament dat al honderden jaren in het bezit van haar familie is. Hoewel ze het dagboek niet langer heeft, kent ze elk woord dat erin staat uit haar hoofd. Ze kent elke vouw in de kaart, de voorwaarden en bepalingen uit het testament. Terwijl ze wacht en wacht en het licht uit de hemel verdwijnt, meent ze de stemmen van haar voorouders te horen, die dwars door de eeuwen heen naar haar roepen.

Château de Puivert. Zaterdag, de derde dag van mei in het jaar onzes Heren vijftienhonderd en tweeënzeventig.

Opeens slaat haar verdriet vanwege het verlies van de documenten om in angst. Dat hij haar niet heeft gedood kan alleen maar betekenen dat hij nog iets van haar wil. Plotseling heeft ze spijt van haar voorzichtigheid. Ze herinnert zich dat ze haar hand uitstak om het mos van de steen te peuteren. Ze huivert bij de herinnering aan de koude loop van het geweer, aan zijn genadeloze stem. Zijn schaduw, de geur van zweet en sintels, een glimp wit in zijn zwarte haar.

Ze had haar mes getrokken, maar het schampte slechts zijn hand. Het was niet genoeg.

Het licht verdwijnt uit de hemel en de lucht is roerloos, hoewel overal het gonzen en zoemen van insecten klinkt. De kinderen worden binnengeroepen en in elk huis verschijnen speldenknopjes van licht als de kaarsen worden aangestoken. Hoewel ze moe is, blijft de vrouw bij het raam op de uitkijk staan. Ze plukt wat van het brood en drinkt een paar slokjes van de soepele Kaapse wijn. Een benevelde geest kan ze zich niet veroorloven.

Ze gaat op het voeteneind van het bed zitten en wacht.

De kerkklok in de eenzame witte toren slaat het hele uur. Negen uur, tien uur. Buiten is het donker geworden. De bergen zijn in de schaduwen verdwenen. Aan Victoria Street en de andere kriskras lopende straatjes en steegjes worden de kaarsen een voor een gedoofd. In Franschhoek kruipt men vroeg onder de wol en staat tegelijk met de zon op.

Pas na elven, wanneer ze tegen de slaap vecht en het kloppen in haar hoofd weer is begonnen, hoort ze geluiden in het huis. Onmiddellijk staat ze op.

Voetstappen op de planken aan de andere kant van de deur, maar zachtjes. Langzaam lopend, alsof iemand niet gehoord wil worden. Ze heeft uren gehad om te besluiten wat ze moet doen, maar nu neemt haar instinct het over.

Ze glipt achter de deur, de wijnkruik in haar hand. Luistert naar het rammelen van een sleutel die in het slot wordt gestoken, daarna de tik van de verschuivende schoot, en de deur die langzaam naar binnen opengaat. In het donker ziet ze niet veel, maar ze vangt een glimp van wit haar op en ruikt het leer van zijn jas, dus zodra hij binnen bereik is, gooit ze de aardewerken kruik in de richting waar ze zijn hoofd vermoedt.

Ze gokt mis. Ze mikt te hoog, en hoewel de man wankelt, valt hij niet. Ze werpt zich op de deuropening en probeert langs hem te komen, maar hij is sneller. Hij grijpt haar pols en duwt haar achterwaarts de kamer weer in, terwijl hij zijn andere hand voor haar mond klemt.

'Stil zijn, dom kind! Straks worden we alle twee nog vermoord.'

Ogenblikkelijk is ze stil. Het is een andere stem. En in het maanlicht dat door het raam naar binnen valt, ziet ze de achterkant van zijn hand. Geen kras op de plek waar ze haar aanvaller met het mes heeft verwond. Bovendien lijkt de man haar te vertrouwen, want hij laat haar los en doet een stap bij haar vandaan.

'Monsieur, vergeef me,' zegt ze. 'Ik dacht dat u hem was.'

Hij spreekt ook Frans. 'Er is niks gebeurd.'

Nu ziet ze in de zilveren schaduwen zijn gezicht. Hij is langer dan haar aanvaller bij de begraafplaats en zijn zwarte haar is korter, al heeft hij net zo'n witte lok.

'U lijkt op hem.'

'Ja.'

Ze wacht tot hij meer zal zeggen, maar dat doet hij niet.

'Waarom ben ik hier?' vraagt ze.

Hij steekt een hand op. 'We moeten gaan. We hebben weinig tijd.'

De vrouw schudt haar hoofd. 'Niet voordat u me vertelt wie u bent.'

'We...' Hij aarzelt. 'Ik zag wat er op de begraafplaats gebeurde. Ik heb tot nu gewacht. Hij is mijn broer.'

Ze slaat haar armen over elkaar en weet niet of ze deze man wel of niet kan vertrouwen. Ze wacht.

'We zijn gebrouilleerd.'

Opnieuw verwacht ze dat hij meer zal zeggen, maar hij werpt een blik op de deur en kan duidelijk niet wachten om te vertrekken.

'Wiens huis is dit?' vraagt ze.

'Het is van onze moeder. Ze is bedlegerig, ze weet niet dat u hier bent. Zij kan hier niets aan doen.' Even raakt hij haar hand aan. 'Alstublieft, kom met me mee. Ik zal al uw vragen beantwoorden zodra we eenmaal veilig uit Franschhoek weg zijn.'

'Waar is uw broer nu?'

'Aan het drinken, maar hij kan elk moment terugkomen. We moeten gaan. Aan de oostgrens van de stad staan paarden op ons te wachten.'

Ze laat haar armen langs haar lichaam vallen. 'En als ik niet meega?'

De man kijkt haar recht aan en ze ziet de vastberadenheid en de bezorgdheid in zijn ogen.

‘Hij zal u doden.’

De rustige bewering overtuigt haar meer dan welke smeekbede of felle overreding zou kunnen. Ze kan beter een kans met deze onbekende wagen dan hier te blijven en passief af te wachten wat de ochtend zal brengen. Ze neemt haar hoed van het haakje op de deur.

‘Wilt u me uw naam niet zeggen?’ fluistert ze terwijl ze door de donkere gang achter hem aan loopt, naar een deur aan de achterkant van het huis.

Hij legt een vinger tegen zijn lippen.

‘Wilt u me dan in elk geval zeggen waar we naartoe gaan?’

Hij aarzelt, maar geeft dan antwoord. ‘Naar de oude stenen brug over de voorde. Daar wachten de anderen.’

‘Ik begrijp het niet.’

‘Jan Joubertsgat,’ zegt hij. ‘De plek waar Jan Joubert is gestorven.’ Hij draait zich om. ‘Is dat niet de reden dat u hier bent?’

De vrouw houdt haar adem in en voelt zich plotseling naakt. ‘U weet wie ik ben?’

Op het gezicht van de man verschijnt een glimlach. ‘Natuurlijk,’ zegt hij terwijl hij de grendel optilt en de deur openduwt. ‘Iedereen weet wie u bent.’

DEEL EEN

Amsterdam en Puivert

Mei & juni 1572

1

Begijnhof, Amsterdam, donderdag 22 mei 1572

De oude Mariken knielde voor het altaar in de kapel van het begijnhof, net als elke avond sinds ze de brief had ontvangen, en bad om hulp.

De brief was geschreven in een sierlijk handschrift, op prachtig papier verzegeld met was en met een adellijk wapen erop, en het was haar plicht om hem te beantwoorden. Maar er waren intussen dagen verstreken en nog steeds had ze geen antwoord geschreven. De woorden leken dwars door haar kleding heen te branden en haar huid te brandmerken, sissend als lasterpraat. Een belofte die ze dertig jaar geleden had gedaan aan een sterfbed in een kosthuis aan de Kalverstraat.

'Heer, leid mij,' fluisterde Mariken.

De brief was geschreven door een Franse kardinaal, een machtig man. Het zou geen pas geven om hem iets te weigeren. Het verzoek om informatie over de jongen en zijn moeder leek onschuldig en was opgesteld in eenvoudige, redelijke taal. Er was geen enkele reden om ervan te schrikken. En toch voelde Mariken dat er onder de officiële woorden iets kwaadaardigs broeide. Ze vreesde dat ze door Zijne Eminentie te geven wat hij wilde niet alleen haar belofte aan een stervende vrouw zou verbreken, maar bovendien het doodvonnis van de jongen zou tekenen. De kennis die ze bezat was machtig en gevaarlijk.

Eventjes glimlachte Mariken om haar onnozelheid. Als de jongen nog leefde, was hij nu een man van een jaar of vijfendertig. Toch was hij in haar geheugen altijd een klein kind gebleven, snikkend bij het koude lijk van zijn moeder met in zijn handjes een pakje dat hij had gekregen. Mariken had het pakketje aan haar vriendin, zuster Agatha, toevertrouwd om het veilig te bewaren en was van plan geweest om het zodra de tijd rijp was weer op te halen en aan de jongen terug te geven. Maar met het verstrijken van de jaren was ze het helemaal vergeten. Ze had nooit geweten wat er in het pakketje zat, hoewel ze er wel een vermoeden van had.

Het was geen ongebruikelijk verhaal: gegevens over een verloving, een belofte die werd gedaan en verbroken, de geboorte van een onwettig kind, weer een vrouw die werd geruïneerd.

'*Domine, exaudi orationem meam.*' Heer, hoor mijn gebed.

Marikens woorden weergalmden in de lege ruimte. Veel te luid. Haar hart haperde even en ze draaide zich voor het altaar om, bang om op dit nachtelijke uur alleen in de kapel te worden aangetroffen. Maar niemand opende de deur, niemand stapte de kerk in.

Ze keek omhoog naar het kruis en vroeg zich af of nog iemand anders zich Marta Reydon en haar zoon zou herinneren. Ze betwijfelde het. De meeste van haar vrienden van toen waren er niet meer. Hoewel er vele jaren verstreken waren, bad ze nog altijd voor Marta's ziel. De vrouw was in haar dood al net zo ellendig behandeld als toen ze nog leefde.

Mariken had Marta voor het eerst ontmoet in de stegen rond de oude Sint-Nicolaaskerk, waar de vrouwen zich ophielden die hun lichaam verkochten aan de mannen die van de schepen kwamen. Mariken en haar vriendin zuster Agatha, een non uit een nabijgelegen klooster, hadden voor de arme meisjes gedaan wat ze konden.

Mariken schudde haar hoofd. Het was allemaal zo lang geleden. Haar herinneringen waren hun kleur verloren. Onder haar lange, eenvoudige pij klemde ze haar vuist om de brief. Ze kon het niet langer uitstellen. Het zou niet goed met haar aflopen als ze de kardinaal weigerde te informeren over de details die hij wilde weten – nee, weigerde te bevestigen wat hij allang leek te weten. Want hoewel de begijnen godsdienstige vrouwen waren en geen in afzondering levende nonnen, legden ook zij een gelofte van gehoorzaamheid en dienstbaarheid af, en in deze wetteloze tijden had hun gemeenschap net zo goed bescherming nodig. Hoewel Amsterdam zich nog niet bij de protestantse opstandelingen had aangesloten, vreesde Mariken dat het slechts een kwestie van tijd was voordat de stad zou vallen. De calvinisten verzamelden zich voor de poorten. Veel van hun katholieke zusters en broeders waren al gedwongen geweest om hun kloosters en stille tuinen achter te laten en te vluchten. De grootjuffrouw van het begijnhof zou van haar verwachten dat ze haar plicht aan de heilige moederkerk nakwam.

Maar ja.

Nadat Mariken de brief had ontvangen, had ze eerst eens rondgevraagd in de buurt van de haven, waar je in de kroegen aan de Zeedijk en de Nieuwendijk voor de juiste prijs informatie kon kopen. Daarna had ze zich tot een machtige kennis in de Warmoesstraat gewend. Willem van

Raay, een rijke graanhandelaar, was een vrome man, een discrete man, iemand die geheimen kon bewaren. Een paar jaar eerder had Mariken zijn zieke dochter verpleegd tot ze weer beter was, dus vertrouwde ze hem voldoende om hem te vragen of hij wel eens van ene Pieter Reydon had gehoord, en of er misschien roddels rondgingen over waarom zo'n belangrijke Franse kardinaal zijn blik opeens op Amsterdam had laten vallen. Hij had een brief van haar voor Reydon aangenomen om aan hem te geven als hij hem kon vinden, en had beloofd om het een en ander uit te zoeken.

Maar inmiddels waren er twee weken verstreken en had ze nog steeds niets gehoord.

Mariken had zich erbij neergelegd dat een persoonlijk onderhoud met Willem van Raay het enige was wat ze nu nog kon doen. Ook dat drukte zwaar op haar geweten. Het was hun verboden om overdag zonder toestemming naar buiten te gaan, en aangezien ze haar redenen om het begijnhof te verlaten niet kon onthullen, zou ze moeten liegen. Ze probeerde zichzelf ervan te overtuigen dat ze in elk geval die tweede overtreding vermeed door 's avonds weg te glippen.

Eerder had ze stiekem de sleutel van de buitenste poort weggenomen, hoewel ze nog niet besloten had of ze die ook echt zou gebruiken. Alleen al het idee om op een dergelijk tijdstip zonder begeleiding door de donkere straten te lopen deed Mariken huiveren. Maar God zou ongetwijfeld over haar waken. Zodra ze eenmaal met Van Raay had gesproken, zou ze voldoende informatie hebben om een nette brief aan de kardinaal op te stellen en zou haar geweten zuiver zijn. De last zou van haar schouders vallen.

Mariken sloeg een kruisje en kwam langzaam overeind op haar vermoeide benen. De koude tegels lieten een voelbare indruk op haar knieën achter. In elk bot van haar lichaam voelde ze de pijn van de levenden.

Ze sloeg haar falie over haar paar dunne grijze haren en liep naar buiten. Het was donker op de binnenhof, hoewel in een of twee van de houten huisjes rond het grasveld nog een kaarsje brandde. Tussen de doornstruiken prevelde de beek haar avondgebedje. Mariken keek op naar het raam van de grootjuffrouw. Ze hoopte maar dat die niet wakker was geworden en ontdekt had dat de sleutel weg was. Tot haar opluchting was het raam donker.

Door haar angst en zorgen liet Mariken de sleutel bijna vallen. In al haar jaren hier had ze de regels van de gemeenschap nog nooit op deze manier overtreden. Haar oude hart bonkte, maar uiteindelijk lukte het haar om de poort van het slot te draaien. Via het bruggetje over de Begijnensloot liep ze de smalle straatjes in. Mariken was zo bang dat ze niet zag dat de schaduwen achter haar bewogen. En toen ze met gebogen hoofd de Kalverstraat overstak, voelde ze niet de beweging achter haar. Dus toen de klap kwam, die haar voorwaarts de Amstel in deed tuimelen, had ze geen tijd om na te denken.

Net als veel Amsterdammers, die toch in een stad vol grachten woonden, kon Mariken niet zwemmen. Terwijl de eerste mondvol water in haar longen stroomde, had ze nog maar net tijd om te bedenken hoe blij ze was dat ze nu niet meer gedwongen kon worden om het haar geschonken vertrouwen te schenden. Ze was zich ervan bewust dat er een man op de kade stond die toekeek terwijl ze verdronk. Toen haar zware grijze rokken haar snel naar beneden trokken, bad Mariken dat de jongen, Pieter, en zijn moeder uiteindelijk in Gods genade met elkaar verenigd zouden worden.

En dat de kardinaal nooit achter de waarheid zou komen.

2

Twee weken later
Château de Puivert, Languedoc, vrijdag 6 juni

Er stond zelfs geen zuchtje wind.

Minou legde haar lange, bleke vingers tegen haar slapen en duwde. Haar hoofd bleef maar bonken. Ze kon de naderende storm voelen in het tintelen van haar huid en het dunne laagje zweet in het kuiltje van haar hals.

Op dit moment kwam haar hele familie bijeen om straks haar besluit te horen. Ze kon het niet langer uitstellen, maar toch aarzelde ze nog. Minou keek om zich heen in de muzikantengalerij. De vertrouwdheid ervan deed haar goed. Maar toen ze zich weer terugdraaide naar het raam en zag dat donkere stormwolken zich boven het dal samenpakten voelde ze opnieuw de onrust in haar borst.

Wat moest ze doen?

Minou maakte haar hoge kraag ietsje losser. Het brokaat voelde stijf tussen haar vinger en duim. Het was helemaal niets voor haar om zo besluiteloos te zijn. Waarschijnlijk kwam het doordat er zo veel familie was, wat donkere herinneringen terugbracht aan de laatste keer dat ze met zijn allen in Puivert waren.*

'*Les phantômes d'été*,' mompelde ze. De geesten van de zomer.

Bloed en pezen en botten. Zwaardgekletter, bungelend touw, bulderend vuur dat de bossen in het noorden verslond. Velen hadden die dag het leven verloren.

Er waren tien jaren verstreken. Het bos was weer tot leven gekomen. Nieuwe groene scheuten waren in de plaats gekomen van de zwarte, verkoolde stompen, en zacht gevlekt licht schilderde nieuwe paden tussen de bomen. In het voorjaar bloeide er een tapijt van roze en gele bloemen.

* Zie *Tijden van vuur*.

Maar hoewel het land de littekens van die tragedie niet langer zichtbaar droeg, was dat voor Minou anders. Ze droeg de herinnering aan de afschuwelijke gebeurtenissen waarvan ze getuige was geweest diep vanbinnen mee, als een dwalende glassplinter. Ze was nooit vergeten hoe dicht de dood hen genaderd was. Hoe zijn adem haar wang had geschroeid.

Dat was de reden dat ze haar hele familie had uitgenodigd voor een herdenkingsdienst in de kapel: om nog eens bij die gebeurtenissen van tien jaar geleden stil te staan en het verleden daarna eens en voor altijd te kunnen laten rusten. Na de dienst was Minou in haar eentje het bos in gegaan en had ze bloemen gelegd op het overwoekerde graf van de vorige *châtelaine* van Puivert. Er hadden nog meer huldeblijken gelegen, gedichten en eindjes lint. Een gebed in het Latijn. Want hoewel het kasteel nu een hugenootse enclave was, bleven velen in het omringende gebied trouw aan het oude katholieke geloof. De bloeiende Église Saint-Marcel in het dorpje Puivert was daar het bewijs van.

Alsof ze het patroon van haar gedachten weerspiegelden begonnen op dat moment de kerkklokken te luiden. Minou pakte haar dagboek op. Het was haar gewoonte om 's middags te schrijven; met papier en inkt liep ze naar de open uitkijkpost boven op de donjon. Het was haar manier om de connectie te bewaren tussen het meisje dat ze was geweest en de vrouw die ze was geworden. Dus hoewel de plicht riep, besloot ze om zichzelf nog een paar ogenblikken alleen te gunnen. Schrijven hielp haar om de wereld te begrijpen, het was een getuigenis over het leven dat ze leefde. En op zijn minst bracht schrijven haar tegenstrijdige gedachten tot rust.

Minou verliet de kamer en klom via het smalle trapje waarvan de treden door vele generaties glad waren gesleten naar het dak. In het halletje helemaal boven in de donjon pakte ze haar oude groene reismantel van het haakje naast de deur. Ze schoof de grendel open en wilde juist het dak op stappen toen er van beneden een stem riep.

'*Maman!*'

Ze voelde zich betrapt en draaide zich snel om. '*Je suis ici, petite.*'

Minou hoorde voetstappen en toen verscheen een verdieping lager het nieuwsgierige gezicht van haar zevenjarige dochter. Marta stond nooit stil, en dat gold zowel voor haar lichaam als voor haar geest. Altijd had ze haast, altijd was ze ongeduldig. Zoals gewoonlijk had ze haar linnen mutsje, waarop haar initialen waren geborduurd, verfrommeld in haar hand.

'Maman, waar ben je?'

Minou haalde haar vingers van de klink. 'Hier boven.'

'O.' Marta tuurde de duisternis in en knikte. 'Nou zie ik je. *Papa* zegt dat het tijd is. Het is vier uur geweest. Iedereen zit in de woonkamer te wachten.'

'Zeg tegen papa dat ik zo kom.'

Ze hoorde dat Marta ademhaalde om te protesteren, maar daar toen bij wijze van uitzondering toch maar van afzag. '*Oui, maman.*'

'Of wacht, Marta, kun je papa ook vragen om...'

Maar alleen de echo van Minous eigen stem zweefde naar haar terug. Haar watervlugge dochtertje was al weer verdwenen.

Het bos van Puivert

Met zijn wijsvinger en duim stijf in de aanslag om het radslotpistool zat de moordenaar gehurkt in het dichte kreupelhout. Zijn blik was op het hoogste punt van het kasteel gericht.

Hij was er klaar voor, al sinds de dageraad. Hij had gebiecht en om verlossing gebeden. Hij had een offergave neergelegd bij het graf, verderop in het bos, van de vorige châtelaine, een vrome en godvruchtige katholieke dame die door hugenoots tuig was vermoord. Zijn ziel was zuiver. Hem was absolutie verleend.

Hij was klaar om te doden.

Vandaag zou hij Puivert bevrijden van de kanker van de ketterij en daarvoor zou hij worden gezegend. Hij zou het land zuiveren. Al tien jaar nu vulde de protestantse hoer, die bedriegster, het Château de Puivert met oorlogsvluchtelingen. Ze had degenen die de vuren van de hel in gejaagd dienden te worden een veilig toevluchtsoord geboden. Ze had de waarachtige katholieken die hier woonden het brood uit de mond gestoten.

Maar daar kwam nu een eind aan. Vandaag zou hij zijn belofte gestand doen. Binnenkort zouden de klokken van het kasteel opnieuw luiden voor de mis.

'De ketter zult gij niet laten leven.'

Had de eminente priester die woorden niet gepredikt vanaf de kansel in Carcassonne? Had hij hem niet met een doordringende blik aangekeken en hem zo uit de hele congregatie uitgekozen om het bevel van de Heer uit te voeren? Had hij hem niet zijn zegen gegeven en voor de middelen gezorgd?

Met zijn rechterhand greep de moordenaar het pistool steviger beet, terwijl hij met zijn linker naar de zware buidel tastte die aan zijn riem hing, vlak naast zijn rozenkrans. Hoewel de grootste beloning voor deze christelijke daad in het hiernamaals zou komen, was het zeer terecht dat hij ook op deze aarde al enige erkenning verdiende.

De man rolde met zijn schouders en strekte zijn vingers. Hij kon geduldig zijn. Hij was stroper van beroep en was er dus wel aan gewend om zijn prooi op te sporen en op te jagen. De met bloed besmeurde zak aan zijn voeten was het bewijs van zijn kunnen. Een konijn en een hele kolonie ratten. De moestuin in de opperhof van het kasteel trok allerlei ongedierte aan. Het zou zonde zijn geweest om niet van zijn aanwezigheid hier te profiteren.

Toen de moordenaar ging verzitten voelde hij de gespannen spieren in zijn rechterdij trillen. Hij keek omhoog door het groene bladerdak, waar de zon achter donkere wolken verscholen ging. Hij hoorde de klok van de dorpskerk het hele uur slaan. Meestal schepte de hugenootse hoer op dit moment van de dag een luchtje boven op de donjon, dus waarom liet ze zich vandaag dan niet zien?

Gespitst op zelfs het kleinste geluidje zat hij te luisteren, hopend op gekraak van de houten deur. Hij hoorde niets, behalve het verre rommelen van de donder in de bergen en de vossen op de hellingen van de *garrigue* aan de andere kant van het bos.

Het was Gods wil dat de ketter zou sterven. Was het niet vandaag, dan morgen. Voordat ook de laatste protestant uit het land was verdreven, zou Frankrijk nooit meer groot worden. Ze waren een vijand in eigen huis. Man, vrouw, kind – het maakte niet uit. Dood, gevangen, verbannen – het maakte niet uit. Het enige wat telde was dat de wond werd dichtgeschroeid.

Terwijl de moordenaar op zijn slachtoffer wachtte leunde hij achterover. Aan zijn voeten sijpelde het bloed van zijn vangst door de juten zak en kleurde het groene gras rood. De lijkjes begonnen al te ontbinden.

3

Saint-Antonin, Quercy

In de uitgebrande ruïnes van het augustijnerklooster stond een jongen zwijgend in de schaduw van de zwartgeblakerde kerk waar vele katholieken waren gestorven. 's Nachts in zijn dromen kon hij hun gegil nog steeds horen. Hij zag het bebloede gezicht van de vrouw, hoorde haar met schorre stem zeggen dat hij moest vluchten, zichzelf in veiligheid moest brengen.

De magere vingers van de priester drukten hard op zijn smalle schouders, en bij elk woord dat hij tegen de kardinaal zei die tegenover hen op de kapotte treetjes stond verkrampten ze en knepen ze hem. De jongen snapte niet waarom hij opdracht had gekregen om zijn schamele bezittingen bij elkaar te zoeken of waarom hij hierheen was gebracht; hij wist alleen dat er iets belangrijks stond te gebeuren.

'Ik had niet zo brutaal mogen zijn om beslag op uw tijd te leggen, eminentie,' stamelde de priester. 'Mijn excuses daarvoor.'

De jongen voelde dat er een druppel spuug in zijn nek landde. Het vocht gleed langzaam tussen zijn pet en zijn kraag omlaag. Toch verroerde hij zich niet. Als hij de stok op zijn blote rug en de hitte van het vuur tegen zijn naakte benen kon verdragen, kon hij ook dit aan.

'En ik had dat ook nooit gedaan als ik niet had gemeend dat het mijn plicht was om u op de hoogte te stellen...'

'In deze duistere tijden valt een dergelijk vroom plichtsgevoel te prijzen,' antwoordde de kardinaal.

Het was de eerste keer dat de bezoeker iets zei en het kostte de jongen moeite om niet zijn ogen op te slaan en naar het gezicht van de onbekende te kijken. Een voorname stem, een stem die autoriteit en macht uitstraalde.

'U kunt natuurlijk op mijn discretie rekenen, kardinaal...'

'Natuurlijk.'

'... maar de gelukkige omstandigheid dat u in onze belegerde stad aanwezig bent is een antwoord op onze gebeden. Een teken van God. Dat iemand zo voortreffelijk als u...'

'Wie weet er nog meer van deze kwestie?'

'Niemand,' antwoordde de priester snel. Zijn vingers verkrampten zo heftig dat de jongen wist dat hij loog.

'Is dat zo,' zei de bezoeker droog.

'We hebben geleerd om onze mond te houden. In dit deel van Frankrijk, in deze goddeloze stad, zijn we verworpenen. Verschoppelingen. Een onverhoeds woord zou de hugenootse honden onmiddellijk naar onze deuren terugleiden. We zijn hier veel te dicht bij Montauban. Er zijn al te veel katholieken opgeofferd.'

De bezoeker verzachtte zijn stem niet. 'Mits jullie je aan Gods bevelen houden, zal Hij de rechtschapenen beschermen.'

'Ja, natuurlijk, eminentie.' De jongen hoorde de korte stilte, de inademing. 'Maar toch, onze schuilkerk zou beslist van uw vrijgevigheid kunnen profiteren.'

'Aha, daar komt de aap uit de mouw,' mompelde de kardinaal.

'Alleen maar opdat we ook in de toekomst Gods woord kunnen brengen bij de gelovigen die in angst leven, begrijpt u.'

Opnieuw droop er een kloddertje spuug langs de nek van de jongen. Deze keer kon hij een huivering niet onderdrukken.

'O, vergist u zich niet,' zei de kardinaal koeltjes. 'Ik begrijp het.'

Even was het stil. De jongen dwong zichzelf om zijn ogen strak op de grond te blijven richten: een vierkantje droge aarde, een paar witte kiezels, wat vertrapte grassprietjes. Toen de bezoeker een stap zette, ving hij een glimp op van de rode zoom van zijn gewaad: prachtige stof, donkere doorgestikte schoenen zonder ook maar een spikkeltje stof op de neuzen.

'U hoeft niet bang te zijn dat hierna vaker een beroep op uw liefdadigheid zal worden gedaan,' voegde de priester eraan toe, die graag wilde doorzetten nu hij zich in het voordeel waande.

De bezoeker blies zijn adem uit. 'Daar ben ik niet bang voor.'

'Nee, eminentie?'

'U bent een man van het ware geloof, is het niet? Een man van uw woord.'

'Ik sta in Saint-Antonin bekend als een zeer vroom man.'

De jongen hoorde de ijdelheid in de stem van de priester en verbaasde zich erover. Besefte hij niet dat hij bespot werd in plaats van gevleid? Hij was een gemene, sluwe kerel, maar ook een idioot. Toen voelde hij de handen van de priester in zijn onderrug porren.

'De jongen is sterk en gezond. Van edele komaf.'

'Welk bewijs hebt u?'

'Dit.' De jongen voelde dat zijn pet van zijn hoofd werd getrokken. 'En de biecht van zijn moeder.'

Nu voelde hij de blik van de bezoeker met al zijn gewicht op hem rusten.

'Kijk me aan, jongen. Je hoeft niet bang te zijn.'

Hij tilde zijn hoofd op en keek voor het eerst naar het gezicht van de onbekende man. Hij was lang en had een bleke huid en donkere wenkbrauwen. De rode soutane ging bijna helemaal schuil onder een zwarte mantel met capuchon. Hij had de man nooit eerder gezien.

En toch. Er was iets aan hem.

'Ik ben niet bang, meneer,' loog hij.

'Hoe oud ben je?'

'Hij heeft negen zomers gezien,' antwoordde de priester.

'Laat hem voor zichzelf spreken. Hij is heus zijn tong niet verloren.'

Tot grote verbazing van de jongen trok de bezoeker een van zijn leren handschoenen uit en stak daarna zijn hand uit om de witte streep in zijn haar aan te raken, de reden dat hij vaak slecht behandeld werd. Een duivelsmerk, een teken van de pest. Talloze geestelijken hadden geprobeerd hem ervan te bevrijden door de haren uit te trekken. Altijd groeiden ze terug, nog witter dan eerst. De bezoeker wreef met zijn duim en wijsvinger tegen elkaar, trok daarna zijn handschoen weer aan en knikte.

'Het is geen krijt. Het is niet onze opzet om u te misleiden.'

De bezoeker gaf geen enkel teken dat hij dit had gehoord, maar stak alleen zijn hand in de plooien van zijn gewaad en haalde een juten buideltje tevoorschijn. De ogen van de priester werden groot van hebzucht.

'Hier zal niet meer over worden gesproken.'

'Natuurlijk, eminentie. De moeder van de jongen is bij zijn geboorte gestorven. Hij is opgevoed in de liefde en affectie van onze heilige moederkerk. We laten hem slechts met grote tegenzin gaan.'

De bezoeker negeerde zijn woorden. 'Wil je met mij meegaan, jongen? Wil je mij dienen?'

De jongen dacht aan het slappe, witte vlees van de priester en het verschrompelde lid dat tussen zijn magere benen hing, het zachte huilen van de andere jongens, die niet begrepen dat het tonen van zwakte alleen maar tot grotere wreedheden leidde. 'Ja, meneer.'

Er gleed een vage glimlach over het gezicht van de bezoeker. 'Heel goed. Als je mij voortaan zult dienen, moet ik weten hoe je heet.'

'Volusien is de naam die mijn moeder me heeft gegeven...'

'... maar hij wordt door iedereen Louis genoemd,' onderbrak de priester hem. 'Dat vond zijn voogd een passender naam voor een jongen in zijn ongelukkige situatie.'

De bezoeker kneep zijn ogen iets samen. 'Ongelukkig?'

De jongen zag dat de priester een vreselijk rode kop kreeg en vroeg zich af waarom, maar nu stak de bezoeker hem het buideltje toe. De priester hield een inhalige hand uit, maar op het allerlaatste moment – te snel voor Louis om uit te maken of het per ongeluk of opzettelijk gebeurde – liet de bezoeker de prijs vallen. De munten rolden rinkelend over de grond.

'Kom, jongen.'

Hij aarzelde, gevangen tussen opwinding en angst. 'Moet ik nu met u mee, meneer?'

'Dat klopt,' zei de kardinaal terwijl hij zich omdraaide en wegliep.

Louis bleef staan, gebiologeerd door de aanblik van zijn kwelgeest, die op zijn knieën zijn bloedgeld bijeenraapte, en realiseerde zich dat hij niets voelde. Elk laatste restje medelijden of mededogen dat Louis ooit had bezeten was in het weeshuis uit hem geslagen. Hij voelde niet eens walging.

Hij rende om de bezoeker in te halen. Zou hij een knecht worden, of een page? Over zulke dingen had hij wel gedroomd, maar zonder ooit veel te verwachten. Hij had zijn moeder nooit gekend; hij wist alleen dat er iets schaamtevols rond zijn afkomst speelde en dat zijn voogden eigenlijk liever niet voor hem hadden gezorgd.

Toen ze om de hoek van de verwoeste kerk liepen, doken er uit de schaduwen twee mannen op. Ze hadden een doek voor hun gezicht gebonden en hun wapen getrokken. Louis bracht onmiddellijk zijn vuisten omhoog, klaar om zijn nieuwe meester te verdedigen, maar voelde opeens het gewicht van de hand van de bezoeker op zijn hoofd, alsof hij hem zegende.

De kardinaal knikte.

De mannen liepen weg en verdwenen uit zicht. Even later werd de stilte verbroken door een geluid dat het midden hield tussen een gil en een kreun. Toen werd het weer stil. De bezoeker bleef even staan, alsof hij iets zeker wilde weten, en liep daarna verder naar de plek waar een koets stond te wachten. 'Kom, jongen.'

‘Meneer.’

Louis was nog nooit uit Saint-Antonin weg geweest en had geen formele opleiding genoten, maar hij had wel een scherp verstand. Hij keek en hij luisterde. En dus herkende hij op dit bijzondere moment, op deze bijzondere dag, het wapen en de kleuren van de hertog van Guise.

Met duizelend hoofd vroeg hij zich af of de ellende die hij kende misschien alleen door iets ergers zou worden vervangen. Hij had geen andere keuze dan mee te gaan. Toch vond hij toen hij in de koets klom de moed om nog één vraag te stellen. ‘Hoe moet ik u aanspreken? Ik zou u liever niet uit onwetendheid beledigen.’

De kardinaal glimlachte koeltjes. ‘We zullen zien, Volusien die door iedereen Louis wordt genoemd,’ antwoordde hij. ‘We zullen zien.’

4

Château de Puivert, Languedoc

Terwijl Minou zich de smalle trap van de donjon af haastte, hoorde ze het eerste gerommel van de donder. Ze kon nauwelijks geloven hoe snel de tijd voorbij was gevlogen. Ze was van plan geweest om maar eventjes te schrijven, maar er was al ruim een half uur verstreken.

De middagschaduwen waren steeds langer geworden en de drukkende hitte van eerder op de dag had plaatsgemaakt voor een stille koelte. De lucht leek te zinderen van dreiging en gevaar. Minou schudde ongeduldig haar hoofd. De hemel deed geen voorspellingen. Een zomerstorm in de Pyreneeën was heus niet ongebruikelijk rond deze tijd van het jaar. Hoewel de dorpelingen elke storm als de brenger van een ramp of goddelijk oordeel beschouwden, geloofde zij dat het de natuur was, niet de plannen van God, die de wereld vormgaf.

Aan de voet van de trap bleef Minou even staan en keek naar het boven de hoofdingang van de toren in de muur gekerfde wapen met de letters B en P – voor Bruyère en Puivert. Tien jaar nu al was ze Marguerite de Bruyère, châtelaine van het kasteel van Puivert, de landerijen eromheen en de opbrengsten daarvan. De familie Bruyère had de versterkte vierkante toren in de dertiende eeuw gebouwd, en toen de onverwachte erfenis Minou in de schoot was geworpen had ze de naam als haar geboorterecht aangenomen. Maar hoewel ze was gaan houden van deze groene vallei in de heuvels aan de voet van de machtige Pyreneeën – en ze trots was dat de plek was uitgegroeid tot een toevluchtsoord voor iedereen van het gereformeerde geloof die aan vervolging probeerde te ontkomen – betekende de titel niets voor haar. Ze beschouwde zichzelf als beheerder van Puivert, niets meer.

Haar nieuwe achternaam – Reydon – was een geschenk van haar echtgenoot Piet, die hem weer had gekregen van zijn Franse vader, die hij nooit gekend had. Zijn liefde gold zijn Nederlandse moeder, Marta, die nu al een jaar of dertig op een begraafplaats in Amsterdam lag. Hun dochter was naar haar genoemd.

Maar de waarheid was dat ze nog steeds Minou Joubert was en ook altijd zou blijven. Die twee woorden schilderden het beste portret van de vrouw die ze was.

In het bos aan de andere kant van de kasteelmuren schrok de moordenaar met een schok wakker. Het pistool had hij nog steeds in zijn hand.

Was hij zijn prooi misgelopen?

Snel keek hij naar de bovenkant van de donjon. Daar was niemand. Geen glimp van de groene mantel. De deur naar het dak was nog steeds dicht. Hij wreef met een vieze hand over zijn gezicht en verstijfde toen er opnieuw een geluid klonk, deze keer in het kreupelhout achter hem. Hij legde het pistool neer en bewoog zijn hand langzaam naar het jachtmes aan zijn riem.

Hij kneep zijn ogen tot spleetjes. Het konijn voelde het gevaar; zijn oren gingen omhoog en hij draaide zich om. Te langzaam, te laat. Het mes vloog al door de lucht en raakte het dier in zijn zachte, witte buik. De moordenaar liep naar zijn prooi toe en trok het mes er in een golf van ingewanden en haar uit.

Hij pakte het dier bij zijn nekvel en liep terug, een spoor van bloed op de grond achterlatend. Het konijn stopte hij in zijn zak. Of de protestantse hoer zich vanmiddag nu wel of niet liet zien, hij had in elk geval een goede dag.

De moordenaar veegde het mes af aan de mouw van zijn kolder en nam een slok bier uit zijn kruik. Hij controleerde of zijn doosje met kruit en kogels nog droog was en ging toen weer zitten wachten. De middag was nog niet voorbij. Het zou nog vele uren licht blijven. Binnenkort was het de langste dag van het jaar.

Minou haalde een keer diep adem en keek naar het woongedeelte van het kasteel aan de andere kant van de binnenplaats, toen opeens de deur openging en haar man naar buiten liep.

'Minou, eindelijk! Het is al bijna vijf uur.'

Ze haastte zich naar hem toe en stak haar handen uit. 'Het spijt me.'

Piet fronste. 'We zaten boven al op je te wachten.'

'Ik weet het.' Ze kuste hem op zijn wang. 'Ik was aan het schrijven, tijd vergeten. Vergeef je me?'

Zijn gezicht werd zachter. 'Alsof ik na al die tijd nog steeds niet weet wat er gebeurt als de woorden jou in hun greep krijgen!' zei hij warm.

‘Het spijt me echt.’

De echtgenoten, allebei even lang, liepen samen langzaam terug naar het huis. Bij het zien van het web van lijntjes rond de ogen van haar man en de kromming in zijn schouders vroeg Minou zich af wat hem dwarszat. Ze kende de melodie van Piets hart net zo goed als ze die van haarzelf kende. Maar de afgelopen paar weken – nee, langer al – voelde ze een groeiende afstand tussen hen. Hij was al een paar keer onverwacht naar Carcassonne gereisd en zelfs als hij thuis was, hield hij zijn diepste gedachten voor zich.

‘Hoe gaat het met je, liefste?’ vroeg ze op lichte toon.

‘Alles gaat goed,’ zei hij, maar het was duidelijk dat zijn aandacht elders was.

Na de Slag bij Jarnac een jaar of drie geleden – een gevecht dat Piet het gebruik van zijn vechtarm had gekost – was haar man gedwongen geweest om het zwaard neer te leggen en andere manieren te vinden om zich voor de goede zaak in te zetten. Hij had geheime netwerken opgezet van boodschappers die vertrouwelijke berichten konden overbrengen, een veilige reis naar hugenootse enclaves geregeld voor hun gevluchte broeders en zusters uit door katholieken gedomineerde steden in Frankrijk, en aanzienlijke sommen geld weten in te zamelen om de opstandige calvinistische troepen in de Nederlandse Provinciën van leren schoeisel te voorzien.

De verslagen over de protestantse opstand daar had Piet met grote interesse gevolgd. Minou herinnerde zich nog goed het moment dat het nieuws over de watergeuzen Puivert bereikte, dat ze in het noorden de Spaanse troepen hadden verslagen. Het was Piet aan het hart gegaan dat hij niet naast hen had kunnen vechten, zeker nu Amsterdam op het randje tussen het oude en het nieuwe geloof balanceerde.

Ze wierp hem een zijdelingse blik toe. Minou had gedacht dat hij zijn omstandigheden geaccepteerd had, maar misschien had ze het mis. Daarom was haar besluit met betrekking tot Parijs zo belangrijk. Het zou Piet een nieuwe kans bieden, niet alleen om veel van zijn voormalige kameraden terug te zien, maar ook om weer in het hart van de gebeurtenissen te kunnen zijn. Als God het wilde, zou het avontuur haar man iets teruggeven van wat hij was kwijtgeraakt.

‘Heb je je besluit genomen, Minou?’ vroeg hij toen ze er bijna waren.

‘Ja,’ loog ze.

In de verre heuvels klonk het gerommel van de donder.

‘Weet je het zeker? We kunnen nog wel een dag wachten als…’

Ze werd geraakt door de hoop die in zijn stem doorklonk en kneep in zijn arm. 'Je hebt al zo lang gewacht, liefste. De herdenkingsdag is gekomen en voorbijgegaan, iedereen is nu bij elkaar en het is al juni.' Opnieuw klonk het droge gerommel van de donder en daarna de roep van een koekoek. 'Hoor je? Als die de zomer niet aankondigt... Voor de avond valt zal het regenen.' Ze hoorde dat hij een keer diep ademhaalde.

'Minou, voordat we naar binnen gaan, is er iets wat ik je moet vertellen... Iets wat ik je al een hele tijd wil zeggen.'

Minous hart stokte even. 'Je kunt me alles vertellen, dat weet je.'

'Een paar weken geleden ben ik erachter gekomen dat...'

'Maman!' riep hun dochter. Ze hing gevaarlijk ver uit het raam dat over de binnenplaats uitkeek. 'Schiet nou op! We zijn het wachten allemaal vreselijk zat!'

'Marta!' Minou gebaarde met haar hand. 'Het is gevaarlijk om zo ver uit het raam te hangen, ga weer naar binnen.'

'Kom dan snel.'

'We komen eraan.' Minou draaide zich weer om naar Piet. 'Serieus, Marta is veel te wild. En ze kent geen angst.' Ze legde een hand tegen zijn wang en voelde onder haar vingers de ruwe stoppels van zijn korte rode baardje, inmiddels hier en daar doorschoten met grijs. 'Wat wilde je me vertellen, *mon coeur*?'

Piet glimlachte. 'Laat maar. Het kan wachten. We worden ontboden!'

Minou lachte. 'Mademoiselle Marta kan heus nog wel heel even geduld oefenen.'

'Zelfs voor alle viooltjes uit Toulouse zou ik haar geduld niet nog langer op de proef stellen. We kunnen beter naar binnen gaan.'

Wanneer Minou in de maanden en eindeloze jaren die volgden terugkeek, zag ze deze eerste eenvoudige miscommunicatie als het omslagpunt: het moment, korter dan een hartslag, waarop – als Marta niet uit het raam had geroepen – zich een heel ander verhaal had kunnen ontvouwen.

Maar toen Minou op die dag in juni met haar Piet in de opperhof van het Château de Puivert stond, had ze zich met geen mogelijkheid kunnen voorstellen dat alle verdriet en pijn die ze in het verleden had moeten verduren niets voorstelden vergeleken bij het verlies en de wanhoop die nog zouden komen.

5

Het grote woonvertrek van de familie besloeg de hele lengte van de eerste verdieping van het kasteel. Het was een ruime, prettige kamer die volop van de middagzon profiteerde. Het was een van de eerste veranderingen die ze hadden doorgevoerd nadat ze het kasteel in bezit hadden gekregen. Minou had een aantal binnenmuren laten afbreken en de trappen en gangen anders aangelegd, zodat elke herinnering aan het oude vertrek – en de misdaden die daarin hadden plaatsgevonden – was uitgewist.

Door de drie dubbele openslaande ramen op het zuiden, elk omlijst door gordijnen van brokaat, keek je uit over de opperhof. Boven de deur hing een zwaar gordijn aan een koperen roede. In de zomer werd het door een dik touw opzijgehouden, en in de winter bleef het dicht om de ijzige wind uit de bergen buiten te houden. Er was een kalkstenen haard met aan weerszijden twee haaks op de muur staande houten banken, en verder stonden er nog wat met stof beklede krukjes en stoelen met hoge rugleuningen. Aan de muur tegenover de deur stonden een grote eettafel van walnoothout met twee lange banken en bijpassende ladekasten waarin het tafellinnen en het servies werden bewaard.

Wat de kamer haar speciale karakter gaf waren de wandtapijten die Minou door een hugenootse wever in Carcassonne had laten maken. Er waren twee kamerhoge wandkleden: een was een voorstelling van Puivert, de tweede een weergave van het Amsterdamse begijnhof dat tussen de Singel en de Kalverstraat lag. Een derde, veel kleiner dan de andere twee, was een familieportret dat afgelopen winter was gemaakt.

Minou stond met Piet op de drempel en genoot van dit zeldzame moment waarop ze onopgemerkt naar haar lieve familie kon kijken: haar vader Bernard, zijn oude ogen tegenwoordig troebel en blind, maar zijn wijsheid nog even groot; haar zus Alis met haar gebruinde huid en wilde zwarte krullen, vandaag getemd in een lange vlecht, en een gespierd, stevig postuur dat eerder kracht dan elegantie uitstraalde; vervolgens haar broer Aimeric, ook stevig gebouwd en sterk, die, hoewel hij drieëntwintig was en Alis pas zeventien, zo veel op haar leek dat je haast zou denken dat ze een tweeling waren. Hij stond te praten met hun tante Salvadora, wier gezicht met onderkin werd omlijst door een zwarte weduwenkap. En ten slotte Marta en de tweejarige Jean-Jacques, luisterend naar hun grootvader, die een oud verhaal over ridders en het hof in Carcassonne vertelde dat Minou zich uit haar eigen jeugd herinnerde.

Terwijl hun dochter wat uiterlijk betrof vooral op Minou leek – vooral ook door haar twee ongelijke ogen, één blauw en het andere bruin – had hun zoon eerder Piets trekken: rossig bruin haar, groene ogen en een huid vol sproeten die hij waarschijnlijk eerder van Piets Nederlandse moeder dan van zijn Franse voorvaderen had geërfd.

Toen verraadde het kraken van een losse vloerplank hun aanwezigheid.

'*Enfin*,' riep Marta terwijl ze van de vensterbank sprong. 'We zijn allemaal doodmoe van het wachten.'

'Je moet leren om geduldig te zijn, petite,' zei Minou liefdevol.

'Tante Salvadora zegt dat de adellijke dames in de koninklijke vertrekken van het Louvrepaleis wel zulke wijde rokken dragen.' Marta spreidde haar armen. 'Te groot om door een deuropening te kunnen zonder eerst opzij te draaien. Is dat echt waar? Want hoe kan...'

'Dat heb ik helemaal niet gezegd,' protesteerde Salvadora. 'Ik legde uit dat de mode aan het hof bedoeld is om de elegantie en grandeur van de koninklijke familie te tonen. Onze edele koning – en zijn zus en broers – vertegenwoordigen het beste wat Frankrijk in huis heeft en dus moeten ze rekening houden met de indruk die ze wekken. Zowel op schilderijen als in hun dagelijks leven.'

Minou zag dat Aimeric en Alis elkaar even aankeken. Ze hadden het hof van Valois niet erg hoog zitten. Bij tante Boussay was dat heel anders. Hoewel ze ontzettend veel van haar nichtjes en neef hield – en zij van haar – hield Salvadora vast aan het oude geloof waarmee ze was opgevoed. Ondanks de geruchten over koning Charles, zijn driftbuien en zijn slechte gezondheid – om nog maar te zwijgen van het alom bekende feit dat het Catharina de' Medici, de koningin-moeder, was die aan het hof werkelijk regeerde – wilde madame Boussay geen enkel negatief woord over de koninklijke familie horen. Haar bewondering was onwankelbaar.

'De dames en heren aan het Parijse hof dragen elegante kleding bij officiële gelegenheden, maar voor alledag hebben ze minder chique kleren, net als wij.' Minou gebaarde naar het fijn geweven familietapijt aan de muur. 'Papa draagt zijn blauwe wambuis met zilveren kerven toch ook alleen bij speciale gelegenheden?'

Marta, die zichzelf met haar zeven jaar al heel verstandig vond, peinsde: 'Net als ik mijn versierde kapje. Dat is alleen voor het mooi.'

'Precies.' Minou aaide haar dochter over de wang. 'En zelfs in het Louvre gaat het zo.'

Het meisje knikte. 'Het is slim dat koninginnen en prinsessen ook gewone kleren hebben, want hoe zouden ze anders moeten spelen?'

Iedereen lachte, zelfs Salvadora. Minou voelde een golf van dankbaarheid voor de liefde en kameraadschap die ze voor elkaar voelden. Ze keek weer even naar het tapijt. Piet en zij zaten naast elkaar, gekleed in gouddraad en versierd met zilver en edelstenen, en op kussens voor hen zaten Marta met haar witte mutsje en Jean-Jacques in een fluwelen broek met zijn houten rammelaar. De kleuren waren sprankelend, het naaiwerk vol leven en beweging. Hoewel het tapijt niet groter was dan een damessjaal vond Minou dit het mooiste van de drie. Van allemaal gaf dit kleed het beste weer wie zij waren.

Gingen ze dit allemaal op het spel zetten vanwege Parijs?

Bij die gedachte, die zomaar ongevraagd in haar opkwam, schudde Minou even haar hoofd. Natuurlijk, de reis zou lang zijn. En natuurlijk, hun rustige leven, waar ze zo hard voor hadden gewerkt, zou op zijn kop komen te staan. Maar welke ongemakken ze ook te verduren kregen, dat zou het toch vast wel waard zijn als ze straks met eigen ogen Parijs konden zien? Zomaar voor de machtige torens van de kathedraal van Notre-Dame mogen staan en er getuige van zijn dat er geschiedenis werd geschreven was een eer waar je niet gemakkelijk nee tegen zei.

Minou was zich ervan bewust dat Piet naar haar keek. Niemand had harder gewerkt aan de verbreiding van de boodschap van tolerantie en aan het samenbrengen van verschillende geloven dan hij. Haar man geloofde niet alleen dat permanente vrede mogelijk was, maar bovendien dat een meerderheid van de mannen en vrouwen in Frankrijk – katholiek of hugenoot – dat ook wilde. Als bewijs haalde hij altijd zijn eigen familie aan. Terwijl Bernard, net als Salvadora, vasthield aan het oude geloof, hadden ze hun kinderen opgevoed in het licht van de gereformeerde kerk. Als hun gezin erin slaagde om tijdens een decennium van burgeroorlog respect en begrip voor elkaars verschillen te hebben, waarom zou dat dan niet voor andere families gelden?

'Minou?' vroeg hij zacht. 'Neem jij het woord?'

Toen glimlachte hij, en zelfs na tien jaar samenzijn begon haar hart meteen te zingen. Ze voelde dat haar besluiteloosheid verdween. Welke twijfels ze ook had, ze was het haar echtgenoot verschuldigd om in Parijs aan zijn zijde te staan.

6

‘Bedankt voor jullie geduld.’ Ze keek de kamer rond. ‘En ik hoop dat jullie me zullen vergeven dat ik de tijd uit het oog verloren was.’

Bij het horen van haar stem werd iedereen stil. Bernard draaide zich om in zijn stoel. Tante Salvadora klapte haar waaier in en legde hem op haar schoot. Alis stopte met ijsberen en ging naast Aimeric staan. Zelfs de kleine Jean-Jacques voelde dat dit een gewichtig moment was en trappelde niet langer met zijn mollige voetjes toen Marta op de bank naast het kindermeisje sprong en tegen haar broertje fluisterde dat hij stil moest zijn.

‘Ook ben ik dankbaar dat niemand’ – Minou keek even naar haar dochter – ‘bíjna niemand me tot een overhaaste beslissing heeft proberen te dwingen.’

‘Maar volgens jou moeten we altijd de waarheid spreken,’ protesteerde Marta.

‘Ssst,’ zei Piet terwijl hij een hand op haar schouder legde. ‘Laat maman praten.’

‘Het is een eer dat onze familie voor de koninklijke bruiloft is uitgenodigd. Voor sommigen’ – ze keek naar Aimeric – ‘is het een plicht om tijdens deze hoopvolle gebeurtenis aanwezig te zijn. Voor anderen is het een daad van verzoening.’ Ze keek naar haar man, en hij glimlachte bemoedigend naar haar.

‘Catharina de’ Medici en Jeanne van Navarra. Twee koninginnen, twee moeders, jarenlang elkaars tegenstander. Door dit huwelijkscontract geven ze aan bereid te zijn hun meningsverschillen opzij te zetten om aan de heropbouw van het land te werken, niet alleen voor hun kinderen maar ook voor hun kindskinderen. Als Marguerite de Valois – Margot – de protestantse Henri de Bourbon als wettige echtgenoot kan aannemen, kunnen alle katholieken ook leren om met hun hugenootse buren in vrede te leven.’

‘Mooi gesproken,’ zei Bernard. ‘Waar of niet, Salvadora?’

'Zeker.'

Minou keek alle leden van haar familie een voor een aan. 'Jullie weten allemaal hoe moeilijk ik het heb gevonden om het juiste midden te vinden tussen enerzijds wat ik als het voornaamste belang van ons gezin beschouw en anderzijds onze verantwoordelijkheden tegenover onze vrienden en kameraden. Maar na veel nadenken ben ik ervan overtuigd geraakt dat het een eer zal zijn om er, na al deze jaren van oorlog, getuige van te zijn dat deze overeenkomst tussen voormalige vijanden wordt gesloten.' Haar blik bleef op Piet rusten. 'En in dat licht stel ik voor dat we de uitnodiging allemaal accepteren en voor de bruiloft met jou mee naar Parijs reizen.'

De lucht in het vertrek leek te zinderen en te kloppen terwijl iedereen een ogenblik nam om tot zich te laten doordringen wat ze had gezegd. Toen klapte Marta in haar handen en werd de wereld weer normaal.

'Daar ben ik blij om,' zei Piet. Zijn ogen schitterden terwijl hij Minous hand pakte. 'Heel erg blij.'

Aimeric lachte. 'Broer, wist je soms niet wat je vrouw van plan was?'

Piet bloosde. 'Ik had het volste vertrouwen in het besluit van je zus!'

'Net als ik, hoewel ik toegeef dat mijn eigen egoïstische redenen daarbij minstens zo veel meespeelden als nobele doelen. Ik ben opgeroepen om me weer bij admiraal Coligny's entourage aan te sluiten. Hij was de laatste tijd niet in Parijs – vandaar dat ik deze afgelopen weken naar de Languedoc kon terugkeren – maar nu heeft de koning hem ontboden en hij kan niet weigeren. De wetenschap dat jullie straks allemaal ook ergens binnen de stadsmuren zijn maakt het zeker een stuk aangenamer om mijn officiële plichten te vervullen.'

Minou glimlachte. 'En het zal heerlijk zijn om daar van jouw aanwezigheid te kunnen genieten, broer.' Ze gebaarde de kamer rond en keek om zich heen. 'Natuurlijk is niemand verplicht om mee te gaan, hoewel jullie allemaal welkom zijn.'

Bernard schudde zijn hoofd. 'Ik ben te oud voor zo'n reis, *filha*. Ik zal naar Carcassonne terugkeren en uitzien naar al jullie verhalen bij terugkomst.'

'We zullen je missen, maar ik begrijp het goed. En u dan, lieve tante?'

Salvadora klapte haar waaier open en er dwarrelde één zwarte veer op de vloer. 'Je denkt toch niet dat ik zo'n spektakel aan mijn neus voorbij zou laten gaan! Het wordt de bruiloft van de eeuw. De koningin van Navarra hangt dan wel het verkeerde geloof aan, maar haar zoon is een prins van koninklijk bloed en bovendien is hij katholiek geboren...'

'Hij heeft zich anders zodra hij kon praten tot het gereformeerde geloof bekeerd,' mompelde Alis zachtjes.

'Hij is een prins van koninklijk bloed,' herhaalde tante Boussay gedecideerd. Toen werd haar gezicht milder. 'En om eindelijk Parijs te kunnen zien... De Notre-Dame en de Sainte-Chapelle, waar de heiligste relieken uit het lijdensverhaal te zien zijn: de doornenkroon, een stukje van het ware kruis...'

'... van een stuk oud hout, lijkt me eerder...'

Minou waarschuwde zachtjes: 'Alis...'

'Het zou me een eer zijn om u de bezienswaardigheden te laten zien, tante. Als mijn officiële plichten het toelaten,' zei Aimeric snel. Fronsend keek hij naar zijn zusje.

Marta raapte de losgeraakte zwarte veer op en kriebelde Jean-Jacques ermee onder zijn kin. Toen stopte ze de veer tussen de plooien van haar rok. 'Ik heb er ook uitgebreid over nagedacht,' zei ze met haar plechtigste stem. 'Ik ga met papa en jou mee naar Parijs, al is het maar om een beetje op dit kleine monster hier te passen.'

'Foei!' protesteerde Salvadora. 'Minou, je kunt haar toch niet toestaan om zo te...'

'Maar dat is hij wel!'

Salvadora trok een zuinig gezicht. 'Nou, maar het is onbeleefd om het te zeggen.'

'Alle broers zijn monsters, Marta.' Grijnzend wees Alis naar Aimeric. 'En daarom voel ik me ook verplicht om mee naar Parijs te gaan. Om hem in de gaten te houden!'

Aimeric greep met een hand naar zijn borst. 'Au, dat deed pijn!'

'Is dat waar, maman?' vroeg Marta.

'Het is waar dat je tante Alis en oom Aimeric elkaar al hun leven lang plagen. Let maar niet op ze.'

'Kom maar bij mij zitten, Marta,' zei Alis terwijl ze haar meenam naar de tafel. 'Dan kunnen we het hebben over vervelende broers en hoe je die temt!'

Piet wendde zich tot Aimeric. 'Ben je nog steeds van plan om morgen te vertrekken?'

'Ja. Ik reis eerst langs Chalabre om afscheid van mijn vrouw te nemen en daarna rijd ik door naar Saint-Antonin om me daar bij mijn kameraden aan te sluiten. Als alles goed gaat, ben ik eind juni in Parijs.'

'Kun jij misschien een geschikt logeeradres voor ons regelen?'

'Voor hoe lang?'

'Eens kijken, het huwelijk zelf vindt op de achttiende plaats, dus ik denk dat we erop moeten mikken om er de eerste week van augustus te zijn – als de stad dan tenminste nog niet overvol is – en een dag of twee na de feestdag van de Heilige Bartholomeus weer te vertrekken. Dan zijn we drie weken in Parijs.' Hij keek naar Minou. 'Dat moet genoeg zijn, denk je niet?'

Minou glimlachte. 'Meer dan genoeg.'

Salvadora priemde met haar waaier in Aimerics richting. 'Ik wil graag dicht bij het Louvre zitten, neef. Aan de voorname Rue Saint-Martin of de Rue Vieille du Temple. Niet in een of andere ongure buurt.'

'De universiteitswijk op de linkeroever is misschien beter,' zei Bernard vriendelijk. 'Daar is de lucht schoner.'

Salvadora trok een zuinig mondje. 'Een fatsóénlijk logement zei ik, Bernard. Ik voel er niets voor om tussen handwerklieden te zitten, of tussen dichters, of...'

'Protestanten?' riep Alis.

Er speelde een lachje rond Aimerics lippen. 'Ik geef u mijn woord, beste tante, dat ik u zal beschermen tegen het besmettelijke kwaad van poëzie en de drukpersen van de Sorbonne.'

Zijn tante kneep haar ogen tot spleetjes. 'Je weet best wat ik bedoel.'

'Jazeker,' antwoordde hij gemeend. 'Ik zal zorgen voor een logeeradres dat past bij ieders wensen. Weest u niet bang.'

'Dat is dan geregeld,' zei Piet, opgewekt door het vooruitzicht van dit avontuur. 'Ik stel voor dat we omstreeks de langste dag vertrekken, over een week of twee.'

'Had je al een route in gedachten?' vroeg Aimeric.

Piet keek eventjes naar Minou, bijna verlegen, en opeens begreep ze het. Hoewel hij haar beslissing had afgewacht, had hij al plannen gemaakt voor het geval zij en haar familie ook mee zouden gaan. Had hij eerder vanmiddag op het punt gestaan om dat op te biechten?

Nu ze zich van haar taak had gekweten pakte Minou een glas wijn van de lage kast en hield dat bij wijze van heildronk op haar echtgenoot omhoog.

Piet glimlachte opgelucht bij het goedkeurende gebaar. 'Inderdaad, ja,' zei hij terwijl hij zich weer naar zijn zwager omdraaide. 'Ik had wel wat ideeën.'

In het bos aan de andere kant van de kasteelmuren riep een merel naar zijn wijfje. Een vos zocht ongezien zijn weg over een bospaadje, een reebok en reegeit schoten het bos uit om op open terrein naar voedsel te zoeken. In de bergen zweefden en cirkelden arenden omhoog op de luchtstromen van de storm.

Nog altijd zat de moordenaar te kijken. De hoop om zijn missie voor de avond te volbrengen had hij laten varen. Hij vroeg zich af waardoor het normale patroon verbroken was, want hij had geen enkele reden om aan de informatie die hij had gekregen te twijfelen. Elke middag liep de ketter naar de top van de toren. Waarom vandaag niet?

Hij hoorde dat bij het vallen van de avond de wacht werd gewisseld. Hij zag dat de lampen in de toren een voor een werden aangestoken. Een uil kwam tevoorschijn om te gaan jagen. En toen uiteindelijk het licht uit de hemel verdween zocht de moordenaar zijn schuilplaats diep in het bos op. Hij legde het pistool op de grond, deed zijn doosje met kruit goed dicht om het droog te houden en haalde het karige beetje dat er nog van zijn rantsoen over was uit zijn zak. Toen leunde hij achterover tegen de stam van een beuk om zich te installeren voor de nacht.

'Gebeurt het vandaag niet, dan wel morgen,' zei hij met vuur in zijn ogen. 'De wil van de Heer zal geschieden.'

Heel langzaam zakte de dag weg achter de heuvels.

Tante Boussay keerde terug naar haar borduurwerk. Alis nam Marta mee naar de moestuin om naar de jonge katjes te gaan kijken. Jean-Jacques liet zich van de schoot van het kindermeisje glijden en waggelde weer naar zijn opa, om hem te smeken de rest van het verhaal te vertellen.

Minou zat op de vensterbank van een van de hoge ramen en luisterde naar de storm. Het deed haar plezier om naar Piet te kijken, die zich met zijn leren kolder losgeknoopt en zijn mouwen opgestroopt over de tafel boog, even opgewonden als een jongen die zijn eerste jachtpartij voorbereidde.

Kennelijk merkte hij dat ze zat te kijken, want hij draaide zich naar haar om en gebaarde naar de chaos van papieren en kaarten op tafel. 'Wil je misschien zien wat ik...'

Minou hief een hand. 'Bij zoiets is twee beter dan drie. Ik vind het prima om de plannenmakerij aan jou en Aimeric over te laten.'

'Weet je dat wel zeker, vrouwe van de mist?'

Minou glimlachte. 'Heel zeker, mijn heer. Eigenlijk ben ik zelfs blij dat ik er niet over hoef na te denken.'

Toen de klokken van Saint-Marcel negen uur sloegen, bracht het kindermeisje de kinderen naar bed en kwamen de bedienden met wijn en eten voor het avondmaal. Toen de klokken tienmaal luidden, trok Bernard zich terug, kort daarna gevolgd door Salvadora. De kaarsenvlammetjes dansten en sputterden. Alis bleef nog wat langer en kwam met een paar suggesties en opmerkingen, maar ging daarna ook naar haar kamer. Toen er tegen middernacht nog geen enkel teken was dat Piet en Aimeric uitgediscussieerd waren trok ook Minou zich terug.

Eindelijk barstte de storm los, met wilde windvlagen en regen die tegen de ruiten kletterde. Ze was doodop, maar toen ze eenmaal in haar kamer was merkte ze dat ze geen rust kon vinden. De stemmen in haar hoofd waren veel te luidruchtig.

Om twee uur stond ze op en opende het raam om wat frisse lucht de kamer in te laten stromen. Ze hoorde vaag de stemmen van haar echtgenoot en haar broer, en keerde toen terug in haar omgewoelde bed, terwijl ze zich afvroeg wat hen zo laat op hield.

Eindelijk was de storm uitgewoed. Toch gaf Minou zich pas over aan de inktzwarte armen van de slaap toen de bleke dageraad al over de vensterbank kroop.

7

Limoges, Limousin, zaterdag 7 juni

Vidal du Plessis – tegenwoordig bekend als Zijne Eminentie kardinaal Valentin – keek uit het raam naar de kleine binnenplaats beneden, die baadde in het ochtendlicht. De jongen speelde met andere kinderen. Of het leek in elk geval alsof hij meedeed.

Hoe langer Vidal keek, hoe meer hem opviel dat Louis afstand bewaarde. Die voorzichtigheid kon Vidal wel waarderen. Deel uit te maken van de groep zonder aandacht te trekken om zo des te beter te kunnen kijken en luisteren wees op een goed oordeelsvermogen. Ja, dit kon hij waarderen.

De hele vorige dag en nacht waren ze vanaf Saint-Antonin noordwaarts gereden, om na ongeveer vijftig mijlen 's ochtends aan de rand van Limoges aan te komen. Maar hoewel Vidal inmiddels iets had gegeten en zijn gezicht had opgefrist, bleef hij vermoeid en humeurig. Het eindeloze geratel van de koetswielen bleef maar in zijn schedel doordreunen. Elk bot in zijn lijf deed pijn. Zijn hoofd deed pijn.

Hij keerde zich weg van het raam en keek de fraai ingerichte kamer rond. Limoges lag in een burggraafschap dat werd geregeerd door Jeanne d'Albret, de hugenootse koningin van Navarra, en stond op dit moment onder controle van hugenootse troepen. Enkele adellijke landhuizen waren echter nog in katholieke handen, niet uit mededogen of genade, maar omdat de koningin grote bewondering had voor de emaillen doosjes en snuisterijen die in Limoges zelf werden geproduceerd. Paaps of niet, ze wilde niet dat die bedrijven te gronde werden gericht.

Vidal vond de situatie absurd en nam er aanstoot aan dat hij hier in deze enclave opgesloten zat en aan alle kanten door ketters omgeven werd. Nog maar een paar weken, zei hij tegen zichzelf, dan kon hij zich weer aan zijn doel wijden. Zo tegen de feestdag Maria-Geboorte in september zou hij naar zijn eigen landhuis in de buurt van Chartres kunnen terugkeren – dat hij met de belofte van zijn erfenis van zijn rijke oom, Philippe du Plessis, had kunnen kopen – en de volgende etappe van zijn levensplan kunnen uitvoeren. Aangezien Philippe zelf geen zoon had, was Vidal zijn enige erfgenaam.

Althans, dat had hij gedacht. Hij schudde zijn hoofd omdat hij zulke verontrustende gedachten niet wilde toelaten, maar wenste toen dat hij het niet had gedaan. In zijn slapen begon het te bonken.

Vidal was een rijzende ster aan het firmament van de Katholieke Kerk. Tijdens de oorlogen was hij snel en zonder veel tegenstand te ondervinden tot een prominente positie opgeklommen en hij had al lang geleden het stof van zijn zuidelijke hielen geveegd om zich bij het noorden aan te sluiten. Hij was de persoonlijke biechtvader van de hertog van Guise en profiteerde nu al tien jaar lang van de ellende die de burgeroorlogen veroorzaakten. Hij was inmiddels rijk en hij was machtig. Maar om zijn eigen persoonlijke ambitie te realiseren was het op dit moment voor hem van groot belang dat de huidige pauze in de vijandelijkheden nog langer aanhield. Op zijn minst tot Sint-Michiel, wanneer ook de laatste zaken van zijn kant waren geregeld. Daarna kon het land wat Vidal betrof naar de verdommenis gaan.

Maar ondanks al zijn invloed voelde Vidal dat de zaken hem dreigden te ontglippen. De situatie in Amsterdam gaf aanleiding tot ongerustheid – al had hij stappen gezet om die in de hand te houden. Voorlopig had hij geld genoeg, maar als een ander aanspraak zou maken op de nalatenschap van zijn oom zou dat hem ruïneren. Zijn plannen waren duur. En tijdens zijn huidige oponthoud in de Languedoc was in elk geval bevestigd dat de koortsachtige sfeer die in Parijs heerste ook in de rest van het land voelbaar was. Frankrijk was een kruitvat vol wrokgevoelens, onenigheid en rancune.

Alles hing af van de koninklijke bruiloft en of die wel of niet doorging. Hoewel de koningin-moeder en de koningin van Navarra het al in april over het huwelijkscontract eens waren geworden – en er een datum in augustus voor de plechtigheid was vastgesteld – wachtte het Louvre nog steeds op dispensatie van Zijne Heiligheid de Paus. En dat was nog maar één hindernis. Er waren er meer, niet in de laatste plaats de nog altijd voortdurende liefdesaffaire die de hertog van Guise met de aanstaande bruid onderhield.

Vidal veegde zijn gezicht af met zijn zakdoek. De rimpels op zijn voorhoofd waren het bewijs van tien jaar dienstbaarheid aan de familie Guise.

Hij had geen idee of er tussen Marguerite de Valois en Guise werkelijk iets van affectie speelde, en het kon hem niks schelen ook. Wel wist hij zeker dat wanneer – áls – Guise open kaart zou spelen, het geen liefdesverdriet zou zijn dat hem tot actie bewoog, maar eerder onverbiddelijke haat tegenover zijn rivaal, Henri van Navarra. Dat de hugenoot op het punt stond om met een lid van de katholieke koninklijke familie te trouwen en op die manier de huizen van Bourbon en Valois samen te brengen, was een harde klap voor Guise' eigen ambities. Vidal twijfelde er niet aan dat zijn meester er alles aan zou doen om dat bondgenootschap te destabiliseren.

Zijn vingers trommelden op de rugleuning van zijn stoel, steeds sneller, terwijl zijn toekomstbeeld scherper werd. Nee, hij mocht nu niet weifelen. En hoewel God allang niet meer naar hem luisterde, sloeg Vidal zijn ogen op naar de hemel.

'Eminentie.'

Vidal draaide zich om. Zijn rentmeester en lijfbediende Xavier stond in de deuropening. Ondanks de zuidelijke zon was de man wit als melk en waren zijn ogen ongezond geel. Toch was hij sterk en verzaakte hij zijn plicht nooit.

'Wat is er?' zei hij scherp terwijl hij zijn rode biretta op zijn hoofd zette.

'Vergeef me dat ik u stoor tijdens uw rust, eminentie, maar er is bericht uit Parijs gekomen.'

'O?' Vidal stak zijn hand uit voor de brief.

Xavier liep in twee stappen naar de andere kant van de kamer, legde de missive in de hand van zijn meester en stapte toen respectvol terug.

Vidal verbrak het vertrouwde waszegel, dat al een beetje gebarsten was door de reis, en daarna liet hij zijn ogen over de regels vliegen. Hij fronste, las de brief nogmaals om zeker te weten dat hij zich niet had vergist en hield het papier daarna boven de brandende kaars tot het vlam vatte.

'Eminentie?'

Hij gooide de verkoolde restjes in de koude haard. 'We krijgen het bevel onmiddellijk naar Parijs terug te keren. Kennelijk is de koningin van Navarra niet in orde. Koorts.'

'Verkeerde ze eerder al in slechte gezondheid?'

'Ik geloof het wel,' antwoordde Vidal voorzichtig.

'Dan is het te hopen dat Hare Majesteit herstelt, hoewel...'

Vidal vernauwde zijn blik. Hij bezat een netwerk aan spionnen die in het hele land – en daarbuiten – werkzaam waren, en Xavier was een van de betrouwbaarste. Vidal vroeg nooit hoe de man aan zijn informatie kwam, of van wie hij die kreeg, maar de informatie die hij leverde was zelden verkeerd. Bij het dienen van Christus heiligde het doel altijd de middelen.

Vidal gebaarde dat hij moest doorgaan. 'Hoewel?'

'Ik wil niet buiten mijn boekje gaan, eminentie.'

'Ik zal je niet straffen als je woorden me niet bevallen. Vertel op.'

De bediende aarzelde. 'Hoewel ik er niet aan twijfel dat het gewoon een onschuldige koorts is...'

'Stel mijn geduld niet op de proef, Xavier.'

'De boodschapper die de brief kwam brengen vertrouwde me toe dat Catharina de' Medici haar koninklijke gast drie dagen eerder een paar handschoenen had gegeven.'

Vidals wenkbrauwen vlogen omhoog. 'Geparfumeerde handschoenen?'

'Gemaakt door haar eigen handschoenenmaker,' vertelde Xavier. 'Er wordt gezegd dat ze door de koningin-moeder zelf zijn afgegeven in het Hôtel de Bourbon, waar de koningin van Navarra op dit moment verblijft.'

Vidal dacht even na. Er was geen enkele Parijzenaar, man of vrouw, die niet had gehoord van René le Florentin, parfumeur van Catharina de' Medici, en iedereen wist bovendien dat de Italiaan naast zijn legitieme beroep ook leverancier van vergiften was. In zijn zaak was het nooit leeg.

'En daar wordt op straat gewoon over gesproken?'

'De boodschapper zei dat je het zowel in katholieke als in protestantse wijken hoort.'

Vidals vingers trommelden nog harder. Dit paste helemaal niet in zijn straatje. Als er geruchten gingen over een complot tegen de koningin van Navarra zouden de relaties tussen het Louvre en het Hôtel de Bourbon onder druk komen te staan en zou het huwelijk misschien niet doorgaan. Daar hoefden geen bewijzen voor te zijn, als het volk het maar geloofde.

'Laat de boodschapper hier komen. Ik wil hem zelf ondervragen.'

Xavier stak verontschuldigend zijn handen in de lucht. 'Ik heb er niet aan gedacht om hem te laten wachten. Hij is al weg.'

'Weg? Waarheen?'

'Dat weet ik niet. Het spijt me, eminentie.'

Vidal fronste. 'Het geeft niet. We hebben onze instructies. We kunnen ons niet door zulke roddels van ons doel laten afleiden. Het is niet aan de mens om aan de wegen Gods te twijfelen, Xavier, want Zijn wijsheid en genade gaan ons begrip te boven. De ziel van de koningin van Navarra ligt in Zijn handen.'

'Ja, eminentie.'

'Zorg dat de paarden klaarstaan. Ik zal me bij onze gastheer voor ons vroegtijdige vertrek verontschuldigen. We vertrekken onmiddellijk.'

Xavier keek ogenblikkelijk op. 'Moeten we niet eerst op nieuws uit Puivert wachten?'

Vidal begreep zijn bezorgdheid. Het was de bedoeling geweest om in Limoges te blijven tot ze bericht ontvingen dat zijn bevelen met succes waren uitgevoerd. 'De hertog van Guise wil dat ik onmiddellijk naar Parijs terugkeer – hij beveelt het zelfs. Ik zal ervan uit moeten gaan dat de kwestie naar tevredenheid is afgehandeld.' Hij was even stil. 'Maar laat wel instructies achter dat als er nog een bericht komt, er onmiddellijk een boodschap achter ons aan wordt gestuurd. Ik wil het graag zeker weten.'

'Heel goed, eminentie.'

'Over berichten gesproken, hebben we al iets uit Amsterdam gehoord?'

Xavier keek hem aan. 'De situatie was zoals u dacht, eminentie. De kwestie is echter afgehandeld.'

'Discreet?'

'Er kan op geen enkele manier een relatie met u worden gelegd, heer. En in de cel van de non is geen bewijs aangetroffen – als dat ooit al heeft bestaan. Niets.'

Vidal haalde opgelucht adem. 'Mooi. Je hebt het goed gedaan, Xavier. Ik zal zorgen dat je ervoor wordt beloond.'

'Het is me een eer om u te dienen, heer.'

Geschreeuw op de binnenplaats lokte Vidal weer naar het raam. Het kinderspel was op een gevecht uitgelopen. Louis had zijn rechtervuist gebald, maar het was de andere jongen – een zoon van een van de prefecten van Limoges – die een bloedneus had.

Hoewel hij wel verplicht was om een reprimande te geven was Vidal niet ontevreden. Louis bezat vechtlust, een scherp gevoel van zelfbehoud en kennelijk ook een zekere gewetenloosheid. Of hij Louis nu als zijn eigen kind erkende of vasthield aan de smoes dat hij de zoon van een verre neef was die hij uit christelijke liefdadigheid onder zijn hoede had genomen, Vidal was ervan overtuigd dat hij nuttig zou blijken te zijn.

'En de jongen?' vroeg Xavier.

Opnieuw keek Vidal naar de binnenplaats. Zijn zoon leek te merken dat hij hem observeerde, want zonder ook maar enige zichtbare schaamte keek hij omhoog naar het raam. Heel even gleed er een glimlach over Vidals lippen. Hij sloot het raam. 'De jongen gaat met ons mee naar Parijs.'

8

Château de Puivert, Languedoc

Overal zag je de stille getuigen van de storm; gebroken takken en twijgjes lagen verspreid over de natte grond. De zware geur van vochtig stro en het felle daglicht waren een aanslag op hun zintuigen toen Minou en de anderen het woonhuis verlieten.

Terwijl de opgaande zon fraaie patronen op het gras tekende, liep het ernstige groepje vanaf het opperhof het kasteelterrein over om bij het poorthuis Aimeric uit te zwaaien. Marta huppelde voor iedereen uit; Minou en Alis wandelden in een rustiger tempo, met de kleine Jean-Jacques springend tussen hen in.

De *basse-cour* vormde het hart van het werkende leven van het kasteel – de stallen en de smid, de kennels voor de jachthonden, de opslag van voorraden voor het hele huishouden, het pekelhuis. Elke zaterdag vond op het neerhof de wekelijkse markt van Puivert plaats. Zodra de poorten werden geopend kwamen handelaren en ambachtslieden uit het dorp om hun stalletjes op te bouwen. Boerenvrouwen met breedgerande hoeden hadden wilgentenen manden bij zich vol met het eerste zomerfruit; de kuiper en zijn jongen rolden vaten bier over de ophaalbrug en brachten ze naar een beschaduwde plek naast de westelijke muur; een poelier had een toom kippen bij zich in een geïmproviseerde houten ren. De vuren van de smidse brandden al, de hoefsmid had een rasp in de hand. Er verscheen zelfs een reizende boekverkoper met volksboekjes en pamfletten. Minou had hem nooit eerder gezien en nam zich voor om straks zijn voorraad te bekijken.

Vrouwen knikten even als ze langsliepen, mannen tikten tegen hun pet. Minou glimlachte en stak ter begroeting een hand op naar de mensen die ze kende. Het had haar flink wat tijd gekost om zulke uitingen van trouw aan de kasteelvrouwe te accepteren en te erkennen. Niets in haar eenvoudige opvoeding in Carcassonne of de jeugd die ze in haar vaders boekwinkel in la Bastide had doorgebracht had haar op een dergelijke status of positie kunnen voorbereiden.

Minou had haar onverwachte titel geërfd van haar geboortemoeder, Marguerite, naar wie ze was genoemd. Dat Bernard en Florence niet haar natuurlijke ouders waren, was een geheim dat tot haar negentiende voor haar verborgen was gehouden. En hoewel Minou dankbaarheid voelde voor de vrouw die was gestorven toen ze haar het leven schonk – en op wie ze uiterlijk leek, met haar lange postuur en lichte huid, haar bruine haar en ongelijke ogen – beschouwde ze Florence, nu al vijftien jaar geleden begraven, als haar echte moeder. Het ging om liefde, niet om bloed. Van Florence had ze haar levenslessen geleerd, en niet de minste daarvan was dat je respect moest hebben voor de ouderdom en aandacht moest schenken aan het verleden. 'Als we de fouten uit het verleden niet kennen,' zei ze altijd, 'hoe moeten we dan leren om ze in de toekomst te voorkomen? De geschiedenis is onze leraar.'

Dat advies had Minou altijd ter harte genomen en zo had ze, zonder het van plan te zijn, de grote held van de Languedoc uit vroeger eeuwen, burggraaf Trencavel, als voorbeeld genomen.* Ze bestierde haar landgoederen – hún landgoederen – in Puivert in dezelfde geest van tolerantie als hij had gedaan en was er trots op dat hier, in een van de zuidelijkste punten van de Midi, hugenoten en katholieken zij aan zij als christelijke buren leefden in plaats van als vijanden.

Toen Piet in de eerste jaren van oorlog weg was, had Minou Puivert in haar eentje bestuurd. Ze had geleerd om op haar eigen verstand en instinct te vertrouwen, bijvoorbeeld wanneer ze moest oordelen wie bij een verbroken verloving of niet-betaalde bruidsschat de benadeelde partij was, wanneer ze beschuldigingen aangaande overspel, kwade trouw en gestolen erfenissen aanhoorde of wanneer ze onschuldigen tegen ongegronde aanklachten beschermde en rechtsprak over de schuldigen.

'*Merci infiniment, madame*,' zei Marta netjes.

Minou keek om en zag dat haar dochter een handvol rijpe, rode kersen aannam van een oude vrouw, die zoals in de bergen gebruikelijk was van top tot teen in het zwart gekleed was. Daarnaast leek Marta's lichtblauwe jurk met de fijne roomkleurige kraaltjes bijna licht te geven.

'*Mercé a vos, madomaisèla*,' antwoordde de vrouw in de oude taal.

Minou had met vallen en opstaan geleerd hoe ze haar plichten moest vervullen, dus amuseerde het haar om te zien dat Marta dit zonder blik-

---

* Zie *Het verloren labyrint*, 2005.

ken of blozen deed. Ze was op-en-top de geliefde dochter van het kasteel. Minou wierp een blik op haar zoon en vroeg zich af of het hem hetzelfde zou vergaan. Ze betwijfelde het. Jean-Jacques was een rustig, inschikkelijk kind, stabiel in zijn emoties en niet temperamentvol en nieuwsgierig zoals zijn zus. Jean-Jacques zou loyaliteit oproepen. Marta eerder liefde en overgave.

De moordenaar schrok wakker en sloeg op zijn wangen om zijn hoofd helder te krijgen.

Ja, daar had je het. Dichtbij, stemmen en het geluid van paarden, hun stomende, briesende adem, het getrappel van hun hoeven op de vochtige grond. Het geluid kwam van ergens bij de hoofdingang van het kasteel. Was zij het? Verliet de valse châtelaine het kasteel? Zijn hart sloeg een slag over toen hij bedacht dat hij misschien zijn kans had gemist, maar toen wist hij het weer. Hij had gehoord dat haar ketterse broer vandaag naar het noorden zou vertrekken. Hij keek omhoog naar de toren en zag dat daar niemand stond. De deur naar het dak was nog steeds dicht.

De moordenaar rolde met zijn schouders en strekte zijn benen om de nacht uit zijn botten te verdrijven. Daarna maakt hij zijn broek los en piste tegen een beukenboom.

Hij nam een slok bier uit de kruik, gekoeld door de dauw, en kauwde op een stuk brood. Daarna ging hij weer in dezelfde houding zitten, met het radslotpistool op zijn knieën. Het was een prachtig wapen. Misschien mocht hij het houden nadat het gebeurd was.

'Domine, exaudi orationem meam.' Heer, hoor mijn gebed.

Zijn bloed tintelde als hij aan de aanstaande moord dacht.

Piet en Bernard stonden samen met Aimeric bij het poorthuis te wachten.

Minou keek toe terwijl vader en zoon elkaar omhelsden. Het ontroerde haar toen ze zag dat haar broer Piets oude dolk aan zijn gordel droeg. Een talisman die geluk moest brengen? Op dat moment legde Piet een hand op Aimerics schouder en boog zich naar hem toe. Minou vroeg zich af wat ze nog tegen elkaar te zeggen hadden nadat ze de hele nacht al met elkaar hadden gepraat.

'Waarom fluisteren jullie?' vroeg Marta. 'Maman zegt altijd dat het onbeleefd is om te fluisteren.'

De twee mannen stapten bij elkaar vandaan.

Piet streelde over het lange bruine haar van zijn dochter. 'Sommige dingen zijn niet voor jonge oortjes bestemd.'

‘Wat voor dingen?’

‘Dingen,’ antwoordde Aimeric. Zijn zwarte ogen schitterden.

‘Dat vind ik niet eerlijk. Maman zegt...’

‘Genoeg, petite,’ zei Minou terwijl ze Marta naar zich toe trok. ‘Kom maar bij mij staan.’

Ze vond dat Aimeric er prachtig uitzag in zijn zwarte wambuis en hozen. Zijn wilde haar was getemd onder een vilten muts en zijn baard was in een perfect puntje geknipt. De landeigenaar was verdwenen en hij was nu weer helemaal soldaat.

‘Ik wou echt dat hij niet ging,’ fluisterde Alis. ‘Zijn er geen anderen die de admiraal net zo hoog heeft zitten? Waarom heeft monsieur Coligny nou juist onze broer nodig?’

‘Het is zijn plicht,’ antwoordde Minou. ‘Hij heeft gezworen hem te zullen dienen.’

‘Parijs is zo ver weg.’

‘Niet verder weg dan de plekken waar hij eerder gestationeerd was, Alis. En is hij niet altijd teruggekomen?’

‘Maar wat als...’

Minou kneep liefdevol in de hand van haar zus. ‘Geef hem je zegen. Laat hem met trotse woorden in zijn hart vertrekken.’

Alis aarzelde, maar stapte toen naar voren. Haar groene jurk stak fel af tegen de zwarte kleding van haar broer. Haar gezicht was betrokken, maar Minou zag aan haar blik dat ze niet van plan was haar melancholie als een donkere wolk over zijn vertrek te laten neerdalen.

‘Zo, broer. Het is in Parijs één grote papenbende en op elke straathoek staan priesters met hel en verdoemenis te dreigen, maar er zal vast nog voldoende zijn om je te amuseren en bezig te houden.’

Aimeric glimlachte. ‘Ik zal mijn oren dichtstoppen voor al het verderfelijks daar.’

‘Je zult een mooi figuur slaan, daar twijfel ik niet aan. Maar blijf uit de problemen, hoor je? Laat je vooral door voorzichtigheid leiden, niet alleen door moed...’

‘... want broers zijn monsters,’ voegde Marta eraan toe.

Alis glimlachte dankbaar. ‘Zo is het. Want kleine en iets minder kleine broertjes zijn monsters.’ Toen sloeg Alis tot ieders verrassing haar armen om Aimeric heen, knuffelde hem en liep daarna zonder nog iets te zeggen over de binnenplaats terug naar het huis.

‘Wat is er met tante Alis?’ vroeg Marta. ‘Waar gaat ze naartoe?’

‘Ze is verdrietig,’ antwoordde Piet. ‘Wat dacht je ervan als wij tweeën haar eens gingen opvrolijken? Misschien kun je een spelletje schaak met haar doen?'

'Schaken is saai. Ik wil niet...'

'In dat geval kun je me misschien helpen om onze route uit te stippelen.'

Onmiddellijk klaarde Marta's gezicht op. 'Mag ik het kompas van *grand-père* gebruiken?'

'Als je hem zelf om toestemming vraagt,' zei Minou, 'en als hij ja zegt, dan mag het.'

'Mag ik het lenen, grand-père Bernard?'

Bernard zette zijn stok stevig neer. 'Laten we hem gaan zoeken. Geef me je arm, Marta, dan lopen we samen.'

'Ik ga wel mee om te zorgen dat ze zich niet opnieuw misdraagt.' Piet tilde grijnzend Jean-Jacques op zijn schouders. 'We zijn boven in de woonkamer, lieverd, als je hier klaar bent.'

Minou keek de drie generaties na: haar vader, haar man en haar zoon, en haar dochter, de spring-in-'t-veld, die hun voorging over de binnenplaats. Toen draaide ze zich om naar Aimeric en stak haar hand uit. 'Ik zal je missen.'

'En ik jou ook. De afgelopen weken op Puivert was het net als vroeger. De familie Joubert weer samen.'

'Het was heerlijk dat je hier zo lang bij ons kon zijn. Ik hoop dat je vrouw het ons vergeeft dat we je bij ons hebben gehouden.' Minou aarzelde. 'Hebben Piet en jij alles met elkaar besproken gisteravond? Jullie waren nog laat aan het praten.'

Aimeric knikte. 'Er is veel om rekening mee te houden. Ondanks de voorwaarden van de vrede zijn sommige gebieden minder veilig dan andere. Het is maar goed dat Piet alles zorgvuldig voorbereidt.'

'Is dat alles?' vroeg Minou luchtig. 'Niks meer?'

'Wat zou er verder nog moeten zijn?'

'Vond jij niet dat hij ergens door in beslag genomen leek?'

Aimeric fronste. 'Piet heeft van alles aan zijn hoofd, natuurlijk, maar niet meer dan anders. Er hangt veel van af of deze bruiloft zonder problemen verloopt.'

'Het is gewoon...' Minou stopte, omdat ze niet goed wist wat ze eigenlijk wilde zeggen. 'Heeft Piet je geen andere verklaring gegeven voor het feit dat hij zo afwezig is? Hij heeft je niets toevertrouwd?'

Aimeric schudde zijn hoofd. 'Nee. Dat wil zeggen, hij vroeg wel of ik in Parijs meteen naar nieuws uit Amsterdam op zoek wil gaan. Hij heeft de opstand tegen de Spaanse overheersing daar nauwlettend gevolgd en wil graag verslagen uit de eerste hand van hoe het er nu voor staat.'

Het geluid van paardenhoeven en rinkelend tuig maakte een einde aan hun gesprek; Aimerics knecht kwam met zijn gevlekte paard aanlopen. Aan de andere kant van de poort stonden inmiddels zijn reisgenoten te wachten: drie gewapende medesoldaten, allemaal te paard. Ze waren eenvoudig gekleed; er was niets waardoor ze konden opvallen. Zodra ze zich bij hun kameraden in Saint-Antonin hadden gevoegd zouden ze de insignes van admiraal Coligny weer dragen.

Ze zag Aimerics ogen vastberaden glinsteren, en hoewel ze hem liever langer had ondervraagd, wist ze dat haar broer met zijn gedachten al bij de komende reis was.

'Het ga je goed,' zei ze opgewekt.

'Pas goed op mijn neef en nicht.'

'Dat doe ik.' Ze kneep in zijn handen. 'Tot later, als we elkaar weerzien in Parijs.'

'Tot in Parijs.'

De paardenknecht maakte een opstapje met zijn handen en Aimeric sprong in het zadel. Hij sloeg met de teugels, zodat het paard naar voren sprong. 'Hu!' Terwijl Aimeric over de ophaalbrug reed, draaide hij zich om en stak zijn hand op voor een laatste groet. Toen drukte hij zijn knieen tegen de flanken van het paard en ging over in galop, met zijn mannen vlak achter hem aan.

9

Het bos van Puivert

Twee paarden, een grijze hengst en een voskleurige merrie, reden over de heuvelkam.

Hun manen en staart wapperden in de wind en het gedreun van hun hoeven trilde door in de vochtige aarde terwijl ze de vlakte van het rivierdal overstaken, om daarna terug omhoog het bos in te rijden.

De zon stond hoog aan de hemel en de heuvels waren een en al kleur: gele brem en paarse cipressen, roze en witte weidebloemen. Op de grond lag een tapijt van zilveren blaadjes. Twijgen en dode takken die door de storm van gisteravond waren losgerukt knapten onder de hoefijzers. De kleuren van de kleding van de ruiters was fel als borduurwerk: Minous oude groene mantel en rode rokken, Piets vergeet-me-nietjesblauwe wambuis en broek. Veren op hun hoed.

Na de emoties van Aimerics afscheid had Minou voorgesteld een dagje vrij te nemen van de normale kasteelbeslommeringen en even lekker uit te waaien. Om tien uur waren Piet en zij vertrokken en noordwaarts door de vallei gereden. Het plan was om later op de dag met Salvadora, Bernard en de kinderen op hun lievelingsplekje in het bos te eten en daarna 's middags naar Puivert terug te keren.

Minou spoorde haar paard nog harder aan. Volgens haar was er op deze aarde niets te vergelijken met de vrijheid en het plezier van in de zomer onder het wolkeloze blauw van de Midi-hemel door het bos rijden, wanneer de grond stevig maar niet te hard was en de zon wel scheen maar niet te heet was.

'Ik ga winnen!' riep ze opeens en ze verraste haar man door de teugels te grijpen en met haar zweep te slaan. '*Par force!*'

Met gestrekte hals schoot de vos naar voren; de witte vlek op haar neus was een perfecte ruit. Minou reed snel bij haar man vandaan en vloog het laatste deel van het pad op naar de uitlopers van het bos, een gebied van ongeveer driehonderd morgen ten noorden van het Château de Puivert.

Op de top van de heuvel liet Minou haar paard in een langzame draf overgaan en daarna stappen. Ze liet de teugels vieren, legde haar handen op de zadelknop en volgde het paadje dat naar de open plek leidde waar ze hadden afgesproken. '*Brava*,' zei ze terwijl ze de dampende vacht van de merrie streelde.

Zonlicht filterde door het bladerdak en toverde de bemoste grond eronder om in een lappendeken van steeds veranderende vlekken. Een zachte bries ritselde langs de onderkant van de blaadjes en keerde ze om, van groen naar wit naar zilver en weer terug naar glanzend groen.

Toen haar plek van bestemming in zicht kwam hield Minou de teugels in. Voor haar, midden op de open plek, zetten bedienden de tafel onder een rij beukenbomen. Bij elk zuchtje wind wapperden de hoeken van het witte linnen tafelkleed even op, waarna ze weer vielen. Vlakbij stond een handkar, die was gebruikt om etenswaren, wijn en serviesgoed te vervoeren. Ietsje verder weg stond de grote wagen gekanteld op zijn twee enorme wielen, met de houten bomen naar de hemel gericht. Het stevige, voskleurige karrenpaard graasde vlakbij, vastgebonden aan een elzenboom.

Haar vader had zich met Marta aan een vouwtafeltje geïnstalleerd, een paar passen bij de geïmproviseerde keuken vandaan. Minou verbaasde zich er voor de zoveelste keer over hoe juist Bernard haar rusteloze dochter altijd wist te bedaren. Bij hem verveelde Marta zich nooit.

Het kindermeisje zat met Jean-Jacques op een deken in de schaduw en Minou zag tot haar tevredenheid dat ook Salvadora was meegekomen, terwijl zij eten *en plein air* maar belachelijke aanstellerij vond. Wel was Minou teleurgesteld dat ze Alis nergens zag. Ze wist dat haar zusje liever in haar eentje rouwde om het vertrek van Aimeric, haar beste kameraad, maar ook dat het niet goed was om haar te laten piekeren.

Château de Puivert

Zonder iets te zien staarde Alis door het raam van de kapel.

Ze had zich teruggetrokken in de donjon, ver weg van nieuwsgierige ogen, en huilde tranen met tuiten. Meestal was ze onverstoorbaar, maar nu voelde ze zich uitgeblust en ellendig.

Alis liet haar hoofd tegen het glas rusten. Noch de azuurblauwe hemel, noch de roodgespikkelde boomgaarden in het dal konden haar opbeuren. Ze deden haar alleen maar denken aan hoe Aimeric en zij drie dagen eerder arm in arm tussen de appelbomen hadden gewandeld en gepraat totdat de zon onderging.

Het was onnozel dat ze zich door het vertrek van haar broer zo van haar stuk liet brengen. Ze zou het als een zegen moeten beschouwen dat hij tijd bij hen in Puivert had kunnen doorbrengen, en al helemaal zonder zijn vrouw erbij. Er waren tijden geweest, op het hoogtepunt van de strijd, dat ze soms maandenlang niets van hem hoorden.

Maar wat als hij deze keer nooit meer terugkwam?

Toen Alis zich weer naar het altaar omdraaide, was er iets aan de kwaliteit van het licht dat een herinnering bij haar opriep. Plotseling werd ze overvallen door een beeld van haarzelf op haar zevende, toen ze hier in het kasteel gevangen werd gehouden door de priester met de witte streep in zijn haar. Een kind, verloren en alleen.

Achter elkaar schoten beeldflitsen door haar hoofd, ongevraagd en scherp als de bliksem: hoe ze met een touw om haar nek het bos in werd gesleept, waar de brandstapel al brandde; Minou, die vlak bij de vlammen aan de paal werd gebonden; tante Salvadora, liggend op de grond, bloedend; de vorige châtelaine, die met een mes zichzelf en haar ongeboren kind verwondde. Heel veel bloed.

'Nee!'

Ze weigerde in de schaduw van het verleden te leven. Ze had het overleefd. Het had haar sterk en onafhankelijk gemaakt. Alleen was vandaag degene van wie ze het meeste hield weggegaan. Eenzaamheid paste niet bij haar, dat zei Minou ook altijd. Zodra ze in haar eentje was, raakte ze in de ban van haar eigen bezorgde gedachten.

De tijd zou zijn werk doen. Elke dag zou de pijn van Aimerics afwezigheid minder worden. Juni zou voorbijgaan, daarna juli. Over een paar weken al zouden ze samen in Parijs zijn. En nu had ze gewoon gezelschap nodig, het onschuldige geklets van haar nichtje, of zelfs de eindeloze verhalen van haar tante over de laatste modes aan het hof.

Alis zuchtte. Ze zou naar Minous advies luisteren. Zodra ze de klok twee uur hoorde slaan, zou ze naar de top van de toren klimmen om daarvandaan uit te kijken naar haar familie, die uit het bos terugkeerde. Daar boven had ze vrij uitzicht. De rest van de middag zou ze in hun gezelschap doorbrengen en niet meer over Aimeric piekeren.

Het zou snel genoeg augustus zijn.

Het bos van Puivert

Toen Minou achter zich hoefgetrappel hoorde, draaide ze zich om. 'Mijn heer, waar bleef je zo lang?'

'Jij hebt gewonnen,' zei Piet glimlachend. Hij reed naar haar toe en boog zich naar voren om haar te kussen.

'Geef je je gewonnen, heer?'

'Ik geef me gewonnen,' zei Piet. Hij kuste haar gehandschoende hand, daarna haar pols en toen haar lippen. Bij het afstijgen kostte het hem moeite om zijn ongedurige hengst in bedwang te houden. Toen stak hij een hand uit naar Minou om haar te helpen terwijl ze haar been van de zadelboog loshaakte en zich van het zadel liet glijden.

'*Vas-y*,' zei Piet en hij gebaarde naar de paardenknecht dat hij de twee paarden moest vasthouden.

Minou gaf hem een arm. Ze genoot van het getemperde zonlicht en de sterke geur van de dennenbomen. Op een tak zat een grote lijster met donker gespikkelde borst, die zong omdat de zomer in aantocht was.

'Wat hadden Aimeric en jij nog allemaal te bespreken?' vroeg ze.

Piet lachte. 'Ik zei tegen hem dat als hij in Parijs geen geschikt logeeradres voor ons vond – en ik daardoor gedurende ons hele verblijf Salvadora's klachten zou moeten aanhoren – ik gedwongen zou zijn om mijn dolk weer van hem af te nemen en op mezelf te gebruiken!'

'Dat lot hoopt inderdaad niemand van ons te ondergaan! Maar eigenlijk bedoelde ik niet vanochtend bij het poortgebouw, maar gisternacht. Tegen zonsopgang waren jullie nog aan het praten.'

Piet trok zijn arm weg. 'Wat bedoel je daarmee?' vroeg hij.

Minou staarde hem aan. 'Wat ik ermee bedoel? Nou, precies wat ik zeg. Ik kon niet slapen, dus was ik opgestaan en had ik het raam opengezet. Ik hoorde jullie praten op de binnenplaats.'

'Stond je te luistervinken?'

'Luistervinken! Piet, hoe kun je dat nou zeggen?'

'Hoe zou jij het dan noemen als je een privégesprek afluistert?'

De kille uitdrukking op zijn gezicht bracht haar helemaal in de war. 'Het was zo vochtig na de regen, het was benauwd in de kamer...' Ze raakte zijn arm aan. 'Waarom voel je je aangevallen terwijl dat helemaal niet mijn bedoeling was? Twijfel je eraan of het wel verstandig is dat we met je meegaan naar Parijs?'

'Nee! Ik zou jullie hier nooit zonder mijn bescherming achterlaten.'

'Bescherming! Wat bedoel je daar nou mee?' Minou keek hem aan en probeerde in zijn ogen te lezen wat er aan de hand was. 'Piet, vertel me alsjeblieft wat je bezighoudt.'

Piet zuchtte. 'Ik maak me gewoon zorgen dat alleen al de aanwezigheid van heel veel hugenoten in Parijs door velen als een provocatie zal worden gezien, ongeacht wat de koning of de koningin-moeder graag wil.'

'En was dat wat je me gisteren wilde zeggen?'

Piet keek haar niet aan. 'Natuurlijk.'

'Hier zijn we veilig,' zei ze.

'Veilig!' barstte hij uit. 'Nergens is het veilig. Er zijn overal spionnen.'

Minou keek hem verbluft aan. 'Piet, zeg me alsjeblieft wat er aan de hand is. Ik weet dat er nog iets is, ik ken je te goed.'

Heel even keek hij haar aan. Ze zag de besluiteloosheid in zijn ogen; toen keek hij weer weg en er brak een piepklein stukje van haar hart.

'Vergeef me, Minou.' Zijn stem klonk plotseling vermoeid. 'Ik ben moe. Let maar niet op mijn slechte humeur. Het is niet jouw schuld.'

En zonder haar de kans te geven om nog iets te zeggen, klom hij op zijn paard en galoppeerde weg door het bos. Minou bleef achter, zonder enig idee wat er nu eigenlijk precies tussen hen was voorgevallen.

10

Een paar ogenblikken bleef Minou naar de lege plek staren, terwijl ze zich afvroeg welk geheim haar echtgenoot meedroeg dat hij te onrustbarend vond om met haar te delen. Toen realiseerde ze zich dat Bernard, Salvadora en de bedienden allemaal naar haar keken.

Minou dwong zichzelf te glimlachen, alsof de ruzie nooit had plaatsgevonden, en liep de groene open plek op om zich bij hen te voegen.

'Maman!' riep Marta. 'Kijk eens wat ik heb getekend.'

Het vouwtafeltje lag inmiddels vol met papier, pennen en inkt, een duimstok en kleurkrijtjes.

'Laat maar zien, petite,' zei ze zo opgewekt mogelijk.

'Het is een kaart!' Marta wees naar een tekening. 'Ik mocht van grand-père zijn kompas gebruiken om alles op de goede plek te kunnen tekenen.'

'Dat was lief van hem.'

'Wij zijn hier.' Het meisje wees naar een ruw schetsje van het kasteel. 'En dit is de route waarlangs we gaan reizen, al moet ik het nog wel aan papa laten zien om te vragen of het zo goed is.' Marta keek om zich heen. 'Waar is papa naartoe?'

'Papa moest dringend weg om wat zaken te regelen. Je kunt het hem later laten zien.'

'Maar ik wou...' pruilde Marta.

'Ga maar even met je broertje spelen,' zei Minou streng en ze gebaarde naar Jean-Jacques, die aan de hand van het kindermeisje over een gevallen boomstam liep. 'En dit,' voegde ze eraan toe terwijl ze het kompas uit haar dochters hand pakte, 'kan hier blijven. Het is niet van jou. Tenzij grand-père heeft gezegd dat je het bij je mag houden?'

'Dat heeft hij niet,' zei Bernard met een glimlach.

'Ik zou er goed op passen,' pruilde Marta.

'Hier wordt er goed genoeg op gepast,' zei Minou terwijl ze het kostbare voorwerp op het tafeltje zette.

Marta bloosde. Minou keek haar dochter na, die zich huppelend bij de anderen voegde.

'Filha,' zei Bernard terwijl hij op de bank klopte. 'Kom eens bij me zitten.'

'Marta is net een ekster,' zei ze. 'Ze mag geen spullen meepakken die niet van haar zijn.'

'Ze is nieuwsgierig. Ze leert het wel,' antwoordde hij. 'Kan haar tekening ermee door?'

'Om eerlijk te zijn is die zelfs uitstekend. Ze heeft een goede hand van tekenen en een scherp oog voor details, hoewel haar gevoel voor schaal misschien nog niet helemaal is wat het zou kunnen zijn. Puivert is een stuk groter dan gerechtvaardigd is. Ze heeft het net zo groot getekend als Parijs!'

Bernard glimlachte. 'Puivert is het middelpunt van Marta's wereld. Als ze in Carcassonne woonde, zouden ongetwijfeld *la Cité* en Parijs de twee pijlers zijn waarop Frankrijk is gegrondvest.'

Minou lachte. 'Dat is waar.'

'Toen jij ongeveer zo oud was als Marta nu heeft jouw moeder een plattegrond van Carcassonne voor je getekend, toch? Rood krijt voor la Cité, groen voor la Bastide, blauw voor de rivier ertussenin, en onze boekwinkel aan de Rue du Marché en ons huis aan de Rue du Trésau geel. Kun je je dat herinneren?'

'Natuurlijk. Die heb ik nog.'

Bernards oude gezicht begon te stralen. 'Ik had gedacht dat die na al die jaren zou zijn kwijtgeraakt.'

'Ik bewaar hem in mijn dagboek.'

'Aha, je dagboek! Florence zou ervan staan te kijken dat haar ruwe schetsje zo goed dienst heeft gedaan.'

Er viel een gemoedelijke stilte tussen hen tweeën.

Minou voelde dat Bernard wachtte totdat zij iets zou zeggen, en hoewel ze haar echtgenoot op geen enkele manier wilde afvallen, had ze behoefte aan de wijze raad van haar vader. 'Had je onze ruzie gehoord?' vroeg ze, en ze was blij dat hij niet deed alsof hij van niks wist.

'Ja.'

Ze zuchtte. 'Het ene moment was alles heel gemoedelijk tussen ons en toen opeens... Ik snap het niet.'

'Hopelijk vergeef je me dat ik hardop zeg wat je zelf al weet, filha, maar sinds hij gewond is geraakt heeft Piet er moeite mee om een eervolle rol voor zichzelf te vinden. Een duidelijk doel. Voor het grootste deel is hij daarin geslaagd.'

'Denk je soms dat ik dat niet weet!'

'Om Aimeric vanochtend met zijn kameraden te zien vertrekken was voor hem misschien een onwelkome herinnering aan wat hij is kwijtgeraakt?'

Minou voelde haar ogen prikken door onverwachte tranen. 'Misschien. Het is alleen... Afgelopen nacht hoorde ik hem op de binnenplaats met Aimeric praten, en ik weet bijna zeker dat hij iets voor me achterhoudt.'

Bernard trok zijn wenkbrauwen op. 'Je hoorde hem praten...?'

Minou bloosde. 'Ik had weg moeten gaan. Dat deed ik ook, zodra ik het besefte. Maar wat me verontrust, vader, is dat toen ik zonder kwade bedoelingen vroeg waarover ze hadden staan praten, Piet zich gedroeg alsof hij een afschuwelijk geheim voor me verbergt. Ik betrapte me zelfs heel even op de gedachte dat hij misschien in Toulouse een minnares heeft.'

Bernard barstte in lachen uit. 'Dochter, die gedachte kun je onmiddellijk laten varen. Ik heb nog nooit een man gekend die zo veel van zijn vrouw houdt als Piet.'

Minou sloeg haar ogen neer. 'Ik weet het. Ik voelde me al schuldig dat ik het alleen maar dacht. Maar er is wel iets. Hij is de laatste tijd vreselijk afwezig. En toen we gisteren op het punt stonden om ons bij jullie in de woonkamer te voegen, zei hij dat er iets was wat hij me moest vertellen. Hij leek heel somber en ernstig. Toen kwam Marta ertussen en ging de gelegenheid voorbij.'

Bernard zuchtte. 'De sleutel tot een lang en gelukkig huwelijk is niet dat je onenigheid uit de weg gaat, of dat je er bang voor bent en het ontkent. Het gaat er juist om dat je probeert de verschillen – en vooral de verschillen die onoverbrugbaar lijken – tot een bron van kracht om te vormen. Praat nog eens met hem.'

'Dat heb ik geprobeerd, maar hij wil niet naar me luisteren.'

Bernard dacht even na. 'Als het geen ontrouw is – en daar zijn we het over eens – moet je misschien mogelijke redenen voor zijn bezorgdheid op een rijtje proberen te zetten en ze daarna afstrepen: financiële zaken, zorgen om de kinderen, het vooruitzicht op nieuwe gevechten, de oogst van dit jaar, de reis naar Parijs. Of misschien weet jij nog iets anders wat het zou kunnen zijn.'

Minou dacht na en voelde opeens een huivering van angst langs haar ruggengraat. Plotseling leek het zo duidelijk. 'Vidal...' fluisterde ze.

Tijdens hun studententijd in Toulouse waren Piet en Vidal beste vrienden geweest, als broers bijna. Later had Vidal hem eerst verraden en daarna geprobeerd – samen met de vorige châtelaine van Puivert – hem te vermoorden. Hij was hem gevolgd van Carcassonne naar Toulouse en ten slotte Puivert.

Al die doden vanwege een oud stukje stof, een heilige relikwie.

Piet sprak nooit over Vidal – en Minou vroeg ook nooit naar hem, uit angst haar man op gedachten te brengen die hij nog niet had –, maar ze vroeg zich vaak af of de man met wie hij ooit zo goed bevriend was geweest in zijn dromen rondspookte. En of in die misleidende uren tussen zonsondergang en zonsopgang waarin de nachtelijke angsten toesloegen, de herinnering aan Vidals doordringende zwarte ogen en de witte lok in zijn haar hem ook achtervolgde, net zoals dat bij haar gebeurde.

Minou hield haar adem in. Kon dat het zijn? De gebeurtenissen die tot het hevige conflict tussen de twee hadden geleid lagen in het verleden. Vidal had gekregen wat hij wilde. Er waren tien jaren verstreken zonder dat ergens uit bleek dat hij hun kwaad wilde doen, of zelfs maar in hen geïnteresseerd was. Waarom zou Vidal zich nog druk om hen maken?

Maar wat als dat niet waar was...

'Vidal,' zei Minou opnieuw. Ze vond het alleen al vreselijk om door het uitspreken van zijn naam de zwoele middaglucht te verpesten.

'Heeft hij van zich laten horen?' vroeg Bernard scherp.

'Niet dat ik weet. Maar Vidal zal ongetwijfeld bij het koninklijke huwelijk aanwezig zijn. De hertog van Guise heeft hem hoog zitten. Misschien is dat wat Piet dwarszit: het idee om hem weer tegen te komen.'

'Je zult het nooit weten, filha, tenzij je het hem vraagt. Probeer hem alsjeblieft, in het belang van jullie liefde, zover te krijgen dat hij zijn hart bij je lucht.'

'En als hij dat niet doet?'

Bernard legde een hand vol levervlekken op de hare. 'Jullie zullen het samen wel oplossen, daar twijfel ik niet aan. Piet houdt van jou en jij van hem.' En om aan te geven dat hun gesprekje voorbij was, hees hij zichzelf overeind. 'Is het nog geen tijd om te eten?'

Minou gaf haar vader zijn stok en samen liepen ze naar de eettafel. Een houten schaal met kersen, een bord *fromage de chèvre* met berghoning, manden vol *pan de blat*, aardewerken kommen tot de rand toe gevuld met bier. Alleen de gezouten ham moest nog uit de vochtige neteldoek worden gewikkeld.

'Ga maar, Minou. Wij redden het hier wel zonder je.'

'Ik kan beter blijven. De kinderen...'

'... vermaken zich prima.'

Ze keek om zich heen. Jean-Jacques lag te slapen in de armen van het kindermeisje, die zachtjes een slaapliedje zong in de oude taal die Minou zo goed kende uit haar jeugd. Marta liep achter Salvadora aan, die het serviesgoed op de tafel herschikte en over de staat van het tafelkleed mopperde.

'Ga maar,' herhaalde Bernard. 'Praat het uit met je man.'

Toen Minou hem omhelsde, voelde ze zijn ribben door zijn wambuis heen. 'Dank je wel. Wat zou ik zonder jouw goede raad moeten?'

'Daar zijn vaders toch voor, om hun dochters goede raad te geven?'

Ze liepen nog een paar passen en toen bleef Minou staan. 'Mis je haar nog, vader? Zelfs na al die jaren?'

'Elke dag, filha. Ik mis je moeder elke dag.'

11

Piet gaf zijn hengst de vrije teugel.

Hij wilde het uitschreeuwen, het gif uit zijn bloed en de gal uit zijn maag spugen. Hij boog zich diep voorover en reed harder en harder, alsof hij zo aan zijn eigen boze gedachten kon ontkomen.

Hij zat gevangen in een val van eigen makelij; de ene onwaarheid raakte verstrikt in de volgende totdat hij geen lucht meer kreeg. Minou was zijn grote liefde, zijn beste vriendin en levensgezellin. Ze vervolmaakten elkaar. Dus waar kwam zijn onwil om haar in vertrouwen te nemen vandaan? Het maakte hem misschien nog niet echt een leugenaar, maar toch zeker wel iemand die zaken achterhield. Met zijn zwijgzaamheid bouwde hij een muur tussen hen tweeën, dat wist hij. Maar elke keer dat hij op het punt stond om iets te zeggen, raakte zijn tong verlamd door angst.

Het was zijn plicht om voor zijn gezin te zorgen, het te beschermen.

Piet voelde de schaamte vanuit zijn borst opstijgen tot in zijn keel, totdat hij nauwelijks meer kon ademen. Telkens weer zei hij tegen zichzelf dat het om Minous bestwil was dat hij zijn mond hield, zoals elke dag sinds hij de brief uit Amsterdam had ontvangen. Hij zei tegen zichzelf dat het geen zin had om de angst te delen die hem in zijn greep had en waartegen hij hulpeloos was, totdat hij bewijs had dat de brief echt was. Dat de dreiging reëel was. Minou maakte zich altijd snel zorgen, dus waarom zou hij haar lastigvallen als het niet hoefde?

Hij herinnerde zich nog precies de schok die hij had gevoeld toen hij de naam onder aan de brief had gelezen: Mariken. Haar liefdevolle gezicht was in zijn herinnering voor altijd verbonden aan de blauwe lippen van zijn moeder in dat koude, haveloze kamertje aan de Kalverstraat. Als de dag van gisteren herinnerde hij zich het klotsende water in de grachten en de geur van turf en haring toen Mariken hem later door de smalle straten van Amsterdam naar een veilige plek bracht.

Piet had de afgelopen weken geprobeerd om wat Mariken schreef bevestigd te krijgen. Hij had brieven gestuurd naar zijn vrienden in de Lage

Landen, opstandelingen in Brielle en Utrecht, maar zonder succes. Hij kon alleen maar hopen dat hij meer te weten zou komen zodra Aimeric in Parijs was aangekomen en contact had gelegd met de Nederlandse gemeenschap daar.

Zodra hij het zeker wist, bezwoer hij zichzelf, zou hij het aan Minou vertellen. Maar nu moest hij haar zijn verontschuldigingen aanbieden. Haar pijn doen was wel het laatste wat hij wilde. Hij keek om zich heen en realiseerde zich hoe ver hij al naar het noorden gereden was.

'Hu,' zei hij terwijl hij de weg naar huis insloeg. 'Vas-y.'

Beneden in het dorp sloeg de klok twee uur. De moordenaar wachtte. Toen ving hij boven het geritsel van de wind het geluid van een openslaande deur op en zag hij een glimp van iets groens.

Ze was vroeg vandaag.

'*Sancte Michael Archangele, defende nos in proelio,*' bad hij tot de aartsengel naar wie hij genoemd was. Behoed ons in de strijd.

Deze enkelvoudige moord zou net zo goed een oorlogsdaad zijn als een belegering of een infanterieaanval. Hij was een soldaat in het leger van Christus.

De moordenaar sloeg snel een kruisje en stapte daarna uit de dekking van het kreupelhout. Hij had van tevoren de schiethoek en afstand tot aan de borstwering bepaald, de plek waar de châtelaine altijd ging zitten, en daarna berekend wat voor hem de beste positie was. Als ze bij de deur bleef, had hij geen vrij zicht op haar. Ze moest dichter naar de rand toe lopen.

'Toe dan, toe dan,' mompelde hij tegen zijn slachtoffer. 'Nog een paar stapjes.'

Hij reguleerde zijn ademhaling en richtte zijn blik op zijn prooi. Kruit, kogel en pankruit waren geladen. Zijn vinger lag om de trekker. Met één oog keek hij langs de loop.

Hij zag dat de valse kasteelvrouwe naar de andere kant van het dak liep om over het gebied ten noorden van het kasteel uit te kijken. Hij hield zijn arm stil. Eindelijk draaide de ketterse hoer zich om naar haar vaste plekje op de borstwering met de kantelen. De hoek was niet helemaal perfect, ze stond verder weg dan normaal, maar hij had wel vrij zicht op haar.

Eindelijk.

Met het wapen ongeveer vijfenveertig graden opzijgedraaid zodat het pankruit er niet uit kon vallen kneep hij met zijn wijsvinger en duim. Alles leek in één langgerekt moment plaats te vinden: het wieltje dat klikte, het ontspannen van de slagveer, de felle, withete vonkjes van het pyriet terwijl het gekkengoud siste en knetterde en de kogel uit de loop van het pistool schoot.

Terwijl de kogel naar de donjon suisde, weergalmde de knal door het bos, plotseling en scherp. Met veel vleugelgeklapper vloog een witrugspecht op.

De moordenaar zag de hoer wankelen en ontdekte daarna terwijl ze viel de steeds grotere rode vlek op het groen. Hij blies zijn adem uit en ontspande zijn schouders. Hij kon niet met zekerheid vaststellen of ze dodelijk gewond was, maar het was duidelijk raak. Dankzij Gods hulp had zijn schot doel weten te treffen.

Langzaam liet hij zijn arm zakken. Terwijl hij diep ademhaalde, zag hij tot zijn verbazing dat zijn handpalmen nat waren. Toen leek de tijd weer verder te tikken. Hij had geen moment te verliezen. Hij moest zo ver mogelijk bij Puivert vandaan zijn voordat er alarm werd geslagen.

Gehaast liep de moordenaar de dekking van het bos in om zo snel mogelijk weg te kunnen. Hij verzamelde zijn schamele bezittingen, haalde het pistool uit elkaar en stopte het in zijn leren tas, en schopte daarna door de geplette bladeren en varens op de plek waar hij had geslapen. Hij raapte de zak op, inmiddels stijf van het opgedroogde bloed, maar liet hem meteen weer vallen. Het was een prima buit, maar door het jute sijpelde de stank van ontbinding naar buiten en hoewel de huiden nog wel even goed zouden blijven, begon het vlees nu al te bederven.

Hij draaide zich om en liep naar het bospad dat hem eerst in Chalabre zou brengen, en daarna ongeveer tien mijl noordelijker naar het katholieke onderduikadres in Carcassonne, waar hij zijn beloning zou ontvangen.

Terwijl hij voorovergebogen tussen het leger van berken en beukenbomen door rende, vroeg hij zich opnieuw af of de kardinaal hem het pistool misschien zou laten houden. Het was een duur wapen, maar had hij het niet verdiend door God te dienen?

'Rustig,' fluisterde Minou tegen haar merrie. De knal van een pistool, dichtbij in de stille namiddag, had het dier doen schrikken. Ze was er bijna af gegooid. 'Rustig maar, rustig.'

Minou had geluisterd of er nog een tweede schot kwam, maar dat bleef uit. Ze had niemand toestemming gegeven om te jagen – en ze dacht ook niet dat Piet dat gedaan zou hebben zonder het haar te vertellen – en trouwens, de stropers van de Pyreneeën verkozen nog altijd mes of pijl-en-boog boven een vuurwapen. Het was vreemd.

Zodra ze haar paard gekalmeerd had, reed Minou rustig verder naar het kasteel, terwijl ze alvast oefende wat ze tegen Piet wilde zeggen. Woorden van trouw en liefde, van haar voor hem en van hem voor haar. Ze vond het vreselijk dat er onenigheid tussen hen bestond. Haar boosheid dat ze onterecht kritiek over zich heen had gekregen had plaatsgemaakt voor het verlangen om het goed te maken. Haar vader had gelijk. Als ze over hun zorgen konden praten, zou alles weer in orde komen.

Het duurde niet lang voordat ze het silhouet van de donjon in het oog kreeg, en daarna de grijze muur die zich als een laag, lang gordijn tussen de torens van het Château de Puivert uitstrekte.

Nergens zag ze beweging. Het lage poortje waardoor je in de moestuin kwam was dicht, hoewel ze achter de muur wel de gebruikelijke geluiden van het huishouden kon horen.

Ze reed langs de hele noordmuur en tuurde afwisselend naar het kasteel en het bos, speurend naar ongebruikelijke zaken, bewijzen dat er een wapen was afgevuurd. Ze keerde om en toen ze opnieuw ter hoogte van de Tour Bossue was, zag ze in het kreupelhout iets liggen. Minou stapte van haar paard. De merrie weigerde met haar mee te lopen, dus bond ze het dier vast en liep er alleen naartoe.

Onder de bomen lag een vieze juten zak. Minou maakte het touw waarmee hij was dichtgebonden los en deinsde achteruit toen ze de stank van rottend vlees rook. Ze gooide de inhoud op de grond. Een paar ratten en twee konijnen, een met opengesneden buik. Waarom zou een stroper zijn buit achterlaten, ook al was het niet veel?

Minou hurkte neer en liet haar vingers over de bladeren glijden. Het viel haar op dat het gras op sommige plekken platgedrukt was. Een broodkorst, keihard. Er had hier iemand gezeten, lang genoeg om deze tekenen achter te laten.

Toen ze weer opstond, hoorde ze iets klapperen. Regelmatig, ritmisch, steeds opnieuw, hout tegen steen… Minou keek omhoog en zag dat de deur van de donjon naar het dak openstond en in de wind heen en weer sloeg.

Haar eerste reactie was ergernis. De top van de toren was blootgesteld aan de elementen – de hard blazende tramontane, striemende regen, sneeuw in de winter – en daarom hoorde de deur altijd veilig dicht te zijn. Toen begon ze zich af te vragen waarom hij eigenlijk openstond, want behalve zijzelf ging er nooit iemand naar boven.

Minou liet haar paard achter en rende via het poortje de moestuin in. Daarna haastte ze zich met een groeiend gevoel van onbehagen naar de donjon en vervolgens de trap op. Haar mantel wapperde achter haar aan.

Op het dak bulderde en zwiepte de wind. Minou bleef in de deuropening staan. Toen veranderde haar bloed in ijs.

'Nee...'

Eigenlijk wilde ze niet geloven wat ze zag, maar het leed geen twijfel. Er lag iemand op het dak, gevallen, met haar armen wijd. Een groene kap, een groene jurk met rode bloedvlekken en een plas bloed onder haar lichaam.

'Alis!' riep ze terwijl ze naar haar zusje rende. 'Alis!'

Minou rolde haar op haar zij en probeerde te ontdekken waar het bloed vandaan kwam. Er zat een diepe snee in Alis' slaap, maar het meeste bloed stroomde uit een kogelwond in haar rug.

Minou maakte een prop van haar zakdoek en probeerde daarmee het bloeden te stelpen. Vers bloed kleurde de witte linnen doek onmiddellijk rood. Ze trok de spelden uit Alis' kap en vouwde de stof dubbel om een kussentje te maken voor onder het hoofd van haar zus. Daarna rende ze naar de rand van de donjon en keek naar de grote binnenplaats. Ze had dringend hulp nodig, maar waar was iedereen?

Helemaal aan de andere kant, bij het poorthuis, zag ze een oude man met een kar vol hooi over de binnenplaats rijden. 'Help me!' schreeuwde ze. 'Haal hulp!' Ze zwaaide met haar armen, maar wist niet of hij haar gehoord of gezien had. Minou rende terug naar Alis, want ze wist dat ze haar niet alleen mocht laten, omdat haar toestand elk moment kon verslechteren. Wanhopig duwde ze harder tegen de wond op haar rug, in een poging het bloeden zo goed mogelijk te stelpen.

De witte doek werd roder en roder.

'*Il n'y a personne?*' schreeuwde ze opnieuw, met haar hoofd naar de deur gedraaid. 'Kan niemand me helpen?'

Terwijl Piet het kasteel naderde, oefende hij alvast wat hij tegen Minou wilde zeggen. Woorden van verontschuldiging en van liefde, van hem voor haar en van haar voor hem.

Maar toen hij dichterbij kwam en Minous merrie bij het zijpoortje in de muur vastgebonden zag staan was hij alle woorden onmiddellijk vergeten. Waarom zou ze haar paard hier achterlaten in plaats van het naar de stal te brengen? Toen zag hij de lijkjes van de gestroopte dieren op de grond liggen en zijn hart begon te bonken.

Piet sprong van zijn hengst, bond het dier naast Minous vosmerrie vast en rende door het poortje het kasteel in alsof de duivel hem op de hielen zat.

De tijd leek te vertragen en werd alleen nog gemarkeerd door het ongelijke ritme van Alis' hijgende ademhaling. Ze werd steeds bleker. Minou tikte tegen haar wang om haar bij te brengen, maar de ogen van haar zusje bleven dicht. Zodra ze haar hand van de wond haalde, golfde het bloed naar buiten. Als ze haar alleen liet, zou Alis sterven. Daar twijfelde ze niet aan.

'Er is hulp onderweg,' zei ze terwijl ze haar groene mantel tegen de wond drukte. 'Het duurt niet lang meer.'

Eindelijk hoorde Minou voetstappen op de trap, en plotseling stond Piet in de deuropening, met achter hem twee bedienden.

'Minou!' riep hij.

Ze zag dat Piet de situatie binnen enkele ogenblikken in zich opnam: haar mantel, doordrenkt met bloed, en daarna Alis, die levenloos op de grond lag.

Hij rende naar haar toe. 'Wat is er gebeurd, ben je gewond?'

'Nee, ik niet.' Minou hoorde dat zijn adem heel even stokte.

'Ik was bang...' fluisterde hij terwijl hij naast haar neerhurkte. 'Toen ik je zag, dacht ik...'

'Alis is neergeschoten,' zei ze. 'Een half uur geleden hoorde ik de knal.'

Piet deinsde achteruit. 'Wat? Heb je iemand gezien toen je door het bos reed?'

Minou schudde haar hoofd. 'Nee, maar hij heeft een zak met rottend vlees achtergelaten.'

'Die heb ik gezien.'

'Ik denk dat iemand ons in de gaten heeft gehouden. Het gras was platgedrukt.'

'Hoe erg is het?'

Minou tilde de doek een stukje op en onmiddellijk golfde het bloed weer naar buiten. 'De kogel zit er nog in. We moeten hem eruit halen. Het is de beste manier om te voorkomen dat er een infectie bij komt.'

Piet knikte. 'Hou haar hand vast.' Hij pakte zijn jachtmes uit de schede aan zijn riem, veegde de punt af aan Minous mantel en drukte de scherpe punt daarna in de wond.

Alis bewoog, maar werd niet wakker.

'Ik heb hem bijna.' Zo voorzichtig als hij kon, draaide hij het lemmet.

Deze keer kwam de kogel eruit, met een nieuwe golf vers bloed. Onmiddellijk duwde Minou de doornatte doek in de wond.

Piet ging weer rechtop zitten. Zijn gezicht was grauw van opluchting. 'Ik dacht dat jij het was, Minou,' zei hij. 'Ik dacht dat ik je kwijt was.'

Minou legde haar bebloede hand op die van hem. 'Ik weet het.'

Eén tel bleef ze hem aankijken. Toen riep ze de bedienden. 'Mademoiselle Joubert is zwaargewond. Laat heet water, doeken en azijn naar mijn slaapkamer brengen. En honing. Dat is goed om het bloed te zuiveren. Misschien kan het de koorts op afstand houden. En jij, Marcel, rijd naar het dorp en zeg tegen de arts dat we zijn diensten dringend nodig hebben. Haast je.'

De bedienden bogen en renden weg.

'Ik ben bang dat het bloeden zal verergeren als we haar verplaatsen, maar we hebben geen keus. Til jij haar op, Piet, dan hou ik mijn hand tegen de wond gedrukt.'

Hij knikte. 'Ik tel tot drie. Een, twee en drie.'

Samen slaagden ze erin haar van de vloer te tillen. Alis gaf geen kik. Ze lag schijnbaar levenloos in Piets armen.

'Schiet op,' zei Minou wanhopig toen ze het bloed alweer tussen haar vingers door voelde stromen.

Samen schuifelden ze naar de deur, waarna ze onhandig de trap af liepen. Een rood spoor op de stenen treden gaf aan waar ze hadden gelopen.

12

‘Waarom komt de arts niet?’ vroeg Bernard opnieuw.

Met de minuut werd Alis’ ademhaling oppervlakkiger, moeizamer. Alle kleur verdween uit haar wangen. Bernard kneep in de hand van zijn jongste dochter terwijl Minou steeds weer schoon verband tegen de wond drukte. Drukken en vervangen. Drukken en vervangen. Uiteindelijk werd het bloeden minder.

‘Ze wordt kouder,’ fluisterde Bernard.

‘Hulp is onderweg. Piet haalt de dokter.’ Minou wist niet meer hoe vaak ze die woorden al had gezegd. ‘Het duurt nu niet lang meer.’

Toch duurde het nog een uur voordat ze in de grote hal onder de slaapkamer eindelijk Piets stem hoorde. Voetstappen op de trap, de geur van de buitenwereld, en toen werd er een gebogen grijsaard naar binnen gebracht.

‘Dit is monsieur Gabignaud,’ zei Piet.

Minou en Bernard keken beiden op toen ze na al die jaren die bekende naam weer hoorden.

Minou stond op om hem te begroeten. ‘Monsieur, u bent zeer welkom.’

‘Tot uw dienst, madame. Monsieur Joubert.’

Bernard boog zijn hoofd. ‘Monsieur Gabignaud. Uw tante heeft mijn overleden vrouw en mij ooit een grote dienst bewezen.’

‘Ze zou zeer vereerd zijn als ze wist dat u zich haar herinnerde.’ De arts, die een pokdalige huid had, had zijn handen zo stevig om een houten doosje met instrumenten geklemd dat het leek alsof hij bang was om beroofd te worden, maar Minou zag de intelligente blik in zijn ogen.

‘Uw patiënt ligt hier, monsieur,’ zei ze snel. ‘Heeft mijn man uitgelegd wat er is gebeurd?’

‘Alleen dat mademoiselle Joubert is neergeschoten.’

‘Meer weten we zelf ook niet. We hebben de kogel eruit gehaald en de wond met azijn schoongemaakt.’

'Dat is precies wat ik zou hebben gedaan, madame.'

'Ik ga naar Salvadora om haar te vertellen hoe het ervoor staat,' zei Piet zacht. 'Red jij je wel?'

Minou raakte even zijn vingers aan. 'Ja, maar kom terug als je kunt.'

Met haar hand op haar vaders schouder – om hem gerust te stellen of zichzelf, dat wist ze niet zeker – keek Minou hoe Gabignaud haar zus onderzocht. Haar angst dat hij een slager was die het artsenvak op het slagveld had geleerd verdween toen hij voorzichtig de wond onderzocht: een gat met een rafelige rand aan de onderkant van Alis' rug, waar de kogel haar lichaam was binnengedrongen. Uit zijn vragen maakte ze op dat hij bovendien een meelevend mens was.

'Zal mijn dochter blijven leven, Gabignaud?' Bernards stem klonk luid in de stille kamer.

'Ik zal alles doen wat ik kan, monsieur. Ik zie geen tekenen van koorts – hoewel het nog vroeg is – en ook geen pus. Het was de juiste beslissing om de kogel eruit te halen, madame Joubert.'

'Ik ben blij dat u het daarmee eens bent.'

'Maar die snee op haar hoofd...'

'We denken dat ze die bij haar val heeft opgelopen,' zei Minou. 'Is het ernstig?'

Gabignaud hief zijn handen. 'Wat we niet kunnen zien is moeilijker te behandelen dan wat we wel zien,' zei hij voorzichtig, 'maar ik ben hoopvol.'

Terwijl hij de wonden schoonmaakte en met schone repen stof verbond, fungeerde Minou als de ogen van haar vader. Kalm en met zachte stem beschreef ze alle handelingen die de arts verrichtte om zijn kind te redden.

De rest van die lange namiddag werkte Gabignaud hard om Alis' leven te redden.

Minou verbrandde meidoorn, rozemarijn en wilde tijm in de haard om de lucht te zuiveren. Bedienden liepen af en aan en brachten koperen pannen met heet water uit de keukens. Bernard zat stilletjes in de kamer, zijn oude gezicht lijkbleek en getekend door verdriet en angst om zijn jongste kind. De dienstmeiden scheurden nieuwe repen katoen en legden ze op het nachtkastje, terwijl anderen de gebruikte, bebloede verbanden wegnamen om ze buiten te verbranden.

In de woonkamer borduurde Salvadora hetzelfde stukje stof telkens opnieuw, waarbij ze zich in de vingers prikte en bloedvlekken op de gele stof maakte. Ze bad en dronk van tijd tot tijd een slokje wijn om haar angst te bedwingen. Het kindermeisje hield de kinderen bezig met kaartspelletjes en verhalen. Piet kwam en ging en streelde Minou elke keer eventjes zachtjes of gaf haar een liefdevolle kus op haar wang.

De zon zakte steeds lager aan de hemel, maar Alis verroerde zich nog steeds niet.

'Je kunt beter wat gaan slapen,' zei Minou tegen haar vader toen ze zag dat zijn hoofd op zijn borst was gevallen.

Bernard zuchtte. 'Ach, filha, ik heb al zo veel nachten op deze manier doorgebracht, zittend naast jouw bed, of dat van Aimeric of Alis, wachtend tot de koorts zakte of de misselijkheid wegtrok. Hoewel ik verder niets nuttigs kan doen, vind ik het fijn om te denken dat ze weet dat ik er ben.'

'Natuurlijk weet ze dat,' zei Minou vurig. 'En jouw gezicht zal het eerste zijn wat ze ziet als ze wakker wordt.'

'Als God het wil, ja.'

'Mag ik dan in elk geval iets te drinken of te eten voor je halen?'

'Je bent een goede dochter, maar hou je nou maar niet bezig met mij. Ik zit hier best.'

Minous hart brak toen ze de wanhoop in zijn stem hoorde. Ze boog zich naar voren en kuste hem op zijn voorhoofd. Toen ging ze weer naast het bed van haar zus zitten. 'Word alsjeblieft wakker,' fluisterde Minou in Alis' oor. 'Alsjeblieft.'

Toen het begon te schemeren en het laatste zonlicht lange linten van gouden licht op de vloer van de kamer wierp, zag Minou een straaltje bloed langs de zijkant van het bed druipen.

'Monsieur Gabignaud...' zei ze zacht, maar Bernard hoorde haar toch.

'Wat is er?' zei hij.

Gabignaud tilde de dekens op en Minou hapte naar adem. Het bovenste laken was schoon, maar op het onderlaken glinsterde vers bloed, felrood als robijnen.

'Kunt u me een kom aangeven?'

'Wat is er aan de hand?' vroeg Bernard. 'Zeg het me.'

'Ik denk dat mademoiselle Jouberts lichaam zichzelf probeert te zuiveren,' zei de arts gespannen terwijl hij de wond onderzocht.

'Is dat geen goed teken?' vroeg Minou.

'Dat zou het kunnen zijn,' antwoordde Gabignaud voorzichtig. 'Maar als het Gods wil is om haar bij zich te roepen, dan...'

Minou schrok toen Bernards stok met een klap tegen de grond sloeg.
'Nee! Dit is niet Gods wil, dat kan niet!'
Even leken de woorden tussen hen in te blijven hangen.
'Vader, monsieur Gabignaud doet wat hij kan. Dat weet je.'
Bernard wuifde haar woorden weg. 'Dit is niet de wil van God. Als een mens dit heeft gedaan, kan een mens het ook repareren. Gabignaud, ik smeek je. Red mijn kind.'
Minou pakte haar vaders hand.
'Red mijn dochter, Gabignaud,' fluisterde hij, alle strijdvaardigheid was opeens verdwenen.
'Kom even hier zitten,' zei Minou terwijl ze hem voorzichtig naar een stoel bij het open raam meenam. 'De frisse lucht zal je goeddoen.'
'Ik ga de kamer niet uit.'
'Natuurlijk niet. Maar laten we die beste dokter genoeg ruimte geven om haar te kunnen helpen.' Toen Minou weer naar Gabignaud was teruggelopen, vroeg ze: 'Heeft ze pijn, denkt u?'
'Ik weet het niet zeker, madame, maar ik denk het niet.'
'En waarom wordt ze dan nog steeds niet wakker?'
Hij schudde zijn hoofd. 'Het kan zijn dat mademoiselle Joubert zichzelf beschermt door in deze toestand tussen slapen en waken te blijven. Haar ademhaling gaat gemakkelijker, haar polsslag is regelmatig. Ze heeft een beetje koorts, maar dat kan zelfs een goed teken zijn. Een teken dat haar lichaam zich verzet. Ziet u hoe ze de lakens vastgrijpt met haar handen? Er zit nog genoeg leven in haar om te vechten.'

Toen de zaterdagnacht afliep en het zondag werd, zakte Alis' koorts.
Minou zat naast het bed van haar zus te doezelen en Gabignaud controleerde de pols van zijn patiënt om te zien of er nog iets veranderd was, toen Alis haar ogen opende.
'Minou?' mompelde ze in de donkere kamer.
Eerst hoorde Minou haar niet.
'Minou,' zei Alis opnieuw, iets harder. 'Waar ben ik?'
'Dokter! Ze is wakker!'
'Wat is er gebeurd? Wat doe ik hier?'
'Alis, je bent wakker!'
Gabignaud glimlachte. 'Mademoiselle Joubert, hoe gaat het met u?'
Alis staarde naar hem. 'Wie bent u?'
Minous stem brak van opluchting. 'Dit is monsieur Gabignaud, Alis. Hij heeft je leven gered.'

Alis kneep in haar vingers en sloot daarna haar ogen weer. 'Aangenaam u te ontmoeten, monsieur Gabignaud.'

Minou nam even de tijd om zichzelf te kalmeren voordat ze naar Bernard liep, die in zijn stoel zat te slapen. 'Vader,' zei ze terwijl ze haar hand zacht op zijn schouder legde. 'Alis is wakker. Het is te vroeg om verder nog iets te zeggen, maar voorlopig is dat het enige wat telt. Ze is wakker.'

Hij was zo roerloos, zo stil. Het was of iemand een vuist om haar hart legde.

'Vader?' fluisterde ze terwijl ze voorzichtig aan zijn schouder schudde.

Bernard verroerde zich niet.

Minou legde een hand tegen zijn wang en voelde hoe koud die was. 'Vader!' riep ze.

In de donkere uren voor zonsopgang zat Minou aan haar bureautje, hol van verdriet. Met haar schrijfveer in de hand en een leeg vel papier voor zich probeerde ze een brief aan Aimeric op te stellen.

Terwijl het licht krachtiger werd en de heuvels en dalen van Puivert langzaam weer vorm gaf, bleef ze worstelen met de woorden die niet wilden komen, woorden die te wreed waren, te definitief, terwijl er nog zo veel onduidelijk was. Haar plicht als zus hield haar daar en zorgde ervoor dat ze uiteindelijk opschreef wat verteld moest worden. Niet meer dan de kale feiten. Dat op de zevende dag van juni haar lieve zuster Alis door een onbekende was neergeschoten. En dat in de vroege uren van de achtste dag van juni het oude hart van hun geliefde vader eindelijk was gestopt met kloppen.

Toen de eerste zonnestralen de kamer in schenen, ondertekende Minou haar bericht, droogde de inkt en verzegelde de brief, en daarna belde ze. De bediende kwam en nam de brief mee, woorden die nog een hart zouden breken.

DEEL TWEE

Amsterdam en Parijs

Juni, juli & augustus 1572

13

Begijnhof, Amsterdam, maandag 9 juni 1572

De klokken van de Sint-Nicolaas en de Nieuwe Kerk weerklonken boven de grachten. Op de Plaats kibbelden klanten en verkopers over de prijs van haring en turf, stukken boter op houten planken en romige, gele kaas. De winkeliers stapelden hun producten hoog op de houten schragen. Onder de bogen van het oude stadhuis gaven mannen en vrouwen hun benen even rust op de stenen banken.

Het was een stralende marktdag in Amsterdam. De zon scheen en op straat was het druk. Hoewel het zware tijden waren, met blokkades en op het platteland buiten de muren rondwarende honger, heerste in de stad een zomerse sfeer van overvloed. Amsterdam was een stad gebouwd op handel en geldzaken.

Cornelia van Raay stond in de schaduw buiten de poort te wachten tot ze het begijnhof werd binnengelaten. Ze had een onopvallend figuur en was van gemiddelde lengte, en door haar zware wenkbrauwen en doordringende blik leek het altijd alsof ze fronste, ook als ze prima tevreden was. Maar vandaag voelde ze zich ongerust. Haar vader had haar eropuit gestuurd om een boodschap door te geven aan een van de bewoners hier, Mariken Hassels. Cornelia had het liever anders gezien. Ze had een hekel aan de benauwde sfeer in het begijnhof, waar de religieuze vrouwen met hun ogen strak op de grond gericht rondschuifelden, te bang om iets te zeggen of te lachen of hun gezicht naar de zon op te heffen. Maar ze was een gehoorzame dochter, en haar vader, die normaal gesproken weinig emoties toonde, had nogal van streek geleken.

Cornelia vouwde haar handen en probeerde geduldig te zijn.

Om zich heen hoorde ze de vertrouwde melodie van Amsterdam. Het piepen en kraken van touw en blok terwijl goederen in de pakhuizen aan de Oudezijds Voorburgwal en de Warmoesstraat – waar het lucratieve bedrijf van haar vader gevestigd was – werden gehesen. Het gerommel van de kuiperstonnen die over gammele, aan elkaar gesjorde houten vlonders op de kade van de Nieuwe Zijde rolden. De deining van platbodemschuiten en lichters die van het Damrak naar de haven zeilden, waar stuwadoors goederen in- en uitlaadden van de zeilschepen die achter de drijvende palissade in het IJ voor anker lagen.

Toen Cornelia nog een kind was – en voordat haar vaders verantwoordelijkheden als poorter bijna al zijn tijd opslokten – nam haar vader haar vaak mee naar de haven om zijn vloot te inspecteren. Zeilschepen transporteerden graan naar de Baltische staten en naar Frankrijk in het zuiden. Ze hield ervan om naar de bonte mengeling van zeelieden en schippers te kijken, die tijdens het uitladen van hun vracht in onbekende talen naar elkaar schreeuwden: Zeelanders met hun bleke gezichten, ernstig kijkende timmermannen uit Denemarken, bleke bedienden van rijke Poolse houthandelaren, de lucratieve haringvloot, de postdienst die zes keer per dag brieven van Amsterdam naar Antwerpen bracht en weer terug. Soms liepen ze op de terugweg naar hun mooie huis langs In 't Aepjen aan de Zeedijk, het kosthuis waarvan werd gezegd dat buitenlandse zeelui met apen in plaats van munten voor hun verblijf konden betalen.

Voor velen waren het moeilijke tijden. Door de oorlogen waren talloze florerende bedrijven te gronde gegaan, maar haar vader had de storm beter weten te doorstaan dan sommigen. Ze zag de holle ogen van de vluchtelingen die de stad in strompelden op zoek naar onderdak. Ze zag de dichtgetimmerde pakhuizen als een koopman ermee ophield en de oude naam die werd overgeschilderd zodat die van een nieuwe koopman erop kon worden gezet. Cornelia wist dat ze geluk hadden gehad.

Ze klopte opnieuw op de poort van het begijnhof, maar het tralievenstertje bleef dicht. Waren de zusters vergeten dat ze hier stond? Ze begreep hun voorzichtigheid wel. In deze tijden van verzet en rebellie, waarin de meeste andere steden in Holland in handen van calvinistische opstandelingen waren gevallen, was Amsterdam nog steeds een katholieke stad, nu omgeven door protestanten. 's Nachts patrouilleerden soldaten met lontslotmusketten door de straten. De vijf stadspoorten werden zodra het donker werd gesloten en waren dag en nacht bemand om te voorkomen dat oorlogsvluchtelingen – of mensen die te ziek of te zwak waren – binnenkwamen. Speciale wachters sloten de ingangen van de haven en het IJ 's nachts af met drijvende balken en kettingen.

Toch namen zowel binnen de muren als buiten de poorten – waar op het platteland hagenpreken werden gehouden die honderden gelovigen aantrokken – de schermutselingen tussen calvinisten en het burgerleger van de stad toe, net als de aanvallen op katholieke priesters en nonnen. Cornelia wist dat vernieling van beelden en iconen tegenwoordig zo vaak voorkwam dat het logisch was om een bezoeker aan het begijnhof grondig na te trekken voordat die werd binnengelaten.

Eindelijk schoof het tralievenstertje open en verscheen er een smal gezicht, omlijst door de herkenbare grijze hoofddoek die alle begijnen droegen. 'De grootjuffrouw kan u nu ontvangen.'

'Dank u wel.'

Het schurende geluid van een grendel die werd opengeschoven en daarna dat van een zware sleutel die werd omgedraaid. Cornelia glipte door de poort, die achter haar weer snel op slot werd gedaan.

Ze volgde de begijn door de mooie tuin vol rozenboompjes, doornstruiken en watertjes, langs het bakstenen kerkje met de hoge, smalle toren naar het grootste van de houten huizen rond het grasveld. Zwijgend liepen ze de eenvoudige houten trap op. Een klop op de deur, het kortaffe verzoek om binnen te komen, en ze werd meegenomen naar een grote, lichte kamer.

'Goedemiddag.'

Cornelia boog haar hoofd. 'Het is heel vriendelijk van u om me te ontvangen, grootjuffrouw.'

'Uw vader is een goede vriend van onze gemeenschap. Verkeert hij in goede gezondheid?'

'Ja. Hij is onlangs teruggekeerd uit Frankrijk, waar hij aan de bouw van een nieuwe kerk in Parijs heeft bijgedragen.'

De grootjuffrouw knikte, alsof er over zijn vroomheid niet meer hoefde te worden gezegd. 'U komt informeren naar een lid van onze gemeenschap, Mariken Hassels?'

'Inderdaad.'

'Waarom?'

De plotselinge vraag overviel Cornelia. 'Ik… Omdat…'

'Waarom wilt u Mariken spreken?' drong de grootjuffrouw aan.

'Mijn vader…' begon ze opnieuw. 'Dat wil zeggen, Mariken heeft mijn vader – of eigenlijk mij – ooit een grote dienst bewezen. Ze heeft me tijdens mijn ziekte verzorgd toen onze arts de hoop had opgegeven.'

'Daar ben ik van op de hoogte,' zei de grootjuffrouw. Haar zwarte ogen staken donker af in haar grove gezicht. 'Dat is een jaar of tien geleden. Ik trek de dankbaarheid die u Mariken verschuldigd bent dan ook niet in twijfel, maar ik vraag u waarom u haar nu wilt spreken.'

Cornelia voelde haar borst verkrampen. Haar vader, die van nature een vriendelijke man was, was op dit punt heel duidelijk geweest. 'Mijn vader heeft me op het hart gedrukt dat het een persoonlijk bericht was,' antwoordde ze, 'alleen bestemd voor Marikens oren. Ik zal nooit tegen zijn wensen in gaan.'

Heel even sloeg Cornelia haar blik op en ongeveer een hartslag lang keken ze elkaar recht in de ogen. Een gevecht van wil tegen wil. Cornelia gokte erop dat de grootjuffrouw haar niet verder onder druk zou zetten, vanwege Willem van Raays vrijgevigheid tegenover het begijnhof en de status van hun familie in Amsterdam.

'Natuurlijk wilde mijn vader graag dat ik uw toestemming vroeg om met Mariken te spreken, uit beleefdheid. Maar vergeef me, hij was er volkomen duidelijk over dat ik het bericht persoonlijk moest overbrengen, en alleen aan haar.'

Cornelia zag een vlaag van ergernis over het gezicht van de grootjuffrouw trekken, en daarna boosheid over het feit dat haar autoriteit op de proef werd gesteld terwijl financiële overwegingen ervoor zorgden dat ze daar helemaal niets aan kon doen.

'Er is een complicatie,' gaf ze uiteindelijk toe. 'Het is namelijk zo dat Mariken niet langer bij ons woont.'

'Hoe kan dat?' riep Cornelia uit, maar meteen herstelde ze zich. 'Vergeef me, het was niet mijn bedoeling om onbeleefd te zijn.'

De grootjuffrouw stak een hand op. 'Ook voor ons was het een schok. Mariken was haar hele volwassen leven bij ons geweest, wel een jaar of vijftig. En toch heeft ze er, om redenen die ik niet begrijp, voor gekozen om onze gemeenschap een paar weken geleden te verlaten. Ze heeft van tevoren niets laten merken, ze heeft geen brief achtergelaten, ze heeft geen toestemming gevraagd of hulp gezocht.'

'Weet u zeker dat ze vrijwillig is vertrokken?'

'Gedraagt u zich.' De repliek was scherp.

Cornelia bood opnieuw haar verontschuldigingen aan. 'Maar is het waarschijnlijk dat ze zomaar zou vertrekken?'

'Waarschijnlijk of niet, het is gebeurd. Zou u de heer Van Raay daarvan op de hoogte kunnen stellen?'

Toen ze later terugkeek, kon Cornelia niet goed zeggen wat als eerste haar aandacht trok. Een verandering in de atmosfeer, de manier waarop de ogen van de grootjuffrouw naar de rechterhoek van de kamer schoten, de klank van haar stem. Net iets luider dan nodig was, net iets duidelijker dan eerst. Met een schok drong tot Cornelia door dat hun gesprek werd afgeluisterd.

Met grote wilsinspanning slaagde ze erin haar blik op het gezicht van de oudere vrouw gericht te houden. 'Mijn vader zal erg bedroefd zijn als hij dit nieuws hoort. Ik zal uitleggen dat u alles hebt gedaan wat u kon om te helpen.'

'Zo is het.' De grootjuffrouw boog haar hoofd en voegde er daarna aan toe, alsof het van geen enkel belang was: 'Mag ik u nu dan vragen wat het bericht was?'

Cornelia glimlachte. 'Alleen maar dat er niets te melden was,' loog ze.

De uitdrukking op het gezicht van de oudere vrouw veranderde niet, maar Cornelia merkte toch dat haar schouders iets losser werden en dat ze haar ingehouden adem zachtjes liet ontsnappen.

'Ik weet niet wat hij daarmee bedoelt,' zei Cornelia, 'maar aangezien Mariken niet langer hier woont, kan ik me zo voorstellen dat de zaak hiermee is afgesloten.' Ze stond op. 'Bedankt dat u me hebt willen ontvangen.'

Nu was de opluchting van de oudere vrouw niet over het hoofd te zien. 'Het was mijn plicht. Zoals ik eerder al zei: uw vader is een loyale en vrijgevige vriend van onze gemeenschap.'

'En dat zal ook zo blijven.' Cornelia boog haar hoofd. 'Ik zal niet langer beslag op uw tijd leggen.'

De grootjuffrouw pakte een belletje dat op de tafel naast haar stoel stond. Opnieuw zag Cornelia dat haar blik heel kort naar de hoek van de kamer schoot. Deze keer ontdekte ze een paar donkere ogen dat van achter het scherm hun kant op keek.

'Moge God met u zijn, kind.'

Cornelia sloeg een kruisje en liep daarna achteruit.

Ze had gehoopt om met de andere vrouwen van het begijnhof te kunnen spreken, omdat Mariken misschien in de dagen voor haar vertrek iemand in vertrouwen had genomen, maar daar was geen gelegenheid voor. Dezelfde begijn die haar had binnengelaten keerde terug en nam haar weer mee door de tuin langs de houten huizen en de oude kerk. Voor ze het wist stond Cornelia opnieuw op het bruggetje en keek ze achterom naar het begijnhof. Een eilandgemeenschap omringd door water, afgescheiden door water, in het hart van de overvolle stad. Een toevluchtsoord of een gevangenis?

Terwijl Cornelia naar de Warmoesstraat terugliep dacht ze aan het bericht dat ze aan Mariken had moeten doorgeven: dat de jongen Piet Reydon een volwassen man was geworden en nu in de Languedoc een voorspoedig leven leidde. Dat hij een hugenootse bekeerling was, getrouwd, en twee kinderen had, een dochter en een zoon, en dat zijn familielandgoed in Puivert – geërfd door zijn echtgenote, Marguerite Joubert – een aantal mijlen ten zuiden van Carcassonne lag.

Dat hij geen idee had van zijn geboorterecht.

Cornelia vermoedde dat de zaak verre van afgesloten was, dat dit slechts het begin was, en ondanks de warme dag hier in Amsterdam huiverde ze.

14

Drie weken later
Château de Puivert, Languedoc, zondag 29 juni

Onder het licht van de vollemaan trof de stalmeester van het Château de Puivert de laatste voorbereidingen voor de reis van de familie naar Parijs.

De paarden waren beslagen en goed uitgerust, de hoofdstellen en het tuig gerepareerd en van linten voorzien. Elke stijgbeugel en gesp was gepoetst en nog eens gepoetst. De leren zadels en zadeltassen glommen en geurden naar bijenwas en as. De koetsen voor de familie en de open wagens voor de huisbedienden en bagage glommen, en elke houten spaak en as was nagekeken en getest.

Straks om acht uur werd er in de kapel een dienst gehouden om de aanstaande onderneming te zegenen, en daarna zou hun avontuur beginnen.

Overal waar je keek zag je de tekenen van een glorieuze, overvloedige zomer: velden vol wuivend vlas, fijn als filigrein en met blauwe bloemetjes die uit de dunne groene steeltjes piepten, zilvergrijze olijfboomgaarden, in de boomgaard bloedrode kersen en de eerste appels van de nieuwe oogst, rood en goud.

Maar het ritme van Minous hart liep uit de pas met dat van de prachtige wereld om haar heen. Hun vertrek kon niet snel genoeg komen. Nadat Puivert tien jaar lang hun veilige toevluchtsoord was geweest hadden de dood van haar vader en de onverklaarde aanslag op Alis haar van haar rust beroofd. Te vaak herleefde ze weer elk moment van die lange dag en piekerde ze erover hoe het misschien anders had kunnen lopen. Bij Piet zag ze hetzelfde ongeduld om te vertrekken. Herinneringen die eerder door de tijd onschadelijk waren gemaakt, geheimen uit het verleden die door het verstrijken van de jaren dof waren geraakt, werden plotseling weer scherp en levendig. Ook knaagde het aan haar dat ze niet wist of Aimeric haar brief al had ontvangen. En dan was er nog haar verdriet over het feit dat ze hun vader had moeten begraven zonder haar broer of haar zus aan haar zijde.

In elk geval van de buitenkant leek de intimiteit tussen Minou en Piet hersteld. Ze vonden elkaar in hun gedeelde verdriet om Bernard en hun zorgen omdat ze Alis moesten achterlaten. Maar onder de oppervlakte bleef de terughoudendheid tussen hen bestaan. Hun gesprekken waren vriendelijk en vooral praktisch, want geen van de twee wilde aan de status quo tornen. Minou hoopte dat Parijs, een plek waar ze geen herinneringen deelden, hun wat ruimte zou bieden waardoor ze de weg naar elkaar weer zouden kunnen vinden.

Haar laatste dagen hier had ze voornamelijk bij Alis doorgebracht. Hoewel haar zus nog steeds aan bed gekluisterd was, leek ze beter te herstellen dan de arts aanvankelijk had verwacht. Er was weer wat gevoel in haar benen teruggekeerd en ze was een stuk opgewekter.

'Als ik weg ben, moet je de instructies van dokter Gabignaud naar de letter opvolgen,' zei Minou voor de zoveelste keer. 'Hij is ervan overtuigd dat er geen permanente schade is aangericht.'

'Denk je echt dat ik weer zal kunnen lopen?'

'Na verloop van tijd, ja. Ik geloof het, en dat zou jij ook moeten doen.'

Alis' donkere ogen fonkelden van frustratie. 'Ik vind het vreselijk om te worden verzorgd. Dat ik niet naar buiten kan, niet kan gaan rijden. Het is een marteling.'

'Je moet geduld hebben.'

Alis zuchtte. 'Kun je nog één ding voor me doen?'

'Wat je maar wilt.'

'Neem Salvadora mee naar Parijs! Ze dreigt hier te blijven om voor mij te zorgen en echt, dat zou ik niet kunnen verdragen.'

'Alis!'

'Ik zweer het op mijn leven, Minou. Als ik haar nog één dag over de onovertroffen schoonheid van Marguerite de Valois en de gloriedaden van de koninklijke familie hoor praten, werp ik mezelf uit het raam om ervanaf te zijn!'

Aanvankelijk verliep de reis gemakkelijk.

Het weer was heerlijk. De kleuren van de zomer schilderden de Languedoc in schitterende roze, gele en paarse tinten. De eerste honderd mijlen was de zon warm, maar nog zonder de felle hitte en het stof die de Midi in augustus kenmerkten. Nachtelijke buien zorgden ervoor dat de grond aangenaam zacht was voor de paarden en dat de lucht elke ochtend mild en fris was, en vol belofte.

Voor zover mogelijk had Piet hun route zo gepland dat ze door gebieden reisden die in hugenootse handen waren of door streken waaraan de ergste excessen van de maatschappelijke onrust voorbij waren gegaan. Als het kon verbleven ze in huizen van vrienden en collega's van het gereformeerde geloof. Bij de zeldzame gelegenheden dat ze geen introductie bij zich hadden, voldeden herbergen langs de kant van de weg meestal prima voor een nacht of twee.

Chalabre, Toulouse, Saint-Antonin en verder. In die eerste dagen van juli was hun trage tempo heel aangenaam. Aangezien behalve Piet geen van hen eerder buiten de grenzen van de Languedoc had gereisd, was er van alles om hen te amuseren en bezig te houden. De mollige Jean-Jacques, gekalmeerd door de regelmatig rollende koetswielen, zat parmantig op de schoot van zijn kindermeisje en wees naar vogels, wezels en hermelijnen. Marta stelde eindeloos veel vragen: waarom de huizen van baksteen waren en niet van gewone stenen, waarom de daken van hout waren en niet van dakpannen, waarom de mensen die op het land zwoegden andere kleren droegen, waarom en waarom en waarom.

'Stil nou,' maande Minou als Piets geduld begon op te raken. 'Laat papa even.'

Stof en aarde. Terwijl ze van het zuiden naar het noorden reden voelde Minou Frankrijk onder de wielen van hun koets, onder de hoeven van hun paarden voorbijtrekken. De kleuren van de Midi maakten plaats voor de bewolkte luchten in het midden van het land, de *sabots* van de bergen werden vervangen door de leren schoenen in de valleien van het Massif Central.

In een waas van paarse lavendel en roze oleander bereikte de familie Joubert de provincie Berry. De oude taal, het Occitaans, verdween en maakte plaats voor de scherpere klanken van de langue d'oïl. De lucht was bewolkt en de mensen die op de akkers werkten zagen grauw.

'Papa, vertel je het verhaal van toen mama en jij elkaar voor het eerst zagen?' zeurde Marta.

Ze zaten in een pension ten zuiden van Limoges. Het was een stormachtige avond in het midden van juli en de stromende regen hield hen binnen gevangen. Ze hadden een bescheiden maar schone kamer gehuurd met witgekalkte muren en eenvoudige houten meubels, groot genoeg om met het hele gezin in te slapen, maar de gelagkamer beneden was lawaaierig. Salvadora had gestaan op een eigen kamer, eentje niet te dicht bij de keukens of de stallen, niet op de begane grond, waar de mannen zaten te drinken, en niet op de zolder, waar ongetwijfeld vlooien zaten. Minou had al haar geduld nodig gehad om niet boos te worden.

'Maar dat heb je al duizend keer gehoord,' protesteerde Piet.

Marta hield haar hoofd scheef. 'Maar ik wil het zo graag horen.'

'Papa is moe, petite,' zei Minou streng. 'En jij hoort in bed te liggen.'

'Ik ben helemaal niet moe.'

'Ik vind het niet erg.' Piet stond op van de vensterbank, ging op het voeteneind van hun bed met stromatras zitten en trok zijn dochter op schoot. 'De allereerste keer dat ik je moeder zag...'

'... in la Cité...'

'... in la Cité, niet meer dan een paar passen van grand-père Bernards huis, waar om de deur wilde rozen groeien...'

Even trok er een wolk over Marta's gezicht. 'Ik mis grand-père.'

'Ik weet het, petite,' zei Minou vanuit haar schommelstoel. 'We missen hem allemaal.'

Piet begon aan het bekende verhaal, dat door het vele vertellen tot op de draad versleten was geraakt. Minou keek naar hun gezichten: haar echtgenoot, die zijn vertelling met gevaar en heldenmoed kruidde, en haar dochter, die zich ermee bemoeide zodra hij een stukje vergat of de volgorde van het verhaal veranderde. Onwillekeurig vroeg ze zich af of Piet nog steeds dezelfde liefde voor haar voelde als toen. Hij was hoffelijk en attent, maar Minou voelde dat de afstand tussen hen groeide in plaats van afnam.

Marta trok aan haar vaders mouw. 'En toen?'

'Voorzichtig,' zei Minou. 'Maak papa's kleren niet vies.'

'Mijn handen zijn schoon. Ik moest ze wel honderd keer wassen van juf.'

Minou trok haar wenkbrauwen op. 'Honderd keer?'

'Minstens. Papa, ga nou door!'

Piet stak zijn handen in de lucht alsof hij zich overgaf. 'Het was een koude, donkere nacht in Carcassonne, heel lang geleden. De klokken voor de vespers hadden al geluid en het was de tijd dat de lantaarns werden aangestoken. Dat was het moment waarop opeens een prachtige dame voor me verscheen...'

'Als een engel, gestuurd door God.'

'Nee, geen engel,' zei Piet gedecideerd. 'Een echte dame, van vlees en bloed.' Hij reikte opzij en pakte Minous hand. 'Deze dame.'

Marta klapte verrukt in haar handen, zoals ze altijd deed. Piet legde zijn hand op zijn hart, zoals hij altijd deed.

'Zachtjes, petite,' waarschuwde Minou. 'Jean-Jacques slaapt al. En jij, mon coeur, bent al net zo erg.'

Piet legde een vinger tegen zijn lippen en Marta giechelde. 'Het was een *coup de foudre*, een blikseminslag,' zei hij luid fluisterend.

'Je werd hopeloos verliefd.'

'Hopeloos.' Hij deed alsof hij bezwijmde. 'En hoewel we niet aan elkaar waren voorgesteld, was ik zo brutaal om deze prachtige dame aan te spreken.'

'En hoewel we niet aan elkaar waren voorgesteld,' pakte Minou het verhaal op, 'wilde ik best naar hem luisteren.'

'Maar papa kon niet blijven.'

'Precies, dat kon ik niet, want ik was in Carcassonne voor belangrijke zaken.'

Minou deed alsof ze de schaduw die over zijn gezicht gleed niet zag.

'Ik stond op het punt om te vertrekken,' vervolgde hij. 'En omdat ik de naam van deze prachtige dame niet wist, noemde ik haar mijn...'

'Vrouwe van de mist,' zei Marta triomfantelijk. 'En dat ben jij dus, maman.'

'Dat was ik.' Ze boog zich naar voren en pakte haar dochters hand. 'En toen trouwden we en leefden we nog lang en gelukkig...'

'Nee,' protesteerde Marta. 'Je hebt alles wat ertussenin ligt overgeslagen.'

'Zo is het genoeg,' zei Minou streng. 'Het is tijd dat je naar bed gaat. Als we de verloren tijd willen inhalen en op de afgesproken tijd in Limoges willen aankomen, moeten we morgen vroeg vertrekken.'

Marta was inmiddels moe geworden, dus sputterde ze niet tegen. Ze sloeg haar armen om haar vaders hals.

Piet stond op, droeg haar naar de andere kant van de kamer en legde haar voorzichtig op haar bed. '*Bonne nuit*, kleintje.'

'Welterusten, papa,' antwoordde Marta. Haar stem was zwaar van de slaap. 'Welterusten, vrouwe van de mist.'

15

Limoges, Limousin

De volgende dag schoten ze goed op en ze arriveerden in Limoges toen de klokken het middaguur sloegen.

Hun gastheer, Antoine le Maistre, had ooit in het leger van de prins van Condé gediend. Net als Piet was hij bij Jarnac gewond geraakt, waarna hij zich had teruggetrokken op zijn landgoed in het door hugenoten gedomineerde hart van de Limousin. Als welkomstgeschenk gaf zijn lieftallige echtgenote Minou een prachtig blauw-gouden doosje van champlevé email en ze getroostte zich grote moeite om 's middags een feestmaal met de kinderen te organiseren, zodat Piet een paar uur alleen met zijn vriend kon doorbrengen.

'We blijven niet lang weg,' zei Piet.

Minou glimlachte. 'Neem zo veel tijd als je wilt. Madame Le Maistre en ik vermaken ons wel een paar uurtjes. Ik ben meer dan tevreden om in een huis te zijn, aan een tafel te eten en vannacht in een schoon bed te slapen.' Ze gebaarde naar de andere kant van de kamer. 'En Marta heeft de leiding al genomen.'

Piet volgde haar blik naar de plek waar hun dochter de vier kinderen Le Maistre – van wie er twee ouder waren dan zij – opdracht gaf hun kostuums aan te trekken zodat ze iets konden opvoeren.

'Het moet een maskerade worden,' zei Minou droog.

Piet trok zijn wenkbrauwen op. 'Mijn hemel...'

'Over de koninklijke bruiloft! Ik hoef natuurlijk niet te zeggen dat Marta Marguerite de Valois is.'

'Natuurlijk. En welke van de jongens moet haar beau worden?'

Minou glimlachte. 'Ze stelt de twee oudste zonen van monsieur Le Maistre allerlei vragen om haar keuze te kunnen maken.'

Piet lachte. 'Zorg alsjeblieft dat ze niet te brutaal wordt. Ik wil hier over een paar weken tijdens onze terugreis naar Carcassonne graag weer worden uitgenodigd om te overnachten!'

'Maak je geen zorgen. Ga maar. Geniet van het gezelschap van je vriend. We zien elkaar weer bij het eten.'

'Dit is onze plaatselijke *vin de paille*,' zei Le Maistre terwijl hij Piet een kelk met volle gele wijn aanreikte. 'Tijdens de oorlogen zijn veel wijngaarden vernield, maar inmiddels beginnen onze wijnbouwers opnieuw wijnen voor op elke tafel te produceren.'

'Bedankt.' Piet nam waarderend een slokje en keek toen de kamer rond. 'Je hebt een prachtig huis, Le Maistre. Geniet je van het leven ver weg van het slagveld?'

Zijn gastheer lachte. 'Ik ben nooit zo geweest als jij, Reydon. Ik vocht uit noodzaak en plichtsgevoel, omdat ik geen keuze had. Of wij het nou waren of zij, geen man kon werkeloos toezien terwijl zijn kameraden vielen.' Hij was even stil. 'Maar elke nacht op het veld vroeg ik God in mijn gebeden om me te sparen zodat ik hier kon terugkeren. Het leven van een landeigenaar past bij me. Ik ben gelukkig als ik met mijn goede vrouw en kinderen bij de haard zit, op zondag naar de kerk ga, in de kerkenraad zitting neem. Ik hoop het zwaard nooit meer te hoeven oppakken.'

Piet lachte, hoewel hij ook zijn hoofd schudde. 'Ik ben blij dat onze Heer naar je geluisterd heeft, vriend.'

'Hoe gaat het met jou?'

'Tja.' Piet aarzelde. 'Ik ben jaloers op jouw tevredenheid. Mijn echtgenote is een geweldige vrouw, ons land is prachtig, mijn kinderen... We hebben heel veel goeds kunnen doen voor onze zaak. Maar ik geef toe dat ik de opwinding van het slagveld mis. Ik zou graag nog kunnen dienen.' Hij tilde zijn verlamde hand op. 'Herinner je je Jarnac?'

Le Maistre knikte. 'Natuurlijk herinner ik me dat: jij raakte gewond, maar je redde wel het leven van vier van onze mannen.'

'Ik heb mezelf aangeleerd om mijn dolk met links te hanteren. Het is dat ik niet langer het gevest van een zwaard kan vasthouden, anders zou ik in de Nederlandse Provinciën zij aan zij met onze protestantse broeders tegen de Spaanse bezetting vechten.'

'Weet je vrouw dat je er zo over denkt?'

Piet glimlachte. 'Ja. Minou doet alles wat in haar macht ligt om me te helpen het goede in ons leven te zien.'

'Ze is een verstandige vrouw.' Le Maistre bestudeerde hem over de rand van zijn wijnkelk heen. 'Al zou jij graag willen dat ze zich van tijd tot tijd niet zo veel zorgen maakte...'

Piet grijnsde. 'Maar moet je mij nu horen, wat een geklaag. Vertel me,

Le Maistre, kloppen de geruchten die ik hoor over de dood van de koningin van Navarra?'

De twee oude vrienden liepen met hun drankjes naar de houten bank en gingen zitten.

'Het is in deze tijd lastig om waarheid en leugen van elkaar te onderscheiden,' zei Le Maistre, 'en het duurt altijd even voordat het nieuws ons hier bereikt. Maar wat in elk geval buiten kijf staat is dat de koningin op de negende dag van juni in het Hôtel de Bourbon in Parijs is overleden. Volgens de geruchten is ze vergiftigd door de koningin-moeder, Catharina de' Medici.'

Piets wenkbrauwen schoten omhoog. 'Is er een aanleiding voor die beschuldiging?'

'De langdurige onmin tussen de twee dames en het feit dat de koningin een dag of vijf voor haar dood een paar witte leren handschoenen van de koningin-moeder cadeau kreeg.'

'En men zegt dat die met gif behandeld zijn?'

Le Maistre haalde zijn schouders op. 'Dat wordt beweerd, zowel in protestantse als in katholieke kringen.'

'Maar waarom? De koningin van Navarra heeft zelf de huwelijksovereenkomst tussen haar zoon en Catharina's dochter tot stand gebracht.'

'Ik vertel alleen wat ik gehoord heb,' zei Le Maistre.

Piet dacht even na. 'En de aanstaande bruid? De verhalen over haar beruchte affaire met de hertog van Guise hebben zelfs de verre Languedoc bereikt. Zal zij in een huwelijk met Navarra toestemmen? Hij is een koning, dat is waar, maar wel van een koninkrijk in het zuiden, en hij is ook nog eens hugenoot.'

Le Maistre lachte wrang. 'Ik betwijfel of Marguerite de Valois in deze kwestie zelf veel in de melk te brokkelen heeft.'

'Dus de paus heeft dispensatie gegeven zodat het huwelijk kan doorgaan?'

'Dat weet ik niet.' Le Maistre schonk hun glazen nog eens bij. 'Pas goed op je familie in Parijs, Reydon. Voor zover ik hoor, is de stad nog erger verdeeld dan anders.'

'Heb je daarom besloten om in Limoges te blijven?'

Le Maistre schudde zijn hoofd. 'Hier heb ik alles wat ik nodig heb, Reydon. Wat heb ik eraan als mijn gezicht ergens in de grote menigte te zien is voor onze leiders, hoe nobel ze ook zijn? Dit simpele leven is voor mij genoeg.'

Midden in de laatste week van juli vertrokken Minou en Piet uit Limoges.

Dat ze dag en nacht in een kleine ruimte in elkaars gezelschap verkeerden begon zijn tol te eisen. Iedereen was prikkelbaar. Vooral Marta werd onrustig en zocht makkelijk ruzie. Jean-Jacques werd geplaagd door koliek, en wanneer de kinderjuf zich even omdraaide om voor de arme jongen te zorgen, kneep Marta er vaak in haar eentje tussenuit. Salvadora klaagde over alles, van de hardheid van hun bedden en hun karige dieet tot aan het ellendige weer. En Piet, die gefrustreerd raakte door alle kleine irritaties van hun reizende leven, maakte er een gewoonte van om alvast voor de koets uit te rijden zodat hij een slaapplek voor de nacht kon regelen, en zich pas tegen de avond weer bij hen te voegen.

Minou begon te wensen dat ze in Puivert waren gebleven.

Naarmate ze verder naar het noorden reisden – van gebieden waar de inwoners overwegend achter de hugenootse zaak stonden naar voornamelijk katholieke streken – klonk het ontevreden gemor steeds luider. De belastingen waren verhoogd om voor de koninklijke bruiloft te betalen en waren nu zelfs nog hoger dan tijdens de oorlogen, en na drie jaar slechte oogsten hadden de mensen het beroerd. Katholieken gaven de hugenoten de schuld, de protestanten verweten het de papisten. De gevolgen van tien jaar burgeroorlog waren nu in elk stadje waar ze stopten overduidelijk merkbaar.

Juli gaf het stokje door aan augustus.

Een mijl of tien ten noorden van Orléans gonsde het in de herbergen van verhalen over de aanstaande bruidegom, Henri van Navarra, die in Parijs was aangekomen met negenhonderd gewapende hugenootse edelen aan zijn zijde. Niemand wist of dat was om zijn koninklijke moeder te eren of om haar dood te wreken. En ook waren de meningen verdeeld over de vraag of hij gekomen was om de voorwaarden van het huwelijk na te komen of juist om ze aan te vechten.

Toen ze het katholieke gebied rond Parijs bereikten zwollen in de herbergen de geruchten aan dat een hugenoots leger van plan was naar de koninklijke stad te marcheren om een stokje voor het huwelijk te steken. Duizend man, tienduizend... Zoals Le Maistre al had gewaarschuwd, was het onmogelijk om te bepalen wat waarheidsgetrouwe en wat leugenachtige berichten waren.

Toen ze voor de laatste keer onderweg overnachtten, in een benauwde kamer een mijl of tien ten zuiden van hun bestemming, bleef Piet wakker. Minou keek naar hem vanuit het bed. Vrijwel roerloos op de vensterbank zittend, met zijn rechterarm op zijn opgetrokken been, keek hij over de velden naar de stadsmuren van Parijs. Alleen aan een enkele zucht en de manier waarop zijn groene ogen in zijn strakke gezicht fonkelden was te zien hoe diep hij in gedachten verzonken was.

Minou kroop tussen de lakens vandaan en ging zwijgend naast hem op de vensterbank zitten, met haar hoofd op zijn schouder. Ze kon merken dat hij geplaagd werd door zorgen nu het einde van hun reis in zicht was. Minou voelde opgewonden spanning in haar borst. Terwijl ze samen op het aanbreken van de dag wachtten, herinnerde ze zich hoe ze zich had gevoeld toen ze Toulouse voor het eerst uit de verte zag. Het was op een zachte voorjaarsochtend geweest, en samen met Aimeric, die zich ellendig voelde, had ze in een koets gezeten die hen naar een nieuw, onbekend leven bracht. Ze was nog maar een meisje toen, onschuldig en vol hoop, dat van een jongen droomde.

Van deze jongen droomde.

Minou kneep in Piets arm. Ondanks alles wat er gebeurd was waren ze nog steeds samen en ze hield van hem.

'Ik ben nog steeds je vrouwe van de mist,' fluisterde ze, ook al leek hij haar niet te horen. 'Mijn hart is van jou.'

16

Twee weken later
Rue des Barres, Parijs, zondag 17 augustus

De meid stond onrustig schuifelend in de deuropening. 'Er is een meneer die u wil spreken,' zei ze plukkend aan haar schort.

Minou keek op van haar dagboek. 'Wat voor meneer?'

'Een van hen, madame.' Ze snoof. 'Neem me niet kwalijk, madame, een soldaat, bedoel ik...'

Minou zuchtte. 'Ga vragen hoe hij heet en wat hij hier komt doen.'

De bedienden op hun gehuurde logeeradres deden weinig moeite om hun afkeer van al die protestanten in Parijs te verbergen en leken daarbij te vergeten dat hun gasten zelf ook hugenoten waren. Toch vond Minou het een prettig huis. Hoewel de wijk Saint-Gervais in het hart van het katholieke Parijs lag en ze dus niet in de universiteitswijk zaten, waar de meerderheid van de hugenoten verbleef, beviel het hun prima. Het was een hoekpand van vier verdiepingen met beneden een grote hal met een vierkant raampje waardoor je de straat kon zien, en een steile houten trap die in het midden van het huis als een ruggengraat omhoogwentelde. De gezamenlijke woonkamer op de eerste verdieping had grote ramen op het noorden en westen en was heerlijk licht. Op de tweede verdieping bevond zich een goede bibliotheek en daarboven lagen op de derde etage comfortabele slaapkamers die ruim genoeg waren om iedereen te huisvesten. De hele zolderverdieping was voor de kinderen, met één enkel raam tussen de balken waardoor je de apsis en de zijbeuken van de kerk van Saint-Gervais kon zien.

De stallen waren een eindje bij het huis vandaan, dus was de lucht schoon, en een kleine eigen binnenplaats naast de keukens en de bediendevertrekken bood welkome schaduw in de hete middagen. Via een discreet houten poortje dat met een grendel kon worden afgesloten kwam je in een steegje. Daarvandaan was het maar een klein eindje naar de Place

Saint-Gervais, waar ze 's middags het geschreeuw konden horen van de mannen die naar de olm voor de indrukwekkende gotische kerk kwamen om daar hun schulden terug te betalen.

Marta imiteerde ze inmiddels in haar spelletjes en probeerde Jean-Jacques te leren om hetzelfde te doen. '*Attendez-moi sols l'olme, attendez-moi.*'

Aan het einde van de middag keek Minou naar de nonnen die als zwarte vogels vanuit hun *maison à colombages* naar de kerk zwermden voor de vespers en na de gebeden weer in hun vakwerkhuis neerstreken. Heel prettig was dat het vanaf hun adres maar een kwartier lopen was naar het huis in de Rue de Béthisy waar admiraal Coligny met zijn entourage verbleef, en dus ook Aimeric.

Overal zag je witte en zwarte fraters: de cisterciënzers en de franciscanen, de jezuïeten, de augustijnen. Er hing een zware lucht van wierook en papendom, maar toch vond Minou het niet benauwend. Talloze torens en spitsen priemden in de lucht, wel zo'n negenendertig parochies, elk gewijd aan haar eigen heilige. Aan de Rue Saint-Jacques stonden de eeuwenoude toren en kerk van Saint-Jacques-de-la-Boucherie, het beginpunt van de reis naar Santiago de Compostella; de reizigers hadden een schelp op hun kleding gespeld om te laten zien dat ze pelgrims waren.

Sinds hun aankomst in Parijs was Minou er bijna alle dagen op uitgegaan, soms vergezeld door Salvadora en de kinderen, soms alleen. Ze liep rond het drassige land van le Marais en langs het gevangenisfort la Bastille; bewonderde de prachtige Église Saint-Eustache met de fraaie luchtbogen, die door het werk van de steenhouwers elke dag nog indrukwekkender werd; bezocht het marktplein bij les Halles en de bloemenverkopers langs de rivier. Te vaak dacht Minou aan dingen die ze graag aan haar vader zou vertellen, in de vreugde van het moment vergetend dat hij er niet meer was. Dan overspoelde de doffe pijn van het verdriet haar weer en treurde ze om zijn overlijden alsof het net gebeurd was. Ook miste ze het gezelschap van haar zus. Hoewel Alis een hekel had aan alles wat ook maar een beetje naar beeldenverering neigde, dacht Minou dat ze toch gek zou zijn geweest op Parijs.

Minou wist dat ze met haar eindeloze zwerftochten door de stad deels de eenzaamheid probeerde te verdrijven die ze voelde omdat ze Piets gezelschap miste. Hij was zelden thuis. Toen ze een paar dagen geleden haar persoonlijke spulletjes in haar houten kistje opruimde, hadden haar vingers het lusje van twijndraad gevonden. Dat ringetje had ze gedragen zodat Piet en zij als echtpaar konden reizen toen ze vanuit Toulouse naar Puivert reden. Piet had het zachtjes aangeraakt toen hij haar vroeg zijn vrouw te worden en haar een mooiere ring beloofd. Ze glimlachte bij de herinnering: mei 1562, met de opgaande zon achter de Pyreneeën, hun gezicht nog warm van de slaap in een schuilplek onderweg tijdens hun vlucht uit Toulouse. Piet was een blozende jongen geweest en hij had haar beloofd zodra hij kon een echte verlovingsring voor haar te kopen.

Toen waren ze zo vol hoop geweest.

Minou had het dierbare souvenir eventjes vastgehouden en het daarna om haar ringvinger geschoven, maar volgens haar was het Piet niet eens opgevallen. Haar hoop dat ze de weg naar elkaars hart in een onbekende omgeving beter zouden kunnen terugvinden was ongegrond gebleken, en dus bleef ze met haar voeten de plattegrond van Parijs verkennen, met het verlovingsringetje van touw naast haar zilveren trouwring.

Al snel kwam Minou erachter dat er een groot contrast bestond tussen de wijken van de oude stad en de Italiaans aandoende witmarmeren paleizen en nieuwe villa's van de belangrijke katholieke families met hun torentjes en grijze leien daken. Aan de Rue Vieille du Temple woonden de bevoorrechte huishoudens van de katholieke adel, dat van de hertog van Guise voorop, in de prachtigste villa's en paleizen in spitsboogstijl, en ook het regerings- en het handelsgebouw bevonden zich daar. Boomgaarden achter hoge muren.

Maar in haar ogen was het huwelijk tussen de oude hoofdstad van Gallië en het kloppende hart van het nieuwe Frankrijk nergens beter zichtbaar dan in het Louvre zelf. De transformatie van het Louvre van fort tot paleis was begonnen tijdens de regeerperiode van koning Frans I. Hoewel van het oude fort niet veel meer over was dan het kale fundament – de verdedigingsgrachten en -muren aan de kant van de Seine – hoorde Minou overal waar ze kwam over de pracht en praal van het nieuwe paleis spreken: dat hovelingen vanaf de eenvoudige militaire gangen door kamer na kamer naar het binnenste heiligdom van de koninklijke familie konden lopen, over de hoge plafonds en enorme wandtapijten, de schilderijen en beelden van een Italiaans kunstenaar, Leonardo da Vinci, die de nieuwe westelijke vleugel en de Salle des Caryatides had ontworpen, dat de koningin-moeder naast het Louvre op de plek van de Tuilerieën, waar ooit een tegelmakerij was geweest, een nieuw paleis liet bouwen.

De machtige Seine, de kloppende ader van de stad, was een drukbevaren waterweg die zich met de bedrijvigste zeehaven kon meten. Piet zei dat het hem aan Amsterdam deed denken: de werven en steigers waar altijd gewerkt werd, waar altijd mensen waren. En tussen de oevers, als een sieraad op de blauwe gordel van de rivier, lag het Île de la Cité, door vier bruggen met de wijken links en rechts ervan verbonden. En precies daar, in de prachtige kathedraal Notre-Dame, zou het koninklijke huwelijk worden voltrokken.

De dienstmeid verscheen weer op de drempel en wachtte ongeduldig op toestemming om te spreken.

'Nou, heeft hij gezegd hoe hij heet?' vroeg Minou.

Het meisje snoof. 'Nee, madame, maar hij beweert dat hij uw broer is.'

Minou schoot achter haar bureau vandaan. 'Laat hem dan niet langer in de hal staan. Breng hem naar boven.' Haar hart sprong op. Eindelijk zou ze Aimeric zien. Ze waren nu al weken in Parijs en hij had al wel een bericht met zijn beste wensen laten overbrengen, maar was nog niet op bezoek geweest. Snel ruimde Minou haar dagboek en schrijfbenodigdheden op en daarna draaide ze zich om om hem te begroeten.

'Aimeric!' riep ze terwijl ze hem met open armen verwelkomde. 'Dat heeft veel te lang geduurd.' Ze omhelsden elkaar totdat alle lucht uit haar longen verdwenen leek, en toen deed ze een stap achteruit om hem te bekijken. 'Ik zweer je, je bent gegroeid.'

Aimeric lachte. 'Dat zeg je altijd als we elkaar een tijd niet hebben gezien en het is nooit waar! Je zult altijd net een stukje groter zijn dan ik, Minou. Vreselijk vernederend.'

'Onzin, het getuigt van je hoffelijkheid en gezonde verstand, want jouw lengte is precies goed!' Ze gaf hem een arm. 'Aimeric, ik ben zo blij je te zien. Hoe is het met je? Hoe kun je zo vreselijk druk geweest zijn dat je ons niet eens eerder kon komen bezoeken? Wat zijn je...'

'Zus, laat me alsjeblieft eerst even gaan zitten voordat je me met vragen bestookt!'

Minou grijnsde. 'Vergeef me.'

Aimeric ging op een gestoffeerde stoel zitten en ontdeed zich van zijn hoed en mantel. Minou schonk een glas wijn voor hem in.

'Het spijt me dat ik niet eerder ben langsgekomen. Het werk voor de admiraal houdt me de hele dag druk bezig. Bezoekers voor hem ontvangen, goed opletten of er tekenen van onrust zijn, hem bewaken als hij over straat gaat, luisteren naar alle proclamaties die op marktpleinen worden voorgelezen en de preken die op de dag des Heren van de kansel worden gebulderd. Het stikt in Parijs van de mannen die hel en verdoemenis prediken.'

Minou lachte. 'Dus je bent tegenwoordig spion, geen soldaat.'

'Dat kun je wel zeggen! Coligny is ervan overtuigd dat er krachten zijn die de bruiloft willen verstoren. Ik vrees dat hij gelijk heeft, en om eerlijk te zijn vind je die aan beide zijden van de religieuze scheidslijn. Er zijn er genoeg van ons die het ongepast vinden dat Navarra met een Valois trouwt. En mensen aan hun kant zijn ontzet dat een protestant zo dicht bij de troon komt te staan.' Hij nam een flinke teug wijn. 'Maar genoeg over staatszaken. Ik wil al jouw nieuws horen. Bevalt Parijs je?'

Minou glimlachte. 'Ja, tot mijn grote verbazing. Ik merk dat ik erg gecharmeerd ben van deze door en door katholieke stad vol kathedralen, abdijen en kloosters.'

Aimeric knikte. 'Dat begrijp ik. Ik voel die charme ook. En hoe is het met de kinderen en Salvadora? Vinden zij het ook zo prettig in Parijs? Ik durf te wedden dat Alis hier in haar element is, al zal ze zich ertegen proberen te verzetten. Is ze er nu? Ik heb haar ontzettend gemist.'

Het hart zonk Minou in haar schoenen. 'Je hebt mijn brief niet ontvangen,' zei ze somber.

'Welke brief?' Hij zette zijn wijnglas op tafel. 'Minou, wat is er gebeurd?'

Ze haalde diep adem. 'Ik ben bang dat ik vreselijk nieuws heb.'

Met zijn handen op zijn knieën luisterde Aimeric terwijl ze over de gebeurtenissen van 7 en 8 juni vertelde: de aanslag op Alis en de dood van hun vader. Toen ze uitgesproken was, bleef hij een tijd stil. 'Onze vader is dood,' zei hij daarna met holle stem.

Minou knikte. 'Ja. Hij heeft niet geleden, hij is er zomaar tussenuit gepiept.'

'Weet je dat zeker?'

'Hij zag eruit alsof hij sliep. Vredig. Eindelijk rustig.'

Aimeric liet zijn hoofd zakken, en hoewel er geen geluid klonk, zag Minou zijn schouders schokken terwijl hij snikte.

'Ik wou dat je het eerder had gehoord,' zei ze. 'De afgelopen weken heb ik steeds gebeden dat de brief je bereikt had.'

'Het lijkt gewoon onmogelijk,' zei Aimeric met onvaste stem. 'Telkens als ik iets opvallends of zelfs iets verontrustends zag, stelde ik me voor dat ik vader erover vertelde. Ik spaarde dingen op om hem te vertellen als ik hem weer zag in Puivert of Carcassonne. En om er nu na al die tijd achter te komen dat hij al overleden is...' Even sloeg hij zijn ogen op naar haar gezicht, maar hij sloeg ze meteen weer neer, alsof hij de waarheid die in haar ogen geschreven stond niet wilde zien.

'Dat doe ik ook.' Minou legde een hand op de borst van haar broer. 'Maar je draagt hem hier met je mee, Aimeric. Net als ik. Hij zal altijd bij ons zijn.'

Hij greep haar hand stevig beet, zoals een drenkeling zijn redder vastgrijpt. Een paar ogenblikken zaten ze zwijgend bij elkaar, en Minou begreep de grote schok van het verdriet dat zo onverwacht was gekomen.

'Vergeef me,' zei Aimeric na een tijdje. 'Ik ben slecht gezelschap. Ik kwam hier boordevol nieuwtjes en verhalen om aan jullie te vertellen, maar nu kan ik helemaal niet meer nadenken.'

'De komende dagen zal daar nog tijd genoeg voor zijn.'

Aimeric veegde met de achterkant van zijn hand zijn wangen droog. 'En hoe is het met Alis? Denkt de dokter dat ze helemaal beter zal worden? Zal ze weer lopen?'

'Uiteindelijk wel, ja. Ik heb gisteren een brief van haar gekregen.' Minou was even stil. 'Salvadora had gedreigd om in Puivert te blijven en voor haar te zorgen, dus het is een opluchting dat ze zo goed herstelt.' Tot haar vreugde zag ze dat haar opmerking hem een flauwe glimlach ontlokte.

'Dat zou Alis vreselijk hebben gevonden.' Toen vulden zijn ogen zich opnieuw met tranen. 'Mijn arme, lieve zusje. Ik zal haar schrijven en hopelijk raakt die brief niet kwijt.'

'Ze zal het erg fijn vinden om van je te horen.'

Aimeric haalde zijn handen door zijn wilde zwarte haar en leunde achterover. Minou bedacht hoe jong hij eruitzag; plotseling waren in de pijn die zijn blik vertroebelde de sporen van het jongetje dat hij geweest was duidelijk zichtbaar.

'Blijf je nog eventjes? Misschien wil je zelfs hier eten? De kinderen zouden het geweldig vinden om je te zien.'

Aimeric zuchtte. 'Ik wou dat het kon, Minou, maar ik moet voor morgen nog te veel doen. En trouwens...' Hij hief zijn handen. 'Ik geloof niet dat ik prettig gezelschap zou zijn. Ik heb tijd nodig om het slechte nieuws te verwerken. Ik moet voor ze bidden.'

'Ik begrijp het. Je verdriet is vers, je hebt tijd nodig om te begrijpen wat er is gebeurd. Wij hebben de afgelopen twee maanden al geleerd om ermee te leven.'

'Het is alsof er een strakke band om mijn ribben zit. Ik krijg geen lucht.'

'Dat gaat weer over,' zei Minou warm. 'Hoewel onze vader nooit ver uit mijn gedachten is – ik denk wel honderd keer per dag aan hem –

heeft de scherpe pijn van die eerste dagen plaatsgemaakt voor een kalmer verdriet.'

Aimeric vouwde zijn handen. 'Hij is nu in Gods handen. En Alis ook. Hij waakt over haar, dat weet ik zeker.'

Minou glimlachte. Ze was blij dat Aimeric troost vond in zijn geloof. Hoewel ze het nooit had toegegeven, voelde zij alleen holle woede en ongeloof dat zulke dingen konden gebeuren. Het drukte zwaar op haar gemoed dat hun vader gestorven was zonder te hebben gebiecht of de zegen te hebben ontvangen, want ze wist dat Bernard zijn Schepper graag tegemoet zou zijn getreden terwijl zijn zonden vergeven waren.

Aimeric stond op.

'Kom je nog eens op bezoek als de bruiloft achter de rug is?' vroeg Minou terwijl ze hem een arm gaf. 'Salvadora zal het vreselijk vinden dat ze je is misgelopen. En Piet ook.'

'Dat doe ik, ik heb jullie allemaal vreselijk gemist. Hoewel ik Piet natuurlijk een paar keer heb gezien.'

Minou voelde een kramp in haar borst. 'O ja? Wanneer?'

'Heeft hij dat niet verteld?'

'Nee, hij is het vergeten te zeggen.' Minou was even stil. 'Ik wil hem niet afvallen, maar feit is dat Piet zelden thuis is. Een groot deel van de tijd gebruikt hij om collega's in de Nederlandse wijk en voormalige kennissen uit de oorlogen te bezoeken. Ik wil het hem niet misgunnen, maar ik mis zijn gezelschap.'

Aimeric plukte aan zijn wambuis, duidelijk niet op zijn gemak. 'Het is goed voor hem om bij oude kameraden te zijn met wie hij gevochten heeft.'

'Natuurlijk.' Minou aarzelde. 'Aimeric, toen jij uit Puivert wegging, vroeg ik je of er misschien een bepaalde kwestie was waarover Piet en jij de avond voor je vertrek tot vroeg in de ochtend hadden gepraat. Jij zei van niet. Is dat nog steeds je antwoord?'

Nu was het Aimeric die aarzelde. 'Ik wil niemands vertrouwen beschamen,' zei hij ongemakkelijk.

'Er is iets, broer, waar hij zich zorgen over maakt. Ik ken mijn man goed. Zijn gezicht is een open boek.' Ze was even stil. 'Volgens de meid is er een keer een vrouw langsgekomen om naar hem te vragen. En nu vraag ik me af of dat misschien verband houdt met diezelfde kwestie. Als het mij of de kinderen aangaat, heb ik het recht om het te weten.'

Op Aimerics gezicht verscheen een besluiteloze frons. Toen slaakte hij een lange zucht. 'Ik geef toe dat Piet me heeft gevraagd om iets voor hem uit te zoeken. Het heeft te maken met zijn moeder en zijn jeugd in Amsterdam, maar meer kan ik je niet vertellen. Je moet het hemzelf vragen.'

Minou trok haar arm weg. 'Ik wist dat ik het me niet inbeeldde!'

'Als hij het voor je verbergt, Minou, zal daar een reden voor zijn. Wanneer hij er klaar voor is, zal hij je in vertrouwen nemen. Je moet geduldig zijn.'

17

'Hé. Jij daar, meisje. *Guenon de hus.*'

Sinds de Amsterdamse Cornelia van Raay op verzoek van haar vader in Parijs was, was ze zodra ze in haar eentje de deur uitging mikpunt geweest van allerlei beledigingen en lasterpraat: *putain*, hoer, Nederlandse snol, lichtekooi, hugenoots varken. De term 'guenon de hus' had ze niet eerder gehoord, maar de betekenis kon ze wel afleiden uit de toon waarop de man het zei.

Naarmate de augustushitte toenam en er vanwege de bruiloft uit alle hoeken van Frankrijk steeds meer vermoeide reizigers aankwamen waren de beledigingen talrijker geworden. Er waren niet genoeg bedden. De herbergen zaten vol, de pensions zaten vol. Humeuren waren geprikkeld.

Cornelia had een hekel aan Parijs, maar ze kon niet naar huis voordat ze haar vaders bericht aan Pieter Reydon had doorgegeven. Dankzij de praatgrage Nederlandse bedienden op de ambassade en in de taveernes waar de Nederlandse opstandelingen elkaar troffen was ze erachter gekomen in welk huis de familie Reydon verbleef. Nu hoefde ze alleen nog de brief aan hem te overhandigen. Ze had goede hoop dat het vandaag zou lukken. Als het goed ging, kon ze nog voor de avond uit de stad vertrekken en weg zijn voordat de bruiloft plaatsvond.

Cornelia boog haar hoofd zodat haar gezicht door haar kap en mantel verborgen bleef en liep door de Rue des Barres heen en weer terwijl ze wachtte totdat Pieter Reydon thuiskwam. Bij het krieken van de dag had ze bij het hoekhuis aangeklopt, maar de meid had haar gemeld dat hij al vertrokken was. Ze was van plan geweest om te wachten en hem aan te klampen zodra hij terugkwam, maar haar aanwezigheid in de straat begon de aandacht te trekken. Een uur geleden was een in het zwart geklede hugenootse soldaat bij het huis aangekomen en na een tijdje weer vertrokken. En zo-even was er opnieuw een man binnengelaten, zo te zien een handelaar of zakenman.

'Putain.'

Ze deed alsof ze het niet hoorde.

'Ben je een valse christen? Een hugenoot?' Haar belager leek het woord bijna uit te spugen. 'Zit je daarom niet bij de mis? Luister je daarom niet naar me?'

Een andere man lachte, een derde riep ook een belediging. Cornelia keerde zich van hen af. Waarom hadden die rijke Parijse jongens, naar ze aannam zoons van hovelingen, van edellieden, zo weinig te doen? De protestantse adel, zowel de Franse als de Nederlandse, droeg zijn zedige zwarte kleding met trots, als uitdaging tegenover de losbandigheid van de opzichtige, protserige zijde en met edelstenen bezette hoofddeksels aan het hof.

'Hé!' Hij knipte in zijn vingers. 'Hé, hugenoots varken, ik heb het tegen jou.' Er klonk bulderend gelach, gerammel van een beurs. 'Is een katholieke man niet goed genoeg voor je?'

Angst vlamde op in haar borst. Cornelia richtte haar aandacht op het ritme van haar voeten op de droge grond en dwong zichzelf niet achterom te kijken. Als ze hun in de ogen keek, was ze verloren. De enige manier was doen alsof er niets gebeurde. Terwijl ze haar mand nog steviger vasthield, liep ze verder door de *impasse* en bad dat haar belager ofwel zijn belangstelling voor haar zou verliezen of die – ze wist dat het een onchristelijke gedachte was – op een ander slachtoffer zou richten. Ze versnelde haar pas, op weg naar een drukkere straat en de veiligheid van de menigte. Later kon ze wel weer naar het huis van Reydon teruggaan.

'Hoer!'

Iets raakte haar in haar nek. Een steentje? Een munt. Cornelia kromp ineen, maar bleef doorlopen.

'Of ben je niet zo goedkoop? *Une fille de l'escadron*, is dat het?'

Een tweede munt raakte haar schouderblad. Toen voelde ze plotseling zijn aanwezigheid achter haar en opeens – een schok, hoewel ze het half verwachtte – een hand die haar arm stevig vastgreep. 'Monsieur!'

'O, een buitenlander,' zei hij. Hij duwde haar het steegje naast het huis van Reydon in.

De stank van zijn zure wijnadem en het parfum van gisteren op zijn kleren deden haar walgen. Zijn twee vrienden kwamen van achteren op haar aflopen zodat ze in de val zat. Ze keek omhoog en nam hem op: het kortgeknipte baardje, de brede witte kraag, de fluwelen hoed met veer die hij ondanks de benauwde hitte droeg, het getemperde staal aan zijn riem. Een pokdalige neus die veel te groot was voor zijn gezicht. Ze voelde zijn vingers in haar kin knijpen.

'Ik wilde alleen maar met je praten, maar nu heb je me beledigd.' Hij greep haar nog ruwer beet. 'Kennen jullie buitenlandse hoeren de Parijse manieren niet?'

Cornelia wist dat het het verstandigst was om hem niet te provoceren. 'Meneer, alstublieft, laat me gaan,' zei ze in het Frans. 'Mijn man wacht op me.'

'Mijn man wacht op me,' bauwde een van zijn maatjes haar Nederlandse accent na. 'Ben je dan niet een van de courtisanes van de koningin-moeder?'

Cornelia voelde iets hards tegen haar rug duwen, iets intiems, en week er vol afkeer vandaan. Een bulderende lach, zurige adem, en toen greep een hand naar haar geheime lichaamsdelen.

'Laat me met rust!'

Cornelia probeerde opzij te stappen, maar haar belager versperde haar de weg. Ze draaide haar hoofd af en probeerde uit zijn greep te ontsnappen, maar hij kneep alleen maar harder.

'Moet je jou zien! Je doet alsof je deugdzaam bent, maar onder die vrome buitenkant ben je precies hetzelfde. Je wangen kleuren.' Hij sjorde aan de gesp van haar mantel totdat die losraakte. 'O, wat hebben we hier? Dat zijn fraaie kleren onder die saaie, zedige buitenkant, zeg.' Hij legde zijn hand op haar borst.

'Monsieur, nee!'

'We weten heus wel wat protestantse meisjes zoals jij achter gesloten deuren uitspoken wanneer jullie je veilig wanen voor christelijke ogen.'

'Ik ben een betere katholiek dan u!' De woorden waren haar ontglipt voordat ze ze kon tegenhouden.

De man vernauwde zijn blik. 'Wat zei je daar?'

Zijn hand bewoog zo snel dat Cornelia het niet zag aankomen – de klets van huid op huid, haar brandende wang – maar de schok verdoofde alle pijn. Hij trok haar kap af, greep een vuistvol van haar donkerbruine haar en duwde haar rug tegen de muur. 'Hoe durf je me zo aan te spreken? Misschien heeft de koningin-moeder je ondanks je saaie kleren toch onder haar vleugels genomen. Een kleine Nederlandse fille de l'escadron.'

'Monsieur, alstublieft.'

Zijn vraag ging verloren in een tweede klap, harder deze keer. Cornelia proefde bloed en voelde dat er een tand loszat. Toen haar belager voor de derde keer uithaalde, vond ze eindelijk haar stem terug en begon ze te schreeuwen.

Boven hen ging een raam open en een elegante vrouw van een jaar of dertig keek het straatje in. 'Wat is dat voor lawaai?'

Haar belager gebaarde naar zijn maten dat ze zich in de schaduw van het steegje moesten terugtrekken. Toen duwde hij zijn hand voor Cornelia's mond en deed een stap het licht in. 'Madame, het spijt me dat we u hebben gestoord.'

Cornelia worstelde om zich te bevrijden zodat ze nog eens kon schreeuwen, maar ze zat vast als een vogel op een lijmstok.

'Mijn vrienden hebben te veel gedronken. Uitbundigheid, meer is het niet.'

'Is dit de beroemde Parijse hoffelijkheid waarover we zo veel hebben gehoord?'

'Zoals ik zei, madame: uitbundigheid.'

'Ik stel voor dat u met uw uitbundigheid ergens anders heen gaat, monsieur!' zei de vrouw streng. En toen trok ze zich tot Cornelia's wanhoop terug en sloot het raam.

De tussenkomst van de vrouw had niets aan zijn kwade bedoelingen veranderd, maar hem eerder nog meer opgehitst. Toen hij zijn lichaam met het volle gewicht tegen haar aan duwde, voelde Cornelia zijn opwinding.

'Je bent dan misschien buitenlander en nogal gewoontjes, maar je hebt geen pokkenlittekens,' siste hij. Zijn hatelijke blauwe ogen fonkelden door de opwinding van de jacht. 'En aangezien je me zo hebt vernederd, heb ik recht op genoegdoening.' Met een geoefende beweging stak hij zijn hand tussen haar benen.

Cornelia stribbelde tegen en probeerde hem van zich af te duwen, maar zijn perverse verlangen maakte hem sterker en ze kon zich niet losrukken. Ze schopte naar zijn schenen, zonder veel succes. Ze bleef vechten, maar de lallende stemmen van zijn kameraden moedigden hem aan.

'Straks is het mijn beurt.'

Cornelia kon nauwelijks geloven dat zo'n misdaad midden op de dag in de drukst bevolkte stad van Frankrijk kon plaatsvinden. Het was onbestaanbaar. In Amsterdam leidde ze een beschermd leven en had ze zulk smerig gedrag nooit meegemaakt, hoewel ze wist dat de kleine straatjes achter de Zeedijk en de Sint-Nicolaaskerk dit soort mannen aantrokken.

'Messieurs, heeft madame Reydon zojuist niet gezegd dat jullie je uitbundigheid maar elders moeten uitleven?'

Achter hen, in de Rue des Barres, stond de man die Cornelia het huis van Reydon in had zien gaan. Hij droeg een felgekleurd wambuis en hozen en had een stapel papier in zijn hand. Op zijn gezicht stond afkeer te lezen.

Cornelia zuchtte van opluchting. Heel even zei niemand iets, en toen liet haar belager haar los. Zijn kameraden trokken zich terug in het donker van de steeg.

Haar belager maakte een halve buiging. 'Vergeef me dat ik u heb gestoord. We zullen vertrekken. Uw dienaar.' Hij knipte in zijn vingers, en zijn maten haastten zich achter hem aan in de richting van de rivier. Al snel waren ze verdwenen in de mensenmassa op de Rue de la Mortellerie.

Cornelia ontspande opgelucht haar schouders. 'Monsieur, dank u wel. Als u niet...'

De man wees. 'Ik walg van jou en jouw soort. Dat komt naar een christelijke stad om daar op klaarlichte dag d'r smerige beroep uit te oefenen. Parijs te vervuilen. Ga terug naar waar je vandaan komt.'

Cornelia deed een stap achteruit alsof ze een klap had gekregen. Toen realiseerde ze zich dat ze vanwege haar in het ongerede geraakte kleren, haar losse haar en de munten die op de grond verspreid lagen werd aangezien voor datgene wat die mannen zojuist van haar hadden proberen te maken. Een hoer. 'Monsieur, u vergist zich.'

'We willen hier geen buitenlanders.' Hij wierp een vluchtige blik op het huis. 'We moeten jullie hier niet.'

Cornelia trok haar mantel en kapje recht, pakte haar mand van de grond en liep met alle waardigheid die ze wist op te brengen het steegje uit, de vochtige grijze middag in.

Het hele stuk terug naar de rivier werd ze voortgedreven door woede en ze was vastbesloten om zich op een of andere manier te wreken op de mannen die haar zo slecht hadden behandeld. Heel langzaam nam haar boosheid af. Hoewel ze haar brief nog niet aan Pieter Reydon had kunnen afgeven, was ze wel iets wijzer geworden: ze wist nu dat madame Reydon haar echtgenoot naar Parijs had vergezeld en een eerbare vrouw was.

18

De verhuurder van het huis kwam de kamer weer in, met zijn papieren nog in zijn hand.

'Hebt u ze weggestuurd?'

'Het speet de heren dat ze u hadden gestoord.'

Minou trok haar wenkbrauwen op. 'Heren? Dat denk ik niet. Kende u ze, monsieur?'

Hij schudde zijn hoofd. 'Het meisje was een buitenlandse.'

'Dat maakt geen verschil,' zei ze scherp.

Hij haalde zijn schouders op. 'Voor wat hoort wat, madame Reydon. Om naar onze onderhandelingen terug te keren...'

'Ik zal niet toegeven, monsieur. Voor onze komst zijn we het over de voorwaarden eens geworden. Mijn broer, die in dienst is van admiraal Coligny, handelde in onze naam.'

'Als u niet in staat bent om een klein beetje meer te betalen, madame Joubert, zijn er genoeg anderen die dat wel kunnen,' antwoordde de huisbaas. 'Parijs is overvol. Er is nergens nog een bed te krijgen.'

'De kwestie is niet of we het ons kunnen veroorloven of niet, maar dat u zich aan ons contract moet houden. Voorwaarden zijn geaccepteerd en bevestigd. Als u nu vindt dat u een te laag bedrag gevraagd hebt, spijt me dat. Maar we zijn een redelijke prijs voor deze hele maand overeengekomen.'

'Zoals ik al zei,' herhaalde hij gladjes, 'voor wat hoort wat.'

Minou keek hem strak aan en zuchtte toen. 'Ik zal één extra livre per week betalen. Bent u dan tevreden?'

De huisbaas maakte een buiging. 'Het was me een genoegen zaken met u te doen, madame Reydon. Met uw permissie.'

'Goedendag.'

Zodra hij weg was, keek Minou het steegje weer in. Het vervulde haar met ontzetting dat er in deze koninklijke stad zulke mannen rondliepen. En het was niet alleen hun gedrag, maar vooral hun gebrek aan schaamte.

Aan de andere kant, met zo'n decadent hof kon het niet echt een verrassing zijn dat dergelijk wild en vrijpostig gedrag als vergif tot in elk hoekje van Parijs doorsijpelde. Ze hoopte dat het meisje er ongedeerd van af was gekomen.

Minou pakte haar zomerhandschoenen van de eikenhouten kist. Ze had zich verheugd op haar bezoekje van vandaag aan de Sainte-Chapelle, een uitje dat ze vooral had georganiseerd om haar tante een plezier te doen, en ze liet geen schaduw over de dag werpen door de oneerlijke praktijken van hun huisbaas of het schaamteloze gedrag van die mannen.

Ze glimlachte. Het was vreemd dat haar humeur opklaarde bij het idee om een bedehuis te bezoeken van het geloof dat ze de rug had toegekeerd. Maar elegante, prachtige architectuur en muziek kenden geen grenzen. Minou dacht eraan hoe haar jongere ik – haar katholieke ik – haastig de lijkwade van Antiochië in de voering van haar oude groene mantel had genaaid, diep onder de indruk van de geschiedenis van de relikwie in haar handen. Toen herinnerde ze zich Vidal en betrok haar gezicht. Ze nam aan dat de lijkwade nog steeds in zijn bezit was.

'Maman, wat is een fille de l'escadron?'

Meteen draaide ze zich om. 'Marta! Ik wist niet dat je hier was.'

Haar dochter kwam naast haar bij het raam staan. 'Heeft de koningin-moeder zelf geen dochter?'

'Jawel,' antwoordde Minou voorzichtig.

'Waarom zei die man dan dat de koningin-moeder haar onder haar vleugels had genomen?'

Minou zuchtte. 'Het doet er niet toe. De mannen zijn nu vertrokken.'

'Wat is een courtisane?'

'Marta, zo is het genoeg,' zei ze streng. 'Het gaat ons niets aan.'

Marta duwde haar onderlip pruilend naar voren, maar veranderde toen kennelijk van gedachten. 'Goed dan.'

Minou keek haar doordringend aan. 'Ik wil dat je dit onderwerp laat rusten, hoor je me?'

Het kind leek een toonbeeld van onschuld. 'Oui, maman.'

'Marta, ik meen het. Ik wil niet dat je oudtante Boussay met je vragen lastigvalt en ook niet iemand anders, want anders mag je niet met ons mee naar de Sainte-Chapelle.'

Marta maakte een vluchtige kniebuiging en huppelde toen de kamer uit.

'Marta, ik meen het echt!' riep Minou haar achterna, maar zonder hoop op een antwoord. Ze wilde heus niet dat haar dochter minder nieuwsgierig was, maar soms had ze het fijn gevonden als ze een iets minder scherp gehoor had.

Morgen vond de bruiloft plaats, gevolgd door drie dagen van feestvieren. Daarna konden ze weer uit Parijs vertrekken. Hoewel ze Aimeric pas vandaag voor het eerst had gezien en ze hoopte dat dat zou veranderen als de ceremonie eenmaal achter de rug was, kon Minou niet ontkennen dat het een opluchting zou zijn om Salvadora weer bij haar woning in Toulouse af te leveren en vervolgens te kunnen terugkeren naar huis, naar Alis en naar haar eigen bed. Twee dagen geleden had Minou een brief ontvangen van haar zus, die er helemaal vol van was dat ze nu met hulp van een stok een paar stappen kon lopen. Het postscriptum van monsieur Gabignaud, de arts, was zuiniger en voorzichtiger geweest over het herstel van de patiënt. Minou kon niet wachten om het met eigen ogen te zien.

Ze glimlachte terwijl ze eraan dacht hoe mooi de Languedoc in de warmste dagen van de zomer was. Het bos barstte van kleur, koper en glanzend goud en het heldere rood van de druivenstokken, en de boomgaarden hingen vol appels en peren. Daar was de lucht zuiver en op de velden zongen de zonnebloemen hun laatste gele lied.

Het leven zou doorgaan. Hoewel ze het verdriet om haar vader in Puivert weer scherper zou voelen, zou alles weer zijn gewone gang gaan. Parijs zou slechts een herinnering zijn.

Salvadora Boussay zat op de houten bank met hoge rugleuning in de hal en wachtte geduldig op haar nicht. Haar handen lagen onrustig friemelend op haar schoot. Ze was zo opgewonden als een meisje dat voor de eerste keer ter heilige communie gaat.

In de donkere dagen van haar huwelijk had ze zich soms voorgesteld dat ze door de straten van de heiligste stad in Frankrijk liep, omdat het haar de kracht gaf om de afranselingen en de minachting van haar man te verdragen. Maar vandaag zou ze eindelijk naar de Sainte-Chapelle gaan. Haar hele leven had ze ervan gedroomd die te bezoeken, een gewijde plek waar…

'Tante Salvadora, mag ik u iets vragen?'

Salvadora keek op en zag Marta de trap af rennen en van de laatste twee treden springen, waarna ze vlak voor haar op de vloer landde, op handen en voeten, als een kat. Ze sloeg een hand tegen haar borst. 'Werkelijk! Waar zijn je manieren?'

Marta krabbelde overeind en maakte schaamteloos een kniebuiging. 'Het spijt me. Ik wil u iets vragen. Wat is een fille de l'escadron?'

Salvadora's wangen liepen rood aan. 'Waar heb je zoiets vreselijks in vredesnaam gehoord…? Toch niet in dit huis, mag ik hopen.'

'Iemand zei het een paar minuten geleden.'

'Dat kan ik niet geloven.'

Marta had het fatsoen om te blozen. 'Nou ja, niet ín huis, dat geef ik toe. Ik hoorde een meneer. Beneden op straat. Maman gaf hem een standje en stuurde die akelige huisbaas naar hem toe om met hem te praten. Is een fille de l'escadron hetzelfde als een courtisane?'

'Lieve hemel,' zei Salvadora, gechoqueerd dat een zevenjarig meisje dat woord kende, 'zo is het wel genoeg!'

'Maar hoe moet ik iets leren als niemand me antwoord wil geven? Het is belangrijk dat meisjes leren. Dat zegt tante Alis altijd.' Marta tikte tegen haar hoofd. 'Ik zal tegen niemand zeggen dat u het me hebt verteld. Ik bewaar het hier bij mijn andere geheimen.'

'Wat ben je toch een wijsneuzig kind.'

Marta hield haar hoofd scheef. 'En ik ben ook knap. Dat zegt iedereen.'

'Het was geen compliment.' Salvadora wapperde met haar waaier. 'Je bent te vol eigendunk.'

'Maman zegt altijd dat we niet mogen liegen,' reageerde Marta. 'En wilt u me nu zeggen wat een fille de l'escadron is?'

'Dat zal ik beslist niet doen. En ik zal je gedrag met je moeder bespreken, denk erom.'

Marta fronste en verliet de hal toen net zo snel als ze gekomen was. Opnieuw werd het stil.

Salvadora was diep geschokt door het hele gesprek. Ze bleef zo wild met haar waaier klapperen dat er nog drie veren losraakten. Wat een afschuwelijk gedrag. Ze begreep niets van de meisjes van tegenwoordig.

'Maar wat betekent het, juf?' zeurde Marta.

Nadat ze haar oudtante in de hal had achtergelaten was ze helemaal naar boven gerend, naar de kinderkamer. Ze zat nu gevaarlijk op de vensterbank bij het open raam en wiebelde met haar benen, die daardoor steeds tegen de muur bonkten.

'Stop daarmee, mademoiselle, je maakt nog vlekken op de muur.' Het geteisterde kindermeisje wiegde Jean-Jacques in haar armen in een poging hem te kalmeren. Zijn buik was gezwollen van de koliek.

'Ik zal tegen niemand zeggen dat u het me hebt verteld.'

'Ik heb geen tijd voor je vragen, zie je niet dat je broertje uit zijn doen is?'

'Hij is altijd uit zijn doen. Als u gewoon antwoord geeft, ga ik weg en laat ik u met rust. Ik zweer het, op mijn graf.'

'Zulke dingen moet je niet zeggen.'

Het jongetje slaakte opnieuw een kreet van pijn.

'Ah, alstublieft,' drong Marta zo lief mogelijk aan.

Het kindermeisje zuchtte. 'Het gerucht gaat dat de koningin-moeder – ik weet niet of dit waar is, hè – dat ze, eh... dames heeft die... in ruil voor gunsten – mooie spulletjes, sieraden, dat soort dingen – heren verleiden om hun geheimen te verraden.'

'Dus "escadron" betekent "vrienden"?'

'Stil maar, mannetje,' suste het kindermeisje. 'Zo is het beter, *mon brave.*'

'Juf! Wat betekent "escadron"?'

'Een groep.'

'Een groep meisjes?' Fronsend probeerde Marta er wijs uit te worden. 'Is "courtisane" een onfatsoenlijk woord?'

Eindelijk had ze de volle aandacht van het kindermeisje. 'Mademoiselle Marta!'

Marta realiseerde zich dat ze te ver was gegaan en gaf haar broertje een kus op zijn warme, koortsige wang. 'Dank u wel, juf!' zei ze en ze huppelde de kamer uit.

19

In hun uitgaanskleren stonden Minou en Salvadora recht tegenover elkaar in de hal verhit te ruziën. Boze woorden vlogen over en weer.

'Ik geloof gewoon niet dat je zo onverstandig kunt zijn om op zo'n vraag antwoord te geven,' zei Minou woedend. 'Marta is veel te jong om dat te begrijpen.'

Salvadora klapte haar waaier dicht. 'Als je me toestaat iets te zeggen, nicht.'

'Ik weet dat ze vasthoudend is, maar er zijn manieren om haar af te leiden...'

'Denk je werkelijk,' viel Salvadora haar in de rede, 'dat ik Marta, die een halsstarrig kind is en altijd voor haar beurt spreekt, zou vertellen dat filles de l'escadron courtisanes zijn die mannen verleiden om hun geheimen aan hen te verraden?'

Achter hen ging de voordeur open en Piet kwam binnen. 'Wat is hier in vredesnaam aan de hand? De hele straat kan jullie horen ruziemaken.'

Salvadora blies haar wangen bol. 'Jouw echtgenote denkt dat ik zo stom ben om je zevenjarige dochter uit te leggen hoe het legertje opgedirkte jongedames van de koningin-moeder te werk gaat!'

'Wat?' Piet keek hen stomverbaasd aan. 'Ik snap er niks van. Waar heeft Marta zulke woorden gehoord?'

Minou keek hem aan. 'Er was een opstootje op straat en dat heeft ze gehoord. Toen ik niet wilde uitleggen wat die mannen bedoelden, is Marta tegen mijn uitdrukkelijke wens in naar Salvadora gelopen. Die het wél heeft verteld.'

'Dat heb ik beslist niet gedaan!'

Minou hief vertwijfeld haar handen. 'Als jij het niet was, tante, wie dan wel? Ik zag Marta net op en neer door de gang paraderen terwijl ze deed alsof ze...' Minou zag dat Piet zijn lachen probeerde in te houden en keek hem kwaad aan.

Gepikeerd merkte Salvadora op: 'Vergeef me, nicht, maar als jij dat kind wat strakker hield, zou ze helemaal niet in de gelegenheid zijn geweest om zulke vulgaire woorden te horen. Dat rent de hele dag maar zonder enig toezicht door het huis…'

'Wou je nu beweren dat ik niet weet hoe ik mijn eigen kind moet opvoeden?'

'Volgens mij was dat niet wat Salvadora bedoelde,' kwam Piet ertussen.

Meteen wendde Minou zich tot hem. 'Kies je nou haar partij in plaats van de mijne?'

'Salvadora, wil je ons even excuseren?'

De oudere vrouw aarzelde even, keek nog een laatste keer afkeurend naar Minou en trok zich toen terug.

Met een felle, wrokkige blik sloeg Minou haar armen over elkaar.

Piet trok zijn kraag wat losser en liep naar het dressoir, schonk twee bekers wijn in en stak Minou er een toe. 'We kunnen elkaar toch niet zo naar de keel vliegen.'

'Ik was niet degene die ruzie zocht. Toen ik Marta erop aansprak, was het overduidelijk dat iemand het haar had verteld. En toen ik haar onder druk zette, zei ze dat ze in de hal tante Boussay was tegengekomen…'

'En jij nam aan dat dat betekende dat Salvadora haar vragen had beantwoord?'

'Nou ja, wie kan het anders geweest zijn? Jij was niet thuis – alwéér niet – en Aimeric was al vertrokken. Verder is er niemand.'

'Lieverd van me,' zei Piet vriendelijk, 'onze vindingrijke dochter zal naar de kinderkamer zijn gegaan om het kindermeisje met haar vragen lastig te vallen. Of naar de keuken; daar vinden ze haar allemaal geweldig. Een van de meiden zal het fantastisch hebben gevonden om haar te kunnen antwoorden.'

Minou fronste. 'Marta zou nooit tegen me liegen.'

'Ze zou nooit een regelrechte leugen vertellen, nee. Maar je zegt zelf dat ze alleen maar zei dat ze Salvadora "tegenkwam". Ze zei niet dat je waarde tante haar vraag ook heeft beantwoord.'

Minou pakte de beker aan. 'O.'

Piet stootte haar beker aan met de zijne. 'O. Zeg dat wel. Onze fantastische dochter is een wijsneus voor wie verhaaltjes verzinnen net zo natuurlijk is als ademhalen. Dat weet je. Het is niets voor jou om je zo gemakkelijk te laten bedotten.'

Minou leunde met haar rug tegen het dressoir. 'Ik moet Salvadora mijn excuses aanbieden. Niet alleen voor wat ik heb gezegd, maar ook omdat door mij ons bezoek aan de Sainte-Chapelle is uitgesteld.'

'Was je van plan er vandaag heen te gaan?'

'Dat hadden we wel bedacht.' Ze gebaarde naar haar mantel, hoed en handschoenen. 'Vandaar dit alles, ondanks de hitte.'

'Ik vroeg het me al af.'

'De huisbaas kwam langs om er een huurverhoging door te krijgen.'

'Wat heb je gezegd?'

'Ik weigerde, maar toen was er die opschudding op straat. Hij was zo vriendelijk om erheen te lopen en de zaak te sussen, dus voelde ik me daarna verplicht om met een livre extra in te stemmen.'

'Dat lijkt me prima.' Piet zette het kleine raampje open. Warme augustuslucht stroomde naar binnen en bracht de stank van de rivier en de overbevolkte straten mee. 'En hoe reageerde jij toen Marta je vertelde wat ze over het escadron had gehoord?'

'Ik heb gezegd dat de jonge vrouwen aan het hof die zich zo gedragen om anderen geheimen te ontfutselen onnozel en ongeliefd zijn. Saaie figuren.'

Piet grijnsde. 'En hoe reageerde Marta daarop?'

Ook Minou voelde de schaduw van een glimlach rond haar lippen. 'Dat ze een hekel had aan mensen die geen geheim kunnen bewaren en dat ze nooit haar woord zou breken en nooit roddels zou vertellen in ruil voor mooie spulletjes. O, en toen voegde ze er nog aan toe dat het vast jongens waren die geheimen verraadden, omdat iedereen weet dat jongens nooit hun mond kunnen houden!'

Nu lachte Piet hardop. 'Het doet me denken aan het gehakketak tussen Aimeric en Alis toen ze nog klein waren. Alis vond jongens zelfs haar minachting niet waard.'

'Volgens mij is haar mening niet echt veranderd, met een of twee speciale uitzonderingen.' Minou nam een slok van haar wijn. 'Dat had ik je nog willen vertellen: een paar dagen geleden heb ik een brief van haar gekregen waarin ze schrijft dat alles goed gaat in Puivert en dat ze bijna zonder hulp kan lopen.'

'Dat is geweldig nieuws.'

'Ja, hoewel monsieur Gabignaud heel wat terughoudender was. Alis wil natuurlijk niet dat we ons zorgen maken.'

'Binnenkort zijn we weer thuis en kunnen we het zelf zien. En wat Alis' lage dunk van mannen betreft: dat verandert vast als ze verliefd wordt.'

'Ze blijft anders beweren dat ze nooit zal trouwen. Ze zegt dat een man haar niets kan geven wat ze niet al van zichzelf heeft.'

'Zelfs kinderen niet?'

Minou glimlachte. 'Haar antwoord was dat ze geen behoefte aan een eigen kind had omdat ze al van Marta's gezelschap kon genieten.'

'Genieten!'

'En ook dat ze bang was dat een kind haar ondergang zou betekenen.'

'Wat bedoelt ze daar nou mee?'

Minou dacht even na. 'Vanaf het moment dat je je eerste kind vasthoudt, is je hart niet meer alleen van jezelf. Je wordt minder vastbesloten en je wordt bang voor het kwaad in de wereld.'

'Voel jij dat zo?' vroeg Piet verrast.

'Soms.'

'Maar de vreugde van het hebben van een kind weegt toch ruimschoots op tegen de aanslag die het op je emoties doet?'

Minou legde een hand tegen zijn wang. 'Dat kun jij makkelijk zeggen. Jij bent een man. Maar voor een vrouw? Mijn gebrekkige oordeelsvermogen van vandaag – als ik het zo mag noemen – werd gedeeltelijk veroorzaakt door mijn zorgen om Marta. De behoefte om haar tegen de ergste dingen van deze wereld te beschermen. En met Jean-Jacques zal het precies hetzelfde gaan. Op een willekeurige dag houden mijn zorgen om hen me meer bezig dan alles wat ik verder zelf voel.' Minou gebaarde in de richting van het nieuwe Tuilerieënpaleis. 'Zelfs de koningin-moeder, die tien kinderen gebaard heeft en er zes heeft begraven, gaat bijna kapot aan de liefde die ze voor haar jongste zoon voelt. En dat ondanks zijn *mignons* en hun eigenaardigheden.'

Piet pakte haar hand. 'Waarom ben je nou echt zo uit je doen, Minou? Komt het door de bruiloft morgen? Of gewoon omdat we hier in Parijs zijn?'

'Nee, dat is het niet. Tegen mijn verwachtingen in blijkt Parijs mijn hart te hebben gestolen. Het is meer… Ik weet het niet. Ik wou dat morgen achter de rug was, dat alle feesten voorbij waren en dat we op weg waren naar huis.' Ze haalde diep adem. 'En jij, mijn liefste, jij bent er zo zelden. Ik mis je gezelschap.'

Piets gezicht betrok. 'Ik geniet van het gezelschap van de mensen die ik ontzettend lang niet heb gezien. Dat misgun je me toch niet?'

'Natuurlijk niet.' Minou was even stil. De laatste keer dat ze had geprobeerd Piet zover te krijgen dat hij haar in vertrouwen nam had tot ruzie geleid. Maar na wat Aimeric had gezegd, had ze het gevoel dat ze het er vandaag niet bij kon laten. 'Aimeric kwam langs.'

'Dat is geweldig,' zei Piet gemeend. 'Ik weet hoe erg je hem mist.'

'Hij zei dat hij je een paar keer gezien had. Dat je hem had gevraagd om inlichtingen voor je in te winnen. Hij nam aan dat ik dat wist.'

Piets uitdrukking werd donkerder. 'Hij had je niks mogen vertellen.'

'Je kunt het Aimeric niet kwalijk nemen, hij bevond zich in een onmogelijke positie. Hij vertrouwde het me pas toe nadat ik tegen hem had gezegd dat er eerder vandaag een vrouw langskwam die op zoek was naar jou.'

'Wat voor vrouw?' vroeg hij meteen.

'Ik weet het niet. Ik heb haar niet gezien.'

'Was ze al ouder? Heeft ze haar naam gezegd?'

Minou ving zijn blik. 'Piet, weet jij wie ze is?'

Piet bloosde en aarzelde even. 'Misschien. Was ze een non?'

'Een non!'

'Iemand van een religieuze orde, in elk geval.'

'Zoals ik al zei: ik heb haar niet gezien, maar ik denk dat de meid het wel zou hebben gezegd als dat zo was.' Ze haalde diep adem. 'Aimeric raadde me aan om geduldig te zijn, maar ik wacht nu al weken tot je me eindelijk in vertrouwen neemt. Het is alsof er een muur tussen ons is opgetrokken, met jou aan de ene kant en ik aan de andere.'

'Minou.'

Ze praatte door. 'Het enige wat ik wil zeggen is dit. Als je niets zegt omdat je me ergens tegen probeert te beschermen of omdat je me ellende probeert te besparen, dan smeek ik je – als altijd – om daar nog eens over na te denken. Er zou niets moeten zijn wat je niet met mij kunt delen.'

Piet liet de wijn in zijn beker walsen. 'Denk je dat Salvadora nog heel even langer zou kunnen wachten?'

Minous hart sloeg een slag over. 'Ze begrijpt het vast wel.'

Hij knikte kort. 'Heel goed, je hebt het recht om het te weten.'

Nu het moment daar was, maakte Minou zich plotseling zorgen over wat Piet haar zou vertellen. Toen leek er iets aan het licht te veranderen. Het was beter om te weten en de waarheid met open vizier tegemoet te treden dan om alsmaar te blijven raden. De verbeelding had er een handje van om de wereld somberder af te schilderen dan hij werkelijk was, zeiden filosofen dat niet? En had ze dat niet geleerd van haar eigen schadelijke gedachten in de duistere uren tussen middernacht en zonsopgang?

'Laten we naar onze kamer gaan,' zei Piet. 'Ik heb liever niet dat iemand ons hoort.'

20

Marta stormde de trap af, nog altijd woest vanwege het standje dat ze van haar moeder had gekregen. 'Als ik niet was weggestuurd, had ik het niet aan de bedienden hoeven vragen,' klaagde ze. 'Het is niet eerlijk. Tante Alis zou wel antwoord hebben gegeven.'

Het portret aan de muur deed er het zwijgen toe.

Met haar hart vol van het onrecht stopte Marta bij het raampje op de overloop. Aan het einde van de Rue des Barres zag ze nog net hun koets verdwijnen. Marta balde haar vuisten. Ze had geen moment gedacht dat haar moeder het dreigement om haar niet naar de Sainte-Chapelle mee te nemen ook echt zou uitvoeren.

Ze had juist willen vragen of ze even om konden rijden langs de straat waarin alle handschoenmakers hun winkeltje hadden. En als alles goed ging, was ze zelfs van plan geweest om voor te stellen om vanaf het Île de la Cité via de andere kant van de rivier terug te keren. Ze had de keukenhulpjes horen zeggen dat de mignons van de jongste zoon van de koningin-moeder – mannen die half meisje en half jongen waren – daar over de Boulevard Saint-Germain paradeerden met schoothondjes op hun arm en zelfs aapjes gekleed in kleine vestjes en met een hoed op.

Nu werden al die fantastische dingen haar door de neus geboord.

Marta drukte haar gezicht tegen het glas. In de stralende wereld buiten de muren van het huis zag ze mensen in dure, luxueuze kleren lopen. 'Dat is allemaal buitenkant,' zou maman zeggen, 'en het zegt niets over de werkelijke waarde van een mens.' Maar wat was er zo slecht aan kleurige dingen? Marta begreep niet waarom iemand die met bezit en rijkdom gezegend was dat niet ook zou mogen tonen.

En nou zat zij hier binnen, gevangen tussen de vier muren van het huis, met als enige vooruitzicht alweer een saaie dag. En de voortdurend blèrende Jean-Jacques en de kinderjuf die nodeloos drukte maakte om alles wat hij deed.

Marta zuchtte. Ze werd vreselijk verwaarloosd. Zelfs wanneer iedereen thuis was, leek de tijd hier eindeloos te duren. Er was niets te doen. Papa was de hele tijd weg voor van alles en nog wat. Oom Aimeric moest steeds in de buurt van admiraal Coligny blijven en kwam nooit op bezoek, maman was altijd ergens anders met haar gedachten en tante Boussay was, nou ja, tante Boussay. Was tante Alis nou maar meegekomen. Zij was leuk. Alis zou Marta elke dag hebben meegenomen voor een uitje als ze dat had gewild.

Opeens kreeg ze een idee. Marta haalde haar gezicht van het raam en voelde de opwinding in haar buik kriebelen. Als ze werd gesnapt zou ze weer een standje krijgen, maar de juf was druk bezig met Jean-Jacques en alle anderen waren naar de Sainte-Chapelle vertrokken, dus wie zou haar moeten betrappen?

Zo stilletjes als ze kon liep ze de trap op naar de slaapvertrekken op de derde verdieping, en vervolgens door de gang naar de kamer van haar ouders. Voor de zekerheid klopte ze even, hoewel ze niet verwachtte dat er op dit moment van de dag iemand binnen was. En nog eens klopte ze, iets harder, voor de zekerheid. Toen duwde ze de deur open en liep naar binnen.

Overal in de kamer, tot in elke hoek, voelde ze de aanwezigheid van haar moeder: haar geur, haar schoenen en haar kleren. Haar haarborstel en spiegel op de kaptafel, geërfd van de oma uit Carcassonne die Marta nooit had gekend, het blauw-gouden emaillen doosje dat ze in Limoges cadeau had gekregen, haar groene reismantel, die aan de deur van de klerenkast hing.

Van haar vaders aanwezigheid waren minder sporen te vinden. Alleen de vage geur van de sandelhoutolie die hij voor zijn haar gebruikte en zijn rijhandschoenen, die op elkaar op het nachtkastje naast het hemelbed lagen.

Marta sloot de deur en liep rechtstreeks naar het houten kistje waarin haar moeder haar kostbaarste bezittingen bewaarde. Terwijl Marta het doosje opende voelde ze de opwinding van de zonde, en al haar zintuigen stonden op scherp. Haar plan reikte niet veel verder dan kijken wat voor spulletjes haar moeder uit Puivert had meegenomen. Het was nieuwsgierigheid, niet hebzucht die haar ertoe dreef te kijken.

De eerste spulletjes schoof Marta opzij: de eenvoudige oude bijbel die haar moeder altijd bij zich droeg, haar dagboek, dichtgebonden met een leren koordje en met allerlei stukjes papier en perkament ertussen, en ook de smoezelige, met krijt getekende plattegrond van Carcassonne. Met haar vingers rommelde ze rond in het kistje, voelend en spullen heen en weer schuivend. Ze vond een ring – toermalijn, haar moeders geboortesteen, gezet in zilver. Hij was best mooi, en de roze en gespikkelde vlakken binnenin glinsterden in het ochtendlicht, maar hij was te groot voor haar vinger. Er waren een paar kanten kraagjes, keurig opgevouwen maar niks bijzonders. Toen voelden haar vingers kralen. Toen ze ze eruit haalde rammelden ze tegen de zijkant van het kistje.

Het was een houten rozenkrans met een eenvoudig zilveren kruis. Marta snapte er niets van. Gebedskralen waren voor katholieken. Grandpère Bernard en tante Boussay hielden zich aan de oude gebruiken, maar maman was hugenoot, net als papa.

Plotseling ging de deur open en wandelde er een bediende naar binnen met een blad vol glazen. Geschrokken klapte Marta het deksel van het kistje dicht en stopte het kralensnoer in haar zak.

'Mademoiselle Marta!'

'Ik kwam voor mijn moeder,' stamelde ze. 'Ik dacht dat ze hier zou zijn.'

Het dienstmeisje keek haar doordringend aan. 'Madame is beneden met je vader.'

Marta was onthutst. 'Maar maman ging naar de Sainte-Chapelle! Ik zag de koets wegrijden...'

'Madame Boussay is alleen vertrokken.' De blik van de bediende dwaalde door de kamer alsof ze controleerde of er iets van zijn plek was en bleef toen weer op Marta rusten. 'Wacht je hier op haar, mademoiselle?'

'Nee!' Marta schonk haar haar mooiste glimlach. 'Ik wilde haar iets vertellen, maar het kan wachten.' Zo waardig mogelijk liep ze de kamer uit. Het gestolen kralensnoer woog zwaar in haar zak. Zodra ze uit zicht was begon ze te rennen. Ze hoopte maar dat het dienstmeisje haar mond zou houden. Marta was het beloofde bezoekje aan de Sainte-Chapelle al misgelopen; ze zou sterven als haar ook nog werd verboden om naar de bruiloft te gaan.

21

La Sainte-Chapelle, Île de la Cité

Ademloos van bewondering stond Salvadora Boussay tussen vele anderen in de bovenkapel van de Sainte-Chapelle, dankbaar dat het lot haar hier in Gods aanwezigheid had gebracht.

Ze had elk detail uit haar hoofd geleerd en wist alles wat er te weten viel over de ontstaansgeschiedenis van het gebouw, maar de schoonheid ervan ging zelfs haar hooggespannen verwachtingen te boven. De Sainte-Chapelle was voltooid in het jaar 1248. De opdracht voor dit werk van genade was gegeven door een van de grootste koningen van weleer, Lodewijk de Heilige, om een thuis te bieden aan de schatten van het lijdensverhaal van Christus die vanuit het Heilige Land via Constantinopel naar Frankrijk waren gebracht: delen van het ware kruis, de heilige lans die Christus' zij doorboorde toen Hij werd gekruisigd, een flesje met daarin druppels van Christus' bloed en – de allergrootste prijs – de doornenkroon. De koning zelf had, boetvaardig en op blote voeten, de kostbare relieken tijdens de laatste etappe van hun reis naar Parijs vergezeld.

Door het schitterende roosvenster in de westmuur en de glas-in-loodramen in de hoge apsis vielen diamanten van veelkleurig licht de kapel binnen. Op elk van de torenhoge ramen, wel tienmaal zo hoog als een mens, was een scène uit de Bijbel afgebeeld, van Genesis tot aan de Apocalyps. Door de zon die langs de Parijse hemel trok veranderden de afbeeldingen elk uur van de dag.

Beelden van de twaalf apostelen stonden op zuilen onder het prachtige gewelfde plafond. Toen Salvadora om zich heen keek vond ze de nissen in de muur die in het verleden speciaal waren gemaakt voor de koninklijke families van Frankrijk, en daarachter het oratorium. In deze privébidkapel, die twee eeuwen nadat de eerste steen was gelegd werd toegevoegd, konden latere koningen en koninginnen van achter een metalen rooster in de muur de mis volgen.

Maar nog veel mooier dan dit alles was de *grande châsse*, de vergulde reliekschrijn die op een podest aan de oostkant stond en speciaal gemaakt was om de koninklijke verzameling relikwieën in te bewaren: een kist vervaardigd van goud, email, bergkristal, parels, robijnen en saffieren. Een symbool van het lijden van Christus, van Zijn bereidheid om Zijn leven te geven opdat de mensheid eeuwig kon voortleven. Toen Salvadora dit zag werd ze bijna duizelig door de wonderbaarlijke openbaring van Gods liefde.

Toen knipperde ze met haar ogen.

Misschien was het de hitte die haar zintuigen voor de gek hield, of de vermoeidheid omdat ze al zo lang omhoog stond te kijken, maar ze had durven zweren dat ze iets zag bewegen boven op de verhoging waarop de reliekschrijn stond, achter het scherm. Of misschien was de pure verrukking om hier op deze allerheiligste plek te zijn ook wel meer dan ze kon verdragen.

Salvadora voelde een vlaag van misselijkheid. Ze wuifde met haar waaier, maar het hielp niets. Ze voelde zich slap, warm en koud tegelijk. Ze strompelde achterwaarts bij de reliekschrijn vandaan en draaide zich om, naarstig zoekend naar een plek waar ze kon gaan zitten tot haar duizeligheid over was.

Hoog boven in de kapel schuifelde Louis langs de rand van het podest totdat hij de perfecte positie had gevonden. Daar hurkte hij op het randje en tuurde door de openingen in het hekwerk naar beneden.

De ochtenddienst was afgelopen. Er hing alleen nog een geur van poetsmiddel, bijenwas en gebrande wierook. Stofdeeltjes zweefden in de lucht. Na afloop van een dienst heerste in de kapel altijd een sfeer van verlatenheid. Alles leek iets minder glanzend, iets minder speciaal. In de bewegende massa gezichten en kerkelijke gewaden viel Vidal – kardinaal Valentin – meteen op. Louis trok zijn pet van zijn hoofd om zich wat koelte toe te wuiven. Hoewel Xavier er een hatelijk genoegen in schepte om Louis' haar elke ochtend met koolteer zwart te maken zodat je de witte streep die precies op die van Vidal leek niet meer kon zien, zag Louis in zijn vaders ogen wanneer hij zich ongezien waande het verlangen om hem als zijn zoon te erkennen. Er was nog niets hardop uitgesproken, maar de lichamelijke gelijkenissen en de maniertjes die ze deelden waren voor iedereen overduidelijk zichtbaar. Louis wist dat de knecht Vidal giftige woorden influisterde over Louis' gedrag en dat hij een pak slaag kon verwachten als hij ooit blootshoofds de deur uitging.

Eén keer had Xavier hem gestraft – met grote verbetenheid – en als hij werd betrapt terwijl hij zich bij de reliekschrijn zelf verstopte zou hij opnieuw worden afgeranseld, deze keer nog heviger.

Maar goed, hij was dan ook niet van plan om zich te laten betrappen.

Louis zette zijn pet weer op en keek omlaag. Een paar dagen geleden had hij naar de voorbereidingen gekeken voor het feest van de doornenkroon dat in deze hoge, gewelfde bovenkapel werd gevierd. Hij had de geestelijken alles zien nakijken en nog eens nakijken, de bedienden af en aan zien rennen. Op die bloedhete ochtend had er een sfeer van daadkracht geheerst. Bij de op-en-top katholieke viering was het niet nodig om compromissen te sluiten of aanpassingen te doen vanwege de eisen van de tijd. Louis had niks met dit bijgeloof, met geen enkel bijgeloof eigenlijk – het was belachelijk om te geloven dat zo'n voorwerp door Christus zelf aan het kruis gedragen was en vervolgens een eeuwenlange reis dwars over continenten had overleefd – maar begreep dat de symbolische waarde van de doornenkroon veel zwaarder woog dan gezond verstand. De grote massa van bijgelovige en domme mensen geloofde dat zulke relikwieën hun leven konden veranderen. Wat Louis interesseerde was waarom zijn vader zo veel aandacht aan de voorbereidingen had besteed en waarom Xavier, die meestal als een permanente kwaadaardige aanwezigheid in hun kamers rondhing, zowel de dagen voor als na de ceremonie hier in de Sainte-Chapelle had doorgebracht.

De ceremonie op 11 augustus was verder zonder bijzonderheden verlopen, maar Louis wist zeker dat het daarmee nog niet was afgelopen. Morgen was de bruiloft en hij had het sterke vermoeden dat zijn vader met zijn aandacht hier zou zijn, terwijl verder alle ogen op de Notre-Dame gericht waren.

Louis bezat een kalmte en geduld die niet bij zijn leeftijd leken te passen. Hij kon zo lang als het maar nodig was op deze krappe uitkijkpost blijven zitten. De hele dag en de hele nacht, als het moest. Door al die jaren van in de schaduw blijven, vooral 's nachts op de jongensslaapkamer tijdens de verraderlijke donkere uren wanneer de priesters kwamen, had Louis geleerd om weinig plek in deze wereld in te nemen.

Zodra hij wist wat Xaviers plan was, had hij weer een brokje informatie om mee te onderhandelen. Alles bezat waarde. Alles kon ten goede of ten kwade worden gebruikt.

Eindelijk ontdekte Louis in de drukte beneden Xavier. Was hij hier namens Vidal of voor zichzelf? Hij zag dat de knecht een geldbuidel uit zijn zak haalde. De smerige hand van een huurling schoot razendsnel naar voren om hem te pakken. Xavier liet niet los. Eventjes stonden de twee mannen daar tegenover elkaar, alsof ze een eed op de Bijbel zwoeren, en toen liet de knecht het geld eindelijk los. De schurk verborg de buidel onder zijn mantel, boog en verliet de kapel daarna door het houten deurtje in de achterste hoek.

De knecht keek om zich heen alsof hij zich ervan wilde overtuigen dat niemand de transactie had gezien en sloop toen terug naar zijn plek vlak bij Vidal.

Na afloop van de mis dromde er een grote groep gelovigen om zijn vader heen. Louis zag dat de een na de ander zijn ring kuste en om zijn zegen vroeg. Een rijke oude vrouw met een zwarte kap op leek vlak voor hem plotseling te struikelen en moest naar buiten worden geholpen.

Hersenloze, bijgelovige dwazen.

Louis wist dat vroomheid verdorvenheid kon maskeren, dat de mensen die het hardst over Gods werk schreeuwden vaak degenen met het zwartste hart waren.

Toen de opschudding weer voorbij was – en de dikke dame verdwenen was – leunde Louis tegen de zijkant van het smalle podest. Het kon hem geen barst schelen wat Xavier bekokstoofde, alleen dat de knecht hem in de weg stond. Maar hij moest heel voorzichtig te werk gaan. Vidal vertrouwde Xavier en leek niet aan zijn loyaliteit te twijfelen.

De tijd zou het leren. Vooralsnog zou Louis niks zeggen, maar hij zou blijven kijken, bewijs blijven vergaren. Uiteindelijk zou Xavier zichzelf verraden. Mannen zoals hij deden dat altijd.

22

Rue des Barres

Geduldig zat Minou in een eikenhouten leunstoel op hun slaapkamer naar de ijsberende Piet te kijken. Ze nam een slokje wijn. Ze wist dat hij moed probeerde te verzamelen om te beginnen. 'Praat maar gewoon, mon coeur. Het verhaal vertelt zichzelf wel.'

Met een wanhopig, besluiteloos gezicht keek Piet haar aan.

Minou klopte op de bekleding van de tweede leunstoel. 'Zodra je begint komen de woorden vanzelf. Dat beloof ik je.'

Piet aarzelde nog even en vulde toen zijn wijnbeker bij. 'Goed dan,' zei hij, en Minou had het idee dat de sfeer in de kamer onmiddellijk scherper werd, verwachtingsvol. Piet haalde diep adem. 'Eind mei kreeg ik een brief. Voor zover ik kon zien was hij afkomstig van Mariken Hassels, een vrouw uit de gemeenschap van de begijnen, die mij als kind in Amsterdam heeft gekend.'

Minou dacht meteen aan het wandtapijt in hun woonkamer in het Château de Puivert. 'Het begijnhof.'

Hij knikte. 'Mariken is degene die me heeft gered. Zij trof me aan toen mijn moeder stervende was en zorgde voor me totdat ze een gezin had gevonden dat me kon opnemen. Ik sprak vrij goed Frans, dus brachten ze me naar de Languedoc. Alles wat ik nog van het Nederlands wist verdween.'

Minou realiseerde zich dat ze haar adem inhield, en haar hart huilde bij de gedachte aan de verdrietige kleine Piet, die als wees alleen was achtergebleven.

'Om na al die jaren Marikens naam onderaan die brief te zien staan… Het bracht gitzwarte herinneringen terug, Minou, en ik had niet gedacht dat ze nog altijd de kracht bezaten om me pijn te doen.'

'Ik begrijp het.' Ze was even stil. 'Wat stond er in de brief?'

Opnieuw haalde Piet adem. 'Dat afgelopen voorjaar een Franse kardinaal naar me had geïnformeerd. Had gevraagd of ze nog documenten aangaande mijn afkomst in haar bezit had.'

'Wat? Waarom nu, na al die tijd?'

'Dat schreef ze niet, alleen dat ze met haar antwoord aan de kardinaal zou wachten tot ze wist of ik nog leefde. Ik denk dat ze me wilde waarschuwen.'

Minou fronste. 'Hoe heeft ze je gevonden?'

'Nadat ze de brief had geschreven gaf ze die aan een Nederlandse koopman die ze vertrouwde, in de hoop dat hij hem bij mij zou kunnen krijgen.'

'Wat bijzonder dat dat gelukt is.'

'Ik vond het nogal alarmerend.'

'Dat jouw naam in Amsterdam kennelijk bekend genoeg is?'

'Ja. Hoewel ik er geen geheim van heb gemaakt dat ik de calvinistische opstandelingen steun, baart het me toch zorgen dat ik zo gemakkelijk te vinden ben.'

Minou staarde hem aan. 'Weet je wat het voor documenten zouden kunnen zijn? Schreef Mariken daar iets over?'

'Nee. Vermoedelijk was ze bang dat de brief onderschept zou worden. Ik denk dat het misschien iets met de identiteit van mijn vader te maken heeft.'

'Hij was een Franse koopman, dat had je moeder je toch verteld?'

'Het verhaal veranderde,' zei Piet, die bloosde bij de herinnering. 'Soms was hij een koopman, soms een edelman of zelfs een prins! Toen ik begon te begrijpen dat mijn vragen haar verdrietig maakten leerde ik om er niet meer over te beginnen.' Hij zweeg even. 'Terugkijkend realiseer ik me dat ze misschien niet...'

'... eens heeft geweten wie hij was.'

Piet knikte. 'Ja, moge God me vergeven. Ik heb zo lang mijn best gedaan om alles van die dag dat mijn moeder stierf te verdringen: het geluid van haar hortende ademhaling, elke ademteug nog pijnlijker dan de vorige, haar huid die steeds kouder voelde onder mijn hand, de vochtige kamer en de smerige lucht van rottende visresten van de Kalverstraat beneden...'

'Je moet vreselijk bang geweest zijn.'

'Ik was slap van angst. Zelfs nu nog, dat afschuwelijke gevoel van alleen in het donker achtergelaten te worden terwijl het licht verdween...' Hij duwde een hand tegen zijn buik. 'Ik kan het hier nog voelen. En toen kwam Mariken en zij zorgde voor me. Ze vond een plek waar ik kon wonen, mensen die goed voor me zouden zijn. De herinnering aan het gezicht van mijn moeder bewaarde ik dicht bij mijn hart, maar verder probeerde ik alles van Amsterdam te vergeten. Het was te pijnlijk. Je kunt je dus wel voorstellen dat het was alsof er met geweld een oude wond werd opengereten toen ik die brief van Mariken kreeg.'

Minou knikte. 'Kun je je herinneren dat je moeder je iets gaf op de dag dat ze stierf? Documenten, brieven, een pakje? Of dat ze iets aan Mariken gaf om het veilig te bewaren?'

'De afgelopen maanden heb ik mijn hersenen gepijnigd, maar ik weet het niet meer. Ik herinner me alleen het gevoel van verlies, en het besef dat de wereld die ik kende niet meer bestond. Ik hield vreselijk veel van haar, Minou.'

'Ik weet het,' zei ze zachtjes.

'Ik was niet veel ouder dan Marta nu.' Zijn ogen fonkelden. 'Als zoiets ooit met haar of met Jean-Jacques zou gebeuren, wil ik niet...'

Minou pakte zijn hand. 'Als er iets met ons zou gebeuren – en met Gods wil gebeurt dat niet – zullen onze kinderen nooit alleen achterblijven zoals jij toen, mon coeur. Er wordt van hen gehouden, ze hebben een oom en tante die om ze geven.'

Een ogenblik zaten ze zwijgend bij elkaar. Dit verklaarde zijn afstandelijkheid van afgelopen zomer, de verloren weken waarin ze mijlenver bij elkaar vandaan waren geweest, maar Minou begreep niet waarom Piet het haar niet eerder had verteld. Er was niets in het verhaal waarvoor hij zich hoefde te schamen, niets wat hem in een kwaad daglicht stelde.

'Heb je Marikens brief nog?'

Piet liep de kamer door, deed hun reiskist open en gaf hem aan haar. 'Hier.'

Minou las de brief, speurend naar verborgen informatie tussen de regels door, en keek toen haar echtgenoot aan. 'Ik begrijp niet waarom je me dit niet hebt verteld toen je hem net ontvangen had.'

'Ik wilde het wel. Een paar keer heb ik het ook geprobeerd. Maar met wat er met Alis is gebeurd en Bernards dood leek het me onverstandig je nog meer van streek te maken. Stel dat het allemaal vals was, waarom zou ik je er dan mee lastigvallen? Ik kon op geen enkele manier achterhalen of de brief echt was.'

Minou herinnerde zich die dag begin juni: Aimerics vertrek bij zonsopgang, dat Piet en zij 's middags zo vrolijk in elkaars gezelschap door het bos hadden gereden, hun nare discussie die de hele middag bedierf, dat ze met haar lieve vader aan het vouwtafeltje op de open plek had gezeten en hem om raad had gevraagd. Een reeks kleurige beelden, zo levendig en helder alsof de gebeurtenissen gisteren hadden plaatsgevonden.

Toen drong plotseling iets tot Minou door. Ze keek opnieuw naar het papier. 'Heb je me niet in vertrouwen genomen omdat je Vidals hand hierin herkende?' Ze probeerde elke vorm van afkeuring uit haar stem te weren. Door de manier waarop hij bloosde wist ze dat haar woorden doel hadden getroffen. 'Piet, hoe kon je zo weinig vertrouwen in me hebben?'

'Ik snap dat het je vreselijk frustreert als ik over hem pieker,' zei hij zonder haar aan te kijken.

Minou bedwong haar ongeduld. 'Ik vind het jammer dat Vidal je gedachten en humeur in zijn greep weet te houden terwijl daar geen enkele reden toe is. Je geeft hem macht over jou die hem helemaal niet toekomt.' Ze tikte op de brief. 'Maar dit is wel iets. Bestaat er enige reden om aan te nemen dat Vidal de Franse kardinaal is over wie Mariken in haar brief schrijft? Heeft hij banden met Amsterdam of met het begijnhof?'

'Niet dat ik weet,' gaf Piet toe.

Minou zuchtte. 'En daarom vroeg je Aimeric om inlichtingen in te winnen bij de Nederlandse ambassade?'

'Ja. Daar kennen ze het begijnhof natuurlijk, maar niemand kende Mariken.' Er speelde een vaag glimlachje om zijn lippen. 'Pieter, zo noemt ze me, heb je het gezien? Ik was vergeten dat mijn moeder me zo noemde.'

Minou gaf hem de brief terug. 'Dat maakt de kans dat hij echt is groter, toch?'

'Ja, dat zal wel.' Piet zuchtte. 'Maar als het Vidal niet is, wie dan? Ik kan geen enkele andere Franse kardinaal bedenken – of eigenlijk sowieso niemand – die naar informatie over mij op zoek zou zijn.'

Minou verbaasde zich over de naïviteit van haar echtgenoot. 'Piet, je bent een vooraanstaand en uitgesproken medestander van de opstandelingen. Zoals je net al toegaf is het geen geheim dat je een rol speelt in de steun aan de calvinistische troepen in de Nederlandse Provinciën. Alleen al het feit dat de brief je bereikt heeft is daarvan het bewijs. Die dingen op zichzelf zijn voldoende om de belangstelling van de katholieke facties in Amsterdam te wekken. Dus hoewel we niet kunnen uitsluiten dat Vidal de afzender is van de brief die Mariken heeft ontvangen, zijn er ook andere verklaringen.' Minou zette zich schrap voor haar volgende vraag, die ze liever niet had gesteld. 'Heb je hem opgezocht sinds we hier in Parijs zijn?'

'Vidal?' Piet bloosde. 'Nee, maar ik heb hem een keer toevallig gezien. Hij verblijft niet op dezelfde plek als de rest van het gezelschap van de hertog van Guise, maar logeert vlakbij in de Rue du Louvre.'

Minou raakte zijn hand aan. 'En hoe was dat voor je?'

Hij aarzelde. 'Ik had me dat moment al zo vaak voorgesteld, Minou, en me afgevraagd hoe ik me zou voelen: boos, vol spijt vanwege alles wat er verloren was, woedend vanwege wat hij ons gezin heeft aangedaan, wraakzuchtig, bang zelfs. Maar hoewel ik een stoot onder mijn ribben voelde, alsof iemand me een klap had gegeven, deed het me in werkelijkheid minder dan ik had verwacht.'

Minou knikte, hoewel ze hem niet helemaal geloofde. 'Heeft hij je gezien?'

'Nee, ik heb me meteen teruggetrokken.'

'En hoe zag hij eruit?'

'Ouder, natuurlijk, maar de attributen van de macht staan hem goed. Wat betreft zijn gezicht en zijn manier van doen... dezelfde Vidal. Hij heeft een kleine entourage, met onder anderen een page van wie ze zeggen dat hij nog maar pas bij hem in dienst is. Toen ze langskwamen zag ik hem. De jongen, bedoel ik.' Piet zweeg even. 'Hij is een jaar of negen, tien, schat ik.'

Minou staarde hem aan. 'Waarom ben je geïnteresseerd in die jongen?'

'Er was iets met hem, Minou. De manier waarop hij zijn hoofd hield, zijn uitdrukking, zijn hele houding. Hij leek opvallend veel op Vidal.'

Minou trok haar wenkbrauwen op. 'Zijn zoon?'

'Ik weet het niet. Het is mogelijk, toch? We weten dat hij in elk geval één kind verwekt heeft, een kind dat als alles anders was gelopen als rechtmatige erfgenaam van Puivert geaccepteerd had kunnen worden, dus waarom zou er niet nog een kunnen zijn?'*

'Het kan.'

'Als de page zijn zoon is en Vidal hem in dienst heeft genomen, duidt dat misschien op wroeging over zijn daden in het verleden.'

Minou reageerde niet. Het was een grote teleurstelling dat haar man zelfs nu, na alle ellende en wrok die Vidal over hun gezin had uitgestort, nog steeds wilde geloven dat er ergens iets over was van de kameraad uit zijn jeugd, de man die hem erg na had gestaan en die hij vertrouwd had. Ooit waren ze als broers geweest.

'Vidal heeft natuurlijk een gelofte van kuisheid afgelegd,' ging Piet

* Zie *Tijden van vuur*.

bijna gretig verder, 'maar wij weten ook dat zulke dingen gebeuren. Denk jij niet dat het erop kan wijzen dat hij milder is geworden?'

'Dat kan,' antwoordde Minou voorzichtig. 'Bij sommige mannen verdwijnt bij de geboorte van een kind de hardheid, de onbuigzaamheid van hun jeugd.'

'Nu hij zelf fouten heeft gemaakt is Vidal misschien eerder geneigd om de misstappen van anderen te vergeven. Misschien probeert hij zaken uit het verleden goed te maken.'

Hoewel Minou graag wilde dat Piet zich minder zorgen maakte, verkrampte haar maag toen ze de hoop in zijn stem hoorde. En ondanks de hitte van de dag huiverde ze alsof ze de aanwezigheid van Vidal bij hen in de kamer kon voelen. Niet langer een geest uit hun verleden, maar een heel tastbare dreiging.

'En... ik geef toe dat het in me is opgekomen dat hij misschien ook achter de aanval op Alis zat.'

Minou zette grote ogen op. 'Waarom zou Vidal in vredesnaam Alis iets aan willen doen?'

'Niet Alis, maar jou. Ze droeg die dag een groene jurk, Minou. Die zou je makkelijk voor jouw groene mantel kunnen aanzien. In de hitte van het moment deed ik het ook. En behalve jij ging bijna nooit iemand het dak op.'

'Waarom heb je dat niet gezegd toen het net gebeurd was?'

Piet haalde een hand door zijn haar. 'Er was geen tijd om mijn verdenking met je te delen. Bernard was dood, Alis' leven hing aan een zijden draadje, en toen was het moment op een of andere manier voorbij.' Hij keek haar aan. 'Is het nooit in jou opgekomen dat Vidal opdracht voor de aanslag kan hebben gegeven?'

Minou fronste. 'Ik was met mijn gedachten alleen maar bij Alis en of ze het zou overleven.'

'Op het moment zelf, ja, maar later? We weten alle twee dat het geen ongeluk geweest kan zijn,' hield Piet aan. 'Het gaat tegen de wetten van de natuur in dat een verdwaalde kogel op zo'n hoogte terechtkomt.'

'Ik ben het met je eens dat het een opzettelijke daad is geweest. Ik ben het ook met je eens dat ik hoogstwaarschijnlijk het beoogde doelwit was. Van een afstand was de kleur van Alis' jurk precies die van mijn mantel. Maar Vidal heeft ons tien jaar lang met rust gelaten. Als hij ons iets wilde aandoen, had hij dat al veel eerder gedaan. Waarom aannemen dat er iets veranderd is?' Ze gebaarde naar de brief. 'Alleen de toevallige samenloop van de aanval op Alis en het ontvangen van deze brief? Je koppelt twee dingen aan elkaar terwijl daar geen enkel bewijs voor is.' Ze aarzelde. 'Trouwens, als de aanslag Vidals werk was, zou de kogel toch eerder voor jou bedoeld zijn, mon coeur, en niet voor mij.'

Piet boog zich naar voren op zijn stoel. 'Maar als het Vidal niet was, wie dan wel?'

'Bedoel je wie de brief aan Mariken schreef of wie opdracht tot de aanval gaf?'

'Allebei. Of een van de twee. Ik weet het niet,' riep hij gefrustreerd uit. Toen liet hij zijn schouders zakken. 'Misschien heb je gelijk, Minou. Misschien zie ik verbanden waar die er niet zijn.'

Minou kuste hem op zijn wang. 'Ach, heb je na bijna tien jaar huwelijk nog niet geleerd dat ik meestal gelijk heb? Wat die brief van Mariken betreft: met hulp van Aimeric komen we er heus wel achter wat er te weten valt. En wat betreft wat er in het verleden is gebeurd: probeer Vidal uit je hoofd te zetten. Hij is gewoon maar een man, net als ieder ander. Maak geen gedachten aan hem vuil en laat je slaap niet door hem verstoren.'

Tot haar verbazing glimlachte haar man, en voor het eerst sinds weken zag ze begeerte in zijn ogen opflakkeren.

'O, vrouwe van de mist? Heb je soms een andere suggestie om mijn slaap te verstoren?'

Minou bloosde. 'Misschien...' Ze stapte buiten zijn bereik. 'Maar nu moet ik Salvadora gaan zoeken. Ze zit al bijna een uur te wachten totdat we naar de Sainte-Chapelle vertrekken. Zelfs haar geduld kent zijn grenzen.'

Piet kreunde. 'En vanavond dan?'

Ze grijnsde. 'We zullen zien, liefste. We zullen zien.'

23

La Sainte-Chapelle, Île de la Cité

Met kloppend hart liet Salvadora Boussay zich in de koets achterover zakken. Haar hemd plakte tegen haar rug en haar handpalmen zweetten in haar handschoenen. Ze probeerde de benauwde lucht met haar waaier in beweging te brengen, maar ook dat bracht geen respijt.

Ze had de man in geen tien jaar gezien, maar er kon geen twijfel aan bestaan dat hij het was. Hier in Parijs. Een kardinaal inmiddels, dat kon je zien aan zijn gewaad. Zelfs terwijl hij daar te midden van de drom gelovigen stond had ze zijn kwaadaardigheid en kille ambitie gevoeld.

Salvadora was een trotse vrouw. Haar hele leven al was ze ervan overtuigd dat dames geen aandacht op zichzelf dienden te vestigen. Maar vandaag had ze eerst ruziegemaakt met haar nicht en daarna had ze, in de Sainte-Chapelle nog wel, zichzelf belachelijk gemaakt door het zomaar opeens uit te schreeuwen, bijna flauw te vallen toen ze hem zag en zich door vreemde handen te laten vastpakken. Ze voelde zich vernederd, een emotie die ze dacht achter zich gelaten te hebben. Als gevolg van de jarenlange wrede behandeling door haar echtgenoot – die bij elke misstap, hoe klein ook, zijn vuist, een stok of een riem op haar rug liet neerdalen – was Salvadora geconditioneerd om zich voor alles te schamen.

De koets slingerde een hoek om en Salvadora greep zich vast om niet van het bankje te glijden. Haar gedachten bleven haar maar kwellen. Ondanks al het gekeuvel bij het haardvuur over dat ze ondanks hun verschillende geloven toch prima met elkaar leefden, bad Salvadora nog steeds elke avond dat haar familie de weg naar de ware Kerk zou terugvinden. En vooral bad ze om Aimerics bekering, want hoewel ze veel van haar nichtjes hield, was hij haar favoriet. De zoon die ze nooit had gehad. Ooit had ze een kind gedragen, maar een bijzonder hevige afranseling had haar niet alleen die vreugde ontnomen, maar ook de mogelijkheid om ooit nog een ander kind te baren.

De wielen ratelden over de keien en deden haar botten rammelen.

Was Aimeric niet als katholiek geboren? Als katholiek gedoopt? En was zijn eigen vader – God hebbe zijn ziel – God niet trouw geweest tot aan zijn dood? Het was alleen maar Aimerics kinderlijke bewondering voor Piet geweest die hem naar de deur van de hugenootse tempel had geleid. En omdat Minou een gehoorzame echtgenote was, die het oordeelsvermogen en de leiding van haar man respecteerde, had ze geen andere keuze gehad dan hem te volgen en daarbij ook Alis mee te nemen.

Ze wilde dat Bernard er nog was. Hij zou weten wat ze moest doen. Haar zwager had de zeldzame vaardigheid bezeten om iemand met zijn oprechte en nuchtere kijk goede raad te geven. Hij oordeelde nooit, maar gaf alleen praktisch advies, dat altijd troostrijk was.

Salvadora's gedachten raakten in elkaar verstrikt. Wat waren een paar jaren op deze aarde vergeleken bij het leven dat nog wachtte? Wat als haar familie zichzelf voor eeuwig van Gods liefde had afgesneden? Was het niet haar christenplicht om hen in de schoot van de enige ware Kerk terug te brengen?

Dus hoewel ze er natuurlijk naar had uitgekeken om vandaag de schoonheid van de Sainte-Chapelle te bewonderen, was het minstens zozeer een bedevaart geweest. Om te bidden op de plek waar gebed en wonderen verweven waren met het hout en de stenen van het gebouw zelf.

Maar in plaats van vrede te vinden had ze hém gezien. De woorden van haar gebed waren op haar lippen gestorven omdat ook Vidal daar was.

Salvadora sloot haar ogen om te bidden. 'Gezegende Vrouwe, vol mededogen voor hen die U aanroepen en vol liefde voor hen die lijden, ik werp mij aan Uw voeten, zwaar gebukt onder het gewicht van mijn zorgen, en smeek U nederig om deze kwestie die ik U voorleg onder Uw hoede te nemen...'

Plotseling bleef de koets staan. Hij wiebelde heen en weer toen de koetsier eraf sprong en het deurtje opende. Salvadora tilde het gazen gordijntje op, die armzalige bescherming tegen het stof van Parijs, en zag dat ze weer in de Rue des Barres waren.

Nog even bleef ze zitten, van streek doordat het gebed haar niet had gekalmeerd. Toen ze onder het gebeier van de klokken van Saint-Gervais, die de vespers luidden, het hoekhuis in liep, voelde ze nog steeds de moordlustige zwarte ogen van de kardinaal op haar rug.

24

Hôtel de Bourbon

In het Hôtel de Bourbon hoorde Aimeric, zijn ogen vochtig van het verdriet om zijn vader en zijn zus, de klokken van Saint-Germain-l'Auxerrois luiden voor de vespers.

Het prachtige gebouw stond op een stuk land waar ooit zo'n driehonderd huizen hadden uitgekeken op de rivier in het zuiden. Door alle versieringen en ornamenten was het paleis van de Bourbons een van de mooiste stadspaleizen in Parijs. De *grande salle* was groter dan het meest luxueuze vertrek in het Louvrepaleis en daarom zou de maskerade die de koningin-moeder vanwege de huwelijksfestiviteiten organiseerde daar plaatsvinden.

Op dit moment was Aimeric met zijn gedachten echter alleen bij zijn wijze, respectabele vader, die nu al zo'n twee maanden onder de grond lag zonder dat Aimeric er iets van had geweten. Hij kon het niet verdragen. Het leek onmogelijk dat hij Bernards vriendelijke gezicht nooit meer zou zien, dat hij nooit meer in zijn huisje aan de Rue du Trésau in Carcassonne bij het vuur zou zitten en naar zijn verhalen zou luisteren.

Aimeric keek uit het raam op de eerste verdieping naar de straat beneden. Al twee dagen verzamelden zich daar nu mensen om tijdens de bruiloft van morgen verzekerd te zijn van een plaatsje langs de route die het koninklijke gezelschap zou nemen vanaf het Louvrepaleis naar de Notre-Dame, waar het huwelijk zou worden voltrokken. Hij vroeg zich af wat zijn vader van het spektakel zou hebben gevonden. Opnieuw vulden zijn ogen zich met tranen. Hij zou het nooit meer weten.

Met de mensenmenigten waren ook de kunstenmakers, de zakkenrollers, de hoertjes en de oplichters gekomen. De geur van de *rôtisserie* en *pâtisserie* van de straatverkopers sijpelde door de kieren tussen de ramen naar binnen. Van tijd tot tijd hoorde Aimeric gejuich als een vuurvreter zijn vlammen spuugde of bulderend applaus voor acrobaten die hun kunsten vertoonden. Hij wilde dat hij ongecompliceerd kon genieten van de heerlijkheden die Parijs te bieden had, maar elke dag zag hij alleen maar hoe bij het vallen van de avond spanning en agressiviteit weer de drukke straten binnenslopen.

Zijn gedachten keerden terug naar zijn zus. Dat er zo'n gewelddadige aanslag op Alis' leven was gepleegd, dat ze bijna was gestorven en hij dat niet geweten had, maakte hem erger van streek dan hij kon zeggen. Hij had het gevoel dat hij haar, toen en nu, in de kou had laten staan. Ze was zijn kameraad, de beste vriend die hij ooit had gehad.

Maar achter de schok en het verdriet namen zijn gedachten ook een andere wending. Zijn bezoek aan Minou had veel te kort geduurd, maar onwillekeurig vroeg hij zich af waarom Piet niets over de gebeurtenissen in Puivert of over Vidal had verteld. Piet was met zijn hoofd vooral bij Amsterdam geweest, dat snapte hij, maar toch. Hoewel Minou er verder niets over had gezegd, had Aimeric zodra ze hem over de omstandigheden rond de aanslag op Alis vertelde vermoed dat Vidal er misschien achter zat. Hij was een kwaadaardige, wraakzuchtige man die zijn vijanden nooit losliet en alleen in zijn eigen belang handelde.

Aimeric sloot zijn ogen. Zijn geloof zou hem de kracht geven om standvastig te blijven. Wanneer hij in de herfst naar de Languedoc terugkeerde zou er nog genoeg tijd zijn om te rouwen en zijn vader de laatste eer te bewijzen, om tijd met zijn geliefde zus Alis door te brengen.

Maar op dit moment behoorden zijn hart en zijn zwaard toe aan Coligny. Aimeric wreef in zijn ogen en haalde een keer diep adem. Dit was niet het moment om verdrietig te zijn. Dat kwam later wel, als hij weer in zijn eigen kwartier was. Hij moest aan het hier en nu denken.

Admiraal Coligny voerde op dit moment een privégesprek met Henri van Navarra in een poging de jonge koning aan te moedigen meer belangstelling voor staatszaken aan de dag te leggen. Onderwerpen varieerden van discussies over de rol van de hugenootse legers in de Nederlandse Provinciën en de maar matige naleving van het huidige vredesakkoord tot de voorbereidingen van zijn eigen huwelijk. Henri was weliswaar charmant en geliefd bij zijn mannen, maar even scabreus als een willekeurige eenvoudige soldaat. Lol maken en drinken boeiden hem meer dan gebed of politiek en hij liet zich gemakkelijk het hoofd op hol brengen door een lief gezichtje. Hooggeboren of een dorpsmeisje in een zomerse boomgaard: hij maakte geen enkel onderscheid. Hij werd gemakkelijk tot over zijn oren verliefd, totdat een ander zijn aandacht trok. Aimeric kon zich niet voorstellen hoe het Navarra zou vergaan met prinses Marguerite de

Valois, Margot, die wat verstand en invloed betrof niet voor hem onderdeed. Beiden hadden de reputatie onafhankelijk, manipulatief en amoreel te zijn en bovendien gewend om hun zin te krijgen.

Hoewel Coligny weer in de gunst van de Franse koning was geraakt, wist Aimeric ook dat hij minder goed lag bij de koningin-moeder, die haar eigen invloed op haar ziekelijke zoon zag tanen.

De admiraal wilde geloven dat een duurzame vrede mogelijk was. De koningin-moeder was pragmatisch en best bereid een compromis te sluiten als het in haar straatje paste. De koning zat bij haar onder de plak en had geen eigen opvattingen. Het grootste obstakel voor vrede was de katholieke hertog van Guise. Die haatte Coligny; hij verweet hem de dood van zijn vader in Orléans en had gezworen hem te wreken. Het was algemeen bekend dat Guise gesprekken met Spanje voerde; hij wilde een katholieke alliantie sluiten die zich tegen de opkomende protestante naties teweer kon stellen.

Aimeric zuchtte terwijl hij zichzelf ervan probeerde te overtuigen dat dit huwelijk goed voor het koninkrijk, goed voor de protestantse zaak was. Navarra en de koning koesterden beiden oprechte genegenheid voor Coligny, dus deze verbintenis kon eigenlijk alleen maar tot meer vrijheid voor de protestanten leiden.

'Een duurzame vrede,' zei hij hardop, alsof hij de woorden zo in de lucht kon griffen.

Hoewel hij vanochtend vroeg zijn gebruikelijke gebeden had gezegd en zojuist opnieuw had gebeden voor zijn vader, boog Aimeric zijn hoofd voor de derde keer. Met het onwankelbare geloof van een man die ervan overtuigd was dat God over de rechtschapenen waakte, bad hij dat er morgen geen incidenten zouden plaatsvinden en dat al zijn naasten veilig de volgende dag zouden halen.

25

Palais du Louvre

Marguerite de Valois stond in haar onderjurk voor de spiegel. Het zonlicht dat door het raam naar binnen viel bescheen haar blote armen en schouders. Nadat ze zich naar links en naar rechts had gedraaid om zichzelf vanuit alle hoeken te bewonderen ging ze weer recht voor de spiegel staan.

Margot strekte haar armen uit boven haar hoofd. Haar huid was perfect glad en roomwit, zo smetteloos als de beelden van de Italiaanse beeldhouwer Da Vinci in de Salle des Caryatides. Ze had haar haar honderdmaal geborsteld, totdat het net zo prachtig glansde als opgewreven mahonie. Ze had mooi geplaatste, stralende ogen en er was maar weinig kleurstof nodig om haar zwarte wimpers te benadrukken. Haar wenkbrauwen waren twee perfecte boogjes. Margot glimlachte. Haar lippen waren van zichzelf vol en rood alsof ze met cochenille waren geverfd. Morgen zou natuurlijk alles waarmee de natuur haar bedeeld had een handje worden geholpen door haar hofdames.

Ze zou de mooiste bruid zijn die Parijs ooit had gezien, daar twijfelde ze niet aan. Ze kon de menigten die zich in de straten verzamelden al horen. Vandaag was ze een prinses, morgen zou ze een koningin zijn. Met het uitspreken van haar trouwbeloften besteeg ze straks tegelijk ook de troon van Navarra. Ze sprak verschillende talen, ze had grammatica en de klassieken bestudeerd, ze was een dichter en een begenadigd danser en ze stond bovendien bekend om haar uitstekende rijkunst. Het was niet voor niets dat ze wel de 'parel van de Valois' werd genoemd.

Margots gezicht betrok. Navarra was negentien, een paar maanden jonger dan zij. Toen ze haar aanstaande echtgenoot bij hun verloving voor het eerst ontmoette was ze aangenaam verrast geweest. Hij bleek geestig te zijn en talentvoller dan men haar had doen geloven, en ondanks zichzelf was ze van hem gecharmeerd geraakt. Toen Navarra in juni in Parijs arriveerde, in het zwart gekleed en begeleid door om en nabij negenhonderd hugenootse edelen, had Margot moeten toegeven dat hij een goed figuur sloeg. Maar zijn adem stonk naar knoflook. Hij droeg zijn haar onmodieus lang *en brosse*, naar achteren gekamd, en hij had boerse manieren en een provinciaals accent dat pijn deed aan je oren. En trouwens, haar hart was al vergeven. Hij kon de vergelijking met haar eerste liefde, Henri van Guise, niet doorstaan.

Margot legde een hand op haar borst en herinnerde zich de aanraking van zijn vingers op haar huid. Ze herinnerde zich de geur van zijn goudblonde haar en de spieren in zijn rug. Maar nadat ze vele maanden van elkaars gezelschap hadden genoten, waren ze toch verraden. Ze was bont en blauw geslagen door haar moeder en een maand lang in haar kamers opgesloten.

Er was twee jaar verstreken. Maar een paar dagen geleden had Margot uit het raam van het Louvrepaleis staan kijken toen de hertog van Guise Parijs weer binnenreed, vergezeld door een ruiterstoet van ongeveer honderd man. Als het Guise' bedoeling was geweest om haar zwakke broer de koning en haar moeder te laten zien wie het hart van het volk had gestolen, had dat gewerkt.

De pijnlijke wetenschap dat Guise zo dichtbij, maar toch verboden voor haar was, maakte haar razend. Elke avond bad Margot dat hij de weg naar haar kamer zou weten te vinden, ook al wist ze dat die bewaakt werd. Elke dag bad ze dat er bericht zou komen dat de paus geen dispensatie gaf voor het huwelijk tussen een katholiek en een protestant, hoewel haar hoop daarop bijna was vervlogen. Vanochtend had ze haar hofdames horen roddelen dat haar moeder opdracht had gegeven om tot morgenavond zonsondergang alle berichten uit Rome buiten Frankrijk te houden. Hoewel de kardinaal van Bourbon katholiek was en geëxcommuniceerd kon worden als hij zonder speciale dispensatie de plechtigheid leidde, was hij ook Navarra's oom. Margot vermoedde dat Bourbon de wraak van haar moeder, die dichtbij in Parijs was, meer vreesde dan de afkeuring van de paus, een paar dagen rijden ver in Rome.

Ze zat in de val.

Margot keek weg van de spiegel. Haar schoonheid schonk haar niet langer plezier. Niets schonk haar nog plezier, behalve het gezelschap van Guise. Er waren nog twaalf uren te gaan. Hij had tijd genoeg om te komen en haar op te eisen.

'Wat doe je?'

Bij het horen van die gehate stem kreeg ze meteen een hol gevoel in haar maag. Zodra ze in de buurt van haar moeder was, verdween al haar zelfvertrouwen en elegantie en werd ze weer een gekoeioneerd, onbemind kind. Ze draaide zich om en probeerde zich te beheersen, maar haar handen wilden maar niet stoppen met trillen. 'Ik ben vereerd, madame.'

Catharina de' Medici stond dreigend in de deuropening. Na de dood van haar echtgenoot, een jaar of dertien geleden al weer, was ze in de rouw gegaan en sindsdien droeg ze alleen nog zwart, op haar geluksarmband met gekleurde edelstenen na. Margot probeerde niet te kijken naar haar doordringende, uitpuilende ogen en brede kaken, haar witgepoederde gezicht en de karmijnrood geverfde lippen die haar wrede mond niet konden verbergen.

'Ik vroeg iets. Wat doe je?'

'Niets.'

Haar moeder liep de kamer in. Onwillekeurig kromp Margot ineen.

Catharina glimlachte kil. 'Het is goed om nerveus te zijn voor je trouwdag. Het geeft blijk van gepaste bescheidenheid, hoewel heel Parijs weet dat je de moraal van een straathoer hebt.' Ze reikte haar een beker aan. 'Ik heb iets voor je meegenomen tegen de zenuwen.'

Geschrokken keek Margot naar de klotsende rode vloeistof in de beker. Kon het zijn dat haar moeder nooit van plan was geweest om de bruiloft door te laten gaan? Iedereen aan het hof kende het gerucht dat haar moeder de koningin van Navarra vergiftigd had. Wat als ze van plan was ook haar iets aan te doen? Haar gezondheid of haar verstand te ruïneren? Ze kon dat echt niet opdrinken.

'Pak aan,' beval Catharina. 'Je ongehoorzaamheid is een belediging.'

'Ik heb geen dorst.'

Haar moeder kneep haar ogen tot spleetjes. 'Ik weet wat goed voor je is.' Catharina lachte. 'Denk je soms dat ik niet het allerbeste met je voorheb?' Ze stak haar de beker toe. 'Pak aan.'

Margot wist dat ze geen keuze had en moest doen wat haar moeder vroeg. Ze had geen enkel verweer. Toen voelde ze haar moeders vingers in haar kin knijpen.

'Ik weet zeker dat ik je hier niet aan hoef te herinneren, Marguerite, maar pas op dat je op geen enkele manier de naam Valois te schande maakt. Ik ben echtgenote van een koning, moeder van koningen, en met mijn geweldig harde werk heb ik ervoor gezorgd dat ook jij een koningin zult zijn.' De druk werd groter. 'Pas op dat je onze familie niet in ongenade brengt. De ogen van Parijs zullen op je gericht zijn. Als je alles wat ik voor je gedaan heb op het spel zet, zal je leven een hel worden. Begrijp je dat?'

Margots keel was droog.

'Begrijp je dat?'

'Oui, maman.'

Catharina liet haar los. 'Ik zal de koning en je waarde broers verzekeren dat je hun zult gehoorzamen.'

Hoewel ze trilde van angst en woede slaagde Margot erin een kniebuiging te maken.

Zwijgend keek ze toe hoe haar moeder de kamer uit beende, en toen daalde er een rode mist over haar neer. Hier was ze: slecht behandeld door haar familie, niet in staat het leven te leiden dat ze wilde, vol onvervuld verlangen. Brullend smeet Margot de beker zo hard ze kon door de kamer. De wijn vloog door de kamer en de spiegel brak ik duizend stukjes. Bloedrode scherven schoten over de vloer van haar prachtige gevangenis alle kanten op.

26

Rue des Barres, maandag 18 augustus

'Wakker worden!' riep Marta. Terwijl ze hun kamer in rende nam ze het klokgelui van de metten met zich mee. 'Ik ben al eeuwen klaar. Kijk dan.' Ze hield haar rokken wijd en draaide een rondje.

Minou trok de bedgordijnen opzij en ging rechtop zitten.

Piet, die in zijn hemd en broek bij het raam zat, hield een vinger tegen zijn lippen. 'Je maakt te veel lawaai en bent te vroeg, mademoiselle Marta! De klok sloeg maar zes keer. We vertrekken pas over een paar uur.'

'Monsieur, madame, vergeef me.' Enigszins verhit verscheen het kindermeisje in de deuropening. 'Mademoiselle Marta, ik had je uitdrukkelijk gevraagd om op je kamer te blijven totdat ik je kwam halen.'

Minou glimlachte. 'Het geeft niet, ze kan wel even blijven.'

'Toe maar, de zon is nog maar nauwelijks op. Moeten we nu al het hele huishouden hier in onze slaapkamer ontvangen?' Piet grijnsde.

'Tja, het ziet ernaar uit dat een zekere opwinding de normale gang van zaken verstoort.'

'Ik was zo alleen in mijn kamer, maman.'

Minou lachte. 'Alleen! Dat kan haast niet in een stad vol mensen, zou je denken.'

'Er was niemand om mee te spelen,' zei haar dochter terwijl ze haar blauwe rokken om haar heen uitspreidde. 'Ik zie er mooi uit in deze jurk, vind je niet?'

'Zo mooi als een prinses,' zei Piet. 'En zo zul jij er ook uitzien, mijn vrouwe van de mist, als we zover zijn.' Hij stond op, gaf Minou een kus op haar voorhoofd en trok zijn kamerjas aan. 'In heel Parijs is er straks niemand zo trots als ik.'

'Wat zal de echte prinses aanhebben?' klonk Marta's opgewonden stemmetje. 'Tante Salvadora zegt...'

Minou tilde haar dochter van het bed. 'Jij bent dan misschien allang klaar, petite, maar ik niet. En je vader trouwens ook niet.'

Marta hield haar hoofd schuin. 'Ik kan hem helpen met aankleden.'

'Lieve help, mag een man geen moment alleen meer hebben!'

'Ga maar terug naar je kamer en heb geduld,' zei Minou. 'Juf zal zorgen dat je alles krijgt wat je nodig hebt. Het wordt een lange dag en we zullen een hele tijd in de hitte moeten staan.'

'Maar ik heb...'

Ze zette haar strengste stem op. 'Marta, nu.'

Het meisje stampte met haar voet. 'Hoe lang moet ik geduld hebben?'

Minou verbeet een lachje. 'We vertrekken als de klokken hebben geluid voor het gebed midden op de morgen. Het is niet ver naar het Île de la Cité, maar het zal waarschijnlijk langzaam gaan.'

'Waarom?'

'Omdat het erg druk zal zijn op straat.'

'Dat duurt nog uren,' zeurde Marta. 'Kunnen we niet eerder gaan...'

Piet legde zijn hand op de schouder van zijn dochter en duwde haar naar de deur, waar hij haar aan een van de bedienden overdroeg. 'Met permissie, Marta, we zien jou en Jean-Jacques straks weer. En nu meteen naar de kinderkamer. Maak het je kindermeisje niet langer lastig.'

Zodra hun dochter buiten gehoorsafstand was, schoten ze beiden in de lach.

'Waarschijnlijk vinden alle ouders hetzelfde, maar ze is echt een buitengewoon kind,' zei Piet. 'Ze barst van het zelfvertrouwen.'

'En van nieuwsgierigheid,' voegde Minou eraan toe. 'Elk klein beetje informatie zuigt ze op. Gisteren hoorde ik haar tegen Salvadora zeggen dat ze Latijn wil leren omdat iemand haar had gezegd dat Margot behalve Spaans, Frans en Italiaans ook Latijn en Grieks kent.'

Piet lachte. 'Ze probeerde me zelfs over te halen om haar mee te nemen naar de festiviteiten 's avonds na het huwelijk. De koningin-moeder heeft voor bijzonder amusement gezorgd: een speciaal geschreven maskerspel, en verder Italiaanse dansen en de allerbeste muzikanten uit heel Europa. Ik heb haar verteld dat we de uitnodiging hebben afgeslagen. Ze vond het maar dom om zo'n kans te laten schieten!'

'Dat verbaast me niks! Ik ben juist opgelucht dat jij niet wilt gaan. Ik vermoed dat het zo'n avond wordt die bij het navertellen achteraf een stuk leuker klinkt dan wanneer je er middenin zit.'

Piet volgde met een vinger de omtrek van haar gezicht. 'Ik ben liever alleen in jouw gezelschap, zodat we voor ons eigen amusement kunnen zorgen.'

'Wat ben je vanochtend omzichtig, man van me.'

'Tot je dienst, madomaisèla.'

'Madomaisèla! Dat is heel galant van je na al die jaren en twee kinderen.'

'Je ziet er geen dag ouder uit dan toen ik je voor het allereerst zag.'

Minous hart jubelde. Sinds Piet haar over Marikens brief en zijn zorgen om Vidal had verteld, was de afstand tussen hen tweeën verdwenen als mist onder de zomerzon. Het was weer als vanouds; ze waren dikke kameraden, elkaars geliefde, minnaars.

Ze gaf hem een kus op het puntje van zijn neus. 'Maar dat, mon coeur, komt alleen doordat jij weigert toe te geven dat je een bril nodig hebt. Het verhaal van de afgelopen tien jaar staat duidelijk op ons gezicht geschreven. Alleen kun jij het niet meer zien.'

Piet grijnsde. Toen verraste hij haar door met zijn hiel de deur dicht te duwen, naar haar terug te lopen, haar op te tillen en naar het bed te dragen.

'Wat krijgen we nu, heer! We hebben geen tijd om...'

Piet dook naast haar op bed. 'Er is genoeg tijd, vrouwe van de mist, om ons gelukkige huwelijk eer aan te doen voordat we getuigen zijn van een huwelijk waarvan de echtgenoten een stuk minder goed bij elkaar passen. Het is zelfs onze plicht.'

27

De Notre-Dame, Île de la Cité

De indrukwekkende, hoge vierkante torens van de Notre-Dame verhieven zich tegen de achtergrond van een wolkeloze blauwe hemel. De boogramen aan weerszijden van het westelijke roosvenster met zijn eeuwenoude glas in lood blikkerden in de zon. Op het voorplein van de kathedraal wemelde het van kleur: een mensenmenigte uitgedost met sieraden en veren, fluweel en hermelijn, de gezichten blozend en glimmend in de felle augustushitte. Voor de reusachtige deuren staken het wit van de kerkgewaden en de gouden glinstering van het kruis en wierookvat scherp af.

Aan weerszijden van het looppad naar de westingang waren voor de belangrijkste gasten en hoogwaardigheidsbekleders schuin oplopende tribunes met banken neergezet, katholieken aan de ene en hugenoten aan de andere kant, als het publiek bij een riddersteekspel. Onderaan waren de zitplaatsen voor minder belangrijke geestelijken en landgoedbezitters, edelen zoals Piet en zijn familie, die door hun trouw aan de kroon of aan Navarra – of aan de voorspoed van Parijs – een plekje hadden verdiend.

Achter de tribunes dromden honderdduizenden gewone burgers die getuige wilden zijn van deze historische gebeurtenis, rij na rij, straat na straat en langs de oevers aan beide zijden van de Seine. Hun stemmen klonken op als onweer in de bergen. Ongezien, maar voortdurend gehoord.

Bij de ingang van de Notre-Dame stond de katholieke kardinaal van Bourbon naast zijn hugenootse neef, Henri van Navarra. De bruidegom was gekleed in lichtgeel satijn, bestikt met parels en edelstenen. Navarra droeg zijn haar nog steeds en brosse, in de stijl van Béarn, en hoewel zijn houding en manier van doen eerder op het slagveld of bij de jacht dan in de gangen van het hof leken thuis te horen, zag hij er toch uit als een koning. Minou probeerde admiraal Coligny of Aimeric in de stoet te ontdekken, maar tevergeefs, hoewel veel van de hooggeplaatste hugenoten ook nu in het zwart gekleed waren.

Daarna speurde Minou de verhogingen aan de overkant af totdat ze de prachtig gedecoreerde tribune ontdekte die was versierd met rood en wit en de blauw-gele fleurs de lis van het huis Guise. Midden in de groep ontdekte ze de hertog van Guise zelf. Zelfs Minou moest toegeven dat er iets aan zijn houding was waardoor iedereen wel naar hem moest kijken. Meer dan Navarra leek hij de man van de dag te zijn.

Minou haalde even diep adem en zocht toen tussen zijn gevolg totdat ze Vidal gevonden had. En hoewel ze naar hem op zoek was geweest, voelde ze een enorme druk op haar borst zodra ze hem in het oog kreeg, alsof ze werd gemarteld door opsluiting in een ijzeren maagd. Haar benen werden slap en haar handen trilden, alsof de herinnering aan de door Vidal gepleegde gewelddaden in haar botten was vastgelegd. Ze greep zich vast aan de houten reling en probeerde de angst die haar bekroop te beteugelen, terwijl ze beelden zag van Alis, die bloedend op het dak van de donjon lag, haar eigen met bloed besmeurde mantel, de rottende lijkjes van het ongedierte op de plek beneden in het bos waar de moordenaar had zitten wachten.

Ze schudde haar hoofd, alsof ze de vreselijke beelden op die manier kon laten verdwijnen.

Vidal had verloren. Zij leefde nog en Alis werd met de dag sterker. Piet was weer de oude. Vidal had hen niet verslagen en ze weigerde nu alsnog in te storten uit angst voor hem. Minou dwong zichzelf om in en uit te ademen totdat het ritme van haar hart weer normaal was.

Ten slotte haalde ze haar handen weer van de houten reling en rechtte ze haar rug. Maar toen ze een zijdelingse blik op Salvadora en Piet wierp, drong tot haar door dat geen van beiden had gemerkt dat er iets met haar was. Er was nauwelijks tijd verstreken.

'Kom maar,' zei Piet tegen Marta terwijl hij het doek opzijtrok zodat ze op de reling kon gaan staan. 'Kun je het nu beter zien?'

Het meisje klauterde naar boven. 'Ja, beter.'

'Ja, wat?'

'Ja, bedankt, papa.' Ze trok een gezicht. 'Waar is Marguerite de Valois? Waarom is ze er niet? De koning van Navarra staat te wachten.'

Piet wees in de richting van het Louvre. 'De prinses komt vanaf die kant in een grote optocht. Zie je dat ze een speciaal plankier hebben gebouwd zodat ze helemaal hierheen kan komen zonder naar de straat te hoeven afdalen?'

'Zwevend op gouden wolken.'

Salvadora, met een gezicht dat knalrood was van de hitte, knikte goedkeurend. 'Marguerite de Valois zal worden vergezeld door haar broer koning Karel en de koningin-moeder, plus haar jongere broers de hertog van Anjou en de hertog van Alençon met hun gevolg.'

'En drie hofdames om haar sleep te dragen,' zei Marta. 'Dat hoorde ik de meiden zeggen.'

'Het is niet netjes om naar keukengeroddel te luisteren.' Salvadora snoof. 'Hoewel je in dit geval gelijk hebt.'

Marta keek beledigd naar haar oudtante.

'Voorzichtig,' zei Piet toen Marta verder naar voren leunde om het nog beter te kunnen zien.

'Heb je Vidal gezien?' fluisterde Minou in het oor van haar echtgenoot. Het verbaasde haar dat haar stem zo normaal klonk. 'In het gezelschap van de hertog van Guise, op de verhoging aan de overkant?'

Piet legde een arm om haar middel. 'Ja, maar ik heb je woorden ter harte genomen. En het is beter om hem nu ergens in de verte in de menigte te zien dan om hem de komende paar dagen ergens tegen het lijf te lopen. Zoals je al zei: hij kan ons niets doen. Het ligt allemaal in het verleden.'

Minou knikte, maar uit de kleur van zijn gezicht leidde ze af dat hij minder optimistisch was dan hij beweerde.

'Kijk!' riep Marta. 'Ze komen eraan.'

In een golf van kleur werden de trompetten in de lucht gestoken, en plotseling schalde er muziek over het plein. De sfeer in de menigte veranderde: afwachting maakte plaats voor opwinding, die de zintuigen prikkelde en al het alledaagse verjoeg. Ondanks haar verwarde emoties en de botsing van haar verleden met het heden, voelde Minou dat haar humeur opklaarde bij de eerste scherpe noten van de trompetten.

'De bruid ziet er prachtig uit,' zei Salvadora goedkeurend. 'Een ware prinses van koninklijk bloed.'

Marta zuchtte. 'En straks is ze een koningin omdat ze met een koning trouwt.'

Salvadora knikte. 'Precies.'

Marguerite de Valois werd vergezeld door haar oudste broer en was gekleed in een jurk van blauw fluweel met fleurs de lis erop geborduurd en een cape van gevlekt hermelijn. Op haar hoofd droeg ze een kroon en om haar schouders een wijde, blauwe, met edelstenen bezette mantel met een sleep van wel vier el lang, opgetild door drie prinsessen. Terwijl ze over het gouden plankier naar haar bruidegom schreed, schitterden de diamanten die ze droeg in de zon.

De koning zag bleek en leek het benauwd te hebben in de hitte. Terwijl hij onhandig naar voren liep wierp hij nerveuze blikken om zich heen, bijna alsof hij bang was voor de menigte en het ongenoegen van de koningin-moeder. Hoewel hij onberispelijk gekleed was, werd hij geheel overschaduwd door zijn jongere broer, de hertog van Anjou. Anjou had donkerder trekken dan hij en droeg een lichte muts, bezet met juwelen en afgezet met een rand grote parels. Minou had de geruchten over de onnatuurlijke voorkeuren van Anjou wel gehoord, maar had die altijd aan afgunst toegeschreven. Nu herzag ze haar mening. Zijn mignons, die hun haar op dezelfde manier gekruld droegen als hij, vielen volledig uit de toon in het koninklijk gezelschap, als een troep rondtrekkende artiesten die een hoogmis bijwoonden.

'Wat is ze mooi, hè,' verzuchtte Marta. 'Blauw is ook mijn lievelingskleur.'

De trompetten zwegen en de menigte werd stil toen het koninklijk gezelschap bij de westelijke deur van de kathedraal aankwam en door de kardinaal van Bourbon werd verwelkomd.

Ze zaten te ver weg om de welkomstwoorden te kunnen verstaan, te ver weg om de gezichtsuitdrukkingen te zien van de mensen die om Navarra en Marguerite heen stonden. Maar niemand kon de wanhopige blik ontgaan die de prinses op de hertog van Guise wierp, alsof ze wilde dat hij een einde aan deze poppenkast maakte, of de korte stilte die viel toen Margot weigerde antwoord te geven en de huwelijksbelofte uit te spreken, of het gebaar waarmee de zwakke koning op een teken van de koningin-moeder het hoofd van zijn zus naar beneden leek te duwen voordat vlug de zegen over het huwelijk werd uitgesproken.

Opnieuw verhieven de trompetten zich en bulderde de menigte. Het was gebeurd.

'Ze zijn getrouwd,' zei Piet opgelucht.

'Maar heeft ze er vrijwillig mee ingestemd?' fluisterde Minou.

Hij trok zijn wenkbrauwen omhoog. 'Kennelijk vond de kardinaal van wel.'

Nu liep de nieuwe koningin van Navarra met de familie Valois over het podium de kathedraal zelf in, terwijl ze haar nieuwe echtgenoot met zijn hugenootse gevolg buiten liet staan.

'Hoogst ongebruikelijk,' klaagde Salvadora terwijl ze met haar waaier wuifde.

'Waarom gaat haar man niet mee?' vroeg Marta.

'Het koninklijk gezelschap zal nu de mis bijwonen om het huwelijk te vieren,' legde Piet uit. 'Navarra gaat nooit naar de mis, dus...'

'Omdat hij een van ons is, en niet katholiek, zoals zij?'

'Precies. Jij gaat toch ook nooit met je tante Salvadora mee naar de mis?'

Marta trok een gezicht. 'Nee, maar ik zou op mijn trouwdag niet alleen buiten willen achterblijven.'

'Navarra blijft heus niet lang alleen. Er komen nog drie dagen van feesten en partijen aan.'

'Komen ze snel weer naar buiten?'

'Best snel.'

'Kunnen we niet de kathedraal in gaan om te kijken?'

Minou lachte. 'Vandaag niet, petite.'

'Wanneer dan?'

'Ik ga er op een andere dag wel een keer met je heen,' beloofde Piet. 'Nu mogen we niet naar binnen, en trouwens, door alle mensen zou je toch niet veel zien.'

'Kunnen we dan nu naar huis?' zeurde Marta. 'Het is veel te warm en ik heb dorst.'

'Voor de verandering ben ik het een keer met Marta eens.' Salvadora wuifde zich met haar waaier koelte toe. 'Al die zon vind ik maar niks. Het is slecht voor je teint.'

Minou was nog met haar gedachten bij het huwelijk, en of dat in de ogen van God wel echt gesloten was. De bruid en bruidegom hadden elkaar nauwelijks aangekeken. En terwijl ze om zich heen keek, wist ze dat ze hier op het *parvis* niet de enige was die daaraan twijfelde. Ze dwong zichzelf om niet nog eens naar de tribune met het gezelschap van de hertog van Guise te kijken. Het schokte haar hoezeer de aanblik van Vidal haar had aangegrepen en ze maakte zich zorgen om Piet.

Toen voelde ze dat iemand aan haar mouw trok.

'Maman! Ik heb geen zin meer om hier te staan, kunnen we naar huis?'

Minou legde haar hand op de schouder van haar dochter. 'Dat lijkt me een uitstekend idee.'

Cornelia van Raay keek naar de familie Reydon, die via het houten trapje de tribune verliet. Onmiddellijk probeerde ze hen te volgen. Haar nieuwe plan was om de brief op straat aan Pieter Reydon te overhandigen. 'S'il vous plaît,' herhaalde ze steeds weer terwijl ze zich een weg tussen de mensen door probeerde te banen. De menigte leek alleen maar nog ondoordringbaarder te worden. 'Mesdames, s'il vous plaît. Messieurs.'

Maar nu het grootste spektakel voorbij was had heel Parijs hetzelfde idee, namelijk om zich naar eetzaal of taveerne, naar huis, paleis of klooster te begeven. Cornelia kwam niet door de mensenmassa heen.

Ze probeerde Pieter Reydon in het oog te blijven houden, met zijn lange, statige echtgenote naast hem, maar het was hopeloos. Hoe hard ze ook probeerde om zich tussen schouders en ruggen door te persen en te wringen, het lukte niet.

Uiteindelijk liet Cornelia zich door de menigte meevoeren. Haar plan was mislukt. Ze zou het later nog eens bij hun logeeradres moeten proberen, hoewel ze er vanwege de aanranding in de Rue des Barres weinig voor voelde om terug te keren. Haar vader had haar op het hart gedrukt discreet te zijn, maar wat kon ze anders?

'Volg ze!' riep Vidal terwijl hij zich op de tribune een weg naar achteren baande, waar Xavier stond.

De knecht schoot meteen in de houding. 'Eminentie?'

'Daar.' Hij wees. 'Piet Reydon. Verlies hem niet uit het oog.' Vidal geloofde zijn eigen ogen niet. Niet alleen Reydon, maar ook zijn echtgenote. De valse châtelaine, die het geboorterecht van zijn ongeboren kind had gestolen. Xavier had hem gemeld dat de moordenaar zijn doelwit had neergeschoten. Kennelijk had de man gelogen. 'Zoek uit waar ze logeren en kom daarna terug om verslag uit te brengen. Schiet op!'

'Eminentie.' Xavier maakte een buiging en glipte weg.

Vidal had de opdracht tot de moord op Minou deels gegeven om Reydon in Puivert te houden, ver weg van het geruchtencircuit – in elk geval tot hij uit Amsterdam bevestigd had gekregen dat de lekenzuster geen papieren of documenten had nagelaten – dus maakte het hem woedend dat de hele familie kennelijk de hele tijd al onder zijn neus in Parijs was geweest.

Hij legde zijn handen tegen zijn slapen. Zijn hoofdpijn was weer erger geworden.

Met koele belangstelling keek Louis naar het gesprekje tussen Vidal en Xavier. Vanaf zijn plek bij de andere huisbedienden had hij niet gezien wat Vidal zo vreselijk van streek had gemaakt, maar hij had wel in de gaten dat zijn vader diep geschokt was.

Louis wachtte tot Xavier uit het zicht was, glipte toen naar voren en klom het trapje op totdat hij naast Vidal stond. 'Meneer?'

'Wat is er?' snauwde Vidal.

'Moet ik met monsieur Xavier meegaan voor het geval hij hulp nodig heeft? Hij vindt het misschien prettig om een boodschapper te hebben die snel een bericht bij u kan brengen?' Louis voelde dat zijn vader zijn scherpe blik op hem richtte en deed onwillekeurig een stap achteruit. 'Het was niet mijn bedoeling om voor mijn beurt te spreken.' Hij bereidde zich voor op een klap, maar voelde in plaats daarvan het gewicht van Vidals hand op zijn schouder.

'Dat is een goed idee. Geef Xavier alle hulp die hij nodig heeft, maar...'

Louis keek op. 'Ja, meneer?'

'Wees voorzichtig,' zei hij ongewoon vriendelijk. 'Het zal vannacht gevaarlijk zijn op straat.'

28

Rue des Barres, vrijdag 22 augustus

Op het huwelijk waren drie dagen van feestvieren gevolgd. Van 's ochtends vroeg tot 's avonds laat beierden alle klokken van Parijs ter ere van de nieuwe koningin en koning van Navarra. Ze luidden voor de vrede en de nieuwe verbintenis tussen de twee oudste en nobelste families van Frankrijk.

Nu waren de feesten voorbij. Overal op de straten slingerden de overblijfselen en het afval. Kluitjes mannen en vrouwen verzamelden zich rond vuurkorven op straat om de laatste nieuwtjes te horen. Er werd over gepraat of prinses Margot wel echt met het huwelijk had ingestemd. Ook werd er volop gespeculeerd of het koninklijke huwelijk al geconsumeerd was. Volgens de traditie waren er in de slaapkamer getuigen aanwezig geweest, maar niemand wist het zeker.

In de geïmproviseerde kampementen en op de eeuwenoude straatjes liepen de gemoederen hoog op. Over elk stukje grond werd geruzied, messen werden snel getrokken en beledigingen vlogen als stenen door de lucht. Gehavende gezichten, gekrenkte eer. Overal hing de stank van veel te veel mannen en vrouwen op veel te weinig plek. In de grote villa's en op de boulevards ruzieden vrouwen met hun man, en bedienden klaagden over de eindeloze eisen van de buitenlandse gasten. Buren die elkaar eerder op straat hadden aangesproken voor een praatje, waren nu prikkelbaar en chagrijnig door de benauwde hitte. En in het Louvre, het verblijf van Guise en het Hôtel de Bourbon waren de drie partijen even verdeeld als altijd. De drank en het spektakel hadden de verschillen korte tijd aan het oog onttrokken, maar nu kwamen oude grieven opnieuw naar boven, als smeulende kooltjes die op het punt staan weer tot vuur op te laaien. Voortdurend was daar Guise, die de onrust alleen maar opstookte. Als de koning Coligny liet roepen om hem van advies te dienen, stuurde de koningin-moeder – die het met de hertog van Guise op één punt eens was, namelijk dat de hugenootse invloed ingeperkt moest worden – haar leger van spionnen ook naar binnen zodat de twee in elk geval niet alleen waren.

Alleen Minou en Piet onttrokken zich aan dit alles. Ze genoten van elkaars gezelschap alsof zijzelf nog maar net getrouwd waren; zij hadden geen enkele behoefte aan feestbanketten of maskerspelen.

Rue du Louvre

'En?' vroeg Vidal bars.

Louis keek naar Xavier, die het hoofd boog.

'Reydon heeft het huis aan de Rue des Barres sinds de bruiloft niet verlaten, eminentie.'

'Is hij bij geen van de festiviteiten aanwezig geweest?'

'Nee, heer.'

'Bezoekers?'

'Niet noemenswaard.'

Hoewel Louis wist dat Xavier hem zou straffen, trok hij toch zachtjes aan zijn vaders mouw.

'Wat is er, jongen?'

'Monsieur, de broer van madame is een paar keer langsgekomen. Hij is in dienst van admiraal Coligny.'

'Is dat waar?' wilde Vidal weten.

Xavier wierp een zijdelingse blik op Louis. 'Vergeef me, ja. Dat was ik vergeten. Ik heb hem inderdaad een keer het huis binnen zien gaan.'

Louis schraapte zijn keel. 'En vanochtend was er een vrouw die het huis in de gaten hield.'

Vidal draaide zich om naar zijn knecht. 'Waarom heb je me dat niet verteld?'

'De jongen vergist zich.'

'Vergis je je, Louis? Vertel op.'

'Nee, monsieur. Een vrouw van een jaar of twintig, niet heel arm of heel rijk,' antwoordde Louis zonder op de dreigende blik van Xavier te letten. 'Op basis van haar kleding zou ik zeggen dat ze buitenlands is. Ze was er heel vroeg vanochtend.'

'Maar ze heeft niet aangeklopt?'

Louis trok een spijtig gezicht. 'Toen monsieur Xavier naar huis ging, zei hij dat ik mee moest komen, dus over het afgelopen uur kan ik niks zeggen...'

'Dan zal "monsieur Xavier" naar het huis in de Rue des Barres terugkeren om uit te zoeken wie zij is.' Vidal zwaaide met een arm. 'Uit mijn ogen.'

Met een laatste valse blik op Louis verliet de knecht de kamer. Louis wist dat hij hier later met een pak ransel voor zou boeten, maar dat kon hem niets schelen.

Voor de tweede keer voelde hij zijn vaders hand op zijn schouder.

'Heb je honger, jongen?'

Louis deed alsof hij erover nadacht. 'Alleen als het u behaagt, monsieur.'

'Jij dineert vanavond met mij. Loop nu eerst naar de keuken en zeg tegen ze dat ze je moeten geven wat je wilt. Ga daarna terug naar de Rue des Barres en breng verslag uit over wat Xavier doet.'

'Ja, monsieur.' Louis was wel zo verstandig om het niet te laten zien, maar vanbinnen juichte hij.

Rue des Barres

'Ze is weg,' zei Piet, die met een hand tegen de ruit bij het raam stond.

Minou keek op van haar boek. 'Wie is weg, mon coeur?'

'Eerder vandaag stond er een vrouw bij de achterdeur van de sacristie van de kerk. Het leek wel of ze het huis in de gaten hield.'

Minou legde haar boek op de eikenhouten kist naast haar stoel en kwam ook bij het raam staan. 'Weet je het zeker?'

'Daar leek het op.' Piet fronste. 'Denk je dat het dezelfde vrouw was die op de dag voor de bruiloft naar me kwam vragen?'

'Dat zou kunnen.' Minou keek naar de Saint-Gervais. 'Herkende je haar?'

Hij haalde zijn schouders op. 'Inmiddels ben ik zover dat iedereen me min of meer bekend voorkomt. We zijn al te lang in Parijs.'

'Maman,' riep Marta terwijl ze de kamer in rende. 'Gaan we vandaag alsjeblieft, alsjeblieft naar buiten?'

'Het spijt me, petite, maar Jean-Jacques is nog steeds ziek. Totdat de koorts zakt wil ik hem niet alleen laten.'

Het meisje draaide zich om. 'Papa, neem jij me mee? Je had me beloofd dat we naar de Notre-Dame zouden gaan, en dat is nu al drie dagen geleden. Al denk ik trouwens dat ik liever naar de pelgrimskerk ga.'

'Saint-Jacques-de-la-Boucherie?'

'Ja, waar er zo veel schelpen op de grond liggen. Ik wil er een. Volgens mij vallen ze van hun kleren.'

Piet woelde door haar haar. 'Ik beloof je dat we erheen gaan, maar niet vandaag. Ik wacht op je oom. Vanochtend moet je jezelf zien te vermaken.'

Marta legde boos haar armen over elkaar. 'Er is hier niks te doen. En Jean-Jacques huilt de hele tijd.'

'Je zou lief voor hem moeten zijn, niet zo ongeduldig,' zei Minou streng. 'Hij is nog maar klein.'

'Hij is een lastpak.'

'Marta, dat is niet aardig.'

Opeens klaarde haar gezicht op, omdat ze een nieuw idee kreeg. 'En als ik nou aan tante Boussay vraag of ze met me naar de Sainte-Chapelle wil gaan? Mag het, als zij het goedvindt?'

Piet legde zijn handen op haar schouders. 'Je mocht niet mee naar de Sainte-Chapelle omdat je ongehoorzaam was en je hebt tante Salvadora met je brutale vragen van streek gemaakt, dus het is niet erg waarschijnlijk dat ze je mee wil nemen, denk je niet?'

'Ik wou dat tante Alis hier was, zij zou me vast meenemen.' Het meisje stampte met haar voet. 'Straks ga ik dood van verveling en dan krijgen jullie spijt.' Ze beende verontwaardigd de kamer uit.

'Nog maar drie dagen, dan gaan we.' Minou zuchtte. Sinds de bruiloft – en sinds ze Vidal had gezien – had ze geen rust meer. Als ze eraan dacht, voelde ze nog de tinteling in haar tenen en vingertoppen. Ze keek naar haar man. 'Wacht je echt op Aimeric?'

Piet grijnsde. 'Maar natuurlijk! Je mag niet liegen, dat zeg je toch ook altijd tegen Marta?'

Ze lachte. 'Ja, en dat helpt fantastisch.' Toen werd haar gezicht weer serieus. 'Betekent het feit dat hij komt dat hij bericht uit Amsterdam heeft gekregen?'

'Ik hoop het. Dat wachten op nieuws maakt me doodnerveus.' Hij draaide zich om naar het raam. 'Ik vraag me af wat die vrouw wilde...'

Minou legde een arm om zijn middel. 'Als ze terugkomt, ga ik naar beneden om met haar te praten. Probeer je niet al te druk te maken.'

Cornelia veegde met de rug van haar hand haar mond af. Toen legde ze haar onderarm op de rand van de waterbak en probeerde op te staan.

Ze had gehoopt dat de misselijkheid die haar de afgelopen drie dagen aan het schip op de Seine had gekluisterd inmiddels wel voorbij zou zijn. Maar de wandeling vanaf de ligplaats naar deze wijk was zo inspannend geweest dat het erger was dan ooit. Toen ze vanochtend op het punt stond om bij het logeeradres van Reydon aan te kloppen, was de eerste aanval gekomen. Ze had nog maar net het benauwde steegje in kunnen lopen, naar deze verscholen plek achter een drinkbak voor dieren, voor ze moest overgeven.

Nu voelde ze zich leeg en licht in het hoofd. Met haar zakdoek veegde ze het zweet van haar slapen en hals. Zo kon ze Pieter Reydon toch niet onder ogen komen?

Cornelia haalde een paar keer diep adem en wachtte tot het rillen zou stoppen. Het was uitgestorven in het steegje, zoals ze een paar dagen eerder helaas had ondervonden, maar een onverwacht voordeel daarvan was dat ze flarden van gesprekken kon opvangen als de bedienden op het binnenplaatsje waren. Op die manier was ze erachter gekomen dat Pieter Reydon vandaag thuis was, dat de hugenootse soldaat met het wilde zwarte haar – voor wie zelfs de katholieke dienstmeiden van het huishouden een zwak hadden – madame Reydons broer was, dat het meisje zeven was en nogal brutaal werd gevonden, en dat het tweejarige jongetje vaak spijsverteringsproblemen had.

Het was alsof Cornelia met hem meeleefde, want ook haar maag verkrampte weer. Ze had in geen dagen een hap gegeten, dus hoe kon ze nog steeds zo ziek zijn? Het kwam vast door het niet door en door gare varkensvlees dat ze de dag na de bruiloft van een straatverkoper had gekocht. Ze hoopte maar dat het van bedorven vlees kwam, want over het alternatief durfde ze nauwelijks na te denken. Ze had de binnenschippers en vaarlieden horen fluisteren over een uitbraak van kampziekte op het stroomopwaarts gelegen Île Louviers.

Bedorven vlees, meer niet, kon ze nog net denken voordat een volgende kramp toesloeg en ze alweer dubbelklapte van de pijn.

In de kinderkamer keek Marta naar het zachte trillen van de zweterige bovenlip van de kinderjuf totdat ze zeker wist dat ze sliep. Haar rode, ruwe handen lagen in haar schoot, een blosje kleurde haar wangen en haar muts was scheefgezakt, waardoor er een paar dunne grijze haren te zien waren.

Op haar tenen liep Marta de kamer door, waarbij ze voorzichtig de hardst krakende planken vermeed. Ze gluurde even in de wieg van haar broertje. Hij lag met zijn armen wijd uitgestrekt boven zijn hoofd en zijn mollige beentjes uit elkaar, als een ster. Ze legde haar hand tegen zijn voorhoofd en voelde dat zijn huid koel was. Het zou uren duren voordat hij wakker werd.

Ze griste haar schoenen en mutsje mee, pakte de grendel behoedzaam tussen duim en wijsvinger om te zorgen dat die geen lawaai maakte en liep daarna voorzichtig de trap af. Vooral bij de kamer op de eerste verdieping – waar ze achter de dichte deur de stemmen van haar ouders zachtjes hoorde roezemoezen – deed ze zo stil mogelijk, en nadat ze ook langs de keuken was geglipt liep ze op haar tenen het binnenplaatsje op.

Een heerlijke huivering trok langs haar ruggengraat. Als ze betrapt werd zou er wat zwaaien, maar aangezien ze niet van plan was zich te laten betrappen, voelde ze alleen opwinding.

Nadat Marta haar schoenen had aangetrokken en haar mutsje had opgezet, maakte ze de poort open en glipte de steeg in.

De zon scheen over de top van het huis heen, zodat het smalle straatje baadde in het licht. Door alle saaie uren dat ze uit het raam had gestaard en elke tocht met de koets keer op keer had herbeleefd was de ligging van de straat in haar geheugen gegrift, dus voelde Marta zich prima op haar gemak.

Terwijl ze langs een vrouw stapte die in elkaar gezakt op de grond zat, over een zwartmetlichtbruin gevlekte hond sprong die op een bot lag te knagen en een plas bier ontweek die in de hitte lag te stomen, leken haar zintuigen te trillen als de snaren van een luit. Opgewonden door haar clandestiene uitstapje sloeg ze links af de Rue des Barres in en liep snel in de richting van de rivier.

Marta was bang dat iemand haar misschien zou tegenhouden, maar hoewel mensen verrast leken dat een meisje alleen over straat ging, glimlachten ze alleen maar of namen hun hoed voor haar af. Haar zelfvertrouwen groeide. Bij de kruising met de Rue de la Mortellerie bleef ze even staan. Ze sloot haar ogen en ging in gedachten de route na die ze naar de bruiloft hadden genomen: hiervandaan naar de oever van de rivier, daarna westwaarts langs het water en over de brug naar het Île de la Cité. Het was niet ver. Ze kon binnen een uur de Sainte-Chapelle bekijken en weer terug zijn. Niemand zou ooit weten dat ze weg was geweest.

29

'Monsieur Joubert,' kondigde de bediende aan.

Minou stond op. 'Aimeric!'

Piet sloeg hem op zijn rug. 'Wat goed dat je er bent.'

'Neef!' Salvadora's vollemaansgezicht straalde.

Aimeric kuste om de beurt zijn tante en zijn zus en schudde Piets hand. Daarna maakte hij zijn kuras los, legde het met zijn dolk rammelend op de kast en liet zich op een stoel zakken. 'Er valt niet aan de hitte te ontkomen, zelfs zo vroeg op de dag niet.'

Piet gaf hem een pul bier. 'Ik hoop dat je goed op mijn dolk past?' zei hij met een gebaar naar het mes dat hij in Puivert aan Aimeric had uitgeleend.

'Zeker, hoewel ik gelukkig kan zeggen dat ik nog geen reden heb gehad om hem te gebruiken.'

'Is er nog nieuws?' vroeg Minou.

Aimeric nam een grote slok bier. 'Admiraal Coligny werd vanochtend alweer naar het vertrek van de koning geroepen. De koning houdt van hem als van een vader en wil hem graag behagen. Het komt zo vaak voor dat het de koningin-moeder nogal verontrust. Op zijn beurt wil de admiraal zelf het liefst dat hij toestemming krijgt om naar zijn landgoed in Châtillon en zijn vrouw terug te keren – ze verwacht een kind – maar de koning laat hem niet gaan.'

'En Navarra?' vroeg Piet.

Aimeric haalde zijn schouders op. 'Die zie je nauwelijks. Zijn belangstelling beperkt zich tot slempen, jagen en achter de vrouwen aan gaan. Politiek interesseert hem niet, dus hij bemoeit zich niet met hofkwesties. Ik hoop maar dat hij genoeg aandacht aan zijn vrouw besteedt, zodat zij zich niet weer in Guise' armen werpt. De koning denkt dat Guise' macht aanzienlijk is afgenomen nu het huwelijk voltrokken is en de hugenootse Navarra in de koninklijke familie is opgenomen.'

Minou hoorde de twijfel in zijn stem. 'Maar dat klopt niet?'

Aimeric schudde zijn hoofd. 'Helaas, nee. Er is steeds meer bewijs dat men zich niet aan de voorwaarden van de vrede houdt, met name in Parijs. Er zijn incidenten geweest: een hugenoot die op de linkeroever vermoord is, geruchten in les Halles dat het protestantse leger dat buiten de muren zijn kamp heeft opgeslagen zich op een bestorming van Parijs voorbereidt, beschuldigingen van katholieke vrouwen die op weg naar de mis worden lastiggevallen. De gebruikelijke geruchten en de reacties daar weer op.'

'Denk jij dat het leugens uit de koker van Guise zijn?'

'Het is lastig om waarheid en leugen van elkaar te onderscheiden,' gaf Aimeric toe, 'maar dat Guise onrust wil staat als een paal boven water. Hij gedijt daarbij. Hoewel hij nooit op een onvertogen woord te betrappen is, vertrouw ik hem niet. In het openbaar verkondigt hij de ene boodschap, maar binnenskamers jut hij zijn aanhangers op met antihugenootse sentimenten.'

'Maar met welk doel dan?'

'Guise is een man die ervan houdt om macht uit te oefenen, ongeacht wat het anderen kost, ongeacht de gevolgen. Hij veracht de koning, vindt hem zwak. Hij is jaloers op Navarra en zoals je weet heeft hij gezworen om wraak op Coligny te nemen vanwege de moord op zijn vader in Orléans. Hoe sneller hij Parijs verlaat, hoe beter.' Aimeric dronk zijn beker leeg en zette hem op tafel. 'Maar vergeef me, met al dat gesomber werp ik een schaduw over dit samenzijn.'

'Is familie daar niet juist voor?' reageerde Salvadora droog. 'Om naar je te luisteren wanneer alle anderen hun belangstelling verloren zijn!'

Aimeric lachte. 'Dat is heel vriendelijk van je, lieve tante.' Hij draaide zich om naar Piet. 'Maar de reden dat ik hier ben is dat ik nieuws voor je heb uit Amsterdam. Veel is het niet, maar je wilt het vast graag horen.'

Salvadora keek van Piet naar haar neef, pakte toen haar borduurwerk op en stond langzaam op. 'Minou, wij kunnen ons beter terugtrekken. De heren moeten praten.'

Minou voelde de hitte naar haar wangen stijgen. Het was belachelijk dat Salvadora na al die jaren nog steeds niet wilde accepteren dat Piet en zij al hun zaken samen regelden.

'Dat is heel attent van je,' zei Piet snel, 'maar ik wil graag dat Minou blijft.'

Salvadora trok een zuinig mondje. 'Als je dat wilt.' De afkeuring maakte haar stem scherp. Ze staarde naar Minou. 'Gebruiken we het middagmaal zoals gewoonlijk om twee uur?'

'Ja, tante.'

'In dat geval zie ik jullie straks aan tafel.' Terwijl ze zich omdraaide, verzachtte haar uitdrukking. 'Neef, het was heel fijn om je te zien, al was het zoals altijd kort. Ik hoop dat je binnenkort nog eens komt.'

Aimeric liep met haar mee naar de deur en kwam toen fluitend de kamer weer in. 'Ze is echt niet tevreden over je, zus!'

'Salvadora heeft me nog niet vergeven dat ik niet zoals beloofd met haar ben meegegaan naar de Sainte-Chapelle.'

'Nou ja, ik hoop voor je dat het snel overwaait. Het wordt een lange reis terug naar Puivert als...'

Piet sloot de deur. 'Wat had je voor nieuws?'

Aimeric wierp een blik op Minou.

'Ik heb Minou alles verteld, zoals ik veel eerder had moeten doen. En zoals jij me ook had aangeraden, trouwens. Ze heeft me vergeven dat ik er zo lang mee heb gewacht.'

'Dat, en andere dingen,' zei ze met een kneepje in Piets arm.

Aimeric glimlachte. 'Daar ben ik blij om. Toen we elkaar eerder spraken, Minou, zei je toch dat er een vrouw aan de deur was geweest die naar Piet vroeg?'

'Ja, dat klopt. De dag voor de bruiloft.'

'Ik denk dat ik weet wie ze is. Ze heet Cornelia van Raay en is het enige kind van een rijke, katholieke Nederlandse graanhandelaar, Willem van Raay, die in Amsterdam woont maar hier in Parijs veel zakelijke belangen heeft. Hij wordt alom gerespecteerd. Voor zover ik kan achterhalen heeft Van Raay zijn dochter naar Parijs gestuurd om jou te zoeken, Piet.'

'Waarom zou hij me ergens anders zoeken dan in Puivert?'

Aimeric hief zijn handen. 'Iedere hugenootse edelman en landeigenaar was voor de bruiloft uitgenodigd, dus was het logisch om aan te nemen dat ook jij in augustus in Parijs zou zijn. En ik heb ook nog ontdekt dat Van Raay een belangrijke weldoener is van het begijnhof. Schreef Mariken Hassels in haar brief niet dat ze een vriend om hulp had gevraagd? Ik vermoed dat dat Van Raay was.'

'Is dat alles?' Piet slaagde er niet in de teleurstelling uit zijn stem te weren. 'Ik had op meer gehoopt.'

'Ik zei al dat het niet veel was.'

Een ogenblik zwegen ze alle drie.

'Eerder vandaag zag ik iemand op straat die het huis in de gaten hield. Misschien was het dezelfde vrouw die eerder aan de deur is geweest. De beschrijving van de meid was zo vaag dat ik er niets aan had.' Piet fronste. 'Ze was eenvoudig gekleed en had geen bedienden bij zich, maar kan het toch Cornelia van Raay zijn geweest?'

'Maar als zij het was,' dacht Minou hardop, 'en het was haar bedoeling om jou te spreken te krijgen, waarom heeft ze dan niet aangeklopt? Het is niet logisch.'

Piet haalde zijn schouders op. 'Ik weet het niet.'

Minou wendde zich tot Aimeric. 'Weet jij waar mademoiselle Van Raay logeert? We zouden haar kunnen opzoeken in plaats van te wachten tot ze terugkomt.'

'Er wordt gezegd dat ze op een van haar vaders schepen verblijft.'

'En waar ligt dat schip?'

'Dat weet ik niet, maar ik kan er wel achter komen.'

Piet knikte. 'Als het inderdaad Van Raays dochter is en ze informatie voor me heeft, zou dat heel fijn zijn. De onzekerheid knaagt nu al te lang aan me. Ik zou de kwestie graag opgelost zien, voor ons allemaal.'

Aimeric keek hem aan. 'En als die Franse kardinaal inderdaad Vidal blijkt te zijn?'

Piet fronste. 'Dat zien we tegen die tijd wel, als het zo is.'

Minou, die zich de golf van pure angst herinnerde die haar had overspoeld toen ze Vidal bij de bruiloft op de tribune had zien staan, verbaasde zich over de kalmte van Piets stem. Ze had het hem niet verteld, uit angst dat ze het incident daarmee belangrijker zou maken dan het was. Maar sinds dat moment had ze het gevoel dat Vidal onder haar huid was gekropen. Haar zenuwen stonden strak van angst. Ze had afgelopen nacht nauwelijks geslapen door het idee dat hij maar een paar straten bij hen vandaan was.

'Ik ben je dankbaar voor alles wat je hebt gedaan, Aimeric.' Piet hield de kan bier omhoog. 'Wil je nog wat voor je gaat?'

'Ik kan niets bedenken wat ik liever doe, maar ik ben sowieso al te lang weg bij de admiraal. Ik moet zorgen dat hij weer veilig in ons verblijf komt.' Aimeric stond op. 'Mag ik in plaats daarvan morgenavond bij jullie komen eten? Ik wil graag mijn neefje en nichtje zien voordat jullie naar Puivert teruggaan.'

Minou glimlachte. 'Dat zou heel fijn zijn, niet in het minst omdat Marta heeft verklaard zich aan de eettafel dood te vervelen met ons en heeft geëist dat we voor haar plezier gasten uitnodigen!'

Aimeric grijnsde, waardoor hij er heel even uitzag als de jongen die hij ooit was. 'Marta lijkt echt vreselijk veel op Alis toen zij zo oud was. Zij verveelde zich altijd en klaagde voortdurend dat er niks te doen was. Zeg alsjeblieft tegen Salvadora dat het me spijt dat ik ben vertrokken zonder afscheid van haar te nemen. Ik zal het morgenavond met haar goedmaken.' Hij gordde zijn kuras en dolk weer om. 'Zodra ik erachter ben waar het schip van Van Raay ligt, stuur ik een bericht. En laten jullie het mij weten als mademoiselle Van Raay terugkomt – als zij het inderdaad is?'

'Natuurlijk.' Piet greep zijn hand stevig beet. 'Nogmaals, mijn hartelijke dank.'

'*À demain*,' zei Minou. 'We eten om zes uur.'

30

Rue de Béthisy

Marta wreef in haar ogen. Hoewel ze een tijdje had gedaan alsof het niet zo was, moest ze nu toch toegeven dat ze verdwaald was.

Als je liep zagen de straten er heel anders uit. Veel punten die ze meende te herkennen bleken volkomen onbekend te zijn zodra ze dichterbij kwam. Deze keer was ze er heel zeker van geweest. Maar toen ze opkeek naar de onbekende torenspits die haar met zijn gebeier had gelokt, wenste ze dat er in Parijs niet zo verschrikkelijk veel kerken waren.

Opnieuw vulden haar ogen zich met tranen. Wat zou tante Alis zeggen? Zij was altijd dapper. Marta fronste. Haar tante zou tegen haar zeggen dat ze moest doorgaan en dat alles uiteindelijk goed zou komen. Maar inmiddels waren er wolken voor de zon geschoven en wist ze niet meer welke kant ze uit moest lopen. Kon ze de rivier nou maar vinden, dan wist ze tenminste íéts.

Marta knipperde met haar ogen om het nare gevoel kwijt te raken en sjokte verder, terwijl ze zichzelf voorhield dat alles goed zou komen. Het was nog steeds een avontuur, ook al was ze moe. Haar hand gleed in haar zak, op zoek naar een muntje. Met een schokje voelde ze opeens de houten kralen die ze uit het sieradenkistje van haar moeder had gehaald. Ze had het gebedssnoer terug willen leggen, maar door de bruiloft en het eindeloze gehuil van haar broertje had ze er niet meer aan gedacht.

Ze liep een hoek om en plotseling kreeg ze het heerlijke gevoel dat ze weer vaste grond onder haar voeten had. Marta wist waar ze was. Dit was de Rue de Béthisy, waar haar oom logeerde. Toen ze net in Parijs waren, had maman het huis aangewezen, dat gedeeltelijk verborgen achter hoge stenen muren stond.

De andere huizen in de straat waren half van hout, met op de bovenverdiepingen wit pleisterwerk tussen de diagonale balken – papa had uitgelegd dat dat was om te voorkomen dat het houtwerk gemakkelijk in brand raakte – en overhangende kamers op de eerste verdieping, als wenkbrauwen die naar de smalle straat fronsten.

Marta glimlachte. Door dit bewijs van haar eigen vindingrijkheid keerde haar goede humeur onmiddellijk terug. Ze stond op het punt om verder te lopen toen ze achter zich gestamp van laarzen hoorde. Ze keek achterom en zag een groep mannen in zwart uniform haar kant uit marcheren. Toen ze dichterbij kwamen, zag Marta dat de soldaten als een kordon rond een man liepen: hij had een nobele houding, was al vrij oud, droeg zwarte hozen, een streng zwart wambuis en een stijve kanten plooikraag, en had een wit puntbaardje. Met een schok realiseerde ze zich dat het admiraal Coligny was, die zich niets van alle belangstelling leek aan te trekken. In plaats daarvan bestudeerde hij een document in zijn handen. Toen zag Marta tot haar schrik dat haar oom Aimeric naar hem toe liep. Ze zou vreselijk veel straf krijgen als haar oom haar hier zonder begeleiding zag lopen. Bliksemsnel sprong ze achteruit de schaduw van het dichtstbijzijnde huis in.

Toen leek alles tegelijk te gebeuren.

De admiraal bleef plotseling staan. Toen hij zich omdraaide om het document aan Aimeric te laten zien, klonk er een schot. De oorverdovende knal weergalmde in de smalle straat en weerkaatste tegen de muren van de huizen.

Geschrokken keek Marta op, nog net op tijd om in een open raam van een bovenverdieping aan de overkant een wolkje rook te zien en de zilveren flits van een geweerloop die naar binnen werd getrokken.

Toen schreeuwde een vrouw en brak er chaos uit op straat: er werden bevelen geroepen en soldaten drongen zich tussen de mensen door. De admiraal greep naar zijn elleboog; het bloed stroomde tussen zijn vingers door. Marta zag dat haar oom Coligny vlug het huis in bracht, terwijl de soldaten het huis aan de overkant bestormden en de deur intrapten, waarbij splinters hout alle kanten op vlogen. Enkele ogenblikken later schreeuwden ze uit het raam op de eerste verdieping dat de dader gevlucht was.

De vrouw gilde nog steeds. Marta duwde haar handen tegen haar oren, te bang om zich te verroeren. Haar zicht werd belemmerd door de soldaten, maar af en toe ving ze een glimp op van de zilveren punt van een zwaard of de blankhouten schacht van een spies op de droge grond. Op de plek waar de admiraal geraakt was lag een plasje bloed op de keitjes.

Marta realiseerde zich dat haar wang nat was. Omdat ze haar zakdoek niet kon vinden, zette ze haar mutsje af en veegde daar haar gezicht mee af. Op het spierwitte linnen kwamen rode vegen. Haar geborduurde initialen – M.R.J. – gingen schuil onder bloedvlekken.

Vol afkeer gooide ze het mutsje ver bij zich vandaan. Ze wilde het ding niet meer aanraken.

31

Rue des Barres

De klok sloeg het kwartier. Minou, Piet en Salvadora zaten aan tafel, met voor zich volle schalen en lege borden.

'Vergeef me dat ik er geen doekjes om wind, nicht, maar ik snap niet waarom wij allemaal ontriefd zouden moeten worden vanwege het kind.'

Minou wierp een blik op de deur. 'Ik begrijp je ergernis, tante, maar...'

Salvadora praatte gewoon door. 'Als Marta zo onnadenkend is om niet te komen eten wanneer ze geroepen wordt, dan is dat maar zo. Door een maaltijd te missen leert ze misschien betere manieren.'

'Salvadora, alsjeblieft.' Minou wist niet of ze nog meer chagrijn kon verdragen. Zelf was ze ook geërgerd, maar het geklaag van haar tante dreef haar pas echt tot het uiterste. 'De kindermeid had haar net als anders om twee uur naar beneden moeten brengen. Ik weet niet waarom ze dat niet heeft gedaan.'

'Ik haal haar wel,' bood Piet aan terwijl hij zijn servet op tafel liet vallen.

'Nee, ik ga,' zei Minou, die een kans zag om kort weg te vluchten. Ze schoof haar stoel naar achteren. 'Ik wil toch ook even bij ons dappere ventje kijken. Het is zo sneu voor Jean-Jacques dat hij steeds ziek is. Beginnen jullie twee alvast, alsjeblieft. Ik kom zo wel weer beneden met Marta.'

Piet wierp haar een wanhopige blik toe omdat ze hem alleen met Salvadora achterliet, maar Minou negeerde hem en liep de trap op naar de kinderkamer. Dat elke stap loodzwaar leek kwam niet alleen door de drukkende middaghitte, maar ook door het knagende gevoel dat ze eigenlijk al te lang in Parijs waren. Alles leek opeens goedkoop, versleten. Het was alsof na afloop van een toneelstuk de gordijnen opzij waren getrokken en je opeens kon zien dat het decor met papier en lijm in elkaar geflanst was. De stank van de straten, de scherpe geur van de rivier, de smerige lucht van de slachthuizen nu de wind van richting veranderd was leken door de muren heen te dringen.

'Petite, het is etenstijd,' zei Minou terwijl ze de deur van de kinderkamer openduwde.

De kamer was leeg. Een omgewoeld dekentje in Jean-Jacques' wiegje, een aardewerken kop bij de stoel van de kindermeid, Marta's krijtjes verspreid op tafel naast een onaffe tekening van de prinses in haar bruidsjurk: allemaal bewijzen van activiteit vanochtend, maar nu in de steek gelaten. Stofdeeltjes zweefden in de warme, stille lucht.

Terwijl ze naar beneden liep keek Minou alle kamers even in, totdat uiteindelijk een lange, magere dienstmeid in de keuken vertelde dat ze ongeveer een half uur geleden opdracht had gekregen om water te halen voor het bad van het kleine jongetje. En dus liep ze door naar de binnenplaats, in de verwachting daar beide kinderen aan te treffen.

Onder de plataan zat Jean-Jacques lachend in een ovale houten kuip te spetteren.

Het kindermeisje had haar mouwen opgestroopt en gooide glimlachend water over zijn hoofd. 'Mevrouw.'

'Zo te zien gaat het een stuk beter met hem.' Minou kietelde hem onder zijn kin.

Jean-Jacques giechelde.

'Toe maar, mon brave!'

'Hij is anders altijd zo'n tevreden kind, het brak mijn hart om hem zo hard te horen huilen, mevrouw.'

Minou bukte zich en schepte een plens water over het blote bolle buikje van haar zoon, waardoor hij kraaide van plezier. 'En waar is Marta?'

'Ik dacht dat mademoiselle Marta bij u in de eetkamer was, mevrouw.' Het kindermeisje tilde Jean-Jacques uit het water en zette hem op een handdoek op haar schoot. 'Zo, dat gaat goed, soldaatje. Je bent weer helemaal beter.'

'Nee. Ik heb haar sinds vanochtend vroeg niet meer gezien.'

Het kindermeisje fronste. 'Ze zei dat ze naar beneden ging om aan u en meneer te vragen of u haar op een expeditie mee wilde nemen.'

'Dat heeft ze gedaan, maar omdat we vanochtend een bezoekje van monsieur Joubert verwachtten heb ik haar gevraagd om terug te gaan naar de kinderkamer.'

'Ze is niet bij mij teruggekomen, mevrouw.'

Minou voelde een huivering van ongemak. 'Wanneer zag je haar voor het laatst?'

De kindermeid zag er verschrikt uit. 'Ik zorgde voor deze kleine en wachtte tot de krampjes overgingen. Mademoiselle Marta zat te tekenen. Hij was de hele nacht wakker, het arme kind, hij werd maar niet rustig. En toen de aanval eindelijk voorbij was viel hij in slaap, dus toen heb ik misschien heel even een oogje dichtgedaan.'

'Je bent in slaap gevallen.'

'Ik zweer het, het was maar heel even. Ze heeft zich vast ergens verstopt. Ze kan niet ver zijn. Neem me niet kwalijk, madame, maar u weet hoe ze is.'

'Zorg jij voor Jean-Jacques.' Minous bezorgdheid maakte haar woorden scherp. 'Ik zal haar zoeken. Zoals je zegt, er zijn hier genoeg plekken om je te verstoppen.'

Maar na een half uur zoeken was er nog steeds geen spoor van Marta.

'Zou ze het huis uit zijn gegaan?' opperde Piet.

Minou schudde haar hoofd. 'Ze weet dat ze niet in haar eentje over straat mag.'

'Het kind is ongehoorzaam.'

'Salvadora, alsjeblieft,' zei Piet. 'Lieverd, stel dat ze het toch in haar hoofd heeft gehaald om op onderzoek uit te gaan, waar kan ze dan heen zijn?'

Minou hief vertwijfeld haar handen. 'Ze was erg onder de indruk van de nummers op de deuren van de huizen op de Pont Notre-Dame,' antwoordde ze na enig nadenken. 'En ze wilde voor ons vertrek uit Parijs nog een keer naar Saint-Jacques-de-la-Boucherie om schelpen te zoeken die de pelgrims daar laten vallen.'

Salvadora sloot met een klap haar waaier. 'Het kind is vast naar de Sainte-Chapelle. Ze vond het vreselijk dat ze niet mee mocht.'

'Natuurlijk.' Minous hart kwam enigszins tot bedaren. 'Je hebt gelijk, daar moeten we beginnen. Blijf jij hier, tante, voor het geval ze in de tussentijd terugkomt?'

'Ik twijfel er niet aan dat dat koppige kind hier straks brutaal als de beul binnen komt lopen, zonder enig idee van alle ellende die ze heeft veroorzaakt.' Salvadora was even stil en voegde er toen aan toe: 'Maak je geen zorgen, nicht.'

Een paar minuten later stonden Minou en Piet voor het huis in de Rue des Barres.

'We kunnen ons het beste opsplitsen,' zei ze.

'Ik heb liever niet dat je...'

'Op dit uur van de dag zal me niks gebeuren,' zei Minou beslist. 'Apart kunnen we een groter terrein bestrijken, en sneller. Begin jij bij de Sainte-Chapelle. Als je haar daar niet vindt, ga je naar Saint-Jacques of de Boulevard Saint-Germain op de linkeroever. Marta is helemaal in de ban van de mignons van de hertog van Anjou en hun geparfumeerde schoothondjes.'

'Toch lijkt het me verstandiger om...'

Maar Minou luisterde niet naar hem. 'Of nee, Piet, ga eerst maar naar de Notre-Dame. Dat is het dichtstbij en je had tenslotte beloofd haar daarnaartoe mee te nemen. Die plek kwam vast als eerste in haar op.'

Piet maakte aanstalten om opnieuw te protesteren, maar deed het toch niet. 'Waar ga jij heen?'

'Ik ga Aimeric om hulp vragen. Hij kent de stad beter dan wij; hij heeft mannen onder zich die hij eropuit kan sturen. Het feit dat hij bij Coligny in hoog aanzien staat geeft hem de autoriteit om vragen te kunnen stellen.'

Piet knikte. 'Het is ongeveer half drie. Zullen we afspreken hier om vijf uur terug te zijn, wat we ook ontdekken?'

'Ik hoop ruim voor die tijd terug te zijn,' zei Minou met meer zelfvertrouwen dan ze voelde. 'En wat zal ik haar de les lezen!'

Het lukte Piet om een glimlachje te vinden, maar Minou wist dat hij net zo ongerust was als zij.

'Tot vijf uur dan,' zei Piet. Daarna kuste hij haar hand en vertrok.

Minou keek hem na tot hij uit het zicht verdwenen was en probeerde intussen haar ergste fantasieën op afstand te houden. Toen vertrok ook zij, in de richting van de Rue de Béthisy.

Terwijl ze over de drukke boulevards naar Aimerics logeeradres liep, voelde ze zich bijna overweldigd door de omvang van hun onderneming: het was vrijwel onmogelijk om een zevenjarig meisje te vinden in een stad met honderdduizenden mensen. Minou stopte bij elke winkel die ze ooit hadden bezocht en bij de karretjes en kramen van straatverkopers langs de rand van de weg om aan iedereen te vragen of ze een meisje met lang bruin haar in een blauwe jurk hadden gezien, maar niemand wist iets.

Het was alsof er met elke stap op de droge straten van Parijs meer lucht uit haar longen werd geperst. Hoe verder Minou naar het westen liep, hoe sterker ze voelde dat er spanning in de lucht hing, een vlijmscherpe atmosfeer, alsof de hele stad elk moment in een conflict kon uitbarsten.

Terwijl ze over de Pont aux Meuniers liep, waar het water onder de houten raderen zong, bleef Minou opeens met bonkend hart staan. Met een afschuwelijke helderheid zag ze zichzelf vele jaren na nu, terugkijkend op deze dag als een serie misstappen en vergissingen die elk weer tot de volgende foute beslissing leidden, totdat het te laat was. Onvermijdelijk, onomkeerbaar. Een tragedie geschreven in bloed.

Minou drukte haar hand tegen haar borst en voelde hoe snel haar hart klopte. Toen werd haar aandacht getrokken door de schreeuw van een stuwadoor, beneden op de rivier, en het heden stroomde weer haar bewustzijn binnen.

Ze schudde haar hoofd. Ze mocht zich niet door haar eigen gedachten laten gijzelen. Ze was geen onnozel, schrikachtig meisje dat bij tovenaars of astrologen te rade ging voordat ze een beslissing kon nemen. Ze had geen tijd om aan zelfmedelijden of voorgevoelens toe te geven. Het was haar taak om haar dochter te vinden en mee naar huis te nemen.

32

Rue de Béthisy

Marta wist niet wat ze moest doen. Ze hield zich nu al eindeloos schuil, en wat nog erger was: ze moest hoognodig en wist niet of ze het nog veel langer kon ophouden.

Ze was van plan geweest om weg te glippen zodra de rust was weergekeerd, maar inmiddels wemelde het van de soldaten en was de straat aan beide kanten gebarricadeerd en afgezet. Er mocht niemand meer langs.

Marta kneep haar benen tegen elkaar en probeerde aan fijne dingen te denken: haar kleine, kastanjebruine pony met de witte bles in Puivert, de rozenwaterkoekjes die maman soms op de markt in Carcassonne voor hen kocht, haar prachtige geborduurde kapje, dat zo mooi bij de kleur van haar ogen stond, het blauw-gouden geëmailleerde doosje uit Limoges dat glinsterde in het licht.

'Wat doe jij daar?'

Bij het horen van de stem draaide Marta zich bliksemsnel om. 'Je moet mensen niet besluipen,' snauwde ze, boos dat iemand haar had betrapt.

'Ben je verdwaald?' vroeg de jongen.

Ze staarde naar hem. Hij was misschien iets ouder dan zij, maar hij gedroeg zich alsof hij alle recht had om hier te zijn.

'Nee, hoezo? Ben jij verdwaald?'

'Wij wonen in de Rue du Louvre,' antwoordde hij met een flauwe glimlach om zijn lippen. 'Ik ben naar buiten gelopen om te kijken wat dat kabaal was. Wil je het zien?'

Marta schudde wild haar hoofd. 'Ik ga echt niet zomaar met je mee, dat zouden mijn ouders nooit goedvinden.'

De jongen keek met overdreven belangstelling om zich heen. 'Ik zie je ouders nergens.'

Heel even weifelde Marta. 'Door alle drukte zijn we elkaar kwijtgeraakt.'

'De persoonlijke lijfwacht van de koning is onderweg. Die arresteren iedereen die hier niet thuishoort.' Hij boog zich naar haar toe. 'Ze denken namelijk niet dat de admiraal het overleeft, snap je.'

Marta zette grote ogen op. 'Is dat echt waar?'

'Dat zou je wel willen weten!'

'Mijn oom werkt voor hem.'

De jongen deed een stap achteruit. 'Ik dacht dat je een van ons was.'

'Ik ben net zo Frans als jij.' Plotseling schaamde ze zich voor haar zuidelijke accent.

'Nee.' Hij wees naar het gebedssnoer in haar hand. 'Een van ons.'

'O.' Marta bloosde. Ze had helemaal niet doorgehad dat ze haar moeders rozenkrans nog in haar hand had.

'Wij hebben heel veel bedienden. Er is eten en drinken. Je kunt iets eten en daarna uitrusten terwijl je wacht tot je ouders er zijn.'

Marta keek naar de mensenmenigte die zich door het straatje wrong. Ze betwijfelde of ze haar plas nog langer kon ophouden en bovendien had ze trek. Ze mocht niet met vreemden meegaan, maar deze jongen leek aardig en goed opgevoed. En zoals hij al zei: ze kon in zijn huis even uitrusten, op krachten komen en dan als de straten weer leeg waren naar huis lopen. 'We zijn niet eens aan elkaar voorgesteld!'

'Als je je alleen daar druk om maakt... Daar is gemakkelijk iets aan te doen.' Hij zette zijn muts af en maakte een buiging. 'Louis, tot je dienst.'

'Marta,' zei ze met een kniebuiging. 'Waarom is je haar in het midden wit? Dat is gek.'

'Waarom hebben jouw ogen een verschillende kleur? Dat is nog veel gekker.'

Marta duwde haar kin naar voren. 'Zo ben ik geboren.'

'Ik ook.' Louis stak zijn hand uit. 'Kom mee. Het is niet ver.'

In zijn slaapkamer zat admiraal Coligny half rechtop in zijn bed, terwijl zijn mensen maar om hem heen bleven redderen.

Zijn linkerelleboog was verbrijzeld en een van de vingers van zijn rechterhand was er door de kracht van de kogel helemaal af geslagen, maar de Heer had over hem gewaakt. Als hij zich niet net op dat moment had omgedraaid om het document aan Aimeric te laten zien, zou het schot hem in het hart hebben geraakt.

God had zijn leven gered.

Alles om hem heen leek vertraagd te gebeuren. Hij hoorde het eindeloze gestamp van laarzen op de trap, de bevelen die op de binnenplaats onder zijn raam werden geschreeuwd, en verderop de kreten vanuit de Rue de Béthisy, waar zijn mannen mensen ondervroegen en getuigen van het voorval zochten. Hij wist dat het allemaal weinig uitmaakte.

Het huis waar de moordenaar op de loer had gelegen was eigendom van de hertog van Guise. De poort waardoor je vanuit het huis bij de Église Saint-Germain-l'Auxerrois kwam had opengestaan, en daar had een paard staan wachten. Dit was geen opportunistische aanval. Dat wist hij, en zijn mannen wisten het ook. De vraag was wat er nu ging gebeuren.

Coligny sloot zijn ogen en zag het gezicht van zijn jonge echtgenote voor zich. Hij stelde zich haar voor in de boomgaard van hun landgoed in Châtillon en bad dat hij nog lang genoeg zou leven om hun kind ter wereld te zien komen. Hij dacht aan zijn oudere dochter en zonen, zijn kleinkinderen.

'Heer,' zei een bekende stem in zijn oor. 'Vergeef me dat ik u kom storen.'

'Wat is er, Joubert?' Hij was vreselijk moe en had overal pijn na uren van gepor en gesjor aan zijn lichaam. Hoeveel tijd was er verstreken? Eén uur? Een paar uur? De gebroken botten in zijn arm deden pijn en hij was bang dat zijn rechterhand nu al gezwollen was van de koorts.

'Mijn heer, Zijne Majesteit de Koning heeft zijn persoonlijke arts gestuurd om voor u te zorgen.'

'Ik heb niet nog meer zorg nodig. Ik moet alleen maar rusten.'

'Vergeef me, maar Zijne Majesteit zelf en de koningin-moeder zijn met hem meegekomen.'

Coligny opende zijn ogen. 'In dat geval ben ik vereerd dat ik ze mag ontvangen,' zei hij vermoeid. 'Vraag ze alsjeblieft me te vergeven dat ik niet kan opstaan.' Toen Joubert zich wilde terugtrekken, greep hij de jongeman bij de arm. 'Zeg tegen je mannen dat er geen vergelding mag komen. En zorg ervoor dat die boodschap ook buiten de muren van dit huis duidelijk wordt gehoord. Laat het in de handen van God. Geen represailles, begrijp je? Guise wacht op een excuus om tegen ons in actie te komen. Zorg ervoor dat we hem dat niet bieden.'

Rue du Louvre

Marta stond bij het virginaal dat op tafel stond en speelde een melodietje. Met schuin gehouden hoofd vroeg ze: 'Ben jij een bediende?' Het hout was zo glad gepoetst dat ze haar gezicht erin weerspiegeld zag.

De jongen had haar meegenomen door een hele reeks kamers, mooier dan Marta ooit had gezien, met vergulde spiegels boven witmarmeren haarden, en zilveren kandelaars en porselein op elke schoorsteenmantel. Lange zijden gordijnen in de kleur van vergeet-me-nietjes hingen naast de hoge ramen.

In dit vertrek, de muziekkamer, werd één hele muur in beslag genomen door een wandtapijt. Het was een levendige ontbijtscène voorafgaand aan een zomerse jacht: een tafel vol etenswaren en bier, een kaneelbruine havik met kapje op een handschoen, *valets de limiers* die een troep honden, alaunts, onder hun hoede hadden, een geheven hoorn en blinkende wapens, twee paarden, een vos en een grijze, die klaarstonden voor een ouderwets geklede heer en zijn dame.

Marta sloeg een laatste noot aan en draaide zich toen weer om naar Louis. 'Nou, ben je een bediende of niet?'

Hij sloeg zijn armen over elkaar. 'Wat denk je?'

Ze dacht na. 'Het lijkt erop dat je overal in het huis mag komen – en het is een heel mooi huis – dus denk ik dat je geen bediende kunt zijn. Maar de dienstmeiden trekken zich helemaal niks van je aan.'

Hij kneep zijn ogen tot spleetjes. 'Hoe bedoel je?'

'Ze buigen niet als je langskomt, wat ze wel zouden doen als je belangrijk was. Ze letten zelfs helemaal niet op je.'

Hij trok een boos gezicht. 'Praat je altijd zo vrijuit?'

'Volgens maman is het verkeerd om te liegen.'

'Zelfs als de waarheid spreken ertoe kan leiden dat je een pak slaag krijgt?'

'Niemand zou mij ooit slaan!' antwoordde Marta smalend. 'Ze houden van me.'

'En als dat zo is, waarom zwierf je dan in je eentje over straat? Dat klinkt eerder als verwaarlozing dan als liefde.'

Marta deed een stap in zijn richting. 'Neem dat terug.'

'Waarom zou ik?'

Ze hief haar gebalde vuisten. 'Neem dat terug.'

Ook hij hief zijn vuisten. 'Dat doe ik niet!'

'Jongens zijn stom. Jij bent dom.'

Even stonden ze recht tegenover elkaar, hun vuisten gebald en met vuur in hun ogen.

Toen schoot Marta opeens in de lach. 'Wat kijk je boos.'

Louis greep haar pols en verdraaide die. 'Lach me niet uit.'

Marta probeerde zich los te trekken.

Hij greep haar pols nog steviger beet, maar toen liet hij haar weer los. Net zo snel als zijn woede was opgekomen was de storm ook weer voorbij. 'Hoe oud ben jij?' vroeg hij.

'Bijna acht,' zei ze trots. 'Net zo oud als jij, denk ik.'

'Raad nog maar eens.'

'Misschien negen?' opperde Marta terwijl ze over haar pols wreef. De vurige rode strepen die zijn vingers op haar huid hadden achtergelaten waren duidelijk zichtbaar en ze vroeg zich af hoe ze die zou moeten verklaren. 'Ik moet nu gaan. Mijn ouders, die gek op me zijn, maken zich vast ongerust.'

Hij lachte. 'Weet je dan wel de weg terug naar je lieve familie?'

'Waarom denk je dat ik niet in Parijs thuishoor?'

'Ik hoor de bergen in je stem!'

Marta stak haar kin naar voren. 'Jij praat anders ook met een accent!'

Plotseling werd hun gesprek onderbroken door gepraat in de gang. Louis legde zijn vinger op zijn lippen en trok haar mee in de richting van een tussendeur aan de andere kant van de kamer.

'Je knijpt me alweer,' zei ze terwijl ze haar arm lostrok.

'Wil je dat ik je de weg wijs of niet?' fluisterde hij boos.

Marta voelde er niets voor om in het krijt te staan bij deze vreemde jongen die van het ene op het andere moment van humeur wisselde, maar ze had wel hulp nodig om de weg naar huis te vinden. Het avontuur was zijn glans verloren. 'Goed dan,' antwoordde ze.

'Waar logeer je?'

'In de Rue des Barres. Dat is in het *quartier* Saint-Gervais.'

'Dat weet ik. Hoe heet je vader?'

Marta staarde hem aan. 'Waarom wil je dat weten?'

'Omdat ik een idee heb. Als ik naar je vader ga en tegen hem zeg waar je bent, kan hij je met een koets thuis laten brengen.'

'O.'

'Jullie hebben een koets, neem ik aan?'

'Natuurlijk,' antwoordde ze verontwaardigd. 'Maar is het niet beter als ik met je meega?'

Hij haalde zijn schouders op. 'Ik dacht alleen aan je schoenen… Er is een heel mooie kamer, helemaal blauw, waar je kunt wachten. Maar je kunt kiezen wat je wilt. Mij maakt het niet uit.'

Marta aarzelde. Ze wilde niet in haar eentje achterblijven, zelfs niet in zo'n prachtig huis, maar het idee om niet meer te hoeven lopen was aantrekkelijk. Ze was van plan geweest om hun huis onopgemerkt weer in te glippen, maar daarvoor was ze intussen al veel te lang weg. En aangezien papa haar niet op haar kop kon geven waar vreemden bij waren, was dit misschien wel de beste oplossing. 'Mijn voeten doen wel pijn,' gaf ze toe.

'Vertel me eens iets... Als bewijs, zodat je vader weet dat hij me kan vertrouwen.'

'Ik geef je deze wel.' Ze bracht haar hand naar haar hoofd. 'O, dat was ik vergeten. Die heb ik op straat achtergelaten.'

'Waar heb je het over?'

'Mijn mutsje. Het was mijn mooiste, met mijn initialen er in rood op geborduurd. M.R.J. Dat wou ik je geven zodat je het aan mijn vader kon laten zien.'

'Aha. Nou, vertel dan waar je familie vandaan komt.'

'De Languedoc. We hebben een kasteel, met een aparte donjon en heel veel land en bos eromheen waar je goed kunt jagen,' schepte ze op. 'Ik geef toe, ons huis is niet zo mooi als dit hier, maar we hebben wel ons eigen wapen boven de deur staan. Een klimmende leeuw met een gevorkte, geknoopte staart en de hoofdletters B en P. Voor Bruyère en Puivert.'

Louis bleef zo plotseling staan dat Marta tegen hem op botste.

'Kijk uit wat je doet,' mopperde ze.

'En waar staan die letters op je mutsje voor?' vroeg hij langs zijn neus weg, alsof het antwoord niet belangrijk was.

'De M van Marta, natuurlijk, R van Reydon en J van Joubert. Dat was de naam van mijn moeder voordat ze trouwde.'

33

Rue des Barres

Minou had haar uitgaanskleren nog aan, met het stof van Parijs op haar schoenen en mantel.

Nadat ze bij de Grande Rue Saint-Honoré door een gewapende bewaker was weggestuurd, had ze geprobeerd om de Rue de Béthisy vanuit het noorden in te komen. Maar elke straat in de wijk leek afgesloten te zijn. Er gingen geruchten dat er iemand neergeschoten was – niemand wist zeker of het slachtoffer gewond of gedood was – en er waren honderden gewapende mannen op straat.

Wanhopig en met pijn in haar buik van angst om haar dochter had Minou nog geprobeerd om door de kruisgangen van de Saint-Eustache te glippen, maar aan de noordkant leken haast nog meer soldaten op wacht te staan. Ze had de hoop om met Aimeric te kunnen praten moeten opgeven. Ze zou geduld moeten hebben tot vanavond, wanneer hij bij hen kwam eten. En hopelijk was het dan allang niet meer nodig. Voor hetzelfde geld had Piet Marta inmiddels gevonden.

In plaats daarvan was Minou alle plaatsen langsgegaan waarvan ze wist dat Marta ervan hield, zonder zich erom te bekommeren of Piet er misschien ook al geweest was: de bloemenmarkt en de Pont du Change, de Notre-Dame en naar de overkant, naar de Boulevard Saint-Germain. De Sainte-Chapelle was dicht geweest. En nergens vond ze iemand die een meisje in een blauwe jurk en met een wit mutsje had gezien.

Uiteindelijk had ze wel naar huis moeten terugkeren. Onderweg had ze vurig gebeden dat ze Piet en Marta thuis zou aantreffen. Maar toen ze het huis in was gelopen en Salvadora's gezicht had gezien, grauw van ongerustheid, had Minou zich op een stoel laten ploffen en was ze in snikken uitgebarsten. Ze was zo doodmoe dat ze nauwelijks kon nadenken. De cognac die Salvadora haar had opgedrongen brandde in haar keel en ze had niet eens de kracht om het door te slikken.

Beneden werd er op de voordeur geklopt.
'Zijn ze dat?' vroeg Salvadora terwijl ze van haar stoel kwam.
Minou sprong overeind en rende de kamer uit.

Terwijl Cornelia van Raay wachtte tot er iemand aan de deur kwam, streek ze haar haar netjes onder haar kap en keek ze omhoog naar het huis van de familie Reydon.

Het was al na vijven. Het was nauwelijks te geloven hoe snel de dag voorbij was gegaan. Door de steeds weer opkomende vlagen van misselijkheid waren de uren voorbijgevlogen. Nu was het eindelijk over.

Cornelia tilde haar hand op om nog eens te kloppen, maar plotseling ging de deur open. Ze schrok omdat de vrouw van Pieter Reydon opeens voor haar neus stond, en deed een stap achteruit. 'Mevrouw Reydon!' riep ze in het Nederlands. Toen herstelde ze zich. 'Madame Reydon, vergeef me dat ik onaangekondigd bij u op de stoep sta, maar ik zou graag uw man spreken. Het is dringend. Is hij thuis?'

Madame Reydon staarde dwars door haar heen alsof ze er niet was, maar toen veranderde de uitdrukking op haar gezicht. Cornelia vond dat ze er bleek en afgetobd uitzag, heel anders dan de dame die ze op de dag van de bruiloft bij de Notre-Dame had gezien.

'U bent het,' zei ze. 'Er was opschudding op straat. Een paar dagen geleden.'

Cornelia's gezicht betrok. 'Een paar sujetten – ik zal ze geen heren noemen – wilden me molesteren. U was zo vriendelijk om iemand naar beneden te sturen om me te helpen, waarvoor ik u dankbaar ben.'

'Hun moeders zouden zich moeten schamen.' Madame Reydon zweeg even. 'Heet u Van Raay?'

Cornelia keek haar met grote ogen aan. 'Hoe kunt u dat in vredesnaam weten? Ik ben heel voorzichtig geweest.'

Minou glimlachte vluchtig. 'U bent hier drie keer gezien, mademoiselle. Mensen praten.'

Cornelia aarzelde en knikte toen. 'Mijn vader heeft me vanuit Amsterdam hierheen gestuurd om uw man te zoeken.' Ze tuurde over haar schouder het huis in. 'Is hij thuis?'

'Nee, hoewel ik hem wel verwacht. Onze dochter is... Hij is op zoek naar onze dochter, die kennelijk het huis uit is gelopen... of is meegenomen.' Toen brak haar stem en ze zweeg.

'Ze is niet meegenomen,' zei Cornelia.

Madame Joubert greep haar arm. 'Hoe weet u dat?' vroeg ze met wanhoop in haar stem.

'Ik heb haar gezien. Tenminste, ik denk dat zij het was. In de steeg kwam een klein meisje uit het poortje. Ze leek op u, madame, met bruin haar. Ze droeg een linnen mutsje en een blauwe, geborduurde jurk. Ze was alleen.'

Minou hapte naar adem. 'Wanneer was dat?'

'Tussen negen en tien vanochtend.'

'En ze was alleen, zegt u?'

'Ja, madame.'

'Hoe kwam ze op u over?'

'Blij. Ze glimlachte,' antwoordde Cornelia zonder aarzeling. 'Alsof ze op avontuur ging.'

Heel even speelde er een vage glimlach rond madame Reydons lippen. 'Marta is onverschrokken, maar niet altijd verstandig, lijkt het.' Ze liet haar schouders zakken. 'Wilt u binnenkomen, mademoiselle Van Raay, en daar wachten tot mijn man en dochter thuiskomen?'

'Cornelia...' zei Cornelia terwijl ze haar hand uitstak. Maar toen werd ze opeens overspoeld door alweer een golf van misselijkheid. Ze had het gevoel dat haar ingewanden binnenstebuiten werden gekeerd. 'Het is niet besmettelijk,' wist ze uit te brengen toen ze het geschrokken gezicht van madame Reydon zag. 'Ongaar vlees van een straatverkoper, ik...'

Haar laatste woorden gingen verloren in een grimas van pijn. Het laatste wat Cornelia zich kon herinneren was dat ze een sterke arm om haar middel voelde en dat ze het huis in werd geholpen.

34

Rue du Louvre

Nadat hij Marta in de blauwe kamer had achtergelaten rende Louis halsoverkop door de gangen naar de privévertrekken van zijn vader.

Eindelijk stond het geluk eens aan zijn kant. Op zijn vaders bevel was hij naar de Rue des Barres teruggekeerd. Vlak na aankomst had hij daar uit een poort aan de zijkant van het huis dat Xavier en hij moesten observeren een klein meisje zien komen. Hoewel hij haar nooit eerder had gezien, wist hij uit afgeluisterde gesprekken dat er een zevenjarige dochter bij het gezin hoorde, dus was hij het meisje kriskras door Parijs gevolgd. En toen Coligny in de Rue de Béthisy werd neergeschoten, had hij gezien dat ze zich verstopte. Uiteindelijk had hij besloten op haar af te gaan. En nu wist hij het zeker: het geluk had hem Reydons dochter in de schoot geworpen. Zijn vader zou tevreden zijn.

Louis rende met zo veel vaart een hoek om dat hij bijna over de tegels uitgleed, maar bleef toen abrupt staan. De deur naar Vidals vertrekken aan de andere kant van de gang was dicht. Op zijn tenen liep hij ernaartoe, en toen hij dichterbij kwam hoorde hij dat er binnen met stemverheffing werd gesproken.

Hij drukte zijn oor tegen het hout en herkende de karakteristieke stem van de hertog van Guise.

'Ik heb uw advies niet nodig, kardinaal Valentin, en zeker niet uw toestemming.'

'Heer...'

'En ik verleen u het recht om uw eigen gedragslijn te bepalen, waarvoor u me dankbaar zou moeten zijn.'

'Natuurlijk, mijn heer, ik ben me ervan bewust dat u me een gunst verleent.'

'In ruil daarvoor verlang ik uw vergiffenis.'

Louis duwde zijn oor nog steviger tegen de deur.

'Mijn edele heer, als u me veroorlooft te spreken. Deze situatie... Ik denk dat u beter kunt wachten. Er is geen aanleiding om te denken dat ze om vergelding zullen roepen. Coligny leeft nog. Volgens mij moet u niet overhaast handelen...'

'U vergeet uw plek.' De hertog sprak kil. 'Elke keer dat mijn goede vader, moge hij rusten in vrede, ten strijde trok, gaf u hem Gods zegen. Toen hij stierf was hem absolutie verleend voor zijn zonden. Wilt u dat ik mijn Schepper onder ogen kom zonder dat ik gebiecht heb?'

'Mijn heer, nee. Maar volgens de Schrift zal er anders worden geoordeeld over wat in Gods heilige oorlog geoorloofd is...'

'Maar dit is ook oorlog! Beschouwt u dit niet als Gods heilige werk omdat we niet op het slagveld staan? Te lang al vergiftigen de hugenoten ons land met hun verderfelijke ketterijen en leugens. Ze zijn een kanker die het hof aanvreet, ons land aanvreet. Een vijand van het volk. En ziet u nu niet hoe ze deze aanval op die verrader van een Coligny als excuus zullen gebruiken om tegen ons op te treden? Zijn zwager heeft zijn kamp al voor de poorten van Parijs opgeslagen, met vierduizend man. En wat Coligny zelf betreft: die zal niet rusten totdat hij de koning tot de zijnen kan rekenen.'

Louis moest zijn best doen om de reactie te verstaan.

'Heer, ik geloof niet dat de koning zich van de ware Kerk zal afkeren.'

'De koning luistert naar Coligny. U weet toch dat ze op dit moment, terwijl wij met elkaar spreken, in de Rue de Béthisy zijn, de koning en dat mens, zijn moeder, om de admiraal vergiffenis te smeken.'

'Is er een reden, heer Guise,' zei zijn vader, 'om te denken dat de aanslag op admiraal Coligny iets anders is geweest dan het werk van een dwaas?'

De woorden bleven onheilspellend tussen hen in hangen.

'Er is een naam genoemd,' zei Guise uiteindelijk.

'Van wie?'

'De heer van Maurevert.'

'Heeft hij het schot gelost?' vroeg Vidal. 'En vanuit een huis dat u bezit, heer?'

Deze keer gaf Guise geen antwoord. Louis kon zich precies voorstellen hoe zijn vader de machtige man die hij diende met zijn zwarte ogen strak aankeek. 'Keurt de koning uw daden goed, heer?' ging Vidal kalm verder.

Louis hield zijn adem in.

'Als de koning bevel geeft de admiraal en zijn gevolg van ruziezoekers te doden, zou het hoogverraad zijn om niet te gehoorzamen.'

Louis drukte zijn oor met nog meer kracht tegen de deur.

'Zijne Majesteit houdt als een vader van Coligny.'

'Terwijl ik de afgelopen tien jaar heb geleefd zonder die van mij,' schreeuwde de hertog. 'Mijn vader werd me bij Orléans ontnomen, als het niet door de hand van de admiraal zelf was, dan toch zeker op zijn bevel. Hoort een zoon zijn vader niet te wreken? Coligny is een ketter en een verrader. Een moordenaar.'

'Heer, hoewel ik uw trouw en plichtsgevoel als zoon bewonder en toejuich, adviseer ik u toch voorzichtig te zijn.'

'Vergist u zich niet, u kunt niet tegenhouden wat er staat te gebeuren. Dat kan niemand. Het is al te ver gevorderd. Die smoes, die leugen dat de hugenoten alleen maar in vrede hun geloof willen kunnen belijden, maakt Frankrijk kapot. Maakt onze waarden kapot. Coligny en Navarra verbergen hun ware intenties achter misselijkmakende vroomheid, terwijl ze in feite alleen maar op macht uit zijn. Ze zullen niet tevreden zijn totdat ze ook de allerlaatste katholiek uit ons land hebben verjaagd en van Frankrijk een protestantse staat hebben gemaakt. Ik ben niet van plan dat te laten gebeuren. Begrijpt u dat? Ik ben een prins van koninklijk bloed, een nazaat van Karel de Grote. Dit is míjn geboorterecht, niet dat van een of andere Valois-halfbloed die van dat Italiaanse mens afstamt.'

Buiten op de gang luisterde Louis naar de stilte.

Toen zijn vader weer sprak, was zijn toon een heel andere. Afstandelijk en zonder emotie, zakelijk. 'En dat wat staat te gebeuren, heer, wanneer zal dat plaatsvinden?'

'We komen bijeen in het Tuilerieënpaleis, morgen na zonsondergang. De koning moet het bevel geven. Alle leiders – de hertogen van Anjou en Alençon – zullen hun mannen bijeenroepen, de Zwitserse garde zal worden gemobiliseerd, en ook de burgermilities. Iedereen zal een witte doek om zijn arm binden om daarmee aan te geven een trouw katholiek te zijn. We verwachten dat alle loyale Fransen, man of vrouw, die trouw zijn aan de kroon hun plicht zullen doen.'

Opnieuw een stilte, deze keer zo lang en intens dat Louis zich afvroeg of ze de kamer misschien door een andere deur hadden verlaten. Toen drong tot hem door dat ze baden. Onwillekeurig huiverde Louis. Zijn vader had zijn keuze gemaakt.

'Ik ontsla u van uw zonden. *In nomine Patris et Filii et Spiritus Sancti.* Amen.'

'Amen,' antwoordde de hertog.

Louis had nog net tijd om zich plat tegen de muur te drukken; toen vloog de deur open en marcheerde Guise naar buiten. Met een triomfantelijke uitdrukking op zijn gezicht beende hij weg door de gang.

Even later verscheen zijn vader op de drempel. 'Aha, Louis. Ik vrees dat we vanavond toch niet samen kunnen eten. Zeg tegen Xavier dat hij de paarden in gereedheid brengt.'

'Meneer, ik heb nieuws. In de Rue de Béthisy kwam ik het dochtertje tegen van de man die we moesten observeren en ik heb haar mee naar huis genomen. Ik heb haar iets gegeven om in slaap te vallen en haar in de blauwe kamer achtergelaten.' Toen Louis zich realiseerde dat zijn vader niet luisterde, stierf zijn stem weg.

'Haal je spullen en wacht daarna op me aan de achterkant van het huis. We vertrekken onmiddellijk uit Parijs.'

Louis werd besprongen door misselijkmakende twijfel. Hij zou toch niet naar de verschrikkingen van Saint-Antonin worden teruggebracht, niet na al het goede werk dat hij deze afgelopen maanden voor zijn vader had verricht? Had hij niet bewezen een waardige zoon te zijn?

Louis dwong zichzelf te spreken. 'Waar gaan we naartoe?'

'Naar de Orléanais.'

'Naar Chartres?' vroeg hij zonder erbij na te denken. Dat was buiten Orléans zelf de enige stad die hij daar kende.

Eindelijk richtte Vidal zijn zwarte ogen op hem. 'Zorg dat ik geen spijt krijg dat ik je meeneem, jongen. Wegwezen!'

Rue des Barres

Terwijl het laatste streepje gouden avondzon over de planken kroop zaten Minou en Salvadora nog steeds op nieuws te wachten. Het was bijna acht uur, drie uur na het afgesproken tijdstip, maar Piet was nog niet terug.

'Hoe lang blijft het Nederlandse meisje hier?' vroeg Salvadora.

Minou keek op. In beslag genomen door haar toenemende zorgen om wat er met Marta gebeurd kon zijn – inmiddels was ze al bijna tien, misschien zelfs wel elf uur vermist – was ze bijna vergeten dat Cornelia boven lag te slapen. 'Mademoiselle Van Raay is ziek,' zei ze nog eens. 'Je wilt toch niet dat ik haar op straat zet, Salvadora? Ze komt uit een goede katholieke familie in Amsterdam.'

'Wat wil ze?'

'Piet spreken.'

Salvadora's blik ging dwars door haar heen. 'Waarover?'

'Over... zijn kindertijd.'

'Zijn kindertijd! Wat maakt zijn kindertijd nu nog uit? Wat gebeurd is, is gebeurd. Soms is het beter om zaken te laten rusten.'

'Zo simpel ligt het niet,' zei Minou terwijl ze voor de zoveelste keer naar het raam liep. Waarom was Piet er nog niet? Ze maakte het raam open en leunde naar buiten, alsof ze op die manier het uitzicht kon veranderen in dat van haar man met hun dochter in zijn armen.

'Zal ik de lampen aansteken, mevrouw?'

'Wat?' Bij het horen van de stem van de dienstmeid draaide Minou zich om. 'O, ja.'

'Ik heb nog meer wijn meegenomen, madame.' De bediende keek even naar het onaangeroerde eten op het dienblad op het dressoir. 'Wilt u misschien iets anders eten?'

'Ik heb geen honger. Salvadora?'

'Ik zou niets door mijn keel krijgen.'

Zwijgend wachtten ze tot het meisje de lampen had aangestoken en de kamer weer verliet.

'Neem je dan in elk geval een slokje wijn, Salvadora? Het zal je zenuwen kalmeren. Je moet op krachten blijven. Wij alle twee.'

'Misschien een beetje dan. Als medicijn.'

Opgelucht iets te doen te hebben ging Minou aan de slag met het blad en de kan en schonk voor hen beiden een bodempje in.

'Had je niet gezegd dat Aimeric vanavond bij ons zou komen eten?'

Minou bracht een hand naar haar hoofd. 'Ja. Dat was ik helemaal vergeten met alle...'

'Dat is vast goed nieuws, denk je niet?' zei Salvadora terwijl ze de wijn aanpakte. 'Dat hij niet is gekomen en ook geen bericht heeft gestuurd betekent vast dat ze samen op zoek zijn naar Marta.'

Heel even werd Minous hart iets lichter.

Toen de klokken het tiende uur sloegen begon Salvadora te huilen. 'Ik had nooit gedacht... Als ik denk aan alle standjes die ik Marta heb gegeven, aan wat ik...' Haar woorden eindigden in een snik.

'Piet brengt haar wel thuis,' zei Minou vriendelijk. 'Hij zal haar vinden. Je hebt vast gelijk dat Aimeric bij hem is. Marta heeft een scherp verstand en is dapper. Al die eigenschappen waaraan wij ons zo vaak ergeren zullen haar nu goed van pas komen.'

Tenzij ze ontvoerd is, fluisterde een hatelijke stem in Minous hoofd. Tenzij ze in de rivier is gevallen en verdronken.

Tenzij, tenzij...

Rue de Béthisy

Vrijdagnacht werd zaterdagochtend.

Piet hoorde de kerkklokken middernacht slaan. Hij hield zich nog steeds schuil in de Rue de Béthisy, waar hij nu al enkele uren was. Heel Parijs was inmiddels op de hoogte van de mislukte moordaanslag op admiraal Coligny, en hoewel Piet erin geslaagd was om langs de wachters de straat zelf in te glippen, werd het verblijf van Coligny zo zwaar bewaakt door soldaten van Navarra en de eigen lijfwacht van de koning dat Aimeric te spreken krijgen onmogelijk was. Piet was bereid om te wachten totdat zijn zwager naar buiten kwam, wat met Gods wil misschien wel zou gebeuren. Veel was het niet, maar het was iets. Hij had met geen mogelijkheid de avond in hun huis kunnen doorbrengen. Heel even was hij naar de Rue des Barres teruggekeerd en had daar van een bediende gehoord dat zijn vrouw weliswaar weer thuis was, maar dat ze hun dochter niet bij zich had gehad. Piet schaamde zich voor zijn gebrek aan moed, maar was opnieuw weggeglipt en hierheen gegaan om Aimeric te zoeken. Hij wist dat hij Minou niet onder ogen kon komen zonder een snippertje nieuws, een snippertje hoop, hoe klein ook.

Hij liet zijn hoofd in zijn nek rollen en probeerde het kille, zware gevoel in zijn maag te negeren. Met elk uur dat verstreek werd zijn vertrouwen dat ze Marta wel zouden vinden kleiner en kleiner. Zelfs al kon Aimeric een aantal van zijn mannen missen om een zoektocht te organiseren, wat was dan nog de kans dat ze haar zouden terugvinden in een stad met honderdduizenden mensen?

Misschien was ze al helemaal niet meer in Parijs.

Piet sloot zijn ogen en probeerde zijn eigen gedachten te ontvluchten. Vandaag had hij opnieuw door Parijs gelopen, van oost naar west en van zuid naar noord, om elke plek die ze hadden bezocht nog eens aan te doen. Hij was uitgeput. Zijn hele lichaam deed zeer, maar iets doen – al was het maar eindeloos op Aimeric wachten – was beter dan niets doen.

35

Orléanais, zaterdag 23 augustus

Even na één uur 's ochtends, vele uren na hun vertrek uit Parijs, arriveerde Vidals gezelschap bij een villa aan de rand van een kleine stad. Het hoefgetrappel van de paarden klonk luid in de stilte toen de koetsen door een grijze stenen poort en over een lange rechte oprit reden. Uiteindelijk bleven ze staan voor een laag, langwerpig landhuis van grijze steen met een licht hellend leien dak.

Louis voelde een stomp tegen zijn schouder en was onmiddellijk wakker, klaar om zichzelf te verdedigen. Hij herinnerde zich de muffe, bevlekte pijen van de monniken en hun smerige wijnadem. Het bloedspoortje als het voorbij was.

'We zijn er.'

Louis had nooit gedacht nog eens dankbaar te zijn om Xaviers stem te horen. Hij was niet terug in Saint-Antonin, overgeleverd aan de priesters. Uit die hel was hij gered.

'Ja, monsieur.' De opluchting maakte hem beleefd.

Xavier keek hem wantrouwig aan. 'Pak aan,' zei hij terwijl hij met meer kracht dan nodig was een versierd houten kistje in zijn handen duwde. 'Niet laten vallen, of je voelt straks iets anders tegen je achterste dan mijn laars.'

Louis klauterde aan de achterkant van de koets af. In de verte klonk één enkele klok van een dorpskerkje. 'Waar zijn we?' vroeg hij.

Xavier spoog op de droge aarde. 'Gaat je niks aan.'

Louis verborg zijn ongeduld. 'Blijven we hier logeren?'

Xavier kneep in zijn oor. 'Geen vragen meer.'

'Ik wilde alleen nog maar vragen welke dag het is.'

Zoals Louis al had verwacht kon Xavier de verleiding om hem te bespotten niet weerstaan. 'Wat ben je toch een idioot! We zijn pas een dag onderweg. En dan te bedenken dat Zijne Eminentie jou hoog heeft zitten.'

'Chartres,' mompelde hij, terwijl hij zich plotseling de blik op zijn vaders gezicht herinnerde toen hij de naam van die stad had genoemd. Bij de gedachte aan het meisje kreeg Louis even een vaag schuldgevoel, maar dat duwde hij weg. Iemand zou haar gauw genoeg vinden, niks aan de hand.

Xavier greep zijn arm. 'Wie heeft tegen je gezegd dat we naar Chartres gingen?'

'Niemand! Ik raadde maar wat.'

'Je kunt beter je klep houden.'

De koets schommelde toen Vidal uitstapte. Zonder een woord te zeggen liep hij langs hen en verdween in het lange, smalle huis. Xavier maakte een buiging.

In de duisternis glimlachte Louis. Xavier had geen idee dat zijn vader bevestigd had waar ze heen gingen, en bovendien wist hij nu ook dat er iets van geheimzinnigheid om hun bestemming hing.

Rue du Louvre

'Het was niet mijn schuld!' riep Marta terwijl ze met een schok wakker werd.

Heel even kon ze zich niet herinneren waar ze was. Ze had zulke vreemde dromen gehad. Terwijl ze met haar ogen knipperde pasten die zich langzaam aan de duisternis aan – de blauwe muren, de kussens op de houten bank, de gordijnen naast de hoge ramen – en toen wist ze het weer.

De jongen, Louis, had haar hierheen gebracht zodat ze kon uitrusten. Hij had beloofd om snel met haar vader terug te komen. Had ze geslapen? Ze moest wel geslapen hebben, want haar nek was stijf, haar maag voelde gek en haar hoofd leek vol schapenwol te zitten. Ze zwaaide haar benen van de bank en probeerde te lopen, maar haar voeten waren zwaar als stenen.

'Louis...' zei ze tegen de lege kamer, alsof hij zich misschien ergens verstopt had.

Ze vroeg zich af of haar oom verdrietig zou zijn als de admiraal doodging. Toen dacht ze aan haar kleine broertje Jean-Jacques, en hoewel hij vreselijk irritant was voelde ze tranen opwellen.

Louis had haar gezegd dat ze in de blauwe kamer moest blijven totdat hij terugkwam met haar vader, maar dat moest inmiddels uren geleden zijn geweest, want buiten was de hemel zwart. Was hij haar soms vergeten?

Marta roffelde met haar hielen tegen het hout van de bank. Ze wist niet goed wat ze moest doen. Louis was een jongen en dus was hij stom, net als alle jongens, maar hij was wel grappig.

'Kom terug,' fluisterde ze. Haar stem leek zo klein en onbetekenend in de donkere, hol klinkende kamer. Tranen sprongen haar in de ogen en rolden over haar wangen. Deze situatie had ze zelf veroorzaakt, het was haar eigen schuld. Marta wenste dat ze in haar eigen bed naar het akelige gesnurk van hun kinderjuf lag te luisteren, of zelfs naar het nachtelijke gesnif van Jean-Jacques. Ze zou nooit meer haar geduld met hem verliezen. Ze zou nooit meer ongehoorzaam zijn.

Marta schoof naar het uiteinde van de bank en tastte met haar handen in het donker rond totdat ze de tafel vond met daarop het blad dat Louis was komen brengen. Met twee handen pakte ze de kan op en schonk wat in een beker. Het zoete bier was inmiddels warm, er lag een dun vliesje op en het smaakte zuur, maar het leste wel haar dorst. Ze dronk alles op, trok daarna haar benen onder zich, legde haar hoofd op haar armen en wachtte. Louis zou vast zo snel hij kon terugkomen. Ze vertrouwde hem.

Ze werd aangenaam slaperig en al snel gleed ze weg in een diepe, droomloze roes.

'Maman,' fluisterde ze terwijl de slaap haar te pakken kreeg.

Orléanais

Bij zonsopgang werd Louis gewekt en kreeg hij opdracht het kistje te halen dat ze uit Parijs hadden meegenomen.

Terwijl Xavier hem voor zich uit door het huis liet lopen, hield hij hem scherp als een havik in de gaten, waardoor Louis nog nieuwsgieriger werd naar wat hij eigenlijk in zijn handen had.

'Hierin,' bromde de knecht terwijl hij Louis een fraai ingerichte kamer aan de achterkant van het huis in duwde.

'Waar zal ik...'

'Waar dacht je, idioot? Daar, op tafel. Voorzichtig! Hou recht.'

In het schemerdonker van de smalle kamer, die slechts door het vroege ochtendlicht verlicht werd, schuifelde Louis langs de koude haard naar de lange reftertafel die midden in de kamer stond en schoof het kistje erop.

'En nu wegwezen.'

'Waar moet ik naartoe?'

'De stallen, de kennels, het privaat, kan me niet schelen. Maar zorg ervoor dat je niet hier bent als Zijne Eminentie komt. Hij wil geen pottenkijkers.'

Plotseling wilde Louis niets liever dan weten wat er in de kist zat, en hij keek de kamer rond totdat hij zag wat hij nodig had. Hij schuifelde een stukje opzij en trapte toen zo hard hij kon tegen een stuk hout dat uit de haard gerold was. Zoals hij al had gehoopt, draaide Xavier zich onmiddellijk om in de richting van het geluid, bang voor een muis of iets ergers. En in dat korte ogenblik opende Louis snel het kistje, keek erin en sloot het deksel weer.

Hij glimlachte. Nu begreep hij de bezoekjes aan de Sainte-Chapelle. De vraag was waarom?

'Ben je er nog, stuk ongedierte?' Xavier spiedde grommend alle kanten op of hij een stel rode oogjes zag.

'Ik ga. Zal ik iets te drinken of te eten meenemen?'

Xavier priemde met zijn wijsvinger tegen zijn borst. 'Misschien heb je Zijne Eminentie met je voorkomendheid voor de gek gehouden, maar mij niet, jongen. Verdwijn uit mijn ogen, anders krijg je met de zweep. Ik zeg het je niet nog eens.'

36

Rue des Barres

Toen het licht van de dageraad over de vensterbank naar binnen kroop, hoorde Minou geluid in de hal beneden. Onmiddellijk stond ze overeind. 'Marta?'

Haar schouders en nek waren stijf doordat ze de nacht op haar stoel had doorgebracht. Om een uur of drie 's nachts had ze Salvadora zover weten te krijgen om naar bed te gaan, maar zelf was ze daarna naar de woonkamer teruggegaan. Kennelijk was ze in slaap gevallen.

Minou hoorde de treden van de trap kraken, en toen verscheen Piet in de deuropening. Zijn kleren waren verfomfaaid en vies van de Parijse straten. Een kort moment van hoop werd onmiddellijk gevolgd door misselijkmakende teleurstelling toen ze zag dat hij alleen was.

'Je hebt haar niet gevonden,' zei ze met wanhoop in haar stem.

'Nee.'

Minou gaf hem haar witte zakdoek om zijn gezicht mee af te vegen.

'Jij?'

'Nee,' antwoordde ze, en ze zag ook de laatste hoop uit zijn gezicht verdwijnen.

'Ik heb overal gezocht, Minou. Elke plek die we de afgelopen drie weken hebben bezocht, en daarna elke plek die Marta ooit heeft genoemd – de Sainte-Chapelle, de Notre-Dame, Saint-Jacques-de-la-Boucherie, de Pont du Change – maar zonder succes.' Verslagen liet hij zijn schouders zakken. 'Niemand kon zich herinneren een meisje in een blauwe jurk te hebben gezien, helemaal niemand.'

Ze plofte weer op de stoel en greep de armleuning vast als een reddingsboei. 'Waar was je, Piet? Ik was vreselijk ongerust.'

'Om vijf uur ben ik heel even thuis geweest, maar toen de bediende vertelde dat jij alleen was teruggekomen, ben ik meteen weer vertrokken om door te zoeken.'

Minou schudde haar hoofd. 'Na ons gesprek over elkaar vertrouwen kwam het niet in je op om dat tegen me te zeggen?'

'Ik wilde je niet teleurstellen,' antwoordde hij zacht. 'Het spijt me.' Piet legde een hand op haar schouder.

Ze wist niet of het gebaar als spijtbetuiging of geruststelling bedoeld was. Ze legde haar hand op de zijne. Ze was te moe om ruzie te maken. 'Waar heb je de nacht doorgebracht?'

'In de Rue de Béthisy.'

Ze voelde een sprankje hoop. 'Heb je Aimeric gezien? Ik had het eerder ook geprobeerd, maar ik kon zelfs niet bij het huis in de buurt komen. Alle straten eromheen waren afgezet.'

Hij schonk wat wijn voor zichzelf in en ging zitten. 'Toen Coligny gisteren uit het Louvre terugkwam is er een aanslag op hem gepleegd.'

Minou ging rechtop zitten. 'Wat! En leeft hij nog?'

'Zijn verwondingen zijn ernstig, maar men verwacht dat hij blijft leven. De moordenaar heeft geschoten vanuit een pand waarvan wordt beweerd dat het eigendom van de hertog van Guise is. Dat zou iets kunnen betekenen, of misschien ook niet. Iedereen kon dat huis binnenlopen. Nu wordt Coligny's verblijf zwaar bewaakt. Zelfs de koning is persoonlijk zijn steun komen betuigen en heeft gezworen dat hij kosten noch moeite zal sparen om de aanslagpleger te pakken te krijgen.'

'Hoe ben jij langs de bewakers gekomen?'

Piet maakte een wrijfgebaar met zijn vingers. 'Wat geld in de juiste zak.'

'Maar heb je Aimeric gesproken?'

'Nee. Ik heb de hele avond gewacht voor het geval hij misschien naar buiten zou komen, maar hij kwam niet. Uiteindelijk heb ik een soldaat – een van Navarra's mannen – zover weten te krijgen dat hij hem een bericht over Marta zou doorgeven.'

Minou zuchtte. 'Dus we hebben geen idee of hij dat bericht heeft ontvangen en of hij wel of niet naar haar op zoek is?'

Hij schudde zijn hoofd. 'Zodra de dag aanbreekt en de wacht gewisseld is ga ik terug naar de Rue de Béthisy om opnieuw te proberen contact met Aimeric te leggen.' Hij liet zijn armen slap langs zijn lichaam hangen. 'Het spijt me. Ik heb gedaan wat ik kon.'

Maar niet genoeg, dacht ze onwillekeurig. Het was niet genoeg. Hun dochter was nog steeds vermist.

'Er is nog iets anders gebeurd terwijl je weg was,' zei ze. 'Cornelia van Raay is hier.'

Piet zette zijn beker zo abrupt op tafel dat de wijn over de rand klotste. ‘Wanneer is zij gekomen?’

‘Aan het eind van de middag. Ze heeft Marta het huis zien verlaten, ergens tussen negen en tien gisterochtend.’ Ze hield even haar adem in. ‘Ze is niet door iemand meegenomen.’

Uit Piets gezichtsuitdrukking leidde Minou af dat hij precies hetzelfde had gevreesd als zij.

‘Dat is tenminste iets.’

‘Cornelia zei dat ze er vrolijk en opgewonden uitzag.’

‘En wat heeft mademoiselle Van Raay nog meer gezegd?’

‘Heel weinig. Ze was inderdaad eerder langs geweest, en ze is in opdracht van haar vader hier in Parijs om jou op te zoeken. Maar voordat we verder konden praten kreeg ze weer een aanval van de voedselvergiftiging die haar de afgelopen drie dagen aan huis had gekluisterd. Ik heb haar boven naar bed gebracht.’

‘Bedankt, Minou.’

‘Zodra ze wakker wordt kun je zelf met haar praten. Voordat we Parijs weer in gaan om verder naar Marta te zoeken.’ Ze keek naar het raam. De opgaande zon gaf het silhouet van Parijs zijn vorm terug. ‘We zullen haar vinden,’ zei ze. ‘En zodra we haar hebben gevonden gaan we terug naar Puivert. Ik wil hier geen moment langer blijven dan nodig is.’

37

Landgoed Évreux, Orléanais

De oude Romeinse weg liep in westelijke richting Chartres uit en doorsneed het platte landschap.

Louis zat stokstijf stil. Achter hen rees de zon aan de horizon terwijl de paarden en de koets vaart minderden. De ketting ratelde en de wielen kraakten toen ze van de weg afsloegen. Toen knalde de zweep en gingen ze weer: kloppende hoeven op de droge grond, het geratel van tuig en bit, hete witte ademwolken in de warme ochtendlucht. De koets begon van links naar rechts te wiegen terwijl ze steeds sneller over een lange, rechte oprit naar het hart van een enorm landgoed reden.

Louis staarde naar Xavier, wiens hoofd knikkebollend op zijn borst lag, en daarna naar zijn vader. Diens ogen waren dicht en zijn biretta lag op zijn schoot, maar Louis betwijfelde of zijn vader wel sliep. Sinds hun vertrek uit Parijs had Louis zijn waakzaamheid nog geen moment zien verslappen, zelfs niet in de intimiteit van zijn eigen koets.

'Wat is er?'

Hij schrok van de stem van zijn vader, luid in de stille, kleine ruimte.

'Niets,' zei hij snel. Hij was zich er niet van bewust geweest dat hij staarde.

Zijn vader wierp een blik op hem, sloeg zijn blote handen ineen boven zijn muts en wijdde zich toen weer aan zijn eigen gedachten. 'Goed dan.'

Met één vinger tilde Louis het gordijntje op en hij keek uit het raam. De landerijen werden omgeven door een ring van bosland, maar inmiddels waren ze voorbij de bomen en reden ze door open veld. Een man met een ossenwagen bleef staan en lichtte zijn hoed op toen ze langskwamen. Iets verderop zag Louis een mager ventje dat met een stok een troep ganzen voor zich uit dreef. Even voelde hij het bekende weeë gevoel in zijn maag – alsof hij van een hoge toren viel en de grond razendsnel op zich af zag komen – toen hij dacht aan het leven dat hij had kunnen hebben als hij in het weeshuis was achtergebleven, overgeleverd aan de genade van de monniken. Of hij had kunnen eindigen zoals die jongen, die in de vochtige vroege ochtend dieren hoedde op een smerige boerderij, een saai, eentonig leven.

De oprit was relatief vlak en het wiegen van de koets werkte kalmerend. Hoewel hij het niet van plan was, voelde Louis dat ook zijn eigen ogen dichtvielen. In deze tussentoestand, niet meer helemaal wakker maar ook nog niet in slaap, zweefde opeens het beeld van het lieve gezichtje van het meisje voor zijn ogen. Geschrokken ging hij rechtop zitten.

'Jongen, als je iets te zeggen hebt, zeg het dan.'

Louis keek even naar Xavier en daarna weer naar zijn vader. 'Ik vroeg me alleen af waar we zijn, meneer.'

Op zijn vaders ernstige gezicht verscheen een zeldzame glimlach. 'Thuis, Louis. Dit is voortaan ons thuis.'

38

Rue des Barres, Parijs

'Goedemorgen, mademoiselle Van Raay.'

Op de drempel van de woonkamer bleef hun bezoekster even aarzelend staan. Cornelia zag nogal witjes en onder haar donkere wenkbrauwen keek ze lodderig uit haar ogen, maar tot Minous opluchting leek het vandaag beter met haar te gaan.

'Madame Reydon. U bent meer dan vriendelijk voor me geweest. Aanvaard alstublieft nogmaals mijn excuses voor mijn ongesteldheid van gisteren. Ik dacht dat ik hersteld was.'

'Het was geen moeite. Alstublieft, kom bij ons zitten.'

Cornelia deed een stap de kamer in. 'Ik wil niet storen.'

'U stoort niet. We zaten te wachten tot u wakker zou worden.' Minou gebaarde naar de andere kant van de kamer. 'Dit is mijn man, Piet Reydon.'

Cornelia stak haar hand uit. '*Enchantée.* Is het Piet, niet Pieter?'

'Het genoegen is geheel aan mijn kant, mademoiselle Van Raay.' Hij glimlachte. 'En alleen mijn moeder en Mariken hebben me ooit Pieter genoemd.'

'Misschien is het niet aan mij om ernaar te vragen, maar hebt u al iets over uw dochtertje gehoord?'

Minou werd opnieuw overspoeld door angst. 'Nog niet. Wij staan op het punt om onze zoektocht te hervatten, maar mijn man wil...'

'Ik wil graag horen wat u te zeggen hebt voordat ik weer vertrek.'

Minou zag Cornelia om zich heen kijken en daarna de hardste stoel met de rechtste rugleuning uitkiezen. Ze was een eenvoudige jonge vrouw, met een breed, eerlijk gezicht, maar ze liet duidelijk merken dat ze wist wat ze waard was. Dat nam Minou voor haar in.

'U weet denk ik al dat mijn vader me hierheen heeft gestuurd om u te zoeken, monsieur Reydon.'

Piet knikte.

'Dan weet u ook dat Mariken Hassels hem afgelopen voorjaar om hulp vroeg, nadat ze een brief had ontvangen die haar erg ongerust maakte.'

'Kent u – of kende zij – de afzender van de brief?' vroeg Piet met een zijdelingse blik op Minou.

'Tot mijn spijt niet. Alleen dat hij een kardinaal in Frankrijk was. Mariken vertelde mijn vader dat ze u had geschreven. Schreef zij er niets over?'

'Nee. Ze noemde geen naam.'

Cornelia fronste. 'Mijn vader deed wat Mariken hem had gevraagd en stuurde mij daarna naar haar toe om verslag uit te brengen over wat hij ontdekt had, namelijk dat u volwassen was geworden, dat u met uw gezin in de Languedoc woonde, dat u een hugenoot was en openlijk medestander van de opstandelingen in Amsterdam.' Eventjes lichtten haar ogen geamuseerd op, waardoor meteen haar hele gezicht er anders uitzag. 'Dat was ongemakkelijk voor hem.'

'U bent katholiek?'

'Mijn vader is een goed en vroom christen, madame Reydon. Hij is ook een zakenman, en oorlog is slecht voor de handel.' Haar luchtigheid verdween weer. 'Op de negende juni bezocht ik het begijnhof. Vanaf daar wordt alles wat vager. De grootjuffrouw van het begijnhof vertelde me – met tegenzin, kan ik wel zeggen – dat Mariken de gemeenschap had verlaten zonder vooraf toestemming te vragen of haar plannen bekend te maken. De begijnen zijn geen nonnen, en dus zijn ze in theorie vrij om te gaan en staan waar ze willen, maar niet zonder toestemming van de grootjuffrouw.'

'Zegt u nou dat Mariken is verdwenen?' vroeg Piet.

'Daar lijkt het op.'

'Wanneer?'

'Dat wilde, of kon, de grootjuffrouw me niet vertellen.'

'En sinds juni hebt u niets meer van Mariken gehoord?'

'Nee, madame. Er zijn veel aanvallen op Amsterdamse kloosters geweest, want de protestanten zijn op het platteland aan de winnende hand. Mijn vader achtte het mogelijk dat Mariken misschien elders een veilig toevluchtsoord had gezocht, hoewel hij er niet in is geslaagd om haar te vinden.'

Piet schudde zijn hoofd. 'Als ze naar een andere orde vertrok zou ze dat uw vader toch vast wel vertellen?'

'Dat denk ik wel, ja.'

'Waar denkt u dat ze is?'

'Ik denk dat ze zich misschien ergens schuilhoudt om aan de aandacht van deze kardinaal te ontsnappen of...'

'... er is iets met haar gebeurd.'

Cornelia knikte. 'Toen ik bij de grootjuffrouw van het begijnhof was, luisterde iemand ons gesprek af, dat weet ik zeker.'

'Wie?' vroeg Piet snel.

Cornelia hief haar handen. 'Ik weet het niet.'

Piet fronste. 'In haar brief aan mij schreef Mariken dat de kardinaal naar informatie over mijn kindertijd vroeg. Heeft ze uw vader nog meer verteld?'

'Ze vertelde hem alleen dat er documenten waren – met betrekking tot uw familie – die uw moeder aan haar had toevertrouwd. Mariken gaf ze aan een vriendin om ze veilig te bewaren, met het plan om ze later, als de tijd rijp was, terug te halen en aan u te overhandigen.' Cornelia haalde haar schouders op. 'Maar goed, ik weet dus niet of ze dat heeft gedaan of dat de papieren verloren zijn geraakt. Het spijt me.'

Piet leunde achterover. 'Dat is het dan, dus. Een doodlopend spoor. Mariken is vermist, dus kunnen we niet achterhalen waar de documenten zich bevinden of waarom ze van belang zijn. Na al die tijd komen we niet verder.'

'Dat denk ik toch niet, monsieur Reydon. Mijn vader zet zijn onderzoek in Amsterdam voort. Maar dit kan ik wel zeggen. Hij is een pragmatisch man, niet geneigd tot sterke emoties. Het is zijn overtuiging dat wat er ook op het spel staat, welke informatie over uw afkomst er nu wel of juist niet is, die voor iemand van heel groot belang is. U hebt een gevaarlijke vijand. Mijn vader drukte me op het hart u te waarschuwen om erg voorzichtig te zijn.'

'U denkt dat Mariken dood is,' zei Minou, meer vaststelling dan vraag.

'Helaas, ja. Gedood door of op bevel van de afzender van de brief. De kardinaal.'

Hun gesprek werd plotseling onderbroken door het geluid van voetstappen op de trap. Iedereen draaide zich om toen de bediende de kamer in kwam.

'Is er nieuws?'

'Het spijt me, mevrouw, nee. Monsieur Reydon had me gevraagd om het te laten weten als we zover waren. Er staan beneden een man of twintig klaar.'

Minou keek naar Piet. 'Wat zijn dat voor mannen?'

‘Het kan zijn dat Aimeric mijn berichtje heeft gekregen,’ zei hij, ‘maar hoe dan ook leek het me geen kwaad te kunnen om onze bedienden bij elkaar te roepen, en ook die van huizen in de buurt die even gemist kunnen worden, om ons te helpen naar Marta te zoeken.’

En hoewel Piet haar alweer niet had verteld waar hij mee bezig was, prikten de tranen in haar ogen bij de gedachte dat ze ooit aan zijn vastberadenheid had getwijfeld.

Piet raakte eventjes haar hand aan. ‘Ga je met ons mee?’

Minou aarzelde en schudde toen haar hoofd. ‘Ik wil hier zijn als jullie terugkomen. Maar mag ik misschien zo brutaal zijn om jou te vragen om bij me te blijven, Cornelia? Ik zou heel blij zijn met wat gezelschap.’

‘Het zou me een eer zijn, madame Reydon.’

Minou draaide zich weer om naar haar man. ‘Breng haar weer thuis, Piet. Breng Marta weer terug bij mij.’

39

Hoewel het pas tien uur was scheen de augustuszon al fel toen Piet en de vrijwilligers zich in de Rue des Barres verzamelden.

'Ik wil jullie allemaal graag bedanken voor jullie hulp, net als jullie meesters, die jullie toestemming hebben gegeven. Jullie hebben gehoord dat ons zevenjarige dochtertje vermist is.' Plotseling stopte Piet; de angst vormde een brok in zijn keel. 'Ik heb er alle vertrouwen in dat we haar samen kunnen vinden. Sommigen van jullie kennen Marta, anderen hebben een beschrijving gekregen. De laatste keer dat ze werd gezien droeg ze een blauwe jurk en een wit mutsje met in rood haar initialen erop geborduurd.' Piet keek om zich heen naar de groep vrijwilligers.

Verschillende hoofden knikten.

'Ik onderschat niet hoe moeilijk dit zal zijn. Jullie krijgen allemaal een wijk toebedeeld om te doorzoeken. Stel alle vragen die je wilt, en ga vooral ook naar plaatsen die alleen jullie, als Parijzenaren, kennen. Wanneer je alles hebt gedaan wat je kunt, kom je hier terug en breng je verslag uit bij mijn vrouw. Iedereen krijgt voor de moeite een sou en een pul bier. *Bonne chance*, en moge God met jullie zijn.'

De zon klom steeds hoger aan de eindeloze blauwe hemel. De uren verstreken. De middag begon lange schaduwen op de gebouwen te schilderen. Teleurgesteld en met zere voeten keerden de mannen een voor een terug naar de Rue des Barres, waar Minou, Cornelia en Salvadora hen opwachtten.

Alleen Piet bleef zoeken, al was het maar om aan zijn verraderlijke gedachten te ontsnappen. Telkens weer liep hij door dezelfde straten en stelde hij in dezelfde winkels en taveernes dezelfde vraag, hopend op een ander antwoord. Hij was doodop. Zijn hele lichaam deed pijn, maar hij kon het niet over zijn hart verkrijgen om op te geven.

Toen de avond viel keerde Piet terug naar de Rue de Béthisy. Hij was die dag al twee keer eerder aan het begin van de straat weggestuurd. Piet wist dat het onbezonnen en zelfs gevaarlijk was om te proberen toegang te krijgen tot het huis waarin Coligny verbleef, maar hij móést Aimeric spreken. Wat er ook gebeurde, hij moest Minou kunnen vertellen dat hij alles had gedaan wat hij kon. Anders kon hij haar niet onder ogen komen.

Hij had geluk. De bewaker accepteerde zijn steekgeld.

'Bedankt, man,' zei Piet terwijl hij hem nog een sou gaf. 'Alles rustig vanavond?'

'Voorlopig wel,' zei de bewaker. Hij testte de munt met zijn tanden en gebaarde toen dat Piet mocht doorlopen. 'Maar als ik jou was zou ik niet te lang blijven rondhangen.'

'Ik ben je veel dank verschuldigd.'

Piet glipte langs de afscheiding en liep de straat in. Half gebukt en zorgvuldig in de schaduw van de overhangende huizen blijvend liep hij stilletjes langs de vakwerkhuizen naar het huis waarin admiraal Coligny verbleef. Het viel hem op dat op de deur van sommige huizen een wit kruis stond; de verf was nog nat.

Terwijl hij dichterbij sloop om nog beter zicht op het huis te krijgen, bleef Piets voet haken aan iets wat op de grond lag. Hij bukte zich en raapte het op. Een vieze oude lap, vol bloedvlekken, die vertrapt in het stof lag.

Toen drong tot hem door wat het was en stond de wereld stil.

40

Rue du Louvre, zondag 24 augustus, feest van de Heilige Bartholomeus

Toen Marta voor de tweede keer wakker werd, was het tot haar verbazing nog steeds donker. Hoewel het voelde alsof ze heel lang had geslapen, leek het toch nog nacht te zijn.

Ze ging zitten. Haar hoofd deed pijn en ze had geen gevoel meer in haar linkervoet, omdat ze erop had gelegen. Ze duwde haar vuisten in haar maag om die te laten stoppen met rammelen van de honger. Ze moest verschrikkelijk nodig.

Op benen die niet van haar leken te zijn stond Marta op en liep voorzichtig naar het raam. Ze staarde naar buiten en maakte toen het raam open omdat ze haar ogen niet geloofde. Bij de meeste huizen aan de straat beneden was er een wit kruis op de deur geschilderd. Ze fronste en grinnikte toen ze bedacht hoe woedend oudtante Salvadora zou zijn als iemand háár deur op die manier onderkalkte. Voor zover Marta kon zien waren er maar drie huizen in de hele straat zonder kruis op de deur.

Ze tikte ongeduldig met haar voet op de grond, sloeg haar armen over elkaar en liet ze toen weer hangen. Ze had geen idee wat ze moest doen. Louis had allang terug moeten zijn uit de Rue des Barres; hij was echt al uren weg.

Ze draaide zich weer om naar de kamer. Ze was toch te gast in dit huis? Het was gewoon onbeleefd dat ze zo vreselijk lang alleen was gelaten. Ze zou op zoek gaan naar een bediende en die vragen om haar iets te eten te brengen terwijl ze wachtte.

Marta liep naar de deur en draaide aan de deurknop. Er gebeurde niets. Ze probeerde het nog eens, nu met beide handen, maar haar vingers gleden van de deurknop af en de deur ging niet open. Na nog een paar pogingen kwam Marta op het idee om een vinger in het sleutelgat te steken. Ze voelde koud metaal.

Ze zat hier opgesloten.

Woedend rammelde Marta aan de deurknop, en daarna begon ze te schreeuwen en op de deur te bonken. Maar ondanks het kabaal dat ze maakte bleef het in de gang aan de andere kant van de deur volkomen stil.

Er gleed een huivering langs haar rug. Iemand moest haar hebben gehoord, dus waarom kwam er dan niemand? Marta deed een stap bij de deur vandaan. Had Louis haar opgesloten? Ze voelde een vlaag van woede. In dat geval had hij zich flink vergist; zo makkelijk was zij niet om de tuin te leiden.

'Jongens zijn dom,' mompelde ze terwijl ze om zich heen zocht naar wat ze nodig had. 'Aha!'

Ze pakte een vel papier van een tafel, voelde eraan om te testen of het papier stijf genoeg was en rende toen terug naar de deur. Liggend op haar buik schoof ze het blad door de kier eronder totdat het aan de andere kant precies onder het sleutelgat lag. Daarna haalde ze een speld uit haar haar, stak die voorzichtig in het slot en draaide ermee, naar voren en naar achteren, totdat de sleutel er aan de andere kant uit gleed en rinkelend op de grond viel. Met bonkend hart duwde ze haar ogen tegen de kier onder de deur. Tot haar grote opluchting zag ze dat de sleutel op het vel papier was gevallen. Nu hoefde ze het alleen maar onder de deur door de kamer in te trekken, en dan was ze vrij. Opnieuw op haar buik liggend schoof Marta het papier heel voorzichtig terug door de spleet de kamer in, met de sleutel erbovenop.

'Ha.' Ze sprong overeind. 'Jongens zijn dom.'

Triomfantelijk stak ze de sleutel in het slot, opende de deur en liep de kamer uit. Ze kon niet wachten om zodra ze weer in Puivert waren aan haar tante Alis te vertellen hoe slim ze was geweest.

De gang was leeg. Marta liep op haar tenen, bang om door iemand betrapt te worden, maar hoe verder ze liep zonder dat ze iemand tegenkwam, hoe overmoediger ze werd.

Maar terwijl ze door de ene na de andere lege kamer dwaalde, maakte haar trots plaats voor ongemak. Ze hoorde helemaal niets. Ze snapte er niks van. Geen stemmen, geen voetstappen, geen enkel geluid. Iedereen was weg. Ze was helemaal alleen in dit prachtige huis.

Op de begane grond sloeg Marta een hoek om en kwam in een lange gang met lege muren. Er waren geen wandtapijten of portretten, alleen een deur aan de andere kant.

Langzaam draaide ze de deurkruk om.

Vol ongeloof keek Piet naar het linnen mutsje van zijn dochter in zijn hand. Waarom lag dat hier? Duizend vragen gonsden door zijn hoofd, de ene nog verschrikkelijker dan de andere.

Goed, Marta was hier geweest. Maar waar was ze nu? Piet streek met zijn vingers over de drie in rood geborduurde letters – M.R.J. Het stiksel was hard en bevlekt met opgedroogd bloed. Hij kreeg een brok in zijn keel van angst.

Was zijn dochter dood?

Boven de daken van Parijs weerklonk opeens de noodklok. Piets hoofd schoot omhoog. De Parijzenaren werden te wapen geroepen. Toen hoorde hij achter zich het geluid van paardenhoeven. Nog net op tijd deed Piet een stap achteruit in het donker, want aan het einde van de Rue de Béthisy verscheen opeens een bataljon gewapende mannen, allemaal met een witte band om hun arm. In de wirwar herkende hij de kleuren van de hertog van Guise, het uniform van de Zwitserse garde en de wapentekens van de broers van de koning, de hertogen van Anjou en Alençon.

Met groeiende angst zag hij de groep stoppen voor het huis waarin admiraal Coligny verbleef. De musketiers aan de poort deden niets om hen tegen te houden, maar legden hun wapens neer. Piets maag verkrampte. Wie er ook bevel had gegeven tot de eerste aanval op de admiraal, het was boven elke twijfel verheven dat deze tweede actie door het Louvre zelf was goedgekeurd.

De wachters deden een stap opzij en lieten de soldaten binnen. Even was het stil, toen klonk er geschreeuw en zwermden de mannen van de koning met getrokken wapen het terrein op.

'Dood de verrader!'

De zwerm mannen leek bevangen door moordlust. Niet alleen binnen deze muren, maar ook buiten op straat. Soldaten met witte armbanden trapten elke deur in waarop geen kruis geschilderd stond, en plotseling drong tot Piet door dat de witte kruisen de katholieke huizen van de hugenootse woningen onderscheidden, en dat de witte armbanden aangaven wie aanvaller was en wie slachtoffer. Toen hij in de verte de eerste kanon- en geweerschoten hoorde weerklinken, leek het bloed in zijn aderen te bevriezen. Dit was groter dan hij zich ooit had kunnen voorstellen. Niet slechts een enkelvoudige moord op Coligny. Ze waren van plan hen allemaal te doden.

Piet waagde nog een laatste blik op het huis en dwong zichzelf daarna zich om te draaien. Hij had geen keuze. Hij moest zo snel mogelijk terug naar de Rue des Barres, voordat het moorden zich verder verbreidde. Hij kon niets meer doen om Aimeric te helpen; hij was slechts één man tegenover velen.

Zijn plicht lag bij zijn echtgenote en zijn familie. Hij kon alleen maar bidden dat hij nog niet te laat was om hen te redden. Met bloedend hart vanwege zijn verloren dochter duwde hij Marta's mutsje in zijn zak. Zijn vingers voelden iets van stof. Piet haalde de zakdoek tevoorschijn die Minou hem eerder had gegeven. Hoewel hij inmiddels grauw was geworden door het Parijse stof, was hij nog wit genoeg. Misschien zou de zakdoek hem beschermen.

Snel bond Piet de doek om zijn arm. Terwijl hij door de doolhof van Parijse steegjes rende, voelde hij de herinnering aan zijn jonge leven als soldaat en spion tot diep in zijn spieren. Hij had geen idee dat hij met elke stap verder weg raakte van zijn laatste kans om zijn dochter te redden.

Rue du Louvre

Marta werd verlamd door angst. Deze kamer maakte haar bang, hoewel er mooie meubels stonden en prachtige wandkleden aan de muur hingen. Er stond een reusachtig bureau, waarvan alle laden openstonden, alsof iemand in grote haast was vertrokken, en boven een klein altaar, met daarvoor een eenvoudige tweedelige bidstoel, hing een enorm schilderij van de bloedende Christus aan het kruis.

Ze wilde hier weg. Maar inmiddels luidden de klokken. Niet het normale klokgelui, maar een verschrikkelijk kabaal. Hard. Marta had nog maar één keer eerder de noodklok horen slaan, toen hun kasteel in Puivert door katholieke soldaten werd aangevallen. Lang had het niet geduurd en ze was nog maar heel klein geweest, maar ze was nooit vergeten hoe ze over haar hele lichaam had getrild.

Ze dwong zichzelf om naar het raam te lopen en legde haar handen tegen het glas. De wereld was oranje, niet zwart zoals het 's nachts zou moeten zijn. Ze realiseerde zich dat er tot hoog in de lucht vlammen oplaaiden. Parijs brandde.

41

Rue de Béthisy

'Heer,' zei Aimeric dringend, 'we moeten vertrekken. We mogen geen tijd verliezen. Hoort u de noodklok niet?'

'Ik hoor het wel,' antwoordde Coligny. 'Het zijn de klokken van Saint-Germain-l'Auxerrois, de parochiekerk van het Louvre, als ik me niet vergis.'

'Maar de koning heeft hier zijn eigen mannen neergezet om u te bewaken,' zei Aimeric ongelovig. 'Plus soldaten van Navarra.'

'Dacht je dat ze niet nog eens zouden proberen om me te vermoorden?'

Aimeric schudde zijn hoofd. 'Maar de koning kwam u persoonlijk om vergiffenis vragen.'

Coligny glimlachte wijs. 'Het maakt niet uit wat Zijne Majesteit twee avonden geleden dacht, Joubert, want het geldt niet langer. En wat zijn mannen betreft: die gehoorzamen hem alleen als de koningin-moeder dat wil.'

Op de binnenplaats beneden hoorde Aimeric zwaardgekletter en daarna kreten van pijn terwijl de hugenoten het huis probeerden te bewaken. 'Ik moet ze helpen. Zij zijn met veel meer.'

Coligny greep zijn arm. 'Nee. Haal de dominee. Ik wil bidden.'

'Heer, we moeten vluchten.'

'Joubert, het is te laat. Het enige wat we nu nog kunnen doen is bidden tot God dat Hij ons van dit kwaad zal verlossen.'

Aimeric probeerde zich wanhopig voor de geluiden van de slachting beneden af te sluiten toen hij de doodsbange geestelijke haalde. Terwijl die zich door de gebeden heen worstelde, bewaakte hij de deur.

'Amen,' mompelde Coligny.

Aimeric hielp hem om overeind te komen.

'Nu ben ik klaar om in Gods genade te sterven. Dominee, u mag gaan als u wilt.' Coligny keek zijn persoonlijke lijfwachten een voor een aan.

'En dat geldt voor jullie allemaal. Bedankt dat jullie me hebben gediend, maar ze komen voor mij. Red jezelf en ga in het licht van Gods liefde.'

'Ik laat u niet in de steek, heer,' zei Aimeric terwijl de dominee hem in zijn haast om de kamer te verlaten opzijduwde. 'Ik heb een eed gezworen.'

'Joubert, je moet gaan,' drong Coligny aan. 'En je moet dit voor me meenemen.' Uit zijn privékist haalde hij een manuscript. 'Dit is een geschiedenis van onze turbulente tijden, van de strijd die we hebben gestreden – zowel de gevechten die we hebben gewonnen als de keren dat God niet met ons was – en de vrede die we geprobeerd hebben te vinden, de oorlog om ons geloof en om ons land. Ik vertrouw jou dit manuscript toe. Ik hoop dat mijn woorden nog lang kunnen doorleven nadat ik in de aarde te ruste ben gelegd.'

'Heer, als ik ga bent u onbeschermd.'

De admiraal keek hem recht in de ogen. 'Als mijn dood het leven van vele anderen kan redden, inclusief dat van jou, Joubert, dan zij het zo. Het is Gods wil.'

'Dat kan ik niet laten gebeuren.'

'Het is het laatste bevel dat ik je geef. Ik vrees dat ze vannacht meer willen dan alleen de wereld van een oude dienaar Gods bevrijden. Zorg dat je een katholiek huis vindt en verschuil je daar. Ontloop onze bondgenoten, blijf uit de buurt van onze geheime adressen. Begrijp je dat, Aimeric?'

Dat de admiraal tegen zijn gewoonte in zijn voornaam gebruikte, haalde hem over de streep. Het was zijn plicht om te gehoorzamen. 'Ik begrijp het.' Hij dwong zichzelf het manuscript aan te pakken en maakte een buiging. 'Heer, het was een eer om u te dienen.'

'God zij met je, Aimeric. Tot weerziens, en we zúllen elkaar weerzien. Wees niet bang, want God is met je.'

Nogmaals boog Aimeric, en daarna deed hij het raam open en klom langs de achterkant van het gebouw het dak op. Achter hem versplinterde de deur en stormden Coligny's moordenaars de kamer in.

Met het kostbare manuscript onder zijn hemd gestoken klauterde Aimeric over de daken totdat hij niet verder kon.

Hij trok zijn zwarte wambuis uit, zette zijn soldatenmuts af en verborg de kleding in een schoorsteen. Veel zou het niet helpen. Zijn gezicht was bekend; men wist dat hij een van Coligny's mannen was. Hij wist dat hij gedood zou worden als hij gepakt werd, en dan waren de papieren verloren. Aimeric schatte de afstand tot de dichtstbijzijnde huizen en besloot dat hij wel kon springen. Als de soldaten niet omhoogkeken, kon hij misschien het katholieke gebied rond het Louvre bereiken en daar een plek vinden om het manuscript te verbergen totdat het ergste achter de rug was. Wat hij daarna moest wist hij niet. Hij wist alleen dat hij deze laatste plicht voor admiraal Coligny moest vervullen.

Hij dacht aan de spelletjes die Alis en hij als kind hadden gespeeld, hoe ze over de muren van Carcassonne klauterden en in la Cité van borstwering naar borstwering sprongen. Toen sloeg hij zijn ogen op naar de hemel, bad dat hij veilig aan de overkant zou komen en sprong.

42

Rue du Louvre

'Hierheen,' fluisterde de jonge hugenootse predikant terwijl hij de enkelingen die nog van zijn gemeente over waren door de sierlijke tuin meenam naar een leeg stallenblok. Hij had geen idee hoe het kwam dat zo'n prachtig groot huis verlaten was, maar er was geen andere plek waar ze zich konden verstoppen. Hij barricadeerde de deur met een houten plank en gebaarde dat de dames zich achter in de stallen konden verbergen terwijl de weerbare mannen moesten grijpen wat ze konden: een hooivork, een spade, een stuk hout. Alles kon dienstdoen.

Hij wist dat het niet lang kon duren voordat ze werden gevonden. De gammele deuren van de stallen zouden geen stand houden als ze met zwaarden en laarzen werden bewerkt.

De predikant schoof zijn handen onder zijn pij zodat zijn gemeenteleden – vier mannen, van wie één zwaargewond, en twee vrouwen – niet konden zien dat ze trilden van angst. De moed zonk hem in de schoenen toen hij dacht aan de afgeslachte bedienden die hij in de Rue de Béthisy had zien liggen, vlak naast het huis waarin zij voor hun kerkdienst bijeen waren gekomen. Een simpele dienst bij iemand thuis, toegestaan onder de voorwaarden van de vrede. Ze hadden veilig moeten zijn.

De predikant slikte moeizaam. Zijn ingewanden leken wel van water, maar hij was vastbesloten om zich niet over te geven. Zijn lichaam was sterk na een jeugd van werken op het land, voordat God hem geroepen had. Hij zou vechten om zijn kudde te beschermen.

'Genadige God, bescherm ons tegen Uw vijanden,' zei hij terwijl hij een hooivork pakte en naar de mannen gebaarde dat zij hetzelfde moesten doen. 'Vernietig Uw tegenstanders...'

De predikant wist niet zeker of het alleen in zijn hoofd was of van buiten op straat kwam, maar hij hoorde naderend hoefgetrappel, strijdkreten van door haat gedreven mannen, en hij wist dat er geen verlossing, geen genade zou zijn.

'*Mes amis*,' zei hij terwijl hij zijn armen spreidde, 'laten we bidden.'

Hun belagers waren inmiddels in de tuin; de witte armbanden die ze om hun mouwen hadden gebonden lichtten fel op in het gefilterde maanlicht. De jongste vrouw, ze was eigenlijk nog maar een meisje, begon te huilen.

'Bid met mij,' fluisterde hij. '*Que Dieu Se lève, et que Ses ennemis soient dispersés; et que fuient devant Sa face ceux qui Le haïssent.*'

Onder het geweld van de soldatenlaarzen begon de horizontale houten balk van de staldeur door te buigen, en toen brak hij in tweeën.

'God zal opstaan,' herhaalde de predikant. Zijn stem klonk nog hoger. 'Zijn vijanden zullen verstrooid worden, en Zijn haters zullen vluchten voor Zijn aangezicht.'

Hij draaide zich om naar hun belagers. Het waren er minder dan hij had gedacht, en heel even vroeg hij zich af of ze hen misschien van zich af konden slaan.

De leider van de groep deed een stap naar voren en keek hen geringschattend aan.

'We hebben niets verkeerds gedaan.'

'En toch zijn jullie gevlucht.' De woorden van de kapitein dropen van minachting en machtswellust.

'Zouden jullie in onze schoenen niet hetzelfde hebben gedaan?' Heel even keek de predikant hun beul in de ogen en stond zichzelf toe te hopen. 'We zijn allemaal schepselen van God.'

Een van de andere soldaten lachte. 'Zal ik hem doden, Cabanel?'

'Nee, deze is voor mij.'

Even was het stil, toen klonk het raspende geluid van een zwaard dat uit zijn schede werd getrokken. Daarna een flits van staal toen het wapen naar binnen drong. De ogen van de predikant werden groot van verbazing. Hij keek omlaag, zag het gevest uit zijn buik steken en voelde het warme bloed dat zijn zwarte pij doordrenkte. Daarna een zuigend geluid van glibberig vlees en ingewanden terwijl de kling weer werd losgetrokken. Pas toen voelde hij de pijn en hij deed struikelend een stap naar achteren.

'Doe met ze wat je wil,' zei Cabanel met een gebaar naar de vrouwen. 'En dood ze daarna. Allemaal.'

'Nee!' riep de predikant terwijl hij op zijn knieën viel. Hij moest ze beschermen. Hun ziel lag in zijn handen.

Maar dit waren jagers, belust op actie. Hun bloed was verhit en ze loerden en spotten, kwelden hun slachtoffers met de punt van hun zwaard. 'Smerige ketters.'

De oudere vrouw gilde toen de muts van haar hoofd werd getrokken en haar dunne witte haar eronder vandaan kwam. Het meisje wilde wegrennen, maar kreeg een klap tegen de zijkant van haar hoofd. Ze viel languit op de grond. Bloed stroomde over het droge, lichte stro. Eén man probeerde in te grijpen, maar de soldaat sloeg hem ook en hij viel bewusteloos naast het meisje neer.

De predikant probeerde naar het meisje toe te kruipen, maar zijn lichaam liet hem in de steek. 'In Gods naam, laat haar met rust. Alleen de Heer kan jullie redden,' zei hij, hoewel zijn hoofd tolde. 'Jullie zijn door en door zondig. Toon berouw. Doe boete voor deze misdaden.' Even knipperde hij nog, toen vielen zijn ogen dicht. 'Laat mijn roep tot U komen, Heer,' zei hij, maar de woorden kwamen zonder geluid over zijn lippen en vervlogen als damp.

De man die ze Cabanel noemden hurkte naast hem neer en duwde de punt van zijn dolk in zijn ooghoek. 'Je bent een verrader van de kroon,' zei hij. 'Een vijand van Frankrijk.'

De predikant voelde het wapen in zijn oogbal drukken en schreeuwde het uit van de pijn.

'Hugenoots tuig zijn jullie, allemaal. Deze avond zat er al een hele tijd aan te komen.'

'*Mon capitaine*,' riep een van de soldaten en iedereen juichte. 'Leve Cabanel!'

Terwijl het leven langzaam uit de predikant stroomde, zag hij door de in zijn scharnieren zwaaiende staldeur een laatste glimp van de verlaten tuin. Plotseling meende hij in het huis een kind te zien, dat met open mond van afschuw door het raam keek. Of misschien was het wel een engel die hem naar het licht zou brengen.

Verstopt aan de andere kant van de tuin boog Aimeric zijn hoofd en bad voor de ziel van zijn broeders en zusters.

Hij was een soldaat. Het was een zonde om naar die slachtpartij te kijken en niet in te grijpen, maar welke keuze had hij? Hij moest het manuscript dat admiraal Coligny hem had toevertrouwd in veiligheid brengen. Het mocht niet in handen van mannen zoals zij vallen. De waarheid moest worden gehoord. De woorden van Coligny zouden nog eeuwenlang naklinken.

Aimeric volgde heel precies de gang van de soldaten door de tuin. In het donker en de chaos van zijn vlucht over de daken was hij een paar keer gedesoriënteerd geraakt, maar hij meende in de buurt van de Rue du Louvre te zijn. Dit gebouw had hij alleen nog maar van achter de hoge muur eromheen gezien, een van de vele prachtige huizen die de familie Guise bezat. Binnen was het eigenaardig donker.

Zijn blik werd getrokken door beweging achter een raam op de begane grond. Kleine handen tegen het glas. Een kind? Aimeric tuurde om het beter te kunnen zien, maar er was niet genoeg licht. Toen hoorde hij het geluid van brekend glas en realiseerde zich met afschuw dat de soldaten het huis bestormden.

De gebeurtenissen waarvan hij getuige was geweest drukten zwaar op zijn geweten en Aimeric wist dat hij deze keer wel een keuze had. Als er inderdaad een kind alleen in dat huis was achtergelaten moest hij iets doen.

43

Verdoofd van schrik haalde Marta haar handen van het raam en deed een stap achteruit. Ze was bang dat haar hart ermee zou stoppen.

Er was zo vreselijk veel bloed. Ze keek naar haar handen, alsof ze verwachtte ook daar bloed te zien.

Toen hoorde ze het geluid van brekend glas en wist ze dat de soldaten in het huis waren. Ze hadden die mensen gedood, twee vrouwen en alle mannen, en nu kwamen ze haar ook vermoorden.

Marta wist dat ze zich moest verstoppen, maar haar benen weigerden dienst. Ze stond als aan de grond genageld, verlamd, net als de merel die ze ooit op een ochtend in Puivert had gevonden, vastgevroren aan de ijzige grond. En trouwens, wat had het voor zin om zich te verstoppen? Die mensen hadden zich in de stallen verstopt en de soldaten hadden ze toch vermoord.

Marta voelde iets warms langs haar benen stromen. Toen ze omlaagkeek zag ze een goudgeel plasje rond haar schoenen. Tante Salvadora zou haar hiervoor vast op haar kop geven, maar dat zou haar nu niks kunnen schelen, omdat het zou betekenen dat ze veilig thuis bij haar familie was en alles was zoals het hoorde te zijn.

Toen hoorde ze het geluid van laarzen in de gang. Eindelijk vond Marta de moed om te vluchten. Ze dook in de donkere ruimte onder het reusachtige eikenhouten bureau, trok haar knieën op tot aan haar kin en probeerde zich zo klein mogelijk te maken. Ze trilde van angst, maar ze moest dapper zijn.

De deur zwiepte in zijn scharnieren en klapte tegen de muur, en daarna strompelden de soldaten de kamer in. Sommigen van hen hadden kruiken bier in hun hand, anderen toortsen, maar allemaal schreeuwden en juichten ze alsof ze feestvierden. Marta dook nog dieper weg in de schaduw.

Het volgende moment voelde ze echter dat een ruwe hand haar bij haar enkel greep. Ze werd uit haar verstopplek gesleept.

'Toe maar, wat hebben we hier?' joelde de dronken soldaat. In zijn met bloed bespatte wambuis boog hij zich over haar heen. 'Zat je op ons te wachten, meisje?'

Ze deed haar mond open om te schreeuwen, maar er kwam geen geluid.

'Laat haar met rust!'

Eerst dacht Marta dat ze droomde. Hoe kon het dat haar oom Aimeric hier ook was? Toen zag ze haar vaders dolk in zijn hand, en ze wist dat hij hierheen was gekomen om haar te redden.

'Ze is nog maar een kind,' schreeuwde hij. 'Doe haar geen kwaad.' Aimeric draaide zich naar haar om.

Pas toen Marta zag hoe verbluft hij keek drong tot haar door dat hij helemaal niet had geweten dat zij het was. Haar oom stak zijn hand naar haar uit. Ze krabbelde overeind en probeerde naar hem toe te rennen.

Toen leek er van alles tegelijk te gebeuren.

De soldaat die haar had gevonden maaide met zijn arm en gaf haar een keiharde klap, waardoor ze naar achteren vloog. Marta's hoofd sloeg tegen de harde hoek van het eikenhouten bureau en ze viel duizelig op de grond.

Haar oom stormde naar voren, maar een andere soldaat stak een voet uit, zodat hij viel. Marta gilde; uit zijn hemd kwamen allemaal papieren tevoorschijn, ontelbare vellen die overal voor het altaar op de vloer dwarrelden, en de dolk kletterde uit zijn hand. Hij probeerde het wapen nog te pakken, maar een derde aanvaller stampte op zijn hand. Binnen enkele ogenblikken lag Aimeric omsingeld op de grond, met vier zwaarden op zijn borst gericht.

Marta's hoofd tolde. Ze was duizelig en misselijk. Ze kneep haar ogen tot spleetjes en keek naar haar handen. Deze keer was het bloed echt.

'Ik ken hem,' zei een van de soldaten terwijl hij Aimeric een gemene trap in zijn zij gaf. 'Hij is een van Coligny's mannen.'

'Moge God je vergeven,' zei Aimeric terwijl hij probeerde op te staan, maar na een tweede trap viel hij weer achteruit.

'Ik dacht dat we alle ketters gehad hadden, mon capitaine.'

'Hier is nog een achtste voor de duivel.' Cabanel spuugde op de grond. Hij boog zich voorover, greep Aimeric bij zijn haar en sneed toen met een geoefende beweging zijn keel door, van oor tot oor. Bloed stroomde over de geboende tegels en kleurde de zoom van het witte altaardoek rood. Bevlekte de papieren van haar oom.

Marta hoorde zichzelf gillen.

‘Zorg dat ze haar kop houdt,’ schreeuwde Cabanel.

De dronken soldaat wees met zijn zwaard naar haar. ‘Wil je dat met jou hetzelfde gebeurt? Ben jij ook een van hen?’ Hij liep naar haar toe. ‘Hier komen, kleine hoer.’

Het lukte Marta om overeind te krabbelen. Ze begon naar de open deur te rennen, maar haar benen trilden en ze was niet snel genoeg.

‘Niet zo vlug, jij!’ De soldaat pakte haar bij haar middel en stak haar als een trofee in de hoogte.

Ze voelde bloed langs haar nek druipen op de plek waar ze haar hoofd had gestoten.

‘Zo, en wat doen we nu met jou?’

Plotseling herinnerde Marta zich Louis’ woorden in de Rue de Béthisy. Ze schoof haar trillende hand in haar zak en haalde haar moeders rozenkrans tevoorschijn. ‘Een van ons,’ fluisterde ze.

‘Wat zei je?’

Marta probeerde opnieuw iets te zeggen, maar haar tong gehoorzaamde haar niet. Iedereen werd stil, toen gebaarde Cabanel naar haar.

‘Ben je katholiek?’ vroeg Cabanel. ‘Een goed christen?’

Marta aarzelde even, maar knikte toen.

‘Woon je hier?’

Doodsbang knikte Marta nog eens.

‘Van wie is dit huis?’ Hij wees naar haar oom, die dood op de grond lag. ‘Van hem?’

Ze schudde haar hoofd, waardoor de kamer nog harder begon te draaien.

‘Van wie dan?’

Marta probeerde te praten, maar haar woorden waren verdwenen. Ze vouwde haar handen en maakte daarna een kruisteken, zoals ze tante Salvadora wel had zien doen.

‘Woont hier een priester?’ vroeg hij met een blik op het altaar. ‘Een belangrijk man?’

Ze knikte voor de derde keer.

Cabanel keek om zich heen naar de rijkversierde kamer. ‘Geef haar aan mij. Ik laat haar naar mijn vrouw brengen totdat we kunnen uitzoeken bij wie ze hoort. Dit is een rijk huishouden; er is vast een beloning. Iemand zal haar wel opeisen.’

Marta’s hoofd deed pijn. Ze wilde niet met deze man mee. Maar haar trillende oogleden vielen dicht en hoewel ze zich er hevig tegen verzette kon ze niet helpen dat ze voorover tegen zijn schouder viel.

Terwijl ze uit de kamer werd weggedragen slaagde Marta erin nog één keer haar ogen te openen. Ze zag Aimeric, met zijn wilde zwarte haar, die op een bed van verstrooide papieren in een plas van zijn eigen bloed lag. Zijn ogen stonden wijd open, maar zijn hand was gestopt met trillen, dus wist ze dat hij dood was.

Toen, niets meer.

44

Rue des Barres

'Lieverd, alsjeblieft,' smeekte Piet.

'Ik vertrek niet zonder mijn dochter!'

Het was bijna drie uur, ongeveer een half uur nadat het Piet gelukt was de Rue des Barres weer te bereiken. De geluiden van de strijd kwamen steeds dichterbij. De hele familie Reydon was bijeen in de keuken van het huis, aan de achterkant van het pand. Ze hadden hun kostbaarste bezittingen bij zich en waren klaar om te vluchten. Cornelia van Raay knoopte de laatste witte doek om Salvadora's bovenarm.

'Nee! Ik ga niet. Ik snap niet hoe je zoiets kunt voorstellen!' In haar handen had Minou Marta's met bloed besmeurde mutsje. 'Dit bewijst niets. Wat als ze hier terugkomt en wij zijn er niet meer? Nee.'

Piet pakte haar beide handen beet. 'Luister naar me. Ik wil ook niet vertrekken, maar we moeten wel. Hoor je ze niet? Ze komen dichterbij. Ik heb ze gezien. Ze slachten burgers af – mannen, vrouwen, zelfs kinderen.'

Minou sloeg met haar hand op haar borst. 'Als ze dood was, zou ik dat weten. We moeten blijven zoeken.'

'Dat is je hart dat spreekt, Minou, niet je verstand.' Hij deed een stap naar haar toe. 'We hebben in de hele stad gezocht, dat weet je. Heel veel mensen hebben meegezocht, dat weet je ook. Ik heb alles gedaan, dat zweer ik je. We moeten accepteren dat Marta verdwenen is.'

Ze keek hem recht in de ogen. 'Ik accepteer het niet. Ik laat mijn dochter niet in de steek.' Haar stem leek van heel ver weg te komen. 'Jij kunt gaan als je wilt, maar ik blijf.' Ze omklemde Marta's mutsje zo stevig dat haar knokkels blauw werden. 'Dit bewijst niets.'

'Minou, luister naar me,' smeekte hij opnieuw. 'We hebben niet veel tijd meer. We moeten gaan. Het is niet veilig om hier te blijven. De doden liggen op straat, afgeslacht. Dit is erger dan alles wat ik ooit heb gezien.

De katholieken hebben de poorten gesloten en kanonnen op het Hôtel de Ville gericht. Dit is een uitgebreid voorbereid en nauwgezet uitgevoerd plan. Ze zijn van plan ons allemaal te vermoorden, snap je dat niet?'

Minou schudde haar hoofd. 'Dit huis is van een katholiek. De verhuurder zal voor ons instaan.'

'Voor ons liegen, bedoel je?' was zijn repliek. 'Zelfs als hij dat zou doen, zou het nu niet veel meer uitmaken! De meute heeft het overgenomen. Wat de plannen verder ook waren, het is nu te laat. Parijs is gek geworden.'

'Tot nu toe hebben ze ons met rust gelaten.'

Piet luisterde niet. 'Maar denk je dan niet dat onze buren om hun eigen hachje te redden zullen verraden dat we hugenoten zijn? De vijand in eigen gelederen, zo zien ze ons. Katholieken – voornamelijk fatsoenlijke mensen zoals jij en ik – hebben een vrijbrief gekregen om zich tegen ons te keren. Herinner je je niet hoe het in de eerste oorlogsdagen in Toulouse was?'

Minou sloot haar ogen om de beelden van het brandende Toulouse van tien jaar geleden niet te hoeven zien. Het bloed, de barricades, de stervende mannen en vrouwen in het aalmoezeniershuis, rij na rij na rij. 'Ik weet het nog,' zei ze uiteindelijk zacht.

Piet greep haar armen beet. 'Nou, dit is nog erger. Gewone mensen – zoals onze verhuurder – zetten de straten af met kettingen. Bendes jongelui kiezen precies die wijken uit waar de meeste hugenoten zitten – Saint-Martin, Saint-Eustache, Saint-Honoré. Ik heb het met eigen ogen gezien.' Hij plukte aan de zakdoek om zijn arm. 'Een wit sjaaltje zal ze niet lang voor de gek houden.' Plotseling liet hij zijn armen vallen. 'We moeten vertrekken, voor Jean-Jacques, voor Salvadora.'

Minou keek naar de gekwelde blik van haar man, het van angst vertrokken gezicht van haar tante en naar Cornelia van Raay, krijtwit en ernstig, die aandachtig naar hen luisterde. En als laatste keek ze naar haar zoontje, dat vredig lag te slapen in de armen van de kinderjuf en geen idee had dat zijn leven op het spel stond. Eindelijk begon haar vastberadenheid af te brokkelen.

'Als we nu uit Parijs vertrekken,' zei ze met brekende stem, 'zullen we nooit weten wat er met Marta is gebeurd. We zullen het ons de rest van ons leven blijven afvragen. Begrijp je dat niet? Het zal ons kapotmaken.'

Piet legde een hand om haar kin. 'Mijn hart breekt ook. Ik kan nauwelijks ademhalen, nauwelijks nadenken. Net als jij wil ik geloven dat ze nog leeft, dat ze veilig is. Maar die kans is klein. Marta is nu al twee hele dagen vermist. Hoe langer we ons vertrek uitstellen, hoe minder waarschijnlijk het wordt dat we kunnen ontsnappen. Denk aan Jean-Jacques.'

Minous ogen stonden vol tranen. 'Vraag je me nu om tussen mijn zoon en mijn dochter te kiezen?'

'Nee,' zei Piet zacht. 'Ik vraag je om te kiezen tussen de doden en de levenden. Marta is kwijt, Jean-Jacques is hier. Hij heeft je nodig.'

Minou hoorde dat zijn adem even stokte.

'En ík heb je nodig.'

Heel even leken zijn woorden tussen hen in te blijven hangen. Scherpe, pijnlijke, vreselijke woorden die niet meer ongezegd konden worden.

Ze keek op. 'Je snapt dat als ik nu met je meega, ik je misschien nooit meer zal kunnen vergeven dat je me gedwongen hebt onze dochter in de steek te laten? Dit moment zal voor altijd een wig tussen ons drijven.'

Nu glinsterden ook op Piets wangen de tranen. 'Ik snap dat we geen keuze hebben,' antwoordde hij hees, 'als we wat van ons gezin over is willen redden.'

Minou voelde haar hart breken. Ze wist dat Piet gelijk had, maar dat had zij ook. Het was misschien onrechtvaardig en oneerlijk, maar zijn keuze zou voor de rest van hun leven tussen hen in staan. Ze hield zijn blik nog een ogenblik vast met die van haar, en gaf toen toe. 'Goed dan.'

Piet zuchtte. 'Goddank. Zodra ik jullie allemaal in veiligheid heb gebracht – en de ergste terreur voorbij is – ga ik terug naar Parijs om opnieuw naar Marta te zoeken. Ik geef je mijn woord, Minou. Ik zal niet rusten voordat ik haar heb gevonden.'

Maar hoewel Minou zijn lippen zag bewegen hoorde ze niets, en zijn opluchting om haar toegeven maakte haar misselijk. Ze keerde hem haar rug toe en pakte Jean-Jacques uit de armen van de kindermeid.

'Liefste, kijk me aan,' zei Piet. 'Alsjeblieft.'

Minou voelde zich opeens vreemd kalm, afgescheiden van alles wat er gebeurde, alsof ze van ver weg op deze scène neerkeek. 'Juf, wil jij mijn kistje uit mijn kamer halen? Dat wil ik niet achterlaten. En de tol van Jean-Jacques.'

'Minou, alsjeblieft,' smeekte hij terwijl hij haar hand probeerde te pakken.

Ze stapte bij hem vandaan. 'Cornelia, wil je mijn man vertellen wat je mij hebt verteld?'

De jonge Nederlandse vrouw knikte. 'Tijdens mijn verblijf hier heb ik gelogeerd op een van de schepen van mijn vader. Als we de rivier kunnen bereiken, hebben we een kans om de stad uit te komen.'

'Waar ligt dat schip aangemeerd?' vroeg Piet zacht.

'Stroomopwaarts van de Place de Grève. Tegenover het Île Louviers.'

‘Maar aan deze kant van de rivier?’

‘Ja.’

‘Denk je dat de wachters ons door zullen laten?’

Minou sloot haar oren voor de hoop in de stem van haar echtgenoot. Het was alsof hij nu al vergeten was dat ze Marta zouden achterlaten.

‘Mijn vader is in Parijs net zo bekend als in Amsterdam, monsieur Reydon. Iedereen weet dat hij een vroom katholiek is; hij heeft verschillende schenkingen gedaan aan de Église Saint-Merri. We hebben daar zelfs een eigen familiebank. Dus ik heb goede hoop dat de wachters ons door zullen laten als ze ons embleem herkennen. Als we langs de controleposten kunnen komen en veilig stroomafwaarts kunnen varen zonder doorzocht te worden, bestaat er een kans om Rouen te bereiken, waar de vrachtschepen van mijn vader voor anker liggen.’

‘Liefste?’ smeekte Piet. ‘Wat denk jij?’

‘Ik ben het ermee eens,’ hoorde ze zichzelf antwoorden. ‘Dat biedt ons de beste kans.’

‘Mooi, ik ben blij dat je het ermee eens bent.’ Hij zuchtte. ‘We kunnen onszelf in veiligheid brengen. Als we dit samen doen. En ik kom hier terug, Minou. Ik beloof het.’

Minou verbaasde zich over de naïviteit van haar echtgenoot. Stel dat ze door de barricades wisten te komen, stel dat ze het water zouden weten te bereiken, stel dat de wachters hen op de rivier door zouden laten, dan nog geloofde ze niet dat een van hen ooit naar Parijs zou terugkeren. In de afgelopen paar uren van de vierentwintigste dag van augustus, de feestdag van de Heilige Bartholomeus, was hun wereld onherroepelijk veranderd.

45

Rue du Louvre

'Waar is hij?' De hertog van Guise blikte kritisch de kamer rond; hij staarde naar de chaos, de opengetrokken laden, de papieren die overal op het bureau en de grond verspreid lagen, de bloedspetters op de onderkant van het altaardoek, en keek toen weer naar de kapitein die nerveus voor hem stond.

Guise' opgetogenheid over het feit dat hij zijn vader had gewroken was weggeëbd. Het triomfantelijke gevoel van die eerste uren – toen hij zijn zwaard in Coligny's borst had gestoken, zijn mannen goedkeurend in zijn oren hadden gebruld, het lichaam van de admiraal uit het raam was gegooid en zijn afgehakte hoofd omhoog werd gehouden zodat iedereen het kon zien – was verdwenen en had plaatsgemaakt voor ongemak toen een enorme massa mensen, aangemoedigd door de musketiers en burgermilities, door heel Parijs was geraasd. In plaats van aanvallen op een beperkt aantal huishoudens, goedgekeurd door de geheime raad – om de wereld van de 'oorlogszuchtige hugenoten' te zuiveren – was het op lukraak geweld uitgelopen. Winkels, gebedshuizen, zelfs woningen van katholieken werden kort en klein geslagen. De meute was losgeslagen en stond onder niemands bevel. Het moorden ging maar door.

Het was nu iets na vieren 's ochtends, hoewel niemand boven het nietaflatende kabaal van de noodklok uit de metten had kunnen horen. Guise had aan het strijdgewoel willen ontsnappen en was op zoek gegaan naar zijn geestelijk raadgever om hem om absolutie te vragen. Maar in plaats van Vidal had hij in het huis een bijeengeraapt zootje dronken soldaten aangetroffen, en op de binnenplaats een knekelhuis.

'Hoe heet je, kapitein?' vroeg hij.

'Cabanel, meneer. Pierre Cabanel.'

'Ik vraag het je opnieuw, Cabanel, en het zou verstandig zijn om naar waarheid antwoord te geven. Waar is mijn biechtvader?'

Bij het licht van de fakkels zag Guise in de ogen van de kapitein angst opflakkeren.

'Mijn heer Guise, ik weet niet wie hier woont.' Hij legde een hand op zijn borst. 'Erewoord, toen we hier aankwamen was het huis verlaten. En als ik een gok mag wagen staat het al een paar dagen leeg.'

Guise stak een hand op. 'Verklaar je nader.'

'We zijn eerst naar de stallen gegaan, heer. Daar lag geen vers bewijs dat er onlangs nog paarden hadden gestaan.'

Een van de soldaten proestte binnensmonds. Cabanel keek hem woedend aan.

'Waarom was je eigenlijk hier, Cabanel?'

'We achtervolgden een stel ketters, heer. Ze waren gevlucht uit een huis in de Rue de Béthisy, naast het verblijf van admiraal Coligny. Toen hun predikant hen hierheen bracht, zijn we ze gevolgd omdat we bang waren voor de veiligheid van de bewoners van dit huis. Want ik wist dat veel van de huizen in de Rue du Louvre eigendom van uw hooggeachte familie zijn.' Hij slikte iets weg. 'Toen ze weerstand boden waren mijn mannen uit zelfverdediging wel verplicht...'

Guise keek hem spottend aan. 'Ik heb gezien wat je mannen uit zelfverdediging hebben aangericht, Cabanel. Vertel verder.'

'Nadat we de dreiging hadden geëlimineerd, hebben we de rest van de tuin en de buitengebouwen doorzocht, en daarna de bediendevertrekken en uiteindelijk het huis zelf. Daar was niemand.'

Guise gebaarde naar het bloederige lijk dat nog steeds voor het altaar lag. 'En wie mag dit dan wel wezen?'

'Een van Coligny's mannen, heer. Hij moet ons gevolgd zijn.'

'En hij had dit manuscript bij zich?'

'Ja, heer.'

Guise pakte een vel papier op, en daarna nog een. Er verscheen een zuinige glimlach om zijn lippen. Hij knipte in zijn vingers, en meteen kwam er iemand van zijn persoonlijke lijfwacht aanrennen. 'Raap deze papieren op. Bewaar ze goed. Ik stel me zo voor dat de koningin-moeder hier wel in geïnteresseerd is.' Met de punt van zijn laars duwde hij tegen Aimerics koude lichaam. 'En haal die ketter hier weg.'

Cabanel riep twee van zijn mannen, die het lijk de kamer uit sleepten. Op de tegels bleef een bloedspoor achter.

'En verder was er niemand? Dat weet je zeker?'

De kapitein aarzelde. 'Niemand, heer.'

Guise liet zijn blik nog een laatste keer door het vertrek dwalen. Hij leek niet overtuigd. 'Dit is het huis van kardinaal Valentin. Vidal is zijn oorspronkelijke naam. Ik zou het betreuren als hem iets naars is overkomen. Maar ik zou nog ontstemder zijn als ik erachter kwam dat hij – uit eigen beweging en zonder toestemming – uit Parijs is vertrokken. Dat zou ik als een daad van ernstige ontrouw beschouwen.' Hij haalde een munt tevoorschijn. 'Ben ik duidelijk?'

Cabanels ogen glinsterden. 'Ja, mijn heer Guise.'

'Als je de informatie die ik zoek weet te achterhalen, zul je daar goed voor worden beloond. Het kan me niet schelen hoe lang het duurt of hoeveel het kost, maar ik wil graag weten waar Vidal naartoe is gegaan.'

46

Île Louviers

In het donker volgde Minou Cornelia door de woelige straten; onder de plooien van haar mantel hield ze het warme lijfje van haar zoon stevig tegen zich aan gedrukt. Ze kon niet meer nadenken, ze kon zichzelf niet toestaan om iets te voelen. Boven de verre geluiden van de strijd uit hoorde ze de hijgende ademhaling van Salvadora, die moeite had om hen bij te houden. Piet, die voortdurend aan haar zijde bleef, droeg het kistje met daarin haar dagboek en haar andere schatten. In zijn linkerhand hield hij zijn mes.

Minou kon hem gewoon niet meer aankijken.

Elke stap bij de Rue des Barres vandaan was verraad aan haar dochter. En hoewel haar hoofd tegen haar zei dat ze geen enkele kans hadden om Marta in deze chaos en verschrikkingen te vinden, riep haar hart dat ze haar eigen vlees en bloed verraadde.

Veel meer mensen liepen in de richting van de rivier, en daardoor raakte hun kleine groepje verstrikt in een schuifelende stroom vluchtelingen. Iemand trapte op de zoom van haar mantel, zodat het lint om haar hals strak kwam te staan. Een elleboog porde in haar ribben. Ze zat gevangen in een smerige wolk van zweet en de zure adem van vreemden.

Twee keer eerder was Minou tijdens een uitbraak van totale anarchie op straat overvallen. Toen ze een meisje van een jaar of zeven, acht was, ongeveer net zo oud als Marta nu, in Carcassonne. Ze kon zich nog goed herinneren dat haar moeder haar hand stevig had vastgegrepen, waardoor ze zich ondanks de rumoerige meute toch veilig had gevoeld. En dat haar moeder Minous hoofd had weggedraaid zodat ze de afgeslachte, verwrongen lichamen aan de galg niet hoefde te zien.

En toen weer, tien jaar geleden in Toulouse, aan het begin van de eerste godsdienstoorlog. Op die dag in mei had Piet zich in het gewoel geworpen om mensen te verdedigen die zich zelf niet konden verweren. Hij had zijn mannetje gestaan in een tijd van gevaar en was er niet voor weggerend. Hij had geen angst getoond.

Die dag had Piet haar gered.

Maar nu? Hoewel ze zijn motief niet afkeurde – ze begreep dat hij uit liefde voor haar en hun zoon handelde – maakten zijn daden haar kapot.

'Alles komt goed, mon brave,' fluisterde ze tegen Jean-Jacques. Door middel van de liefde die ze voor haar zoon voelde probeerde ze zichzelf een anker te geven. 'Maman zal je niet in de steek laten.'

De verwilderde blikken op de gezichten overal om haar heen dreven Minou voort; de haat en de kwaadaardigheid die fatsoenlijke mensen in monsters veranderden. Daarin had Piet gelijk. Parijs had zich tegen hen gekeerd. Ze besefte dat ze niet in de stad konden blijven als ze wilden overleven.

Ze waren nu bij de meest oostelijke punt van de stadsmuren, vlak bij la Bastille, een wijk die Minou nauwelijks kende.

'Deze kant op,' fluisterde Cornelia.

Ze sloegen rechts af en liepen vlug naar de stadsmuur. Piet wilde voor hen uit lopen, maar Cornelia stak een hand uit om hem tegen te houden. 'Laat mij maar. Mij kennen ze.'

Minou zag hoe ze met bij elkaar gestoken hoofden even met elkaar praatten, en daarna duwde Cornelia een munt in de hand van een van de wachters. Tot haar grote verbazing maakte hij de poort open en liet hij hen snel naar buiten.

Vlug nam Cornelia hen allemaal mee over de Quai des Célestins naar de aanlegsteigers tegenover het Île Louviers, waar een aantal binnenschepen deinend op het water lagen. Nu ze er bijna waren werd Minou steeds zenuwachtiger en ze ging sneller lopen.

Toen klonk er, op een steiger een eindje verderop, één enkel woord. 'Ketters!'

Cornelia gebaarde dat ze achteruit moesten lopen, uit het zicht. Met ingehouden adem bleven ze staan wachten, en Minou zag tot haar ontzetting dat een groep mensen een gezin op een houten steiger omsingelde: een oude man – de grootvader misschien –, zijn dochter en drie kleine meisjes. Hun donkere kleding verraadde dat ze hugenoten waren.

'Verraders! Jullie bevuilen Frankrijk met jullie ketterij.'

Woorden zo scherp als doornen, sarrend, jennend, spottend. Minou zag dat een man met een baard de grootvader vastgreep en in het water duwde. Daarna probeerde hij een van de kinderen te pakken.

De moeder wilde ertussen komen. 'Ik smeek je,' schreeuwde ze. 'Ze kunnen niet zwemmen.'

'Jullie God zal ze wel redden als-ie wil,' zei de man lachend. Toen greep hij het kleinste meisje en smeet haar in de rivier alsof ze niets was.

'We moeten iets doen,' sputterde Piet.

'Het is verschrikkelijk, maar we kunnen niets. Ze zouden zich ook tegen ons keren.'

Er ging een gejoel op toen de moeder en de twee overgebleven kinderen ook in de stinkende Seine werden gegooid, die al voor velen in een begraafplaats was veranderd. Minou legde haar handen over Jean-Jacques' oren.

Salvadora snikte. 'Ik ben te oud om zulke verschrikkingen te zien. Ik kan niet meer.'

'We laten je niet achter,' zei Piet terwijl hij een arm om haar heen sloeg. 'Leun maar op mij.'

Minou keerde zich af.

Zodra de meute weer verder was getrokken wenkte Cornelia dat ze moesten doorlopen. 'Het is nog maar een klein stukje,' zei ze. 'De laatste steiger.'

Ze stapten van de kade af en haastten zich over de houten steiger waaraan het schip van Willem van Raay aangemeerd lag. Twee bemanningsleden stonden bij de loopplank te wachten; hun ogen schoten angstig van links naar rechts. Minou zag de opluchting in hun blik toen ze in de houding gingen staan. Cornelia sprak een paar woorden tegen ze in een taal die ze niet verstond. Nederlands natuurlijk.

Minou had nog nooit zo'n prachtig schip gezien. Het lag laag in het water en had een grote roef in het midden van het schip en gebogen houten banken langs de zijkanten. Er waren vier roeiers, twee aan elke kant, en op de achterkant van de schuit prijkte de vlag met de handelskleuren van Amsterdam en, naar Minou aannam, het familiewapen van de Van Raays.

'Ik heb tegen ze gezegd dat jullie mijn vrienden zijn,' vertelde Cornelia terwijl ze in de boot stapten, 'en ze gewaarschuwd dat ze niks mogen zeggen als we worden aangehouden. Monsieur Reydon, het lijkt me het verstandigst als u uit zicht blijft totdat we een flink eind Parijs uit zijn. Madame Boussay, voor u is het misschien ook comfortabeler om beneden te zitten?'

Piet leek even te willen protesteren, maar gaf toen gehoor aan Cornelia's advies. 'Kom, Salvadora, laat me je helpen. Minou?'

'Ik blijf hier, als Cornelia dat goedvindt.'

'Als u dat wilt.'

Piet aarzelde even, maar pakte toen Jean-Jacques van haar aan en gaf hem aan het kindermeisje. Daarna bood hij Salvadora een arm aan en verdwenen ze benedendeks.

Cornelia gaf de bemanning een kort bevel.

De mannen maakten onmiddellijk het touw los en trokken het aan boord van het schip. De boot deinde flink toen ze hem van de steiger afduwden. De mannen begonnen te roeien, weg van de oever, naar het midden van de rivier.

'Goed zo,' zei Cornelia, hoewel haar gezicht bleek en afgetrokken was van de zorgen. 'Als er aan de andere kant van de stad geen barricade is maken we een kans.'

Het was een enorme kakofonie: gillende mensen, kanonschoten, het rumoer van de dood. Om hen heen spartelden overal mensen die het uitschreeuwden terwijl de rivier en het wier hen onder water trokken. De hemel werd fel verlicht door het vuur; oranje vlammen laaiden op in de donkere nacht. Het leek wel of aan beide zijden van de Seine hele wijken in brand stonden.

Met de riemen plonzend door het water voeren ze gestaag verder tot ze bij de laatste torens in de stadsmuren aankwamen.

Net toen Minou dacht dat ze veilig waren, klonk er een kreet. Ze draaide zich om en zag dat er een boot achter hen aan voer.

'In naam van de koning, ik beveel u te stoppen!'

De boot stuurde langszij. Behalve de kapitein, die een koninklijk uniform droeg, zag ze vier boogschutters en twee soldaten met vuurwapens.

'Wie bent u en wat doet u hier?' riep de commandant.

'Ik ben Cornelia van Raay uit Amsterdam.'

Minou verbaasde zich erover hoe kalm ze klonk.

'Ik ben in Parijs vanwege zaken van mijn vader.' Cornelia wees naar hun vlag. 'Zijn vloot ligt voor anker in Rouen. In het licht van wat er aan de hand is – ongetwijfeld weer een of andere door protestanten gepleegde wandaad – leek het me verstandig om te vertrekken.'

De boot kwam nog iets dichterbij, zo dichtbij dat Minou de zweetdruppeltjes op het voorhoofd van de commandant kon zien.

'Waarom niet tot morgenochtend wachten?'

Cornelia toverde een glimlach op haar gezicht. 'Voor die paar uurtjes zet ik liever niet mijn vaders vracht op het spel.'

De kapitein bekeek hun schip van voor tot achter. 'Wat voor zaken doet uw vader?'

'Hij is graanhandelaar, monsieur, en een katholiek weldoener.'

De commandant zette een voet op de rand van hun schip, alsof hij het opeiste, en wees naar Minou. 'En wie is zij?'

'Mijn vaders echtgenote,' zei Cornelia snel. 'Ze is in Parijs geweest om haar familie te bezoeken. En nu gaan we terug naar Amsterdam.'

'Verder niemand?'

'Verder niemand,' loog Cornelia. Ze wenkte. 'U mag best aan boord komen om zelf te kijken, monsieur.'

Minou hield haar adem in en bad dat hij niet aan boord zou stappen en dat niemand beneden een geluid zou maken. Haar hart bonkte zo hard in haar borst dat ze nauwelijks geloofde dat hij het niet kon horen.

De bevelhebber haalde zijn voet van de rand en stapte weer in zijn eigen boot. 'Dat is niet nodig, mademoiselle...'

'Van Raay,' zei Cornelia met een stem helder als een klok. 'Mijn vader zal over uw vriendelijkheid horen. God zij met de koning.'

De bevelhebber salueerde, en toen keerde zijn boot in het water en voer terug naar de oever.

Cornelia bleef even staan kijken en liet zich daarna naast Minou op de bank vallen. Ze slaakte een diepe zucht en keek toen op. Opnieuw gaf ze de roeiers een korte instructie.

Minou voelde aan het oude ringetje van twijn dat ze had gedragen toen Piet en zij net verliefd waren en hij haar ten huwelijk vroeg. Sinds Piet en zij in Parijs de weg naar elkaars hart hadden teruggevonden had ze het elke dag gedragen, naast haar zilveren trouwring. Minou keek naar het lusje van touw in haar hand en smeet het toen in het zwarte water van de Seine. Wat moest ze nu nog met een dergelijk souvenir van hun liefde?

Minou draaide zich om en keek naar Parijs, dat achter hen kleiner en kleiner werd. Ze vroeg zich af of ze het uur van hun dood misschien alleen maar uitstelden, en ook of dat haar op dit moment eigenlijk iets kon schelen.

'Vergeef me, petite,' fluisterde ze in het donker, tegen alles in nog steeds hopend dat Marta nog leefde. En dat ze op een of andere manier haar stem kon horen.

DEEL DRIE

Amsterdam en Chartres

Mei 1578

47

Zes jaar later
Zeedijk, Amsterdam, zaterdag 24 mei 1578

Minou schudde het water van haar handen. Ze stapte op het stenen terras dat aan de zijkant van het langwerpige gebouw lag en draaide ze naar boven zodat ze in de zon konden drogen.

Het waren tegenwoordig de handen van een werkende vrouw.

Na een bijzonder strenge winter en een mistroostig makend voorjaar met veel regen, mist en harde wind was plotseling de maand mei aangebroken, met heldere luchten, vrieskoude nachten en warme, zonnige dagen. De bladeren van de appelbomen waren verkleurd tot licht zilvergrijs en aan de takken hingen wolken van witte bloesem. Overal in het gras bloeiden madeliefjes, klaver, duizendblad en stinkende gouwe. Nu de dagen langer werden, werd het weer mooi in de tuin.

'*Doucement*,' riep Minou toen een van de oudere jongens pardoes tegen een bleek, ondervoed meisje aan liep dat sinds haar aankomst nog niets had gezegd. 'Doe voorzichtig, Frans!' voegde ze er in het Nederlands aan toe.

De jongen gebaarde dat het hem speet. Minou keek uit over het houten hek dat het terras van de boomgaard scheidde en vroeg zich af of ze nog verder moest ingrijpen. Toen legde een van de kinderen die hier het langst woonden, Agnes – een kind uit Brielle wier hele familie in de beginjaren van de opstand vermoord was – een arm om het nieuwe meisje heen en nam haar mee om ergens rustig te gaan zitten.

'Voorzichtig!' riep Minou nog eens in het Nederlands.

Frans leek niets te horen.

Ze lachte zuinig. Hoewel ze geprobeerd had de taal onder de knie te krijgen, vond ze de harde, hoekige Nederlandse woorden nog steeds ongemakkelijk, en de brutale kinderen, zoals Frans, deden soms alsof ze haar niet verstonden. Desondanks zette Minou door – veel van hun wezen kwamen uit Zeeland of Friesland, soms uit Vlaanderen – hoewel ze vaak afhankelijk was van haar eigen kinderen om haar te helpen. Zowel Jean-Jacques, inmiddels acht jaar oud, als de kleine Bernarda, die vorige week vijf was geworden, had het Nederlands als moedertaal.

Ze verwachtte dit jaar veel van de appelopbrengst uit de boomgaard, een piepklein paradijs in het hart van de belegerde stad die nu hun thuis was. Minou wist dat ze eigenlijk haar zegeningen moest tellen. En meestal deed ze dat ook. Ze werd elke ochtend wakker met een dak boven haar hoofd en de mensen van wie ze hield om zich heen. En hoewel het op straat vaak gevaarlijk was nu de opstand tegen de Spaanse bezetting voortsleepte – zeelui namen hun grieven vanaf hun schip mee de stad in en er was vaak niet voldoende te eten – was het een wonder dat hun gezin het had overleefd terwijl zo velen gestorven waren. Hoewel het niet God was die ze voor hun redding dankte, maar Cornelia van Raay.

Vanaf het moment dat Cornelia zes jaar geleden op de stoep van hun huis in de Rue des Barres had gestaan – de dag die Minou als het einde van haar vorige leven beschouwde – was de Nederlandse jonge vrouw deel van hun familie geworden. De kracht en vindingrijkheid die ze bezat leken niet bij haar bevoorrechte opvoeding te passen. Ze had hen uit Parijs weten te krijgen toen bijna elk ander schip teruggestuurd of aangevallen was. In de grimmige weken die op het bloedbad van de Bartholomeusnacht volgden had de gewelddadige volksopstand tegen de hugenoten zich ook naar andere steden in Frankrijk verspreid, maar Cornelia had hen aan boord van een van haar vaders vrachtschepen die in Rouen voor anker lagen verborgen totdat het veilig was om verder te reizen. En het was Cornelia die hen uiteindelijk in de winter van 1572 naar Amsterdam had meegenomen. Salvadora had last gehad van jicht en beverigheid, Jean-Jacques was vel over been geweest, Piet, die in conflict was met zichzelf en zijn geweten, had vooral gezwegen, en Minou, die vaak misselijk was vanwege het ongewenste kind dat in haar buik groeide, was nog steeds verdoofd door het verlies van Marta en Aimeric.

Zonder er veel woorden aan vuil te maken was Cornelia ook doorgegaan met haar zoektocht naar de documenten die Mariken onder haar hoede had gehad. Als dochter van een gerespecteerde katholieke koopman kon zij vragen stellen die Minou, als hugenootse vluchteling, niet kon stellen. Maar hoewel Cornelia in haar zoektocht naar de vriendin aan wie Mariken de papieren met betrekking tot Piets afkomst had toevertrouwd het ene na het andere klooster bezocht, was ze niet veel wijzer geworden.

Cornelia had een tijdelijk logeeradres voor hen weten te regelen en daarna had ze haar vader overgehaald om te helpen bij de aankoop van dit bescheiden stukje land dat deel uitmaakte van het voormalige klooster van de bruine broeders. Net als de meeste kloosters aan de Oude Zijde, het oudste gedeelte van de stad, was dat van de bruine broeders door hoge belastingen in armoede geraakt en uiteindelijk verdwenen. Alleen het gehate Grauwbroederklooster, op een steenworp afstand van Minous voordeur, was gespaard gebleven.

Minou keek met trots naar hun smalle, vier verdiepingen tellende huis. Het was gebouwd aan de oostkant van de Zeedijk, een van de originele dijken van het oude Amsterdam, die met een bocht langs de noordgrens van de stad tot aan de haven liep. Het pand stond op de verste hoek van het plein tegenover de Sint-Anthoniespoort, de belangrijkste toegangspoort aan de oostkant van de stad. Het terras grensde aan een kleine boomgaard, waar de kinderen 's middags konden spelen. Toen hun geïmproviseerde gemeenschap groeide, hadden ze meer ruimte nodig. Willem van Raay had voor hen het oude stallenblok van de bruine broeders gekocht, zodat ze dat tot slaap- en woonruimte konden ombouwen.

Hun hofje was min of meer hetzelfde georganiseerd als het aalmoezeniershuis voor hugenootse vluchtelingen waar Piet eerder had gewerkt, in de Rue du Périgord in Toulouse. Iedereen die hulp nodig had was daar welkom geweest. Nu, een jaar of zestien later in Amsterdam, ontfermden Minou en hij zich over tientallen ontheemde kinderen, onschuldige slachtoffers van de oorlogen in Frankrijk en de Nederlandse Provinciën die uiteindelijk in Amsterdam terecht waren gekomen. Vluchtelingen zoals zij. Voor hen was het een manier om hun dankbaarheid te tonen aan de stad waar ze een veilig toevluchtsoord hadden gevonden. En in elk geval voor Minou was het een manier om de pijn in haar hart te verzachten.

Stukje bij beetje hadden ze een nieuw leven voor zichzelf opgebouwd in de stad van tranen, zoals Minou Amsterdam in gedachten had gedoopt toen ze er net met gebroken hart waren aangekomen. Ze raakten eraan gewend om pannenkoeken, baars en zoute haring te eten in plaats van pan de blat, geitenkaas en verse vijgen, om zuur Nederlands bier te drinken in plaats van wijn uit de Tarascon; om nauwsluitende linnen mutsjes en eenvoudige kragen te dragen in plaats van geborduurde kapjes en plooikragen. Minou leerde te zorgen voor een andere dochter, Bernarda, geboren in het voorjaar van 1573, hoewel ze tot haar schaamte nooit echt van haar leerde houden. Bernarda, genoemd naar Minous vader, had Piets rossige haar geërfd en haar gezicht zat net als dat van Jean-Jacques vol sproeten. Ze leek in niets op Marta.

In de zomer van 1573 bereikte hen eindelijk het nieuws dat Puivert twee maanden na het Parijse bloedbad op de dag van de Heilige Bartholomeus door katholieke troepen was aangevallen. Ze hoorden dat Alis er, ondanks haar verwondingen, in was geslaagd om te vluchten en nu naar alle waarschijnlijkheid in de hugenootse stad La Rochelle aan de Atlantische kust verbleef.

Minou had gewacht op meer nieuws, maar weken verstreken, en daarna jaren, zonder dat er bericht kwam. Langzamerhand moest ze wel accepteren dat ze Alis, net als Aimeric en Marta, was kwijtgeraakt.

Vanaf dat moment probeerde Minou haar ogen en oren te sluiten voor de geesten uit het verleden. Dus als ze in de stenen zuilengalerij van het oude stadhuis op de Plaats haar dochters gezicht meende te zien, draaide ze zich om. Als ze op de Oudezijds Voorburgwal een man met net zulk zwart haar als Aimeric een luchtje zag scheppen of in de Kalverstraat een energieke jonge vrouw die sprekend op Alis leek met een boekverkoper zag onderhandelen, wist ze dat ze zich niet voor de gek moest laten houden. Ze kon niet toestaan dat haar verscheurde hart opnieuw werd opengereten.

Met de enorme volksverhuizing van vele duizenden mensen, de oorlogen die Frankrijk en de Nederlandse Provinciën verwoestten, het bloedige geweld van de opstand tegen de Spaanse overheersing, de dagelijkse strijd om te overleven, de honger en de breekbare vrede hier in Amsterdam en het voorzichtig weer opbouwen van hun leven in een nieuwe stad raakten de verhalen uit het verleden vergeten.

Minou zei tegen zichzelf dat alleen het heden er nog toe deed.

Hoewel Willem van Raay een gereserveerde en formele man was, werd het zijn gewoonte om elke zondag met Salvadora naar de mis te gaan. Hij was een vroom man en hield zich trouw aan de katholieke tradities waarmee hij was opgevoed. Hij ging ter kerke in de Nieuwe Kerk en vond het prettig om madame Boussay mee te nemen. Minou had zich een tijdje afgevraagd of er tussen de twee in de herfst van hun leven misschien nog iets romantisch zou opbloeien, maar hoewel ze van elkaars gezelschap genoten voelde Salvadora zich nooit echt thuis in het Amsterdamse leven. De taal, de gewoonten, het beklemmende van de stad – het paste allemaal gewoon niet bij haar. Ze tobde met haar gezondheid, en het verlies van haar achternichtje, haar nicht en haar lievelingsneef had zijn tol geëist. Toen in juli 1573 de Vrede van La Rochelle werd getekend, waarmee de vierde oorlog ten einde was en je weer vrij over de Franse wegen kon reizen, was Salvadora naar Toulouse teruggekeerd.

Minou had het jammer gevonden dat ze vertrok en was ongerust geweest over haar onderneming, maar Willem van Raay had voor een deel van de reis begeleiding voor haar geregeld en Salvadora was zonder ongelukken thuisgekomen. Hoewel er maar sporadisch nieuws kwam, wist af en toe een brief van haar de lange weg van de Languedoc naar Amsterdam af te leggen. Minou merkte dat het gemakkelijker was om met genegenheid aan haar tante te denken nu ze niet langer elke dag in Salvadora's gezelschap verkeerde.

En omdat Frankrijk van het ene naar het andere conflict struikelde en het langzaam tot hen doordrong dat ze nog niet – en misschien nooit – naar de Languedoc konden terugkeren, was Amsterdam langzamerhand hun thuis geworden.

48

De winters in Amsterdam waren minder streng dan die in Puivert en het voorjaar was er zachter. Aan de andere kant van de stadsmuren strekte het natte, platte land zich uit, een wirwar van sluizen, dijken en sloten zover het oog reikte. Boerenakkers en weilanden, windmolens en af en toe een groepje huizen, een kerk. Minou kon zich geen landschap voorstellen dat meer verschilde van het rotsachtige, grijze terrein van de Midi. Zelfs het licht in Amsterdam was anders.

Steeds vaker dacht Minou aan Frankrijk als aan een plek die alleen in haar verbeelding bestond. Carcassonne, Toulouse, Puivert – plaatsen die ze ooit gekend had en waarvan ze gehouden had – waren slechts uit oude dromen bestaande herinneringen die langzaam vervaagden en hun kleur verloren. Dus hoewel ze het beeld van de kapel in Puivert waar Piet en zij getrouwd waren in haar herinnering probeerde vast te houden, waren het enorme gewelfde houten plafond en de gebrandschilderde ramen van de Sint-Nicolaaskerk voor haar nu echter. En als ze zich probeerde te herinneren hoe ze de wind op haar gezicht had gevoeld wanneer ze op een zomerse dag op haar vosmerrie door het bos bij Puivert reed, bleek het het opstuivende zoute water van het IJ op haar huid te zijn dat haar het meest het gevoel gaf dat ze leefde.

Toen de maanden jaren werden, raakte Minou eraan gewend om te leven in een wereld die niet door bos maar door water werd bepaald. Ze wandelde over de smalle bruggetjes en ging op ontdekkingstocht door de eeuwenoude straatjes. Ze liep om de hele ommuurde wereld van de stad heen langs brede grachten die de lijn van de oude vestinggracht volgden die Amsterdam vroeger beschermde, van de Singel in het westen tot aan de Sint-Anthoniespoort in het oosten, en naar hun huis aan de Zeedijk. Ze stond aan het Damrak en keek zuidwaarts naar de Kapel ter Heilige Stede, waar in de veertiende eeuw een wonder was geschied dat van Amsterdam een van de meest bezochte pelgrimsoorden in het noorden maakte. Zelfs in deze moeilijke tijden kwamen er elk jaar in maart honderden katholieken naar de stad om het Mirakel van Amsterdam te herdenken en de pelgrimsroute te lopen. Op andere dagen liep ze naar het Damrak en keek noordwaarts naar het woud van masten in het diepere water van het IJ. Ze leerde te houden van het geluid van het touwwerk van de drijvende palissade van grote schepen in de haven dat klapperde in de wind, en van het schelle krijsen van de meeuwen die de zeelieden naar huis riepen.

Toch lukte het Minou soms, wanneer haar stemming bedrukt was, niet om te voorkomen dat de geest van haar dochter naast haar kwam staan. Marta zou dol geweest zijn op de zeeschepen die naar andere landen zeilden en avontuur beloofden. Op zulke verraderlijke dagen zag Minou overal meisjes met net zulk lang bruin haar als Marta. Een kort moment van hoop, en Minous hart ging sneller kloppen en ze volgde het meisje. Maar de blauwe glimp bleef altijd net buiten haar bereik, en als de droom weer was vervlogen, stond Minou ergens eenzaam en alleen in een onbekende straat.

Nieuws over de Franse oorlogen bereikte hen via de verhalen van kooplieden en zeelui, van gedeserteerde soldaten en naar het noorden gevluchte dorpelingen. Over gedane en weer ingetrokken concessies, over de dood van koning Karel en de troonsbestijging van zijn broer, de hertog van Anjou, over de stichting van de Heilige Liga, geleid door de hertog van Guise, en de ontsnapping van Navarra uit zijn langdurige huisarrest in Parijs, waarna hij aan het hoofd van de hugenootse troepen kwam te staan. Kleine brokjes informatie, meegevoerd door de wind, in de zeilen van de machtige schepen of de romp van kleine bootjes.

In de Nederlandse Provinciën was de situatie minstens even wankel. Door de wrede onderdrukking van de troepen van de Prins van Oranje door de Spanjaarden en de vernietiging van dorpen en oogsten was het gewone volk dakloos geraakt en lijdde het honger. Terwijl de strijd voor onafhankelijkheid zich voortsleepte leed Amsterdam, de enig overgebleven katholieke stad, economisch doordat er minder handel werd gedreven en zijn financiële macht afnam. Het was hoog tijd dat dat ging veranderen. Veel van de calvinisten en geuzen die in de eerste jaren van de opstand in ballingschap waren gegaan begonnen naar hun land of bezit in Amsterdam terug te keren.

Piet was door hen met open armen ontvangen en in hun gemeenschap opgenomen. Doordat hij de Nederlandse onafhankelijkheid al jaren steunde was hij zeer gewild, als bondgenoot, leider en vriend. In de afgelopen winter en lente had hij regelmatig bijeenkomsten in de Lastage bijgewoond, de wijk van scheepsbouwers en handelaren in scheepsbenodigdheden buiten de oostelijke poorten, waar veel opstandige protestanten woonden. In Amsterdam kreeg hij de vastberadenheid en levenslust terug die hij was kwijtgeraakt. Minou probeerde daar gelukkig om te zijn, maar in werkelijkheid maakte de snelheid waarmee hij het verleden leek te vergeten haar boos – dat Aimeric er niet was, dat Alis er niet was, dat Marta ontbrak.

'Frans,' riep Minou. 'Dit is de laatste keer dat ik het tegen je zeg. Doe toch voorzichtig! Je bent te wild.'

'Het spijt me.'

Minou schonk uit de kan een beker bier voor zichzelf in en zocht toen in de drom kinderen naar haar eigen kroost. Net zoals Aimeric en Alis toen ze klein waren vaak voor een tweeling werden aangezien, leken ook Jean-Jacques en Bernarda sprekend op elkaar, hoewel ze ongeveer drie jaar scheelden. Wat uiterlijk betrof waren ze net hun vader. Geen van beiden leek ook maar een beetje op haar, of op hun oudere zus.

Marta. Minou voelde de vertrouwde steek in haar hart. Deze zomer zou ze dertien zijn.

Zes jaren waren er verstreken, en Piet en zij spraken nooit meer over Marta. Het had weinig zin. Minou bleef ervan overtuigd dat ze het op een of andere manier zou hebben geweten als haar dochter gedood was. Piet, die er volkomen anders over dacht, geloofde dat Minous weigering om de waarheid te accepteren haar in het verleden gevangenhield.

Ze was jaloers op Piets zekerheid. Toen haar lieve vader was overleden, had ze gedacht dat de dood het grootste verlies was dat een hart kon dragen. Nu besefte ze dat niet weten wat er gebeurd was ook een hel was, maar dan een heel andere. Een klein, verraderlijk sprankje hoop, scherp als een diamant, dat weigerde te sterven.

Ze brachten tijd in elkaars gezelschap door en waren beleefd tegen elkaar, respecteerden elkaars mening. Maar ze leefden tegenwoordig meer als goede vrienden dan als man en vrouw. Minou had geprobeerd Piet te vergeven dat hij haar had gedwongen Marta in Parijs achter te laten en dat hij daarna gestopt was met zoeken. Jaren na de gebeurtenis accepteerde ze dat ze niet veel anders hadden kunnen doen – de grote aantallen doden en vermisten bevestigden dat – maar hoe oneerlijk ook, ze nam het hem nog steeds kwalijk dat hij niet harder voor haar had gevochten. Dat hij het had opgegeven.

'Mevrouw Reydon?'

Minou draaide zich om. 'Wat is er, Agnes?'

'Er is iemand aan de deur die naar u vraagt.'

Minou keek haar vragend aan. 'Iemand?'

Agnes fronste. 'Een man, denk ik, maar hij is wel tenger. Hij is onverzorgd en zijn haar is kort en wild, maar zijn kleren zijn… raar.'

'Raar?'

'Ik heb gezegd dat u misschien niet thuis was.'

Het was verstandig van Agnes dat ze voorzichtig was. Van tijd tot tijd kwam een vader of moeder die zijn of haar kind op straat had gezet bij hen aan de deur om schadeloosstelling te eisen. Om betaald te krijgen voor een kind dat ze zelf in de steek hadden gelaten.

Minou zuchtte. 'En heeft deze persoon ook een naam genoemd?'

'Ik heb het wel gevraagd, maar…'

Achter hen zwaaide de deur naar het terras opeens wijd open, en daar stond de bezoeker, onaangekondigd, wankelend onder de last van het gewicht dat hij droeg.

Heel even hielden haar ogen haar voor de gek en dacht ze dat Aimeric was teruggekeerd. Minou knipperde met haar ogen.

Toen sprak de bezoeker. 'Ik heb je gevonden.'

Bij het horen van de bekende stem liet Minou de beker uit haar handen vallen. Het bier spatte over de tegels. Met de warrige zwarte krullen schots en scheef kortgeknipt leek de bezoeker eerder een jongen dan een vrouw van drieëntwintig jaar, maar ze kon zich onmogelijk vergissen.

Minou rende de kamer door en sloeg haar armen om haar zus heen. 'Mijn lieve Alis! Is het echt waar?'

'Eindelijk,' zei Alis, en toen viel ze voor haar voeten flauw.

49

De ondergaande zon kleurde de toppen van de torens van de Sint-Anthoniespoort vuurrood toen Piet de zolderkamer helemaal boven in het huis binnenstormde. 'Is het waar? Is Alis hier?'

Minou, die naast het bed van haar zus zat, keek glimlachend op. 'Ja. Salvadora zou het een wonder noemen.'

Piet wierp een blik op Alis, die roerloos onder de dekens lag. 'Wanneer is ze gekomen?'

Minou staarde door het kleine vierkante raampje naar buiten en zag dat de zon bijna onderging. 'Vroeg in de middag.'

Piets gezicht stond vol bezorgde rimpels. 'Is ze gewond? Ziek?'

'Ze is uitgeput. Ze viel flauw, dus hebben we haar naar boven gedragen. En sindsdien heeft ze geslapen.' Minou was even stil. 'Een paar uur geleden heb ik Frans naar de Lastage gestuurd om je te halen.'

Piet negeerde haar onuitgesproken vraag. 'En al die tijd heeft ze niets gezegd? Waar ze geweest is of hoe ze...'

'Niets.' Minou stak een hand uit en streek even over het kleed. 'Herinner je je dit nog, Piet? Alis heeft het helemaal uit Puivert meegenomen.'

Eventjes sloot Minou haar ogen en herinnerde zich hoe het licht op het wandtapijt viel toen het nog in de woonkamer in Puivert hing, neerkijkend op haar familie, die daar woonde, praatte. De kleuren waren inmiddels verschoten, maar het borduursel was nog even levendig, alsof het bewoog. De familie Reydon-Joubert in haar mooiste kleren. Piet en zij uitgedost in goud- en zilverdraad en versierd met kralen, de tweejarige Jean-Jacques in een fluwelen broek en met zijn houten rammelaar, en de zeven jaar oude Marta in haar prachtige blauwe jurk en haar favoriete mutsje met rood borduursel.

Ze opende haar ogen en keerde terug in de Amsterdamse schemering. 'Waar ben je geweest, Piet? Frans zei dat hij je niet kon vinden.'

Piet keek om zich heen, alsof hij bang was dat iemand ze kon horen, en sloot toen de deur en het raam. Als hij er niet zo ernstig bij had gekeken, had Minou misschien gelachen om het idee dat iemand vanaf de straat hun gesprek boven in het huis zou kunnen afluisteren.

'Er staat iets te gebeuren,' zei Piet ingehouden maar vol verwachting. 'Hendrick Dircksz komt eindelijk onder druk te staan.'

Minou kwam naast hem voor het raam staan. 'Heeft hij niet langer de leiding over de stadsraad?'

'Voorlopig staat het stadhuis nog onder zijn controle, maar zijn invloed taant. De bloedbaden in Naarden en Haarlem, de massale slachting van vrouwen en kinderen door Spaanse troepen – die misdaden zijn niet vergeten. Dircksz heeft zich te lang tegen het ondertekenen van de Satisfactie verzet. Zelfs nu nog weigert hij aan veel van de voorwaarden te voldoen.'

'Waarom heeft hij dan met ondertekening ingestemd?'

'De geuzen hebben hem ertoe gedwongen. Maar' – Piet kwam helemaal op dreef – 'door nog steeds de Spaanse bezetting tegen de Prins van Oranje te steunen, terwijl alle andere belangrijke steden in het noorden en westen van de provincie zich bij de opstand hebben aangesloten, vernietigt Dircksz de welvaart van Amsterdam. Te veel schepen laten ons tegenwoordig links liggen en gaan liever naar de Baltische havens. Handelaren verplaatsen hun pakhuizen naar Engeland en Denemarken.'

'Dus handel gaat boven soevereiniteit of geloof,' merkte Minou op.

'Dircksz en de andere burgemeesters zijn onder commerciële druk bezweken, ja. Maar als ze ons onze kerken blijven ontzeggen, zullen ze moeten vertrekken.'

'Ons?' vroeg ze luchtig. 'Je bedoelt hugenoten, vluchtelingen zoals wij?'

'Hugenoten, calvinisten, protestanten, het maakt niet uit hoe je ze noemt. Iedereen die het gereformeerde geloof aanhangt,' zei hij. 'Nederlands, Frans, zelfs Engels – ook dat maakt niet uit. Veel calvinisten die uit Amsterdam verdreven waren keren nu terug. Veel van deze mannen ken ik al tien jaar van reputatie. Het is een eer om in hun gezelschap te verkeren en door hen als een broeder verwelkomd te worden.'

'Dat weet ik,' zei Minou voorzichtig. 'Maar aan je gezicht te zien staat er nu iets specifieks te gebeuren. Toch?'

'Je zou niet bang moeten zijn voor verandering, Minou.'

'Wat dwaas om dat te zeggen.'

Piet keek haar aan. 'Deze situatie sleept zich al veel te lang voort. De Dirckisten zijn al veertig jaar de baas in Amsterdam. De wereld is veranderd, Amsterdam is veranderd. We hebben nieuwe leiders nodig, een nieuw Holland, geleid vanuit Amsterdam als zijn hoofdstad. We moeten vooruitkijken, niet achteruit.'

'Moet ik bang zijn?' vroeg Minou rustig. 'Het lijkt me van wel. Voor onze vrienden en buren, de kinderen. Voor onszelf?'

'Nee, natuurlijk niet. Het is onze bedoeling dat deze machtswisseling in het stadhuis vreedzaam en redelijk verloopt; we doen een beroep op ieders gezonde verstand.'

Minou keek naar haar loyale, respectabele echtgenoot en zag de zorgrimpels in zijn voorhoofd. Zijn rossige haar was bij zijn slapen grijs geworden. Hij was een goede vader, een goede echtgenoot, een man van principes, maar ze zag de geestdrift in zijn ogen, het licht van avontuur, en ook naïviteit. Ze vond het niet geruststellend.

'Ik heb gehoord over nonnen die gedwongen werden naakt door de straten te lopen, een katholieke priester die vlak bij de Schreiershoektoren verminkt aan een boom hing,' zei ze. 'Na elke hagenpreek waarbij de calvinisten de menigte ophitsen, gaan er geruchten over plunderende bendes buiten de Haarlemmerpoort die de mensen die daar wonen bedreigen.'

Piet fronste. 'Dat zijn opportunisten, zelfbenoemde burgerwachten, meer niet.'

'Maar evengoed gevaarlijk.' Minou zuchtte. 'En wat gaat er gebeuren als de burgemeesters en leden van de vroedschap – en ook de katholieke geestelijken, neem ik aan – niet vrijwillig vertrekken? Wat als ze de macht niet gewoon aan jouw kameraden overdragen?'

Piet balde zijn linkervuist. 'Dat zullen ze wel, dat móéten ze. Wij hebben mannen op invloedrijke plekken die denken dat het tij gekeerd is. Zij denken dat dit het moment is en dat godsdienstige loyaliteit niet langer de beslissende factor is. We zullen de oude garde maar één optie geven en dat is dat ze zich terugtrekken. Ten bate van Amsterdam. En voor ons geloof.'

Even was Minou stil. Herinneringen aan Carcassonne, aan Toulouse, aan Parijs overmanden haar. Bloed in de straten, families in oorlog met elkaar. De geschiedenis bewees dat het maar zelden voorkwam dat mannen hun macht vrijwillig opgaven wanneer ze er eenmaal aan gewend waren geraakt; dat ambitieuze mannen niet zachtmoedig de sleutels van de stad die ze bestuurden overhandigden aan mensen die ze minachtten.

'Moeten we ons klaarmaken voor een eventueel vertrek?' vroeg Minou, hoewel ze betwijfelde of ze nog een ballingschap zou overleven. Niet nu Alis hier was. Ze was één thuis kwijtgeraakt, ze wist niet of ze ertegen kon om er nog een te verliezen. 'Zeg het me, Piet. Moeten we vertrekken voordat deze "vreedzame coup" op de zoveelste slachtpartij uitdraait?'

'Nee!' riep hij uit. 'Minou, ik geef je mijn woord. De mensen aan onze kant zullen geen bloed vergieten. We willen Amsterdam beschermen, als een veilige, welvarende stad voor onze kinderen en kleinkinderen, niet vernietigen.'

'En Cornelia en haar vader? Willem van Raay is lid van de vroedschap van de stad. Hij is een van Dircksz' mannen. Wat zal er met hem gebeuren?'

Hij keek haar aan. 'Iedereen zal welkom zijn, vooropgesteld dat ze accepteren dat de zaken er anders voor staan. Dit is voor ieders bestwil.'

Minou keek hem ongelovig aan. 'Na alles wat monsieur Van Raay voor ons heeft gedaan, na alles wat Cornelia nog steeds doet, wil je hun de rug toekeren? Piet, je moet hem waarschuwen dat er iets staat te gebeuren.'

'Waarschuwen?'

'Of hem op zijn minst tijd geven om zich voor te bereiden.'

'Ik kan toch niet verraden...'

'Het is geen verraad!' riep ze uit. 'Neem hem in vertrouwen, Piet. Zonder hem en Cornelia zouden wij niets hebben. We zouden het niet hebben overleefd.'

Hun gesprek werd onderbroken door gekraak van het bed.

'Minou?' fluisterde Alis.

Minou liet hun ruzie onmiddellijk voor wat die was, rende naar het bed van haar zus en keek naar dat zo geliefde gezicht. Alis was magerder en haar zwarte, krullende haar was kortgeknipt, maar de schittering in haar donkere ogen was er nog steeds. Ze leek zo ontzettend veel op haar broer. Minou hield haar adem in. Hoe kon ze Alis ooit over Aimeric vertellen?

'Minou...' zei Alis terwijl ze rechtop in bed probeerde te gaan zitten. 'Ben ik er? Was het geen droom?'

Minou lachte. 'Het was geen droom. Welkom in Amsterdam.'

50

Warmoesstraat

'Had u voor me gebeld, vader?'

'Kom binnen, lieverd.' Willem van Raay liet Cornelia de nette ontvangstkamer op de eerste verdieping binnengaan en sloot de deur achter hen.

Verwoestende branden in 1421 en 1452 hadden het grootste deel van het met hout gebouwde oude centrum van Amsterdam in de as gelegd. Die vreselijke gebeurtenissen hadden er echter ook toe geleid dat het moderne Amsterdam zijn vorm had kunnen vinden en niet meer het arme broertje van Antwerpen was, maar die laatste stad in handelsmacht en -invloed was voorbijgestreefd. In het centrum van deze nieuwe handel stonden mannen als Cornelia's vader, Willem van Raay. Sober, eerlijk, vroom, maar bereid keihard te onderhandelen.

Veel van de prachtige roodbakstenen koopmanshuizen in de Warmoesstraat, waar ze woonden, waren vijf verdiepingen hoog, met elegante halsgevels en sierlijke frontons. Vanaf straatniveau leidde een trapje naar de smalle voordeur met hoge glas-in-loodramen ernaast. Op sommige huizen was boven de deur een decoratieve gevelsteen met geschilderd en verguld pleisterwerk ingemetseld, waarop het bouwjaar van het huis was aangegeven en vaak ook een aanwijzing voor het beroep van de huiseigenaar. Op de gevelsteen die tussen de boogramen van Van Raays huis was ingemetseld was een rijk geklede man afgebeeld die voor een vrachtschip met een vlag in de kleuren van de familie stond en graan uit zijn hand in een mand liet glijden.

Cornelia hield niet van zulk uiterlijk vertoon, hoewel ze begreep dat het voor haar vader belangrijk was dat zijn succes zichtbaar was voor anderen, zeker nu veel kooplieden en handelaren door de oorlogen aan de grond waren geraakt. Zelfs in deze moeilijke tijden was uiterlijke schijn nog belangrijk.

Aan de achterkant van de huizen aan de Warmoesstraat stonden pakhuizen direct aan de kade. Door de hoge, smalle ramen zag Cornelia de laatste stralen van de ondergaande zon op het water schitteren. Van 's ochtends vroeg tot 's avonds laat voeren over het Damrak talloze lichters, binnenschepen en platbodemschuiten af en aan om koopwaar te vervoeren naar de vrachtschepen die in de haven en bij de scheepsbouw- en reparatiewerven in de Lastage aangemeerd lagen: graan, hop, kaas, vis, bier, wijn, stoffen, zeep, hennep, hout, spijkers, touw. In deze grote handelsstad kon alles geruild en verkocht worden.

Willem van Raay maakte een armgebaar. 'Je kent onze buurman, Jacob Pauw.'

Ze keek naar de corpulente man die in een fauteuil zat, met een tinnen pul op het lage tafeltje naast hem. Hij droeg een witzijden gevoerd wambuis met gouden knopen en een rode zijden broek. Hoewel ze wist dat hij een ijdele man was, leek hij toch wel erg chic gekleed voor een gewoon huisbezoek. De moed zonk haar in de schoenen.

'Natuurlijk,' zei ze. Ze boog haar hoofd. 'Goedemiddag.'

'Juffrouw Van Raay,' bracht de man hijgend uit terwijl hij zich overeind hees om haar te begroeten.

'Ga zitten, Cornelia,' zei haar vader.

Ze zag dat ook hij een pul in zijn hand had, al was het deksel dicht. Moest er ergens op geproost worden? Een overeenkomst die moest worden gevierd?

Haar zelfvertrouwen ebde weg. Cornelia verafschuwde de geveinsde afkeuring voor mannen van de vrouwen die ze in Parijs had gezien en de schaamteloze pogingen om maatschappelijk hogerop te komen van de dochters van hun buren die zich opdoften om een man te strikken, maar dit kon toch niet de nieuwste huwelijkskandidaat zijn die haar vader haar hoopte op te dringen? Ze had een vriendelijk karakter, maar betwijfelde of ze haar gezicht in de plooi kon houden als Pauw haar ten huwelijk probeerde te vragen.

Ze ging voorzichtig op het puntje van haar stoel zitten en legde haar handen op haar knieën.

Cornelia wist dat ze voor gewoontjes doorging en dat ze zowel de vrouwelijke als de huishoudelijke kwaliteiten miste die een vrouw tot een goede Amsterdamse echtgenote maakten. Ze had zware wenkbrauwen, haar bruine haar was ruw. Ze had een breed, eerlijk gezicht. Haar uiterlijk had niets verfijnds. Ze was vijfentwintig, dus hoewel ze nog niet echt te oud was om een aanstaande bruid te zijn, vonden de weduwen in de banken van de Nieuwe Kerk haar beslist oud genoeg om over te fluisteren en naar te wijzen.

Maar haar vader was rijk en zij was zijn enige kind. Hij wilde een kleinzoon aan wie hij de vruchten van zijn arbeid kon nalaten. En Cornelia verkoos te geloven dat hij in al zijn berekeningen ook graag wilde dat zij gelukkig was. Alleen wist ze zelf nou eenmaal dat een echtgenoot haar niet gelukkig zou maken.

'Cornelia,' begon haar vader. 'Er is iets wat ik je moet vertellen.'

Hij trok aan de mouwen van de lange, bruine kamerjas die hij thuis altijd droeg, en met een schok drong tot haar door dat hij zelf ook nerveus was.

'Je herinnert je misschien dat ik je een paar jaar geleden vroeg...' Hij stak een hand op. 'Ach, wat dom van me. Natuurlijk herinner je je dat nog. Het zijn nu je vrienden.'

Cornelia verbaasde zich over het vleugje onzekerheid dat in haar vaders stem doorklonk. Hij was geen prater; hij woog zijn woorden altijd zorgvuldig voordat hij iets zei. Hij was vast in zijn geloof en doortastend in zijn zaken, en hij leek niet veel twijfels te hebben over wat juist was. Maar toch, sinds burgemeester Dircksz afgelopen februari de Satisfactie had ondertekend, en daarmee, zoals haar vader het zag, de katholieken van Amsterdam verraden had, waren Cornelia allerlei veranderingen in hem opgevallen.

'Ongeveer zes jaar geleden stuurde ik je eropuit met een boodschap aan Mariken Hassels, God hebbe haar ziel.'

Onmiddellijk zat Cornelia kaarsrecht. 'Dat was op 9 juni, in 1572.'

Hij knikte. 'Herinner je je het nog? Nadat je had ontdekt dat de goede vrouw niet langer in het begijnhof woonde, kwam je die dag thuis en vertelde me dat je vermoedde dat je gesprek met de grootjuffrouw werd afgeluisterd.'

'Ja.' Ze zag dat de twee mannen een blik wisselden, en iets aan het ongemak van haar vader maakte dat ook zij zich onbehaaglijk begon te voelen. 'Wat is er?'

Pauws ademhaling piepte in zijn borst toen hij zuchtte. 'Dat was ik. Ik had me achter het scherm verstopt.'

Cornelia verborg haar verbazing. 'Aha. Op verzoek van de grootjuffrouw?'

Hij schudde zijn hoofd. 'Nee, hoewel ze wist waarom ik daar stond.'

'En waarom was dat?'

Pauw keek naar haar vader, alsof hij toestemming vroeg om te antwoorden.

'Vertel het haar, Jacob.'

Pauw blies zijn adem uit. 'Juffrouw Van Raay, ik heb in mijn leven veel dingen gedaan waarvoor ik me schaam. En dit is daarvan het ergste. U moet begrijpen in welke situatie ik verkeerde. Op het moment dat de opstand begon had ik al mijn zakenbelangen in het westen. In de stad Brielle, om precies te zijn.'

Cornelia knikte. Iedereen wist dat de inname van dat havenstadje aan de westkust in april 1572 een keerpunt had gevormd in de oorlog tussen de calvinistische opstandelingen en hun Spaanse heren.

'Toen de watergeuzen de stad innamen, verloor ik alles. Ik kwam naar Amsterdam om hier opnieuw te beginnen, maar het was lastig om voet aan de grond te krijgen.'

Cornelia keek naar zijn dure kleren, bedacht dat hij hun buurman was in een van de rijkste straten van Amsterdam, en eindelijk drong het tot haar door. 'Iemand bood aan u te helpen...'

'Het leek weinig kwaad te kunnen,' zei Pauw. 'Ik zou er zo veel guldens voor krijgen dat ik niet kon weigeren.'

Cornelia keek even naar haar vader, maar toen ze de blik in zijn ogen zag, zei ze niet wat op haar hart lag. 'Ik weet zeker dat u dacht dat u er goed aan deed,' loog ze.

'Een Fransman die in dienst was bij een belangrijke kardinaal dacht dat een van de lekenzusters in het begijnhof – hij kende ook haar naam, Mariken Hassels – informatie bezat over een hugenoot. Een vijand...'

'Piet Reydon,' kwam Cornelia ertussen, 'is een vriend.'

'Natuurlijk.' Pauw bloosde en zijn ademhaling werd moeizamer. 'Ja, natuurlijk.' Hij aarzelde. 'De monsieur probeerde rechtstreeks met Mariken te spreken, alleen maar om haar zijn vraag te stellen, snapt u? Hij had geen kwaad in de zin. Maar zij begreep hem verkeerd en... ze vertrok uit Amsterdam.'

'Ze vertrók uit Amsterdam?' herhaalde Cornelia. Het kon toch niet waar zijn dat Pauw een dergelijke verklaring accepteerde? 'Zegt u nou dat ze uit eigen beweging wegging?'

Pauw ging hakkelend verder. 'Begrijpelijkerwijs was de Fransman erg verontrust, niet alleen hierdoor, maar ook door het feit dat hij geen stap dichter bij het verkrijgen van de documenten was die volgens Zijne Eminentie in Marikens bezit waren. Informatie die onze zaak kon schaden.'

'En welke zaak is dat precies?'

'Onze heilige moederkerk,' antwoordde haar vader rustig.

Pauw werd overvallen door een hevige hoestbui.

'Dus benaderde hij Jacob voor hulp,' ging haar vader verder terwijl Pauw naar adem hapte.

'Hij bood me een groot bedrag in guldens aan,' wist Pauw uit te brengen toen de aanval voorbij was. 'Genoeg om een pakhuis te kunnen kopen en opnieuw te beginnen. Genoeg om me bij het gilde aan te sluiten.'

Cornelia keek naar Pauw en daarna naar haar vader.

'Nadat Jacob het gesprek tussen jou, Cornelia, en de grootjuffrouw van het begijnhof had gehoord, begon hij te twijfelen of de zaken wel zo lagen als ze hem waren voorgespiegeld.'

'Dit gebeurde allemaal lang geleden.'

'Ik denk dat Pauw dacht dat de zaak gesloten was. Is dat niet zo, Jacob?'

Pauw veegde zijn mond af. 'De grootjuffrouw had Marikens cel laten doorzoeken en daar was niets gevonden. De monsieur vond ook niets. Uw vader vertelt me net dat Mariken Amsterdamse was, hier geboren en getogen. Ze had geen zussen of broers, en haar ouders waren al lang geleden overleden. Ze had nooit ergens anders gewoond. U moet begrijpen dat ik veel weg ben geweest uit Amsterdam. De opstand, het verlies van onze afzetmarkt in het westen... Ik hoorde pas onlangs over Marikens verdwijning.'

Cornelia hield haar blik zo neutraal mogelijk.

'Ik nam uw vader in vertrouwen. Ik deed navraag en ontdekte dat er een non was die samen met Mariken bij de Sint-Nicolaaskerk had gewerkt, rond dezelfde tijd dat Reydons moeder stierf. Zuster Agatha, die intussen erg oud is geworden, is een van de weinige nonnen die nog in het Sint-Agnesconvent aan de Oudezijds Voorburgwal wonen. Ik vroeg me af of het mogelijk was dat Mariken iets ter bewaring aan haar had gegeven.'

Cornelia kende het klooster. Het was een van de weinige waar ze geen toegang toe had weten te krijgen toen ze naar de vermiste documenten op zoek was. 'En was u succesvol, poorter Pauw?' vroeg ze. Het kostte haar moeite om niet opgewonden te klinken.

Hij stak zijn hand onder zijn gevoerde wambuis en haalde een stapeltje papieren met een grijze oude lap eromheen tevoorschijn. 'Neemt u het,' zei hij terwijl hij haar het bundeltje gaf. 'Ik ben een goed katholiek, maar om een goede vrouw die haar hele leven de kerk heeft gediend te vermoorden – of haar de dood in te jagen?' Hij schudde zijn hoofd. 'Dat kan ik niet goedkeuren.'

Cornelia keek hem strak aan. 'Wat is de werkelijke reden dat u dit nu pas met mijn vader deelt? U hebt zes jaar gehad om berouw van uw daden te krijgen.'

Hij slaakte een lange, beverige zucht. 'Ik ben stervende, juffrouw Van Raay. De kankers in mijn keel en borst groeien. Binnenkort zal ik helemaal niet meer kunnen ademen. Ik heb geen levende kinderen, geen echtgenote. Ik wil niet het graf in gaan met Marikens dood op mijn geweten.'

51

Chartres

Tijdens het blauwe uur van de avondschemering liepen de edelman en zijn vijftienjarige zoon in stilte de korte afstand tussen hun indrukwekkende herenhuis aan de Rue du Cheval Blanc en de kloostergang van de kathedraal.

In het licht van de vroege avond zag de heer van Évreux er imposant uit. Hij was lang en slank, een gedistingeerd edelman, en zijn status en rijkdom spatten van zijn prachtige kleren af. Hij was gekleed in een hemd van het allerfijnste linnen onder een met gouddraad geborduurd wambuis vol lovertjes, een gesteven kanten plooikraag met bijpassende manchetten, en een pofbroek met groene kousen eronder. Zijn schoenen met kurken zolen verdwenen half onder enorme rozetten. Hij droeg een verzorgd zwart puntbaardje en had zijn tonsuur bedekt met een plooihoed in dezelfde kleur groen die zijn rozetten hadden. Onder zijn korte cape van blauw fluweel droeg hij een tas van Spaans leer.

De jongen wist dat hij zijn vader niet moest storen als hij nadacht, maar vroeg zich wel af waar ze heen gingen en waarom. Meestal als zijn vader naar de stad ging moest Louis op hun landgoed ten westen van Chartres achterblijven.

Deze keer niet. Gespannen afwachting en intrige gonsden om hen heen.

Snel passeerden vader en zoon het bisschoppelijk paleis en liepen verder langs de noordkant van de grote gotische kathedraal die door de geschiedschrijvers 'het boek in steen' werd genoemd. In de gebeeldhouwde portalen was de hele geschiedenis van het Oude en het Nieuwe Testament afgebeeld en de glas-in-loodramen staken zelfs die van de Sainte-Chapelle naar de kroon.

Louis was maar één keer eerder binnen geweest; toen was hij de kerk in geglipt om naar het beroemde labyrint te kijken.* Hij had naar de pel-

---

* Zie *Het verloren labyrint*, 2005.

grims gekeken die de *chemin de Jérusalem* volgden – sommigen gewoon lopend, anderen op hun knieën – en had scherpe minachting gevoeld voor een godsdienst die mensen tot zulke onnadenkende, stomme wezens reduceerde. Of je nu in Chartres, Parijs of Saint-Antonin was, overal werd de grote massa van de gelovigen bedrogen met het wonder van een leven in het hiernamaals, met valse beloften die werden gedaan door verspreiders van leugens en hypocrisie die alleen hun eigenbelang najoegen. Hijzelf bleef onaangedaan door de Sancta Camisia, het kleed waarvan werd beweerd dat het door de maagd Maria was gedragen en dat door Karel de Grote persoonlijk aan de kathedraal was geschonken.

Maar het labyrint zelf was prachtig, geheimzinnig. Het was uitgebeiteld in de stenen vloer van het schip en bestond uit elf concentrische cirkels die één slingerweg naar het midden vormden, waar een koperen plaquette zat met daarop een afbeelding van Theseus die met de Minotaurus vocht. Het had hem diep in het hart geraakt zoals niets ooit tevoren.

Louis haatte het. Het maakte hem zwak.

'Deze kant op,' beval zijn vader terwijl hij het noordelijke transept van de kathedraal binnenliep.

Het was het tijdstip tussen de vespers en de completen en in de stenen ruimte was het stil. Toch zag Louis in het donker voor de deur van de sacristie een priester in een zwarte soutane staan.

'Wacht hier. En als er iemand komt laat je die er niet langs.'

Louis boog zijn hoofd. 'Heel goed, heer.'

'Het duurt niet lang.'

Louis gehoorzaamde, maar alleen tot zijn vader met de priester in de sacristie verdwenen was. Daarna volgde hij hen. De deur paste niet erg goed, dus hoewel hij niet meer zag dan alleen een streepje licht uit het vertrek, kon hij alles horen.

'Hebt u het?' vroeg zijn vader.

'Ja, mijn heer Évreux, maar...'

'Ja?'

'Als u niet de reputatie had dat u in uw zaken altijd eerlijk en open bent, zou ik er nooit over beginnen. Maar ik ben bang dat het bedrag dat ik heb moeten uitgeven om dit voorwerp in handen te krijgen veel hoger was dan wat u me ter beschikking had gesteld.'

'Is dat zo?' antwoordde Évreux koeltjes.

'Ja, heer. De ambachtsman had het fijnste draad nodig, en dat was in Chartres helaas niet voorhanden. Zelfs niet in Parijs. Ik moest het uit Spanje laten komen.'

'Spanje, toe maar! Wat een toewijding. Ik ben onder de indruk.'

Louis voelde een rilling langs zijn rug trekken. Hij kon zich nog goed herinneren wat er gebeurd was toen zijn vader eerder op die toon sprak. Ogenblikkelijk was hij terug tussen de ruïnes van het oude klooster in Saint-Antonin.

Kennelijk hoorde de priester het ook, want hij begon te stamelen. 'Het was me een eer. Het was niet mijn bedoeling om te klagen...'

'Het is mijn plicht om ervoor te zorgen dat u krijgt wat u toekomt.'

'Ik ben dankbaar voor uw...' zei de priester kruiperig. Zijn laatste woorden gingen verloren doordat hij opeens naar adem hapte en daarna een lange, gepijnigde zucht slaakte.

Daarna hoorde Louis iets met een doffe klap op de grond vallen.

Snel liep hij terug. Toen zijn vader een paar minuten later naar buiten kwam, stond Louis weer op de plek die hem was toegewezen om de toegang tot de sacristie te bewaken. Évreux had een stuk vergeelde stof in zijn handen.

Louis ging vlak achter hem lopen. 'Is alles goed, heer?'

Évreux vouwde de lap stof op en verborg hem onder zijn mantel. 'Het verlangen van de mens om bedrogen te worden verandert nooit. Alle mensen zijn dwazen. De juiste woorden prevelen in gebed, genoeg munten op de offerschaal werpen, een reliek vereren en die de macht toedichten om ellendige, minderwaardige levens te veranderen. En toch, wat er allemaal kan worden bereikt...' Plotseling bleef hij staan, alsof hij er spijt van had zijn intiemste gedachten te hebben gedeeld, en stopte de doek in zijn leren tas. 'Dit is de nieuwste aanwinst voor mijn verzameling.'

Louis begreep het niet. 'Uw verzameling, heer?'

Zijn vader was even stil. Toen glimlachte hij. 'Onze verzameling.'

52

Zeedijk, Amsterdam

'Hier,' zei Minou terwijl ze haar zus een zakdoek gaf om haar tranen mee af te vegen.

'Maar misschien leven ze nog,' hield Alis vol. 'Je dacht ook dat ik dood was, maar hier ben ik. Je kunt het niet zeker weten.'

De schemering viel in. De zussen zaten op de bank op het lange stenen terras en keken uit over de donker wordende boomgaard. Minou had Alis alles verteld wat er in Parijs was gebeurd en ook hoe hun levens daarna waren verlopen.

'Het is moeilijk te beschrijven hoe het in die augustusdagen in Parijs was.' Minou koos haar woorden zorgvuldig. 'Oppervlakkig gezien leek iedereen het met elkaar eens te zijn. Het huwelijk zou doorgaan, de verbintenis zou de katholieke en hugenootse facties bij elkaar brengen. Maar onder alle beleefdheden was de oude haat misschien zelfs nog wel heviger geworden.' Ze zuchtte. 'Aimeric was altijd bij Coligny in de buurt. Het is vrijwel zeker dat hij erbij was in de nacht waarop de admiraal werd vermoord. Die moord en de slachtpartij die er in de vroege uren van de Bartholomeusdag op volgde, maakten deel uit van een doelbewuste aanval op de hele hugenootse gemeenschap, Alis. Het maakt niet uit wie het bevel gaf – wijlen de koning, Guise, Anjou of de koningin-moeder – ze waren het er allemaal mee eens. Ik geloof niet dat Aimeric het kan hebben overleefd. Het was te goed georganiseerd.'

'Misschien is Aimeric gevlucht,' snikte Alis. 'Sommigen zijn ontsnapt.'

'De meesten niet. Er zijn die nacht duizenden mensen gestorven, en in de weken die volgden nog eens duizenden in andere steden.'

De tranen sprongen Alis in de ogen. 'Het lijkt onmogelijk dat ik hem nooit meer zal zien. Hoe kun je dat accepteren?'

Minou haalde diep adem. 'Dat kan ik niet, maar ik heb geleerd ermee te leven. We hadden geen keuze. Met het verstrijken van de tijd wordt het minder moeilijk.'

Aan weerszijden van de deur hingen lantaarns, en af en toe was het gefladder van motten rond de vlammetjes het enige geluid in de tuin. De kinderen lagen op de slaapzaal; in de keuken was het stil.

Nadat Alis wakker was geworden had ze zich gewassen en schone kleren aangetrokken. Ze had een bord vol pannenkoeken gegeten en naar hartenlust bier gedronken. Bij de eerste slok van het Amsterdamse bier had ze een vies gezicht getrokken, gewend als ze was aan de brandewijn die in de vluchtelingenkampen in en rond het hugenootse bastion La Rochelle werd gedronken, maar daarna had ze haar pint bier snel opgedronken en om meer gevraagd.

Ze was voorgesteld aan haar nichtje Bernarda en opnieuw voorgesteld aan Jean-Jacques, die zich haar niet kon herinneren. Pas toen had Minou haar verteld dat Aimeric en Marta er niet meer waren.

Alis gaf de zakdoek terug.

'Voel je je iets beter?' vroeg Minou vriendelijk.

Alis haalde haar schouders op. 'Het is zo vreemd. Na mijn vlucht uit Puivert ging er geen dag voorbij zonder dat ik aan jou en Aimeric dacht, en aan de kinderen. De stellige overtuiging dat we ooit weer allemaal bij elkaar zouden zijn, gaf me de moed om door te gaan. Dus om nu te horen dat Aimeric hoogstwaarschijnlijk dood is... en Marta...'

Minou kneep in haar hand. 'Ik weet het. Het is te veel om te bevatten.'

Een tijdje zaten de zussen zwijgend naast elkaar. Aan de andere kant van de muur ging het gewone leven door. Minou wist dat ze haar zus de tijd moest geven.

'Het is prettig om zulke gewone, huiselijke geluiden te horen,' zei Alis uiteindelijk.

Minou glimlachte. 'Amsterdam is een stad die nooit slaapt. Dag en nacht hoor je wagens die goederen naar de haven vervoeren, de wind in het touwwerk van de schepen. Of de schutters die 's nachts door de straten en op de grachten patrouilleren. Je raakt eraan gewend.'

'Ik vind het fijn. Zo weet je dat het leven doorgaat.' Alis streek haar geleende rok glad. 'Ik weet niet of ik hier ooit weer aan zal wennen.'

'Heb je onderweg altijd een broek gedragen?'

Ze knikte. 'Nadat ik uit Puivert gevlucht was realiseerde ik me al snel dat het veiliger was om voor een jongen aangezien te worden. Een vrouw die in haar eentje van de ene naar de andere plaats reisde trok onwelkome aandacht. Dus knipte ik mijn haar af, ruilde mijn rokken om voor een kolder en broek en vermomde me op die manier zo goed mogelijk.'

'Dat was verstandig.' Minou klopte op Alis' bovenbeen. 'Is de wond geheeld? In de laatste brief die ik van monsieur Gabignaud kreeg, jaren geleden al weer, stond dat je langzaam vooruitging.'

Alis' gezicht werd somber. 'Die beste dokter Gabignaud. Hij werd gedood tijdens de aanval op Puivert in het najaar van 1572.'

'Ach nee! Maar als katholiek zou hij toch veilig geweest moeten zijn?'

'Hij stierf terwijl hij zijn hugenootse vrienden en buren verdedigde.' Alis fronste. 'Gabignaud was zwaarmoedig van aard. Hij was bang dat ik het moeilijk te accepteren zou vinden om met een verlamd linkerbeen verder te leven. Terwijl ik me alleen maar druk maakte over wat ik nog zou kunnen doen. Ik was vastbesloten om erbovenop te komen. Frisse lucht, elke dag een uur lang wandelen over het neerhof, nieuwe kracht opdoen. Ik dreef die arme dokter tot waanzin.'

Minou lachte. 'Het spijt me dat hij er niet meer is.'

'Hij was een goed mens. Nadat Puivert gevallen was vluchtte ik met zo veel spullen als ik kon dragen. Toen ik niets meer had om te verkopen werkte ik, in dorp na dorp: brieven lezen en schrijven in ruil voor een slaapplek voor de nacht.' Ze keek naar haar rok. 'Ik was heel overtuigend als jongen. Dat zei jij altijd al!'

Minou lachte. 'Je was vreselijk jaloers op Aimeric en zijn vrijheid. Je deed hem altijd na; zelfs als je gezondheid te wensen overliet probeerde je op de Place Marcou in bomen te klimmen, zat je hem achterna in de steegjes van la Cité of op straat voor vaders boekwinkel in la Bastide. Ik moest altijd wel weer een scheur in je rok naaien of je terug naar de rivier sturen om een verloren schoen of mutsje te zoeken!'

Zodra Aimerics naam viel leek er opnieuw een donkere wolk over te trekken.

'Denk je echt dat hij dood is?' vroeg Alis zachtjes. 'Niet alleen vermist? Er zijn ontzettend veel mensen vermist.'

'Dan zou hij wel een manier hebben gevonden om iets van zich te laten horen, Alis.'

'Maar je kleine meisje... onze Marta. Is er geen enkele hoop meer dat zij gevonden wordt?'

Even bleef Minou stil. 'Op de dag van de moord op admiraal Coligny vond Piet haar mutsje op straat, vol bloedvlekken. Toen was ze al twee dagen vermist. Hij ging ervan uit dat dat het ergste betekende.'

'En jij dan?'

Minou aarzelde. Ze had haar gedachten zo lang voor zich gehouden dat het gevaarlijk voelde om ze hardop uit te spreken. Maar dit was Alis. Alis zou het begrijpen. 'Als Piet er niet zeker van was geweest dat Marta dood was, zou hij die nacht niet uit Parijs vertrokken zijn en dan zou hij mij niet hebben gedwongen om met hem mee te gaan. Ik wilde niet. Zelfs nu, jaren later, word ik soms 's nachts ijskoud wakker uit schuldgevoel omdat ik haar in de steek heb gelaten. Een aantal keren wilde ik voor haar ziel gaan bidden. Of een grafsteen laten maken met haar naam erop, om mezelf ervan te overtuigen dat ze dood was. Maar telkens krabbelde ik terug. Ik kan de hoop om haar te vinden niet opgeven, Alis. Ik zal nooit accepteren dat ze dood is, tenzij ik haar levenloze lichaam in mijn armen heb.'

Alis kneep haar ogen tot spleetjes. 'Je bent er niet van overtuigd dat ze dood is?'

Minou schudde haar hoofd. 'In mijn hart voel ik dat Marta leeft, dat ze nog ergens op deze aarde rondloopt. En hoewel ik weet dat het onmogelijk is en tegen alle logica in gaat, bid ik elke avond voor haar, dat het goed met haar gaat, dat er van haar gehouden wordt en dat ze gelukkig is... En dat ze ons niet is vergeten.'

'Lieve zus van me...'

Deze keer viel er een heel ander soort stilte.

'Besef je wel dat Marta nu dertien zou zijn?' zei Minou zacht. 'Een jongedame.'

Alis lachte. 'Marta vond zichzelf op haar zevende al een dame! Herinner je je hoeveel ze ervan hield als we haar verjaardag vierden, alle drukte, de cadeaus?'

'Ze genoot ervan om in het middelpunt van de belangstelling te staan.'

'En wat ergerde Salvadora zich daaraan! Ze gaf Marta altijd op haar kop omdat ze zich "aanstelde".'

Minou glimlachte. 'Salvadora behoort tot de generatie die vond dat meisjes alleen gezien mochten worden, niet gehoord.'

'Tegen mij zei ze altijd hetzelfde, weet je nog? Ze zei dat ik me meer als een dame moest gedragen, dat ik stiller moest zijn en minder lomp. Moet je zien wat daarvan terechtgekomen is!'

Minou knikte. 'Ze heeft altijd het meest van Aimeric gehouden. Hem verliezen was meer dan ze kon verdragen.'

Alis zuchtte. 'Ik snap waarom Piet er zo over denkt, maar jij hebt de intuïtie van een moeder. Als jij denkt dat Marta nog leeft, is dat misschien ook zo.' Ze hield haar handen omhoog. 'Of zou er een limiet zijn aan wonderen? Kijk naar mij, ben ik niet het levende bewijs dat wonderen bestaan?'

Plotseling voelde Minou een enorme dankbaarheid en liefde voor haar zus. 'Ja. Ondanks alles, tegen beter weten in en ondanks alle gevaren ben je erin geslaagd om bij ons te komen.'

'De intuïtie van een moeder,' herhaalde Alis vastberaden.

En voor het eerst sinds tijden voelde Minou dat haar hart iets lichter werd.

53

Warmoesstraat

Cornelia keek naar het bundeltje op haar schoot.

Jacob Pauw was tot laat op de avond gebleven. Een man die geruïneerd was en weer was opgekrabbeld, maar ook iemand die een te hoge prijs had betaald om zijn lot weer ten goede te keren. Geen vrouw, geen kinderen, slechts het langzaam uitdoven van zijn levenslicht terwijl de kanker zich uitbreidde. Het enige wat hem restte was de angst voor het oordeel dat hem te wachten stond wanneer God zijn ziel tot zich nam.

Vanwege haar vader – en uit medelijden met de stervende man – was Cornelia bij hen gebleven totdat de lampen werden aangestoken en Jacob Pauw eindelijk afscheid had genomen. Pas toen had Cornelia zich in haar eigen kamer kunnen terugtrekken met het pakketje dat Mariken jaren geleden bij zuster Agatha had achtergelaten.

Haar nieuwsgierige vingers zweefden boven het aan de randen verschoten lapje grijze stof. Een eindje touw was er een paar maal omheen gewonden en vastgeknoopt, als een riem. Het leek erop dat het sinds de dood van Piets moeder tientallen jaren geleden niet meer was aangeraakt. Maar er was geen zegel. Cornelia wilde ontzettend graag weten wat erin zat.

'Maar Piet is je vriend,' zei ze opnieuw tegen zichzelf. Ze had het recht niet om in zijn privécorrespondentie te neuzen, of om zijn geheim te ontdekken voordat hij dat zelf deed.

Toen het geluid van de tiende klokslag langzaam wegstierf nam ze een besluit. Als ze het pakketje nu, vanavond nog, bij Piet bracht, zou ze er misschien wel achter komen wat erin zat. Tenslotte was dit de kwestie waaraan ze hun vriendschap te danken hadden.

Cornelia haalde haar eenvoudigste bruine mantel uit haar klerenkast en sloop daarna heel zachtjes, zodat de bedienden haar niet hoorden, de trap af en de deur uit, de Warmoesstraat in. In haar gebruikelijke stevige tempo stak ze de brug tegenover de Sint-Nicolaaskerk over naar de

Oudezijds Voorburgwal en daarna ook de volgende gracht naar de wirwar van drukke straatjes die op de Zeedijk uitkwamen.

Ze had geluk. Het was een stille nacht: geen leden van de schutterij met hun musketten die wilden weten waar ze naartoe ging, geen zeelui die struikelend uit taveernes of hoerenkasten kwamen en haar lastigvielen, geen uitgehongerde bedelaars met uitgestrekte hand... Ze haastte zich door de straten naar het huis van haar vrienden aan de Zeedijk.

Zeedijk

Toen de avond viel en de zwermen insecten die boven de Amsterdamse grachten dansten in groten getale tevoorschijn kwamen waren Minou en Alis naar binnen gevlucht. Ze hadden zich geïnstalleerd in de woonkamer van het gezin, waar Piet zich om een uur of tien bij hen voegde.

Het was een eenvoudig maar aangenaam vertrek. De sfeer in de kamer werd vooral bepaald door een gedrukte kopie van de beroemde kaart van Amsterdam door Cornelis Anthonisz, die boven de haard aan de muur hing. Anthonisz had de plattegrond in opdracht van de burgemeesters geschilderd als geschenk voor keizer Karel v tijdens zijn bezoek aan de stad, maar in plaats daarvan werd het schilderij in het stadhuis op de Plaats als symbool van burgertrots tentoongesteld. De cartograaf had later een houtsnede van zijn vermaarde kaart gemaakt en verkocht gedrukte exemplaren vanuit zijn werkplaats achter de Nieuwe Kerk. Willem van Raay was zo gul geweest om er een voor Piet te kopen als geschenk voor in zijn nieuwe huis.

Buiten op de straten werden de lantaarns ontstoken; gouden lichtkringen vielen op de Zeedijk en het plein voor de Sint-Anthoniespoort. Terwijl de drie met elkaar zaten te praten hadden ze het sluiten van de poort en het arriveren van de nachtwacht gehoord. Ze hoorden de klokken van de kerken over de grachten naar elkaar roepen. Minou en Piet spraken over hun geregelde leven in Amsterdam, het nieuwe bestaan dat ze voor zichzelf hadden opgebouwd. Alis vertelde over de tijd dat ze in het bezette La Rochelle woonde, over haar lange, omslachtige reis naar het noorden, van haven naar haven. Over de wreedheden waarvan ze getuige was geweest. Bijna zes jaar lang was ze van de ene naar de andere plaats getrokken, zonder ooit langer dan een paar nachten achter elkaar in hetzelfde bed te slapen, en alleen de gedachte dat ze misschien haar familie weer zou vinden – en de vurige hoop dat haar instinct dat ze in Amsterdam waren juist was – had haar een reden gegeven om door te gaan.

'Ik sta paf dat je eraan hebt gedacht om dit mee te nemen toen je uit Puivert vluchtte.' Minou streek met haar vingers over de dikke draden van het wandtapijt. 'En dat je het nooit hebt verkocht. Dat is alweer een wonder!'

Alis grijnsde. 'Ik ben wel in de verleiding geweest – dat ding is groot en zwaar en ik zou er een goede prijs voor hebben gekregen –, maar het gaf me moed. Het hielp me om te geloven dat jullie allemaal ergens veilig op me wachtten.' Opnieuw een grijns. 'En ik geef toe dat het me ook op andere manieren goed van pas is gekomen. Als mantel in de winter, als zadeldek, als bed of deken. Het werd een soort talisman, denk ik, een beetje zoals die oude dolk van jou, Piet. Die je aan Aimeric gaf toen hij uit Puivert vertrok.'

Hij knikte verdrietig. 'Ja, dat klopt.'

'Hetzelfde gold voor mijn houten kistje.' Minou glimlachte. 'Ik kon het niet over mijn hart verkrijgen om het in Parijs achter te laten. Sommige dingen eruit zijn wel kwijtgeraakt – met als belangrijkste de rozenkrans van onze moeder – maar ik heb mijn papieren nog, en de met krijt getekende plattegrond van Carcassonne...'

'Die herinner ik me!' riep Alis uit.

'En mijn dagboek, dat heb ik ook nog.'

'Schrijf je nog wel eens?'

'Niet echt.' Minou haalde haar schouders op. 'Tegenwoordig is het voldoende om alleen te leven.'

Een tijdje zaten de drie in aangename stilte bij elkaar. Er was te veel te vertellen, en tegelijkertijd hoefde er niets gezegd te worden. Toen zette Alis haar pul neer, en het viel Minou op dat haar zus in al die jaren dat ze als man vermomd had geleefd ook op een andere manier was veranderd. Ze zat als een man, met haar knieën uiteen en haar handen stevig op haar bovenbenen.

'Er is nog iets, hoewel ik niet zeker weet of jij het wel wilt horen, Piet.'

Hij keek haar door zijn ooghharen aan. 'Wat dan?'

'In de eerste maanden van dit jaar was ik in de Champagne en reisde over landerijen die van de hertog van Guise waren...' Ze brak haar zin af. 'Wisten jullie dat ze Guise sinds hij in de vijfde oorlog gewond is geraakt net als zijn vader le Balafré noemen, vanwege zijn litteken?'

'Dat heb ik gehoord, ja.' Piet knikte.

Alis vertelde verder. 'Ik was op weg naar Vlaanderen, met het plan om daarna naar Amsterdam door te reizen.'

'Hoe wist je dat we misschien in Amsterdam waren?'

Alis schudde haar hoofd. 'Dat wist ik niet, of in elk geval niet met zekerheid. Toen we in de Languedoc over het bloedbad in Parijs hoorden verlangde ik natuurlijk wanhopig naar nieuws over jullie. Niemand wist iets. Maar de gewelddadigheden bereikten ook Toulouse en Puivert, dus wist ik dat jullie niet naar huis zouden kunnen komen. Toen de bezetting bij La Rochelle voorbij was en er weer schepen de haven binnenkwamen hoorde je vaak zeggen dat Amsterdam veel hugenootse vluchtelingen had opgenomen. En gezien Piets Nederlandse afkomst leek het me niet onmogelijk dat ook jullie daarheen waren gegaan.'

'Het was nogal wat om die reis op basis van zo weinig informatie te maken,' merkte Minou op.

Alis haalde haar schouders op. 'Ik had toch geen betere plek om naartoe te gaan. Maar hoe dan ook, het was maart en ik kwam dus door de Champagne. Het was bijna Pasen, dus de geestdrift voor Guise' Heilige Liga was nog groter dan anders. En toen ving ik op een avond in een taveerne in Reims toevallig een gesprek tussen twee soldaten op. Het ging over de persoonlijke biechtvader van Guise.'

Piet slikte. 'Vidal?'

Alis knikte. 'Kennelijk is hij in die nacht van het Parijse bloedbad verdwenen. Wist je dat?'

Nu werd Piet krijtwit. 'Bedoel je dat hij is vermoord? Is Vidal dood?'

'Niemand weet het zeker. Het huis waarin hij verbleef werd verlaten aangetroffen. Misschien is hij op Bartholomeusdag tussen de gewelddadige meute verzeild geraakt, of gevangengenomen, of vermoord. Maar wat in elk geval wél bekend is, is dat Guise de afgelopen vijf jaar een groot deel van zijn fortuin heeft uitgegeven om dat uit te vinden.'

Piet leunde achterover op zijn stoel. 'Kan het dat Vidal al die tijd al dood is, Minou, en dat ik het niet wist?'

'Als Guise naar hem zoekt, zou je toch zeggen dat hij denkt van niet.'

Piet stond op het punt om antwoord te geven toen hun gesprek door een felle klop op de voordeur stilviel. Hij kwam onmiddellijk overeind, met de hand op het handvat van zijn dolk.

'Wie komt er nou op dit tijdstip nog langs?' vroeg Minou.

'Ik ga wel naar beneden,' zei Piet. 'De kans is groot dat het voor mij is.'

Alis wachtte tot het geluid van zijn voetstappen was weggestorven. 'Waarom is Piet zo onrustig?'

Minou had haar zus niet bang willen maken door toe te geven dat Amsterdam misschien niet veel veiliger zou blijken te zijn dan het verwoeste Franse platteland waar ze doorheen was getrokken. En dus had ze haar nog niets over de politieke situatie in de stad verteld.

'Piet is bang dat in Amsterdam binnenkort misschien een soort coup wordt gepleegd,' begon ze voorzichtig. Ze zag de ontzetting op Alis' gezicht. 'Hij is ervan overtuigd dat alles vredig zal verlopen, maar...' Minou stopte met praten toen Piet samen met hun bezoeker de kamer weer in kwam. 'Cornelia?' zei Minou verbaasd. 'Wat is er aan de hand?'

'Vergeef me dat ik zo laat op de avond nog langskom, en nog wel terwijl jullie bezoek hebben...' Toen zag ze Alis' gezicht en zweeg.

Minou glimlachte. 'Cornelia, dit is mijn zus, Alis. Ik durf te wedden dat ze je aan Aimeric doet denken. Na zes jaar heeft ze ons eindelijk gevonden. Alis, dit is onze goede vriendin, Cornelia van Raay.'

'Prettig om kennis met u te maken, mademoiselle Van Raay,' zei Alis warm. 'Minou heeft me verteld hoe goed u en uw vader voor hen zijn geweest.'

Piet hield een pakketje met touw eromheen omhoog. 'Minou, Cornelia heeft het gevonden.' Zijn stem klonk vol verwachting. 'Na al die tijd heeft Cornelia gevonden wat mijn moeder vlak voor ze stierf aan Mariken gaf.'

54

Minou pakte twee kaarsen van de schoorsteenmantel en zette ze midden op tafel. 'Leg hier maar neer,' zei ze. 'Dan kunnen we het beter zien.'

'Willen jullie dat ik ga?' vroeg Cornelia. 'Ik ben nieuwsgierig wat erin zit, maar als het te persoonlijk is...'

'Aangezien jij het hebt gevonden, Cornelia, denk ik dat je moet blijven. Wat vind jij, Piet?'

'Natuurlijk.'

De drie vrouwen kwamen rond de tafel staan en keken toe terwijl Piet het pakketje er behoedzaam op legde. Hij pakte zijn dolk, sneed voorzichtig het touwtje door en schoof het van de lap af.

'Wat is dat voor stof?' vroeg Alis.

'Volgens mij is het een stuk afgesneden falie,' antwoordde Cornelia.

'Wat is een falie?'

'De hoofddoek die de zusters van het begijnhof dragen,' antwoordde Minou. 'Mariken Hassels was bij Piets moeder toen ze stierf.'

'Mariken, natuurlijk.'

Piet sloeg de doek zorgvuldig open, alsof hij bang was dat de stof in zijn handen zou verpulveren.

'Wat zit erin?' vroeg Minou. 'Kun je het zien?'

'Een brief,' antwoordde Piet. 'Nee, twee brieven. Deze is verzegeld en in een nogal formeel handschrift geschreven.' Hij legde hem op tafel. 'Op de tweede is de inkt meer verschoten en hij is haastiger geschreven.' Hij legde hem naast de eerste en deed een stap naar achteren. 'Ik durf niet te kijken.'

Minou legde een hand op zijn arm. 'Er kan je niets gebeuren.'

'Dat weet je niet.'

'Dit zijn oude woorden. Wij zijn hier, en we zijn samen. Niets is belangrijker dan dat.'

Zijn gezicht werd zachter. 'Wil jij toch de brieven voorlezen? Ik zweer het je, ik kan het niet.'

'Als je dat wilt zal ik dat natuurlijk doen.'

Piet trok zijn stoel er bij en ging zitten. Alis en Cornelia deden hetzelfde. Minou was zich scherp bewust van het geschraap van de houten stoelpoten over de tegels, de manier waarop iedereen zich installeerde, het gevoel dat ze hun adem inhielden. Alle ogen waren op haar gericht.

Ze pakte de brief op. 'Hij is in het Nederlands geschreven, Piet. Dat kan ik niet lezen. Het spijt me.'

'Ik kan het vertalen, als je dat wilt?'

Piet aarzelde, maar knikte toen. Minou gaf de brief aan Cornelia en ging naast haar echtgenoot zitten.

'Hij is van je moeder, geschreven op de achtste maart in 1542.'

'Dat is de maand waarin ze gestorven is.'

Minou hield Piets hand stevig vast terwijl Cornelia begon te lezen.

Mijn lieveling, ik schrijf dit in haast en met hulp van mijn lieve vriendin Mariken, want ik heb weinig kracht. De ziekte heeft me in haar greep. Ik denk niet dat ik het einde van de maand zal halen. Tegen de tijd dat je oud genoeg bent om dit te lezen zal ik allang begraven zijn.

Cornelia was even stil, alsof ze zich liever niet opdrong op zo'n persoonlijk moment.

'Ga door,' drong Minou zachtjes aan.

Ik zal niet veel van dit leven missen, behalve jou, mooie zoon van me. Deze afgelopen zeven jaar is mijn leven een marteling geweest. Je vader hield van me. We gingen samen door de rode deur op de twaalfde mei van het jaar 1534. Op de dag van jouw geboorte na, toen je snel en gezond ter wereld kwam, was dat de gelukkigste dag van mijn leven.

'Wat bedoelt ze daarmee, door de rode deur gaan?' vroeg Alis.

'De deur van de Sint-Nicolaaskerk is rood,' legde Minou uit. 'Het betekent dat ze daar getrouwd zijn.'

'Getrouwd?' zei Piet scherp. 'Maar ik heb altijd gedacht...'

Minou herinnerde zich dat Piet haar, met een mengeling van schaamte en trots, voor het eerst vertelde dat zijn moeder ertoe genoodzaakt was haar lichaam op de straten van Amsterdam te verkopen om voor hem te kunnen zorgen. 'Mon coeur, laten we luisteren. Cornelia, alsjeblieft.'

Philippe kon na de zomer niet bij mij in Amsterdam blijven, want de plicht en zijn verantwoordelijkheid jegens zijn vader en diens landerijen riepen hem terug naar Frankrijk. We kozen Reydon als naam om aan de priester te geven, ter ere van het landgoed van zijn familie. We wisten dat totdat Philippe zijn vaders zegen had gevraagd – en had ontvangen – zodat ik als zijn echtgenote erkend kon worden, we een naam voor onszelf nodig hadden om te kunnen delen.

Alis schoof heen en weer op haar stoel. 'Wat bedoelt ze?'

'Ik neem aan dat Philippe deze verbintenis zonder toestemming aanging,' antwoordde Minou, 'en dat hij zijn nieuwe vrouw dus niet zijn familienaam kon geven voordat hij met zijn vader had gesproken.'

'Maar om haar te beschermen koos hij een naam die haar met hem verbond?'

'Dat denk ik.' Minou keek naar Piet, maar die was in zijn eigen gedachten verzonken.

Cornelia las verder:

Philippe gaf me zijn woord dat hij zou terugkomen om me te halen, dat hij niets liever wilde dan zijn zoon zien, en beloofde me dat hij in de tussentijd geld zou sturen. Hij liet een getuigenis bij me achter – om te bewijzen dat ons huwelijk echt was en jij een wettig kind – die ik bij deze brief voeg.

'Die arme, arme vrouw,' fluisterde Minou.

De herfst kwam, daarna de winter. Ik wachtte en wachtte, maar er kwam niets. Hij keerde niet terug en stuurde ook geen bericht. En omdat ik geen middelen had om mezelf te onderhouden was ik verplicht om terug te gaan naar de Sint-Nicolaaskerk, niet langer als bruid, maar...

Cornelia bloosde en stopte met lezen. 'De volgende paar regels zijn lastig te ontcijferen.'

Minou glimlachte. 'Je bent heel hoffelijk, Cornelia, maar dat hoeft niet. Piet weet hoe zijn moeder moest leven. Op die manier heeft ze Mariken leren kennen.'

Cornelia knikte kort.

Lieveling, je bent de zoon en erfgenaam van je vader. Ik bid dat je een goed leven zult hebben, een beter leven zonder mij. Ik laat je vol vertrouwen achter onder de zorg van Mariken. Zij zal een goed, vroom gezin vinden dat je kan opnemen. Je bent slim en handig, een zoon die iedere man in Amsterdam met trots de zijne zou noemen. Ik vertrouw mijn ziel toe aan de zorg van God en bid dat Hij jou zal beschermen.
Je liefhebbende moeder, Marta Reydon.

Terwijl Cornelia de brief voorzichtig op tafel legde, verborg Piet zijn gezicht in zijn handen en snikte.

55

Even leek de lucht in de kamer te zinderen door de oude, stoffige woorden van liefde van een al lang geleden gestorven moeder aan haar zoon.

Eindelijk sprak Piet. 'Dank je wel, Cornelia.'

Ze boog haar hoofd. 'Het was me een eer om zo'n brief te mogen voorlezen.'

'Zal ik verdergaan?' vroeg Minou zachtjes. Ze wilde hem niets opdringen als hij er nog niet klaar voor was. Piet knikte, dus pakte ze het andere document van tafel. 'Dit moet de getuigenis zijn waarnaar ze verwijst. Zal ik hem openmaken?'

Piet gaf haar zijn dolk om als briefopener te gebruiken. 'Ja, alsjeblieft.'

Minou schoof de punt van het wapen onder het nog intacte zegel en wrikte het los. Stukjes rode was schoten over tafel. Ze vouwde het zware perkament open en streek het glad. 'Het is in het Frans geschreven, ik neem aan door je vader. Het is een officieel bewijsstuk waarin wordt bevestigd dat op 12 mei 1534, in de kerk van Sint-Nicolaas in Amsterdam, Marta Franssen, ongehuwde vrouw uit de parochie, is getrouwd met Philippe du Plessis, de heer van Radon en Forges.'

Piet stond op en duwde zijn stoel met zo veel kracht naar achteren dat die viel.

'Mon coeur, wat is er?' Minou schrok van de uitdrukking op zijn gezicht.

'Die naam,' zei hij. Zijn ogen vonkten. 'Het kan toch niet zijn dat...'

'De spelling Reydon in plaats van Radon, bedoel je dat?'

'Nee! Du Plessis. Philippe du Plessis.'

Minou schudde haar hoofd. Piet pakte het document op, alsof hij het met eigen ogen wilde zien, en smeet het daarna terug op tafel.

'Piet, wat is er met je aan de hand? Zeg het me.' Ze keek naar hem.

Hij haalde zijn vingers door zijn haar en ademde een keer diep in. 'Philippe du Plessis was de man die zijn jonge neef in huis nam nadat de vader van de jongen – zijn broer – wegens verraad was veroordeeld. Hij was de man die de opleiding van zijn neef in Toulouse betaalde. De man die zijn eerste positie in Saint-Antonin betaalde en hem als zijn eigen zoon grootbracht.'

Minou voelde de vloer onder haar voeten verdwijnen. 'Dat kan niet...'

Alis en Cornelia keken elkaar aan.

'Ik snap het niet,' zei Alis. 'Wie is de neef van Du Plessis?'

'Vidal,' antwoordde Minou met een stem die van heel ver weg leek te komen.

Ook uit Alis' gezicht verdween alle kleur. 'Dus Vidal en jij zijn volle neven van elkaar.'

Piet knikte, maar zei niets.

'We namen altijd al aan dat hij de kardinaal was die Mariken had geschreven,' zei Minou, 'al wisten we niet waarom. Nu weten we dat wel.'

Zeedijk

'Jongen! Ja, jij daar. Jongen.'

Frans schoot wakker. Nadat hij de deur had opengedaan voor juffrouw Van Raay – ze kwam regelmatig bij de familie Reydon op bezoek, dus had hij er geen moeite mee gehad haar binnen te laten – was hij even gaan zitten met het idee dat hij wel een paar minuten rust en stilte kon gebruiken. Op de slaapzaal van de jongens was het benauwd en vol – te veel gesnotter en te veel scheten, en als de kaarsen opgebrand waren ook soms gehuil.

Frans krabbelde overeind. 'Wat?'

Een man met een mond vol zwarte tanden doemde op uit de schaduw. 'Is dit het huis van Reydon?'

'Wie wil dat weten?'

Het volgende ogenblik werd hij tegen de muur geduwd en lag de hand van de man om zijn keel.

'Laat me los!'

'Ik vraag het je nog 'ns, jongen, en deze keer geef je antwoord.'

Frans probeerde te knikken, maar de man kneep zelfs nog harder.

'Begrepen?'

'Ja, meneer,' perste hij eruit.

'Mooi. Is dit het huis van Piet Reydon?'

'Ja, meneer.'

'Ik heb een boodschap voor hem – strikt persoonlijk – van zijn kameraden. Zeg tegen hem dat het overmorgen gaat gebeuren. Zeg hem dat.'

'Overmorgen,' herhaalde Frans, die nauwelijks lucht kreeg.
'Precies.' De man kneep een laatste keer en liet hem toen los.
Met zijn hand om zijn hals viel Frans op zijn knieën.
'Niet vergeten,' zei de man nog, toen loste hij weer op in de duisternis van de straat.
Frans boog zich voorover en braakte. Nu herinnerde hij zich de naam van de man weer: Joost Wouter, een van de mannen van Houtman.
En of hij Houtman kende. Op zijn knieën tijdens de gereformeerde dienst op zondag, maar elke andere dag op zijn knieën in een heel andere houding. En dat voor een getrouwd man die zes kinderen moest onderhouden.

Piet ijsbeerde door de kamer. 'Vidal moet weten dat we neven zijn, dat is de enige verklaring.'
'En hij zocht bevestiging bij Mariken?'
Piet griste het document van tafel. 'Of hij wist dat dit bestond en wilde het vernietigen.'
'Leeft Philippe du Plessis nog?' vroeg Alis.
Piet haalde zijn schouders op. 'Dat weet ik niet.'
'Er moet een reden zijn geweest dat dit pas na al die tijd begon,' dacht Minou hardop. 'De brief aan Mariken, de aanslag in Puivert. Vidal had ons tien jaar met rust gelaten. Maar als Du Plessis stervende was, heeft hij misschien op zijn sterfbed zijn zonden opgebiecht. De onbezonnen daden uit zijn jeugd.'
Piet was even stil. 'Ja, en dat betekent dat het alleen in de winter of het voorjaar van 1572 kan zijn geweest dat Vidal zich realiseerde dat er iemand was die meer recht op de erfenis van zijn oom kon doen gelden dan hij.'
'En dat hij ontdekte dat jij die man was, Piet. Kun je je voorstellen hoe geschokt hij moet zijn geweest?'
'Toen we studenten waren vertelde Vidal me dat zijn oom nooit getrouwd was en dat hij, als zijn enige erfgenaam, een aanzienlijk fortuin zou erven.'
'Het moet mogelijk zijn om uit te vinden of Du Plessis dood is. We weten waar zijn landgoed is; dat staat in de brief. Daar moeten we beginnen.' Minou knipte in haar vingers. 'En als Vidal van de ene op de andere dag stinkend rijk werd, waarom zou hij dan nog bij de hertog van Guise in dienst blijven? Dat verklaart ook zijn verdwijning. Stel dat Guise weigerde hem te laten gaan. Dan heeft Vidal in de chaos van de slachtpartij op Bartholomeusdag misschien zijn kans schoon gezien en is hij er toen tussenuit geknepen.'

Piets ogen schoten vuur. ‘Dus jij denkt dat Vidal nog leeft?’

‘Als je het gesprek dat Alis in Reims opving kunt geloven, lijkt dat wel waarschijnlijk.’

‘Waarom zou Guise weigeren hem te laten gaan?’ vroeg Alis.

Minou fronste. ‘Vidal was Guise’ persoonlijke biechtvader. Hij zal allerlei privézaken hebben gehoord, kwesties die om discretie vragen: zijn litanie van misstappen en zonden. We weten allemaal wat voor man Guise is. Zeker nu hij aan het hoofd van de Heilige Liga staat wil hij natuurlijk absoluut niet dat de mogelijkheid bestaat dat Vidal hem verraadt of over zijn goddeloosheden uit de school klapt.’

‘En Guise is een wraakzuchtig man,’ vulde Piet aan. ‘Hij zou Vidal willen straffen, als voorbeeld voor anderen dat niemand, hoe verheven ook, aan hem kan ontsnappen.’ Hij fronste. ‘Vidal kan niet op het landgoed van zijn oom wonen. Dan zou Guise hem allang hebben gevonden. Dus waar is hij?’

56

'Neem me niet kwalijk, madame Reydon.'

Minou draaide zich om. 'Frans! Je liet me schrikken. Jij hoort in bed te liggen.'

'Ik heb een boodschap voor meneer.'

'Kan het niet tot morgenochtend wachten?'

'Ik geloof het niet.'

Piet wenkte hem. 'Laat hem maar binnenkomen.'

Frans wierp een blik op de vrouwen. 'Het bericht is strikt persoonlijk, alleen voor u.'

'Doe niet zo belachelijk,' zei Piet. 'Vertel op.'

Frans schuifelde ietsje verder de kamer in. 'Hij zei dat ik tegen u moest zeggen dat het overmorgen gaat gebeuren.'

Piets uitdrukking veranderde. 'Hij? Wie kwam die boodschap doorgeven?'

'Een man, nog maar een paar minuten geleden. Hij zei zijn naam niet, maar ik ken hem. Joost Wouter. Hij is een van Houtmans mannen.'

Langzaam stak Piet zijn dolk terug in de schede. Hij draaide zich om naar Minou en leek de gedenkwaardige gebeurtenissen van vanavond op slag te zijn vergeten. 'Ik moet gaan.'

'Nu? Zo laat op de avond nog?' Minou gebaarde naar de documenten op tafel. 'Na dit alles?'

Hij pakte haar hand. 'Ik blijf niet lang weg.'

'Wat is er aan de hand?' vroeg Alis zodra Piet de kamer uit was.

Door alle opwinding na Cornelia's ontdekking was Minou alles wat Piet haar eerder over de ophanden zijnde coup had verteld even vergeten. Nu keerde haar angst in volle hevigheid terug. Ze liet haar armen langs haar lichaam vallen.

'Weet je waar Piet naartoe is?' drong Alis aan.

'Nee,' antwoordde Minou, scherper dan haar bedoeling was.

‘Maar je weet wel wat die boodschap betekent, dat zie ik aan je gezicht.’

‘Ja, weet je het?’ vroeg Cornelia.

Minou aarzelde, gevangen tussen loyaliteit aan haar echtgenoot en dankbaarheid jegens haar vrienden, die niet één keer maar vele malen hun leven hadden gered. Haar hart begon te bonken bij het idee dat ze op het punt stond haar man te verraden. Zelf zag ze het niet zo, maar wat zou Piet ervan vinden? Voor Cornelia’s komst had het dilemma of ze wel of niet iets moest zeggen haar eindeloos gekweld. Ze twijfelde niet aan de rechtvaardigheid van zijn zaak, maar zette wel vraagtekens bij zijn bereidheid om alle vriendschapsbanden en familieverplichtingen opzij te schuiven om die zaak te dienen.

Minou kende Willem van Raay niet goed; hij had altijd een respectvolle afstand bewaard. Maar via Salvadora had Minou wel snippertjes informatie over zijn karakter verzameld: dat hij van zijn stad hield en zijn plicht deed, dat hij een prachtige zangstem had, diep en welluidend, dat hij een godvruchtig man was, dat hij altijd de mis bezocht en nooit zijn biecht op vrijdag oversloeg, dat hij nog steeds zeer toegewijd was aan zijn overleden vrouw.

Dat hij een heel bijzondere dochter had grootgebracht.

Minou wist hoeveel ze haar eigen lieve vader verschuldigd was, en dat ze alles zou hebben gedaan om hem te beschermen. Was ze Cornelia dat niet ook schuldig? Het was niet zozeer een kwestie van verraad jegens haar man, maar van respect voor hun vriendschap.

‘Cornelia, wil je me naar je vader brengen?’

Cornelia’s ogen werden zo groot als schoteltjes. ‘Zo laat op de avond nog? Hij ligt vast allang in bed.’

‘Ik weet dat het laat is. Maar toch...’

Cornelia keek haar aan en knikte toen. ‘Goed dan.’

‘En ik?’ vroeg Alis. ‘Wat moet ik doen?’

Minous gezicht verzachtte. ‘Jij kunt beter naar bed gaan. Het is een lange dag geweest. Je zult verschrikkelijk moe zijn.’

‘En wat zeg ik tegen Piet als hij terugkomt voordat jij weer thuis bent?’

‘Zeg dat ik met Cornelia ben meegelopen naar de Warmoesstraat. Hij weet hoe gevaarlijk het zo laat op de avond op straat kan zijn.’

‘Het was fijn om u te leren kennen.’ Cornelia stak haar hand uit en zei iets wat Alis niet kon verstaan. ‘Dat betekent “tot ziens” in het Nederlands.’

Alis herhaalde de vreemde klanken.

Beide vrouwen glimlachten.

Minou gaf haar zus een kus op het voorhoofd. 'Maak je geen zorgen, lieve Alis. Voor zonsopgang ben ik weer thuis.'

57

Rue Vieille du Temple, Parijs

'Hoe bedoel je, "niets"?' vroeg Guise boos. 'Zes jaar lang heb je op mijn kosten geleefd, Cabanel. In die tijd heb je me fragmenten van geruchten gebracht, maar nog geen snippertje nuttige informatie.'

Cabanel was onverwacht op audiëntie bij Guise geroepen en had geen kans gehad om zijn verslag voor te bereiden. Hij stond met zijn mond vol tanden en was nerveus. Hij probeerde niet naar het vurige litteken op het gezicht van de hertog te staren. 'Heer, ik heb niet stilgezeten…'

Guise onderbrak hem. 'Maar veel heeft dat niet opgeleverd.'

Cabanel hield voet bij stuk. 'Ontzettend veel mensen zijn sinds het bloedbad vermist, zelfs nu nog, en in de officiële stukken…'

'Het bloedbad van Bartholomeusdag!' tierde Guise. 'Hoe lang nog moet dat een excuus zijn voor elke fout? Iemand van kardinaal Valentins statuur verdwijnt niet zomaar.'

'De afgelopen zes jaar heb ik in elke abdij, elk godsdiensthuis, elk klooster gezocht, de boeken van zelfs de allerkleinste kerkjes uitgeplozen en ook die van…'

'Ik wil geen smoesjes, Cabanel. Ik heb je opdracht gegeven om mijn biechtvader op te sporen. Als je werkelijk heel Parijs heb doorzocht, dan zit hij dus duidelijk niet in Parijs.'

'Ik ben naar Saint-Antonin geweest, naar Toulouse, naar het landgoed van zijn overleden oom.'

'Dan moet je beter zoeken. Ook bij gewone mensen is Vidal niet onbekend. Hij heeft uiterlijke kenmerken waardoor hij opvalt.'

Cabanel was even stil. 'Maar als hij dood is, heer?'

De hertog van Guise deed een stap in zijn richting. 'Breng me dan zijn lijk, Cabanel. Ik heb je goed voor je diensten beloond, maar mijn geduld raakt op. Begrepen?'

'Ja, heer. En als ik hem vind, eh… wanneer ik hem heb, wat dan?'

Guise keek hem strak aan. 'Mensen die hun beloften verbreken, die hun meerderen verraden terwijl die hen tot grote hoogte hebben doen stijgen, horen op dezelfde manier aan hun einde te komen als ketters en verraders. Is dat duidelijk, Cabanel?'

In de hal klonk gerucht, en Guise trok zijn dolk. Cabanel wist dat de hertog leefde met de voortdurende dreiging vermoord te worden. Hij had in eigen kamp en ook onder de hugenoten vele vijanden. Er werd gezegd dat Guise' persoonlijke lijfwacht groter was dan die van de koning zelf.

'Wie is daar?'

Een wachter duwde een knap meisje in een blauwe jurk de kamer in. 'Ik vond haar ronddwalend op de gang, meneer.'

Cabanel had het gevoel dat zijn ingewanden vloeibaar werden. 'Heer, vergeef me. Dit is mijn dochter. Ze was bij me toen u me liet roepen, maar omdat ik u niet wilde laten wachten heb ik haar mee...'

'Genoeg.' Guise duwde zijn ponjaard terug in de schede en wenkte haar. 'Hoe heet je, meisje?'

'Marie Cabanel.'

'Toon respect,' siste haar vader.

'Mijn naam is Marie Cabanel, heer Guise,' zei ze zacht en ze maakte een kniebuiging.

Tot Cabanels opluchting leek Guise haar wel charmant te vinden.

'Hoe oud ben je, Marie Cabanel?'

'Ik heb dertien zomers gezien, heer, maar ik ben volwassen voor mijn leeftijd.'

Cabanel begon zijn excuses al aan te bieden. 'Heer, ze...'

Guise stak zijn hand op. 'Wees stil, man.' Hij boog zich voorover zodat zijn gezicht op gelijke hoogte was met dat van haar. 'Je bent vrijpostig, kind.'

Marie sloeg haar blik niet neer. 'Ik heb geleerd om altijd de waarheid te spreken, heer.'

Guise glimlachte. 'O, is dat zo?' Hij kneep met duim en wijsvinger in haar kin. 'Ben je een goed christen? Dien je God zowel in je gedachten als met je daden?'

'Ik ga op vrijdag biechten, op zondag naar de mis, en ik zeg elke avond mijn gebeden.'

Cabanel was als de dood dat Marie de vrome en godvruchtige Guise met haar onbeschaamdheid zou beledigen. Ze had nooit geleerd om op haar woorden te letten.

'Hoe komt u aan dat litteken?' Ze raakte het gezicht van de hertog aan.

'Marie!' riep Cabanel uit.

Tot zijn verbazing lachte Guise. 'Heel bijzondere ogen,' mompelde hij, en toen liet hij haar los. 'Cabanel, neem je dochter mee. En doe beter je best. Ik wil dat de kardinaal gevonden wordt en dat er met hem wordt afgerekend. Alleen al het idee dat hij nog leeft maakt me ziek.'

'Ja, heer.' Cabanel boog, greep daarna zijn dochter ruw bij de arm en sleepte haar mee het vertrek uit.

58

De Lastage, Amsterdam

Het was bijna middernacht toen Piet het bedehuis in de Lastage naderde. Een eindje voor hem in het donker hoorde hij voetstappen, dus stapte hij naar achteren, uit het zicht, totdat hij kon zien wie het was.

'Le Maistre,' riep hij terwijl hij op zijn oude vriend afliep. 'Bij alles wat heilig is! Ik wist helemaal niet dat jij in Amsterdam was.'

Piet had meer dan zes jaar niets meer van Antoine le Maistre gehoord. De laatste keer dat hij hem had gezien was toen Minou en hij hun lange reis naar de koninklijke bruiloft in Parijs korte tijd hadden onderbroken in Limoges.

De twee mannen omhelsden elkaar.

'Reydon, alle heiligen! Wat ben ik blij om jou te zien.'

'Hoe gaat het met je?' vroeg Piet, die ervan schrok hoezeer zijn vriend veranderd was.

De tijd was wreed voor hem geweest. Le Maistre was broodmager en zijn huid was grauw en zat vol rimpels. Zijn haar was sneeuwwit. Bij hun omhelzing voelde Piet de ribben van zijn vriend onder zijn kleding. Zwaarmoedigheid leek als een wolk om hem heen te hangen.

Antoine stak beide handen in de lucht. 'Zoals je ziet loop ik nog steeds op deze aarde rond.'

'En hoe is het met je gezin?'

Le Maistre schudde zijn hoofd. 'Ik heb geen gezin meer. Tijdens de laatste oorlog werd ons landgoed bestormd.' Hij zuchtte. 'Ik was er niet om ze te beschermen. Ze hebben niemand in leven gelaten.'

'Mijn vriend, dat spijt me vreselijk.' Piet dacht aan Le Maistres lieve vrouw en hun blozende kinderen, en aan de fijne dagen die ze die zomer in Limoges hadden doorgebracht.

'We leven in moeilijke tijden, Reydon,' zei Le Maistre zacht. 'Na die tragedie bond niets me nog aan Limoges, dus ben ik naar het noorden gereisd om mijn zwaard aan te bieden. En jij?'

‘Wij wonen tegenwoordig in Amsterdam. Puivert is ingenomen, dus na wat er op Bartholomeusdag in Parijs gebeurde konden we niet meer naar huis.’

‘Zijn je vrouw en kinderen bij je?’

Er gleed een schaduw over Piets gezicht. ‘Bij het bloedbad van Parijs hebben we onze oudste dochter, Marta, verloren. Vermist, niet per se dood, maar dat maakt niet veel uit. En mijn zwager ook.’

‘Jij ook gecondoleerd met je verlies.’

Piet knikte. ‘Maar met Minou gaat het goed, onze zoon doet het geweldig, net als onze jongste dochter, Bernarda. Genoemd naar Minous vader natuurlijk. En toevallig is juist vandaag Minous zus Alis, van wie we sinds de aanval op Puivert niets meer hadden gehoord, in Amsterdam aangekomen.’ Hij gaf Le Maistre een klap op zijn arm. ‘Ik heb veel om dankbaar voor te zijn.’

Nog een paar ogenblikken stonden de twee mannen zwijgend bij elkaar, omringd door hun geesten.

‘Dus daar zijn we weer,’ zei Le Maistre uiteindelijk. ‘Wapenbroeders, in goede en in slechte tijden.’

‘Wapenbroeders.’ Piet glimlachte wrang. ‘En opnieuw opgeroepen om te dienen. Zullen we naar boven gaan?’

Toen ze langs de steile trap naar de bovenste verdieping van het huis liepen merkte Piet met verdriet op hoe snel Antoine buiten adem raakte. Toen hij voorstelde om even te blijven staan, wuifde zijn oude vriend zijn bezorgdheid weg.

Ze stapten een bedompte kamer in, waar het vol rook stond en sterk naar haring rook.

‘Reydon!’

Een van de leiders van de Lastagefactie van de calvinistische opstandelingen was Jan Houtman, een stevig drinkende, onverzettelijke soldaat wiens familie tijdens het Beleg van Haarlem door Spaanse troepen was vermoord.

Hij stond op. ‘Jou had ik hier niet verwacht.’

Piets stemming daalde. Hoewel het grootste deel van de Amsterdamse protestantse gemeenschap hem met open armen had verwelkomd – net als iedereen die hun droom om een nieuwe protestantse natie te stichten deelde – was er een harde kern van Hollanders en Zeelanders die weinig ophadden met mensen die niet uit de Nederlandse Provinciën kwamen. ‘Er is vanavond een boodschapper naar mijn huis gestuurd.’

In de hoek van de kamer zag Piet een ruig uitziende man die bezig was om met een mes vuil onder zijn nagels vandaan te halen. Hij voldeed precies aan Frans' beschrijving van de kerel die hem hardhandig had aangepakt.

'Je had niet persoonlijk hierheen hoeven komen,' zei Houtman bot.

Piet keek hem aan. 'Aangezien de boodschap niet persoonlijk aan me is doorgegeven, leek het me het verstandigst om me ervan te verzekeren dat ze juist was overgebracht.'

Houtman wierp een korte, woedende blik op de man in de hoek. 'Ik zei het je toch! Met wie heb je gesproken?'

'Een of ander joch dat buiten rondhing.'

'Je bent een dwaas, Wouter.'

Piet dwong Houtman om hem te blijven aankijken. 'Ik wilde zeker weten wat er op stapel staat, zodat ik de mij toebedeelde taak beter kan uitvoeren.'

Houtman aarzelde even en gebaarde toen dat Piet kon gaan zitten. 'En u moet Antoine le Maistre zijn,' zei hij heel wat vriendelijker. 'U bent van harte welkom; uw vrijgevigheid van de afgelopen maanden wordt zeer gewaardeerd, monsieur.'

'Tot uw dienst.' Antoine wierp een korte blik op Piet voordat hij ging zitten, alsof hij zich ervoor verontschuldigde dat hij hem nog niet precies had verteld op wat voor manier hij bij de groep betrokken was.

Piet keek om zich heen. Het was een kleinere bijeenkomst dan gebruikelijk en hij herkende maar een paar mannen, een mengeling van calvinistische opruiers van het soort dat altijd op de Plaats stond te oreren als de vroedschap bijeen was – haringverkopers, handelaren, boekhouders, kaarsenmakers, schoenmakers. Gewone werkende mannen.

'Klopt het dat de datum naar voren is gehaald, naar de zesentwintigste?' vroeg Piet.

Houtman fronste om zijn directheid. 'Dat klopt.'

Piet wist niet goed waarom de gebeurtenissen opeens in een stroomversnelling waren geraakt of waarom de sfeer zo geladen leek. Gezien de bijzondere persoonlijke ontdekkingen die hij eerder die avond had gedaan kon het natuurlijk zijn dat hij er meer in zag dan gerechtvaardigd was. Maar tegelijkertijd was hier het bewijs dat ze het eens waren geworden over de plannen om van Amsterdam een calvinistische stad te maken. Toch hing er een sfeer van onenigheid in het vertrek. Hij geloofde niet dat hij zich dat alleen verbeeldde.

'We zaten midden in een discussie toen jullie binnenkwamen,' zei Houtman voorzichtig. 'Over hoe we nu precies verder moeten gaan.'

'Ik dacht dat de beslissing al genomen was?'

Houtman glimlachte kil. 'Het is meer een kwestie van hóé we verder gaan, niet wanneer.'

'En we hebben geen tijd om alles voor een stelletje buitenlanders nog eens over te doen,' bromde een van de andere mannen, aan zijn accent te horen een Zeelander.

'We zijn allemaal broeders in het gereformeerde geloof,' zei Houtman snel met een blik op Le Maistre; hij wilde niet dat die zich beledigd voelde.

Antoine stak een hand op. 'Ik begrijp het. Door de tijden waarin we leven zijn we geneigd alleen onze eigen mensen te vertrouwen. Dat snap ik.'

'Wouter denkt,' vervolgde Houtman, 'dat de Dirckisten alleen onder dreiging van zwaard of musket zullen toegeven. Ik denk van niet.'

'We kunnen ze niet vertrouwen,' klaagde Wouter. 'Ze hebben de Satisfactie ondertekend, de voorwaarden goedgekeurd en zich er vervolgens niets van aangetrokken.'

'Er zitten veel gematigde katholieken in de vroedschap,' reageerde Houtman. 'Zij zullen wel voor rede vatbaar zijn.'

'Jij bent wel erg goedgelovig als je dat denkt!'

Iedereen begon wild te roepen. Door de jaren heen had Piet veel van zulke discussies meegemaakt – in Carcassonne, Toulouse, Amsterdam. En het ging altijd om hetzelfde: of ze in goed vertrouwen moesten handelen en ervan uit moesten gaan dat de tegenstander hetzelfde deed, of dat ze van het ergste moesten uitgaan en daarom als eerste moesten toeslaan.

'Luister nou wat ik zeg,' schreeuwde Houtman dwars door het kabaal heen. 'Er zijn net zo veel katholieken die graag een compromis willen bereiken als er aan onze kant gematigden zijn die zich voor vrede en rechtvaardigheid inzetten.'

'Allemaal paaps ongedierte!' Wouter sloeg met zijn vuist op tafel.

Houtman negeerde hem. 'Monsieur Le Maistre, hoe denkt u erover? Spreek vrijuit. U bent hier onder kameraden.'

Antoine stak een hand op. 'Ik kan echt mijn mening niet geven. Ik ben pas een paar weken in Amsterdam.'

'En jij dan, Reydon?' zei Wouter spottend. 'Jij bent tenminste voor een deel Amsterdammer, al is het alleen via de vrouwelijke lijn.'

Piet voelde dat de atmosfeer gespannen werd. Wat waren de banden van bloed, loyaliteit en afkomst toch met elkaar verstrikt. In zijn jonge vechtersjaren in Carcassonne en Toulouse werd vaak aan zijn trouw aan de Languedoc getwijfeld omdat hij slechts voor een deel Frans was. Nu, meer dan vijftien jaar later, werd hij gewantrouwd omdat er te veel Frans bloed door zijn aderen stroomde.

'Net als Le Maistre zou ik me nooit aanmatigen om voor Amsterdam te spreken. Zoals mijn vriend hier al zei' – Piet wees naar Wouter – 'ben ik maar half Nederlands. Maar met jullie permissie wil ik wel dit zeggen. Ik denk dat deze geweldige, fantastisch moderne stad, die vele mensen van ons geloof als broeders heeft verwelkomd, het hart zou moeten worden – en ook zal zijn – van een nieuwe protestantse natie. Dat gezegd hebbende: denk ik dat onze pogingen om harten en hoofden voor onze zaak te winnen geschaad kunnen worden als we de machtsoverdracht met agressie afdwingen? Ja, dat denk ik wel. Als je mij vraagt hoe we moeten bewijzen dat we het waard zijn om de nieuwe leiders van deze stad te worden, dan zou ik zeggen dat onze argumenten het zonder geweld moeten winnen. Er is al genoeg bloed vergoten.' Piet blikte de kamer rond en keek iedere man even aan. 'We verdienen het om de macht te krijgen. We moeten de voorwaarden van de Satisfactie die Dircksz met de Prins van Oranje is overeengekomen naleven, ook al hebben hij en zijn aanhangers dat niet gedaan. We moeten bewijzen dat de zaak waar wij voor staan zo onwankelbaar is dat we niet op geweld hoeven terug te vallen om te winnen.'

Heel even was het stil in de kamer. Niemand sprak, niemand verroerde zich. Toen richtten een voor een alle blikken zich op Jan Houtman.

'Je spreekt goed, Reydon. Maar woorden zijn misschien niet genoeg.'

'De gewone mensen staan aan onze kant,' pareerde Piet.

Houtman fronste. 'En ook veel van de onzen in de gewapende gilden.'

'En we hebben mannen dicht bij het vuur,' zei een ander. 'Als die hun collega's kunnen overtuigen...'

'Precies,' zei Piet instemmend.

Houtman knikte nu. 'Een vreedzame transitie zou ons – het nieuwe bestuur – genoeg invloed geven om de veranderingen die we zo graag willen snel door te voeren.'

'En als ze niet stilletjes afdruipen?' wierp Wouter tegen. 'Wat dan? Wou je dat we als nonnen op de knieën gaan en om de sleutels van onze eigen stad smeken?'

'Zo ver zal het niet komen,' hield Piet vol. 'Ze zullen zien dat hun tijd voorbij is.'

Terwijl hij naar hun gezichten keek was hij opeens terug bij een ander, vergelijkbaar gesprek, in een andere, vergelijkbare kamer in Carcassonne aan de vooravond van de Franse oorlogen. Een vergelijkbaar debat tussen mannen – onder wie een aantal verraders, naar later bleek – van wie sommigen op een vreedzame weg aandrongen en anderen ervan overtuigd waren dat alleen geweld tot een overwinning zou leiden.

Piet herinnerde zich dat zijn jongere ik – de man die hij was voordat liefde, oorlog en verlies hem murw hadden gemaakt – een aftandse leren tas van zijn schouder had genomen en voorzichtig op tafel had gelegd. Hij herinnerde zich dat hij de gesp losmaakte en zijn hand in de tas stak, dat het licht op de tere, witte stof scheen die erin zat en dat de lijkwade van Antiochië opeens leek te glinsteren, waardoor de grijze schemering in de bescheiden kamer opeens helder verlicht werd.

Zijn gedachten buitelden nu over elkaar heen. Plotseling zag Piet zichzelf in augustus 1572 in de Sainte-Chapelle staan op de dag dat Marta verdween en hoorde hij de wachters weer tegen elkaar zeggen dat iemand had geprobeerd de doornenkroon uit de reliekschrijn mee te nemen. De herinnering aan die afschuwelijke uren dat hij Parijs had uitgekamd om zijn verdwenen dochter te zoeken spoelde als een golf over hem heen.

En plotseling drong tot hem door waarom Vidal misschien zo veel rijkdom vergaarde. Vidal, zijn neef. Tijdens zijn gesprek met Minou had de vraag waarom Vidal al zijn status en macht zou opgeven voor een leven in de obscuriteit voortdurend aan hem geknaagd. Zou dit het antwoord kunnen zijn? Zijn obsessie, zijn ambitie, zijn inhaligheid. Hoe ver hij bereid was te gaan. Hij was een jager, maar hij jaagde niet op mensen of dieren.

Hij jaagde op relieken.

59

Warmoesstraat

Nadat ze hun huis op de Zeedijk hadden verlaten haastten Minou en Cornelia zich over de donkere straat. Het was vreselijk laat, en Minous hart bonkte.

Ze staken de grachten van de Oude Zijde over, keken bij elke hoek goed uit naar burgerwachten en verscholen zich zo nodig in portieken of donkere hoekjes totdat de patrouille voorbij was gelopen. Minou vroeg zich af aan wiens kant de mannen met hun kruisbogen, de jonge soldaten die zo trots waren op hun vuurwapens, zouden staan als de coup doorging.

Ze corrigeerde zichzelf. Niet áls, maar wanneer.

Het was al bijna één uur 's nachts toen ze Van Raays huis in de Warmoesstraat binnengingen en zich in dezelfde kamer installeerden als waar Pauw een paar uur eerder zijn bekentenis had afgelegd. De kaarsen sputterden; de bleke was vormde een plasje op de ronde koperen kandelaar.

'Denk je dat Piet nu gaat proberen om Vidal te vinden?' vroeg Cornelia.

Toen hun vriendschap en daarmee het vertrouwen tussen hen was gegroeid had Minou Cornelia niet alleen toevertrouwd hoe ze haar onverwachte erfenis had gekregen en kasteelvrouwe van Puivert was geworden, maar ook hoe Vidal er bijna in was geslaagd om haar familie kapot te maken.

'Je moet begrijpen dat Vidal nooit helemaal uit Piets gedachten is. Hij is als een kwaadaardige schaduw. Dus om te ontdekken dat ze neven zijn, tja... Piet heeft altijd gevonden dat het niet veilig voor ons was om naar Frankrijk terug te keren, zelfs niet nu er een wapenstilstand geldt, maar deze nieuwe informatie zou dat wel eens kunnen veranderen.'

'Omdat als Du Plessis inderdaad zonder andere kinderen is gestorven Piet de wettige erfgenaam van zijn bezit is, en niet Vidal?'

'Precies.'

‘Denk je dat Piets liefde voor zijn moeder zal veranderen door wat hij vanavond heeft gehoord?’

Minou glimlachte. ‘Nee, Piet heeft altijd onvoorwaardelijk van haar gehouden, hoe ze haar leven ook leidde en hoe tragisch haar dood ook was. Dat hij er nu achter is gekomen dat ze toch getrouwd was, zal in zijn ogen alleen maar bevestigen dat ze een goede vrouw was.’

‘En zal zijn mening over zijn vader negatiever uitvallen?’

‘Piet had zijn vader al nooit erg hoog zitten. Hij zal hebben aangenomen dat hij… Hij veracht mannen die op die manier een vrouw kopen.’

Cornelia keek haar met opgetrokken wenkbrauwen aan.

Minou lachte. ‘Als het aan Piet lag werden alle goedkope bordelen gesloten. Hij zou strenge regels opstellen voor de taveernes en kroegen bij de haven waar alle zeelui komen, en ook de plekken waar de schutters zich na hun dienst verzamelen om daarna naar gezelschap op zoek te gaan zou hij scherp in de gaten laten houden.’

‘Trouwen of anders niks?’

‘Trouwen of anders niks,’ beaamde Minou. ‘Verbaast je dat?’

Cornelia dacht even na. ‘Tja, ik geloof dat ik zo’n rigide moraal wel met de calvinisten associeer. De strenge manier waarop ze hun geloof belijden, het feit dat ze erop staan elk ogenblik van elke dag volgens Gods geboden te leven… Dat lijkt alles wel wat vreugdeloos te maken. Ik had nooit het idee dat Piet die opvattingen deelde.’

‘Na het bloedbad in Parijs is zowel de houding van de katholieken als die van de hugenoten verhard. Gematigde stemmen raakten ondergesneeuwd toen hun leiders steeds meer afstand namen van het idee dat een compromis mogelijk was en meer en meer in zwart-wit gingen denken.’

Cornelia zuchtte. ‘Of je bent mijn vriend, of je bent mijn vijand. Niks ertussenin.’

Minou knikte. ‘Ik wil niet zeggen dat Piet ook zo is, maar hij ziet zichzelf tegenwoordig allereerst als protestant. Vroeger was hij ook trots om hugenoot te zijn, maar daarnaast was hij landeigenaar, echtgenoot, een man van de Languedoc, een vader.’

Cornelia knikte. ‘Denk je dat Piet Vidals erfenis zal aanvechten?’

Minou dacht even na. ‘Er is een tijd geweest dat ik precies had geweten wat ik daarop moest antwoorden. Nu weet ik het niet meer zeker. We hebben de drie eerste oorlogen overleefd, maar na het bloedbad van Parijs zijn we alles kwijtgeraakt. Ons land, onze rijkdom, de erfenis van onze kinderen, ons huis. En boven alles mijn broer en dochter. Zonder jou en je vader, Cornelia, zouden we nog steeds niets hebben. Dankzij jullie hebben we een deel van wat verloren is gegaan weer kunnen opbouwen. Maar Piet zal zich altijd zorgen blijven maken en ik vrees dat de oorzaak daarvan in zijn eigen jeugd ligt. De herinnering dat hij in dat huis in de Kalverstraat aan het bed van zijn moeder zat en ondanks zijn jonge leeftijd begreep dat zij stierf omdat ze arm waren. Ze hadden geen geld voor een logement, ze hadden niets te eten, ze konden geen dokter betalen die in elk geval haar pijn kon verzachten. Dus ja. Als Piet denkt daarmee de toekomst van onze kinderen veilig te kunnen stellen, probeert hij misschien wel een deel te krijgen van wat – misschien – zijn rechtmatige eigendom is.'

'Dat snap ik wel,' zei Cornelia. 'Maar hoe zit het met jou?'

Minou zuchtte. 'Ik wil niet dat Piet op zoek gaat naar Vidal. Hoewel ik Piet voortdurend gerust probeer te stellen dat hij ons niet meer kan raken, ben ik bang voor hem.' Ze aarzelde. 'Aan de andere kant, als Piets claim dat hij Du Plessis' wettige erfgenaam is succes heeft, zouden we genoeg geld hebben om opnieuw naar Marta op zoek te gaan. Dat hebben we nooit gedaan; we konden het ons niet veroorloven. We hebben gedaan wat we konden, we hebben vragen gesteld en brieven verstuurd, maar van een serieuze zoektocht is het nooit gekomen. Dat we onze pogingen hebben gestaakt zal altijd op mijn geweten drukken.'

'Maar Minou, na al die tijd... Is er nog wel hoop?'

'Dan zou ik in elk geval weten dat we het hebben geprobeerd.'

Opnieuw zwegen ze. Cornelia probeerde zich voor te stellen hoe het moest zijn om te worden geplaagd door de geest van een kind dat je was kwijtgeraakt. En Minou probeerde zich voor te stellen – zoals elke dag sinds de verdwijning van haar dochter – hoe haar kind er nu uit zou zien.

'Marta heeft net zulke ogen als ik. Eén bruin en één blauw. Dat komt niet vaak voor.'

'Als ik afga op het wandkleed dat Alis uit Puivert heeft meegenomen, leek Marta ook in andere opzichten op jou.'

'Uiterlijk wel, ja. Qua karakter had ze meer weg van Alis, denk ik. Marta had altijd haast, was altijd ongeduldig en opvliegend, had altijd een antwoord klaar.'

Cornelia glimlachte. 'Alis is precies zoals ik me haar door jouw verhalen had voorgesteld.'

'In het vluchtelingenkamp bij La Rochelle en tijdens haar lange reis heeft ze zich als jongen verkleed!'

'Dat lijkt misschien niet eens zo bizar, als je bedenkt dat ze me vreselijk veel aan je broer deed denken, zoals jij al veronderstelde.'

Het kleine tafelklokje begon te snorren en te klikken terwijl de gewichtjes bewogen en de ene wijzer het hoogste punt bereikte.

'Eén uur,' zei Cornelia. Ze keek op en luisterde of er misschien geluid uit haar vaders kamer boven kwam, maar de planken bleven stil. 'Hij gaat vroeg naar bed en slaapt altijd diep. Misschien is het beter als je weer naar huis...'

'Het moet vannacht.' Minou huiverde en trok haar sjaal wat strakker om haar schouders. Ze had niet tegen Cornelia gezegd waarom het zo dringend was dat ze Willem van Raay sprak. En haar vriendin, die haar goed kende, had niet aangedrongen.

'Dan blijven we nog even wachten,' zei Cornelia.

60

Zeedijk

Piet bleef voor zijn eigen voordeur staan en hoorde de kerkklokken één uur slaan. In huis was het donker. Hij nam aan dat iedereen naar bed was.

Net zoals Frans eerder ging hij op het stoepje zitten en liet de gebeurtenissen van die avond de revue passeren: de bevestiging van zijn angst dat Vidal zich met hun leven bleef bemoeien, de identiteit van zijn vader, de liefdevolle woorden van zijn moeder die hij pas nu, na al die jaren, hoorde. Toch wist Piet dat hij zijn persoonlijke gevoelens in elk geval voor de komende achtenveertig uur opzij moest zetten.

Hij had Minou in goed vertrouwen verteld dat de coup een vreedzame wisseling van de wacht moest worden, een nieuwe manier om de dingen te doen. Niet langer een door Spanje geknechte vazalstaat, maar Amsterdam in het hart van een nieuw, onafhankelijk land, geleid door de Prins van Oranje. Een heel eigen protestantse staat, niets minder.

Maar na Jan Houtman en zijn volgelingen te hebben gehoord had hij er een stuk minder vertrouwen in. Hij zag dezelfde strijdlust in hun ogen die hij in 1572 in de straten van Parijs bij de mannen van Guise had gezien, toen bloeddorst alle menselijke emoties uit hun hart verdreef. Dezelfde onmenselijkheid die hij tijdens die eerste nacht in 1562 in Toulouse had gezien, toen de stad in brand vloog.

Daarna herinnerde Piet zich al het goeds dat uit die donkere tijden was voortgekomen, want tijdens die nacht in Toulouse had hij een van zijn kameraden die gewond was geraakt in veiligheid gebracht in een woonhuis – Salvadora's huis – en daarbij Minou teruggevonden. Een dapper meisje, een meisje van principes en eer. Het meisje dat hem later vereerde door zijn vrouw te worden. Het was een wonder hoe het menselijk hart zelfs in de ergste tijden bleef kloppen.

Liefde en hoop.

'Mijn vrouwe van de mist,' fluisterde hij voor zich uit.

De glimlach verdween van zijn gezicht. Hij had Minou beloofd dat in Amsterdam de overgang van het verleden naar de toekomst vreedzaam zou verlopen. Houtman was bij lange na niet de ergste van het stel. Hij was een intelligente kerel en een man van zijn woord, ondanks zijn afkeer van buitenlanders. Had Piet vanavond genoeg gedaan om Houtman ervan te overtuigen dat ze de grootste kans op succes hadden als ze zich als politici gedroegen, niet als soldaten?

En als dat niet zo was, wat zou er dan met hen allemaal gebeuren?

Zonder Willem van Raay zouden ze nu niets hebben gehad. En dus was de vraag die Piet zichzelf moest stellen of hij vooral trouw moest zijn aan een ideaal, aan de hugenootse zaak, of aan hen die zich om hen hadden bekommerd toen ze dat het hardst nodig hadden.

Piet stond op. Minou had gelijk. Zijn vrienden verdienden het dat hij ze waarschuwde. Van Raay was een sombere man met een groot plichtsgevoel, hij was vroom. Maar Piet wist ook dat hij de excessen van de katholieke troepen verontrustend vond. Hij moest erop gokken dat Van Raay meer van Amsterdam hield dan de mannen die op dit moment de stad bestuurden.

Hij moest Cornelia's vader vertellen wat hun plannen waren en tot God bidden dat hij met die informatie niet naar de autoriteiten zou lopen. Anders had hij evenveel kans om door een calvinistisch als door een katholiek zwaard zijn einde te vinden. Door beide zijden als verrader veroordeeld.

Warmoesstraat

'En die coup zou over twee dagen plaatsvinden?'

'Mijn man heeft me verzekerd dat het de bedoeling is dat er geen bloed wordt vergoten. Hij heeft me zijn woord gegeven.'

Van Raay keek haar aan. 'En u gelooft hem, madame Reydon?'

'Ik geloof dat Piet het gelooft,' antwoordde Minou voorzichtig.

Van Raay glimlachte vermoeid. 'Maar garanties zijn er niet.'

'Die zijn er in zulke situaties nooit.'

'Nee.'

Cornelia boog zich naar voren. 'Vader, wat denkt u? Zou burgemeester Dircksz zich gewonnen geven? U hebt jarenlang met hem gewerkt.'

Van Raay legde een hand op zijn dochters schouder. 'Wij zijn oude mannen, lieverd. We zijn gevangenen van onze eigen ervaring en, als ik dat mag zeggen, van onze tradities. Hendrick is een vroom katholiek, nogal onbuigzaam, en een oprecht christen. Het is moeilijk voor hem om zich een andere maatschappelijke orde voor te stellen.'

Minou keek even naar haar vriendin en toen weer naar hun gastheer. 'Piet denkt dat er in de vroedschap een aanzienlijke minderheid bestaat, onder wie ook vrome katholieken, die het vertrouwen in Dircksz' leiderschap is kwijtgeraakt. Volgens de calvinisten hebben ze mensen heel dicht bij het vuur die ervan overtuigd zijn dat Dircksz' onbuigzaamheid Amsterdam schaadt, bijna zo erg dat het onomkeerbaar is. Dat het niet langer een kwestie van geloof is, maar eerder verraad aan de economische toekomst van Amsterdam.' Ze keek hem aan. 'Is dat waar, volgens u?'

Minou kon zien dat haar vragen Willem van Raay van zijn stuk brachten. Jarenlang was ze voor hem de vriendin van zijn dochter en de echtgenote van Piet Reydon geweest. Het bracht hem in verwarring dat zijzelf ook eigen opvattingen had.

Ook Cornelia merkte zijn ontsteltenis op. 'Minou was – is – châtelaine van Puivert in de Languedoc, vader. Ze heeft jarenlang zelf het landgoed geleid.'

Willem van Raay kuchte. 'Het was niet mijn bedoeling iets anders te suggereren.' Opnieuw viel er een stilte, waarin hij over Minous vraag nadacht. 'Ja, ik zou zeggen dat u daarmee heel aardig weergeeft hoe de zaken ervoor staan.'

Minou slaakte een zucht van verlichting. 'Dat is mooi.'

'Vertel me eens, madame Reydon. Gelooft u dat de mens van nature goed is of dat wij mensen allemaal gevallen zijn?'

Minou was verrast door zijn vraag, maar verborg dat. 'Dat is misschien wel het verschil tussen u en mij, meneer Van Raay. U gelooft in de erfzonde, de gevallen mens. Wij geloven dat de mens door Gods goedheid, en alleen door Gods goedheid, zal worden gered. Wij hebben geen voorspraak nodig, alleen onze eigen, waarachtige geest.'

De ogen van de oude man begonnen te fonkelen. 'Ik doe mijn christenplicht door middel van aalmoezen en liefdadigheid, net als u, madame Reydon. Uw hofje is exact zo georganiseerd als een katholiek aalmoezenierhuis.'

Minou glimlachte. 'Precies. We geloven alle twee dat het onze christenplicht is om behoeftigen te helpen. Misschien maakt het niet uit waar we op zondag bidden, en telt ons werk sowieso?'

Van Raay stak zijn hand op. 'U kunt niet van me verwachten dat ik dat accepteer. Ik vrees voor de ziel van iedereen die zich van de ware Kerk heeft afgekeerd.'

'Zou u ons ketters noemen?'

'Ik noem u liever misleid. Ik bid dat u zult terugkeren in Gods genade, naar de vergeving van zonden, naar het geloof van uw waarde tante.'

Minou boog haar hoofd. 'Net als in mijn gesprekken met Salvadora zullen we het erover eens moeten worden dat we hierover van mening verschillen.'

Opnieuw viel er een geladen stilte.

'Vertelt u me dit, madame. Zullen ze ons toestaan om in vrede ons geloof te belijden? Zullen ze ons onze kerken afpakken?'

Minou werd overmand door twijfel. Ze voelde Cornelia's blik op zich rusten. 'Om eerlijk te zijn weet ik dat niet,' antwoordde ze.

Willem van Raay knikte vanwege haar eerlijkheid. 'Het is al laat. Wat vraagt u precies van mij?'

'Ik wilde u waarschuwen. En u bedanken voor alles wat u de afgelopen jaren voor ons hebt gedaan.'

Van Raay wuifde haar bedankje weg. 'Ja?'

'Wat ik u vraag is dit. Denkt u dat als de calvinisten zich eervol gedragen, hun stemmen misschien gehoord en hun voorwaarden geaccepteerd zullen worden? Voor het welzijn van Amsterdam en zijn inwoners?'

Van Raay zette zijn vingers tegen elkaar. 'Als de overtuiging van uw man klopt en de geuzen oprecht een vreedzame overgang willen – en als we in de vroedschap genoeg gematigde stemmen kunnen verzamelen om een dergelijke zet te steunen – dan kan Amsterdam de wereld misschien laten zien hoe je de zaken ook kunt aanpakken.'

Op dat moment ging de deur open en kwam er een verschrikte bediende binnen, onmiddellijk gevolgd door Piet.

Verfomfaaid en buiten adem keek hij stomverbaasd naar zijn vrouw. 'Minou?'

'Zo laat en alweer een gast...' merkte Willem van Raay droog op.

'Meneer Van Raay, vergeef me dat ik u op dit tijdstip nog kom lastigvallen, maar ik moet u iets dringends vertellen.'

Van Raay begon te lachen.

'Vader?' Cornelia haastte zich naar hem toe, verbluft door zijn gedrag.

Hij wuifde haar weg. 'Haal wijn voor onze bezoeker.'

'Maar het is midden in de nacht!'

'Ergens in de wereld is het vroeg genoeg om te drinken,' riep hij uit, en hij barstte opnieuw in lachen uit.

Cornelia begon ook te schateren, en daarna Minou. Piet stond er stomverbaasd naar te kijken.

De wijzer van de klok tikte en er klonk een aarzelend belletje, vlak voordat de klokken van de Sint-Nicolaas door de kamer galmden en hen allemaal overstemden.

61

Landgoed Évreux, Chartres, zondag 25 mei 1578

Louis voelde dat de dekens van zijn bed werden getrokken. Onmiddellijk kwam hij met bonzend hart overeind, alsof hij terug was in het weeshuis. Toen wist hij het weer. Die dagen waren godzijdank voorbij.

'Aankleden!' brulde Xavier. 'De heer van Évreux wil dat je komt.'

Louis was inmiddels even groot als Xavier, niet langer een hulpeloos kind dat je kon slaan om het zijn mond te laten houden. En de laatste tijd was hij vrij zeker van zijn vaders achting. Werd die niet bewezen door het feit dat meneer Évreux hem gisteren mee naar Chartres had genomen?

Louis greep zijn kolder. 'Zo moet je niet tegen me praten.'

Xavier priemde tegen zijn borst. 'Ik praat verdomme precies zo tegen je als ik zelf wil, jongen. Hem kun je misschien voor de gek houden, maar mij niet. Hij is bij de steiger.'

'Bij het meer?'

Xavier beende de kamer al weer uit. 'Opschieten,' schreeuwde hij over zijn schouder. 'Laat de heer van Évreux niet wachten.'

Louis keek hem na. Hij haatte Xavier uit het diepst van zijn hart. Toen huiverde hij. Het was vroeg. De eerste lichtstraaltjes kwamen pas net door zijn raam naar binnen. Hij schepte wat water uit de kom die op zijn ladekast stond, waste zijn gezicht en zijn handen, kleedde zich daarna aan en rende de gang op.

Buiten kwam de zon net op.

De kathedraal van Chartres

Niemand maakte zich er druk om toen de priester niet bij de metten aanwezig was. Op dagen zonder bijzondere religieuze betekenis, zelfs al was het een zondag, was het kapittel bereid bij incidentele absentie een oogje dicht te knijpen.

Terwijl de eerste ochtendschemer door het gekleurde glas van de kathedraal naar binnen kroop waren er wel wat fronsende wenkbrauwen toen zijn plek tijdens de lauden nog steeds leeg bleef.

Nu was het zes uur en de gebeden van de priem waren bijna afgelopen.

'Misschien is hij ziek?' fluisterde een van de novicen. Hij was een nieuweling uit de Bretagne, een bleke jongen die overliep van godsdienstijver, recht in de leer en zeer geestdriftig. Hij moest nog met de gewoonten van het kapittel kennismaken.

'Hij heeft zich vast verslapen,' opperde degene naast hem, die wist dat je de afwezige priester minstens even vaak ergens in de armen van een vrouw in de Rue du Cheval Blanc kon aantreffen als hier op zijn knieën in de kathedraal. 'We hebben allemaal soms wat hulp nodig om overeind te komen,' voegde hij eraan toe, lachend om zijn eigen grap.

De novice fronste en prevelde zijn brevier tot het gebed klaar was. '*Sancta Maria et omnes sancti.* Amen.' Hij sloeg een kruisje en knielde kort voor het altaar, waarna hij naar het noordelijke transept liep om zijn superplie op te hangen.

De zon was nog niet helemaal op, maar er was genoeg licht om te zien dat er iets op de tegels lag. Hij bleef staan. Zijn vader was slager; hij kende de geur van bloed. Hij tilde de zoom van zijn toog op en knielde. Een stroperig rood lint op de stenen vloer leidde zijn blik naar de deur van de sacristie. Met bonkend hart duwde de novice de deur open.

Hij besefte niet meteen wat hij zag. Een zwarte zwerm zoemende insecten. Toen werd de heiligschennis duidelijk: om het lijk zwermende vliegen, de rafelige huid van een keel die van oor tot oor was opengesneden, de stralenkrans van bloed om het hoofd van de priester, zijn blauw dooraderde handen die een leren buidel als een schild tegen zijn borst drukten. De sleutel van de reliekschrijn van de Sancta Camisia lag naast hem.

Ondanks zijn in het slachthuis doorgebrachte jeugd deed de novice wankelend een stap naar achteren, en toen pas gilde hij.

Landgoed Évreux

Louis liep het zonlicht in.

Vanaf het bovenste punt van de tuinen, vlak bij het huis zelf, kon hij helemaal over de glooiende gazons heen het meer zien dat het middelpunt van het landgoed vormde. Door de ochtendmist die van het water oprees ontwaarde hij nog net de sierlijke witte kantelen van het Italiaans aandoende torentje op het kleine eiland.

Toen zag Louis zijn vader aan de waterkant bij de steiger staan en begon hij te rennen.

Zijn vader liet de vochtige doek zakken die hij tegen zijn slaap had gehouden. 'Je hebt me laten wachten.'

'Vergeef me, ik ben zo snel gekomen als ik kon.' Louis keek naar het bleke gezicht van zijn vader. 'Gaat het wel goed met u, heer?'

'Hoofdpijn, meer niet. Kom.'

De laatste tijd had zijn vader steeds vaker hoofdpijn. De apotheker had hem adergelaten, maar voor zover Louis kon beoordelen had dat niet veel geholpen.

Louis volgde Vidal de steiger op, waar een jollenman stond te wachten. 'Gaan we naar het eiland?'

Évreux gaf geen antwoord, maar gebaarde alleen dat hij voor in het bootje moest gaan zitten. Hoewel Louis goed kon zwemmen, vond hij het maar niks dat de deinende boot zo laag in het water lag. Hij klauterde over de houten banken naar de voorplecht en hield zich daar stevig aan de dolboorden vast.

Het bootje schommelde opnieuw toen zijn vader erin stapte en achterin ging zitten. De jollenman duwde af en sprong in de boot, en greep daarna de zware ijzeren ketting die aan een paal hing en het eiland met de vaste wal verbond. Langzaam, hand over hand, trok hij hen over het water.

Toen ze dichter bij de witte, rechthoekige toren kwamen, groeide Louis' opwinding. Zijn vader had hem nooit eerder naar het eiland meegenomen.

'Waarom zijn we hier, heer?' vroeg hij terwijl hij zich naar hem omdraaide.

'Jij stelt te veel vragen.'

'Vergeef me.' Opnieuw bood Louis zijn verontschuldigingen aan. 'Het spijt me.'

Zijn vader lachte. 'Drie keer voordat de haan heeft gekraaid. Kan ik je misschien beter Petrus noemen?'

'Petrus, heer?'

Vidal fronste. 'Voor een kind dat in een kloosterweeshuis is opgegroeid is het met je spirituele opleiding dieptreurig gesteld. Daar moeten we iets aan doen.'

62

Zeedijk, Amsterdam

Buiten klommen de eerste zonnestralen langzaam boven Amsterdam omhoog en beschilderden de muren van de stad met zacht ochtendlicht. In Minous slaapkamer was het nog schemerig.

'De kinderen zullen zich afvragen waar ik ben,' zei Minou terwijl ze zich naar haar echtgenoot omdraaide.

Piet schoof iets dichterbij tot hun neuzen elkaar bijna raakten.

'Ik kan beter opstaan,' zei ze.

'Je kunt me best nog even van je gezelschap laten genieten,' antwoordde hij zacht. Hij wond zijn vingers rond haar lange bruine haar, dat in een waaier op het kussen lag. 'Agnes redt zich heus wel. En Alis is er nu.'

Minou glimlachte naar hem. Het gezicht waar ze zo van hield, zijn met grijs doorschoten rossige baardje en haar. In de tijd dat ze elkaar net kenden had hij vreselijk zijn best gedaan om de kleur donkerder te maken. Zijn lichte noordelijke teint en rode haar vielen te veel op tussen de mannen van de Languedoc met hun gebruinde huid en donkere haren. In Amsterdam zag je dat hij hier thuishoorde.

'Heb je geslapen?' vroeg ze.

Het was drie uur geweest toen ze eindelijk afscheid van Cornelia en haar vader namen. Bijna vier uur voordat ze in bed lagen en hand in hand nog wat met elkaar napraatten. Omdat het daglicht al door de kieren van de luiken naar binnen kroop dacht Minou dat ze waarschijnlijk wel had geslapen, maar ze kon het zich niet herinneren. Haar armen en benen voelden zwaar en diep in haar buik had ze een akelig gevoel.

'Niet veel.' Hij streek over haar wang. 'En jij?'

'Een beetje. Elk woord van ons gesprek bleef door mijn hoofd malen totdat ik gek werd van al dat gepieker.'

Piet duwde zich op een elleboog omhoog. 'Bij mij ook. De situatie is zo precair. Eén verkeerd woord, maakt niet uit aan welke kant, of een steen die door een wrokkige wachter wordt gegooid en het is gebeurd. Tot gisteravond was ik er werkelijk van overtuigd dat het niet de bedoeling was om geweld te gebruiken. Maar Houtman...'

'Ik weet het,' zei Minou, terwijl tot haar doordrong hoe belangrijk het voor hem was dat zij ervan overtuigd was dat hij in goed vertrouwen had gehandeld. 'Je hebt het juiste gedaan, mon coeur. Je hebt je vrienden niet opgeofferd voor een idee. Je hebt ze een eerlijke waarschuwing gegeven.'

'Nee, dat heb jij gedaan.'

Ze kuste hem op zijn lippen. 'Wat denk je dat hij zal doen? Is hij te vertrouwen?'

'Ik ken Van Raay niet goed,' antwoordde Piet. 'Hij staat bekend als een vroom en principieel man, maar hij is bovenal een man van zaken. Ik bid dat hij zich daardoor zal laten leiden. Ik hoop dat hij naar de raadzaal zal gaan en zich voor gematigdheid zal uitspreken.'

'Zal hij niet vluchten?'

Piet dacht even na. 'Ik denk het niet. Als Van Raays stem wint, hoeven we alleen te zorgen dat Houtmans mannen zijn bevelen opvolgen.'

Stilte daalde over hen neer. Alles wat kon worden gezegd was gezegd. Nu was het alleen nog een kwestie van wachten.

Een tijdje lagen ze kalm in elkaars armen. Minou realiseerde zich hoe lang het geleden was dat ze dat hadden gedaan. Door het verlies van Marta was de intimiteit tussen hen verdwenen, net als vele andere dingen die ze waren kwijtgeraakt.

Minou herinnerde zich de laatste keer dat ze echt als man en vrouw in bed hadden gelegen nog goed. Het was de ochtend na de koninklijke bruiloft, in de augustushitte; stiekem wisten ze dat ze zich eigenlijk moesten aankleden, maar toch bleven ze met elkaar verstrengeld onder de lakens liggen voor een laatste kus. Die dag was Bernarda verwekt, hoewel Minou dat pas had geweten toen ze al mijlenver bij Parijs vandaan waren.

De ene dochter voor de andere.

Natuurlijk was Minou gesteld op haar jongste kind, hoewel ze Bernarda's verlegenheid maar vermoeiend vond. En in haar intiemste ogenblikken wist ze dat ze het haar nooit kon vergeven dat ze Marta niet was, en voelde ze zich schuldig.

'Hou je nog van me?' fluisterde Piet.

De twijfel in zijn stem brak haar hart. 'Lieverd, hoe kun je zoiets nou vragen?'

'Maar hou je nog van me?'

'Natuurlijk.'

'Ik ben een beroerde echtgenoot geweest. Ik heb je verwaarloosd, ik...'

Minou legde een vinger op zijn lippen. 'Stop daarmee. Je bent een goed mens, Piet. Een goede vader. Je hebt gedaan wat je kon. Net als ik. Niemand kan meer van je verlangen.' Ze boog zich naar voren, waardoor haar haar als een sluier over haar naakte huid viel, en kuste hem op de mond. 'Sandelhout, net als altijd.'

Hij keek haar met begeerte in zijn ogen aan. 'Weet je het zeker?'

'Niet meer praten, mijn heer,' zei ze. Minou liet haar hemd van haar schouders glijden en ging daarna op haar rug naast hem liggen. Ze voelde de warmte van zijn huid.

'Minou.' Het woord ontsnapte aan zijn lippen terwijl hij zich weer naar haar toe keerde.

Ze legde haar handen op zijn rug, haar vingers gespreid als sterren, en verwelkomde zijn kracht. Hij ademde sneller nu, heftiger, voortgezweept door de herinnering aan alles wat ze waren verloren, totdat hij uiteindelijk nog één keer haar naam riep. Hij huiverde en bleef daarna stilliggen.

Langzamerhand ebde het kabaal in haar hoofd weg, totdat alleen nog de stilte van de kamer en de geluiden van het ontwakende Amsterdam buiten op straat overbleven. Ze waren zich alleen nog maar bewust van elkaar, eindelijk weer minnaars. Piet legde zijn hoofd op haar schouder; zijn tranen vielen nat op haar huid. Ze voelde hem zwaar worden in haar armen terwijl hij in slaap viel.

Herenigd. Vredig.

63

Landgoed Évreux, Chartres

Toen ze dichter bij het eiland kwamen kon Louis zien dat de hoge, rechthoekige toren veel groter was dan je vanaf de oever kon zien, en veel indrukwekkender ook.

Hij was gebouwd in de Italiaanse stijl die Louis van het huis van Guise in Parijs kende. De voorgevel was perfect glad, het fronton zat precies in het midden, alle hoeken waren exact gelijk en op de zuilen was geen krasje of butsje te zien. Op elke hoek stond een vierkant siertorentje.

Louis vroeg zich af wat het was. Een gebouw alleen voor de sier? Een kapel misschien? Dat idee verwierp hij. In het landhuis zelf was een gebedsruimte voor privégebruik en aan de rand van het landgoed stond een kerkje voor de arbeiders en hun gezin.

Het bootje schommelde toen de jollenman eruit sprong, het vaartuig aan de in het water staande houten paal vastbond en vervolgens Évreux hielp met uitstappen. Louis volgde.

'Dit is allemaal nieuw land,' legde zijn vader uit alsof hij een mogelijke koper rondleidde. 'Onder de toren en het voorportaal bevindt zich een kanaal dat op het meer uitkomt, met een sluis daartussen, voor als het water te ver stijgt. Zoals je kunt zien ligt het meer in een uitholling in het land – een heel oude drinkpoel is het eigenlijk – dus er bestaat een overstromingsrisico.'

'Is het eiland wel eens overstroomd?'

Vidal schudde zijn hoofd. 'Nog nooit. Ik heb Nederlandse ingenieurs uit Amsterdam ingehuurd om de ruimte beneden te bouwen, met een sluis om het water te reguleren. Hun kennis daarover is ongeëvenaard. De toren zelf is gebouwd door Italiaanse metselaars die ik uit Venetië heb laten overkomen.'

'Dat moet heel wat hebben gekost.'

Vidal glimlachte. 'Dat klopt, maar als je ouder wordt zul je ontdekken dat de beste ambachtslieden hun geld altijd waard zijn.'

Zwijgend verlieten ze de aanlegplaats over een pad van stenen tegels. In het midden van de witte toren zat een rijk met houtsnijwerk versierde deur, met een kleiner deurtje erin. De deur was vanaf de linkerkant te bereiken via een gewelfde stenen trap met een balustrade ervoor. In het midden van het gebouw, onder de gevelspits, zat als een reusachtig oog één enkel rond raam, dat het licht van de opgaande zon weerkaatste.

Met zijn hand boven zijn ogen tegen het licht tuurde Louis naar de afbeelding die in het timpaan was uitgebeiteld. Het drong tot hem door dat het een tafereel uit het lijdensverhaal van Christus was. Was dit dan toch een kerk?

'Heer, wat is dit voor plek?' vroeg hij voorzichtig.

Zijn vader glimlachte. 'Dat zul je snel genoeg zien, jongen. Kom.'

Vidal opende de deur met een zware ijzeren sleutel. Even stonden ze in de deuropening met de zon achter hen, hun schaduwen langwerpig en grotesk, toen stapten ze naar binnen.

Onmiddellijk werd Louis overspoeld door bedompte lucht die naar wierook en was rook. Aan de ene kant van de smalle gang zaten op regelmatige afstanden gietijzeren dubbele armblakers in de muur. Alle kaarsen brandden, en hun flakkerende licht veroorzaakte dansende schaduwen op de levensechte fresco's die in nissen op de tegenoverliggende muur waren geschilderd: Christus aan het kruis op Golgotha, terwijl de Romeinse centurio zijn lans in zijn zij stak; de Heilige Lodewijk die gekleed in het eenvoudige gewaad van een boeteling de doornenkroon door de poort van Parijs naar de Sainte-Chapelle bracht; de huilende Maria Magdalena in de tuin van Gethsemane met de lijkwade in haar handen; Maria, moeder van God, in haar heilige kleed met Christus in haar armen; een vrouw die met een doek het voorhoofd van Christus afveegde; Karel de Grote met in zijn hand een flesje koninklijk bloed; Constantijn, met zijn zwaard in de hand en het teken van het kruis boven hem aan de hemel.

Zonder erbij na te denken stak Louis zijn hand uit en volgde met een vinger de lijnen.

'*In hoc signo vinces*,' zei Évreux. 'In dit teken zult u overwinnen. Er werd gezegd dat keizer Constantijn voorafgaand aan een belangrijke strijd een voorteken aan de hemel zag staan. Tegen alle verwachtingen in won hij de strijd. Die dag bekeerde hij zich uit dankbaarheid voor zijn verlossing tot het christendom.'

'En dit?' Louis wees naar een afbeelding van het labyrint in de kathedraal van Chartres.

'Sommigen zeggen dat daaronder de beenderen van Maria Magdalena begraven liggen.' Évreux hief zijn handen. 'Daar moet ik nog van worden overtuigd.'

'Waarom staat er een drinkbeker op het schilderij?'

'Aha, de legende van de heilige graal, de beker waarin druppels van het bloed van Christus zijn opgevangen. Ook die wordt met de kathedraal geassocieerd.' Hij glimlachte wrang. 'Dat vraagt wel heel veel van mijn goedgelovigheid, maar het labyrint zelf is van buitengewone kwaliteit. Iets bovenzinnelijks.' Zijn stem stierf weg.

Louis knikte alleen, want hij wilde de betovering niet verbreken. Hij had zijn vader al een hele tijd niet meer zo gezien. Vanaf het moment dat Valentin zijn rode kardinaalsgewaad had omgeruild voor de kleding van een edelman en landeigenaar leek het alsof hij alleen nog maar oog had gehad voor het wel en wee op aarde in plaats van in de hemel. Vidal, gerespecteerd biechtvader van de hertog van Guise, was veranderd in de heer van Évreux, een rijke kluizenaar die op het platteland van Chartres een teruggetrokken leven leidde.

Louis had altijd aangenomen dat niet zozeer liefde voor God de oorzaak was van zijn vaders vroomheid, maar dat hij eerder werd gedreven door de macht die zijn functie hem bood. Uiteindelijk was zijn vaders ambitie juist gefnuikt door het feit dat hij de hertog van Guise diende en had het hem niet meer vooruit geholpen, en Louis begreep waarom hij gedwongen was geweest om onder te duiken. Guise was het niet gewend dat zijn wensen werden genegeerd of bespot. Desondanks had Louis zich afgevraagd waarom Vidal bereid was geweest om zo veel op te geven en als een kluizenaar te gaan leven.

Nu begreep hij het.

'Het is een reliquiarium,' zei hij, opkijkend naar zijn vader.

Vidal knikte. 'Het heeft me vele jaren gekost om dit te voltooien. Ik heb tien jaar gewacht voordat ik de eerste van mijn schatten, de lijkwade van Antiochië, van zijn tijdelijke huisvesting naar zijn definitieve rustplaats hier kon overbrengen en zo aan mijn levenswerk kon beginnen: de verheerlijking van Gods koninkrijk op aarde door de macht die deze heilige voorwerpen mij schenken. Dit luidt hier in Chartres een nieuw tijdperk van het christelijk geloof in, niet in Rome.'

'U bent een reliekenjager...'

Vidal glimlachte. 'Zo zouden sommigen het noemen. Kom, jongen.'

Ze liepen nog een paar passen verder en bleven aan het einde van de gang staan. Évreux trok een zwaar rood gordijn opzij, waarachter zich een deur bevond met een koperen sleutel al in het slot.

'"Want de Heer uw God brengt u in een goed land, een land van waterbeken, fonteinen en diepten, die in dalen en in bergen uitvlieten",' citeerde hij terwijl hij de sleutel omdraaide. 'Het boek Deuteronomium, hoofdstuk acht, vers zeven. Want hoewel we in Chartres niet veel bergen hebben, hebben we wel beken en fonteinen. En dit, ons eiland in het meer!'

Louis voelde zijn vaders hand tegen zijn rug, die hem een langwerpig, spelonkachtig vertrek in duwde.

Op het eerste gezicht leek het erg eenvoudig, na alle weelderige kleuren van de gang. Midden in de ruimte stonden een tafel die als altaar diende en twee stoelen. Op de vloer waren twee kandelaars met spierwitte kaarsen neergezet. In de muren waren geen ramen, en er was alleen een kleine deur aan de andere kant van de kamer die naar een volgend vertrek leek te leiden, maar in het plafond van wit pleisterwerk en hout zat een enorm bovenlicht, waardoor verblindend ochtendlicht naar binnen stroomde.

Oprecht onder de indruk draaide Louis zich telkens weer om en om. Hij was zich ervan bewust dat zijn vader naar hem keek.

'Vind je niet dat dit de manier is waarop we God horen te eren?' vroeg Vidal.

'Ik heb nog nooit zoiets gezien, heer,' antwoordde hij naar waarheid.

Toen Louis' ogen eenmaal aan het dansende licht- en schaduwspel gewend waren, zag hij dat ook de hele linkermuur van dit binnenste heiligdom met fresco's bedekt was. Voor elke wandschildering stond een sokkel met daarop een gouden kistje met glazen zijkanten.

'Hier zullen we met je godsdienstige opvoeding beginnen,' zei Vidal. 'Kom maar dichterbij. Wat zie je?'

'Dat deze schilderingen door dezelfde persoon gemaakt zijn?'

Zijn vader knikte. 'Dat is waar, maar ik bedoelde eigenlijk wat ze voorstellen.'

'Het zijn de kruiswegstaties,' antwoordde Louis, die zich de muren van de kerk in Saint-Antonin herinnerde zoals ze waren voordat de hugenoten ze met de grond gelijkmaakten.

'Dus je weet toch iets, mooi. Oorspronkelijk waren de staties echte plekken op de Via Dolorosa waar pelgrims konden bidden. De lijdensweg, de weg die Christus lopend heeft afgelegd na Zijn kruisiging op de berg Golgotha. In de loop der tijd werden er ook afbeeldingen van de zeven staties op de muren van kerken en kathedralen geschilderd.'

‘Waarom zeven?’

Vidal knikte goedkeurend. ‘Dat is een vraag waarover theologen en geleerden al eeuwenlang debatteren. Rome beschouwt deze zeven taferelen als de theologisch belangrijkste. Ik geloof daarentegen dat we er meer zouden moeten hebben als we de gelovigen werkelijk in de enige ware Kerk willen laten terugkeren. Twaalf of misschien zelfs veertien staties die het hele verhaal laten zien, vanaf Pontius Pilatus die Christus tot de dood veroordeelt tot aan Zijn hemelvaart, waarna Hij aan de rechterhand van Zijn Vader plaatsneemt.’

Louis zag de ogen van zijn vader glinsteren van geestdrift.

‘Ooit zal het gebeuren. Er zit verandering in de lucht.’ Hij wenkte Louis naar voren. ‘Dit is de eerste statie. Nadat Christus ter dood is veroordeeld, neemt Hij het kruis op Zijn schouders. En van deze reliek, de eerste in mijn verzameling, wordt beweerd dat het een stuk van het echte kruis is.’

Louis keek in het kistje, waarin op een witsatijnen kussentje een stukje zwart hout ter breedte van een mannenhand lag.

Vidal liep naar het tweede tafereel. ‘Op deze volgende zie je dat Jezus valt.’

Het kistje dat ervoor stond was leeg.

‘Hebt u voor deze geen reliek?’

‘Nog niet,’ antwoordde hij terwijl hij naar de derde statie liep.

‘Dit kistje is ook leeg.’

‘Daarom zijn we hier.’ Vidal tilde het deksel van het kistje en gaf het aan Louis. ‘Op deze fresco van de derde statie zie je het moment waarop Jezus op weg naar Golgotha Zijn moeder Maria ontmoet.’ Hij stak zijn hand onder zijn wambuis en haalde er het stuk stof onder vandaan dat hij uit de kathedraal had meegenomen.

Onwillekeurig werd Louis gegrepen door het mysterie van het moment. ‘Wat is dat, heer?’

‘De Sancta Camisia. Hiervoor in het bezit van de kathedraal van Chartres, maar nu veel veiliger in ons reliquiarium, ver weg van de grijpgrage handen van hebberige priesters. Er wordt gezegd dat het een fragment van de heilige tuniek is die onze Vrouwe droeg toen Christus werd geboren.’

Louis keek toe terwijl zijn vader de tere stof heel voorzichtig over een houten rekje drapeerde.

‘Leg het deksel terug.’

Hij gehoorzaamde. ‘Maar zullen de priesters niet zien dat het weg is en alarm slaan?’

'Aha, lang voor gistermiddag heeft er al een ruil plaatsgevonden. Een voortreffelijke kopie van het heilige gewaad ligt al sinds Pinksteren in de reliekschrijn van de kathedraal van Chartres. Gisteren ging het slechts om de betaling voor die eerdere vingervlugge handeling, en om de overdracht van het origineel.' Vidal tikte op het deksel van het kistje. 'Dat is een truc die ik van een oude vriend heb geleerd, Piet Reydon. Hij heeft me geholpen om de allereerste schat van mijn verzameling te verwerven, de lijkwade van Antiochië.'

Met een schok dacht Louis aan het meisje met de twee verschillende ogen. Hij had ooit geprobeerd zijn vader te vertellen dat hij haar naar admiraal Coligny's huis was gevolgd en haar daarna in de blauwe kamer had opgesloten, maar die had niet geluisterd. 'De man die ik in de gaten moest houden in de Rue des Barres?'

Vidal keek hem met opgetrokken wenkbrauwen aan. 'Ik was vergeten dat je hem wel eens hebt gezien. Ja. Reydon heeft me geleerd dat mensen een kopie zullen accepteren zolang die maar goed genoeg is en voldoende lijkt op wat ze verwachten te zien. Het geloof in de eigenschappen ervan is belangrijker dan het voorwerp zelf.'

'Heeft monsieur Reydon u die relikwie verkocht?'

Vidal lachte. 'Dat was niet precies hoe de transactie plaatsvond.' Zijn vader liep langs de vierde wandschildering en gebaarde naar een volgend leeg kistje. 'Dat staat te wachten op het sudarium, de zweetdoek van Veronica. Verschillende mensen beweren de originele doek in bezit te hebben waarmee de Heilige Veronica op de Via Dolorosa het gezicht van Christus droogveegde en die tijdens de plundering van Rome in 1527 verloren is geraakt. Sommigen zeggen dat de doek nooit uit Rome weg is geweest, anderen beweren dat hij is meegenomen naar Wenen. Volgens mij is Alicante waarschijnlijker, maar het is me nog niet gelukt om hem te vinden.' Hij liep zonder te stoppen langs de volgende twee staties en bleef staan voor het zevende en laatste kistje. 'Hier zit in wat Reydon voor me heeft meegenomen. De lijkwade van Antiochië.'

Louis keek naar de glanzende stof, bestudeerde het sierstiksel en de vreemde letters die erop stonden, en voelde iets kriebelen in zijn borst. Het was een onaangename sensatie. 'Wat zijn dat voor letters?'

'Dat is Koefisch. Het is een van de oudste vormen van kalligrafie ter wereld.'

'Het is heel mooi.'

Vidal knikte. 'Zeker.'

Louis, die zich liever aan de betovering van de lijkwade onttrok, liep snel langs de muur terug naar een van de schilderingen die ze hadden overgeslagen. 'En deze?'

Zijn vader keek hem vragend aan. 'Volgens mij ken je die best. Dat wil zeggen, Xavier heeft altijd gezegd van wel.'

'Heer?'

'Toen we in de nacht van de slachtpartij in Parijs de paarden lieten rusten en ik je voor het eerst naar Chartres meenam, beschuldigde hij je ervan dat je ondanks zijn uitdrukkelijke bevel in het kistje had gekeken.'

Louis voelde dat hij bloosde. Hij herinnerde zich dat hij de knecht had getergd en een stuk hout over de vloer van de eetzaal had getrapt om hem lang genoeg af te leiden om even onder het deksel te kunnen kijken.

'Xavier wilde je er een pak slaag voor geven. Hij dacht toen – en dat denkt hij nog steeds – dat je ongehoorzaam bent, en bovendien trouweloos en gevaarlijk.' Plotseling lag de hand van zijn vader in zijn nek; zijn vingers knepen in Louis' huid. 'Ben je trouweloos, jongen?'

'Nee, heer.' Louis deed zijn best om geen spier te vertrekken en zijn blik niet af te wenden. 'Maar mijn plicht en trouw gelden u, niemand anders.'

Vidal keek hem strak aan. 'Goed geantwoord. Maar denk erom. Xavier heeft me jarenlang trouw gediend, langer dan jij op deze aarde rondloopt. Zorg dat je hem niet tegen je krijgt.' Toen liet Vidal hem los en was het alsof het gesprek nooit had plaatsgevonden.

Louis wist zijn zucht van opluchting nog net binnen te houden.

'Kom, dan laat ik je zien wat mijn knecht voor je verborgen wilde houden.'

In het kistje voor de zesde statie lag op een stuk witte zijde een enkele doorn, even lang als Louis' hand. Niet erg bijzonder. Het ding kon van elke struik of boom op hun landgoed afgesneden zijn.

'Een heilige doorn van de reliek van de kroon.'

Vidal knikte. 'Als ik een ambachtsman had kunnen vinden die in staat was de hele doornenkroon na te maken, had ik dat laten doen. Ik heb veel te veel tijd verspild en ontzettend veel moeite gedaan om zo'n vakman te vinden – in Frankrijk, in de Levant, in het Heilige Land – maar er was niemand. In de Sainte-Chapelle heb ik de grande châsse zelf vele malen bezocht. De kroon is vreselijk teer en er is altijd iemand in de buurt, dus was het onmogelijk om hem lang en nauwkeurig genoeg te bestuderen.' Hij tikte op het glas. 'Voorlopig moet deze enkele stekel voldoende zijn, maar op een dag zal hier de hele doornenkroon liggen.'

Terwijl de woorden van zijn vader nog in zijn oren naklonken keek

Louis naar de kistjes. 'Heer, maakt het uit of het de echte relikwie is, niet een kopie?'

Vidal draaide zich om en keek hem aan. 'Alle dingen in de dienst van God moeten echt en waardevol zijn, Louis. Een relikwie die is aangeraakt door Onze-Lieve-Vrouw of onze Heer is van onschatbare waarde.' Hij was even stil. 'Maar als de mensen oprecht gelovig zijn en al hun geloof en vertrouwen op een bepaald voorwerp richten, ook al is het misschien een kopie en niet het origineel, dan is Gods doel ook bereikt. Zoals ik al zei: ook dat heeft Reydon me geleerd.'

Louis dacht terug aan al die hete augustusdagen dat hij in de Sainte-Chapelle gehurkt op het podest met de prachtige reliekschrijn had gezeten en op de kleine mensen beneden neerkeek. Hij sloot zijn ogen en probeerde de doornenkroon voor zich te zien. 'Ik zou hem kunnen tekenen, heer.'

Onmiddellijk verscherpte de atmosfeer. 'Denk jij dat je meer talent hebt dan de beste kunstenaars in Frankrijk? Ben je zo hovaardig?'

'Nee, heer, maar ik denk wel dat ik hem zo goed kan schetsen dat een deskundige vervalser hem kan namaken.' Hij wist dat hij nu Vidals volledige aandacht had.

'Hoe kan dat, jongen?'

'Toen we in Parijs waren bracht ik veel tijd in Xaviers gezelschap door. Als hij voor u de Sainte-Chapelle bezocht ging ik met hem mee. Ik heb heel wat uren vlak naast de heilige doornenkroon doorgebracht.'

'Hoe kan het dat jij hem van dichtbij hebt kunnen bekijken en ik niet?'

Louis aarzelde. 'Ik klom op het smalle randje boven op de grande châsse, heer, en verstopte me daar. Niemand kon me er zien.'

Langzaam brak er een brede grijns door op Vidals gezicht. 'Nou-nou, Volusien die Louis wordt genoemd.' Hij liet een korte stilte vallen. 'Weet je nog? Zo werd je die eerste keer aan me voorgesteld.'

'Ja,' antwoordde hij, verrukt dat zijn vader het niet was vergeten. 'Hoewel ik liever Louis word genoemd, als u dat goedvindt.'

Vidal stak een hand op. 'Laten we naar huis teruggaan, Louis. Dan kun je me daar laten zien waartoe je in staat bent. Ik hoop voor je eigen bestwil dat je je talent niet hebt overdreven.'

64

Zeedijk, Amsterdam

De volgende keer dat Minou wakker werd was het leeg in de kamer. Ze herinnerde zich hoe fijn het was om voor het eerst bemind te worden en voelde zich weer heel even een jonge bruid. Maar toen ze rechtop tegen de kussens ging zitten waarin de geur van haar man nog hing voelde Minou haar pijnlijke botten kraken en lachte ze.

Ze gooide de lakens van zich af en stond op. Ze gebruikte de po, gooide wat koud water over haar gezicht en kleedde zich snel aan. Een kort rijglijf over haar hemd en onder haar rok alleen een bescheiden beuling. Veel burgervrouwen in Amsterdam droegen een stijve fardegalijn met hoepels, maar Minou had lang geleden al praktisch nut verkozen boven de mode. Ze kleedde zich nu voor dagen vol lichamelijke arbeid.

Minou haalde haar lievelingsjurk uit de kast, een groene, reeg de sluiting dicht en maakte er een nette kraag aan vast. Fijne kousen en schoenen met rode zolen waren haar enige concessie aan de veranderende tijden.

Nadat ze de luiken had opengezet liep ze naar haar kaptafel en begon haar haar te borstelen. Honderd slagen, zowel 's ochtends als 's avonds. Dat had haar moeder haar lang geleden in Carcassonne geleerd en zij had het weer aan Alis en later aan Marta doorgegeven. En aan Bernarda, nu. Terwijl ze telde dwaalde haar blik naar het emaillen doosje dat Antoine le Maistres vrouw haar jaren geleden had gegeven. Piet had haar gisteravond verteld dat Le Maistre nu weduwnaar was en in Amsterdam woonde, en dat hij een belangrijke financiële weldoener van de calvinistische opstandelingen was.

Naast het doosje stond haar houten kistje, het enige belangrijke voorwerp uit Puivert dat niet door haar vlucht uit Parijs verloren was gegaan. Minou opende het deksel: de eenvoudige bijbel, het enige erfstuk van haar echte moeder; de met krijt getekende plattegrond van Carcassonne, die Alis zich ook herinnerde; haar zilveren ring met toermalijn, die ze nog maar zelden droeg. De houten rozenkrans met zilveren kruis, een overblijfsel uit haar vroegere, katholieke leven, had ze niet meer. Pas bij aankomst in Amsterdam had Minou gemerkt dat de ketting ontbrak.

Minou keek naar haar ringvinger en herinnerde zich het moment dat ze het verlovingsringetje van touw in het donkere water van de Seine had gegooid. Een gebaar, bedacht ze, dat het verloren vertrouwen tussen hen symboliseerde. Voelde ze zich nog steeds zo? Kon de afgelopen nacht een begin zijn van herstel van de schade die ze elkaar hadden toegebracht?

Ze hoopte van wel. Minou hield haar adem in toen ze besefte dat ze, zonder precies te weten wanneer, Piet eindelijk had vergeven. Hij was nog steeds de liefde van haar leven. Glimlachend pakte ze haar dagboek op. Door Alis' woorden van gisteravond herinnerde ze zich weer hoeveel ze er vroeger van had genoten om te schrijven, een zoveelste pleziertje dat haar door die onzinnige oorlogen ontnomen was. Maar Alis was nu veilig hier en Minou realiseerde zich dat ze zich de lange zomerse middagen waarop ze op het dak van de donjon had zitten schrijven weer met plezier kon herinneren. Ooit had schrijven haar geholpen om beter te begrijpen wat ze voelde; het was haar dagelijkse gesprek met zichzelf geweest. Maar toen was de donjon veranderd in de plek waar Alis bijna vermoord was, en Minou had het niet meer aangedurfd.

Ze knoopte het leren touwtje los. Toen ze het dagboek opende steeg de geur van de Languedoc en de bossen van Puivert eruit op. Dennenbomen en beuken, de hitte van de Midi. Ze bladerde naar de laatste bladzij waarop geschreven was. Vrijdag 6 juni 1572, bijna zes jaar geleden inmiddels.

Minou blies haar adem uit. Ze herinnerde zich hoe ze die middag met haar geweten had geworsteld terwijl ze probeerde te besluiten of zij en haar gezin Piet wel of niet naar Parijs zouden vergezellen. Hoe anders zou hun leven er hebben uitgezien als ze toen een andere keuze had gemaakt…

Toen riep ze zichzelf een halt toe. Ze zouden Marta niet zijn kwijtgeraakt, dat viel niet te ontkennen. Ze zou niet iedere dag met een gat in haar hart hoeven leven, zich afvragend of haar dochter nog leefde. Maar Aimeric zou gewoon naar Parijs zijn gegaan, en Piet ook. Ze zouden in het bloedbad verzeild zijn geraakt. En maanden later zou Puivert ook nog zijn aangevallen.

Als.

Minou voelde een golf van verdriet door haar lijf trekken. Het had geen zin om spijt te hebben van besluiten uit het verleden. Ze kon niet terugkeren. Het enige wat ze kon doen was het beste maken van het heden en koesteren wat ze nog hadden.

Alis was hier. Zij had het overleefd.

Vandaag zou ze haar zus de stad laten zien waarvan ze was gaan houden. Ze zouden naar de textielverkopers op het Rokin gaan en daar stof kopen om nieuwe kleren voor Alis van te naaien. Daarna zou ze haar meenemen naar de Kalverstraat, waar de werkplaatsen van kunstenaars en boekbinders zaten, en een nieuwe schrijfveer en inktpot voor zichzelf kopen. Na morgen – als God het wilde en alles vredig verliep – zou Alis aan haar leven in Amsterdam beginnen, en zijzelf zou weer gaan schrijven. Minou keek nog een laatste keer naar de lege bladzij in het dagboek en stelde zich voor dat ze de datum van vandaag opschreef: 25 mei 1578.

Een gedenkwaardige dag.

Toen dacht ze aan alles wat er verkeerd kon gaan met de coup – er hoefde maar één zenuwachtig jochie een steen in zijn hand te nemen – en haar stemming betrok.

Achter haar klonk geluid; Frans kwam de kamer in. 'Madame, meneer wil weten of u zo naar beneden komt.'

Minou sloot het deksel van het kistje. 'Zeg maar tegen hem dat ik eraan kom.'

In plaats van meteen te vertrekken liep de jongen op zijn gemak naar het raam.

'Gaat het weer met je?' vroeg ze vriendelijk.

'Ik kan wel op mezelf passen,' zei hij stoer. 'Ik herkende hem – een van Houtmans mannen. Joost Wouter. Hij is een idioot. De volgende keer dat ik hem tegenkom geef ik hem een schop voor zijn kont.'

Ze schoot in de lach. 'Geen sprake van!'

'Als je over de duivel spreekt...' zei Frans terwijl hij uit het raam keek.

Minou kwam naast hem staan. 'Is dat de man die je zo ruw beetpakte? Wouter, zei je?' Ze volgde zijn blik naar de Sint-Anthoniespoort tegenover hen.

'Nah, dat is Jan Houtman. Hij is de baas.' Hij snoof. 'Maar over hem zou ik ook heel wat verhalen kunnen vertellen.'

'Wat voor verhalen?'

'Verhalen waarvan hij liever niet wil dat iedereen ze kent, dat kan ik u wel vertellen.'

In Minous hoofd begon een ideetje te groeien. Ze legde haar handen stevig op zijn schouders en draaide hem met zijn gezicht naar haar toe. 'Frans, dit zou wel eens belangrijk kunnen zijn. Vertel me alles wat je over Jan Houtman weet.'

65

De Plaats, maandag 26 mei

Aan het begin van de dag waarop Amsterdam van het verleden de toekomst in zou stappen was het benauwd. Overal hingen de zware geuren en klonken de geluiden van een veel te volle stad. De wind blies onstuimig over Op 't Water naar het Damrak en liet wimpels en vlaggen klapperen. Het touwwerk van de schepen op het IJ leek fluisterend boodschappen door te geven van lichter naar schuit. Het licht schitterde wanneer de zon af en toe tussen de voortsnellende wolken door scheen.

Toen Minou uit het grote raam op de bovenste verdieping keek zag ze op de hoek van de Zeedijk een groepje mannen bij elkaar staan. Ze draaide haar hoofd naar rechts en zag dat de kloosterpoort van de grauwe broeders, slechts een paar passen van hun huis verwijderd, nog dicht was, hoewel de zon al op was. Tegenover haar, voor de Sint-Anthoniespoort aan de overkant van het plein, bleken sommige soldaten nog op hun post te staan, hoewel de nachtwacht een paar uur geleden al was afgelopen.

Alle actie zou zich – als alles volgens plan verliep – vanmiddag op de Plaats afspelen, wanneer binnen de vroedschap bijeen was.

Benauwd van de zenuwen draaide Minou zich weg van het raam. Ze hoopte maar dat wat Frans haar over Houtman had verteld genoeg gewicht had om hem zich aan zijn woord te laten houden. Houtman was de sleutel. Zijn mannen zouden hem volgen. Als hij hun opdracht gaf om aan te vallen zouden ze dat doen. Als hij opriep tot terughoudendheid zouden ze gehoorzamen.

Toch hoorde Minou iets na het middaguur dat voor de Sint-Anthoniespoort een musket werd afgeschoten. Ze rende naar de voordeur en zag een man over het plein rennen, met in zijn handen een vlag in de kleur van de opstandelingen.

'Iedereen die van Oranje houdt, laat zien wat je waard bent en volg mij!'

Hoewel het allemaal op de Plaats zou beginnen, gebeurde hier nu al iets. Het was te snel. Nerveus keek ze toe terwijl de deuren van de Sint-Anthoniespoort open werden geduwd en mannen met hooibalen naar buiten kwamen, en hoe anderen kanonnen via de brug over de gracht het plein op duwden.

'Wat gebeurt er?' vroeg Alis bezorgd terwijl ze naast haar kwam staan. 'Begint het al?'

'Ik weet het niet zeker. Ik moet het aan Piet vertellen.'

'Ik ga met je mee.'

Minou aarzelde. 'Goed dan. Zeg tegen Agnes dat ze de deur op slot doet en de kinderen binnenhoudt totdat we terug zijn.'

Terwijl Alis weer naar binnen liep, draaide Minou zich terug naar het raam. Aan de overkant van het plein hoorde ze nu geluiden van gevechten – de schutterij en de mannen van de nachtwacht – maar het was onmogelijk om te bepalen wie van de mannen aan welke kant vocht.

Ze haastten zich langs de grachten naar het grote plein. Het was marktdag, dus was het druk op straat. Voorlopig leek de onrust bij de oostelijke poort zich nog niet naar het centrum van de stad te hebben verplaatst.

Maar toen ze bij de Plaats aankwamen, zag Minou dat de opstandelingen alle toegangen tot het plein hadden afgesloten. De kleine straatjes die vanaf het noorden en het westen naar het plein toe liepen waren al gebarricadeerd. Langs het Damrak stond een rij mannen.

'Zijn ze katholiek of protestant?' fluisterde Alis.

Minou herinnerde zich de witte armbanden en geschilderde kruisen op de deuren van katholieke huizen in de nacht van het bloedbad in Parijs, en besefte hoeveel ingewikkelder het in Amsterdam lag. 'Dat is lastig te zeggen. Er zitten mannen van beide geloven bij de schutterijgilden en de nachtwacht.'

Voor hen stond het massieve stadhuis onder de bewolkte hemel. Ooit was het een van de mooiste gebouwen van de stad geweest, maar door de tijd en verschillende branden was het flink verweerd. Op het losrakende pleisterwerk waren leuzen voor de opstand gekalkt. Het weervaantje boven op de toren was naar één kant gezakt en wekte daardoor de indruk dat de wind vanaf de keitjes van het plein blies in plaats van uit het westen.

'Is Piet hier?' vroeg Alis.

'Hier ergens, ja.'

Terwijl Minou de menigte afspeurde om hem te vinden, drong tot haar door dat er maar heel weinig vrouwen op straat waren. En overal om het plein heen probeerden handelaren zich uit de voeten te maken: ze sloten hun houten kraam met een klap, laadden hun spullen op wagens om ze gauw uit de buurt van de Plaats en de komende ellende te kunnen brengen. Zonder dat er een bevel was gegeven of een schot was afgevuurd, was het stadhuis het verzamelpunt geworden. Leden van de nachtwacht en de schutterij die de calvinistische zaak steunden zouden de poorten beschermen. De leiders van de geuzen zouden naar binnen gaan om de vergadering te verstoren. Het plan was om Dircksz en de leden van de vroedschap met hun grote aantallen aanhangers te intimideren en te dwingen toe te geven.

Piet had uitgelegd dat Houtman en zijn mannen uit de richting van de Sint-Nicolaaskerk zouden komen. Minou bleef kijken totdat ze eindelijk haar man zag staan, onder de middelste van de drie brede stenen bogen voor het raadhuis. Bij hem stond Houtman, die op het punt stond het trapje op te lopen.

'Daar,' zei ze dringend tegen Alis. 'Kom.'

Snel staken ze het plein over, en toen Minou dichtbij genoeg was trok ze Piets aandacht. Piet knikte, en daarna glipte hij zoals gisteravond afgesproken bij Houtman vandaan, zodat Minou zijn plek kon innemen.

'Meneer Houtman?'

'Niet nu, mens.'

'Meneer,' hield ze vol in haar zorgvuldig uitgesproken Nederlands. 'Ik wil u graag spreken.'

Houtman negeerde haar. Minou rende het trapje op en ging recht voor hem staan. Ze moest hem dwingen om naar haar te luisteren.

'Ga uit de weg.'

Ze bleef staan. 'Ik weet dat u een man van eer bent.'

'Ga uit de weg.'

Hij probeerde langs haar te lopen, maar Minou ging opnieuw voor hem staan. 'Ga met woorden naar binnen, niet met wapens.'

Hij aarzelde. 'Wat?'

'We willen geen bloedvergieten. Daarvan hebben we genoeg gezien.'

Houtman probeerde Minou opzij te duwen, maar Alis greep hem bij zijn pols en trok zijn arm achter zijn rug. Een van Houtmans mannen wilden ertussen springen, maar Piet hield hem tegen.

'Laat hem los, zus,' zei Minou zachtjes.

Alis trok zijn hand nog even omhoog tussen zijn schouders en liet hem daarna los.

Houtman wreef over zijn pols. 'Wie denkt u wel dat u bent? Ik heb geen tijd om naar vrouwengebazel te luisteren.'

Minou keek hem strak aan. 'Ik heb anders het tegenovergestelde gehoord. Dat u zelfs zozeer van het gezelschap van vrouwen geniet dat u niet één, maar twee vrouwen en twee huishoudens hebt. De vraag is of de dames ook van elkaar weten. En weten onze calvinistische voorgangers ervan?'

Houtmans gezicht werd vuurrood. 'Dat is een leugen.'

'Een mooi huis vlak bij de Heiligeweg – er zit een rijtje blauwe tegels boven de deur – en het andere, heel wat minder heilzaam, bij de Sint-Olofspoort.'

Houtman bracht zijn gezicht vlak bij dat van haar. 'Wie heeft u dat verteld?' blafte hij. 'Want dan heeft hij staan liegen.'

Minou glimlachte. 'Misschien is het een misverstand, maar mensen praten nou eenmaal en geruchten verspreiden zich razendsnel, of ze kloppen of niet.'

'Als ik al een woning bij de Sint-Olofspoort aanhoud is dat alleen om redenen van liefdadigheid. Alle goede burgers horen hun christenplicht te kennen.'

'Dat is heel eerzaam.' Minou glimlachte om haar werkelijke gevoelens te verbergen.

Houtman draaide zich om naar Piet. 'Zit jij hierachter, Reydon?'

'Luister naar wat mijn vrouw te zeggen heeft, Houtman.'

'Wat wilt u van me, mens? Zeg op. Ik heb geen tijd om te wachten.'

'Alleen dat er geen bloed zal worden vergoten.'

Hij lachte. 'En u denkt dat ik dat kan voorkomen?'

'Ik denk dat uw mannen u respecteren,' antwoordde Minou rustig. 'Zij zullen u volgen.'

Houtman was even stil. 'En als ik voor gematigdheid pleit, houdt u uw mond over die vreselijke roddels?'

Minou keek hem recht in de ogen. 'Als u uw best ervoor doet dat deze overgang vreedzaam verloopt, hou ik voor me wat ik weet. Gebruik uw invloed, meneer Houtman. Geen wapens, geen valse tribunalen, geen executies.' Daarna boog ze zich naar voren en fluisterde het laatste brokje belastende informatie in zijn oor.

Woedend deinsde Houtman achteruit. 'Ik zal doen wat ik kan,' zei hij. 'Ik geef u mijn woord.' Toen liep hij het trapje op en verdween in het stadhuis.

Minou gebaarde naar Piet, die inmiddels al op de hoek van de Kalverstraat stond te wachten, om hem te laten weten dat de boodschap was doorgegeven. Daarna gaf ze Alis een arm en wandelde met haar bij het stadhuis vandaan. Nu lag het verder in Piets handen.

'Alis, gaat het wel?' vroeg ze toen tot haar doordrong dat haar zus haar alleen met moeite kon bijhouden.

'Ik loop tegenwoordig wat langzamer.'

'Daar had ik niet aan gedacht, vergeef me.'

Alis haalde een paar keer diep adem. 'Weet je nog? Toen ik klein was kon ik harder rennen dan Aimeric.'

'Ja. En je was daarstraks ook erg dapper, dank je wel. Om Houtman zo klem te zetten.'

'Oude gewoonten.' Alis glimlachte wrang. 'De afgelopen paar jaar heb ik hier en daar wat handigheidjes opgepikt om mannen met losse handjes te ontmoedigen. Eerst aanpakken, daarna pas vragen stellen.'

Minou lachte. 'Ik vraag me af wat tante Salvadora daarover te zeggen zou hebben. Gek genoeg mis ik haar gezelschap.'

'We zien haar vast weer terug. We zien Toulouse weer terug.' Alis keek naar de vele mensen die zich op het plein verzamelden. Sommigen schreeuwden, maar de meesten waren rustig. 'Waar wachten ze op?'

'Ze willen weten wat er gaat gebeuren.'

'Wat kunnen wij het beste doen?'

Minou wist het niet zeker. De kanonnen die vanaf de Sint-Anthoniespoort en elders hierheen waren gesleept stonden op een rijtje bij het Damrak. Vlak bij de Oudezijds was de dam gebarricadeerd met hooibalen, en beneden in het water lagen twee schuiten aangemeerd te wachten, met aan boord leden van de schutterij. Als er problemen kwamen, zouden Alis en zij in de val zitten.

'Bij het eerste teken dat er ellende komt, vertrekken we,' zei Minou zachtjes.

Haar hart bonkte, maar ze wist niet of het door hoop of door angst kwam. Hoe lang zou het duren voor er nieuws uit de raadzaal kwam?

'Waarom zou Houtman zich zo druk maken over zo'n geheim?' vroeg Alis. 'In La Rochelle had zowat iedere man wel ergens een minnares zitten.'

'Amsterdam is een stad die bloeit dankzij orde. De calvinisten zijn erg streng in morele kwesties. Ze oordelen net zo streng over de pekelzonden van mannen als die van vrouwen. Als Houtman onder het nieuwe bestuur promotie wil, kan hij zich een dergelijk schandaal niet veroorloven.'

'Het lijkt zo'n onbenullige kwestie. Niet voor de vrouwen zelf,' voegde ze er snel aan toe toen ze de uitdrukking op Minous gezicht zag. 'Maar het lijkt me zoiets kleins om tegen Houtman te gebruiken, dat is alles.'

'Frans – hij is de oudste jongen in het hofje, je hebt hem gisteravond ontmoet – vertelde me dat Houtmans nieuwe echtgenote op de Heiligeweg rijk is, een al wat oudere weduwe zonder kinderen. Zijn eerste vrouw is jong en heeft hem in drie jaar evenzoveel jongens geschonken, maar zij is zo arm als een kerkrat.'

Alis keek haar met opgetrokken wenkbrauwen aan. 'Dus hij is onwettig nog eens getrouwd om hen te kunnen onderhouden? Ik snap het.'

Minou knikte. 'Daar lijkt het wel op. Amsterdam is Toulouse niet, waar alleen mannen uit de oudste families belangrijke maatschappelijke posities kunnen bekleden. Maar om hogerop te komen zal Houtman geld nodig hebben. Zonder geld maakt hij geen enkele kans op een belangrijk ambt.' Minou gebaarde naar de nieuwe pakhuizen, de pas geschilderde luiken, de sluitstenen boven de deuren, de glanzende koperen kloppers die werden weerspiegeld door het stilstaande water. 'Kijk om je heen. Al die respectabiliteit kost geld.'

'En in zo'n man stel jij je vertrouwen? Als onze leiders huichelaars zijn, oneerlijk zijn, welke hoop is er dan nog voor ons?'

Minou keek ernstig. 'Ik weet het. Ik hoop maar dat het genoeg is.'

'Denk je echt dat het woord van één man het verschil kan maken?'

'In mijn ervaring is het altijd de stem van één man die het verschil maakt, ten goede of ten kwade. Als Houtman het goed aanpakt, zullen anderen volgen.' Minou zuchtte. 'En het is te hopen dat ik niet de enige ben. Er is in Amsterdam, zowaar wij hier staan, een heel leger van vrouwen die met hetzelfde doel voor ogen hun invloed en overtuigingskracht aanwenden. Om mannen ervan te overtuigen dat ze de wapens beter kunnen neerleggen.'

'Een regiment dat voor de vrede marcheert in plaats van voor de oorlog.'

Minou keek naar haar eigen weerspiegeling in het water. Met haar witte muts, eenvoudige jurk en keurige kraagje zag ze er tegenwoordig echt uit als een Nederlandse huisvrouw. Ze glimlachte. 'Precies.'

66

De Plaats

Piet vond een plekje op de galerij die aan drie zijden boven langs de raadzaal liep.

De calvinisten hadden weinig verzet ondervonden toen ze het stadhuis in bezit namen. Hoewel de menigte buiten op de Plaats rumoerig was, had iedereen zich ordelijk gedragen, alsof er geen onenigheid bestond, en de geuzen hadden ongehinderd het gebouw in kunnen lopen, geflankeerd door gewapende burgers en soldaten.

Toen de leiders naar de raadzaal zelf waren doorgelopen – wat tot angst en verontwaardiging bij de raadsleden leidde – waren hun aanhangers in de hal achtergebleven om ervoor te zorgen dat de officiële bewakers geen reden vonden om in te grijpen.

In de houten bankjes beneden hem zaten de poorters, bestuurders, raadsleden en rechterlijke ambtenaren met hun platte zwarte hoeden en officiële bontstola's. Sommigen waren gaan staan om zich tegen de bezetting van de raadzaal uit te spreken, maar de meesten wachtten zwijgend af wat er ging gebeuren.

Op de verhoging aan de westkant van de zaal stond Hendrick Dircksz, burgemeester en al veertig jaar voorzitter van de raad. Zijn belangrijkste bondgenoten zaten achter hem op twee rijen eikenhouten stoelen met hoge rugleuningen. Vlak voor de verhoging zaten twee schrijvers en de raadsgriffier op hoge krukken aan een lange, smalle tafel, met hun schrijfveer in de aanslag, alsof ze midden in een officiële transactie waren gestopt, die nu misschien nooit voltooid zou worden.

Piet herinnerde zich plotseling dat hij jaren geleden stiekem aanwezig was geweest bij een vergelijkbare bijeenkomst in Toulouse, nog aan het begin van de oorlogen. Op die dag in april 1562 was het verkeerde besluit genomen, met een vijf dagen durende slachtpartij tot gevolg waarbij grote delen van de oude stad werden vernietigd. Duizenden hugenoten – en ook katholieken – waren afgeslacht, en dat allemaal omdat hun leiders niet in staat waren geweest compromissen te bereiken. Piet hield zijn adem in en bad tot God dat dat niet weer zou gebeuren.

Dit was Amsterdam, niet Toulouse.

Tegenover Dircksz stond de leider van de calvinistische geuzen, geflankeerd door zijn kameraden. Piet zag de halvemaanvormige zilveren penningen op zijn zwarte wambuis glinsteren; hoewel hij hem niet persoonlijk kende, wist hij dat de man veel goeds voor de zaak van de opstandelingen moest hebben gedaan om zulke eretekenen te mogen dragen.

Piet keek de zaal rond en zocht naar de mannen in de raad van wie hij wist dat ze aan hun kant stonden: Willem van Raay, die aan de zijkant stond; Jansz, een poorter en zeephandelaar uit de Warmoesstraat; Van Raays buurman Jacob Pauw; Joost Buyck, een van de succesvolste graanhandelaren van de stad. Aan de andere kant van de zaal stond Jan Houtman, met naast hem Wouter.

Het was als de kalmte voor een zomerstorm in de Pyreneeën: de lucht zwanger van dreiging terwijl de twee tegenstanders, al jaren elkaars vijanden, eindelijk oog in oog stonden.

'Dit zijn onze eisen.' De calvinistische leider liet een document zien.

Piet zag dat Dircksz het aannam. Zijn hand leek niet te trillen en hij las de tekst rustig door. Het leek wel of iedere man in de zaal, van welk geloof dan ook, zijn adem inhield.

Dircksz las het document een tweede keer door en stak toen een hand op. 'Het spijt me, maar zonder betere waarborgen kan ik niet met deze voorwaarden instemmen.' Met de rug van zijn hand sloeg hij tegen het papier. 'Wij hebben garanties nodig dat u zult doen wat u zegt. Hoe kunnen we er zeker van zijn dat u zich in ruil voor onze toezegging af te treden aan deze voorwaarden houdt?'

Piet had verwacht dat Dircksz regelrecht zou weigeren om te onderhandelen, en zelfs dat hij de bewakers erbij zou roepen, maar kennelijk leek de man ervan uit te gaan dat er sowieso een onderhandeling zou plaatsvinden. Was dat reden tot hoop? Hij greep de houten balustrade stevig vast en leunde verder naar voren.

'Trekt u mijn betrouwbaarheid in twijfel?'

'Ik vraag om bewijs ervan,' antwoordde Dircksz.

Toen vloekte iemand ergens in de zaal en meteen barstte er een kabaal los. Onmiddellijk begon iedereen te discussiëren en met vingers in de lucht te priemen. Een priester hief zijn handen alsof hij de hemel aanriep. Een aantal calvinisten draaiden zich om en riepen beledigingen, totdat op een teken van Dircksz een harde roffel van een hamer dwars door de herrie klonk.

'Ik eis stilte!' schreeuwde de griffier. 'Burgemeester Dircksz heeft het woord!'

Maar de calvinistische leider deed een stap naar voren. 'U beledigt de Prins van Oranje en ons bestaan als natie door te weigeren u aan de voorwaarden van de Satisfactie te houden. Hij is de rechtmatige heerser over deze Provinciën, niet een Spaanse koning die vanuit Madrid zijn door schulden geteisterde rijk probeert te versterken met onze belastingen.'

'Een koning heerst door goddelijk recht.'

'Niet in Holland. Hij is ook gewoon maar een mens.'

Dircksz sloeg een kruisje. 'U beledigt God met die laster.'

De calvinist draaide zich om. Opnieuw riepen zijn volgelingen lawaaierig hun tegenwerpingen.

'Orde! Ik eis orde!' schreeuwde de griffier. 'Leden van de raad, edele heren en poorters, toon respect voor de tradities van deze kamer.'

Terwijl het debat voortduurde zag Piet Houtman naar voren lopen en iets tegen de calvinistische leider fluisteren. Tegelijkertijd zag hij Willem van Raay uit zijn bank komen en naar de verhoging lopen om met zijn collega's te praten.

Piet voelde zijn hart in zijn keel kloppen. Zou hun plan werken? Dircksz leek zijn hoofd te schudden. Houtman legde een hand op de arm van zijn leider, maar die duwde hem weg.

Toen zwaaiden de deuren open en kwam er een boodschapper naar binnen rennen. Hij wrong zich tussen de mensen in het gangpad door totdat hij bij het podium was. Met een rood gezicht en buiten adem gaf hij een briefje aan de griffier, die de verhoging op stapte en het aan Dircksz zelf doorgaf.

In de zaal daalde een verwachtingsvolle stilte neer.

'Hieraan bestaat geen twijfel?' vroeg Dircksz.

'Niet in het minst,' antwoordde de boodschapper helder als een klok.

Dircksz las het briefje nog een laatste keer en knikte toen. Hij leek in tien minuten ongeveer tien jaar ouder te zijn geworden, alsof veertig jaar van verantwoordelijkheid nemen plotseling zijn tol had geëist. Zijn schouders hingen af, maar of dat door opluchting of wanhoop kwam kon Piet niet zeggen.

'Aha,' zei Dircksz uiteindelijk. Hij draaide zich eerst om naar zijn bondgenoten achter hem, en daarna naar de vele raadslieden in de zaal. 'Mijn vrienden en trouwe collega's, ik geef me gewonnen, voor Amsterdam.'

In de zaal klonk ongelovig geroezemoes. Mannen keken elkaar aan en fluisterden driftig, zonder dat iemand wist wat er nu precies aan de hand was.

De calvinistische leider aarzelde een moment en nam daarna het woord: 'Met de mij toegekende bevoegdheid verklaar ik hierbij dat wij op 26 mei in het jaar onzes Heren 1578, in aanwezigheid van alle leden, de leiding over deze raad overnemen in naam van de Prins van Oranje.' Hij draaide zich om. 'Wilt u deze heren de zaal uit begeleiden?'

Piet realiseerde zich dat hij zijn adem had ingehouden. Kon het waar zijn? Kon de macht zo gemakkelijk worden overgenomen, zonder dat er één enkel schot werd gelost?

Met grote waardigheid en opgeheven hoofd stapte Dircksz van het podium. Na een ogenblik van verbazing en ongeloof volgden zijn medeburgemeesters en raadsleden, en in stilte wandelden ze de zaal door en de hoofduitgang uit.

Toen ze weg waren bleef het heel even stil. Toen barstte het los. Calvinisten sloegen elkaar op de rug, en sommigen gingen zelfs op de bankjes zitten die zojuist verlaten waren.

'Lang leve Amsterdam!' werd er geroepen. 'Lang leve de Prins van Oranje!'

De overgebleven raadsleden probeerden nu ook bij de deuren te komen; in hun haast om terug te keren naar hun zaak of hun schip, hun pakhuis of woning duwden ze iedereen opzij. Hun leiders waren vertrokken, maar ze hadden geen idee wat dit voor de gewone man zou betekenen. Dat zou alleen de tijd leren.

Op het balkon leunde Piet met zijn rug tegen de muur terwijl hij probeerde te begrijpen wat hij zojuist had gezien. Kon het werkelijk waar zijn dat aan veertig jaar onafgebroken macht zomaar een einde was gekomen?

Hij wist wat in het briefje had gestaan: dat alle stadspoorten nu in handen van de opstandelingen waren, en dat ze ook de haven onder hun controle hadden gekregen. Dircksz had geen keuze; hij moest wel aftreden. Hij en zijn medeburgemeesters en raadsleden zouden naar een plek buiten Amsterdam worden verbannen. Twee schuiten lagen in het Damrak klaar om hen te vervoeren, samen met belangrijke katholieke geestelijken en broeders. Het was een verstandige voorzorgsmaatregel om te voorkomen dat zij zich zouden organiseren om oppositie tegen de nieuwe raad te kunnen voeren. Aangezien veel calvinisten zelf tijdens de oorlog uit de stad waren verbannen, was het geen wonder dat ze de mannen die ze nu uiteindelijk hadden verslagen dezelfde straf wilden opleggen. Piet wist ook dat in het briefje dat Dircksz had gekregen de belofte stond dat men zou proberen de huizen van de verbannen mannen tegen plunderaars te beschermen en dat hun gezin toestemming zou krijgen om zich bij hen te voegen.

Zij zouden nu hun kerken krijgen. Hun protestantse kerken. Maar ook katholieken zouden vrij zijn om in alle rust hun geloof te belijden. Amsterdam zou een moderne stad zijn, een tolerante stad.

Piet schudde zijn hoofd. Hij kon nog niet echt geloven wat hij zojuist met eigen ogen had gezien. Was het werkelijk mogelijk dat niemand, geen enkele man aan welke kant dan ook, een vuurwapen had getrokken of een mes had gegrepen? Hij aarzelde en voelde dat een onaangename twijfel de kop opstak. Wat als er buiten het stadhuis een hinderlaag op hen lag te wachten? Wat als het allemaal een truc was geweest, niets dan schijn en bedrog? Wat als de schuiten werden aangevallen of er op het plein een sluipmoordenaar rondliep? Er hoefde maar één schot te worden gelost, er hoefde maar één man zijn zwaard te trekken, en alle diplomatie zou dood zijn.

Piet sprong op en rende naar de trap.

67

De Plaats

Alis keek achterom naar het stadhuis. 'Minou, volgens mij gebeurt er iets.'

Er was een half uur verstreken sinds de opstandelingen de raadzaal in waren gelopen. Minou hoorde het geschreeuw ook, maar ze kon niet zien waar de menigte op reageerde. De sfeer die op het plein hing was haar volkomen vreemd. Er was woede en protest, maar niets van de smeulende afkeer die van een menigte een wilde meute kon maken.

'Is dat Cornelia?' vroeg Alis.

'Waar?'

Alis wees. 'Daar.'

Minou keek in de richting van de Kalverstraat en zwaaide toen.

Cornelia zocht snel een weg tussen alle mensen door en kwam bij hen staan.

'Wat gebeurt er?' vroeg Minou snel. 'Kon je het zien?'

'De geuzen brengen de burgemeesters naar buiten en ook nog een aantal andere poorters. Ze nemen ze mee naar de schuiten.' Ze greep Minous arm beet. Haar gezicht was wit van angst. 'Minou, wat als mijn vader een van hen is? Wat moet ik doen als hij wordt weggevoerd? Een verbanning overleeft hij nooit. Dat overleeft ons bedrijf nooit.'

'Piet heeft gedaan wat hij kon om je vader te beschermen,' zei Minou, terwijl ze bad dat Houtman zich aan zijn belofte zou houden. 'Hem zal niks overkomen.'

'De leiders in het stadhuis hebben daar misschien mee ingestemd,' zei Cornelia wanhopig, 'maar hoe zit het met hen?' Ze gebaarde naar de menigte. 'Hoe zit het met iedereen die er schoon genoeg van had dat Dircksz de stad al die jaren in handen had? Ze zullen hem en zijn collega's verantwoordelijk houden voor hun honger en hun lijden. Hoe moeten zij weten dat mijn vader een goed mens is?'

Minou kon zich niet herinneren ooit eerder te hebben gezien dat Cornelia haar emoties niet in bedwang had. Tijdens hun vlucht uit Parijs en hun gevaarlijke reis naar het noorden was ze altijd de rust zelve geweest.

'Zelfs als je vader de stad een tijdje moet verlaten, kun jij in zijn afwezigheid zijn zaken behartigen. Wij zullen je helpen.'

Alis knikte. 'Wat er ook gebeurt, je vader is veilig. Daar zullen Minou en Piet voor zorgen. Je vader zou vast niet willen dat je zo overstuur bent.'

Cornelia zuchtte. 'Dat is in elk geval waar.'

Plotseling week de menigte uiteen om drie of vier van de geuzen door te laten, gevolgd door twee rijen zwaarbewapende burgersoldaten die Hendrick Dircksz en de andere burgemeesters escorteerden. De griffier en andere poorters liepen twee aan twee achter hen, gevolgd door belangrijke katholieke geestelijken en de gehate grauwe broeders, die als de ogen en oren van de Spanjaarden in Amsterdam hadden gefungeerd.

'Waarom hebben ze zich overgegeven?'

Minou keek naar Cornelia. 'De opstandelingen zijn te goed georganiseerd en ze hebben de mensen aan hun kant.'

'Daar heb je onze priester van de Nieuwe Kerk,' zei Cornelia geschrokken. 'Ik hoop maar dat ze hem niets aan zullen doen.'

Alleen de grauwe broeders vertoonden tekenen van tegen hen gebruikt geweld: gescheurde kleding, bebloede gezichten. Zodra de menigte hen zag, begonnen ze te joelen en schunnigheden te roepen.

Cornelia snikte toen ze haar vader achteraan in de rij zag lopen. Hij liep langzaam en ondersteunde Jacob Pauw, die nauwelijks kon lopen.

Toen de gevangenen bij de rand van het water aankwamen, stopte het gejoel en geschreeuw. Er viel een gespannen stilte over de menigte die bij het Damrak en aan de Nieuwe Zijde stond toe te kijken.

Dircksz was de eerste die aan boord van een van de schuiten ging.

Hij aarzelde nog een ogenblik op de kade en draaide zich om, alsof hij een laatste groet aan zijn stad wilde brengen. Daarna stapte hij zonder hulp de schuit in; de aangeboden hand van een soldaat negeerde hij. De griffier volgde hem, en de schuit begon in het water te schommelen toen de andere burgemeesters zich bij hen voegden.

Toen was het Willem van Raays beurt om naar de kade gebracht te worden. Minou keek wanhopig om zich heen of ze ergens in het gewoel Piet kon ontdekken.

'Ik kan er niet tegen,' riep Cornelia. 'Ik moet hem spreken! Ik kan hem niet laten gaan zonder iets tegen hem te zeggen.'

Minou hield haar tegen. 'Ik weet dat het moeilijk is om werkeloos toe te kijken, maar je zult het alleen maar erger voor hem maken. We hebben een plan. Probeer je niet al te veel zorgen te maken.'

Ongerust keek ze achterom over het plein. Ze was net op tijd om een man vanaf het stadhuis hun kant op te zien rennen. Zonder op iemand acht te slaan wrong hij zich tussen de mensen door. Pas toen hij bij het Damrak aankwam realiseerde Minou zich dat het Houtman was.

'Stop!' schreeuwde hij. 'Deze gevangene moet aan mij worden overgedragen,' zei hij hijgend met een gebaar naar Willem van Raay.

Minou slaakte een zucht van verlichting.

'In opdracht van wie?' wilde een soldaat weten.

Houtman liet hem een document zien. 'Hier heb je het, zwart-op-wit. De gevangene moet worden meegenomen naar de Sint-Anthoniespoort.'

'Nee!' riep Cornelia. 'Als ze hem daarheen brengen, zie ik hem nooit meer terug. Gevangenen blijven daar niet lang leven, dat weet jij ook. Laat me gaan.'

'Cornelia, je moet me vertrouwen,' fluisterde Minou dringend. 'Er zal je vader niks gebeuren, dat beloof ik je.'

Willem van Raay werd uit de rij gehaald en met zijn armen op zijn rug meegenomen. Hij werd onmiddellijk omringd door Houtmans mannen.

'Nee!' riep Cornelia opnieuw. 'Laat me los!'

Weer probeerde ze zich los te trekken, maar de soldaten namen haar vader al mee naar de overkant, naar de Oude Zijde. Plotseling leek alle vechtlust uit haar weg te stromen. Haar lichaam werd slap. Ze liet haar hoofd op Minous schouder zakken en begon te huilen.

'Alles komt goed, lieverd. Het wordt wel opgelost.'

Tenzij het toch niet gebeurde, fluisterde een gemeen stemmetje in Minous hoofd. Wat als Houtman op zijn woorden terugkwam? Wat als er iets met Piet was gebeurd zodat hij niet kon ingrijpen? Wat als de prijs voor het afwenden van een algemeen conflict het leven van Willem van Raay bleek te zijn?

'Het komt goed,' zei Minou nog een keer, en ze bad dat ze gelijk had.

Nu werd ook de tweede schuit, deze met Jacob Pauw aan boord, van de kade afgeduwd, waarna de boot koers zette naar het IJ.

'Hoe kun je dat zo zeker weten?' snikte Cornelia. 'Mannen doen zelden wat ze beloven.'

'Volg ze,' fluisterde Minou tegen Alis. 'Kijk of ze Willem van Raay inderdaad naar de Sint-Anthoniespoort brengen.'

Heel even was er paniek in Alis' ogen. Met een schok realiseerde Minou zich dat haar zus geen idee had hoe ze daar moest komen. Het voelde zo vertrouwd dat ze hier naast haar stond dat ze helemaal was vergeten dat Alis nog maar achtenveertig uur in Amsterdam was.

'We gaan wel samen,' zei Minou snel.

De drie vrouwen volgden Houtmans mannen over de grachten en door de straatjes. Achter hen op de Plaats hoorde Minou gejuich en andere vrolijke geluiden, maar zij hield haar blik op Willem van Raay gericht, die door de soldaten naar het oosten van de stad werd gebracht. Haar zenuwen stonden strakgespannen, zo bang was ze dat hun plan zou mislukken.

Ze haastten zich over de Oudezijds Voorburgwal en langs de Kloveniersburgwal in de richting van de Zeedijk totdat de vertrouwde rode torens van de Sint-Anthoniespoort in zicht kwamen. Vanaf haar plek aan de rand van het plein zag Minou hun eigen huis nog gewoon onverstoord in de middagzon staan, maar de deuren van het Grauwbroederklooster stonden wijd open. Ze vermoedde dat de plunderaars al binnen waren. De mensen hier hadden een bloedhekel aan ze.

'Wacht,' zei Minou.

Ze konden alleen maar toekijken terwijl Willem van Raay over de voetbrug het poorthuis in werd geleid.

Cornelia liet haar handen zakken. 'Hij is weg.'

'Zo hadden we het ook bedacht. Ga met Alis mee naar ons huis en wacht daar,' zei Minou beslist. 'Zodra ik kan kom ik bij jullie.'

'Wat ga je doen?'

'Piet en ik hebben beloofd voor je vader te zorgen.'

'Maar het is onmogelijk om daar binnen te komen!'

Alis legde een arm om Cornelia's schouder. 'Kom, Minou weet wat ze doet.'

Minou trok haar muts diep over haar ogen en stak stilletjes het plein over naar de Sint-Anthoniespoort. Anders dan Alis net had gezegd had ze geen idee wat ze nu moest doen, alleen maar dat het verstandig was om dicht in de buurt te zijn wanneer Piet kwam. Hij had hier eigenlijk allang moeten zijn.

Het poorthuis werd omgeven door een gracht, met een smalle, platte brug erover die naar de ingang leidde. Aan de stadskant stonden vier logge torens van rode baksteen, met torenspitsen als grijze punthoeden. Erachter stond nog een andere poort met twee torens, met een ondergrondse sluis eronder, zodat je behalve de alledaagse geluiden van het wisselen van de wacht en het geratel van houten wielen op de keitjes altijd het gemurmel van stromend water kon horen.

De smalle deur in de hoge zeskantige toren werd zoals gewoonlijk bewaakt door de schutterij. Dat was geruststellend. Niets aan de manier van doen van de soldaten leek erop te wijzen dat er binnen iets bijzonders gebeurde.

Plotseling zwaaide de deur open. Minou hoorde stemmen, en toen hief de jongste van de twee wachters zijn vuurwapen en verdween daarmee naar binnen. In die paar seconden zag ze op de binnenplaats een man staan. Haar blik registreerde een gescheurd wambuis, rossig haar, bebloede handen die achter de rug van de gevangene waren vastgebonden. Toen gaf de soldaat de man een por met zijn musket en draaide de gevangene zich om. Zijn gezicht zat vol blauwe plekken en snijwonden.

'Piet!'

De deur dreunde in zijn scharnieren en werd vergrendeld, en Minou bleef geschrokken aan de verkeerde kant van de poort achter.

68

Landgoed Évreux, Orléanais

Vele honderden mijlen bij Amsterdam vandaan zat Vidal op een grijze middag op het platteland bij Chartres naar zijn schilderende zoon te kijken.

Zodra ze de vorige dag van hun tochtje naar het reliquiarium waren teruggekeerd had Louis Vidals bedienden een lijst gegeven met daarop de materialen die hij nodig had. De hele middag bleven er pakketjes komen.

Vanochtend vroeg hadden ze zich teruggetrokken in Vidals privévertrekken in het landhuis, waar het licht goed was, en Louis was aan het werk gegaan.

Aan één kant van de langwerpige kamer waren hoge ramen vanaf de vloer tot aan het plafond. Aan de muur ertegenover hingen schilderijen en gouden spiegels die het glanzend gewreven eiken- en walnoothouten meubilair weerspiegelden. De gordijnen waren van lichtgroen satijn, net als de bekleding van de meubels. Het was een vertrek om belangrijke gasten in te ontvangen, geen kunstenaarsatelier. Toch had Louis aan Vidal gevraagd of hij hier mocht werken. Bij hoge uitzondering had Vidal hem dat toegestaan.

'Waar heb je dit geleerd?' vroeg hij oprecht nieuwsgierig.

Louis keek op. 'In het scriptorium van het klooster in Saint-Antonin. De monniken zetten oudere jongens die handig waren met de schrijfveer aan het werk om hun eigen handen te sparen.'

'Wat hebben ze je geleerd?'

'Pigmenten bereiden – een eindeloos, bewerkelijk karwei – en de letters netjes kopiëren.' Zijn gezicht betrok. 'Het was het enige warme vertrek in het klooster.'

'Heb je jezelf onmisbaar gemaakt?'

'Het was een veiliger plek om te zijn dan... ergens anders,' antwoordde

Louis simpel. Even verscheen er een frons op zijn voorhoofd. 'En ik mocht stukjes verknoeid perkament voor mezelf gebruiken.'

Vidal dronk de laatste slok van zijn wijn en zag op de bodem van de lege beker de weerspiegeling van zijn onbedekte hoofd. Hij zette de beker weer op tafel. 'Waarom heb je dat niet eerder verteld?'

'Ik dacht eigenlijk nooit dat het een nuttige vaardigheid was.'

'Tot nu.'

'Ja, heer.'

'Hoewel je wel in het geheim bent blijven oefenen.'

Louis aarzelde. 'Was dat verkeerd?'

Vidal glimlachte. 'Integendeel zelfs. Zeker nu je talent ter meerdere glorie van God wordt gebruikt.'

Louis schonk hem een halve glimlach en pakte toen zijn penseel weer op.

In gedachten verzonken schonk Vidal opnieuw wijn voor zichzelf in en nam een flinke teug.

God was jaren geleden al gestopt met naar hem luisteren – een steeds zwakker klinkende stem die uiteindelijk helemaal verdween. Misschien had God zelfs nooit geluisterd. Maar binnenkort zou dat veranderen. Vidal was zich er scherp van bewust dat zijn geloof, zo vaak aan het wankelen gebracht, betwijfeld, aangetast, weer groeide nu hij het graf naderde. Met de kracht die op hem afstraalde door zijn verzameling van de allerheiligste relikwieën zou hij slagen in zijn ambitie om in het hart van het eeuwenoude bisdom Chartres een nieuwe katholieke orde te creëren. Zodra het veilig was om uit de duisternis weer in het licht te treden – wanneer Guise dood of minder machtig was – zou Vidal verrijzen als Gods ware vertegenwoordiger op aarde, zonder de kluisters van de ten dode opgeschreven Katholieke Kerk. Vidal glimlachte. Hij zou God dwingen om hem weer in genade aan te nemen.

Als vrome student in Toulouse, vijfentwintig jaar geleden, had Vidal al vlug geleerd dat vooral rijkdom en kennis van belang waren als je de heilige moederkerk wilde dienen, niet vroomheid. Macht bracht een man verder in dit leven. Gretig had hij van alles geleerd: Latijn, Grieks, Italiaans, Engels, Spaans, een beetje Hebreeuws. Zijn verlangen om nooit aan de interpretatie van anderen overgeleverd te zijn – en om dus zelf de Heilige Schrift te kunnen lezen – maakte van hem een van de hardst werkende geleerden in het Collège de Foix.

Vidal had altijd geweten dat hij ongeschikt was voor de ontberingen van een leven in dienst van de Kerk, maar als zoon van een verrader wiens bezittingen in beslag waren genomen had hij slechte vooruitzichten. De enige steun die Vidal ontving kwam van zijn godvruchtige oom, en zonder zijn begunstiging zou zijn leven niets waard zijn geweest. Dus toen zijn oom het verlangen uitte dat zijn neef na afronding van zijn studie de priesterwijding zou ontvangen, wist Vidal dat hij geen keuze had.

In die eerste maanden van zijn eerste priesterambt in Saint-Antonin had hij God vol geloof en oprechtheid gediend, hoewel zijn blik altijd snel werd getrokken door een mooi gezichtje of een verboden glimp van een enkel. Het leven van de ziel was aanzienlijk minder aantrekkelijk dan de geneugten van het vlees. In die tijd had zijn geweten hem geplaagd. Na elke nieuwe overtreding had hij om vergiffenis gebeden. Hij kastijdde zichzelf en biechtte zijn zonden op. Hij bezwoer nooit meer de fout in te gaan, deed boete en hernieuwde zijn beloften. Hij legde zichzelf de zwaarste lichamelijke straffen op en dwong zichzelf op het smalle pad van de deugd te blijven. Maar of hij daar nu lang of kort in slaagde – tot een of andere feestdag, soms langer – uiteindelijk belandde hij toch weer ergens in een warm bed. Nu was zijn bloed eindelijk afgekoeld.

Vidal dronk nog wat wijn in de hoop het bonken in zijn hoofd te verdoven. De pijn was erg vandaag. De arts had hem adergelaten en hem poeders gegeven, maar geen van beide remedies had iets uitgehaald.

Vidal had altijd geaccepteerd dat hij niet uit de Katholieke Kerk kon stappen zolang zijn oom nog leefde, niet zonder zijn erfenis te riskeren. Hij had geduldig gewacht. Maar al die tijd was hij hard bezig geweest om zijn eigen, verborgen fortuin op te bouwen. Gunsten verkopen, geschenken van dankbare weduwen aannemen: hij had veel verschillende strategieën gebruikt. Uiteindelijk was hij in staat geweest om dit vervallen landgoed in de buurt van Chartres te kopen, klaar om als de tijd rijp was zijn nieuwe identiteit aan te nemen.

En eindelijk stonden in augustus 1572, ongeveer vijf maanden na de dood van zijn oom, de sterren precies goed. De aanval op Coligny en het complot om op Bartholomeusdag alle hugenootse leiders te vermoorden hadden hem de kans geboden om te verdwijnen.

Kardinaal Valentin was veranderd in de heer van Évreux.

Maar Reydon bleef in zijn hoofd rondspoken. Na enige tijd was Vidal erachter gekomen dat hij en zijn gezin het bloedbad in Parijs hadden overleefd en naar Amsterdam waren gevlucht. Maar omdat Xavier er heel duidelijk over was geweest dat er geen bewijzen van zijn ooms onverstandige huwelijk of Reydons legitimiteit bestonden, had Vidal besloten hem met rust te laten, hoewel hij wel spionnen had die een oogje in het zeil hielden voor het geval er iets veranderde. Maar Reydon was altijd in zijn gedachten, als een splinter onder zijn huid. Daar had zijn ooms bekentenis op zijn sterfbed dat hij een kind had verwekt wel voor gezorgd.

Vidal wist ook dat de hertog van Guise zijn zoektocht naar hem nog niet had opgegeven. Ondanks de eisen die het leiderschap van de Heilige Liga aan hem stelde, en ondanks de nooit ophoudende spiraal van oorlogen en vredesverdragen wist Guise een groot netwerk te onderhouden. Guise' tentakels reikten tot in elke provincie van Frankrijk, en door zijn dienst aan de hertog zonder toestemming en tegen diens wens in te verlaten had Vidal zijn voormalige beschermheer tot een gevaarlijke vijand gemaakt.

Tot voor kort waren zijn voorzorgsmaatregelen voldoende geweest. Zijn identiteit bleef een geheim. Maar nu het na afloop van de zesde oorlog al acht maanden relatief rustig was had Guise overduidelijk meer tijd en kon hij zijn aandacht weer op zijn van het rechte pad gedwaalde biechtvader richten. De afgelopen weken had Vidal van verschillende betrouwbare informanten bericht gekregen over een man uit het huishouden van de hertog van Guise – een Parijzenaar die Cabanel heette, een voormalige kapitein van de militie – die in Reims en Blois vragen had gesteld.

Voor het eerst sinds zijn verdwijning had hij de hijgende adem van Guise' bloedhonden in zijn nek gevoeld. Vidal had nog niet besloten wat hij moest doen. De verleiding om een sluipmoordenaar op een sluipmoordenaar af te sturen was groot. Wat hem ervan weerhield was niet zijn geweten. Vidal had het bloed van velen aan zijn handen. Aan het begin van de oorlogen was hij in Carcassonne en Toulouse een gevreesd en effectief inquisiteur geweest. In Gods naam had hij mensen op de pijnbank laten leggen, laten geselen en ophangen. Meedogenloos had hij op ketters en godslasteraars gejaagd. Er waren natuurlijk ook andere moorden geweest – uit wraak of om er beter van te worden – die hij niet op God kon afschuiven.

Vidal wist echter ook dat een spoor soms koud werd en dat hij door te snel handelen misschien juist aandacht zou trekken in plaats van die te vermijden.

Voorlopig kon hij beter wachten, zei zijn instinct hem.

'Afwachten maar,' zei hij.

'Heer?' zei Louis.

Verbaasd constateerde Vidal dat hij hardop had gesproken.

De klok sloeg drie keer. Vidal realiseerde zich dat de jongen urenlang achter elkaar had doorgewerkt zonder tussendoor iets te eten of drinken. Hij had een geweldig concentratievermogen.

Louis schoof zijn stoel naar achteren en stond op. 'Zo. Het is klaar.'

Vidal voelde een ongebruikelijke huivering van opwinding. Terwijl hij naar de tafel toe liep realiseerde hij zich hoe graag hij wilde dat de jongen het goed had gedaan.

Louis strekte zijn vingers en deed een stap achteruit. 'Het is niet perfect, heer, maar beter kan ik niet.'

In het grauwe middaglicht leek de afbeelding voor Vidals ogen te glimmen, te schitteren en te dansen. Vidal bestudeerde de glanzende halo van kleur die op het eenvoudige bord was geschilderd: met elkaar verstrengelde biezen in een cirkelvormige kristallen buis. Aan de bovenkant zat er een blauw schildje op met een afbeelding van Christus aan het kruis. Twee kleinere ronde schildjes in hetzelfde kobaltblauw waren al even prachtig; op het ene stond de Heilige Lodewijk die in Parijs aankwam met de reliek in zijn handen, op het andere de poorten van Jeruzalem.

'De taferelen op de blauwe schildjes kloppen misschien niet precies,' zei Louis. 'Ik kon nooit dichtbij genoeg komen om het goed te zien. De details van wat erop stond heb ik moeten gokken. Ik heb mijn best gedaan.'

Vidal rechtte zijn rug. Hij hoorde de angst in de stem van zijn zoon en realiseerde zich dat de jongen zijn zwijgen als afkeuring interpreteerde. 'Dit is het prachtigste geschenk dat je voor me had kunnen maken.'

Louis' gezicht klaarde op. 'Vindt u het mooi, heer?'

'Zeker. Dit is de doornenkroon in al zijn bijzonderheden. Alles klopt helemaal, zowel qua afmeting en vorm als qua schoonheid van het ontwerp.'

Louis blies zijn adem uit. 'Is hij goed genoeg om in het reliquiarium te leggen?'

Vidal staarde hem aan, verrast doordat de jongen hem kennelijk verkeerd had begrepen. Maar toen werd hij zich bewust van de trots die hij voor het werk van zijn zoon voelde, en hij glimlachte. 'Daar is de tekening niet voor bedoeld, Louis. Wat we nu zullen doen, is op zoek gaan naar een ambachtsman die in staat is om een goede kopie te maken van de doornenkroon zelf. Daarna zullen we naar de Sainte-Chapelle terugkeren. Nu is het veilig in Parijs, maar de dreiging van de ketter Navarra en zijn beeldenstormers is altijd aanwezig.' Vidal zag het gezicht van de jongen veranderen toen Louis het begreep.

‘Net als met de lijkwade van Antiochië en de Sancta Camisia.’

Vidal glimlachte. ‘De allerheiligste relieken horen veilig opgeborgen te worden, ver uit de buurt van mensen die ze willen vernietigen. En dat allemaal ter meerdere eer en glorie van Gods plan.’ Hij was even stil. ‘Je hebt een geweldig talent, Louis.’

De jongen bloosde.

Voor het eerst sinds de dood van de enige vrouw van wie hij ooit had gehouden – en voor wier dood hij Reydon verantwoordelijk hield – voelde Vidal dat zijn hart werd geraakt. Voor het eerst legde hij zijn armen om de schouders van zijn zoon en omhelsde hij hem. Eindelijk deed hij zijn recht op hem volledig gelden.

69

Sint-Anthoniespoort, Amsterdam

Verwilderd keek Minou om zich heen, op zoek naar een manier om de Sint-Anthoniespoort binnen te komen.

Ze liep langs de gracht, maar alle houten poorten in de stenen bogen waren op slot en vergrendeld met zware ijzeren balken, en de hoofdpoort werd door twee gewapende schildwachten bewaakt. Ook zat er een ijzeren traliehek voor de spuisluis om te verhinderen dat iemand de toren via het riool binnenkwam. Ze zou onmogelijk binnen kunnen komen zonder dat iemand het zag. Minou keek omhoog naar de ramen. Ze hadden allemaal luiken en zaten bovendien vol in het zicht.

Toen begon zich een ideetje te vormen. Als ze geen manier kon vinden om ongezien binnen te komen, moest ze het in het volle zicht doen. Ze keek het plein rond en ontdekte een oude vrouw. Ze droeg een versleten wollen mantel met een bruine capuchon, onopvallend en gewoontjes, en had een rieten mandje dat was bedekt met een rood-wit gestreepte doek bij zich. Allemaal uitstekend voor Minous doeleinden. En wat nog beter was: de vrouw leek onderweg naar de Sint-Anthoniespoort zelf, misschien om brood en een haring af te leveren voor een zoon of echtgenoot die in de poort werkte. Zelfs op een dag als deze ging het normale leven gewoon door.

Snel ging Minou naast haar lopen. 'Dag, mevrouw, 't is een mooie middag, vindt u niet?'

De oude vrouw draaide zich om en keek haar wantrouwig aan. 'Ik heb ergere dagen gezien.'

'Hopelijk vergeeft u het me dat ik u lastigval, maar ik heb een voorstel. Een vriend heeft met me gewed – u weet hoe dat soort dingen gaan – dat ik geen vrouw zou kunnen vinden die bereid was haar mantel om te ruilen voor de mijne. Ik zei dat hij het mis had en heb de weddenschap aangenomen.'

De vrouw bleef staan. 'Waarom zou u dat willen? Is uw mantel van zulke slechte kwaliteit?'

'Zeker niet, integendeel juist,' antwoordde Minou. Ze liet haar de zachte, door haarzelf gesponnen wol zien. Daarna hield ze de mantel even open zodat de fraaie kersenrode zijden voering te zien was.

De oude vrouw voelde met haar vingers aan de stof. 'Dit komt niet uit Amsterdam.'

'Nee. Het is mijn opdracht om mijn mantel, zo mooi als hij is, om te ruilen voor een exemplaar dat hier is gemaakt. Zoals die van u, mevrouw. Dat is de weddenschap.'

'Zoals die van mij?'

'Ja. Het is dwaas, ik weet het, maar ik wil niet dat mijn vriend denkt dat ik de taak die hij me heeft opgedragen niet kan uitvoeren.'

'Hij?' snoof ze afkeurend. 'O, dus zo zit het. Bent u niet iets te oud voor dat soort spelletjes?'

Minou haalde haar schouders op. 'Wat kan ik zeggen? Hij is een goede partij. Ik ben weduwe. Ik heb geen vader of broers. En ook geen zonen,' voegde ze eraan toe, al voelde ze zich ongemakkelijk bij die leugen.

De vrouw keek haar spottend aan. 'Hoe oud bent u?'

'Ik zit al in mijn vierde decennium.'

'Geen goede leeftijd om naar een man op zoek te gaan.'

'Nee,' beaamde Minou. 'Mijn eerste echtgenoot is tijdens het Beleg van Haarlem gedood.'

'Door katholieken?' Terwijl Minou nog twijfelde aan welke zijde de sympathie van de vrouw lag spuugde die op de grond. 'Twee van mijn zonen zijn gedood toen die Spaanse honden de stad innamen.'

'Er zijn veel goede mannen gestorven.'

Eventjes was de vrouw stil. Minou hoopte dat ze de ruil overwoog.

'Ik zal erover nadenken,' zei ze, plotseling sluw. 'Ik breng dit langs bij mijn neef in de Sint-Anthoniespoort. Als u er nog bent als ik weer naar buiten kom, zullen we zien.'

'Waarom knap ik dat klusje niet voor u op na het gedoe van vanochtend?' zei Minou snel. 'Er is een schot gelost, nog voordat de ellende op de Plaats begon. Dat heb ik tenminste gehoord.'

De oude vrouw keek over haar schouder naar het geplunderde Grauwbroederklooster en spuugde nog eens. 'Amsterdam is beter af zonder die lui. Ze zouden ze moeten ophangen, allemaal.'

Minou weigerde zich te laten afleiden. 'Mijn mantel voor de uwe – een eerlijke ruil – en dan knap ik ook nog een klusje voor u op.'

De vrouw bekeek haar kritisch. 'Uw muts is van linnen?'
Minou keek haar recht in de ogen. 'Dat klopt.'
'Een eerlijke ruil. Mijn mantel voor uw mantel en mutsje?'
'Een eerlijke ruil.'
De vrouw klakte met haar tong. 'En mijn mandje dan? Dat wil ik niet kwijt.'
'Als u me vertelt waar u woont, breng ik het terug.'
'Dat zou u kunnen doen.'
Minou hield haar adem in. De stugge oude vrouw wist dat haar mantel slechts een fractie waard was van die van Minou, maar wilde tot het uiterste onderhandelen.
'Uw stem. U komt niet van hier. Hoe weet ik dat ik u kan vertrouwen?'
'Ik ben hier geboren,' antwoordde Minou snel. Ze stal Piets verhaal over zijn afkomst voor zichzelf. Inmiddels had ze wel geleerd hoe wantrouwig Amsterdammers stonden tegenover iedereen die niet uit Holland kwam. 'Maar mijn moeder stierf, dus moest ik hier helaas weg om door mijn grootmoeder in Vlaanderen te worden grootgebracht.'
'Dat is niet best.' De vrouw aarzelde. 'Mijn neef is in het poorthuis. U zult helemaal naar boven moeten klimmen.'
'Dat lukt me wel.'
Eindelijk knikte de vrouw. Ze maakte haar haveloze mantel los en gaf hem aan Minou, net als het mandje, en kreeg Minous mantel en muts ervoor in ruil. Ze bond het lint stevig onder haar slappe kin vast. 'Hij heet Joost. Joost Wouter. Meestal is hij boven in de toren aan het werk. Er zijn drie deuren onderweg. En zorg dat u de mand alleen aan hem geeft, het zijn allemaal dieven.'
'Ik begrijp het.'
'Afgesproken. Geen spijt achteraf. Niet opeens nog van gedachten veranderen. Zo doen we dat hier.'
'Afspraak is afspraak,' zei Minou snel. Het gemakkelijkste gedeelte was achter de rug.

70

Sint-Anthoniespoort

Er werd een juten kap over Piets hoofd getrokken. Hij probeerde zich te verzetten, maar kon er niets tegen doen.

Met zijn armen vastgebonden achter zijn rug werd Piet met het uiteinde van een musket vooruitgeduwd. Omdat hij niets kon zien, struikelde hij en gleed bijna uit over de stenen treetjes. Hij begreep niet wat er mis was gegaan. Aanvankelijk leek alles volgens plan te verlopen. Toen Houtmans mannen Willem van Raay van de Plaats hadden weggeleid, was Piet hen zoals ze eerder hadden afgesproken gevolgd. Maar toen hij vanuit het poorthuis de binnenplaats op stapte stonden daar niet Willem en Houtman op hem te wachten, maar werd hij overrompeld. Piet had een paar rake klappen uitgedeeld, maar zijn aanvallers waren met zijn vieren geweest. Een van de vier was Wouter.

'Naar beneden,' beval een stem.

Hoe lager ze kwamen, hoe kouder het werd. Piet kon het druipende vocht op de bakstenen muren bijna voelen. Door het jute heen hoorde hij het water dat door de spuisluis stroomde. Naarmate ze verder afdaalden werd de stank erger: een giftig mengsel van angst, uitwerpselen en bloed. Piet had wel geruchten gehoord over een geheime gevangenis onder de Sint-Anthoniespoort, maar had die altijd als verzinsels afgedaan. Maar nu was hij hier en werd hij naar een verborgen Amsterdam gebracht aan het bestaan waarvan hij altijd had getwijfeld.

Nadat de wachter hem een laatste por in zijn rug had gegeven, struikelde Piet over een slijmerig treetje. Terwijl de zak van zijn hoofd werd gerukt, hoorde hij dat achter hem de zware deur dichtviel en werd vergrendeld.

Piet knipperde met zijn ogen om ze aan de donkere, benauwde ruimte te laten wennen. Er waren geen ramen, en de deur waardoor hij was binnengekomen was de enige uitgang.

Toen proefde hij in zijn keel de gal die omhoogkwam. Overal op de vloer en muren zaten bloedvlekken. Aan in de bakstenen muur bevestigde metalen ringen hingen twee leren lussen. Op een tafel lag een *chatte de griffe*, naast een inkthoorn en veer. Piet wist nog dat zich onder de straten van Toulouse ook zulke martelkamers bevonden, waar de inquisitie haar gevangenen ondervroeg. Minous vader had in een ervan zwaar geleden. Veel van Piets vroegere kameraden waren op een vergelijkbare plek gestorven.

Maar dat was in Frankrijk, een jaar of vijftien geleden. Dit was Amsterdam.

'Op wiens bevel zit ik hier?' wilde Piet weten.

Inmiddels zag hij de vage omtrek van twee mannen, maar de gezichten bleven verborgen in de schaduw. Een ervan had het silhouet van een soldaat, met kolder en broek. De ander droeg een lang gewaad.

'Waarom ben ik hier? Zeg op.'

Vanuit de schaduwen hoorde hij een tegenvraag. 'Waarom denk je dat je hier bent?'

Piets hart versnelde. Hij kende die stem – formeel, precies, afgemeten – maar nee, dat kon niet. Hij moest het fout hebben.

'Weet je waar je je bevindt?'

'Monsieur,' zei Piet, 'wilt u zeggen wie u bent?'

'Monsieur?' sneerde de tweede man. 'Je bent nu in Amsterdam. Jullie buitenlanders zijn allemaal hetzelfde.'

Piets maag verkrampte. Deze stem herkende hij zonder enige twijfel. 'Houtman! Wat is er in godsnaam aan de hand?'

Langzaam klappend stapte Houtman naar voren uit de schaduwen. 'Ben je net zo dwaas als je lijkt, Reydon?'

Doordat Houtman van positie veranderde, kon Piet het gezicht van zijn metgezel achter hem duidelijk zien. De bevestiging van wat hij niet had willen geloven raakte hem als een vuistslag tegen de borst. Willem van Raay. De man die zijn familie had geholpen, die van alles voor hen had gedaan, en die hij daarom van tevoren voor de coup had gewaarschuwd, stond nu tegenover hem alsof hun vriendschap helemaal niets voor hem betekende.

'Willem?' zei Piet ongelovig. 'Ik begrijp het niet.'

Van Raay zei niets.

Houtman gaf Piet een harde duw tegen zijn borst. 'Kun je je mijn verbazing voorstellen, hugenoot, toen Van Raay me vertelde dat ik een spion in mijn gelederen had?'

Het werd Piet koud om het hart. 'Ik snap niet wat je bedoelt.'

Houtman lachte kortaf. 'Welk ongedierte vertrekt bij zijn kameraden nadat hij een eed van trouw en een zwijgbelofte heeft gezworen, om vervolgens rechtstreeks naar iemand toe te lopen wiens loyaliteit bij onze vijanden ligt?' Opnieuw gaf hij hem een por. 'Wat voor verrader doet dat?'

'Ik kan het uitleggen.'

Van Raay hield zijn hand op. 'Er valt niets uit te leggen. Het was verraad.'

Houtman lachte. 'Wij zijn Amsterdammers, Van Raay en ik. Denk je echt dat we van plan zijn om ons door buitenlanders te laten vertellen hoe wij deze stad moeten besturen?'

'Maar ons gezamenlijke doel dan?'

Houtman stond nu vlak voor Piet. 'Snap je het niet? Er ís helemaal geen gezamenlijk doel. Het nieuwe Amsterdam is van ons. Van Holland, niet van een ongeregeld zooitje vluchtelingen. En zeker niet van jou, hugenoot.'

Wanhopig probeerde Piet een uitweg uit deze situatie te vinden. Woorden, geen wapens, zoals Minou had gezegd. De gedachte aan zijn lieve vrouw vergrootte zijn vastberadenheid. Na alles wat ze hadden meegemaakt, kon het niet op deze manier eindigen. Hij moest ze aan de praat houden.

'Houtman, jij hebt geen enkel respect voor mij, dat weet ik. Ik weet ook dat je me niet vertrouwt, hoewel ik je mijn woord geef dat mijn motieven om met Van Raay te gaan praten eerzaam waren. Hem ben ik vanwege zijn voortdurende steun aan mijn gezin en aan ons hofje evenveel trouw verschuldigd als aan de hugenootse zaak. Ónze zaak, zoals ik dacht. Je weet ook dat ik Holland altijd goed heb gediend. Wat er vandaag in Amsterdam is bereikt is niets minder dan een wonder. Een vreedzame overdracht van de macht. De geschiedenis zal jouw rol daarbij als cruciaal beoordelen.' Hij keek om zich heen in de gevangeniscel. 'Zet je reputatie niet op het spel.'

'Ja hoor, daar hebben we het,' snauwde Houtman. 'De bekende Franse arrogantie. Denk je nou werkelijk dat de ongelukkige dood van één man iets zal veranderen? Je zet een wel heel hoge prijs op je eigen hoofd.'

'Wat heb je bij mijn dood te winnen, Houtman?' vroeg Piet vermoeid. Toen richtte hij zich tot de man van wie hij had gedacht dat hij een vriend was. 'Of jij, Willem? Ik smeek je hier niet aan mee te werken, in het belang van ons beider families. Dit is een persoonlijke kwestie tussen Houtman en mij.' Hij richtte zich weer tot Houtman. 'Dat is toch zo? Dit heeft niets met loyaliteit of inzet voor ons doel te maken, en dat weet jij ook.'

Zonder waarschuwing stompte Houtman hem in de maag. Alle lucht werd uit zijn longen geslagen en Piet wankelde naar achteren, maar bleef overeind.

'Aan een hugenootse hond die alles wat-ie weet eruit flapt als een maagd in een bordeel hebben we niks.'

Piet hoorde het raspende geluid van een mes dat uit een schede werd getrokken en verkilde tot op het bot.

'Zo, straks hebben we één buitenlander minder in onze stad,' zei Houtman terwijl hij uithaalde met zijn dolk.

Deze keer was Piet er klaar voor. Hij verplaatste zijn gewicht naar zijn rechterbeen, schopte met zijn linker en raakte met zijn schoen Houtmans pols. De dolk viel kletterend op de stenen.

Houtmans schreeuw weergalmde tegen de vochtige muren terwijl hij met grote ogen van verbazing op zijn knieën viel. Piet begreep het niet; hij had misschien de pols van de man gebroken, maar erger niet. Nu viel Houtman echter opzij, zonder ook maar een poging te doen zijn val te breken. Met een harde klap sloeg zijn hoofd tegen de vloer, maar deze keer kwam er geen geluid over zijn lippen.

'God hebbe zijn ziel,' zei Van Raay terwijl hij een bebloede dolk aan zijn mouw afveegde.

'Willem?' Piet staarde ongelovig naar het mes. 'Mijn vriend, ik smeek je...'

Van Raay zuchtte. 'Je hebt van mij niets te vrezen.'

Piet staarde naar de dode man die languit aan zijn voeten lag. 'Ik snap het niet.'

'Het was de enige manier om hem onverwacht te kunnen overrompelen.'

'Dus Houtman en jij speelden niet onder een hoedje?'

'Nee.'

'Maar hoe wist hij dan dat ik jou over onze plannen had verteld?'

'Ik vermoed dat Houtman je die zaterdagavond nadat je de bijeenkomst in de Lastage verliet tot aan mijn huis heeft laten volgen. De volgende dag stond Houtman zelf voor mijn deur en beweerde dat hij informatie had over jou en je gezin. Hij bood aan die met me te delen, op voorwaarde dat ik aan deze' – hij wierp een blik om zich heen – 'schertsvertoning zou meedoen. En gezien wat er op het spel stond – voor jou en voor Amsterdam – kon ik niet veel anders dan zijn aanbod aannemen.'

Piet keek weer naar Houtman. 'Waarom zou hij me willen doden, terwijl er veel meer op het spel staat? Het is niet logisch.'

Van Raay zuchtte. 'Ben je nog steeds geen Amsterdammer, Reydon? Ben je er nog niet achter hoe ver mannen hier zullen gaan om respectabiliteit te kunnen kopen? Houtman had de ambitie om in de nieuwe raad zitting te nemen. De calvinisten willen dan misschien ontzettend graag het Spaanse juk van zich afschudden, maar op hun eigen manier zijn ze net zo bekrompen als de katholieke burgers die ze beweren te minachten. Houtman had geld nodig als hij als gewoon soldaat een kans wilde maken op een uitnodiging om zitting te nemen in het stadhuis.'

'Vandaar de rijke weduwe op de Heiligeweg.'

Van Raay knikte.

'Minou en ik wilden die informatie alleen gebruiken om Houtman zover te krijgen dat hij zich aan zijn belofte hield en zijn mannen zou weerhouden geweld te gebruiken. We zouden het nooit tegen hem hebben gebruikt.'

'Aha, maar dat kon Houtman nooit zeker weten. Hij wilde de garantie dat je nooit zou praten.'

Piet fronste. 'Heeft hij jou verteld welke informatie hij over mijn gezin had?'

'Nee. Hij zei alleen dat er in Amsterdam spionnen waren die namens een Franse edelman vragen over jou stelden.'

Piet kreeg het ijskoud. 'En kende Houtman de naam van die edelman?'

'Dat zei hij niet. Misschien was het een verzinsel. Houtman zocht een excuus, maakt niet uit welk, om je aan te kunnen pakken.'

'En in Amsterdam wemelt het van de spionnen,' zei Piet, die zichzelf ervan probeerde te overtuigen dat het niets te betekenen had. Hij schudde zijn hoofd. Er zou nog tijd genoeg zijn om erover na te denken wat dit betekende, maar dit was niet het moment. Hij keek naar de dode man. 'We moeten hier weg. Het zal niet lang duren voordat iemand merkt dat Houtman er niet is.' Hij hield zijn gebonden handen iets opzij zodat van Raay erbij kon. 'Kun je me lossnijden?'

Van Raay haalde verontschuldigend zijn schouders op. 'Houtmans mannen zitten overal, dus misschien is het veiliger om dit toneelspel nog iets langer vol te houden. Als ze denken dat je nog steeds een gevangene bent, maar nu onder mijn hoede, zullen ze misschien geen vragen stellen.'

Even staarde Piet hem alleen maar aan, stomverbaasd over de transformatie van de sombere, vrome man die hij gemeend had te kennen.
Van Raay zag zijn verwarring en glimlachte. 'Ik ben niet altijd graanhandelaar geweest, Reydon.'

71

Er stonden nog steeds twee soldaten op wacht voor de hoofdingang van de Sint-Anthoniespoort.

Minou haalde diep adem en liep toen het bruggetje over, met het geleende mandje met de rood-wit gestreepte doek erover voor haar buik. 'Ik heb eten bij me voor Joost Wouter!'

De jongste van de twee wachtposten keek niet eens en gebaarde al dat ze mocht doorlopen, maar de tweede – een man met een door de pokken getekend gezicht – liep met haar mee naar de binnenplaats, sloot de zware deur achter haar en vergrendelde hem.

'Wouter is boven.'

Minou werd misselijk toen ze besefte dat ze zo hard had nagedacht over hoe ze moest binnenkomen, dat ze er helemaal niet meer bij had stilgestaan wat ze ging doen als ze daar eenmaal was. Piet kon overal in de toren zitten.

'Zeg, gaat u nou nog?' gromde de schildwacht. 'Hier kunt u niet blijven.'

'Ik ga al,' mompelde Minou, die haar gezicht zo veel mogelijk verborgen hield. 'Dank u wel.'

Ze liep in de richting van de toren, maar had pas een paar stappen gedaan toen ze van ergens beneden geschreeuw hoorde.

'Wat nou weer,' bromde de wachter terwijl hij zijn hand op zijn wapen legde.

Minou glipte de schaduw van het trappenhuis in.

'Wie is daar?' riep de schildwacht naar beneden.

Er kwam geen antwoord. Minou zag de man aarzelen en daarna de trap naar beneden af lopen. Maar net zo snel leek hij opeens geschrokken achteruit te deinzen. Zijn voet bleef haken en hij struikelde. Er kwamen twee mannen de trap op stormen.

'Deze gevangene moet onmiddellijk naar het garnizoen bij de Schreiershoektoren worden overgebracht. Ontgrendel de poort.'

De schildwacht gaf acht. 'In orde.'

Het was alsof Minou de grond onder haar voeten voelde wegschuiven. Alles leek heel langzaam te gebeuren, als in een droom: de wachter met de pokdalige huid die toesnelde om het bevel op te volgen; Piet, met zijn gehavende gezicht en zijn handen nog altijd vastgebonden achter zijn rug; de man met de opvallende platte zwarte hoed die een mes tegen Piets rug hield.

Cornelia's vader.

Het mandje viel uit haar handen en stuiterde de treetjes af en de binnenplaats op. Een aardewerken kruik rolde eruit en ging aan diggelen. Heel even staarde Minou Piet aan, toen leek de tijd weer normaal te worden.

De wachter draaide zich om naar Minou, op hetzelfde moment dat een andere soldaat, die hevig uit een grote snee op zijn voorhoofd bloedde, achter Willem van Raay de trap op stormde.

Van Raay hief zijn mes en boog zich naar Piet toe.

Minou gilde. 'Piet!'

'Het is goed!' schreeuwde hij terug. Hij hield zijn polsen omhoog, waar het touw nu losjes vanaf hing.

'Sla alarm!' beval de schildwacht.

Maar voordat hij nog een keer kon schreeuwen rende Minou op hem af. Ze verraste hem, en zijn wapen vloog uit zijn hand. Willem van Raay draaide zich om om af te rekenen met de gewonde soldaat die achter hem de trap op was gekomen, terwijl Piet de schildwacht een kaakstoot uitdeelde die hem vloerde.

Minou hoorde op de vloer boven haar hoofd het gebonk van laarzen. 'Er komen meer soldaten aan!' riep ze.

'Minou, zorg dat je wegkomt zolang het nog kan,' schreeuwde Piet terwijl hij Van Raay probeerde te helpen. 'We kunnen ze wel van ons afhouden.'

'Ik ga niet zonder jou.'

De soldaat was half verdoofd – Piet had hem met een krukje op het hoofd geslagen toen ze de cel uit waren gestormd – maar brulde en ging als een wild beest tekeer. Hij haalde uit. Piet pareerde de slag, maar de punt van het wapen raakte zijn arm. Op zijn huid verscheen een rode streep vers bloed.

Minou voelde dat iemand haar omver probeerde te trekken. Ze greep naar haar keel en probeerde te voorkomen dat ze stikte doordat de geleende mantel in haar hals sneed. Toen werd ze achterwaarts tegen de muur gesmeten en stroomde alle lucht uit haar longen.

Een man met zwart uitgeslagen tanden legde een smerige hand om haar keel. 'Wat hebben we hier?'

Piet draaide zich onmiddellijk om. 'Blijf met je poten van haar af, Wouter!'

'Nu heb ik alles gezien!' spotte Wouter. 'Je vrouw meenemen om mannenwerk op te knappen.'

In de chaos van de volgende paar ogenblikken zag Minou niet goed wat er op de trap gebeurde. Maar ze hoorde een schreeuw, en daarna het geluid van de soldaat die over de stenen treden naar beneden rolde, en de doffe klap toen zijn lichaam de stenen vloer helemaal beneden raakte. En toen stilte.

Piet sprong op Wouter af en dwong hem haar los te laten. Happend naar adem rende Minou een paar treetjes de trap naar de volgende verdieping op en sloeg de grendel van de tussendeur met een klap op zijn plek om te voorkomen dat er nog iemand anders naar beneden kwam.

Piet en Wouter cirkelden nu om elkaar heen, alle twee met getrokken dolk, alle twee wachtend op het juiste moment om toe te slaan. Minou zag dat Van Raay ook in de problemen was. Alle kleur was uit zijn gezicht verdwenen en zijn adem kwam in korte stoten.

Er bonkten soldaten op de tussendeur. Minou wist dat zelfs als ze er niet langs zouden komen, het niet lang zou duren voordat ze met hun kabaal de aandacht van de ene nog overgebleven wachtpost buiten zouden trekken, en dan was het met ze gebeurd.

Ze kreeg een idee. Ze hurkte en strekte haar arm zo ver mogelijk uit om de mand te kunnen pakken, die op zijn kant naast de muur lag. Ze kon er net niet bij. Ze strekte haar vingers nog iets verder uit, hopend dat ze niet Wouters aandacht zou trekken of Piet zou afleiden, en nog iets verder totdat ze de zijkant van de mand wist te grijpen. Voorzichtig trok ze hem naar zich toe, terwijl de vechtende mannen om elkaar heen bleven cirkelen en af en toe een aanval van de ander pareerden.

Minou wachtte totdat Wouter dichter bij haar in de buurt kwam en smeet toen de mand tussen zijn voeten. Het bracht hem niet ten val, maar zorgde wel dat hij heel even zijn concentratie verloor en struikelde, en daardoor kon Piet zijn mes in het been van zijn tegenstander steken. Wouter krijste als een gewond varken en ging neer. Zijn ogen waren wijd open. Piet rolde hem om. Minou sloeg een hand voor haar mond. Zijn buik was opengereten en het bloed en de ingewanden stroomden naar buiten. Hij was in zijn eigen mes gevallen.

'Niet kijken,' zei Piet snel. Hij pakte haar hand en riep toen naar Van Raay: 'We moeten gaan!'

'Ga jij maar, Reydon. Ik kom er zo achteraan.'

Minou zag het zweet op zijn voorhoofd staan. 'Bent u gewond, Van Raay?'

'Alleen een beetje buiten adem, verder niet.'

'Kun je lopen?' vroeg Piet. 'Als we het doen zoals je eerder had voorgesteld hebben we nog een kans om hieruit te komen.'

Van Raay knikte, maar Minou zag hoeveel moeite hem dat kostte.

'Minou, leid jij de aandacht van de schildwacht af als we langs hem komen. Ons plan was dat Willem mij naar een ander poorthuis zou meenemen. Ze verplaatsen wel vaker gevangenen van de ene naar de andere toren.'

'Ik doe mijn best.' Ze wierp een blik op de bewusteloze soldaat. 'Als het goed is, staat er buiten nog maar één man op wacht. Deze was met me mee naar binnen gekomen.'

Piet knikte. 'Kun jij het touw weer vastmaken?'

Minou wond het doorgesneden touw om Piets handen, deze keer voor zijn buik zodat hij de zogenaamde boeien op zijn plek kon houden. Daarna raapte ze met afgewende ogen de mand op die naast Wouter lag. Ze legde de rood-witte doek eroverheen, schikte haar zware mantel zo dat de rode afdrukken op haar hals onzichtbaar waren en stapte daarna de zware buitendeur uit. De deur liet ze achter zich op een kiertje staan.

Tot haar opluchting was de jonge schildwacht alleen. Hij maakte niet de indruk dat hij iets van de vechtpartij binnen de dikke muren had gehoord.

'Wouter vroeg me je te bedanken dat je me hebt binnengelaten,' zei ze.

'Hij zou precies hetzelfde doen,' antwoordde de jongen. 'En trouwens, ik hou er een biertje aan over.'

'En terecht,' zei Minou. 'Voor wat hoort wat.'

Uit haar ooghoek zag ze Piet en Willem van Raay klaarstaan. Ze deed alsof ze struikelde, greep de schildwacht bij zijn arm en wenkte daarna dat ze moesten komen.

'Voorzichtig, mevrouw,' zei de jongen.

'Ik weet niet wat ik heb. Ik ben helemaal de kluts kwijt vandaag. Het zal al dat gedoe bij het stadhuis wel zijn.'

'Hebt u daarvan gehoord?'

'Ik was er zelf bij. Ik heb ze Hendrick Dircksz naar buiten zien brengen.'

‘Echt waar? Er komen betere tijden aan. Holland hoort op zichzelf te staan.’

‘Wil je me naar de andere kant van de brug brengen, jongeman?’ vroeg Minou, die de gelegenheid zo veel mogelijk uitbuitte. Ze greep zijn arm nog iets steviger beet. ‘Ik wil absoluut niet in dat water vallen. Ik hoorde dat de onrust hier was begonnen?’

‘Jazeker,’ zei hij trots. ‘Alle mannen met het hart op de goede plek volgen de Prins van Oranje.’

‘Ik begrijp niets van politiek,’ zei Minou, terwijl ze achter zijn rug Piet en Van Raay nazwaaide. ‘En moet je daar zien.’ Ze wees naar de overkant van het plein, precies in tegenovergestelde richting van waar Piet en Willem heen liepen. ‘Ze hebben de grauwe broeders eindelijk weggejaagd.’

‘Opgeruimd staat netjes!’

Minou kon zien dat Piet zijn handen onder zijn mouwen had getrokken, zodat je alleen het uiteinde van het touw zag bungelen, alsof hij nog geboeid was. Willem van Raay hield zijn hand op Piets schouder alsof hij hem naar voren duwde. Hopelijk konden ze gewoon doorlopen.

‘Hoewel politici allemaal even erg zijn,’ vervolgde Minou, die maar doorpraatte om de aandacht van de schildwacht vast te houden. ‘Het zijn altijd gewone lui zoals wij die eronder te lijden hebben, wie er ook in het stadhuis zit. Ze geven helemaal niets om het leven van gewone mensen.’

‘Holland is in z’n eentje beter af. We hebben geen behoefte aan die Spaanse honden die ons vertellen wat we moeten doen. Die onze belastingen bepalen, onze wetten schrijven en ons onze kerken afpakken.’

Minou zag dat ze bijna in veiligheid waren. Nog een paar stapjes maar. Maar plotseling klonk er een hard geluid, en de schildwacht draaide zich om in de richting van de Lastage. Op het allerlaatste moment zag hij ze.

‘Hé!’ riep hij. ‘Jullie daar!’

Willem van Raay keek over zijn schouder. ‘Transport naar de Schreiershoektoren,’ riep hij, hoewel Minou kon horen dat zijn stem zwak klonk. ‘Opdracht van Jan Houtman.’

De schildwacht begon hun kant op te lopen.

Minou ging voor hem staan en versperde hem de weg. ‘Schreiershoektoren!’ sputterde ze. ‘Ik vraag me af wat hij heeft misdaan. Zal wel iets ergs zijn als hij daarheen wordt gebracht, denk je niet?’

‘Zei je nou op bevel van Jan Houtman?’ schreeuwde de jongen over haar schouder.

‘Ja,’ antwoordde Van Raay, maar deze keer draaide hij zich niet om.

‘Ik beveel je te blijven staan!’

Minou trok aan de mouw van de jongeman. 'Wat een geluk dat we goede soldaten zoals jij hebben om ons te beschermen. Weet je wat, de volgende keer dat ik kom neem ik wel iets extra's mee.'

De schildwacht wierp nog een laatste blik op de twee mannen die aan de noordkant van het plein verdwenen en haalde toen zijn schouders op.

Minou deed een stil schietgebedje. 'Nou, ik moet maar weer eens gaan. Dank je wel voor je hulp, jongeman.'

Hij boog zijn hoofd en draaide zich toen weer om naar de Sint-Anthoniespoort, terwijl Minou naar de Zeedijk liep. Ze moest zichzelf dwingen om niet opeens te gaan rennen. Toen pas zag de schildwacht iemand van achter een van de ramen boven wild naar hem zwaaien.

'Wat is er?' riep hij naar boven.

'De tussendeur zit op de grendel. We zitten opgesloten!'

Minou bleef pas staan toen ze helemaal uit het zicht van de poort was.

Ze vond een rustig hoekje om even bij te komen. Leunend tegen de muur van een taveerne haalde ze een paar keer diep adem. Haar handen trilden en het zweet stond op haar rug. De angst en woede die haar de kracht hadden gegeven om te vechten ebden al weer weg.

Minou sloot haar ogen. Ze kon het nauwelijks geloven; het had maar een haar gescheeld of ze waren gearresteerd. Piet was flink toegetakeld en Cornelia's vader was duidelijk uitgeput, maar hopelijk waren ook zij nu veilig. Ze nam aan dat ze naar de Zeedijk zouden terugkeren zodra ze zeker wisten dat ze niet werden gevolgd.

Maar het was hun gelukt. Ze hadden de soldaten verslagen en hadden weg kunnen komen. Bij het idee dat ze op zijn minst één man hadden gedood sloeg de kou om haar hart. En Wouter was ook dood. Wat zou er gebeuren als de lijken werden ontdekt? Zij had haar capuchon steeds opgehouden, maar Piet zou worden herkend. En Willem van Raay ook. Minou drukte die gedachte weg en probeerde zich op het hier en nu te concentreren. Als ze eenmaal veilig in hun eigen huis waren zou er nog tijd genoeg zijn om te besluiten wat ze hierna moesten doen.

Toen ze de Zeedijk op liep zag ze Piet en Willem van Raay vanuit de andere richting naderen. Minou haastte zich naar hen toe. 'Mon coeur, je bent veilig. God zij dank.'

'Willem is gewond,' zei Piet zacht. 'Ik denk dat zijn ribben misschien gebroken zijn.'

'Die klap kwam hard aan,' zei Van Raay hijgend. 'Ik heb alleen even tijd nodig om weer op adem te komen.'

Minou keek naar hem. Zijn huid had de kleur van melk en zijn ademhaling ging moeizaam. 'Cornelia en Alis zitten binnen op ons te wachten. Laat me u helpen, het is niet ver meer.'

Minou legde een arm om Willem van Raays middel. Met aan de andere kant Piet, die het grootste deel van zijn gewicht droeg, liepen ze gedrieën naar het hoekhuis. Het ging heel langzaam. Na eventjes verlegde Minou haar arm en opeens drong tot haar door dat haar hand kleverig was. Toen ze keek, zag ze vers rood bloed op haar vingers. Het was helemaal geen vuist geweest, maar het lemmet van een mes dat tussen zijn ribben door was gegleden.

'Piet,' fluisterde ze dringend. 'Snel, hij is gestoken.'

72

Zeedijk

Minou en Piet liepen wankelend naar binnen, met Van Raay tussen hen in. Hij was nog maar nauwelijks bij bewustzijn. Bij elke stap voelde Minou een nieuwe golf warm bloed door haar kleren heen sijpelen.

'Frans!' riep Piet de lege gang door. 'Frans!'

'We brengen hem daarheen.' Minou gebaarde naar de kamer op de begane grond die op de boomgaard uitkeek. 'We hebben geen tijd om hem naar de slaapkamer te brengen. Hij moet stilliggen.'

Piet duwde de deur met zijn schoen open. 'Bloedt de wond nog?'

'Ja.'

'Daarop?' vroeg hij met een knikje naar de eikenhouten bank.

Minou schudde haar hoofd. 'Die is te smal. Hij moet plat liggen. We tillen hem op de tafel. Leg je mantel onder hem neer, en dan schuiven we iets anders onder zijn hoofd.'

Samen slaagden ze erin om Van Raay tegen de rand van de tafel te laten leunen. Daarna tilde Piet zijn benen op en legde hem voorzichtig neer. Vers bloed stroomde uit de wond en droop van het houten tafelblad op de vloer.

Buiten in de tuin hoorde Minou de stemmen van de spelende weeskinderen. Wat een onschuldige, misplaatste geluiden als je naging wat een vreselijke dag dit was.

'Piet, vraag Agnes om water en verband hierheen te brengen. We moeten de wond schoonmaken en verbinden. En haal daarna Cornelia.'

'Dat zal ik doen. Hoe erg is het?'

'Dat weet ik pas als ik het zie,' antwoordde Minou, maar als ze afging op Willems kleur en de hoeveelheid bloed die hij had verloren, was ze bang dat het al te laat was. 'En zeg dat ze ook brandewijn meeneemt, en valeriaanwortel. Dat helpt tegen de pijn. Er ligt wat in de onderste la van de kast op onze slaapkamer.'

Terwijl Piet de gang op rende, kwam Frans juist naar binnen vanuit de tuin. Toen hij Willem van Raay zag, bleef hij plotseling staan.

'Moge de duivel ons bewaren…'

'Frans, is juffrouw Van Raay hier?'

De jongen keek naar het bloed dat onder de tafel een plasje op de vloer vormde.

'Frans!' snauwde Minou.

'Neem me niet kwalijk. Ja, ze zit op het terras. Wat is er met hem gebeurd? We horen de hele dag al allerlei geruchten, en ze hebben het Grauwbroederklooster geplunderd.'

'Is Alis bij haar?'

'Nee. Die is naar de Warmoesstraat gegaan om iets op te halen.'

Minou fronste. 'Ga terug naar de tuin en vraag juffrouw Van Raay zonder haar ongerust te maken om hier bij mij te komen.'

Met een laatste blik op de stervende man rende Frans naar buiten.

Minou draaide zich weer om naar haar patiënt. Er klonk een afschuwelijk vochtig geluid in zijn borst terwijl hij moeizaam ademhaalde. Ze zag wel dat er geen hoop meer voor hem was.

'Hoe gaat het met u, Van Raay?' vroeg ze. Tot haar opluchting deed hij zijn ogen open zodra hij haar hoorde.

'Ach, Minou.' Hij pakte haar hand. 'Een priester… Ik moet mijn zonden opbiechten en de communie ontvangen. Ik wil mijn Heer met een schoon geweten tegemoet treden.'

'Je gaat niet dood, Willem. Dat mag niet.'

Hij slaagde erin te glimlachen. 'O, maar ik ga wel dood. En als dat Gods wil is, zij het zo. Ik heb een goed leven gehad. Ik heb mijn plicht gedaan.'

Minou slikte haar tranen in. 'Ja. Je bent een goed mens.'

Agnes glipte de kamer in met de medicijnen waar Minou om had gevraagd. Ook haar ogen werden groot zodra ze Van Raay zag. 'Ze zeiden dat er op de Plaats niemand gewond was geraakt.'

'Dit is ergens anders gebeurd.' Minou pakte het verband van Agnes aan, hoewel ze wist dat het geen zin had. 'Ik wil dat je nu naar de Nieuwe Kerk gaat en…' Minou stopte met praten toen ze zich plotseling herinnerde dat de priester en de andere geestelijken vrijwel als eersten naar de schuiten waren gebracht. 'Ga naar het dichtstbijzijnde klooster en haal een priester. Meneer Van Raay moet de laatste sacramenten ontvangen. Schiet op.'

Agnes maakte een snelle kniebuiging en verdween. Een paar tellen later hoorde Minou de voordeur opengaan en met een klap dichtslaan, en daarna werd het stil. Even leek de lucht om haar heen nog na te galmen, maar toen werd het rustig.

Minou liet een paar druppels valeriaan op Willems lippen vallen en pakte daarna zijn hand terwijl ze naar het gepruttel in zijn borst luisterde. Ze vreesde dat het wapen zijn long had doorboord.

'Vader!' riep Cornelia terwijl ze de kamer in kwam rennen. 'Wat is er gebeurd?'

'Je moet je voorbereiden, Cornelia,' zei Minou zacht.

Bij het horen van de stem van zijn dochter gingen Willems ogen knipperend open. 'Ah, daar ben je. Daar ben ik blij om. De priester komt eraan.'

'Je hebt geen priester nodig,' zei Cornelia wanhopig. 'Het komt allemaal goed. Zeg het tegen hem, Minou.'

Vol medelijden met haar vriendin pakte ze Cornelia's hand. 'Het is bijna zover. Ik heb Agnes eropuit gestuurd om een priester te halen, maar…'

Van Raays pupillen leken donker te worden. 'Ben jij dat, Cornelia?'

Ze keek verwilderd naar Minou, maar leek de situatie toen te accepteren. Haar stem werd kalm, teder. 'Ik ben het, vader. Ik ben hier.'

Hij hoestte en er sijpelde bloed uit zijn mondhoek. 'Wat als we het mis hebben, Cornelia? Wat als er aan de andere kant niets op ons wacht? Alleen duisternis?'

Cornelia schudde haar hoofd. 'God wacht op je. Hij wacht je op om je thuis te brengen.'

'Ah.' Er ontsnapte een zucht aan zijn lippen en toen glimlachte hij. 'Ik zal Zijn gezicht zien. En je lieve moeder, wat heb ik haar gemist.'

Cornelia verbeet haar tranen. 'Je bent voor mij een vader en moeder tegelijk geweest. Het heeft me aan niets ontbroken.'

'Leef een lang en gelukkig leven, lieverd. En als jouw tijd komt zullen we op je staan wachten. Je moeder en ik. Pas goed op deze mooie stad van ons.' Opnieuw glimlachte hij. 'Wil je met me bidden, lieverd? Een laatste keer?'

In de wetenschap dat zijn tijd gekomen was deed Minou een stap achteruit. Ze zag dat Cornelia haar vaders handen in die van haar nam en daarna begon ze te bidden.

'*Pater noster, qui es in caelis, sanctificetur nomen tuum…*'

En hoewel Minou het Onzevader vijftien jaar lang in het Frans had uitgesproken in plaats van in het Latijn kwamen de oude woorden als vanzelf over haar lippen: '… *et ne nos inducas in tentationem, sed libera nos a malo.*'

'Amen.' Cornelia tekende een kruisje op haar vaders voorhoofd en boog zich toen naar voren om hem te kussen.

Heel even leek er weer kleur op Willem van Raays wangen terug te keren. Hij draaide zijn hoofd om naar Minou. 'Zeg tegen Piet... Ik herinner me iets anders wat Houtman me vertelde...'

Cornelia kneep in zijn vingers. 'Stil, vader. Probeer niet te praten.'

'Het is belangrijk.' Willem greep Minous hand steviger beet. 'De reliekenjager, de priester, dezelfde...'

'Er komt een priester aan,' zei Cornelia wanhopig.

'Nee, de Franse kardinaal... Zeg tegen Piet dat hij...' Maar de rest van zijn woorden ging verloren in een volgende hoestbui.

'Vader!' snikte Cornelia. 'Vader!'

Op het laatste moment werden Willems ogen groot, alsof hij in de verte iets prachtigs had gezien, en daarna gleed er een uitdrukking van grote sereniteit over zijn gezicht. 'Hij wacht. Hij wacht in gezelschap van Zijn heiligen.'

Toen vielen Van Raays ogen voor de allerlaatste keer dicht.

Terwijl hij zijn laatste ademtocht uitblies, zakte Cornelia snikkend op de grond. Minou sloeg haar armen om haar vriendin heen en hield haar vast terwijl ze huilde. En zo zaten ze nog, elkaar omarmend, toen een half uur later de priester uit het klooster arriveerde met zijn rozenkrans en heilige olie. In de verte hoorde Minou nog net het gebrul van de menigte op de Plaats en het heldere geschetter van trompetten terwijl Amsterdam zijn geweldloze revolutie vierde.

DEEL VIER

Amsterdam en Chartres

Juli & augustus 1584

73

Zes jaar later
Zeedijk, Amsterdam, vrijdag 13 juli 1584

Minou stond in hun hoofdkwartier – zo hadden Piet en zij de kamer op de begane grond gedoopt waar ze aan de opsporing van Vidal werkten – en staarde naar het houten bord dat tegen de witgepleisterde muur leunde. Het zat van onder tot boven vol met vellen papier, brieven en documenten; er was nauwelijks een plekje over.

Minou reikte omhoog om de brief die ze van Antoine le Maistre hadden ontvangen erop te prikken, en vroeg zich af wanneer ze weer van hem zouden horen. Piets oude vriend en kameraad had beloofd te schrijven zodra hij meer nieuws had. Ze zochten al jarenlang naar Guise' verdwenen biechtvader, en dit was het meest veelbelovende spoor dat ze op dit moment hadden.

Het was een hete middag. Terwijl Minou zich naar voren boog om het raam te openen voor wat frisse lucht, zag ze in de boomgaard achter het terras dat haar zoon, Jean-Jacques, een van de laatst aangekomen kinderen op de houten schommel tilde en begon te duwen. Eerst zachtjes, zodat het jongetje hem begon te vertrouwen en naar hem glimlachte. Minou wist dat het vaak de simpelste dingen waren die een oorlogswees hielpen te herstellen: een tol, kleurkrijtjes en een leitje om op te tekenen, een pannenkoek met kaneel, heet uit de pan, appels van de boom.

Jean-Jacques, die hetzelfde rossige haar had als zijn vader vroeger, was op zijn dertiende vrij gemiddeld van lengte, maar breed in de schouders. Zijn uiterlijk paste goed bij zijn karakter. Hij was standvastig en betrouwbaar, werd niet snel boos, werkte hard en was loyaal. Hij sprak alleen als hij iets waardevols te zeggen had. Van zijn Franse achtergrond restte nog maar heel weinig, en hoewel Piet en zij in de intimiteit van hun eigen huis nog steeds haar moedertaal spraken, was de voertaal in het hofje helemaal Nederlands. Nu Jean-Jacques geen kind meer was – en ook vanwege de groeiende anti-Franse sentimenten in Amsterdam – gebruikte hij de Nederlandse vorm van zijn naam, Johannus. Ze dankte God elke dag dat hij nog niet was opgeroepen om in het leger van de Prins van Oranje mee te vechten.

Ondanks alle moeilijkheden van de afgelopen zes jaar – en terwijl in de Provinciën de calvinistische opstand tegen de tirannieke Spaanse bezetting doorging – was hun Amsterdamse leven relatief rustig gebleven. Er was veel om dankbaar voor te zijn, niet in de laatste plaats dat Piet en zij nog steeds op vrije voeten waren.

Minou was niet langer bang dat ze ter verantwoording zouden worden geroepen voor de moord op de keiharde calvinistische leider Houtman en zijn volgeling Wouter in de Sint-Anthoniespoort in mei 1578. Nog maanden na de gebeurtenissen in de toren had ze in angst geleefd, bang voor soldaten die hen misschien zouden komen arresteren.

De nacht na de Alteratie hadden er overal plunderingen plaatsgevonden en waren kerken en de enkele nog overgebleven kloosters leeggeroofd. Dagen verstreken, daarna weken, en Minou was zich voorzichtig gaan afvragen of de gebeurtenissen in de Sint-Anthoniespoort misschien vergeten zouden worden naast de grotere strijd die elders in de stad had gewoed. Was de dood van Houtman, Wouter en de twee wachters misschien aan een ruzie tussen dieven toegeschreven? Of aan onenigheid tussen de Lastagefactie en meer gematigde rebellengroepen? En de jonge schildwacht had ofwel nooit iemand iets verteld over de twee mannen die hij die middag uit het poorthuis had zien vertrekken, of hij had de twee niet kunnen identificeren.

Die laatste paar dagen van mei 1578 was het gevaarlijk geweest op straat. Calvinistische meutes zwierven ongecontroleerd door de stad. Maar langzamerhand voegde iedereen in Amsterdam zich naar de nieuwe orde. Er werd een gematigde raad gevormd, bestaande uit zowel protestanten als katholieken, maar wel onder calvinistische leiding. De kerk van Sint-Nicolaas was door protestanten overgenomen, maar in de Nieuwe Kerk werden nog een tijdlang katholieke erediensten gehouden. Een protestantse menigte had de Heilige Stedekapel aangevallen en alles kapotgemaakt wat hen aan de cultus van het Mirakel van Amsterdam deed denken. Maar de vrouwen van het begijnhof waren zoals beloofd met rust gelaten en hadden toestemming gekregen om de viering van het wonder voortaan op zich te nemen, dus dat bracht elk jaar in maart nog steeds talloze bezoekers naar de stad, die in de taveernes en pensions veel geld uitgaven.

Bij elke stap had de nieuwe raad de groei van de stad en de handel voor laten gaan. Binnen enkele maanden werd de haven bij de Lastage uitgebreid; de arbeiders bouwden grotere blekershuizen, enorme pakhuizen en elegante nieuwe gildezalen. De verdedigingswerken van de stad werden versterkt met de Nieuwe Gracht in het oosten, en langzamerhand kwamen zelfs de katholieke burgers uit hun ballingschap in Haarlem en Leiden teruggeslopen.

Buiten de stadsmuren, op de uitgestrekte groene weiden en akkers, ontstonden nieuwe gemeenschappen. Er arriveerden meer hugenoten uit Frankrijk op de vlucht voor vervolging, die in het gebied aan de westkant neerstreken, en maranen en Sefardische joden vestigden zich op het land ten oosten van de Sint Anthoniespoort.

Er kwamen weer schepen de haven in. In Amsterdam werd volop zakengedaan, en de stad verwelkomde vluchtelingen uit Gent en Brugge, Brussel en Antwerpen. Kooplieden, muzikanten, ambachtslieden, kunstenaars, bankiers, advocaten – mensen met een opleiding of een vak – die op zoek waren naar veiligheid en een plek om rustig te kunnen wonen. Er was in zes jaar veel veranderd.

Minou sloot het raam weer om de vliegen buiten te houden die de stad in de zomer plaagden en zag haar eigen weerspiegeling in het glas: een elegante vrouw van middelbare leeftijd, haar bruine haar nog steeds dik en nog niet doorschoten met grijs, een paar rimpeltjes bij haar ogen. Minou vond het niet erg dat ze niet jong meer was. Haar gezicht vertelde het verhaal van het leven dat ze had geleid: de liefde en het verlies, het geluk en het verdriet, alle emoties die de wereld kleur gaven.

Ze keek opnieuw naar de brief van Antoine le Maistre op het bord en bad dat ze snel bevestiging van hem zouden krijgen. Door de jaren heen hadden Piet en zij geleerd om nooit te hopen – ze hadden iets te vaak vals alarm gekregen – maar nu? Dit nieuws kwam betrouwbaar over.

Vanaf het moment dat Minou en Piet hadden ontdekt wat er in Marikens pakketje zat – de brief van Piets moeder en het bewijs van haar huwelijk met Philippe du Plessis – hadden ze hun beperkte middelen en alle tijd die ze overhadden ingezet om Vidal te vinden. Ervan uitgaand dat hij nog leefde – en de alom verbreide geruchten over de pogingen van de hertog van Guise om hem op te sporen bevestigden dat – speurden ze elke aanwijzing na, maar door de massale verplaatsing van mensen in de voortdurende reeks religieuze oorlogen en de plundering en vernietiging van officiële registers in Franse dorpen en steden, hadden ze weinig om op te bouwen. De landerijen van Du Plessis buiten het stadje Redon in

Bretagne waren verkocht, en zijn enig overgebleven familielid, een neef, was zijn enige erfgenaam geweest. Sinds de ziekte en dood van Vidals oom in maart 1572 was er in de streek niemand gezien die aan Vidals beschrijving voldeed, en er gingen geen geruchten dat vele jaren daarvoor een Nederlandse vrouw in Amsterdam een wettige zoon van Du Plessis had gekregen.

Minou was ervan overtuigd dat Vidal een andere identiteit had aangenomen, aangezien hij om te overleven onzichtbaar moest blijven voor de alomtegenwoordige spionnen van Guise. En dus hadden ze hun aandacht gericht op de enige andere aanwijzing, hoe klein ook, die ze hadden: Willem van Raays woorden op zijn sterfbed dat de Franse kardinaal tegenwoordig een reliekenjager was.

Cornelia had in haar vaders papieren niets gevonden wat zijn woorden kon verklaren, en ook geen enkele indicatie wat de informatie moest zijn geweest die Houtman in ruil had aangeboden. Gezien hun geschiedenis met Vidal leek het Minou echter een waardevol spoor om te onderzoeken. Al sinds het begin van de godsdienstoorlogen in 1562 circuleerden heilige voorwerpen uit geplunderde kloosters en kerken vrijelijk door Frankrijk, en de handel in relikwieën was bijzonder lucratief. Veel belangrijke katholieke plekken werden tegenwoordig dag en nacht bewaakt, en informatie over pogingen tot diefstal werd doorgegeven. Tante Salvadora, in haar weduwedracht nog steeds veilig weggekropen in haar huis in de Rue du Taur in Toulouse, was nooit vergeten hoe wreed Vidal was geweest – en welke vreselijke dingen hij had gedaan om de lijkwade van Antiochië te verwerven – dus deed ze alles wat in haar macht lag om hen te helpen.

Maar tot de brief van Le Maistre had dat allemaal tot niets geleid.

Minou draaide zich om naar de eikenhouten tafel in het midden van de kamer, waarop een reusachtige landkaart van Frankrijk lag. Er stonden overal zwarte kruizen op, die allemaal een plek markeerden waar in de afgelopen zes jaar een reliekenjager was gezien die aan Vidals beschrijving voldeed: Saint-Antonin, Toulouse, Carcassonne, Reims, Vassy, Rouen, Nantes, Amiens. Minou pakte een stukje houtskool en tekende een nieuw kruis op de stad Chartres.

Een onverwacht geluid stoorde Minou in haar overpeinzingen. Toen ze opkeek zag ze haar dochter onrustig schuifelend in de deuropening naar het terras staan.

'Bernarda, je liet me schrikken!'

'Het spijt me.'

Bernarda was nu elf jaar oud en aan haar sproeten en koperkleurige haar kon je duidelijk zien dat ze Johannus' zusje was. Ook zij was van gemiddelde lengte maar stevig gebouwd. Minous in Amsterdam geboren en getogen dochter was door en door Nederlands. Frans sprak ze alleen aarzelend en met een ruw Amsterdams accent.

Minou wenkte haar. 'Sta daar niet zo, kind. Kom binnen.'

Het meisje zette één stap de kamer in en bleef daar staan, haar handen netjes gevouwen voor haar buik. 'Ik wilde je niet storen.'

'Ik stond alleen maar wat te denken.'

Bernarda was gezegend met een gebrek aan nieuwsgierigheid, dus accepteerde ze Minous opmerking meteen.

Minou zuchtte. 'Wat kan ik voor je doen, Bernarda?'

'Mag ik naar tante Alis toe? Ze heeft me een boek beloofd en ik heb niets meer om aan de kinderen voor te lezen.'

'Dat is lief van je. Natuurlijk mag je naar haar toe. Vraag Johannus of hij je even naar de Warmoesstraat wil brengen.'

'Dat is echt niet nodig,' mompelde haar dochter.

'Ik wil niet dat je er in je eentje naartoe gaat. Neem je broer mee, zoals ik je vraag.'

Het meisje staarde naar haar voeten. Het was in huis een stuk rustiger, maar soms wenste Minou dat Bernarda wat meer pit zou tonen. En zoals zo vaak kon ze ook nu niet verhinderen dat ze haar vreselijk Nederlandse dochter vergeleek met de Franse dochter die ze was verloren.

Het verlies van Marta was tegenwoordig een constante pijn, altijd aanwezig maar jaar na jaar minder scherp. Twaalf winters en zomers waren er verstreken sinds ze haar beweeglijke, energieke dochter voor het laatst had gezien, en hoewel ze het piepkleine vlammetje van hoop in haar hart dat Marta op een of andere manier toch in leven was gebleven bleef aanwakkeren, geloofde Minou er eigenlijk niet meer in.

Ze probeerde de herinnering aan haar in het dagelijks leven van hun gezin levend te houden. Het wandtapijt van de familie Joubert-Reydon dat Alis uit Puivert had meegesmokkeld, hing in de woonkamer en Minou had er altijd op gelet dat ze met Johannus en Bernarda over hun oudere zus sprak, met haar blauwe jurk en twee verschillende ogen, één blauw en één bruin. Maar Minou wist dat Marta voor hen niets betekende. Ze was gewoon het meisje op het kleed.

'Ik wil niet dat je alleen over straat gaat, Bernarda.'

'Zoals je wilt, mama.'

Minou, die zich er schuldig over voelde dat ze haar dochters gehoorzaamheid verschrikkelijk vond, legde haar arm om haar schouders en knuffelde haar een beetje te stevig.

'Je bent een brave meid,' zei ze. 'Neem anders Agnes mee, als je dat liever hebt. Doe Alis en Cornelia de groeten van me en vraag of ze vanavond bij ons komen eten. Zou je dat leuk vinden?'

Bernarda haalde haar schouders op. 'Mij maakt het niet uit.'

Weer zuchtte Minou. 'Vraag ze dan om om zes uur te komen.'

Terwijl Bernarda door de tuin vertrok, liep Minou naar haar bureau en pakte haar dagboek, waarna ze ging zitten schrijven. Iets doen was beter dan gewoon maar wachten tot er opnieuw bericht van Le Maistre kwam. Dat kon nog wel dagen of zelfs weken op zich laten wachten.

In de jaren tussen hun vlucht uit Parijs en Alis' komst naar Amsterdam hadden haar inkt en veer onaangeroerd in haar la gelegen. Het was Alis geweest die haar had aangemoedigd om weer aan het schrijven te gaan. Met Alis' enthousiaste steun schreef Minou weer elke dag. Gedreven door het verlangen dat de stemmen van gewone vrouwen zoals zij niet verloren zouden raken vulde ze pagina na pagina met haar verslag hoe deze ene familie de oorlogen had overleefd en beschreef ze hoe het was om huis en haard te verlaten en in een stad ver weg een nieuw leven op te bouwen.

Inmiddels was schrijven weer net zo noodzakelijk voor haar als ademhalen. Een noodzaak, een verantwoordelijkheid. Haar dagboek was niet langer een geschiedschrijving van haar eigen hoop en angst, maar vooral een verhaal over wat het betekende om vluchteling te zijn, een ontheemde, getuige van de dood van één wereld en de geboorte van een nieuwe. Minou wist dat altijd alleen de levens van koningen, generaals en pausen werden vastgelegd. Hun vooroordelen, daden en ambities werden als de enige ware geschiedenis beschouwd.

Minou pakte haar veer op en doopte hem in de inkt, maar ze had alleen nog maar de datum opgeschreven toen ze de voordeur met een klap dicht hoorde slaan.

Ze keek op. De kinderen en bedienden mochten niet via de voordeur binnenkomen – zij gebruikten allemaal het poortje in de tuin waardoor je direct op de Zeedijk uitkwam – en op dit tijdstip van de dag was Piet meestal in het pakhuis van Van Raay. Hij en Cornelia hadden, met hulp van Alis, een paar jaar geleden de leiding over haar vaders handel overgenomen.

'Piet? Ben jij dat?'

Hij beende hun hoofdkwartier in, en op zijn knappe gezicht stond duidelijk te lezen dat hij nieuws had.

Minou sprong overeind. 'Wat is er? Is er een tweede brief van Le Maistre gekomen?'

'De Prins van Oranje is dood. Drie dagen geleden vermoord in zijn hoofdkwartier in Delft.'

74

Het reliquiarium, Chartres

De heer van Évreux zat midden in de kamer; zijn dunne vingers grepen de met houtsnijwerk versierde armleuningen van de cathedra vast, zijn bisschopszetel.

De kaarsen op de hoge zilveren kandelaars aan weerszijden van het altaar waren aangestoken, al was dat niet nodig. De zomerse middagzon scheen gul en stralend door het glazen daklicht in het witgepleisterde plafond, waardoor het midden van het vertrek baadde in het licht. De hoeken en de muren bevonden zich in de schaduw, zodat de prachtige fresco's van de kruiswegstaties en de kistjes die ervoor stonden tegen de kracht van de zon beschermd waren.

Vidal bracht zijn hand naar zijn rechterslaap. Het gezwel was inmiddels zo groot als een vuist; de huid boven zijn rechteroor was wit en stond strakgespannen. Het deed geen pijn meer en hoewel hij nog wel werd geplaagd door flauwtes, die hem soms hele dagen ontfutselden, was Vidal ervan overtuigd dat God hem zou blijven sparen totdat zijn werk voltooid was.

Zes jaar.

Hij had nooit gedacht dat het zo lang zou duren om zijn verzameling te completeren. De lijkwade van Antiochië in 1562, één stekel van de doornenkroon in 1572, de Sancta Camisia in 1578. Daarna had hij, geholpen door het prachtige schilderij dat zijn zoon had vervaardigd van wat hij in de Sainte-Chapelle had gezien, een Venetiaanse glasmaker opdracht gegeven om een voortreffelijke replica van de doornenkroon te maken: ineengedraaide biezen gevat in een cirkel van kristal. Als de mensen werkelijk geloofden en al hun vertrouwen in een voorwerp stelden, ook al was het een kopie, dan was Gods doel toch bereikt.

In het kistje voor de tweede kruiswegstatie zat een flesje met lichtbruine aarde van de plek op de Via Dolorosa waar Christus de eerste keer gevallen was, en nu bevatte het vijfde kistje bovendien een tweede flesje, met een enkele druppel van Christus' bloed erin van de plek waar hij voor de tweede keer gevallen was.

Slechts één kistje was nog leeg.

De om zich heen grijpende razernij van de godsdienstoorlogen in Frankrijk en de perioden van gewapende vrede tussendoor hadden Vidal geholpen om uit het zicht van Guise' spionnen te blijven, maar ze hadden het ook lastiger gemaakt om informatie te verkrijgen. Vidal begreep dat zijn ambitie om in Frankrijk een ware Katholieke Kerk te stichten die met de valse vroomheid van Guise' door Spanje gefinancierde Heilige Liga kon wedijveren, nog niet kon worden waargemaakt. Daarvoor moest eerst zijn verzameling compleet zijn.

Toen Vidal opstond voelde hij de ouderdom en de ziekte in zijn botten. Hij liep tegenwoordig met een stok. De drankjes en behandelingen van de apothekers hadden hun tol van hem geëist. Op zijn hoofd groeiden alleen nog wat ruwe witte stoppels, als een ondergesneeuwde winterse akker. Zijn zo kenmerkende haar was er niet meer.

Terwijl Vidal naar het lege kistje liep tikte de zilveren dop aan de onderkant van zijn stok op de betegelde vloer van het reliquiarium.

De tijd was rijp.

Een maand geleden in juni was na een rampzalige militaire campagne in Vlaanderen de jongste zoon van Catharina de' Medici gestorven, en de hele wereld stond op zijn kop. Zijn broer, de koning – of de hertog van Anjou, zoals Vidal hem in gedachten altijd was blijven noemen – had geen kinderen, wat betekende dat de hugenootse Henri van Navarra nu eerste in lijn was om de Franse troon te erven.

Niemand geloofde dat de Heilige Liga een protestantse monarch zou accepteren, maar zou Guise moedig genoeg zijn om zich tegen de wettige troonopvolging te verzetten? Navarra was een prins van koninklijk bloed. Guise bezat geen enkele autoriteit om hem te kunnen uitdagen, maar Vidal twijfelde er niet aan dat hij het toch zou proberen.

Frankrijk verviel nu al in chaos. En Vidal voelde dat hij binnenkort eindelijk weer uit de schaduw zou kunnen treden. Zijn organisatie zou de onnoembare kracht van de relikwieën aanwenden om de eeuwenoude principes van hun heilige en apostolische kerk hoog te houden. Zijn God was de God van het Oude Testament, wraakzuchtig, tiranniek en almachtig. Dat was wat Frankrijk nodig had om tot zijn vroegere glorie terug te keren. Alleen macht en militaire slagkracht konden in hun verdeelde land nu nog vrede brengen. Zodra zijn macht zeker en onoverwinnelijk was zou Vidal Guise zijn steun aanbieden.

Maar eerst moest hij die laatste reliek hebben.

75

Zeedijk, Amsterdam, vrijdag 20 juli

Minou stak haar hoofd om de deur van hun hoofdkwartier. 'Waar blijf je nou, mon coeur? Je zei dat je met me mee zou gaan naar de markt.'

Piet keek op van de tafel. 'O, ik was de tijd vergeten.'

Minou glipte naar binnen, deed de deur achter zich dicht en gaf hem een kus. 'Je zit hier al sinds vanochtend vroeg opgesloten.'

'En dat spijt me.'

Ze glimlachte. 'Je hoeft je niet verontschuldigen.' Ze pakte haar zakdoek en poetste een veeg houtskool van zijn gezicht. 'Ik maak me alleen zorgen om je, steeds maar hier binnen opgesloten. Dat bericht van Antoine komt wanneer het komt. En tot die tijd kunnen we niets anders doen dan wachten.'

Het was inmiddels meer dan een week geleden dat de Prins van Oranje in zijn hoofdkwartier in Delft van dichtbij met een pistool was neergeschoten door een fanatieke Franse katholiek. De leiding over de opstand werd overgenomen door zijn oudste zoon, een betrouwbare generaal, maar niemand wist wat er verder zou gebeuren. In Amsterdam hing een roerige sfeer. De gemoederen liepen hoog op.

Gisteren had Minou Cornelia en Alis getroffen in hun familiebank in de Oude Kerk, waar ze hadden geluisterd naar de vrouwen die in de ochtendkoelte voordat de dominee begon te preken allerlei roddels en nieuwtjes met elkaar uitwisselden. Tegen de avond hadden er overal op beschaduwde straathoeken en aan de kades groepjes mannen gestaan om elkaar het laatste nieuws door te geven. Wat zou de moord op de prins voor Holland betekenen? En voor Amsterdam?

'Of houdt iets anders je bezig?' vroeg Minou.

Piet gaf nog steeds geen antwoord.

'Je hebt lang genoeg gewerkt. Kom met me mee de tuin in, even een luchtje scheppen.'

'Dat kan ik niet.'

Minou legde haar hand tegen zijn wang. Ze kende deze stemming van haar man maar al te goed. Hij was als een terriër met een bot, niet in staat om los te laten – of het nu dag of nacht was en hoe lang het ook duurde – totdat hij klaar was met wat hem bezighield.

'Wat ben je aan het doen?'

Piet gaf geen antwoord en Minou wreef gedachteloos over een bruine vlek. De bedienden hadden het tafelblad waarop Willem van Raay was doodgebloed geschrobd en geboend en geschrobd, maar die ene vlek wist van geen wijken. Het bloed was te diep in de nerven van het hout doorgedrongen. Ze schoof een vel papier over tafel om de vlek aan het oog te onttrekken.

Minou keek naar de wirwar van papieren. 'Misschien kan een tweede paar ogen helpen?'

'Dat is het niet.'

'Wat dan, liefje?'

Heel even zweeg Piet. Toen pakte hij het kompas op en boog zich over de tafel met het instrument in zijn handen. 'Het doet me denken aan het oude kompas van je vader,' zei hij. 'En de verhalen die het over zijn reizen had kunnen vertellen.'

Minou glimlachte. 'Jij hebt hem alleen als oude man gekend, maar in de periode voor de oorlogen, in de jaren vijftig en zestig, reisde hij heel Frankrijk door om nieuwe voorraad voor onze boekwinkel in de Rue du Marché te vinden. Hij is zelfs een keer naar Londen geweest, en hierheen, naar Amsterdam.'

'In de boekwinkel heb ik jou voor het eerst gezien. Je stuurde de soldaten die me wilden arresteren gewoon weg!'

'Toen was ik nog jong en dwaas!'

'Je zag onrechtvaardigheid en liep daar niet voor weg.' Piet legde een hand tegen haar wang. 'Je bent niets veranderd, Minou.'

Ze leunde tegen hem aan. 'Wat galant van je om zo lief te liegen.'

Piet legde het kompas weer op tafel. 'Marta was gek op Bernards kompas. Ze "leende" het voortdurend,' zei hij. 'Weet je dat nog?'

Minou was het niet gewend om haar dochters naam te horen noemen en hield haar adem in. Piet sprak zelden of nooit over haar.

'Marta leek wel een ekster,' zei ze. En aarzelend voegde ze eraan toe: 'Ik wist niet dat je nog steeds aan haar dacht.'

'Hoe kun je daaraan twijfelen!' riep Piet uit. Zijn gekwelde blik was als een steek in haar hart. 'Ik merkte dat ik het gewoon niet kon, over haar praten, dus liet ik het. Ik weet dat dat jou pijn deed, Minou – en ik wou dat ik je in die eerste tijd beter had kunnen troosten – maar het deed gewoon zo verschrikkelijk veel pijn om haar naam uit te spreken. Als ik er met jou over probeerde te praten, maakte ik alles alleen maar erger.'

Minou koos haar woorden zorgvuldig. 'We zagen het alle twee anders. Het was niemands schuld. Jij rouwde om een dochter die volgens jou dood was. Ik om een dochter die vermist was maar volgens mij nog leefde.'

Hij boog zijn hoofd. 'Je nam het me kwalijk dat ik je had gedwongen Parijs zonder haar te verlaten.'

Minou bloosde. 'Dat is waar. Dat heb ik vele jaren gedaan. Het heeft heel lang geduurd voordat ik je kon vergeven, maar ik weet dat je je best hebt gedaan, Piet. Wij alle twee.'

Hij slaakte een diepe zucht. 'Denk je nog steeds aan Marta?'

Ze glimlachte. 'Natuurlijk, elke dag. Maar ik verwacht niet langer haar te zien, op een drukke straat, in de kerk, of als ik 's avonds mijn gebeden zeg. Er zijn al te veel jaren verstreken zonder dat we iets van haar hebben gehoord, Piet. Ik weet niet of het de wijsheid is die met de jaren komt, of gewoon het verstrijken van de tijd, maar langzamerhand ben ik meer zoals jij gaan denken.'

Tot haar verrassing pakte Piet iets van tafel en liep daarna naar de houten bank. 'Minou, kom eens bij me zitten.'

'Wat is er?' vroeg ze snel, en haar hart stokte even. Plotseling werd ze bang voor wat Piet misschien zou gaan zeggen. Een leven zonder verdriet bestond niet, maar de plek die ze hier voor zichzelf hadden gebouwd was goed.

'Wat is er?' vroeg ze opnieuw. Nerveus en kaarsrecht zat ze naast hem, alsof ze voor een portret poseerde.

'Word alsjeblieft niet boos op me, maar vanochtend heb ik de brief van Le Maistre ontvangen waar we op zaten te wachten.'

'Wat?!' De pijn was van Minous gezicht af te lezen. 'Waarom heb je dat niet meteen gezegd? Ik verkeer al de hele tijd in vreselijke spanning!' Ze probeerde op te staan, maar hij pakte haar hand. 'Nee, Piet! Hier hebben we in het verleden al zo vaak – te vaak – over gesproken. Telkens smeek ik je weer om me in vertrouwen te nemen, om niets voor me te verbergen. Telkens beloof je me dat je dat de volgende keer zult doen en toch...'

'Het spijt me.'

'Ik snap het niet.' Minou dwong zichzelf om een paar keer diep adem te halen. 'Nou, wat staat er in de brief? Had hij gelijk? Is het Vidal?'

Piet gaf niet meteen antwoord. 'Je weet dat Antoine le Maistre zich na de Alteratie bij het leger van de Prins van Oranje aansloot en naar het zuiden reisde.'

Minou maakte een achteloos gebaar. 'Tuurlijk.'

'Hij maakte het bloedbad in Antwerpen mee en wist maar net te ontsnappen. Hij vertrok uit Vlaanderen en vestigde zich in Chartres, waar hij familie heeft.'

'Waarom vertel je me dingen die ik allang weet?'

Piet praatte verder. 'Daar hoorde hij geruchten over een plaatselijke landeigenaar die de heer van Évreux heet. Évreux is kennelijk een soort kluizenaar.' Hij tikte op de brief in zijn hand. 'Antoine heeft nog meer nieuws.'

'Bevestiging dat Évreux Vidal is?' vroeg Minou snel.

'Niet definitief, maar hij heeft nog drie dingen ontdekt die onze theorie lijken te ondersteunen. Het eerste is dat Évreux een zoon heeft van een jaar of negentien, twintig. En dat zou nu ook ongeveer de leeftijd zijn van de jongen die ik op de dag van de bruiloft in Parijs in Vidals gezelschap zag.'

Minou schudde haar hoofd. 'Mon coeur, zoals ik toen al zei en later vaak heb herhaald: een heleboel mannen hebben een zoon van die leeftijd! Dat is geen bewijs.'

'Ten tweede schrijft Antoine dat kort nadat de heer van Évreux zich in de buurt van Chartres vestigde – in de herfst van 1572, wat ook klopt met het tijdstip waarop Vidal uit zicht is verdwenen – in de kathedraal een jonge priester vermoord werd aangetroffen. De officiële verklaring is dat hij de Sancta Camisia probeerde te stelen – of misschien juist probeerde te beschermen – en bij die poging gedood werd.'

'Maar de Sancta Camisia bevindt zich toch nog zeker wel in de kathedraal van Chartres?'

Piet glimlachte flauw. 'Er wordt een relikwie tentoongesteld.'

Minou begreep het. 'Maar het feit dat die moord is gepleegd, ondersteunt het idee dat er een ruil heeft plaatsgevonden. Een valse reliek in ruil voor de echte, precies zoals Vidal met de lijkwade van Antiochië heeft gedaan.'

'Ja.' Hij knikte. 'En wat betreft de tijd past het exact: Vidals verdwijning uit Parijs en het opduiken van Évreux in Chartres.'

Dit was belangrijke informatie ter ondersteuning van hun theorie, maar Minou wilde nog geen overhaaste conclusie trekken. 'Je zei dat er drie dingen waren.'

'Het gerucht gaat dat afgelopen week een kapitein die op de loonlijst van de hertog van Guise staat – ene Pierre Cabanel – in Chartres gearriveerd is en allerlei vragen over de heer van Évreux stelt.'

'Iemand daar uit de buurt?'

'Uit Parijs. Het klinkt alsof Guise tot dezelfde conclusie is gekomen, namelijk dat de heer van Évreux inderdaad zijn verdwenen biechtvader is.' Piet keek haar aan. 'Ik weet dat je vindt dat ik geen valse hoop moet koesteren, Minou, maar ik voel het gewoon in mijn botten. Ik weet zeker dat hij het is.'

Minou voelde het ook. Ze leunde naar achteren, hoorde de bank kraken en stak toen haar hand uit. 'Mag ik Antoines brief zelf lezen?'

Om een of andere reden veranderde opeens de sfeer in de kamer, Minou merkte het meteen. Ze wierp een blik op Piet en probeerde zijn gezichtsuitdrukking te lezen, maar hij zei niets. Langzaam gaf hij haar de brief.

Minou begon te lezen, maar zag geen enkele reden waarom Piet het nieuws van de brief de hele dag voor haar verborgen had gehouden. Er stond niet meer in dan hij haar zojuist had verteld. Totdat ze bij het postscriptum aankwam, dat in een gehaast handschrift helemaal onderaan was gekrabbeld.

Ze kreeg het koud.

'Daarom zit ik hier al de hele dag opgesloten,' zei Piet zacht. 'Ik wist niet wat jij zou voelen. Ik wist niet wat ik voelde.'

'Ik snap het,' fluisterde Minou bijna onhoorbaar. Haar gedachten raasden door haar hoofd. Haar hart bonkte.

Piet pakte de brief heel voorzichtig uit haar trillende handen.

'Er wordt gezegd dat Cabanel vergezeld wordt door zijn dochter,' las hij voor. 'Hem heb ik niet gezien, maar zij is een prachtig meisje van ongeveer achttien of negentien jaar. Het vreemde is, Reydon, dat ze me op een of andere manier sterk aan jouw lieve vrouw deed denken. Hetzelfde lange bruine haar, dezelfde bleke huid, en dan is er nog een buitengewoon toeval. Het meisje heeft één blauw en één bruin oog.'

Piet pakte haar hand. 'Cabanel komt uit Parijs. Wat als zij het is, Minou? Wat als het Marta is? Onze dochter, eindelijk gevonden.'

76

Chartres

Door de opening tussen de luiken viel één enkele streep zonlicht naar binnen, die als een gouden lint over het bed viel.

Marie Cabanel stond bij het raam dat over de Rue de Cheval Blanc uitkeek en zag verderop de noordelijke ingang van de kathedraal. Ze was precies zo gaan staan dat de sacristein haar van haar meest verleidelijke kant te zien kreeg: haar lange bruine haar hing los over haar schouders en haar rug, heel zedig. Marie had één bleke hand op het raamkozijn gelegd, zodat de aanlokkelijke witte huid aan de binnenkant van haar arm zichtbaar was.

'Heb ik je misschien beledigd?' fluisterde ze, net luid genoeg om de geestelijke heel snel de kamer te laten oversteken.

Marie voelde dat hij vlak achter haar stond. Ze voelde de warmte die hij uitstraalde. Ze kon zich precies voorstellen hoe hij zijn hand in de lucht liet zweven, wanhopig ernaar verlangend haar aan te raken. Ze liet hem nog een ogenblik wachten en stak toen zonder zich om te draaien haar hand naar hem uit; haar saffieren ring glinsterde heel even in het licht. De sacristein mocht er niet aan twijfelen dat ze een exceptionele vrouw was. Een vrouw die zeer in trek was. Het soort vrouw om wie in de oudheid oorlogen zouden zijn uitgevochten.

Als een drenkeling greep de jonge geestelijke haar hand beet en vlocht zijn vingers door de hare.

Zonder dat ze zich leek te verroeren zorgde Marie dat het lint van haar mantel helemaal losraakte. Het kledingstuk viel van haar schouders op de grond, waar de lichtblauwe stof als water om haar voeten spoelde, en het werd zichtbaar dat ze er alleen een hemd onder droeg. Marie hoorde dat hij zijn adem inhield en draaide zich langzaam om, zodat hij de contouren van haar lichaam kon zien, de zachte welving van haar middel.

'Je bent...'

Marie legde een vinger tegen zijn lippen. 'Ik had niet moeten komen, maar ik kon niet anders.' Ze boog zich naar voren zodat haar ketting met de saffier, die precies dezelfde blauwe kleur had als haar ring, tegen zijn zwarte toga viel. Heel even drukte ze haar lichaam tegen dat van hem aan. Toen trok ze zich terug. Marie wilde dat hij zou worden gekweld door de herinnering aan wat hij had kunnen hebben. Die moest ervoor zorgen dat ze de informatie kreeg die ze van hem nodig had.

'Dit mag niet gebeuren...' mompelde hij, maar de woorden bleven in zijn keel steken. Hij sloot zijn ogen en ze zag zijn lippen bewegen.

Marie wist dat hij bad en ze glimlachte. Mannen van God waren allemaal hetzelfde. De geest boven het lichaam stellen was allemaal goed en wel als ze 's avonds alleen in hun kloostercel zaten, maar als zij erbij was, waren hun geloften snel gebroken.

Haar laatste minnaar, een lieve jonge priester die in de Sainte-Chapelle werkte, had haar precies verteld wat er in zijn hoofd gebeurde wanneer hij zich tegen de verleiding teweer probeerde te stellen. Hij stelde zich voor dat hij op zijn knieën voor het grote altaar zat, vulde zijn hoofd met beelden van het gewelfde stenen plafond, de bebloede handen van Jezus aan het kruis. Hij probeerde het gebonk van zijn hart te vervangen door de melodie van het koor, stemmen die tot in de nok van het schip oprezen. Hij dwong zichzelf om te denken aan de belofte van de wederopstanding en het toekomstige leven van hen die Hem volgden en zich aan Gods wetten hielden.

Marie stak haar hand uit en dwong de sacristein heel zachtjes om te knielen. Zijn ademhaling versnelde.

'Ik wil je alleen maar troost bieden. Je werkt zo hard voor het welzijn van anderen.'

Hij vlijde zijn hoofd tegen haar buik en ze hoorde hem kreunen terwijl hij haar geur opsnoof. Hij probeerde zijn armen om haar heupen te slaan.

'Weet je nog, de periode nadat we net het bed met elkaar hadden gedeeld?' vroeg ze terwijl ze ietsje achteruitweek, net buiten zijn bereik. 'Mijn lief, ik kon niet slapen, niet eten of drinken. Ik was ziek omdat ik je zo miste.'

'Echt?'

Ze hoorde de wanhoop in zijn stem. 'Je was zo lief.' Ze glimlachte. 'Mijn kleine nachtegaal.'

Hij sloot zijn ogen. 'Maar ik kan dit niet. Het is een zonde. Mijn geloften verbieden het me.'

Marie viel voor hem op haar knieën zodat ze oog in oog zaten. 'Wil je me zegenen?' mompelde ze terwijl ze zijn hand pakte en tegen haar hart duwde. 'Of gaat dat ook tegen je geloften in?'

Ze kon zien dat hij naar haar smachtte en hard zijn best deed om weerstand aan dat verlangen te bieden. Toen voelde ze dat hij zijn hand om haar borst legde; de druk van zijn hand werd iets krachtiger.

'Dank je voor je gunst.' Ze liet haar vaardige hand onder zijn toga glijden. 'Niemand hoeft het te weten.'

'De Heer ziet alles.'

'En Hij vergeeft iedereen die oprecht berouw heeft,' fluisterde ze terwijl ze een vinger langs de binnenkant van zijn dij omhoog liet glijden.

De sacristein wiegde naar achteren op zijn knieën, en Marie wist dat ze beethad.

Plotseling tilde hij haar van de vloer en droeg haar naar het hemelbed. Hij trok de gordijnen zo ruw opzij dat de ringen langs de roede ratelden.

'In Chartres spreken ze vol lof over je.' Marie liet zich door hem op de lakens leggen. 'Ik kan je leren de man te worden die je zou moeten zijn.'

Hij was zijn geloften vergeten, hij was vergeten dat de kamer op de kathedraal uitkeek.

'Goed zo,' moedigde ze hem aan terwijl ze zich voor hem openstelde.

Hij sloot zijn ogen en was zich nergens meer van bewust, alleen van zijn bewegende lichaam in dat van haar. Begeerte wiste al zijn gedachten uit.

'Heb je kunnen ontdekken wat ik je had gevraagd?' fluisterde ze in zijn oor, kreunend alsof zijn gepomp haar genot schonk.

Hij gaf geen antwoord. Dat kon hij niet. Hij was elk gevoel voor waar hij was verloren. Maar Marie wist dat ze hem nu moest laten praten. Sommige mannen waren nonchalant als de daad eenmaal voorbij was, maar anderen voelden onmiddellijk schaamte en wilden liefst zo snel mogelijk weg zijn.

Ze greep hem bij zijn haar en trok zijn hoofd ruw naar achteren. Hij schreeuwde het uit, maar ze legde hem het zwijgen op door haar mond op die van hem te leggen en in zijn lip te bijten. Hij kreunde van verrukkelijke pijn.

'Waar kan ik hem vinden?'

'Marie...'

Ze sloeg haar benen om hem heen, en voordat hij in de gaten had wat ze deed, had ze hem al op zijn rug gerold en zat ze boven op hem. 'Waar woont de heer van Évreux?' drong ze aan. Ze liet haar haar als een sluier over hem heen vallen. 'Je had beloofd dat voor me uit te zoeken.'

'Ik heb de informatie waar je om had gevraagd,' hijgde hij.

'En heb je de documenten meegenomen, zoals ik je had gezegd?'

'Ja,' riep hij. 'Ik had ze in de sacristie verstopt voor het geval... het geval... Ik hoopte dat je terug zou komen.'

'Je hebt het goed gedaan.' Marie moedigde hem aan door hem vol op de mond te kussen. 'En waar is het landgoed van Évreux?'

'Het staat er allemaal in,' stamelde hij, niet langer de baas over zijn woorden. 'Ik heb het opgeschreven. Voor jou.'

Met hol getrokken rug bewoog ze naar achteren. Toen hij klaarkwam, riep hij haar naam.

Na afloop bleef Marie naast hem liggen om hem te troosten en lieve woordjes te mompelen totdat hij in slaap viel. Ze was goed in wat ze deed. Ze hoorde niet bij Catherina de' Medici's *escadron volant* – voor die eer was ze van te geringe afkomst. Maar opgroeiend in hartje Parijs had Marie hun methoden goed geobserveerd en ze vervolgens voor haar eigen doeleinden aangepast.

In een flits drong er een herinnering tot haar door. Als een kraaltje dat op een stoffige zolder wegrolde; het gevoel dat er iets net buiten haar zicht, buiten bereik bleef: de herinnering aan een wit mutsje, een man op straat die iets zei, een huilende zuigeling, vragen die nooit werden beantwoord.

Flarden van een leven vóór het leven dat ze zich herinnerde. *Wat is een fille de l'escadron?* Wie had die woorden uitgesproken? Was zij het zelf? *Jongens zijn stom dat ze geheimen verraden in ruil voor mooie spulletjes.*

Ze verafschuwde deze momenten, echo's uit een ver verleden. Ze deden zich steeds vaker voor, en er was niemand die ze ernaar kon vragen. Andere gezichten, andere stemmen die ze niet kon thuisbrengen, maar die ergens diep in haar verankerd leken te zijn. Uit een tijd voordat ze Marie Cabanel was.

Ze sloot haar ogen en concentreerde zich op het heden. Ze had geen behoefte aan het verleden. Het enige wat belangrijk was, was het hier en nu, en dat ze goed op zichzelf paste. Er was namelijk niemand anders die dat deed.

Marie wachtte totdat de slapende man zwaar werd in haar armen en toen schoof ze onder hem vandaan. De sacristein merkte niet dat terwijl de grote klokken van de kathedraal van Chartres het hele uur sloegen haar handige vingers de plooien van zijn toga doorzochten naar zijn leren buidel, waarin ze de papieren aantrof. Ook zag hij de tevreden blik in haar ogen niet toen ze daarin de bijzonderheden las.

Toen Marie later die bloedhete middag om vier uur in de Rue du Cheval Blanc de schaduw opzocht stond ze zichzelf een kort triomfantelijk moment toe. Ze had onder andere bevestigd gekregen dat de heer van Évreux niet alleen een villa in deze straat bezat, maar ook dat zijn belangrijkste landgoed in het westen lag, op het platteland van de Orléanais; dat hij op dat landgoed woonde met zijn zoon, een man van ongeveer eenentwintig jaar; en dat het gerucht ging dat Évreux een reliekenjager was.

Het was hem, Marie wist het zeker.

Nu moest ze een brief bij Vidal zien te krijgen, met daarin een aanbod dat hij niet kon afslaan. Wat daarna zou gebeuren lag in Gods handen. Ze draaide aan haar zilveren kettinkje en liet het hangertje glinsteren in het licht. Van alle tinten blauw vond ze saffier de allermooiste.

Ze glimlachte. Haar vader zou tevreden zijn geweest.

77

Warmoesstraat, Amsterdam

'Wat ga je doen?' vroeg Alis nog eens.

Na het avondeten om zes uur waren de kinderen de tuin in gegaan om van de koelere avondlucht te profiteren, terwijl de volwassenen zich in de woonkamer hadden geïnstalleerd. Minou en Piet hadden Alis en Cornelia over Le Maistres brief verteld. Door al het gepraat was de lucht in het vertrek bedompt geraakt.

Toen het tijd werd dat de twee vrouwen weer opstapten, had Minou besloten met Cornelia en Alis mee te lopen naar hun huis in de Warmoesstraat. Daar had Cornelia zich verontschuldigd door te zeggen dat ze nog scheepsdocumenten moest ondertekenen, en dus waren Alis en Minou samen achtergebleven.

Nu was de schemering ingevallen en de twee zussen zaten in de grote woonkamer van het huis. De hoge, sierlijke ramen die op de gracht uitkeken stonden open. Vuurvliegjes dwarrelden rond de kaarsen op de vensterbank. Overal in de kamer hing de geur van citronellaolie.

Het lukte Minou maar niet om tot bedaren te komen. Nadat ze twaalf jaar lang had geprobeerd te accepteren dat haar dochter dood was, was het idee dat ze misschien wel in leven was bijna te veel voor haar. Het voelde alsof er een laagje huid was weggehaald en elke zenuw tintelde. Ja, ze was opgewonden, maar tegelijkertijd voelde ze zich verloren.

'Je weet wat Piet wil doen. Maar jij dan, Minou, wat wil jij?'

Ze keek naar haar zus. 'Ik weet het niet. Ik wil graag geloven dat dat meisje Marta is. Maar het volgende ogenblik vind ik de gedachte dat ze het misschien is ondraaglijk.'

'Waarom?'

Minou haalde diep adem. 'Omdat ik haar heb opgegeven, Alis. Omdat ik gestopt ben te geloven dat we haar zouden kunnen terugvinden.'

'Dat is niet waar,' zei Alis. 'Je hebt alles gedaan wat je kon, maar jullie zaten in Amsterdam. Die nacht zijn er ontzettend veel mensen vermist geraakt of gestorven. Het was onmogelijk om vanaf die afstand een zevenjarig meisje op te sporen. En Parijs was – en is nog – te gevaarlijk voor ons. Je bent te streng voor jezelf. Je hoeft je niet schuldig te voelen.'

'Maar dat voel ik me wel,' riep Minou uit.

Heel even liet ze zich kalmeren door de geluiden van de schuiten op de gracht, het geplas van riemen in het water, het zachte klotsen van de golfjes tegen de muren. Minou realiseerde zich dat ze Marta nooit had laten opgroeien. Al die jaren dat ze zich het gezicht van haar dochter had voorgesteld – een beeld dat na verloop van tijd zwakker en zwakker was geworden – was Marta dezelfde gebleven: een meisje in haar blauwe lievelingsjurk met haar witte mutsje in de hand, dat op die hete augustusdag was komen klagen dat ze in de kinderkamer opgesloten zat met haar zieke broertje. Het dappere, doortastende, ongehoorzame meisje dat niet meer had kunnen wachten en alleen de straten van Parijs op was gegaan en nooit meer was teruggekomen.

'Wat als het inderdaad Marta is, maar ze kent me niet meer? Ze zou nu negentien zijn.'

'Natuurlijk herinnert ze zich jou,' zei Alis beslist.

'Of wat als ze het wel is, maar ik niet meer van haar kan houden?'

Alis glimlachte. 'Je zult heus weer van haar houden. Misschien duurt het eventjes, en misschien zal het moeilijk zijn, maar uiteindelijk zal ze de weg naar je hart weer vinden, en jij die naar het hare. Je bent haar moeder. Ze is je vast niet vergeten.'

'Misschien wel. Het is allemaal zo vreselijk lang geleden.'

Minou voelde de ellende door al haar poriën naar binnen dringen, en haar armen en benen voelden zwaar, alsof ze te vroeg wakker was geworden na een diepe slaap. Ze voelde zich ontwricht en verward. Twaalf jaar lang had Minou gebeden dat ze haar dochter terug zou krijgen. Maar nu ervoer ze bij die gedachte alleen maar angst.

Op haar schoot vlocht Minou haar bleke vingers krampachtig in elkaar. 'Wat als ze geleden heeft? Wat dan?'

'Zo te horen geldt dat niet voor het meisje dat Le Maistre in zijn brief beschrijft,' zei Alis, hoewel Minou heel even iets van medelijden in haar blik meende te zien. 'Maar wat er ook in Marta's leven gebeurd is, ten goede of ten kwade, jij zult ertegen opgewassen zijn. Het kan best zijn dat ze je dingen zal vertellen die je niet wilt horen. Dat ze een heel ander leven heeft geleid dan het leven dat jij haar zou hebben gegeven. Het zou dom zijn om dat te ontkennen. Het is moeilijk om in tijden van oorlog een vrouw te zijn, laat staan een meisje.'

'Als ze het is,' zei Minou weer.

'Als ze het is.'

Ze haalde diep adem. 'Piet is helemaal opgewonden, zowel bij het idee dat we na al die jaren Vidal misschien hebben opgespoord, als om de gedachte dat we Marta hebben gevonden. Hij twijfelt er niet aan. Maar er is geen enkele reden om aan te nemen dat Cabanel of zijn dochter nog steeds in Chartres is.'

'Er is ook geen reden om aan te nemen dat ze daar niet meer zijn,' wierp Alis tegen.

Minou keek naar haar zus. 'Dus jij denkt dat ik moet gaan?'

Alis lachte hardop. 'Natuurlijk moet je gaan. Je kunt niet in onzekerheid in Amsterdam achterblijven. Of hier zitten afwachten tot Piet terugkomt. Hoe sneller je gaat, hoe sneller je het weet. En je zult er hoe dan ook achter komen.'

Achter hen klonk een geluid. Het was Cornelia, die haar hoofd om het hoekje van de deur stak. Alis' gezicht begon te stralen.

'Stoor ik?' vroeg Cornelia.

Alis stak haar hand uit. 'Natuurlijk niet.'

Cornelia liep de kamer in met in haar handen een tinnen dienblad met drie pullen en een kan. 'Ik dacht dat jullie vast wel een verfrissing konden gebruiken.'

Minou verbaasde zich erover hoe weinig Cornelia veranderd was sinds de eerste keer dat ze elkaar hadden gezien. Haar bruine haar was iets dunner en haar gezicht was met de jaren niet zachter geworden, maar toch leek ze meer zichzelf te zijn geworden. De extra jaren stonden haar goed.

Minou zag dat Cornelia even een hand op Alis' schouder legde toen ze langs haar liep, en ze glimlachte. De liefde deed haar goed. Dat gold voor hen alle twee.

Cornelia had nooit hoeven trouwen. Ze was financieel onafhankelijk, dus had ze geen echtgenoot nodig om haar te onderhouden. Met Piets hulp had ze haar vaders bedrijf verder laten groeien, en de vloot van Van Raay was nu een van de succesvolste in Amsterdam.

Alis had al van jongs af aan duidelijk gemaakt dat ze jongens minachtte, en later had ze haar afkeuring over het huwelijk uitgesproken. Minou had altijd gedacht dat ze daar nog wel overheen zou groeien, maar toen Alis langzamerhand aan het leven in Amsterdam gewend raakte en

Minou haar zus opnieuw leerde kennen, was tot haar doorgedrongen dat Alis zichzelf heel goed kende.

'Waar denk je aan?' vroeg Alis.

Minou glimlachte. 'Niets.'

Een tijdje zaten de drie vrouwen zwijgend bij elkaar van hun bier te drinken. Alis en Cornelia zaten ieder op hun vaste plek, aan weerszijden van de haard. Minou was aan tafel blijven zitten en tekende met haar vinger patroontjes op het hout.

'Als we naar Chartres gaan,' zei ze uiteindelijk, 'willen jullie dan voor Jean-Jacques en Bernarda zorgen? En voor het hofje?'

Minou zag dat Cornelia en Alis elkaar even aankeken, en het drong tot haar door dat ze daar al over hadden gesproken.

'Natuurlijk,' antwoordde Cornelia.

Alis grijnsde. 'Bernarda en Johannus zullen het bij ons prima naar hun zin hebben. Ik zal naar de Zeedijk terugverhuizen en alles draaiende houden totdat jullie terug zijn.'

Minou glimlachte. 'Je realiseert je dat we misschien wel maanden weg zijn?'

Cornelia en Alis keken elkaar opnieuw aan.

'Ik vroeg me af of we misschien Salvadora zouden kunnen uitnodigen om hierheen te komen,' zei Alis voorzichtig. 'Om te helpen met de kinderen. Johannus is dol op haar.'

'Maar je vindt Salvadora niet eens aardig!' riep Minou uit. 'Ik herinner me nog hoe het ging toen ze je in Puivert verpleegde nadat... Je zei toen dat je jezelf uit het raam zou werpen als we haar niet naar Parijs meenamen.'

'Niet waar!' Cornelia lachte.

Alis stak verontschuldigend haar handen op. 'Ik wil best toegeven dat ik haar vermoeiend vond. Maar toen was ik nog jong. En ze had altijd al een voorkeur voor Aimeric.' Haar gezicht werd serieus. 'Ik denk dat ze je dankbaar zal zijn als je terugkomt. Als het Marta is. Salvadora is die dagen van jullie vlucht uit Parijs niet vergeten. Voor haar is de herinnering ook zwaar.'

'Ze was altijd zo kortaangebonden tegen Marta.'

'Zo is ze gewoon. In haar brieven vraagt ze altijd naar haar.'

'Correspondeer jij met Salvadora?' vroeg Minou oprecht verrast.

'Ze vindt het fijn om herinneringen aan Aimeric op te halen.' Alis zuchtte. 'En ik ook.'

'Je had ook met mij kunnen praten,' zei Minou, die haar best deed om zich niet afgewezen te voelen.

'Jij had het al druk genoeg met over Marta nadenken,' zei Alis simpelweg. 'En trouwens, tante Salvadora mist de kinderen. Ze vraagt vaak naar ze.'

Minou fronste. 'Ik heb haar bijna gesmeekt om bij ons te blijven, maar ze stond erop om naar Toulouse terug te keren.'

Alis grijnsde. 'Vergeef me, Cornelia, maar Salvadora had een hekel aan de Nederlandse maatschappij, en vooral aan Amsterdam. Een "nare, natte stad" noemde ze Amsterdam in een van haar brieven.'

Cornelia lachte. 'Mijn vader zei inderdaad dat ze vaak klaagde. Als hij met haar naar de mis in de Nieuwe Kerk ging, vond ze altijd wel iets wat niet in orde was, vertelde hij.'

Minou zag dat ze naar elkaar glimlachten en verbaasde zich nog steeds over de relatie tussen haar tante en haar zus, waarvan ze geen idee had gehad. 'Denk je dat Salvadora zou komen?' vroeg ze. 'Met de situatie in Frankrijk na de dood van de broer van de koning – en nu ook nog de instabiliteit hier na de moord op de Prins van Oranje – is dit een gevaarlijke tijd om te reizen.'

'Cornelia had een idee,' zei Alis. 'Zij opperde – áls je besluit om mee te gaan naar Chartres – dat het waarschijnlijk het veiligst zou zijn om het grootste deel van de reis over zee te gaan. Hetzelfde schip dat Piet en jou naar Frankrijk brengt kan dan langs de westkust van Frankrijk naar Bordeaux varen en haar daar ophalen. Als tante Salvadora op een veilige manier van Toulouse daarheen kan reizen.'

Minou knikte. 'Het zou een geruststelling zijn om Salvadora weer hier te hebben.' Ze wendde zich tot Cornelia. 'Denk je dat je op een van je schepen een plekje voor ons kunt vinden?'

'Ik moet het even nakijken, maar volgens mij vertrekt er overmorgen een schip. Jullie zouden tot Rouen mee kunnen varen en daarvandaan westwaarts naar Chartres kunnen rijden. Het is gevaarlijk om door de zuidelijke provincies te reizen; de gevechten zijn daar erger dan ooit. Een enorme verwoesting en een groot gebrek aan eten, volgens de verslagen. Op het water zijn jullie een stuk veiliger.'

'En dan kan Salvadora mee tijdens de terugreis?'

'Natuurlijk.'

Eindelijk verscheen er een glimlach op Minous gezicht. 'Dezelfde reis die we jaren geleden samen hebben gemaakt, maar dan andersom. Je redt ons alweer, Cornelia.'

Tot haar verbazing bloosde de Nederlandse. 'Je hoeft me niet te bedanken,' zei ze stroef. 'Jullie hebben minstens zo vaak iets voor mij gedaan.'

Alis klapte in haar handen. 'Mooi, dat is dan geregeld.'

Minou voelde zich meteen een stuk lichter. 'Ja, als Piet het ermee eens is – en als jullie alle twee zeker weten dat het geen last is om het hofje te leiden zolang wij weg zijn – dan is het geregeld. Zondag vertrekken we naar Chartres.'

78

Landgoed Évreux, Chartres

'Denkt u dat de brief echt is, vader?'

Sinds ze via een sacristein in de kathedraal bericht hadden gekregen over een vrouw die beweerde dat ze het sudarium, de zweetdoek van Veronica, in haar bezit had, was Louis erg verontrust.

'De brief of de relikwie?' vroeg Vidal scherp.

'Alle twee.'

'Ik denk graag van wel.'

Louis aarzelde. De stemming van zijn vader kon de laatste tijd gemakkelijk omslaan en hij wilde hem niet provoceren. Vanochtend had Vidal opnieuw een aderlating gekregen, en hoewel Louis wist dat zijn vader pijn had, geloofde hij dat de bezoekjes van de apotheker meer kwaad dan goed deden. Hij was zo ongerust geweest dat hij de fout had gemaakt om te proberen er met Xavier over te spreken. Later die dag was hij gaan rijden, en toen had hij ontdekt dat de riem van zijn zadel was doorgesneden. Het was puur geluk geweest dat hij niet ernstig gewond was geraakt. Zo was het tussen hen altijd geweest, maar de laatste tijd leek Xaviers haat feller te branden dan ooit.

Hij koos zijn woorden zorgvuldig. 'Maar toch, is het wel nodig om haar hier uit te nodigen, heer?'

'Twijfel je aan mijn beoordelingsvermogen?'

'Natuurlijk niet, maar het lijkt me gewoon een onnodig risico. U hebt uw persoonlijke levenssfeer steeds zo goed beschermd. Het zou toch vast beter zijn om elkaar in Chartres te treffen? Ik kan namens u met deze sacristein afspreken en op die manier eerst meer over de vrouw te weten komen.'

'Nee.'

Louis verbeet zijn teleurstelling. 'Laat me dan in elk geval meegaan.'

Vidal schudde zijn hoofd. 'Er zitten overal spionnen.'

Ze zaten in de bibliotheek van het landhuis. Zijn vader tikte met zijn vingers een regelmatig ritme op de armleuning van zijn stoel. Louis woonde inmiddels lang genoeg met hem samen om te weten dat hij dat alleen deed wanneer hem iets dwarszat.

'Is er iets speciaals gebeurd waardoor u liever niet in Chartres komt?' vroeg hij voorzichtig.

Louis zag de besluiteloosheid in zijn vaders ogen en gokte erop dat Xavier hem weer eens zijn giftige woorden had ingefluisterd. Xavier was geslepen en slim. Hij zei nooit expliciet iets waaraan de heer van Évreux aanstoot zou kunnen nemen, maar zelfs de kleinste stekelige opmerking over Louis' loyaliteit kon hem al grote schade berokkenen. En nu zijn vader zo ziek was, was zijn beoordelingsvermogen niet meer wat het geweest was.

'Mij is onder de aandacht gebracht dat iemand vragen over me stelt,' zei Vidal uiteindelijk.

'Heeft Xavier u dat verteld?'

Hij zag ergernis opflakkeren in zijn vaders ogen. 'Wat doet het ertoe wie het me heeft verteld, ik geloof dat het waar is.'

'Er is altijd wel iemand die vragen stelt, vader.'

'Niet zo dicht in de buurt.'

Louis stond op. 'In Chartres zelf, bedoelt u? Weet u wie?'

Vidal legde een hand tegen zijn slaap. 'De dreiging is serieus te nemen, meer hoef je niet te weten.'

'Vergeef me, vader, maar als dat het geval is lijkt de beslissing om deze vrouw – deze onbekende – hierheen te laten komen zelfs nog onverstandiger. Het verbaast me dat Xavier u dat heeft aangeraden.'

'Xavier heeft alles onder controle.'

Wat hij hoorde beviel Louis helemaal niet. 'Vader, ik wil niet voor mijn beurt spreken, maar denkt u dat het mogelijk is dat deze zogenaamde serieuze dreiging en de brief waarin u het sudarium wordt aangeboden met elkaar te maken hebben?'

Voor het eerst keek Vidal hem aan. 'Het tijdstip van de twee gebeurtenissen zet me wel aan het denken, ja.'

'Maar in dat geval...'

'Genoeg!' De vingers van zijn vader trommelden nog harder. 'Als de zweetdoek echt is, is die het risico waard. En dat weet ik pas als ik hem met eigen ogen zie.'

'En als het een vervalsing is?'

Hij lachte hol. 'Ik kan me niet voorstellen dat Guise een vrouw stuurt om mij te vermoorden, dat zou een belediging voor zijn gevoel voor rechtvaardigheid zijn! En trouwens, binnenkort zal hij toch op zijn knieën naar me toe komen.'

Louis keek met een ongemakkelijk gevoel naar zijn vader. Anders was Vidal ondanks zijn ziekte altijd zo voorzichtig, zo weloverwogen. Maar vandaag leken zijn gedachten alle kanten op te schieten. Het ene moment verschool hij zich voor Guise, een moment later leek hij juist naar aandacht te hengelen.

'Ik doe wat u me zegt, vader.'

'Ik zal de sacristein een brief schrijven om hem te melden dat dit mens wordt uitgenodigd om zich hier te laten zien zodra ze het voorwerp in haar bezit heeft. Xavier zal de brief bezorgen.'

'Die dienst kan ik u ook bewijzen, heer,' bood Louis snel aan. Dat zou hem op zijn minst de kans geven om zelf wat onderzoek naar die vrouw te doen.

'Jou wil ik hier hebben.' Vidals stemming sloeg opnieuw om. Zijn gezicht leek zich te ontspannen en er scheen weer licht in zijn ogen. 'Niemand heeft geprobeerd te doen wat ik nu doe. Ik ben er zo dichtbij. Sinds de Heilige Lodewijk de Sainte-Chapelle liet bouwen om de heiligste relieken van het lijdensverhaal onderdak te bieden, heeft niemand een dergelijke ambitie gehad.'

Louis luisterde naar hem met zijn handen respectvol gevouwen.

'Jij bezit het ongeduld van de jeugd. Ik ben geduldig geweest, maar nu liggen de zaken eindelijk binnen mijn bereik. De tijd is er rijp voor. De koning kan niet besluiten of hij de hugenootse dreiging moet verpletteren of juist omhelzen. Navarra is nu de eerste erfgenaam, en dat zal Guise beslist niet accepteren. Frankrijk zal vallen. En als dat gebeurt, zal ik er klaar voor zijn. De priester en biechtvader van een nieuwe kerk die uit de as zal herrijzen om de macht van Spanje en Rome te betwisten.' Hij schonk wijn voor zichzelf in en hief de beker om te proosten. 'En als ik sterf, zul jij mijn werk afmaken. Om ervoor te zorgen dat mijn erfenis na mij voortleeft. Dat is jouw taak als mijn zoon, begrijp je dat? Dat is de reden dat ik je hierheen heb meegenomen.' Vidal zette de beker weer op het blad. 'Haal papier en inkt voor me, dan zal ik de brief meteen schrijven.'

Daarop durfde Louis niets te zeggen. Hij was bang dat zijn vader zijn verstand was verloren.

79

Damrak, Amsterdam

Twee dagen later – de zon stond hoog aan de hemel en Amsterdam zag er prachtig uit – liepen Minou en Piet naar het einde van Van Raays steiger aan Op 't Water.

Minou omhelsde Bernarda en daarna Johannus, beloofde hun dat ze voor het einde van de herfst terug zouden zijn en smeekte hun om lief te zijn voor tante Salvadora als die kwam. Piet drukte Johannus op het hart dat hij in zijn afwezigheid de man in huis was.

'Hoewel tante Alis eigenlijk de baas is,' voegde Minou er glimlachend aan toe.

Terwijl Cornelia's bediende hun reiskist aan boord bracht, keek Piet nog een laatste keer in zijn leren tas.

Minou draaide zich om en nam afscheid van Alis. 'Zeg nog eens tegen me dat dit de juiste beslissing is,' zei ze met een blik op de stad. 'Om dit alles achter te laten. Om jullie achter te laten.'

Alis pakte haar handen. 'Lieve zus, je hebt geen keuze. Dit is de juiste beslissing.'

'Zolang een van ons het maar zeker weet.' Ze keek naar de rij hoge huizen aan de andere kant van het water. Ze voelde zich vreemd weemoedig. 'Maar wat als we...' begon ze.

'Nog voordat de bladeren geel verkleuren en de laatste appels in de boomgaard gevallen zijn, zijn jullie terug. Zijn jullie weer thuis.'

'Thuis...' mompelde Minou.

Plotseling herinnerde ze zich dat ze in 1580 met Alis, Jean-Jacques en Bernarda op de Plaats had gestaan om getuige te zijn van de aankomst van Willem van Oranje. Op het voordek van een schip versierd in zijn kleuren – oranje, wit en blauw – was hij aan het hoofd van een vloot het Damrak op gevaren. Toen de prins van boord ging had Minou de enorme witte plooikraag boven zijn bonten kraag gezien, zijn geborduurde wambuis met gouden knopen. Hij had er op-en-top uitgezien als de man die hen uit de Spaanse overheersing zou bevrijden.

'Ben je er klaar voor?' Piet stak haar zijn hand toe.

Minou keek naar zijn vertrouwde gezicht, de vastberadenheid in zijn ogen, zijn onwrikbare houding, en was gerustgesteld. Ze was er klaar voor. Alis had gelijk. Ze moesten gaan. Want hoewel ze hun hoop op slechts een klein brokje informatie – het toeval van twee verschillende ogen – hadden gevestigd, vertrouwden ze er terecht op.

Minous hand gleed naar haar zak. Eerder vanochtend had ze Marta's oude mutsje daarin gestopt. Als talisman of om het geheugen van haar dochter op te frissen. Ze wist niet zeker welke van de twee het was.

Als ze haar zouden vinden.

Op het allerlaatste moment had Minou ook haar dagboek uit Puivert in de kist gelegd.

'Ja, ik ben er klaar voor,' antwoordde ze en ze stapte van de steiger de boot in.

'We zullen overal goed op passen terwijl jullie weg zijn,' zei Alis. 'Maak je maar geen zorgen. *Au revoir!*'

'Tot ziens!' riep Minou terug. Terwijl Bernarda en Johannus begonnen te zwaaien, voelde ze zich heel even schuldig dat ze hen achterliet. 'Ik zal jullie missen, kleintjes van me. Ik hou van jullie. '

Cornelia gaf de schipper een bevel. Hij duwde de boot los van de kant, sprong erin en zette koers naar het midden van het water om zich daar bij de gestage stroom kleine scheepjes te voegen die in de richting van de sluis voeren, en daarna door de haven naar de open zee erachter.

80

Vier weken later
Rue de la Poissonnerie, Chartres, dinsdag 21 augustus

Minou en Piet kwamen tegen het vallen van de avond in Chartres aan.

De reis vanuit Amsterdam had ruim vier weken geduurd. Met meestal een stevige wind in de rug waren ze van Amsterdam naar Rouen gezeild – eerst noordwaarts door het IJ, daarna naar het zuidwesten langs de kust van Vlaanderen en vervolgens oostwaarts over de rivier de Seine. In Rouen waren ze een paar dagen gebleven. Tot zijn opluchting had er voor Piet een bericht van Antoine le Maistre liggen wachten, die hem schreef dat Cabanel en zijn dochter nog steeds in Chartres waren. Piet had een brief teruggestuurd waarin hij meldde wanneer ze hoopten aan te komen.

De stralende zon had plaatsgemaakt voor leigrijze luchten en eindeloze regen toen ze aan de tweede etappe van hun reis begonnen. Ze reisden eerst door Normandië naar het zuiden en vervolgens de Orléanais in, langs Évreux, Nonancourt en Dreux en uiteindelijk naar Chartres zelf. De oogst rotte op de velden; de akkers waren door- en doornat. Sommige rivieren waren buiten hun oevers getreden.

Het monotone gedreun van de paardenhoeven op de natte grond, de eindeloze motregen, het geratel van de wielen totdat Minou dacht dat haar tanden uit haar mond zouden klapperen – dat alles had zijn tol geëist. Vaak had ze gewenst dat ze thuis in Amsterdam was, in plaats van op deze naar ze inmiddels vreesde zinloze zoektocht.

'Weet je zeker dat hij ons vandaag verwacht?' vroeg Minou voor de zoveelste keer terwijl de koets over de keitjes van de nauwe straten naar het adres reed dat Le Maistre hun had gegeven.

'Ja,' zei Piet kortaf. Zijn ongeduld bewees dat ook hij bang was dat zijn laatste brief aan Le Maistre misschien nog niet was aangekomen. 'Ik hoop het.'

Maar toen ze voor het vakwerkhuis in de Rue de la Poissonnerie halt hielden werden ze al verwacht door de bediende die de deur voor hen opende, en Antoine stond in de hal om hen persoonlijk te begroeten. Minou en Piet werden naar een aangename kamer gebracht waar ze het stof van de reis van hun gezicht konden wassen, en binnen een uur na aankomst zaten ze met hun gastheer op een terras aan de achterkant van het huis zoete witte wijn te drinken en *cochelins* te eten, heerlijke zoete deegwaren uit de streek.

'Ik moet me verontschuldigen voor het weer.' Antoine glimlachte naar hen. 'Chartres is niet op zijn best in de regen. Augustus is een uitzonderlijk natte maand geweest.'

'Wij wonen in een wereld vol water, dus we zijn het gewend.' Piet lachte.

Minou was vermoeid na de reis en voelde zich aangenaam verdoofd door de wijn, dus vond ze het prima om alleen naar de twee mannen te luisteren.

'Ben je nooit in de verleiding gekomen om naar Amsterdam terug te keren?' vroeg Piet.

Le Maistre schudde zijn hoofd. 'Ik heb me er altijd een buitenstaander gevoeld. Het lukte me niet om de taal te leren, en na Antwerpen – en het verlies van veel van de mannen met wie ik had gevochten – wilde ik graag terug naar Frankrijk. Niet naar Limoges. Ik zou het vreselijk hebben gevonden om elke dag aan het verlies van mijn vrouw en kinderen herinnerd te worden. Hier liggen tenminste geen herinneringen op de loer.'

Piet knikte. 'Heb je vrienden hier?'

'In Chartres zijn we maar met weinigen van het gereformeerde geloof. Dit is een erg katholieke stad, en sommige delen van de noordelijke stadsmuur dragen nog steeds de littekens van de hugenootse aanval tijdens de tweede oorlog, dus we zijn niet erg geliefd. Maar we komen in het geheim bijeen om ons geloof te belijden en het is hier, in elk geval voorlopig, even rustig als elders.' Antoine glimlachte. 'En er is een weduwe, een aardige vrouw van middelbare leeftijd. Ze zal nooit de plek van mijn lieve vrouw innemen, maar we genieten van elkaars gezelschap. In deze tijden vind ik het al genoeg om veilig en tevreden te zijn. Mijn jeugdige vuur is verdwenen.'

Piet hief zijn glas. 'Ik ben blij voor je, vriend.'

In de takken boven hun hoofd begon een merel zijn klaaglied voor de wegstervende dag te zingen.

'En de kwestie die ons hierheen heeft gebracht?' vroeg Minou.

Le Maistre keek naar de met klimop begroeide muur en stond op. De sfeer van de avond veranderde. 'Zullen we naar binnen gaan? Ik wil liever niet dat we afgeluisterd kunnen worden.'

Rue de la Porte Cendreuse

Marie Cabanel trok de capuchon van blauwe zijde over haar hoofd, zei tegen de koetsier op haar te wachten en ging toen te voet op weg over de donker wordende straten.

Ze haastte zich over kleine pleintjes en langs vakwerkhuizen die somber in de stromende regen stonden. Achter haar dreigde de rivier de Eure buiten haar oevers te treden.

Op het afgesproken tijdstip was Marie terug bij de werkplaats in de schaduw van de priorij van Saint-Vincent. Ze keek om zich heen. Ze dacht niet dat iemand haar was gevolgd – ze had een omweg genomen en trouwens, het was donker – maar het was beter om op zeker te spelen.

De regen drong door haar capuchon heen en droop tussen haar jurk en haar kraag. Toch was het een opluchting om niet meer in het pension opgesloten te zitten. Sinds ze drie weken geleden opdracht had gegeven voor het maken van de vervalsing was Marie ondergedoken in de kamers die ze op naam van haar vader had gehuurd. Een man uit de buurt kreeg er goed voor betaald om te doen alsof hij haar vader was, en hoewel hij zich elke avond volpropte en bijna bewusteloos dronk was het een noodzakelijke voorzorgsmaatregel. Als mensen wisten dat ze een vrouw alleen was, zou ze niet meer veilig zijn.

Ze haatte het. De stilte, het gebrek aan gezelschap en vermaak. Maar als God het wilde zou dit niet lang meer duren. Als alles volgens plan verliep was ze over enkele dagen eindelijk weer op weg naar huis.

Heel even liet Marie zich door haar gedachten meevoeren. Van haar jongste jaren herinnerde ze zich nauwelijks iets, alleen nu en dan een glimp, maar haar herinneringen hadden haar altijd teruggebracht naar de stad waar ze zo van hield. Parijs. Ze herinnerde zich dat ze in de deuropening van een prachtige blauwe kamer stond, waarvandaan ze een hele serie achter elkaar liggende andere vertrekken kon zien. En het gevoel dat als ze nou maar in die laatste kamer kon komen, daar iets zou zijn wat ze moest zien. De herinneringen van daarna waren duisterder: een vaag beeld van een man met zwarte krullen die dood op de grond lag. Heel veel bloed.

En vervolgens: niets.

Een van de weinige dingen die haar vader haar over haar kindertijd had verteld was dat ze op haar zevende bij een ernstige val haar hoofd had gestoten.

Maries vingers gleden naar de rozenkrans om haar middel, zoals ze altijd deden wanneer haar gedachten in een kringetje begonnen rond te draaien. Ooit had ze haar vader gevraagd of ze mogelijk als kind getuige van een moord was geweest. Daarop had hij niets gezegd, en inmiddels was hij ook dood, waardoor zij nu in haar eentje verantwoordelijk was voor de missie die een obsessie voor hem was geweest.

Marie keerde met een schok in het heden terug toen de deur van het atelier openging.

'Mademoiselle, welkom. Komt u binnen?'

Ze keek naar de oude man, een begenadigd kleermaker en vervalser. Rond zijn ogen zat een web van kleine lijntjes, en op de punt van zijn neus stond een bril met vergrootglazen, alsof ze hem had gestoord terwijl hij iets heel ingewikkelds aan het naaien was. Naalden van verschillend formaat zaten op zijn kolder gespeld; de zilveren ladder leek wel wat op de strepen op een soldatenjas.

'Is het klaar?'

'Jazeker.'

Minou volgde hem door een doolhof van kamertjes, totdat ze bij een grote werkplaats aan de achterkant van het pand kwamen. Boven een lange houten werkbank hing een rij brandende lampen, en het werkblad lag vol met stofstalen, scharen en verf. Marie zag tot haar opluchting dat hij gevolg had gegeven aan haar instructies en zijn leerlingen had weggestuurd.

'Waar is het?' wilde ze weten. Ze was zo gespannen dat haar stem scherp klonk.

De oude kleermaker glimlachte. 'Ik denk niet dat u teleurgesteld zult zijn, mademoiselle.'

Marie hoopte dat het niet allemaal voor niets was geweest. Al het geld, het wachten, de aansporingen om te zorgen dat het werk op tijd klaar was. Hoewel er verder weinig over Évreux bekend was, had hij de reputatie dat hij een goed oog had, en ongewoon veel kennis van oude voorwerpen. Ze had aanbevelingsbrieven vervalst uit de haven van Alicante in Valencia, de meest veelbelovende van de plekken die beweerden het sudarium te bezitten. De zweetdoek van Veronica, een van de lastigst te vinden relieken die met het lijdensverhaal verbonden waren.

Er werd gezegd dat Évreux de doek graag wilde verwerven.

'Laat zien,' zei Marie.

De oude man opende een koker. Hij liet er een rol stof uit glijden en spreidde die plat uit op tafel. Marie was wel zo verstandig om de stof niet aan te raken, maar ze voelde een onmiddellijke bewondering voor de manier waarop de kleermaker de geur en de glans van het Heilige Land had weten te vangen. De doek leek naar olijfboomgaarden, sandelhout en ceder te geuren. Erop was het gezicht afgebeeld van een vriendelijke man met verdrietige ogen, vol van al het lijden van deze wereld.

'Voldoet het?' vroeg de kleermaker nerveus.

Marie blies langzaam haar adem uit. 'Ja.'

Rue de la Poissonnerie

Minou en Piet zaten veilig in de werkkamer van Antoine le Maistre en bestudeerden een kaart van de omgeving.

'Het landgoed van Évreux is hier.' Le Maistre wees naar een groot stuk land op ongeveer vijf mijl ten westen van Chartres. 'Ik heb de man zelf nooit gezien, maar er wordt gezegd dat Pierre Cabanel, een kapitein in dienst van de hertog van Guise, een oogje heeft gehouden op het stadshuis van Évreux in de Rue du Cheval Blanc, niet ver hiervandaan, en dat hij ook mannetjes heeft die het huis op het landgoed van Évreux zelf in de gaten houden.'

'Weet je zeker dat deze Cabanel eropuit is gestuurd om Évreux te vermoorden?'

'Als Évreux inderdaad de voormalige biechtvader van Guise is, dan is het antwoord: ja, zeker. Iedereen weet dat de hertog een prijs op het hoofd van de kardinaal heeft gezet.'

'En waarom heeft Cabanel niet al eerder iets gedaan?'

Le Maistre haalde zijn schouders op. 'Évreux verlaat zelden zijn landgoed. Het wordt goed bewaakt; hij heeft huurlingen uit de oorlogen in dienst. En zelfs in deze wetteloze tijden wil Guise – wiens leiderschap van de Heilige Liga op zijn morele autoriteit en vrome karakter gebaseerd is – vermoedelijk niet verantwoordelijk worden gehouden voor de moord op een priester.'

'Maar dat slaat nergens op!'

Le Maistre lachte bitter. 'Het slaat allemaal nergens op, Reydon. Honderdduizenden mensen afgeslacht in naam van God, vrouwen en kinderen, niet alleen soldaten op het slagveld, en dat allemaal vanwege het recht om onze godsdienst te belijden zoals wij willen, vanwege het recht om dat in onze eigen taal te doen. We hebben ons land kapotgemaakt met deze dwaasheid. Het slaat allemaal nergens op.'

Piet legde een hand op de schouder van zijn vriend. 'Ik weet het.'

Le Maistre zuchtte. 'Vergeef me, ik ben er gewoon zo moe van.'

'Waar is Cabanel nu?'

'Ik heb ontdekt dat hij in een herberg verblijft aan de weg die ten noorden van het landgoed van Évreux loopt. Vermoedelijk om daar op nadere orders te wachten.'

'Is zijn dochter nog steeds bij hem?' vroeg Minou bezorgd.

'Ik geef toe dat ik dat niet weet.' Le Maistre zuchtte. 'Madame Reydon, misschien had ik niets moeten zeggen. Nadat ik mijn brief naar Amsterdam had gestuurd besefte ik dat ik jullie misschien zonder enige reden hoop had gegeven. Maar de gelijkenis was zo opvallend, en ik kan me jullie dochter zo goed herinneren. Ik vroeg het me gewoon af.'

Minou knikte. 'Wilt u haar voor me beschrijven?'

'Ze is ongeveer even lang als u, madame Reydon, en ze lijkt op u in houding en manier van doen. Ze had gewoon iets. Iets elegants, een bepaald zelfvertrouwen, iets brutaals in haar hele verschijning.'

'Welke kleur had haar haar?'

'Dat zat voor het grootste deel onder haar kap, maar ik zag glimpen bruin.'

'De kleur van herfstbladeren,' zei Piet glimlachend.

Le Maistre knikte. 'Haar gezicht deed me meteen aan u denken, madame Reydon, het bracht me nogal van mijn stuk. Haar neus, haar lichte huid, de stand van haar mond. Maar het waren vooral haar ogen. We passeerden elkaar op straat. Ze liep door de Rue du Cheval Blanc en ik wandelde de andere kant op.'

'En u hebt haar ogen goed gezien?'

'Eén bruin en één blauw oog. Ik herinnerde me dat mijn lieve vrouw daar iets over zei toen jullie in Limoges bij ons logeerden. Dat u en uw dochter dat alle twee hadden.'

Minou glimlachte. 'Het emaillen doosje dat ik van madame Le Maistre heb gekregen heb ik nog. Ik bewaar het goed.'

Le Maistre glimlachte ook, heel even verzonken in herinneringen aan gelukkiger tijden. Achter het huis zat de merel nog steeds in de plataan te zingen.

'Wat moeten we volgens jou doen?' vroeg Piet.

Le Maistre hief zijn handen. 'Dat is aan jou, vriend. Ik kan jullie naar het landgoed van Évreux brengen, al weet ik niet hoe jullie toegang tot het landhuis zelf zouden moeten krijgen als we daar eenmaal zijn. Of ik kan jullie eerst naar de plek brengen waar Cabanel en zijn dochter logeren. Ik zal jullie alle hulp geven die jullie nodig hebben. De keuze is aan jullie.'

Piet aarzelde en wendde zich toen tot Minou. 'Wat zou jij doen?'

Ze keek hem aan. In het flakkerende licht van de kaarsen leken de bezorgde rimpels in zijn gezicht nog dieper te worden.

'Realiseer je je welke dag het morgen is, mon coeur?'

'De tweeëntwintigste augustus...' Hij stopte. 'O.'

Minous vingers gleden naar Marta's oude linnen mutsje in haar zak. 'Morgen is het op de dag af twaalf jaar geleden dat we haar voor het laatst hebben gezien. Ik herinner me elk ogenblik van die dag alsof het gisteren was: de drukkende hitte, de geuren van de straat, de geluiden in de Rue des Barres. Het was een hete, vochtige dag. Aimeric kwam langs... Het was ook de laatste dag dat ik hem zag. Jean-Jacques had buikkrampjes en had de hele nacht liggen huilen; Marta kwam onze slaapkamer binnenstormen om te eisen dat we haar mee de stad in namen. Ze was nog maar zeven.'

'Minou,' fluisterde hij. 'Mijn lief.'

'Ik moet dat meisje zien.' De woorden stroomden naar buiten. 'Vanavond, morgen, zo snel mogelijk. Ik hou het geen dag langer uit om het niet te weten.'

81

De omgeving van Chartres, Orléanais

Midden op het donkere platteland in de buurt van Chartres zat Marie Cabanel in haar kamer te luisteren naar de regen die tegen de ruit sloeg. Als God het wilde zou dit haar laatste avond op deze lawaaierige, stinkende plek zijn.

Nadat Marie de werkplaats in Chartres had verlaten, had ze een brief naar de heer van Évreux gestuurd om belet te vragen, deze keer ondertekend met haar eigen naam in plaats van die van de lieve sacristein. Daarna was ze teruggekeerd naar de herberg die de afgelopen zeven weken haar uitvalsbasis was geweest om daar te wachten en uit te rusten, maar Marie was nog steeds onrustig. Elk klein dingetje dat misschien roet in het eten kon gooien bleef haar lastigvallen, met als belangrijkste dat Évreux misschien wel helemaal niet toehapte. Had ze genoeg in haar brief gezet om hem ervan te overtuigen dat hij haar moest ontvangen? Wat als hij niet eens antwoord gaf?

Marie stond op en liep onrustig heen en weer. Haar plan was uitstekend. Ze moest erop vertrouwen dat alles op zijn plek zou vallen.

'Het móét werken.' De klank van haar eigen stem gaf haar moed. 'Het zal werken.'

Ze had voorgesteld om naar zijn huis in de Rue du Cheval Blanc te komen. Dat zou veiliger zijn. Pierre, de in bier gedrenkte arbeider die ze had ingehuurd om zich als haar vader voor te doen – en die op dit moment in het zijkamertje oorverdovend lag te snurken – zou alles vanaf gepaste afstand in de gaten houden. Natuurlijk, alles hing ervan af of Marie Évreux zover kon krijgen dat hij haar vertrouwde, maar ze was echt niet zo onnozel om alleen te gaan.

Ze haalde diep adem. Haar zenuwen stonden vanavond strak gespannen. Onrust fladderde als een vlinder in haar buik. Het enige wat ze hoefde te doen was vaststellen of Évreux inderdaad Vidal was – van haar vader wist ze precies hoe ze hem kon herkennen – en vertrekken voordat hij in de gaten had dat de relikwie een vervalsing was.

De vervalser had uitstekend werk geleverd. Maar was het goed genoeg om een geoefend oog als dat van Évreux om de tuin te leiden? Ze zou het pas weten wanneer ze de vervalste zweetdoek voor hem neerlegde.

Haar hart haperde even. Ze moest erop vertrouwen dat haar sterren goed zouden staan.

Als alles goed ging zou ze Chartres onmiddellijk hierna verlaten en weer teruggaan naar huis, naar Parijs. Met een beetje geluk was ze met Sint-Michiel terug in hun bescheiden woning in de Rue Saint-Antoine. Ze waren langer dan een jaar weg geweest.

Er zou niemand op haar wachten. Ze had geen broers en zussen, haar moeder herinnerde ze zich nauwelijks – een kleurloze, magere vrouw die was gestorven tijdens de epidemie die na het bloedbad van Sint-Bartholomeusdag door Parijs had geraasd – en haar vader was vorige winter overleden. Een domme vechtpartij in een logement in Rouen.

Cabanel was een ruwe, zwijgzame man geweest, niet iemand die genegenheid toonde, maar haar had hij nooit geslagen. Volgens haar was hij op zijn eigen manier gek op haar geweest. Ze maakte zich geen illusies over zijn karakter – hij was een huurmoordenaar en een intrigant – maar hij had haar behandeld als een zoon en haar alles geleerd over een leven in de schaduw.

De volgende stap in haar plan was om belet te vragen bij de hertog van Guise. Ze zou haar mooiste blauwe jurk aantrekken en zich ingetogen en charmant gedragen, zonder enige valsheid. Ze zou om vergiffenis smeken en hem vertellen hoe zij, een meisje van negentien, de missie had volbracht die hij haar vader, Pierre Cabanel, had opgedragen. Marie had hem één keer eerder bezocht met haar vader; ze moest een jaar of dertien of veertien geweest zijn. De hertog was zo goed geweest om haar zijn aandacht te schenken; hij had een opmerking gemaakt over haar vrijpostigheid en de ongebruikelijke kleur van haar ogen, één bruin en één blauw. Ze dacht dat hij zich haar vast zou herinneren.

En daarna?

Marie stond zichzelf toe even weg te dromen.

Waar ze op hoopte was dat ze – met een aanbeveling van Guise – zou worden opgemerkt door Charlotte de Sauve, leidster van het escadron volant van Catharina de' Medici. Charlotte was een voormalige maîtresse van zowel Navarra als de jongere broer van de koning, 'Monsieur', en in Parijs wist iedereen dat de hertog zijn oog op haar had laten vallen. Als

Guise tevreden was met wat Marie in Chartres voor elkaar had gekregen, zou hij toch vast wel voor een introductie zorgen? En ze zou haar naam veranderen. Cabanel was te gewoontjes; ze had nooit het gevoel gehad dat het bij haar paste. Met een nieuwe identiteit zou ze opnieuw beginnen, nu als de vrouw die ze eigenlijk altijd al had moeten zijn.

Plotseling ervoer ze een onverklaarbaar gevoel van verlies. En schaamte. Maries vingers vormden als vanzelf een vuist. Ze duwde de emotie weg. Ze hoefde haar gedrag niet te rechtvaardigen, voor niemand. Wie kon het immers iets schelen? Ze had het leven dat ze leidde niet gekozen, en ze had geen andere keuze dan te overleven door haar verstand en haar uiterlijk te gebruiken. Als ze eenmaal haar eigen geld had, als ze eenmaal veilig was, zou er nog genoeg tijd zijn om berouw te krijgen en een beter leven te leiden.

Geschreeuw trok haar omhoog uit de diepe afgrond van haar verraderlijke gedachten.

Marie rende naar het raam en zag nog net dat de jongste stalknecht, een lieve jongen met een paarsrode vlek op zijn gezicht, naar buiten rende en de teugels greep van een koets met tweespan die veel te snel het erf op reed.

'Rustig,' riep hij. 'Rustig maar.'

Maries stemming daalde. Het was niet de boodschapper die terugkwam van Évreux; waarschijnlijk waren het gasten die vannacht kwamen logeren.

Nog een tijdje stond ze voor het raam over het lege land uit te kijken en luisterde ze of ze paardenhoeven hoorde. Het was gestopt met regenen, maar het was een vochtige avond en er hing een witte nevel over het donkere, vlakke land. En zomaar schoten haar opeens een paar woorden te binnen.

Mijn vrouwe van de mist.

Ze werd overvallen door een halve herinnering: van een winterse nacht, kasseienstraten, een meisje en een jongen die elkaar troffen in de schaduw van een mistige kathedraal. Een meisje dat eruitzag zoals zij.

Geschokt duwde Marie het raam zo ver mogelijk open om de frisse avondlucht te kunnen inademen. In de taveerne beneden was het stil geworden. Niets bewoog. Alleen de zurige geur van nat stro, paardenpis en mest steeg op naar het raam waarachter ze stond te kijken.

Marie ging op de kist bij het raam zitten en pakte haar vaders dolk. Hij was erg aan het wapen gehecht geweest, meer dan aan wat ook, en had het nooit uit het oog verloren. Zijn talisman, had hij tegen haar gezegd, een symbool van de nacht dat zijn lot ten goede was gekeerd. Hij had de dolk in zijn hand gehad toen hij stierf, toen hij leegbloedde vanwege twee pinten bier in een havenkroeg. Plotseling herinnerde Marie zich zijn laatste woorden.

'Het was nooit mijn bedoeling om je te houden,' had hij gefluisterd.

Marie herbeleefde het ogenblik: het ijs op de grond, de wankelende zeeman die ontzet was over wat hij had gedaan, het geluid van de herbergdeur en de geur van zweet en bier toen de mannen haar vader naar binnen droegen. Het gekrijs van meeuwen boven het water. Ze had niet gehuild. Wat had dat voor zin?

Het was nooit mijn bedoeling om je te houden…

82

Landgoed Évreux

Met zijn vaders brief in zijn hand stond Louis voor de deur van de bibliotheek. Het bericht van de vrouw die beweerde het sudarium in haar bezit te hebben was tegen middernacht aangekomen. Nu was het twee uur 's ochtends en de boodschapper wachtte nog steeds op een antwoord.

Het was donker, maar toch aarzelde hij. Hij luisterde. Het was muisstil, de bedienden waren op hun eigen kamer en zijn vader had zich op zijn slaapkamer teruggetrokken. Zodra hij ervan overtuigd was dat niemand hem zag, duwde Louis de punt van zijn dolk onder het zegel van Évreux en verbrak de was. Hij hield zichzelf voor dat wat hij deed gerechtvaardigd was om zijn vaders belangen te beschermen.

Louis hield het vel papier schuin voor zijn kaars en las de paar woorden die erop stonden – niets meer dan wat hij al wist, namelijk dat Marie Cabanel morgen bij zonsondergang naar het landgoed zou komen. De naam Cabanel zei hem niets.

Hij bewoog het rode zegel boven het vlammetje heen en weer, net lang genoeg om de was zacht te maken, en plakte de brief weer dicht. Daarna liep hij met een slecht voorgevoel de binnenplaats op en vervolgens naar de moestuin, waar de boodschapper naartoe was gestuurd om te wachten.

De jongen zat op een bankje te dommelen.

Louis boog zich over hem heen. 'Hé daar!'

De jongen schoot overeind. 'Meneer!'

'Met de complimenten van de heer van Évreux,' zei Louis met de brief tussen duim en wijsvinger geklemd. 'Waar moet je deze afgeven?'

'Dat kan ik niet zeggen, meneer.'

Louis staarde hem aan. 'Dat kun je niet of dat wil je niet?'

'De vrouw vroeg me om niet... Haar reputatie.'

'Dacht je soms dat mijn vader het gewend is om...' Louis gaf de jongen een pets op zijn schouder. 'In dat geval hoop ik voor jou dat je niet al te lang hoeft terug te rijden.'

'Nee, meneer.'

'Ik durf te wedden dat mademoiselle Cabanel ergens dichtbij logeert, maar ver genoeg om niet in het oog te lopen.' Louis gaf hem een munt. 'De heer van Évreux zal dankbaar zijn voor je tact in deze kwestie. Je weet hoe gauw mensen praten.'

'Bedankt, meneer.' De koerier zuchtte van opluchting. 'De herberg is maar een mijl verderop, daarna rijd ik terug naar Chartres.'

Rue de la Poissonnerie

Minou zat in het donker in haar slaapkamer. Haar geest was zo rusteloos dat ze de slaap niet kon vatten.

Ze had het gevoel alsof ze straks ten strijde zou trekken. Vastberaden, vol verwachting, maar ook doodsbang voor wat haar misschien te wachten stond. Haar hoofd duizelde van gedachten aan haar prachtige dochter en hoe ze nu zou zijn. Wat zou ze zeggen wanneer ze na al die jaren tegenover elkaar stonden? Hoe zou ze zich voelen?

Minou probeerde zich alle versies van Marta te herinneren die ze in de afgelopen twaalf jaren van rouw had verzonnen: haar dochter op haar tiende, ietsje langer maar verder nog precies dezelfde; op haar twaalfde, met haar haar gevlochten en opgestoken; op haar vijftiende, al bijna een volwassen vrouw. En nu leek ze, als ze Antoine mocht geloven, zo veel op haar als haar spiegelbeeld. Dezelfde houding en manier van doen, had hij gezegd. Dezelfde ongewone ogen, blauw en bruin, slechts zelden te zien bij een en dezelfde persoon. Minou zou tegenover een jongere versie van zichzelf staan, en die gedachte beviel haar en beangstigde haar tegelijk. Maar in werkelijkheid had ze alleen van het meisje dat in 1572 op deze dag vermist was geraakt een helder beeld in haar hoofd. Het meisje op het wandkleed.

Minou voelde een scherpe pijn in haar borst en duwde haar handen tegen haar ribben om het niet uit te schreeuwen. Na al die jaren van voorzichtigheid had ze zichzelf in een onbewaakt ogenblik toestemming gegeven om te hopen. Als ze nu opnieuw teleurgesteld werd zou haar hart dat misschien niet kunnen dragen.

Landgoed Évreux

Louis rende naar de stallen.

Er was maar één herberg in de nabije omgeving van het landgoed. Als zijn vermoedens klopten en Marie Cabanel inderdaad daar verbleef, kon hij haar observeren terwijl ze het bericht van haar vader ontving en op die manier de situatie beoordelen. Als ze oprecht overkwam, vooruit dan. Maar als er iets niet in orde leek was hij in elk geval een gewaarschuwd man.

'Waar denk jij in godsnaam heen te gaan?'

Louis voelde dat iemand hem een stomp tegen zijn schouderbladen gaf. Hij draaide zich bliksemsnel om. 'Blijf met je poten van me af!'

Xavier gaf hem opnieuw een duw, waardoor hij tegen het hek werd gedrukt.

Louis hoorde het stampen van de paardenhoeven op het stro. 'Ik waarschuw je, stel mijn geduld niet op de proef.'

De lijfknecht lachte. 'Want anders? Ga je een potje staan janken bij papa? Hoe dacht je dat onze heer zou reageren als hij wist dat je zijn persoonlijke correspondentie openmaakte? Of als hij erachter kwam dat je er midden in de nacht tussenuit kneep?'

Zo gemakkelijk liet Louis zich niet wegsturen. 'Het zijn jouw zaken niet. Ga opzij.'

'Ik vroeg je iets, jongen. Waar ga je naartoe?'

Tot zijn grote schrik zag hij in de hand van de knecht iets zilverkleurigs glinsteren.

'Doe niet zo idioot,' zei hij, terwijl hij wanhopig om zich heen keek of er iets was waar hij zich mee kon verdedigen. 'We willen alle twee geen problemen.'

Xavier haalde met het mes naar hem uit. 'Vanaf het moment dat we naar Saint-Antonin gingen ben je ons alleen maar tot last geweest. Ik heb Zijne Eminentie toen gezegd, en dat zeg ik hem nu weer, dat jij alleen maar problemen met je meebrengt. Jij kent geen trouw, geen genegenheid. Je bent ongedierte. Hij kan je niet vertrouwen, zeker niet nu hij ziek is.' Xavier grijnsde scheef. 'Vreselijk ziek. Die leeft niet lang meer, zou ik zeggen.'

Louis kreeg het ijskoud. 'Wat bedoel je?'

Xaviers antwoord kwam tegelijk met een nieuwe felle uithaal van zijn mes, die Louis' onderarm raakte. 'Dat zijn bloed door jouw aderen stroomt, dat je op hem lijkt, betekent nog niet dat ik me door jou opzij laat schuiven terwijl ik hem zo lang gediend heb. Of dacht jij soms van wel?'

Vanuit zijn ooghoek zag Louis een hark tegen de houten balk aan de rand van de paardenbox staan. Hij stak zijn arm uit, greep de hark en sloeg met de steel hard op Xaviers schouder.

De man brulde het uit, maar liet het mes niet vallen.

'Doe dit niet, Xavier,' schreeuwde Louis en hij zwaaide opnieuw met de hark.

Er klonk een misselijkmakend gekraak toen het hout contact maakte met de zijkant van het hoofd van de lijfknecht, en Xavier ging neer. In de boxen achter hem begonnen de paarden te hinniken en te stampen.

Heel even staarde Louis geschrokken naar de man. Was hij dood?

Hij knielde naast hem. 'Xavier?'

Louis legde zijn vingers tegen zijn hals, maar voelde geen hartslag. Hij leek niet meer te ademen. Had hij hem gedood? Een golf van pure ontzetting spoelde over hem heen, en hij voelde zich weer precies het machteloze kind in het klooster van Saint-Antonin, jaren geleden.

Toen stond Louis op. Hij was niet langer een zwak jongetje dat in het donker wachtte totdat zijn straf zou komen. Hij was de zoon van de heer van Évreux, zijn vaders wettige erfgenaam. Hij had uit zelfverdediging gehandeld. Hij had zijn vaders belangen beschermd.

Maar zou Vidal hem geloven?

Louis keek door de open staldeur naar buiten en zag in het oosten het eerste ochtendgloren. Eén ding was zeker. Hij kon Xavier hier niet achterlaten. Hij moest maar hopen dat Xaviers afwezigheid zo lang mogelijk onopgemerkt bleef. Zijn vader zou met al zijn aandacht bij Marie Cabanel zijn, die tegen het vallen van de avond langskwam. Vidal was geobsedeerd door het completeren van zijn verzameling. Vandaag zou hij toch vast en zeker aan niets anders denken?

In de hoop dat hij gelijk had verstopte Louis de met bloed besmeurde hark. Daarna greep hij Xavier bij zijn benen en bad dat geen van de arbeiders van het landgoed al wakker was. Langzaam en voorzichtig sleepte hij in de vroege ochtend het lichaam bij de stal vandaan, helemaal tot aan het meer. Het ging moeizaam en het gras was vochtig van de ochtenddauw, maar het lukte hem.

Hijgend bleef Louis even staan om op adem te komen. Toen rolde hij het lijk in het water en keek toe terwijl Xavier onder het donkere oppervlak zonk. Daarna rende hij terug naar het landhuis, geschokt door wat hij had gedaan, en hoopte dat niemand had gemerkt dat hij niet in zijn bed lag.

83

Landgoed Évreux, woensdag 22 augustus

Terwijl het langzaam ochtend werd liepen Marie Cabanel en haar twee metgezellen door het bos dat de noordgrens van Évreux' landerijen vormde. Ze hadden haar verzekerd dat er zo vroeg op de dag in dit gedeelte van het landgoed geen soldaten op wacht zouden staan. Als ze pech hadden, werden ze door een jachtopziener opgemerkt, maar zolang er geen honden waren zouden ze het wel redden.

Marie had midden in de nacht bericht van Évreux gekregen. Hij had erin toegestemd om haar te ontvangen, maar de afspraak zou niet in Évreux' huis in Chartres plaatsvinden, zoals Marie had gehoopt, maar in zijn buitenhuis. Op dat moment had ze wel even getwijfeld. Het maakte de onderneming een stuk gevaarlijker en haar positie hachelijker.

Maar toen het roze licht van de zonsopgang over haar vensterbank kroop had ze de knoop toch doorgehakt. Ze was nu al zo ver dat ze het niet meer kon opgeven. Het succes lag voor het grijpen; ze hoefde alleen haar zenuwen de baas te blijven.

Om zes uur had Marie haar kamer verlaten, de herbergier voor haar verblijf betaald en daarna haar bezittingen in de koets geladen. Het leek haar verstandig om de landerijen eerst te verkennen voordat ze er vanavond zou terugkeren. Hoewel de uitgave een flink gat in haar toch al slinkende reserves sloeg, had ze ervoor gekozen om voor haar bescherming niet alleen Pierre mee te nemen, die zich als haar vader voordeed, maar ook Pierres broer. Met de koetsier samen waren dat drie mannen. Alle drie kwamen ze uit de buurt en kenden ze het terrein op hun duimpje. Trouwens, als alles volgens plan verliep zou het geld dat Évreux haar voor het vervalste sudarium betaalde de extra kosten met gemak dekken.

Vooropgesteld dat hij niet zag dat het een vervalsing was.

Marie liep naar de bosrand en bleef daar staan. In de verte zag ze het landhuis op de top van een heuvel staan, in het midden van weids, open terrein. ‘Ik rijd vanavond gewoon in de koets over de oprit naar het huis.’

Pierre schraapte zijn keel. ‘U hoeft niet naar het huis toe. U zult hem eerder daar vinden.’

Marie keek in de richting die hij aanwees en zag water glinsteren. Ze keek nog eens goed. In een dieper gelegen gedeelte in de groene vlakte zag ze een meertje. In het midden ervan lag een eiland, en daarop stond een wit gebouw.

‘Een kerk! Ik ben niet van plan te gaan bidden, messieurs!’

Jean keek haar met een sluwe blik aan. ‘De heer van Évreux heeft de gewoonte om elke avond bij zonsondergang naar het eiland te gaan.’

Marie fronste. Ze voelde gefladder in haar borst van de zenuwen. Dit maakt alles nog ingewikkelder. In haar eentje Évreux’ huis binnengaan was al riskant genoeg, maar dit?

‘En meestal is hij daar alleen?’ vroeg ze.

‘Ja, op de man na die hem over het water zet.’

‘Zijn zoon gaat niet met hem mee?’

Pierre haalde zijn schouders op. ‘Af en toe.’

‘Van wie weet u dit eigenlijk allemaal?’

Pierre en Jean keken elkaar aan.

‘We kennen iemand in het huis,’ zei de oudere broer. ‘De lijfknecht van Évreux.’

‘En is die te vertrouwen?’

‘Xavier is al een jaar of twintig bij hem in dienst.’

Marie staarde naar het gebouw. Nu het lichter werd, stak de witte toren steeds opvallender af tegen de blauwe hemel. Was het een privékapel? Een mausoleum? Toen drong het tot haar door. Als alles wat ze over Évreux wist waar was, zou het dan niet een reliquiarium zijn?

Marie voelde haar zelfvertrouwen toenemen. Dit bracht de inzet flink omhoog. Haar gedachten buitelden over elkaar heen terwijl ze zich voorstelde hoe dankbaar de hertog van Guise zou zijn als ze hem niet alleen nieuws over Vidals verblijfplaats bracht, maar ook informatie over de geheime bergplaats van zijn relieken. De relikwieën zouden voor de Heilige Liga van onschatbare waarde zijn.

‘Dus er is een boot?’

Pierre kuchte. ‘Aan de andere kant is er een ketting die een steiger een eind onder het landhuis met het eiland verbindt.’

‘Al is dat eigenlijk niet nodig,’ zei Jean. ‘Als het niet te veel geregend heeft en de rivier niet buiten haar oevers is getreden, staat het water nooit dieper dan dit.’ Hij hield een hand ter hoogte van zijn schouders.

'Dus als Évreux en ik vanavond in het reliquiarium zijn,' dacht Marie hardop, 'zouden jullie daar ook kunnen zijn.'

Pierre knikte. 'Precies.'

Marie fronste. 'Maar hoe weten jullie dat? Ik betwijfel of ik een berichtje jullie kant op kan krijgen.'

'Wij houden het huis in de gaten, mademoiselle. Als we u naar buiten zien komen en naar het meer zien gaan, steken wij ook over naar het eiland.'

Maries hand gleed naar haar vaders dolk aan haar riem. Talloze malen had hij die geslepen met zijn wetsteen, en het wapen had hem tot de dag van zijn dood altijd goed gediend. Misschien zou de dolk haar nu ook beschermen.

Ze wist dat ze een enorm risico nam. Zelfs als de heer van Évreux de reliek niet als vervalsing herkende, had ze geen enkele garantie dat hij haar weer zou laten gaan. Aan de andere kant, de inzet was hoog. Als ze slaagde zou ze in staat zijn om voortaan het leven te leiden dat ze verdiende. Dan zou ze eindelijk veilig zijn.

Marie keek nog een laatste keer naar het landhuis boven op de heuvel en de witte toren midden op het eiland. Toen draaide ze zich weer om naar het bos. Ze had het altijd vreemd gevonden dat zij, een meisje dat was geboren en getogen in Parijs, zich zo thuis voelde in het bos. Het deed haar denken aan lange, gelukkige zomerdagen, aan picknicks in de openlucht en aan vrijheid. Heel even zag ze een beeld voor zich van een meisje dat naast een oude man zat, aan een tafel vol papieren en kleurkrijtjes, een met de hand getekende plattegrond. Een meisje dat zich geliefd en gekoesterd voelde.

'Les phantômes d'été,' mompelde ze.

'Mademoiselle Cabanel?'

Marie knipperde met haar ogen, verbaasd om zich te realiseren dat ze op het platteland bij Chartres was. De zomerse spoken van het verleden waren al weer weggeglipt.

'Als de schemering invalt keren we hier terug,' antwoordde ze kordaat. Toen draaide ze zich om en liep naar de koets.

84

Rue de la Poissonnerie

Terwijl de klokken van de kathedraal voor het middaggebed luidden reden Minou, Piet en Antoine le Maistre de westelijke poort van de stad uit.

Het was 22 augustus. De dag waarop Marta, twaalf jaar geleden, was verdwenen. De zon stond hoog aan de eindeloos blauwe hemel, hoewel een paar witte wolkenflarden aan de horizon waarschuwden dat het weer misschien zou omslaan.

De oude vrienden reden zonder te praten, alle drie in hun eigen gedachten verzonken. Voor een buitenstaander zag Minou er evenwichtig en kalm uit. Ze had haar trouwe groene reismantel aangetrokken omdat die Marta's geheugen misschien een zetje zou kunnen geven, en ze droeg haar haar niet op de moderne Nederlandse manier, maar zoals ze het vroeger in Parijs had gedragen. Haar dagboek uit Puivert en Marta's oude mutsje had ze in haar zadeltas gestopt. Maar onder de oppervlakte bonkte haar hart, de hartslagen als golven die telkens weer op de kust kapotsloegen.

Bij een splitsing op het vlakke groene land, ongeveer drie mijl bij Chartres vandaan, liet Le Maistre zijn paard halt houden. Eén weg liep verder westwaarts, het andere, smallere weggetje sloeg af naar links.

'Daarlangs kom je bij het landgoed van Évreux.'

'Hoe ver is het?' vroeg Piet.

'Ongeveer twee mijl naar het zuiden,' antwoordde Le Maistre. 'De herberg waar Cabanel en zijn dochter waarschijnlijk logeren staat aan deze weg, ongeveer een half uurtje rijden verderop.'

'Maar je weet het niet zeker?' vroeg Piet scherp.

'Zo zeker als ik maar kan zijn,' antwoordde Le Maistre, 'maar je weet hoe dat gaat. Een bericht wordt doorgegeven, en weer doorgegeven, en daarna nog eens. Tegen de tijd dat het degene heeft bereikt voor wie het bedoeld was, is de waarheid soms nogal versleten.' Hij trok een spijtig gezicht. 'Totdat we er zijn en de herbergier zelf spreken kan ik je geen garantie geven. Begrijp je?'

'Dat begrijpt hij,' zei Minou snel. 'We begrijpen het alle twee.'

Landgoed Évreux

'"Voor Zijn aangezicht vluchtten de aarde en de hemel weg, zodat er geen plaats meer voor hen te vinden was."'

Vidal wist niet zeker of hij de woorden hardop had uitgesproken. Zijn bestaan leek zich tegenwoordig in een grensgebied tussen waken en slapen af te spelen, waar hij gevangen werd gehouden door de pijn en de ziekte in zijn hoofd. Hij voelde het gewicht van de bijbel op zijn schoot. Het boek was opengeslagen bij Openbaring, al had hij de geruststelling van de gedrukte tekst niet nodig. De woorden waren in zijn hart gekerfd.

'"En ik zag de doden, groot en klein, voor de troon staan, en boeken werden geopend. Toen werd er nog een boek geopend, namelijk het boek des levens. En de doden werden geoordeeld overeenkomstig wat in de boeken stond, overeenkomstig hun werken."'

Wat een dromen. Wat een afschuwelijke, duistere dromen. De dag des oordeels zoals die was voorspeld. Zou hij lang genoeg worden gespaard om de weegschaal in zijn voordeel te doen uitslaan? Om het witte licht van de hemel te zien en in het gezelschap van engelen en aartsengelen te staan? Als die vrouw van Cabanel bij zich had wat ze had beloofd misschien wel. Behalve, zei de duivel op zijn schouder, dat God vals en waarachtig van elkaar zal onderscheiden. Welke genade kon er zijn?

'Vader?'

Vidal schrok op, waardoor de bijbel van zijn knieën op de grond viel. 'Xavier, ben jij dat?'

'Ik ben het, vader. Louis.'

Het duurde even voordat zijn ogen iets zagen. De hoge ramen met daarachter de tuin, de planken achter glazen deurtjes. Hij zat in de bibliotheek en wachtte tot de zon zou ondergaan. Nu wist hij het weer.

Vidal richtte zijn ogen op zijn zoon. Heel even dacht hij dat hij zijn eigen spiegelbeeld zag. Dezelfde donkere, doordringende blik, de opvallende witte streep in het haar. Was de jongen opgewassen tegen de taak die van hem verwacht werd? Hij wilde het zeker weten, maar Louis hield zijn gedachten voor zich. Vidal wist nooit wat zijn zoon werkelijk dacht.

Dat was ook de reden dat Xavier hem niet vertrouwde, nooit gedaan ook. Vidal wreef over de stoppeltjes op zijn geschoren hoofd.

'Waar is hij? Ik wil graag klaar zijn voor onze bezoeker van vanavond.'

'Het spijt me, vader. Ik heb overal gezocht: in het hele huis, zijn eigen kamer, de stallen, de keuken. Ik ben zelfs naar het dorp gereden. Niemand heeft hem gezien.'

Vidal liet zijn hand weer op zijn schoot vallen. Deze vermoeidheid was niet goed. 'Geef me wat wijn en mijn tonicum.'

Hij keek toe terwijl Louis een flinke beker voor hem inschonk, daarna wat poeder uit een zakje in de wijn strooide en even roerde.

'Alstublieft, vader.'

Vidal dronk gulzig en had de beker in drie slokken leeg. Meteen leek zijn bloed weer tot leven te komen. Hij stak de beker uit voor meer.

'Ik kan het doen,' zei Louis terwijl hij met de karaf terugkwam.

'Wat?'

'Nu Xavier er niet is terwijl u uw gebruikelijke voorbereidingen wilt treffen, kan ik misschien zijn plaats als barbier innemen? Ik heb hem vaak genoeg met scheermes en doek bezig gezien.'

Vidal wreef opnieuw over zijn hoofd en knikte toen. 'Pas op dat je hand niet uitschiet.'

Tegen de tijd dat Minou, Piet en Le Maistre bij de herberg aankwamen, was de lucht betrokken en was het koeler geworden. Donkere wolken schoven langs de horizon – een nieuwe storm die kracht verzamelde. Minou trok haar mantel steviger om haar schouders en wenste dat ze warmere handschoenen had aangetrokken.

'Laat mij maar,' zei Le Maistre. Hij sprong van zijn paard en verdween in de herberg.

Minou en Piet stegen ook af. Door de open deur zag Minou dat het druk was in de taveerne. Lange houten tafels en banken, voornamelijk bezet door mannen. Een stevige matrone zette borden met brood en gedroogde ham midden op tafel, en ook borden met zoete cochelins en in plakjes gesneden pruimen. Een bediende rende tussen de banken door om uit een kan bier in houten pullen te schenken. Het was het soort plek waar mensen konden komen en gaan zonder iets te zeggen of opgemerkt te worden. Een plek waar je uit het zicht van nieuwsgierige ogen kon wachten.

Al snel kwam Le Maistre terug. 'Dit is wat ik weet. De herbergier bevestigt dat hij in juni twee kamers op de tweede verdieping aan Pierre

Cabanel en zijn dochter heeft verhuurd. Zij kwam eerst, om te controleren of de kamers geschikt waren, want haar vader is kennelijk een oorlogsinvalide.'

'Invalide!' riep Piet uit.

'Volgens mij was dat eerder een smoesje om hem verborgen te kunnen houden. De herbergier geeft toe dat hij hem zelden heeft gezien. Zijn maaltijden werden altijd naar boven gebracht. De huur werd op tijd betaald. Ze waren rustig en zorgden niet voor moeilijkheden.'

'En het meisje?' vroeg Minou gespannen.

Le Maistre trok zijn wenkbrauwen omhoog. 'Die beste herbergier was flink onder de indruk van mademoiselle Cabanel. Charmant, beleefd. Mooie kleren. Hij beschreef haar uitgebreid, en hoewel de man een dronkaard is twijfel ik er niet aan dat het dezelfde jonge vrouw is die ik in Chartres heb gezien. Hij hield maar niet op over haar mooie ogen. Kennelijk zinspeelde ze erop dat ze familie in Chartres zelf hadden. Anders dan haar vader ging zij wel af en toe de deur uit.'

Minou keek omhoog naar de ramen die op het erf uitkeken. Plotseling werden haar benen slap. 'Zijn ze er nu?'

Le Maistres gezichtsuitdrukking veranderde. 'Tot mijn spijt moet ik zeggen van niet, sinds vanmorgen niet meer. Mademoiselle Cabanel heeft haar openstaande rekening heel vroeg en met grote haast betaald, en daarna zijn ze nog voor zonsopgang vertrokken.'

Minou bezweek bijna onder de teleurstelling. Om zo dichtbij te zijn en toch weer gedwarsboomd te worden... Ze kon het nauwelijks verdragen.

'Waarom zo plotseling?' vroeg Piet. 'Zei de herbergier dat ook?'

Le Maistre schudde zijn hoofd. 'Nee, en ook niet waar ze heen gingen. Wel zei hij nog dat er kort voor zonsopgang een boodschapper voor mademoiselle Cabanel kwam. Wekte zowat het hele huis met zijn gebonk.'

Piet keek naar Minou. 'Wat als Cabanel ontdekt heeft dat Évreux niet Vidal is?'

Minou herpakte zich. 'Nee, volgens mij is het waarschijnlijker dat hij juist bevestiging heeft gekregen dat hij het wel is. Ik denk dat Cabanel is weggegaan om hem te vermoorden.' Ze voelde Piets ogen op zich rusten.

'Zeg je nou dat we hem moeten volgen?'

'Ik zie niet wat we anders zouden moeten doen. Als ik het mis heb, vinden we ze toch met geen mogelijkheid meer. Ze kunnen overal zijn. Onze beste optie is om naar het landgoed van Évreux te gaan en te hopen dat we Cabanel en zijn...' Minou herstelde zich. Ze was er inmiddels zo van overtuigd dat ze Marta op het spoor waren dat ze er niet langer tegen kon om haar Marie Cabanel te noemen. 'Onze dochter is in groot gevaar.'

'Als ze het is,' zei Piet zacht.

Minou draaide zich om.

85

Landgoed Évreux

Marie stak een hand uit om haar evenwicht te bewaren; de koets maakte een scherpe draai van de weg af om de lange oprit naar het landhuis van Évreux in te rijden.

Eindelijk was de schemering ingevallen. Als het goed was hadden Pierre en zijn broer Jean zich in het bos achter het meer verstopt. Ze probeerde niet te denken aan wat er zou gebeuren als Évreux met zijn gewoonte brak en in het landhuis zelf bleef. In dat geval zou ze alleen de koetsier hebben om haar te beschermen, mochten er zich problemen voordoen.

Marie was zenuwachtiger dan ooit. Haar hand gleed naar haar vaders dolk aan haar zij, verborgen onder de plooien van haar mantel. Ze kon voor zichzelf zorgen. Deze afgelopen zeven maanden had ze toch ook in haar eentje overleefd?

Ze had zich zorgvuldig gekleed: elegant, maar ook weer niet te. Haar glanzende bruine haar droeg ze in een wrong onder een kapje en blauwe hoed die het nog net zichtbaar lieten. In plaats van een jurk droeg ze een lijfje dat vooraan bij haar middel in een punt uitliep. Een wijde rok met beuling, ook blauw, en een plooikraag van fijn wit kant completeerden het geheel.

De koets reed in een rechte lijn op het landhuis af. Marie haalde nog eens diep adem en legde daarna haar handen stevig in haar schoot, op de koker met daarin de zweetdoek, om ze te laten stoppen met trillen.

Toen ze uit de koets stapte begon het te regenen. 'Wacht hier,' beval ze de koetsier.

Het was eigenaardig stil. Ze zag helemaal niemand: geen bedienden of tuinlieden, geen wachters, geen enkel teken van leven. Terwijl Marie over een pad door een formele tuin met buxus- en ligusterhagen naar de voordeur liep, was ze zich scherp bewust van haar voetstappen op de vochtige aarde en het geruis van haar rokken. Ze keek op omdat ze het gevoel had dat iemand naar haar keek, maar achter de kleine ruitjes van de ramen was het donker en ze zag niemand.

Marie pakte de zware ijzeren ring. Toen ze klopte, weergalmde het door het huis. Daarna het geluid van voetstappen en een grendel die werd weggeschoven.

Een bediende in zwarte livrei stond op de drempel. 'Mademoiselle.'

'De heer van Évreux verwacht me,' zei ze met een zelfbewuste glimlach.

Hij boog zijn hoofd. 'Als u me wilt volgen.'

Nadat Marie de betegelde hal in was gestapt, hoorde ze de zware voordeur achter haar dichtvallen en ze huiverde.

Vanaf de galerij op de eerste verdieping aan de andere kant van de hal keek Louis toe.

Ze was jonger dan hij had verwacht. Ze was goedgekleed en kwam zelfverzekerd over, maar toch verraste het hem dat ze zonder begeleiding was gekomen. Het kon natuurlijk zijn dat er nog een dienstmeisje of een lijfwacht in de koets zat, maar alleen het huis in gaan leek hem het allerstomste wat je kon doen.

Hij keek toe terwijl de bediende haar door de hal voorging naar de bibliotheek, zoals afgesproken. Zijn vader had hem opdracht gegeven haar daar een paar minuten alleen te laten, zich daarna aan haar te presenteren en uit te leggen dat de heer van Évreux haar in het reliquiarium zelf zou ontvangen.

Louis beschouwde dat nog steeds als een vergissing. Maar terwijl die middag de wijzers van de klok verder waren gekropen, was zijn vader meer zijn oude zelf geworden. Hij was weer scherp, had zijn lethargie van zich afgeschud en had plezier gehad in de voorbereidingen. Zijn ogen schitterden misschien iets te veel, maar in tegenstelling tot de afgelopen maanden leek hij vol energie te zijn, en Louis besloot dit als teken van verbetering op te vatten. En uiteindelijk had hij Louis toegestaan hem te helpen met aankleden. Daarna had hij niet meer naar Xavier gevraagd.

Louis wachtte tot de bediende zich had teruggetrokken en liep toen de trap af naar de bibliotheek, klaar om zijn rol te spelen.

Zodra de bediende haar alleen had gelaten opende Marie het raam en goot ze de wijn in het bloembed eronder. Daarna zette ze de lege beker weer op het tinnen blad.

Ze was heus niet zo onervaren dat ze zomaar eten of drinken accepteerde in het huis van een vreemde. Ze was weliswaar nog nooit in het Louvre geweest, maar iedereen wist dat het hof door de angst voor vergiftiging geplaagd werd. De koning liet zijn eigen voorproever van elk gerecht iets nemen en zelfs de borden en servetten kussen voordat een koninklijke hand ze beroerde. En voor de koningin-moeder gold hetzelfde. Allerlei specerijen uit India konden worden gebruikt om de aanwezigheid van bilzekruid of wolfskers te verhullen, en aan een krachtig smakende wijn kon iets zijn toegevoegd.

Een klok sloeg het kwartier.

Marie pakte een boek uit de kast, bewonderde de kwaliteit van de band en zette het weer terug. Ze liep nog een stukje en liet haar vingers langs de boekruggen glijden, totdat ze aan het einde van de plank kwam. Toen had ze genoeg van de bibliotheek, liep naar de dubbele deuren naar de volgende kamer en duwde ze open.

Deze kamer paste beter bij haar smaak. De lichte kamer was fraai ingericht, met meubels van rozenhout. Een hoge walnoothouten ladekast die in de weerspiegelde stralen van de ondergaande zon bijna van goud leek, geborduurde zijden kussens en op de stoelen zilverwitte bekleding in de kleur van appelbloesem. Er was van alles om te bewonderen.

Haar aandacht werd getrokken door een prachtig doosje van email, gemaakt in de champlevéstijl die zo populair was in Limoges. Dansende en feestvierende gouden figuren op een blauwe achtergrond – saters en nimfen, een banket in het bos. Marie pakte het doosje op en bekeek het van alle kanten. Ze wist zeker dat ze ooit ergens een vergelijkbaar exemplaar had gezien. In haar hoofd begon zachtjes een herinnering te fluisteren, over een warme zomermiddag in het gezelschap van kinderen, een geschenk van een doosje als dit hier, bijna een tweelingzusje. Een blauwe jurk en een wit mutsje met...

'Kunt u me misschien vertellen wat u hier doet?'

De stem kwam zo onverwacht dat Marie de snuisterij bijna liet vallen, maar ze herstelde zich en zette het doosje voorzichtig op tafel. 'U liet me schrikken,' zei ze terwijl ze zich naar de stem omdraaide.

De lange jongeman was aan de andere kant van de kamer in de deuropening blijven staan. Wat Marie zag beviel haar. De jongen was lang en breed, hij had een verzorgd donker puntbaardje en zijn lange zwarte haar was naar achteren gekamd onder een grijze fluwelen muts. Hij droeg lichtgekleurde hozen, een wambuis met moderne zijsluiting van versierde knopen en een linnen kraag met reticella in plaats van een plooikraag.

'Wie bent ú?'

Hij lachte. 'Ik kan beter vragen: wie bent u?'

'Ik wacht op de heer van Évreux. Hij verwacht me.'

'Is dat zo?'

'Ja, hoewel ik betwijfel of dat uw zaken zijn.'

Hij bleef haar vanaf zijn plek in de deuropening aanstaren. 'Behalve dan dat dit de persoonlijke vertrekken van mijn vader zijn en u was gevraagd in de bibliotheek te wachten. Probeer het nog eens, mademoiselle Cabanel.'

Marie voelde dat ze bloosde, maar besloot zich eruit te bluffen. 'De deuren stonden open.'

Hij sloeg zijn armen over elkaar. Er was iets aan het gebaar dat alweer iets in haar geheugen losmaakte. Ze pijnigde haar hersens, maar het lukte niet om de herinnering te vangen.

'Vergeef me, maar kan het zijn dat we elkaar al eens hebben ontmoet?'

'Bent u eerder in Chartres geweest?'

'Nee.'

'Dan denk ik van niet.'

Marie staarde hem aan, licht verward door dit vreemde gesprekje. Ze wachtte tot hij meer zou zeggen, maar hij bleef daar maar zwijgend staan.

'Uw vader verwacht me,' zei ze uiteindelijk. 'Ik heb iets van grote waarde wat ik hem wil laten zien.' Marie deed een stap naar voren, het licht in, en hield de koker voor zich uit. Tot haar grote verbazing werd hij krijtwit.

'Wat is er toch aan de hand?' vroeg ze. Zijn gedrag maakte haar ongeduldig. 'Waar is de heer van Évreux? Onze afspraak was op dit tijdstip. Waarom is hij niet hier om me te begroeten? Is hij zo onbeleefd?'

'Vergeef me, mademoiselle Cabanel,' zei de jongeman, opeens weer charmant. 'Het is mijn taak om u naar mijn vader te brengen. Hij zal u in het reliquiarium ontvangen. Dat leek hem passender, gezien de aard van uw bezoek.'

Hoewel dit precies was wat Marie van tevoren had gewild, werd ze plotseling bang. Toen stak de zoon van Évreux zijn hand naar haar uit, en ook dat gebaar had iets vertrouwds. Er gleed een rilling langs haar rug.

86

Minou, Piet en Antoine le Maistre stegen af en voerden hun paarden mee door het bos. Het geluid van de hoeven klonk gedempt op de vochtige grond.

Ze zagen niemand, hoorden niemand.

De schemering ging over in de avond en er stak een kille, vochtige bries op. Buiten de beschutting van de bomen was het gemiezer in regen veranderd.

Ze naderden het huis zo dicht als ze konden zonder gezien te worden. De koets die ze vanaf de weg de oprit naar het landhuis hadden zien inslaan stond nu voor het huis, maar achter de ramen brandde geen licht. Zelfs de bediendevertrekken en de stallen leken uitgestorven.

'Waar is iedereen?' fluisterde Piet. 'Zou het kunnen zijn dat Vidal – Évreux – vertrokken is?'

Le Maistre schudde zijn hoofd. 'Dat zouden we hebben gezien. We houden de boel al de hele middag in de gaten.'

'Kan hij via een andere weg zijn weggegaan? Misschien door het bos?'

'Dat kan, maar niet als zijn huishouding met hem mee is gegaan. Dit is de enige goed begaanbare toegangsweg.'

'Laat mij eerst het huis controleren,' zei Piet. 'Het kan zijn dat alle gebruikte kamers aan de achterkant zitten.'

'Ik ga met je mee,' antwoordde Le Maistre.

'Wees voorzichtig,' fluisterde Minou terwijl ze in Piets arm kneep.

Ze keek toe terwijl de twee mannen de dekking van het bos uit slopen, de buxushaag in de formele tuin als dekking gebruikten, bij het huis aankwamen en vervolgens uit het zicht verdwenen.

Toen ze dichterbij kwamen remde de jollenman af; hij plaatste zijn handen dichter bij elkaar op de ketting terwijl hij hen naar het eiland toe trok.

'Gaat het, mademoiselle Cabanel?' vroeg Louis.

Ze zat kaarsrecht en hield het pakketje als een schild voor zich. 'Het gaat prima, dank u,' antwoordde ze op een toon die duidelijk maakte dat ze loog.

Sinds de komst van Marie Cabanel was er bijna een uur verstreken, en Louis' gedachten buitelden nog steeds over elkaar heen. Het leek onmogelijk dat de vrouw die hierheen was gekomen om met zijn vader zaken te doen – om zijn vader te bedriegen – dezelfde was als het meisje dat hij twaalf jaar eerder in de blauwe kamer in de Rue du Louvre had achtergelaten, maar toch kon er geen twijfel over bestaan. Zodra ze in zijn vaders werkkamer vanuit de schaduw het licht in was gestapt, had hij het geweten. Die ogen herkende hij uit duizenden.

Marie Cabanel was Marta Reydon-Joubert.

Dit veranderde alles. Kon het zijn dat het gevaar voor zijn vaders leven – want Louis twijfelde er niet aan dat de relikwie een vervalsing was en alleen als voorwendsel werd gebruikt om toegang tot het landhuis te krijgen – niet van een door de hertog van Guise betaalde huurmoordenaar kwam, maar van Vidals oude vijand? Louis wist dat zijn vader door gedachten aan Piet Reydon geplaagd werd, zeker nu hij geestelijk achteruitging. Het was bijna een obsessie. De berg documenten en papieren die hij in zijn bureau bewaarde – rechterlijke vonnissen en getuigschriften, het testament van zijn overleden oom – waren daarvan het bewijs.

Waar Louis echter maar niet uit kwam was of Marta ook wist wie híj was. Ze meende hem te herkennen, dat had ze min of meer toegegeven, maar volgens hem was ze er niet zeker van. Zodra ze binnen waren moest Louis zijn vader vertellen wie ze was. Daarna lag het in zijn handen.

In het langzaam wegstervende licht tuurde Louis het water in. Heel even meende hij Xaviers gezicht vanuit de glanzende groene diepte onder de boot te zien terugstaren. Dode, opengesperde ogen. Geschrokken deinsde Louis achteruit, waardoor het bootje begon te wiebelen.

'Doe toch voorzichtig, u laat ons nog overboord slaan. Ik ben zo al nat genoeg.' Marie Cabanel draaide zich naar hem om. 'Wat is er? U ziet er raar uit.'

Haar woorden namen hem mee terug naar het moment waarop zijn negenjarige ik werd uitgedaagd door een vroegwijs meisje dat wilde weten waarom hij zo'n vreemde witte streep in zijn haar had. Niet erg op zijn gemak trok Louis de grijze muts wat dieper over zijn gezicht.

'We zijn er,' zei hij geheel overbodig toen het bootje de kant raakte. 'Laat me u helpen, mademoiselle.' Louis stak zijn hand uit.

Na een korte aarzeling pakte Marie die.

‘Konden jullie iets zien?’ vroeg Minou snel toen Piet en Le Maistre weer opdoken. ‘Zijn ze thuis?’

Piet schudde zijn hoofd. ‘Zeker weet ik het alleen als ik naar binnen ga, maar het huis lijkt volkomen verlaten.’

‘Maar de paarden staan wel in de stal,’ peinsde Le Maistre hardop. ‘Er was één paardenknecht, diep in slaap. Vreemd.’

‘En daar?’ Minou wees naar het meer dat een eindje onder het huis lag. In het wegebbende daglicht was nog net een witte toren zichtbaar. ‘Daar brandt licht.’

Piet tuurde erheen. ‘Inderdaad. Wat denk jij, Le Maistre? Zullen we proberen het huis in te komen of…’

‘Natuurlijk!’ onderbrak Le Maistre hem. ‘Iedereen kent het gerucht dat Évreux hier zijn eigen reliquiarium heeft ingericht. Ik dacht altijd dat dat zich in het huis zelf zou bevinden, maar het kan natuurlijk ook heel goed daar zijn.’

Ze draaiden zich alle drie om naar het meer.

‘Luister.’ Minou legde een hand op Piets arm. ‘Hoorden jullie dat ook?’

‘Nee.’

‘Het klonk als een ketting die door het water sleept. Je weet wel, zoals in de Lastage wanneer in de winter de boten voor reparaties uit het water worden getrokken.’

Ze luisterden allemaal, maar de avond was weer stil geworden.

‘Zullen we erheen gaan om te kijken, of proberen we het huis binnen te komen?’ vroeg Le Maistre. ‘Jullie mogen het zeggen.’

‘Minou?’ Piet keek haar aan.

Ze dacht even na. ‘Jullie denken alle twee dat het huis leeg is, maar er staat een koets, dus moeten ze ergens zijn. Ik denk dat we naar het meer moeten gaan om daar te kijken.’

Piet knikte. ‘Laten we naar dat groepje bomen dicht bij het water lopen. We gaan apart, voor het geval er iemand op de uitkijk staat. Ik eerst, en daarna jij, Minou. Le Maistre, jij loopt eromheen via de andere kant om te zien of daar tekenen van leven zijn, en daarna kom je naar ons toe.’

Piet rende in de regen snel de grashelling tussen het huis en het meer af. Minou wachtte totdat ze hem niet meer zag en ging hem toen achterna, met haar mantel stevig om zich heen getrokken.

‘Wat zie je?’ fluisterde ze toen ze weer bij hem was.

‘Er ligt een bootje aan de steiger daar.’ Piet wees naar de waterkant. ‘En zie je die balken? Er loopt een ketting door het water van hier naar het eiland, waarmee je het bootje naar de overkant kunt trekken. Dat was natuurlijk het geluid dat je hoorde.'

'Zit er iemand in de boot?'

'Voor zover ik kan zien niet.'

'Dus dan heb ik gehoord dat het bootje van het eiland terugkwam,' zei Minou. 'Maar de veerman dan? Is hij hier ergens?'

'Ik zie hem in elk geval niet.'

Terwijl ze op Antoine wachtten verdween ook het laatste licht uit de hemel en stak er een frisse wind op. Van het ondiepe meer steeg een lichte nevel op, die alles in een vreemd, grijs licht hulde. Om hen heen klonk de avondlijke klaagzang van nachtzwaluwen en nachtegalen.

'En?' vroeg Piet toen Le Maistre verscheen.

'Helemaal aan de andere kant van het meer zitten twee mannen die over het water heen het reliquiarium in de gaten houden.'

'Cabanel?'

'Ik heb de man nooit eerder gezien, maar dat ligt voor de hand.'

'En de andere?'

Le Maistre haalde zijn schouders op. 'Geen idee.'

'Hebt u haar gezien?' Minous woorden kwamen er in één zucht uit. Ze had zich niet gerealiseerd dat ze haar adem had ingehouden.

'Ik ben bang van niet, madame Reydon.'

Piet kneep in haar arm. 'Het wijst er in elk geval op dat Cabanel denkt dat Vidal op het eiland is. En als hij daar is, zal zijn dochter er waarschijnlijk ook zijn.'

Minou was zich ervan bewust dat ze veel te veel aannames deden om het verhaal te laten verlopen zoals zij dat wilden. Ze had geen idee wat ze nu moesten doen. Wachten, toekijken, proberen in te grijpen? Alle opties brachten risico's met zich mee. Ze konden niet niets doen, maar wat als ze met hun daden Marta in gevaar brachten?

'Weet u heel zeker dat zij er niet bij was?'

'Misschien had ze zich tussen de bomen verstopt,' zei Le Maistre vol twijfel. Hij wendde zich tot Piet. 'Wat wil je nu doen?'

Die dacht even na. 'Ik steek het water over naar het reliquiarium en...'

'Ik ga met je mee,' zei Minou.

Piet zuchtte. 'Goed dan. Le Maistre, hou jij Cabanel en zijn maat in de gaten. En volg ze als ze ook het meer oversteken naar het reliquiarium.'

'Ik heb twee bewakers gezien die rond het eiland patrouilleren,' zei hij, 'maar misschien zijn er meer. Een rondje duurt ongeveer een kwartier.'

'In dat geval zal ik het zo uitmikken dat ze me niet zien. Zullen we over een uur hier weer afspreken om elkaar te vertellen wat we hebben ontdekt?'

Le Maistre knikte. 'Goede jacht, vriend.'

87

Het reliquiarium

Toen ze de witte toren in liepen deed de bedompte, naar wierook en was stinkende lucht een aanslag op haar zintuigen.

Ze stonden in een lange, smalle gang die werd verlicht door kaarsen in gietijzeren blakers langs de hele muur. De dansende vlammen wierpen hun licht op de tegenoverliggende muur, waardoor een aantal nissen met daarin religieuze schilderingen zichtbaar werden: Christus aan het kruis op Golgotha, de doornenkroon die naar de Sainte-Chapelle werd gebracht, verschillende taferelen uit het lijdensverhaal.

'Het is niet ver meer,' zei Louis.

Toen ze langs een schilderij van de Heilige Veronica kwamen, bleef Marie staan. De replica van de zweetdoek die ze bij zich had was uitstekend, maar was ze ook goed genoeg om een reliekenjager als Évreux – of Guise' kardinaal, wat hij volgens haar vader was geweest – om de tuin te leiden? Ze had geen idee.

Ze realiseerde zich dat Évreux' zoon alweer naar haar stond te staren. Ze draaide zich om, zodat ze oog in oog stonden. 'Heb ik u misschien beledigd, dat u voortdurend zo op me let?'

'Hoezo, vindt u mijn aandacht vervelend?'

'Het is vrijpostig.'

Hij maakte spottend een buiging. 'In dat geval, mijn verontschuldigingen.'

Marie voelde dat ze kwaad werd. 'En onbeleefd. U was niet eens zo hoffelijk om me uw naam te vertellen.'

Zijn ogen glinsterden geamuseerd. 'Waarom zou u mijn naam willen weten, Marie Cabanel? U bent hier om mijn vader te spreken. Ik ben de zoon van de heer van Évreux, is dat niet genoeg?'

Marie fronste. 'Waarom blijft u steeds maar mijn naam zeggen, alsof er iets geheimzinnigs mee is?'

'Weet u dat niet?' vroeg hij, en hij klonk oprecht geïnteresseerd.

Opnieuw voelde ze de volle kracht van zijn blik. 'Wat moet ik weten?'

Hij floot. 'Mijn god, u weet het echt niet...'

'Wat is uw naam?' vroeg ze kortaf. Haar ongeduld maakt haar kribbig.

'Als u zich alleen daar druk om maakt... Daar is gemakkelijk iets aan te doen. Ik heet Louis.' Hij maakte een diepe buiging. 'Tot uw dienst.'

Antoine le Maistre liep het hele eind terug langs de rand van het meer.

Hij zag Cabanel en zijn metgezel het eiland op klauteren en stapte pas daarna het bos uit om hen te volgen. Hij had gedacht dat niemand hem zag en dat hij veilig was. Maar plotseling voelde hij beweging achter zich, en opeens prikte de punt van een mes in zijn rug.

'Je begaat een vergissing, vriend.'

'Geen vergissing.' De man lachte en duwde het mes toen tussen zijn ribben.

Le Maistre hapte naar adem toen het wapen hem binnendrong, netjes en deskundig. Heel even merkte hij helemaal niets. Toen voelde hij dat het bloed onder zijn hemd begon op te wellen, en een afschuwelijke kou als vorst in de winter strekte zich uit tot in de toppen van zijn vingers. Hij viel op zijn knieën en proefde bloed in zijn keel.

Waarom kreeg hij geen lucht?

Hij begreep het niet. De man had een plaatselijk accent gehad, maar Cabanel was toch een Parijzenaar? De dolkwond begon pijn te doen, steeds erger, totdat er geen enkel deel van zijn lichaam was dat er niet door werd geraakt.

Alles leek opeens helder. De pijn ebde weg. Hij zag het gezicht van zijn lieve vrouw. Ze glimlachte en stak haar handen naar hem uit. De kinderen waren er ook, precies zoals hij ze zich herinnerde van voor de soldaten kwamen.

Hij lachte bijna. Hij had zeven oorlogen overleefd, nobel en dapper gevochten aan de zijde van grote hugenootse bevelhebbers. Maar uiteindelijk zou hij sterven door de hand van een huurmoordenaar. Hij wilde Piet en Minou nog waarschuwen, maar de woorden bleven in zijn keel steken.

Le Maistre was zich ervan bewust dat de man hem bij zijn wambuis greep en in het water rolde. Daarna de druk van een schoen in zijn nek, die hem onder water hield. Terwijl de vergetelheid zijn longen binnenstroomde, zag hij zijn vrouw en kinderen weer.

Ze stonden op hem te wachten.

Marie fronste. Alweer schoot een herinnering als kwikzilver door haar geest. Waarom klonken die woorden zo bekend, en waarom was het of ze zijn naam eerder had gehoord?

Louis trok een zwaar rood gordijn opzij. 'We zijn er.'

Het lukte haar om zich weer te focussen. 'Is de heer van Évreux daarbinnen?'

Als antwoord voelde ze de druk van zijn hand tegen haar onderrug, en ze werd door de deur naar binnen geduwd. Marie bevond zich in een reusachtig vertrek vol licht en schaduw. In het midden van de ruimte stond een altaar met daarvoor twee bisschopsstoelen. Grote kandelaars stonden als wachtposten aan weerszijden ervan; het flakkerende licht van de kaarsen liet schaduwen tot in de hoeken van de kamer dansen. Door een reusachtig dakraam in het plafond scheen de vollemaan naar binnen, zodat alles in een vreemd, wit licht baadde. Aan de andere kant van het vertrek zag ze nog net een tweede, kleinere deur.

Toen Maries ogen langzamerhand aan de schemering gewend raakten drong tot haar door dat er ook hier fresco's op de muren waren. Zeven schilderingen, elk ervan met een kistje ervoor en één brandend kaarsje erbij. En ondanks haar angst voor wat er gebeuren kon, schitterden haar ogen van bewondering.

'Toen ik hier voor het eerst kwam voelde ik me net zo,' zei Louis, die nu naast haar stond, zacht. 'Het is prachtig.'

'Dat is het zeker. Relikwieën van alle zeven kruiswegstaties.'

'Ja, alleen ons zesde kistje is nog leeg.'

Onmiddellijk wist Marie weer waarom ze hier was. 'Maar niet veel langer,' zei ze met een zelfvertrouwen dat ze niet voelde.

Louis lachte. 'Als wat u hebt meegenomen echt is.'

'Dat heb ik uit betrouwbare bron vernomen, maar zelf ben ik geen deskundige.'

'En toch bent u zo stoutmoedig om hierheen te komen en mij de relikwie aan te bieden.'

Marie schrok van de stem die opeens uit het schermerduister opklonk. Ze had gedacht dat ze alleen waren. Louis pakte de koker van haar aan en raakte daarbij heel even met zijn hand de hare. Toen liep hij in de richting van de stem.

'Dank je, Louis. Is dit het sudarium?'

Marie draaide zich in de richting van de stem. Op een van de stoelen zat nu een man in een liturgisch gewaad. Hij droeg een witte kazuifel met een rood pallium en rode stool; de zijde glansde in het kaarslicht.

Het bracht Marie in verwarring. Haar vader had verteld dat Vidal om aan gevangenschap te ontkomen het ambt van kardinaal had opgegeven en een nieuwe identiteit had aangenomen, maar daar zat hij in bisschopskledij.

'Mademoiselle Cabanel zegt van wel.'

Marie wachtte totdat Évreux zou opstaan om haar te begroeten. Dat deed hij niet. Ze wachtte totdat hij zich zou voorstellen. Dat deed hij niet. Zenuwen fladderden tegen haar ribben terwijl ze naar Louis keek, die de relikwie aan hem overhandigde, zich naar voren boog en iets in zijn vaders oor fluisterde.

Beide mannen keken haar nu aan. De familiegelijkenis was zo sterk dat er geen twijfel aan kon bestaan dat ze vader en zoon waren. Waarom staarden ze zo naar haar?

Ze voelde een vlaag van paniek. Wat stom dat ze zich naar het eiland had laten meenemen. Als er iets misliep waren Pierre en zijn broer veel te ver weg om haar te helpen, en de paardenknecht was met de koets bij het huis gebleven. Toen haalde ze diep adem. Ze maakte alleen een kans als ze standvastig bleef. Ze mocht zich niet door haar angst of schuldgevoel laten verraden.

Marie deed een stap naar voren. 'Heer van Évreux, het is me een genoegen om kennis met u te maken.'

'Wie heeft u gestuurd?' Évreux' stem was kil.

'Niemand heeft me gestuurd, heer.' Haar vastberadenheid wankelde. 'Ik heb een zeer bijzonder, prachtig voorwerp voor u meegenomen, een voorwerp dat uw verzameling compleet zal maken – dat maak ik tenminste op uit wat uw zoon me heeft laten zien.' Ze kwam nog dichterbij. Nu zag ze dat hij een rode, fluwelen camauro droeg, het hoofddeksel dat alleen de paus zelf mocht dragen. Haar verwarring groeide.

'Bent u een eerlijke vrouw?'

Ze keek hem aan. 'Dat ben ik, heer.'

Vidal keek naar zijn zoon en toen weer naar Marie. 'Toch lijkt het me het beste om het zekere voor het onzekere te nemen. Bind haar vast.'

88

Minou en Piet wachtten totdat de bewakers aan hun volgende rondje waren begonnen en klommen toen uit het bootje op de oever. Snel schudden ze de regen van hun mantels en renden daarna door de plassen naar de witte toren.

'Wat als het ze opvalt dat het bootje terug is?' fluisterde Minou.

'Daar kunnen we toch niets aan doen.' Hij kwam even op adem. 'Misschien moeten we wachten totdat Le Maistre...'

'We gaan nu niet meer terug. Ik moet het weten.'

Bukkend zodat ze niet boven de balustrade uitstak rende Minou de treetjes op. Ze voelde zich onverschrokken, heldhaftig en vol avontuur. Minou herinnerde zich dat ze voor hun trouwen hand in hand met Piet door de straten van Toulouse had gerend; ze ontweken soldaten, brachten onschuldige vrouwen en kinderen in veiligheid en reden daarna door de nacht naar Puivert om Alis en hun vader te redden, die in het kasteel gevangen werden gehouden. Toen was ze moedig geweest.

In het korte ogenblik tussen één hartslag en de volgende liet Minou heel even de geesten van het verleden toe en stond ze hier samen met hen die ze had liefgehad en verloren, de vermisten en de doden. Toen haalde ze diep adem.

Maar niet Marta. Marta was niet dood.

Minou wenkte Piet en duwde daarna tegen de zware deur. Tot haar verbazing ging hij open.

'Minou, wacht!' Piet glipte voor haar. Hij tuurde naar binnen en knikte toen. 'De kust is veilig.'

Nu was het Minou die aarzelde. 'Wat als we het mis hebben? Wat als ze toch in het huis zijn?'

'Er is hier kort geleden iemand geweest,' fluisterde Piet. 'Kijk, de kaarsen zijn nog maar net aangestoken. Trek de deur dicht, zodat de bewakers hem niet open zien staan.'

Toen Minou met Piet vlak achter zich muisstil door de gang liep verwachtte ze elk moment betrapt te worden. Ze zag wel dat er muurschilderingen waren, maar nam ze niet echt bewust waar. Al haar aandacht was gericht op de deur aan het einde van de gang en wat zich daarachter bevond. Een zwaar, rood gordijn was naar één kant getrokken, en tussen de rand van de deur en de deurpost was een heel smal kiertje licht te zien.

Toen hoorde ze voetstappen achter hen in de gang.

'Hou de lamp hoger,' beval Vidal.

Dat deed Louis, zodat het licht het stuk stof bescheen dat op het altaar lag.

Marie, die aan de stoel was vastgebonden, probeerde wanhopig de touwen om haar pols los te krijgen zonder hun aandacht te trekken. Zodra ze besefte dat Vidal haar wilde gijzelen, had ze geprobeerd te vluchten, maar Louis had haar de doorgang versperd. Hij had het mes van haar vader dat ze aan haar riem droeg gevonden en afgepakt, waarna hij haar polsen had vastgebonden. Eén lus had hij om de rugleuning van de stoel geslagen om te zorgen dat ze niet weg kon. Maar het touw zat niet erg vast. Als ze haar handen wist los te wurmen had ze misschien een kans om weg te komen terwijl zij met hun aandacht bij de relikwie waren. Louis had de deur niet op slot gedaan nadat ze de kamer in waren gelopen, en het leek erop dat er geen bedienden of bewakers waren.

'Zie je het, Louis? Dit zou de afdruk van het gezicht van Christus moeten zijn.'

Bij het horen van de twijfel in Évreux' stem trok Marie nog eens wanhopig aan de touwen om haar polsen.

'Al een aantal keer eerder is me een voorwerp aangeboden waarvan werd beweerd dat het de doek was waarmee de Heilige Veronica op de Via Dolorosa Christus' gezicht afveegde. Sommigen zeggen dat de doek Rome nooit verlaten heeft, anderen beweren dat hij is meegenomen naar Wenen of San Jaén, of naar Alicante, waar mademoiselle Cabanel deze gevonden zegt te hebben.' Vidal keek naar de doek. 'En deze is erg goed. Uitstekend werk, zelfs. Bijna zo goed als dat van jou, Louis.'

'Heer?'

'Jouw doornenkroon. Op een dag zullen we naar de Sainte-Chapelle terugkeren en hem met het origineel vergelijken.'

Marie hield zich doodstil. De doornenkroon, de Sainte-Chapelle. Was het mogelijk dat ze Louis eerder in Parijs had gezien? Maar dat klopte qua tijd helemaal niet. Als Louis inderdaad Vidals zoon was – en Vidal was niet meer in Parijs gezien sinds de nacht van het Sint-Bartholomeusbloedbad – dan was zij destijds pas zeven of acht geweest. En Louis niet veel ouder.

Er gleed een huivering over haar rug. Voor haar ogen verscheen een visioen van een jongen met een witte streep in zijn haar die zijn hand uitstak naar een klein meisje…

'Kom mee, het is niet ver,' had hij gezegd, en zij was met hem meegelopen.

De herinneringen werden zelfs nog scherper: een glanzend gepoetst virginaal, een blauwe kamer vol spiegels en verguldsel, de uren dat ze daar alleen in het donker had gezeten, het geschreeuw en de bieradem van een soldaat, een stervende man met een dolk in zijn hand, het wapen dat later de talisman van haar vader was geworden.

'Maar dat is het hem juist,' zei Évreux nu. 'Dit hier, zie je, is net een fractie te goed. Zie je de penseelstreken?'

'Ja.'

'Je ziet ze nauwelijks, maar als dit werkelijk een afdruk van het gezicht van Christus was, zou je nergens een mensenhand in zien.'

Marie bracht haar over elkaar heen tuimelende gedachten tot rust en dwong zichzelf om zich op het hier en nu te concentreren. Nu was het nog belangrijker geworden dat ze hier wegkwam. Wat als Louis haar ook herkende?

'En dan de stof,' vervolgde Vidal. 'Ook die is uitstekend gekozen. Het is zelfs mogelijk dat hij uit het Heilige Land komt. Misschien is hij mee terug genomen door een kruisvaarder, eeuwen geleden. Wie zal het zeggen?'

Marie gaf nog een laatste felle ruk en had toen eindelijk haar rechterhand vrij. Blindelings begon ze het touw van de stoel los te knopen.

Maar ze was te laat. Vidal schoof zijn stoel plotseling naar achteren en stond op. Hij zette zijn hoofddeksel af, streek met een hand over zijn kale hoofd en liep daarna langzaam op haar af. Toen hij dichterbij kwam, zag Marie dat zijn pallium versierd was met zes kruisjes, alleen waren ze wit in plaats van het gebruikelijke zwart.

Ze zat heel stil en hield haar handen achter haar rug.

'Hoe kostbaar en knap gemaakt dit sudarium ook is – een ongeoefend oog tuint er zo in – het is een vervalsing, mademoiselle. Wat hoopte degene die hiervoor verantwoordelijk is met deze poppenkast te bereiken? En waarom heeft hij u gestuurd in plaats van zelf te komen?'

Marie deed vreselijk haar best om rustig te praten. 'Ik weet niet wat u bedoelt. Niemand heeft me gestuurd.'

Toen hij vlak voor haar stond, kon ze zien dat hij ziek was. Er zat een gezwel bij zijn slaap, over zijn huid lag een grauw waas en zijn ogen lagen diep in hun kassen. Desondanks voelde Marie hoe machtig de man was.

'Je vader,' zei Vidal. 'Waarom heeft hij jou gestuurd?'

'Mijn vader is afgelopen winter overleden, heer.'

Hij legde zijn handen op de armleuningen van haar stoel. 'Ik geloof je niet.'

Marie kromp ineen. 'Het sudarium is me als echt verkocht.' Ze probeerde zelfverzekerd te klinken, maar voelde zich heel anders. 'De priester van wie ik het heb gekocht heeft het zelf vanuit Spanje de grens over gebracht.'

'Moest je dat van hem zeggen?'

'Het is de waarheid, heer.'

Hij lachte schamper. 'O ja? En hoe heb je er in dat geval voor betaald? Op de manier die vrouwen meestal gebruiken om van mannen te krijgen wat ze willen?'

Marie rilde toen Vidal zijn hand op haar borst legde.

'Vader!'

Ze zag Vidals andere hand naderen en probeerde weg te draaien, maar ze was te langzaam. Hij sloeg haar hard op haar wang.

'Vader, alstublieft!' protesteerde Louis.

Vidal negeerde hem. 'Waar is hij?'

Marie probeerde zich los te trekken, maar hij hield haar schouder stevig vast.

'Dacht je dat je mij kunt belazeren? Mijn zoon heeft me verteld dat hij je jaren geleden in Parijs zwervend op straat vond. Hij herkende je daarstraks. Welke vader stuurt zijn dochter eropuit om verraderswerk voor hem op te knappen?'

'Ik zweer u, ik weet niet...'

Vidal hief opnieuw zijn hand, maar deze keer stapte Louis tussen hen in om de klap op te vangen. Hij strompelde naar achteren en zijn muts viel op de grond, waardoor ze nu zeker wist dat Évreux Vidal was. Louis had dezelfde witte streep in zijn haar als zijn vader ooit had gehad.

'Ze is alleen, vader,' zei hij. 'Ik heb haar zien aankomen. En de koetsier is bij het huis gebleven.'

Vidal keek hem vol verachting aan. 'Als je dat gelooft ben je een dwaas.' Hij draaide zich weer om naar Marie. 'Waar is je vader, mademoiselle Reydon? Ik vraag het je niet nog eens.'

'Reydon?' Verward keek Marie hem aan. Als dit een truc was, had ze geen idee wat het doel ervan was. 'Ik ben Marie Cabanel. Mijn vader was Pierre Cabanel, legerkapitein. Hij is afgelopen januari in Rouen gestorven, dat zweer ik.'

'Cabanel!' Vidal lachte. 'Ik had ook niet verwacht dat je hier onder je eigen naam zou komen, mademoiselle Reydon. Zelfs voor een vrouw zou dat wel het toppunt van stupiditeit zijn. Ik vraag het je nog één keer. Waar is Reydon?'

Marie zette zich al schrap voor een volgende klap, maar toen vlogen de deuren achter hen open.

Marie begreep het niet. Pierre en zijn broer Jean stonden in de deuropening, druipnat, en tussen hen in hielden ze een lange vrouw in een groene mantel vast. Ze had hen goed voor hun diensten betaald, maar lieten ze zich in plaats daarvan nu door de heer van Évreux betalen?

Minou had het gevoel dat ze vanaf grote hoogte op zichzelf neerkeek. Een beetje als de waterspuwers van de Saint-Nazaire in la Cité die ze zo griezelig had gevonden toen ze nog klein was. Alles in het vertrek leek vervormd door het flakkerende kaarslicht dat lange schaduwen op de beschilderde muren vol dood en stervenden liet dansen. Zeven gouden kistjes op een rij, als geschenken voor een koning.

In één blik nam ze het tafereel voor haar in zich op. Een lange man, gekleed in een liturgisch gewaad, witte stoppeltjes op zijn hoofd. Naast hem een omgevallen stoel en een meisje. Ze had een lichte huid en lang bruin haar en was helemaal in het blauw gekleed, en ze werd vastgehouden door een jongen die precies op Vidal leek. Het was bijna alsof ze dansten.

Minou hield haar adem in. Het was of ze in een spiegel naar zichzelf keek. Alle twijfels verdwenen. Ze voelde zich duizelig, dankbaar, wild van opluchting. 'Marta...' zei ze zacht. Ze durfde haar naam bijna niet uit te spreken.

Het meisje leek haar niet te horen. En hoewel Minou zich hierop had voorbereid, voelde ze dat haar hart brak als een stuk ijs.

Toen klonk er een brul in de gang. Een paar tellen later kwam Piet met getrokken mes de kamer in gestormd; hij verdedigde zichzelf tegen twee gewapende bewakers.

Heel even zag Minou Vidal wankelen, alsof hij een klap had gekregen.

'Grijp hem!' schreeuwde hij, en toen wendde hij zich tot de jongen. 'Breng het meisje weg! Je weet wat je moet doen.'

Louis aarzelde, maar begon de trappende en gillende Marta toen naar een deur aan de andere kant van de kamer te slepen.

'Marta!' Minou kon niet toestaan dat haar dochter werd meegenomen. Ze wist de bewakers te verrassen en rende bij hen vandaan.

Maar ze grepen haar bijna onmiddellijk weer beet. Minou voelde een arm om haar nek die haar naar achteren trok. Smerige vingers schoven voor haar mond, walgelijk en intiem. Heel even meende Minou Piets stem te horen, die haar vanaf de andere kant van de kamer iets toeschreeuwde. Toen hoorde ze hem kreunen terwijl een vuist in zijn maag landde, en ze wist dat hij verslagen was.

Tegen de tijd dat ze zich weer omdraaide, was haar dochter verdwenen.

89

Piet probeerde zijn hoofd op te tillen. De pijn in zijn schouder was zo hevig dat hij kreunde. 'Minou...'

Piet blies zijn adem uit en probeerde daarna opnieuw te gaan zitten, langzamer deze keer.

Alles deed zeer. Hij trok aan zijn handen, maar realiseerde zich dat ze achter zijn rug waren vastgebonden. Hij dwong zichzelf zijn ogen te openen. Hij richtte ze op zijn nog altijd natte schoenen, daarna op de stenen vloer, en ten slotte op de houten poten van een stoel. Pas toen de kamer om hem heen gestopt was met draaien, slaagde hij erin zijn hoofd op te tillen en naar de man te kijken die tegenover hem zat.

'Vidal,' fluisterde hij met gezwollen lippen. Hij voelde dat er een tand loszat en proefde de metalige smaak van bloed op zijn tong.

'Zoals je ziet.'

'Waar is mijn vrouw?'

Vidal gaf geen antwoord.

'Waar is ze?' Piet keek Vidal strak aan.

Hij zag onmiddellijk dat hij ziek was. Zijn bleke gelaatskleur en glinsterende ogen wezen op koorts, en bij zijn slaap zat een groot gezwel. Het was bijzonder dat een man door het verstrijken van de jaren zozeer kon veranderen en toch fundamenteel dezelfde was gebleven.

'Wat heb je met mijn vrouw gedaan?'

'Je zult snel genoeg met haar herenigd worden.' Vidal zette de toppen van zijn vingers tegen elkaar. 'Waarom ben je hierheen gekomen, Reydon?'

'Je weet waarom ik hier ben,' antwoordde Piet. Hij zag een emotie over het gezicht van zijn oude vijand glijden. Woede misschien? Toen drong het tot hem door. Wat Vidal eerder al had gevreesd was bevestigd.

'Aha, dus de papieren zijn in Amsterdam toch nog boven water gekomen. Daar was ik al bang voor. Ik heb alles gedaan om dat te voorkomen.'

'Ik zou nooit hebben geweten dat er iets te vinden was. Het kwam door jouw bemoeienis dat alles aan het licht kwam.'

Weer die vreemde glimlach bij Vidal. 'Dat is, vrees ik, hoe de dingen nu eenmaal meestal lopen.'

Piet nam de situatie in zich op. Het vertrek was op hen tweeën na leeg, hoewel hij er niet aan twijfelde dat er buiten bewakers voor de deur stonden. Hij wist niet waar Minou naartoe was gebracht. Het zag er beroerd voor hem uit. Hij kon maar het beste proberen om Vidal zo lang mogelijk aan de praat te houden, in de hoop dat Le Maistre intussen een manier vond om hen te helpen.

'Heb je haar vermoord?' vroeg hij.

'Jouw moeder, die hoer? Je overschat mijn macht, Reydon. Toen ze stierf was ik nog maar een kind.'

'Mariken Hassels van het begijnhof kende de waarheid.' Piet probeerde rustig te praten. 'Mijn moeder en mijn vader – jouw oom – waren voor de wet getrouwd, zoals je weet.'

'Daar is geen bewijs van.'

Piet keek hem recht in de ogen. 'Er is een document dat het bewijst.'

'En dat is nu in jouw bezit?'

'Ja.'

'Ah.'

Piet hield heel even zijn adem in. 'Hoe lang weet je al dat we neven zijn?'

Vidal trommelde met zijn vingers op de armleuning van zijn stoel, een gewoonte die Piet zich goed herinnerde.

'Geef antwoord.'

'Mijn oom biechtte de affaire op zijn sterfbed op.'

'Hun huwelijk,' zei Piet. En toen vroeg hij, hoewel hij wist dat het een vergissing was: 'Sprak Du Plessis over haar?'

'Over jouw moeder?' zei Vidal vol minachting. 'Nee. Ze betekende niets voor hem. Een misstap uit zijn jeugd.'

Piet dwong zichzelf om rustig te blijven. Hij mocht zich niet door Vidal laten provoceren. 'Wist hij dat hij een zoon had?'

'Zou het iets uitmaken als hij dat geweten had?'

'Het maakt heel veel uit,' zei Piet, die grote moeite moest doen om de woede niet in zijn stem te laten doorklinken. 'Daar gaat dit toch allemaal om? En het is duidelijk dat jij zelf ook een zoon hebt. Erken je hem?'

Vidals blik dwaalde even naar de deur aan de andere kant van de kamer. 'De jongen is nuttig. Zodra ik hem niet langer kan gebruiken, stuur ik hem terug naar waar hij vandaan komt.'

'Dus je houdt niet van hem?'

Hij lachte. 'Aan dat soort jankerige emoties heb ik niks, Reydon.'

'Heb jij opdracht gegeven voor de aanslag op mijn vrouw in Puivert?'

Vidal deed of hij nadacht. 'Ik weet niet...'

Eindelijk kon Piet zijn woede niet meer beheersen. 'Geef antwoord!'

Op Vidals gezicht verscheen de trage glimlach die Piet zich uit hun studententijd in Toulouse herinnerde. 'Goed dan. Heb ik geprobeerd Puivert van de valse châtelaine te bevrijden? Ja. Helaas bleek dat de man die ik voor die taak had uitgekozen er niet geschikt voor was. Hij schoot de verkeerde hugenootse hoer neer.'

Piet schudde zijn hoofd. 'Alis droeg die dag een groene jurk.'

'Aha, dus dat is er gebeurd. Alis, ja. Ik herinner me haar.' Vidal was even stil. 'Eerlijk gezegd was mijn plan alleen om jou in de Languedoc te houden terwijl ik probeerde te achterhalen waar mijn vaders getuigenis over de misstap in zijn jeugd zich bevond.'

Piet staarde hem vol ontzetting aan. 'Dat was de reden? Moord je zo achteloos?'

Vidal wees met een breed armgebaar op het vertrek waarin ze zaten. 'Dit krijg je allemaal niet voor niets voor elkaar, Reydon, dat zou jij moeten weten. Maar goed, de huurmoordenaar ging de mist in. Jij en je familie kwamen toch naar Parijs. En naar ik hoor is Puivert zonder mijn verdere tussenkomst toch nog naar de ware Kerk teruggekeerd. Ik leef alleen om God te dienen.'

'Dat zie ik.' Piet nam Vidal op. 'Hoewel je flink in rang lijkt te zijn gestegen sinds ik je voor het laatst zag. Ik dacht dat alleen de paus een pallium mocht dragen.'

Vidal glimlachte grimmig. 'Ik merk dat je nog niet alles bent vergeten wat we op het seminarium hebben geleerd.' Hij voelde aan de zijden stof. 'Hoewel je zult zien dat ik mijn eigen aanpassing heb gedaan. Witte kruisen in plaats van zwarte, als herinnering aan de vreugdevolle opstand op Sint-Bartholomeusdag, toen Gods ware Kerk de macht weer van de valse christenen begon terug te pakken.'

Piet zag Vidals ogen glinsteren van geloofsijver. 'En weet Guise hiervan?'

'Ik hoef aan niemand rekenschap af te leggen.'

'Je hebt je jarenlang voor hem verstopt.'

'Guise blijft niet eeuwig leven.'

'Misschien niet. Maar jij zult voor je zonden worden veroordeeld, Vidal. Bij de laatste afrekening zul je ter verantwoording worden geroepen. Je bent een moordenaar en een dief.'

'En jij bent een ketter,' schreeuwde Vidal. 'Het oordeel over jou zal strenger uitvallen.' Met een gelukzalige uitdrukking op zijn gezicht leunde hij naar achteren op zijn stoel. 'Kijk wat ik heb gedaan. Dit is het begin van een nieuw tijdperk, een nieuwe Kerk, met mij aan het hoofd. Heilige relieken bijeengebracht ter meerdere glorie van God. Mijn plek in de hemel is veilig.'

Piet lachte. 'Je vergeet dat ik jou ken. Jij gelooft niet dat deze relieken er iets toe doen, of ze nou echt zijn of niet.'

'Jij hebt geen idee wat ik wel of niet geloof,' zei Vidal spottend. 'Maar om je dochter eropuit te sturen om... Ja, om wat te doen eigenlijk, Reydon? Dacht je echt dat ik zo eenvoudig te bedotten was? Alle kneepjes van dat vak heb ik van jou geleerd, weet je nog?'

Piets adem stokte in zijn keel. 'Mijn dochter?'

Vidal maakte een wegwuifgebaar. 'Er is hier verder niemand, Reydon. Je hoeft het toneelspel niet langer vol te houden.'

Piet kon geen woord uitbrengen. Hij had zichzelf nooit toegestaan om te geloven dat Cabanels dochter werkelijk Marta kon zijn – hoewel hij zich gerealiseerd had dat ze het met eigen ogen moesten zien – maar wat als het toch waar was? Wat als hun dochter leefde? Wat als ze hier was?

Piet werd overspoeld door duizenden herinneringen. Alle momenten van geluk en vreugde die hij twaalf jaar lang had onderdrukt omdat hij wist dat ze ondraaglijk zouden zijn, kwamen in één keer terug: dat hij met Marta op zijn schouders over het neerhof in Puivert liep, dat hij haar leerde schaken, de eerste keer dat hij haar op de rug van een paard tilde.

En daarna hoe hij wanhopig door de straten van Parijs was gedwaald, de witte kruisen op de deuren, de witte armbanden. Het bloedbad. Hoe ze zonder haar waren vertrokken. Zijn schuld was op geen enkele manier goed te maken.

'Waar is ze?' fluisterde hij hol.

Vidal gebaarde achteloos naar de deur achter in het vertrek, alsof de vraag volkomen onbelangrijk was.

'Hoe wist je dat zij het was?' wist Piet uit te brengen.

Vidal zwaaide met zijn arm. 'Heel bijzonder, eigenlijk. Het blijkt dat mijn zoon haar twee dagen voor de opstand van Sint-Bartholomeusdag in de Rue de Béthisy tegenkwam, verdwaald, en dat hij haar heeft meegenomen, de chaos uit. Dat vertelde hij me pas vanavond. Hij heeft haar leven gered, daar twijfel ik niet aan. Toen ze hier onder de naam Marie Cabanel aankwam herkende hij haar, en ik besefte dat jij haar had gestuurd.'

Het duizelde Piet. Kon het werkelijk zo zijn dat Vidal er geen idee van had dat zij Marta kwijt waren geraakt?

'Dus ik vraag het je opnieuw,' zei Vidal opeens. 'Waarom ben je hier, Reydon? Je kunt toch niet denken dat ik mijn erfenis zal opgeven?'

'Ik ben de erfgenaam van mijn vader.'

'Mijn oom wist niet eens van je bestaan.' Heel even dwaalde Vidals blik af, en toen leek er opnieuw iets aan hem te veranderen. 'Je had niet moeten komen,' zei hij kil. 'Jullie allemaal niet. Kijk om je heen. Er hoeft nog maar één kistje gevuld te worden. Je hebt je dochter goed onderwezen. De kopie die ze vanavond voor me meebracht was uitstekend. Uiteindelijk niet goed genoeg, maar wel uitstekend.' Vidal raakte met zijn rechterhand heel even het vervalste sudarium aan. 'Ik zal deze uitstekende kopie in het zesde kistje stoppen. Misschien kan hij nog van nut zijn tot het moment dat de echte relikwie boven water komt.' Toen pakte hij een mes van het altaar. 'Dit is allemaal ter meerdere glorie van God, Reydon. Hij zal het begrijpen. Hij zal me vergeven voor wat ik in Zijn naam doe.'

Piet staarde naar het wapen. Het was twaalf jaar geleden, maar zijn eigen dolk zou hij overal herkennen. De dolk die hij aan Aimeric had gegeven voordat die voor het laatst uit Puivert wegreed.

'Hoe kom je daaraan?'

Vidal trok zijn wenkbrauwen op. 'Dit is het wapen van je dochter, dat weet je toch wel?' Hij richtte de punt op Piet. 'We verdoen onze tijd. Jij en ik staan al te lang tegenover elkaar. Ik laat me door jou niet afpakken wat mij rechtens toebehoort. Dat jij zo dwaas was om hierheen te komen verbaast me. Ik geef toe dat ik 's nachts beter zal slapen als jij niet langer door mijn dromen rondspookt.'

'Ik zal de erfenis krijgen,' zei Piet in een poging hem door te laten praten.

'Dan ben jij al dood, Reydon. Wachters!' Vidal hield de punt van de dolk vlak bij Piets keel, maar trok het wapen toen terug. 'Ik zal mijn handen niet met jouw bloed bezoedelen.'

De twee bewakers kwamen de kamer weer in.

Toen Piet overeind werd gehesen probeerde hij zich te verzetten, maar hij was volkomen machteloos. Zijn handen waren gebonden en zijn tegenstanders waren gewapend, ook Vidal. Verwoed dacht hij na en hij realiseerde zich dat zijn enige kans eruit bestond zodra ze buiten waren aan zijn bewakers te ontsnappen. Daarna moest hij Minou vinden en… en zijn dochter.

'Wachters!' riep Vidal hun na. 'Waar is mijn zoon?'

‘Hij staat aan de oever van het meer te wachten,’ antwoordde een van hen.

‘Stuur hem naar me toe.’

‘Zeker, heer.’

Piet voelde de hand van de bewaker in zijn nek die hem dwong om verder te lopen, de gang in. Uit een ooghoek zag hij nog net Vidals zoon een nis in stappen. Piet vroeg zich af hoe lang hij daar al had gestaan. En of hij had gehoord dat zijn vader hem verloochende.

90

Minou kwam weer bij met om zich heen het geluid van water en de geur van vochtige tunnels. In de verte, gedempt door dikke stenen wanden, hoorde ze het regelmatige ritme van zware regen op het meer.

Ze had geen idee waar ze zich bevond. Heel even dacht ze dat ze misschien terug in Amsterdam was, die op het water gebouwde stad. Toen herinnerde ze zich alles weer.

Ze huiverde in haar natte kleren; de stof plakte tegen haar benen. Ze probeerde rechtop te gaan zitten, maar werd duizelig van de inspanning en moest haar ogen even sluiten. Haar voeten leken wel klompjes ijs. Toen ze ze bewoog, drong tot haar door dat er water rond haar enkels klotste.

Minou wachtte tot haar ogen zich aan de duisternis hadden aangepast en keek toen om zich heen. Ze bevond zich in een soort overdekt kanaal of in een waterafvoer, maar er was wel frisse lucht. Wit maanlicht scheen naar binnen door de stenen boog die het kanaal van het open water scheidde en liet de kleuren verschieten van groen naar paars naar zilver. Erachter zag ze nog net de rij populieren aan de rand van het meer. Maar door de schaduw van de ijzeren staven van het traliehek was het of ze zich in een gevangeniscel bevond. Onder water zag ze het openstaande sluisschot.

'U bent bij kennis.'

Hoewel het twaalf jaar geleden was herkende ze Marta's stem meteen. Volwassen nu, maar onmiskenbaar haar stem. Heel even was het alsof elke minuut die sinds Marta's vermissing was verstreken door haar heen raasde. Minou wilde alleen maar haar armen om haar dochter heen slaan en haar stevig vasthouden. Haar kussen en beloven dat ze haar nooit meer alleen zou laten. Maar Minou beheerste zich. Eerder in het vertrek met het altaar had ze haar dochters naam geroepen, maar Marta had niet gereageerd. Zij had háár stem niet herkend.

'Is alles in orde, madame?'

Minou wist zich te beheersen. 'Mijn keel is een beetje pijnlijk, maar verder gaat het wel.'

‘Hebben ze ons hier achtergelaten om te verdrinken?’

Minou tuurde de duisternis in. Aan de andere kant van de ruimte kon ze nog net Marta onderscheiden, zittend op een stenen rand dicht bij het traliehek. Het was te donker om haar gezicht te zien – ze zag alleen haar silhouet – maar toch voelde ze een steek van herkenning. Minou had zich dit moment zo vaak voorgesteld. Ze had gedroomd over wat ze zou zeggen. Nu het zover was, had ze geen idee hoe ze moest beginnen.

‘Ik ben Marie Cabanel,’ zei Marta.

Er verscheen een barstje in Minous hart. In het besef dat ze niet op de zaken vooruit moest lopen koos ze haar woorden zorgvuldig. ‘Ik ben Marguerite Reydon, maar iedereen noemt me Minou.’

Een ogenblik lang leken de woorden tussen hen in te hangen. Verbeeldde Minou het zich of hield Marta even haar adem in?

‘Aangenaam om kennis met u te maken, madame Reydon,’ zei ze op beleefde, formele toon. ‘Ik ben blij dat ik niet alleen ben.’

Nog meer barstjes in Minous hart. ‘Je bent niet alleen. Ik zal je niet in de steek laten.’ Hoewel elke zenuw in haar lichaam schreeuwde dat ze iets moest zeggen, leken de woorden in haar mond in as te veranderen. Ze moest heel voorzichtig zijn. Voordat Minou haar de waarheid vertelde moest ze Marta ervan overtuigen dat ze haar kon vertrouwen.

‘Terwijl ik wachtte totdat u bijkwam heb ik gekeken of er een uitweg is. Dit tralierooster hier scheidt ons van een sluis en daarachter het meer. Ik heb de hendel geprobeerd, maar die zit vast en ik kreeg er geen beweging in. Het rooster zit in de muur verankerd.’ Marta rammelde aan de tralies. ‘Het water komt steeds hoger.’ Haar stem brak en plotseling klonk ze erg jong. ‘Het was helemaal niet de bedoeling dat dit zou gebeuren. Ik dacht dat ik veilig zou zijn. Ik had het allemaal zo zorgvuldig voorbereid,’ vervolgde ze. Toen barstte ze in tranen uit.

Haar dochter te horen huilen was te veel voor Minou. Het enige waar ze nog aan kon denken was hoe ze Marta kon troosten. De rest kwam later wel. Er zou nog tijd genoeg zijn. ‘Kom bij me zitten,’ zei Minou in het donker. ‘Vertel me iets over je leven. Dat verdrijft de tijd terwijl we wachten tot er iemand komt.’

‘Zal er iemand komen?’ vroeg Marta met een klein stemmetje.

‘Piet zal komen,’ antwoordde Minou. ‘Mijn man zal komen. Hij laat ons niet in de steek.’

Er viel een stilte. Even later hoorde Minou geplas in het water toen Marta door de stenen kamer naar haar toe liep en aan de andere kant van de bank ging zitten.

Korte tijd zeiden beide vrouwen niets. Minou hoorde alleen het bonzen van het bloed in haar slapen en de eindeloze regen op het ruwe oppervlak van het meer.

'Ik ben in Parijs opgegroeid,' zei Marta.

91

Louis stapte weer naar binnen en sloot de deur achter zich.

Zijn vaders woorden klonken in zijn oren na toen hij langs de rand van de kamer Vidals gezichtsveld binnenliep. Zijn vader stond over het altaar midden in het vertrek gebogen en bestudeerde de zweetdoek.

'Ik wist nooit hoe het was als er iemand om je geeft,' fluisterde hij.

Vidal schonk hem geen aandacht.

'U liet me geloven dat ik het waard was om van te houden. Maar het was niet waar. Dat u me nuttig vond zag ik aan voor genegenheid. Ik ben uw zoon.'

Vidal pakte het vergrootglas en boog zich nog verder over de doek om het erop afgedrukte gezicht te bestuderen. 'Dit is echt een uitstekende kopie. Ik zou zelfs graag weten wie hem gemaakt heeft… Ik zal Xavier eropuit sturen om de vervalser te zoeken.' Hij fronste. Nu pas herinnerde hij zich weer dat zijn lijfknecht verdwenen was.

Louis huiverde. In het weeshuis had hij zich vele malen voorgesteld hoe het zou voelen om een man te doden. In die gevaarlijke uren tussen zonsondergang en zonsopgang, wanneer de monniken kwamen, had hij zich gedistantieerd van wat er gebeurde door zich voor te stellen dat hij een mes in zijn hand had, of dat hij zijn kleine handen om de hals van zijn kwelgeest sloot. Maar het enige wat hij nu zag waren Xaviers dode ogen die vanaf de bodem van het meer naar hem keken. Hij voelde slechts walging voor wat hij had gedaan.

Plotseling keek Vidal op. 'Louis. Nu je hier toch bent, kun je je net zo goed nuttig maken. Vraag het meisje wie dit heeft gemaakt.'

Louis dwong zichzelf om iets te zeggen. 'Vader, het regent steeds harder. Hoort u het niet op het dak? Het water komt gevaarlijk hoog.'

'Ja, en?'

Hij aarzelde even. 'De mannen hebben het eiland al verlaten omdat ze bang waren om hier vast te komen zitten.'

'Welke mannen?' snauwde Vidal.

'Ik weet niet wie het zijn. De mannen die met mademoiselle Cabanel meekwamen, al neem ik aan dat ze voor u werken aangezien ze...'

Vidal zuchtte ongeduldig. 'Wat wil je zeggen, Louis?'

'Het water stijgt snel. Moet ik het meisje niet naar een veilige plek brengen? En madame Reydon ook?'

Tot zijn ontzetting begon zijn vader te lachen.

Louis zag het zweet op zijn voorhoofd. 'Vader, bent u ziek?'

'Ben je echt zo vreselijk onnozel dat je denkt dat ik van plan was om ze te laten gaan? Reydon, zijn ketterse vrouw en hun dochter?' Zijn vader rechtte zijn rug en staarde hem met zulke onverholen afkeer aan dat Louis een stap naar achteren deed. 'Als de wachters hun werk hebben gedaan, heeft het water hem al te pakken. En wat betreft het meisje, in wie jij kennelijk zo geïnteresseerd bent: als het water hoger stijgt dan gebruikelijk zal ze zich snel bij hem voegen. Net als haar moeder. En zo niet, dan mogen ze daar wegrotten totdat de duivel ze haalt.'

'Dat kunt u niet menen.'

Zijn vader keek hem aan met waanzin in zijn ogen. 'Denk aan het boek Exodus, aan Leviticus. Het is zo helder als wat.' Vidal gebaarde om hen heen naar de kamer. '"Er zal worden geofferd in Gods naam. De rechtvaardigen zullen oprijzen op de beenderen van onze vijanden, iedereen die Gods wegen probeert te dwarsbomen."'

Louis maakte zich geen illusies over zijn vader – de afgelopen twaalf jaar had hij genoeg bewijzen van Vidals wreedheid gezien, van de laagheden die mannen van het geloof in Gods naam begingen – maar Marta had niets verkeerds gedaan. Dit was op geen enkele manier te rechtvaardigen.

'Dus u laat haar daar verdrinken?' vroeg Louis wanhopig. 'Maar Marta weet niet wie ze is, zag u dat niet? Die naam zei haar niets. Ik heb geen idee waarom Reydon hier is, maar het heeft in elk geval niets met haar te maken. Zij is niet uw vijand.'

Vidal deed een stap in zijn richting. 'Twijfel je aan mijn oordeel?'

Louis aarzelde. 'Nee, heer, maar...'

'Negeer je mijn bevelen?'

'Ze verdient het niet om te sterven.'

Zijn laatste woorden gingen verloren doordat Vidal hem hard in het gezicht sloeg. Geschokt bracht Louis zijn handen omhoog om zich te verdedigen, maar zijn vader sloeg hem opnieuw. Louis bleef maar tegen zichzelf zeggen dat zijn vader ziek was. De laatste tijd raakte Vidal vaak in zijn eigen geest verstrikt en wist hij niet meer waar hij was of wie hij was. Louis wilde niet terugvechten, maar misschien had hij geen keuze.

'Vader! Ik ben het.'

De volgende slag landde op zijn kaak. Louis viel naar achteren op de stoel en stootte daarbij de kandelaars om. Was stroomde over de stenen vloer; de vlammetjes werden snel gedoofd, waardoor het donker werd in het vertrek. Het enige licht kwam nu nog van de maan, die door het dakraam naar binnen scheen, en van de kleine vlammetjes die voor de reliekenkistjes brandden.

'Ik smeek u, stop!'

Vidal leek hem niet te horen. Het was alsof er een rode mist over hem was neergedaald. Louis zag dat zijn knokkels kapot waren en bloedden. Zijn zijden pallium zat onder de bloedspetters, maar Louis wist niet of het bloed van zijn vader of van hemzelf was. Waarom kwam er niemand om hem te helpen? Waar waren de bewakers? Louis weerde de volgende slag af, maar door de klap daarna viel hij op de grond.

Bloed stroomde over zijn gezicht. In de duisternis vond zijn hand iets kouds en hards op de vloer. Hij krabbelde overeind en hield de dolk uitgestoken voor zich. 'Ik wil u niets aandoen! Achteruit!'

Vidal sprong op hem af, en in de halve tel voordat Louis in de gaten had wat er gebeurde, voelde hij het mes tussen zijn vaders ribben glijden.

Vidals ogen werden groot van verbazing. Plotseling was hij weer helder en hij staarde hem aan.

'Het was niet mijn bedoeling om...' fluisterde Louis ontzet.

'Een nieuw koninkrijk op aarde...' Vidal stond te wankelen op zijn benen. 'Ter meerdere glorie van God... Jij moet doorgaan...'

'Vader!' schreeuwde Louis terwijl hij op zijn knieën zakte. 'Vader!'

92

Minou zag alweer een golf water de ondergrondse ruimte in stromen. Ze kon er niets tegen doen. In Amsterdam, haar stad van tranen, had ze geleerd om te midden van water te leven. Ze had geleerd om de kracht ervan te respecteren en te vrezen. Ze had nooit gedacht dat haar op het vlakke land bij Chartres een dergelijk lot te wachten stond.

Maar er viel niet aan de regen te ontkomen. Ze waren verplaatst van hun plek bij het rooster naar het hoogste punt; ze zaten nu op het bovenste stenen treetje, vlak onder het houten luik waardoor ze de ondergrondse ruimte in waren geduwd, maar ook hier stond het water inmiddels tot aan hun knieën. Als er niet snel iemand kwam zouden ze verdrinken.

Minou keek naar Marta, die precies zo tegen haar aan geleund zat als toen ze nog een klein meisje was, en glimlachte. Wat er ook gebeurde – of Piet hen nou zou vinden of dat ze hier moesten sterven – Minou wist zeker dat ze deze tijd met haar dochter voor niets had willen ruilen.

Aanvankelijk was Marta gereserveerd geweest – de onafhankelijkheid van een meisje dat het gewend was om voor zichzelf te zorgen. Maar toen ze eenmaal aan het klotsende water gewend was geraakt, was ze Minou langzamerhand gaan vertrouwen. Minou had met een mengeling van melancholie, verbazing en opluchting naar haar geluisterd. Al het verschrikkelijks dat ze zich de afgelopen twaalf jaar had voorgesteld verbleekte; haar dochter was een zelfverzekerde, flinke vrouw. Wat overbleef was het overweldigende verdriet dat ze er zelf niet bij was geweest om haar te zien opgroeien.

Minou bleef luisteren, nog altijd wachtend op het juiste moment. Maar hoe meer Marta had verteld, hoe duidelijker allerlei zaken werden. Ten eerste dat haar leven met de man van wie ze dacht dat hij haar vader was, Pierre Cabanel, gecompliceerd was geweest. Uit Marta's woorden maakte Minou op dat hij kapitein van een militie was geweest en, vermoedde ze, een huurling. Over wat ze in Chartres deed vertelde ze niets, en omdat

Minou het tussen hen groeiende breekbare vertrouwen niet wilde beschadigen, had ze verder niet aangedrongen.

Marta leek werkelijk niet te weten dat ze in een heel ander leven geboren was. Ze was Marie Cabanel. Het was alsof de eerste zeven jaar van haar leven waren uitgewist. Ze sprak over haar liefde voor Parijs en zei dat ze nooit ergens anders had gewoond. Ze sprak met minachting over Henri van Navarra en zijn hugenootse volgelingen, en het was duidelijk dat ze hem verantwoordelijk hield voor de onophoudelijke oorlogen. Ze sprak vol bewondering over de hertog van Guise en het hof van Valois.

Terwijl Minou probeerde te bedenken wat ze moest doen, genoot ze van de glimpen die ze in de vrouw van nu ontdekte van het meisje dat Marta was geweest: haar voorliefde voor juwelen, haar scherpe verstand, haar minachting voor mannen die in de slaapkamer maar al te gemakkelijk hun mond voorbijpraatten, haar zelfvertrouwen.

Marta was steeds dichter naar haar toe geschoven, totdat ze uiteindelijk haar hoofd op Minous schouder had gelegd en in slaap was gevallen. Minou had haar eigen groene mantel om Marta heen geslagen om haar extra warm te houden, maar voelde dat ze onder alle laagjes nog steeds rilde.

Terwijl haar dochter sliep, had Minou verhalen over hun verloren verleden gefluisterd in de hoop herinneringen in haar hoofd te planten. Ze had gefluisterd over de bergen en de wijngaarden van de Languedoc, over het kasteel in Puivert en hun gezinsleven daar. En daarna had ze, heel zachtjes om haar niet te wekken, haar vingers gekust en ze op Marta's voorhoofd gelegd.

'Ma petite,' fluisterde ze, een koosnaampje waarvan ze had gedacht het nooit meer te kunnen gebruiken.

93

De bewakers hielden Piet stevig tussen hen in en dwongen hem in de stortregen de trap af te lopen. De striemende wind blies hun hard tegemoet, waardoor hun mantels opwaaiden en in Piets gezicht sloegen. Water stroomde over de treetjes voor de ingang en over de grond.

Pas toen ze bijna bij de aanlegplaats waren en een van de bewakers uitgleed kon Piet zijn kans grijpen. Hij haalde uit met zijn been en schopte de man keihard in zijn zij, waardoor die neerging en zijn hoofd tegen de stenen balustrade stootte. De andere bewaker trok zijn zwaard, maar was te langzaam. Piet bracht zijn gebonden handen met kracht omhoog tegen zijn neus. Met een misselijkmakend gekraak brak het bot.

Piet keek wanhopig om zich heen of hij een kei of een steen zag, of iets anders scherps waar hij het touw tegenaan kon schuren. Voorlopig waren de bewakers buiten bewustzijn, maar ze konden elk moment bijkomen. Als hij iets kon vinden om de touwen om zijn polsen mee los te krijgen, bestond er een kans dat hij zich tegen hen kon verdedigen. Maar er was niets.

Het water van het meer was snel gestegen en kwam nog steeds hoger. Het vastgebonden bootje was nu bijna op dezelfde hoogte als de aanlegplaats. Piet kon niet langer wachten. Hij moest zijn vrouw en dochter vinden.

Hij draaide zich om, rende door de diepe plassen en sprong met twee treden tegelijk het trapje op en het reliquiarium in. Nu al leek er water binnen te komen. Kleine barstjes verschenen in het pleisterwerk. Hij had geen tijd te verliezen. Hij moest Minou en Marta vinden. Hij verslikte zich bijna in zijn dochters naam. Hij bad tot God dat ze samen waren. Dat Minou wist dat ze terecht was blijven geloven dat haar dochter leefde.

Piet rende de gang met de fresco's door en stormde het vertrek in. Opeens bleef hij stokstijf staan.

Louis stond voor een van de stoelen. De andere stoel lag op zijn kant in een chaos van kapotte kaarsen, het altaardoek en het vaatwerk. Hoewel het donker was zag Piet in het van boven komende maanlicht het lemmet van een mes glanzen.

'Het was mijn schuld,' zei de jongen met holle stem. Hij staarde naar Vidals lichaam, ineengezakt op de bisschopszetel. 'Het leek verkeerd om hem op de vloer te laten liggen. Dat zou hij vreselijk hebben gevonden.'

Voorzichtig kwam Piet iets dichterbij.

Vidals ogen waren open, maar zelf was hij er niet meer. Piet zag de wond in zijn buik, waar het mes naar binnen was gegaan. Zijn pauselijke toga was doordrenkt met bloed; de witte kruisen waren rood geworden. Op de vloer aan Vidals voeten lag de doek met daarop de afbeelding van Christus' gezicht, vertrapt en onder de bloedvlekken.

Piet deed nog een stap.

'Hij wilde helemaal geen zoon. Ik dacht van wel. Ik had me vergist.' Louis keek Piet met een gepijnigde blik aan.

'Je hebt gehoord wat hij zei.' Langzamerhand begon Piet het tafereel voor zijn ogen te begrijpen.

'Hij merkte niet eens dat ik er was. Ik was minder belangrijk voor hem dan een nagemaakt stuk doek.'

'Dus heb je hem gedood.'

'Nee.' Louis klonk geschokt. 'Het was niet mijn bedoeling.' Hij tikte tegen zijn hoofd. 'Door de ziekte deed hij allerlei dingen. Hij sloeg me. Ik wilde niet terugvechten, maar opeens kwam hij op me af. Het mes gleed vanzelf naar binnen.' Louis raapte de dolk op en draaide zich om naar Piet.

Piet deed een stap naar achteren, buiten zijn bereik. 'Ik vorm geen bedreiging voor je,' zei hij terwijl hij zijn gebonden handen omhooghield.

Tot zijn verbazing pakte Louis hem bij zijn polsen en sneed het touw door. Er was geen twijfel aan dat het zijn oude dolk was.

'Hoe kom je aan dat mes?'

Louis fronste. 'Dat vroeg mijn vader ook al. Uw dochter had het bij zich.' Louis keek hem met lege ogen aan. 'Marta is uw dochter.'

Piet hield zijn adem in. 'Dat klopt.'

Er verscheen een vreemde glimlach op Louis' gezicht. 'Volgens mij weet ze dat zelf niet.'

'Hoe bedoel je?'

'Ze herinnert het zich niet. Mijn vader dacht dat u haar had gestuurd. Hij noemde haar mademoiselle Reydon, maar ze begreep het niet. Zij denkt dat ze Marie Cabanel is, de dochter van een man die was ingehuurd om mijn vader te doden.' Hij was even stil. 'Tenminste, zo denk ik dat het in elkaar zit.'

Piets hart bonsde. 'Vidal zei dat je Marta in Parijs was tegengekomen.'

Heel even klaarde Louis' gezicht op. 'Dat was op de dag dat admiraal Coligny werd vermoord. Mijn vader wist wat ze van plan waren, dus zijn we die nacht halsoverkop vertrokken voordat het moorden begon. Ik kon niets meer doen. Ik liet Marta achter in ons huis aan de Rue du Louvre. Ik heb me altijd afgevraagd wat er met haar gebeurd was.'

'Je hebt haar leven gered.' Piet legde een hand op de schouder van de jongen.

Louis kromp ineen en stapte opzij.

'Wil je helpen om haar opnieuw te redden? Waar is ze?'

Louis antwoordde als verdoofd. 'Onder het reliquiarium. Daar is een ruimte. Er is een luik waardoor je in een soort tunnel met een sluis komt. Mijn vader heeft het me ooit uitgelegd. Als het meer overstroomt, komt het daar onder water te staan.'

'En mijn vrouw? Waar is zij?'

'Bij Marta.'

Piet legde een hand op de arm van de jongen. 'Laat het me zien. Het hele gebouw kan elk moment instorten, we moeten ze eruit halen.'

'Als het sluisschot openstaat stroomt eerst de tunnel vol water, en daarna overstroomt het eiland van binnenuit. Dat was een beveiligingsmaatregel van mijn vader. Als Guise zou komen voordat hij klaar was met zijn voorbereidingen, was hij van plan de relikwieën te vernietigen zodat hij ze niet zou hoeven overdragen.' Louis keek om zich heen. 'Een zondvloed. Alles zou worden weggespoeld. Het boek Genesis, hoofdstuk zes tot negen.'

'En als we de sluis sluiten?'

'Daarvoor is het te laat. Daarom zijn de bewakers vertrokken. Zij wisten dat ze moesten vluchten.' Louis staarde naar zijn vader. 'Iedereen laat hem in de steek. Ik ben de laatste.'

Piet keek naar het gezicht van de man die hem een leven lang in zijn dromen had achtervolgd en voelde slechts medelijden. Hij boog zich naar voren en sloot met een teder gebaar Vidals ogen. 'Moge God je genadig zijn.' Toen greep hij Louis bij de arm. 'Laat me zien waar ze zijn. Snel.'

94

Er kwam niemand.

Minou zat met het oude geborduurde mutsje in haar handen, hoewel ze haar vingers niet meer voelde.

'Wat hebt u daar?' Naast haar bewoog Marta.

'Niets,' zei Minou snel. 'Heb je het koud?'

'Niet erger dan eerst. Mag ik het alstublieft zien?'

Minou aarzelde, maar gaf het mutsje toen aan Marta. Ze keek toe terwijl ze het voorzichtig van alle kanten bekeek.

'Ik...' begon Marta, maar toen stopte ze.

Minou hield haar adem in. Misschien waren er diep in haar verstopt toch enkele herinneringen bewaard gebleven aan het meisje dat ze ooit geweest was. 'Het was van mijn dochter,' zei ze.

Marta streek met haar vinger over de geborduurde letters. 'Het is vreemd. Volgens mij had ik net zo'n mutsje toen ik klein was. De letters waren rood.'

'Dat zijn deze ook. M.R.J.'

Minou voelde Marta's verwarring terwijl het meisje een eindje bij haar vandaan schoof en haar handen in haar zak duwde, kennelijk op zoek naar iets.

'Ik heb een zakdoek, als je er een nodig hebt.'

'Dat is het niet.' Marta opende haar hand en liet haar de eenvoudige houten rozenkrans zien die op haar handpalm lag. 'Deze was van mijn moeder, denk ik. Ze is in Parijs aan de pest gestorven toen ik klein was. Ik kan me haar niet herinneren.'

Zelfs in de bijna-duisternis van de tunnel herkende Minou haar oude rozenkrans. Twaalf jaar lang was ze die kwijt geweest, voor altijd verloren, had ze gedacht, maar de hele tijd had haar vingervlugge dochter hem gehad.

'Je was altijd net een ekster,' fluisterde ze.

Het water steeg nog steeds, ze waren alle twee blauw van de kou en er kwam geen hulp. Misschien waren dit hun laatste ogenblikken op Gods aarde.

Minou werd vreemd kalm nu het moment gekomen was en pakte de hand van haar dochter. 'Er is iets wat ik je moet vertellen,' begon ze. 'Je bent niet wie je denkt te zijn.'

Plotseling bonkte er iemand op het houten luik boven hun hoofden en het ogenblik was voorbij.

'Minou? Minou, ben jij daar?'

Haar hart sprong op bij het horen van zijn stem. 'Piet!' schreeuwde ze terwijl ze opstond. 'Ik ben hier. We zijn hier alle twee. We zijn niet gewond.'

Minou hoorde dat er grendels opzij werden geschoven, en daarna werd het luik opengegooid en verscheen Piets gezicht in de opening.

'Ik was bang dat je ons niet zou vinden.'

'We moeten jullie daaruit zien te krijgen.'

'Neem eerst Marie.' Er was geen tijd om meer te zeggen.

Piet ging languit op de grond liggen en stak zijn armen naar beneden. 'Ik ben er klaar voor.'

'Red je het alleen?' riep Minou naar boven.

'Vidals zoon is hier ook.' Met een kort knikje van zijn hoofd beduidde hij haar dat ze niet verder moest vragen.

Minou knikte en draaide zich toen om naar Marta.

'Wat wilde u vertellen? Madame? Zeg het me.'

'Dat zal ik doen zodra we vrij zijn.' Minou probeerde haar stem licht te houden. 'Nu moeten we eerst ons uiterste best doen om hier weg te komen.' Ze sloeg haar handen ineen. 'Ga op mijn handen staan, en als je je evenwicht hebt gevonden steek je je armen omhoog. Mijn man zal je omhooghijsen.'

'En u dan?'

'Maak je over mij maar geen zorgen.'

Marta deed wat haar gezegd werd. Even wiebelde ze, maar toen vond ze haar balans en sloeg beide handen om Piets pols.

'Klaar?'

'Ja, monsieur.'

'Daar gaat-ie.'

Kreunend hees hij Marta op. Haar benen zwaaiden heen en weer, maar ze hield zich stevig vast en binnen enkele ogenblikken was ze veilig door het luik.

Piets gezicht, nu rood van inspanning, verscheen weer in het gat. 'Hoe kom jij boven, Minou? Is er iets om op te staan?'

'Als ik me in de hoek van de muur schrap kan zetten, kom ik misschien hoog genoeg om je hand te kunnen pakken.'

Hij liet zich iets verder zakken en fluisterde: 'Ze is het, toch?'

Even glimlachte Minou. 'Ja, maar ze herinnert het zich niet.' En daarna, met stemverheffing zodat ze haar allemaal konden horen: 'Ik kom.'

Bij de eerste poging gleed ze weg. Haar zware natte kleren trokken haar omlaag en ze kreeg maar geen houvast op de glibberige muren. De tweede poging ging al iets beter. De derde keer wist ze haar hand weer iets verder uit te strekken, en Piet zakte nog een fractie lager, en hoewel het moeizaam ging en al haar krachten vergde, was ook zij plotseling boven.

'Mijn vrouwe van de mist,' fluisterde Piet terwijl hij zijn armen stevig om haar heen sloeg.

Ze snoof zijn vertrouwde geur op, sandelhout en haarolie, maar keek toen op, zich opeens bewust van de twee jonge mensen die naast hem stonden. De jongen leek wel verdoofd, maar Marta staarde haar doordringend aan. Het eerste ochtendlicht kroop door een hoog raampje het voorvertrek binnen, dus kon Minou haar dochters gezicht voor het eerst goed zien. Zoals Antoine le Maistre al had gezegd leek ze wel haar spiegelbeeld.

Ze glimlachte. Maar Marta fronste en wendde zich af.

'Minou, dit is Louis,' zei Piet.

Met haar ogen nog steeds op haar dochter gericht knikte Minou. Ze begreep niet waarom de jongen nu opeens aan hun kant leek te staan in plaats van aan die van zijn vader, en ook niet waarom Marta zich plotseling van haar af leek te keren. Ze had gedacht dat er iets van een band tussen hen was ontstaan.

'Waar is Vidal?' vroeg ze.

'Hij zal ons niet lastigvallen,' zei Louis, maar hij klonk vreemd, afstandelijk.

Minou zag Piet naar hem kijken. 'Onze grootste zorg zijn de bewakers. Eerder heb ik ze van me af weten te slaan, maar ze kunnen nu overal zijn. Het verbaast me dat ze ons nog niet hebben gevonden. Het gebouw is instabiel. We moeten zo snel mogelijk naar de boot toe en maken dat we wegkomen.' Opnieuw wierp hij een blik op Louis. 'De enige weg terug is door het reliquiarium.' Daarna trok Piet Minou even opzij. 'Lopen jullie snel de kamer aan de andere kant van deze deur door,' fluisterde hij. 'Zorg dat ze vlak naast je blijft en dat ze niet blijft staan.'

Minous ogen werden groot. 'Waarom, wat is er gebeurd?'

'Loop gewoon door. En niet om je heen kijken.'

95

Minou legde haar arm om haar dochters schouders, en Marta trok zich niet los. Ze rilde, maar Minou had geen idee of dat kwam door de kou, door opluchting of door angst. Sinds ze door het luik omhoog waren gehesen had Marta geen woord meer gezegd.

Somber grijs ochtendlicht scheen door het dakraam toen ze snel het reliquiarium in liepen. Louis was hun al voorgegaan, en daarna Piet.

Minou bleef staan. Vidal zelf zat op een stoel midden in het vertrek.

'Piet!' fluisterde ze. 'Straks ziet hij ons. Is er geen andere weg?'

'Hij kan ons niets meer doen, Minou, loop door.'

'Hoe bedoel je?'

Opnieuw klonk er een scherp geluid, harder deze keer, als een dier in de bergen dat wakker werd uit zijn winterslaap. Er verscheen een barst in de muur van de kamer, gevorkt als een bliksemschicht, die bovendien steeds breder werd.

'Het gebouw kan elk moment instorten, loop door, Minou.' Piet rende verder het vertrek in.

Na een korte aarzeling volgde Minou hem. Nog steeds verroerde Vidal zich niet.

Toen ze ter hoogte van de tafel kwamen schoot Marta plotseling opzij en rende naar de stoel.

In het toenemende licht zag Minou de vlekken op de grond, het vertrapte sudarium en Vidal zelf, in elkaar gezakt in zijn bebloede gewaad. 'Niet kijken,' zei ze terwijl ze Marta probeerde weg te trekken.

Maar die schudde zich los. 'Mijn vader heeft zijn leven lang naar deze man gezocht. Alles wat we hadden ging naar die zoektocht toe, en nu...' Ze wendde zich tot Piet. 'Hebt u dit gedaan?'

'Ik niet.'

'Wie dan?'

Louis stond verderop bij de muur. 'Het was een ongeluk,' zei hij rustig, alsof het een onbelangrijke kwestie was.

Onder hun voeten trilde de vloer. De grond begon weg te zakken.
'De relikwieën zijn niet belangrijk,' schreeuwde Piet. 'Laat ze.'
Louis tilde het deksel van het derde kistje op. 'Dit is de Sancta Camisia. Deze is echt. Hij moet worden gered. En de lijkwade van Antiochië ook, maar dat weet u natuurlijk al, monsieur Reydon.'
'Daar is geen tijd voor!'
Toen er grote scheuren in de muren verschenen, en de ene scheur weer de volgende veroorzaakte, zodat het vertrek in tweeën leek te barsten, greep Minou Marta beet.
'Rennen!' schreeuwde Piet.
Ze renden de kamer uit en stormden door de gang. Opnieuw voelden ze achter zich iets meegeven. Barsten schoten in de fresco's op de muren en bakstenen vielen uit de nissen. Een enorm stuk blauw pleisterwerk kwam naar beneden; een fragment van het geschilderde kruis van Karel de Grote viel vlak naast Minous voeten op de vloer aan stukken.
Piet gooide de buitendeur open. De stenen trap begon van de muur los te raken. Terwijl de wind tegen hun benen striemde renden ze met twee treden tegelijk naar beneden en ze wisten bij het gebouw vandaan te springen, het water in.
'Piet, de boot is er niet,' riep Minou. 'Die hebben de bewakers natuurlijk meegenomen. Wat doen we nu?'
Met zijn hand voor zijn gezicht tegen de striemende regen wees Piet naar het meer. 'Daar is hij. Hij is losgeraakt.'
'Kun je erbij?' schreeuwde Minou. Ze moest haar best doen om de storm te overstemmen.
'Ik kan het proberen.'
Met angst in haar hart keek Minou toe terwijl Piet tegen de stroming optornde. Een enorme golf sloeg over hem heen. Minou gilde het uit toen hij onder water verdween, maar even later zag ze zijn hoofd iets verderop opduiken. Hij vocht tegen de stroming en Minou zag dat hij langzaam vooruitkwam. Hij gaf niet op, maar begon het bootje, dat als een wild paard op de golven steigerde, terug naar het eiland te slepen.
'Je bent er bijna,' schreeuwde Minou tegen de storm in.
'Jullie zullen moeten springen,' riep hij terwijl hij het wild deinende bootje op één plek probeerde te houden. 'Ik kan niet dichterbij komen, straks slaat hij kapot.'
'Wacht,' riep Marta plotseling. Het was de eerste keer dat ze sprak sinds ze het reliquiarium uit waren gerend. 'We moeten op Louis wachten.'

'Hij kent het eiland,' zei Minou snel. 'Hij weet vast waar hij moet schuilen totdat de storm voorbij is.'

Tot haar opluchting protesteerde Marta niet. Ze wierp een laatste blik op de witte toren en schortte daarna haar rok op en sprong.

'Goed zo, meisje,' hoorde Minou zichzelf zeggen. Toen haalde ze diep adem en deed hetzelfde.

Zodra ze in het bootje zaten hees ook Piet zich aan boord, waardoor de sloep met de platte bodem opzij helde. Water sloeg over de boeg naar binnen. Toen zette hij zijn knieën schrap en probeerde rechtop te gaan staan zodat hij bij de ketting kon.

'Het is te gevaarlijk,' riep Minou. 'Straks word je uit de boot geslingerd.'

'Het kan niet anders.'

Terwijl Minou zijn benen vastgreep om te zorgen dat hij niet overboord sloeg, keerde Piet zijn gezicht tegen de wind in en trok hand over hand aan de ijzeren ketting om hen bij het eiland vandaan te slepen. Na jaren wonen in Amsterdam wist ze heel goed wat er gebeurde als grote watermassa's met veel geweld werden verplaatst. Als het gebouw instortte – of eigenlijk wannéér het instortte – zou dat een enorme golf veroorzaken. Hun kleine bootje zou onder water worden getrokken.

Heen en weer geslingerd door het deinende water dreigde Piet een paar keer te vallen, maar ze bleven vooruitkomen.

Ze waren er bijna toen de houten paal op het eiland waaraan de ketting vastzat meegaf en naar voren het meer in viel, als een gevelde boom. De klap dreunde door de hele ketting heen. Hij sloeg als een zweep en kletste in het water, waardoor de boot kapseisde.

Minou reikte opzij en greep Marta beet. Samen slaagden ze erin om het laatste stukje naar de oever te zwemmen, bont en blauw en drijfnat, maar levend.

Achter hen klonk er een enorme uitbarsting, alsof de aarde in tweeën spleet. Minou, Piet en Marta draaiden zich om. Het geluid leek in de uitholling van het terrein te weergalmen, als onweer tussen de bergen.

'Louis!' schreeuwde Marta.

Heel even konden ze Vidals zoon in de deuropening van de witte toren zien staan. Toen verdween hij. Enkele ogenblikken later sloeg er een enorme golf over het eiland. Het reliquiarium leek op zijn grondvesten te schudden en verdween daarna in de ondergrondse kelders die Vidal had gebouwd. Witte puinwolken rezen op in het grijze ochtendlicht.

Het water had het land weer opgeëist.

96

Twee dagen later
Landgoed Chartres, donderdag 23 augustus

Het was het blauwe uur, dat magische tijdstip aan het einde van een augustusdag wanneer de hemel van blauw naar oranje verschoot en uiteindelijk wit kleurde. Overal strekten zich zover het oog reikte groene velden en gouden akkers met verlegen rode klaprozen uit.

Op dit moment van de dag was er een zacht briesje en leken de lange schaduwen over de paden te dansen, alsof ze te laat waren voor een charmant rendez-vous. Vlinders fladderden, daalden neer en spreidden hun vleugels, om vlak daarna weer in spiralen omhoog te vliegen. Overal gonsde het van kwetterende zangvogels en zoemende bijen. Een lijster riep naar zijn wijfje. Musjes schoten de kaarsrechte heggen van buxus, rozemarijn en liguster in en uit die naar de voordeur leidden.

De gevel van het landhuis zelf baadde in het late middaglicht. Het was een huis dat er op zijn mooist uitzag in de late zomer, wanneer de kamperfoelie de grijze muren groen, geel en wit kleurde.

Het was een elegant huis, sereen en prachtig. Het leek bijna onmogelijk dat slechts twee dagen daarvoor een overstroming tot zo veel verwoesting had geleid. De storm was even snel weer gaan liggen als hij was opgestoken. Vandaag was het meer roerloos en kalm als een vijver. Het eiland was weer zichtbaar boven het wateroppervlak, maar de witte toren was verdwenen.

Chartres had niet eerder een dergelijke natuurramp meegemaakt. Toen het water zakte werden de lijken van twee broers uit de buurt en twee bewakers van het landgoed gevonden, en verder een edelman uit Chartres, de heer van Évreux zelf en zijn lijfknecht Xavier. Hoewel de verwondingen van die laatste drie mannen er niet op wezen dat ze verdronken waren, was niemand bereid om er vragen over te stellen. Piet rouwde om het verdriet van zijn vriend Antoine le Maistre, maar Minou stelde zich voor dat hij nu met zijn lieve vrouw en kinderen herenigd was en dacht dat hij waarschijnlijk eindelijk rust had gevonden.

Alleen het lichaam van Évreux' zoon, Louis, was niet gevonden.

Minou en Piet zaten in de bibliotheek te wachten tot hun koets zou voorrijden. Gisteren waren ze naar het huis teruggekeerd en hadden ze ontdekt dat de bedienden er weer waren. Allemaal vertelden ze hetzelfde verhaal: dat de heer van Évreux hen op de avond van 21 augustus had weggestuurd om een nacht en een dag met hun gezin door te brengen en de dag daarna bij zonsopgang terug te komen. Marta's koetsier, die tijdens de storm op zijn post was gebleven, bevestigde dat. En hoewel een aantal bedienden toegaven dat hun meester de laatste tijd nogal grillig was geweest en aan stemmingswisselingen had geleden, merkte Piet dat ze allemaal verdrietig waren vanwege zijn dood. Dat Louis' lichaam nog niet was gevonden gaf hun hoop dat de toekomst van het landgoed misschien toch veilig was.

'Ik had het haar niet moeten zeggen,' herhaalde Minou. 'Het was te veel. Na alles wat er gebeurd was, had ik haar tijd moeten geven om…'

Piet legde zijn hand op die van haar. 'Liefste, stop daarmee. Marta verdiende het om de waarheid te horen. Zelfs als ze die liever niet had gehoord, zelfs als ze zich van haar leven vóór Parijs niets meer kan herinneren, moet ze de gelijkenis tussen jullie twee hebben gezien en dat zal haar in de war hebben gebracht. Geef haar tijd. Ze komt vast bij ons terug als ze er klaar voor is.'

'Maar wat als ze niet komt?'

Piet keek uit over het groene landschap. 'We moeten haar tijd gunnen.'

Minou had minder hoop. Nadat ze gisteren doorweekt naar het landhuis waren gestrompeld had Marta nauwelijks meer iets gezegd. Haar wangen waren rood en haar temperatuur leek op een verkoudheid te wijzen. Ze hadden zich in Vidals privévertrekken geïnstalleerd, en Minou had de hele middag bij haar dochter gezeten. Ze had haar voorhoofd gekoeld en kruiden verbrand om de lucht in de kamer te zuiveren. Het verlichtte iets van de pijn van de afgelopen twaalf jaren. Een heel klein beetje.

Terwijl Marta brandde van de koorts had Minou haar verteld wie ze werkelijk was en hoe het kwam dat ze was kwijtgeraakt, en ze had geprobeerd Marta's herinneringen terug te halen: aan Puivert en Carcassonne, aan het wandkleed met het gezin Reydon-Joubert, dat nu boven een haard in Amsterdam hing, aan haar broer, haar zus en haar tante, aan alle liefde die ze voor haar hadden gevoeld.

'Ik heb je altijd in mijn hart bewaard,' had ze gefluisterd terwijl Marta sliep. 'Er is geen dag voorbijgegaan dat ik niet aan je dacht.'

Tegen zonsondergang was tot Minous grote vreugde Marta's koorts eindelijk gezakt. Maar toen haar dochter wakker werd, had ze haar gezicht van haar afgewend. Minou probeerde de intimiteit te herstellen die er in hun stenen gevangenis tussen hen geweest was, maar Marta was formeel en hoffelijk geweest. Ze wilde niet naar haar luisteren.

Uiteindelijk had Minou haar dagboek op het tafeltje naast de chaise longue gelegd en zich daarna teruggetrokken, hoewel het haar hart brak. Ze wilde haar dochter niet nog meer pijn doen; dat kon ze niet.

'Ik weet niet zeker of we wel moeten vertrekken,' zei Minou opnieuw. 'Wat als ze niet met ons mee wil gaan? Wat als Louis het heeft overleefd? We kunnen beter blijven.'

'We zijn haar bloedverwanten, Minou,' zei Piet vriendelijk, 'maar ze is een volwassen vrouw. En zelfs als Louis niet dood is kan ze hier niet blijven. Ze wilde je niet vertellen waarom ze hierheen was gekomen, toch? We weten dat ze een vervalste reliek bij zich had. En we weten ook dat de man van wie ze dacht dat hij haar vader was, Pierre Cabanel, door Guise was ingehuurd om Vidal te vermoorden.'

'Wat wil je daarmee zeggen?' vroeg Minou, door haar eigen angst nogal kortaf.

Piet zuchtte. 'Ze was hier om een reden, Minou.'

Minou viel stil. Wat haar dochter ook had gedaan, wat voor leven ze ook had geleid, ze zou het accepteren. Haar vergeven. Wie waren zij om een oordeel te vellen, terwijl ze zelf hun dochter in de steek hadden gelaten toen zij hen het hardst nodig had?

Bij het idee dat ze Marta weliswaar hadden gevonden maar dat ze zich meteen van hen afkeerde, wist Minou dat ze dit tweede verlies nooit meer te boven zou komen.

'Dat kan me allemaal niets schelen, Piet. Ze is onze dochter.'

Piet hief vertwijfeld zijn handen. 'Ik wil er geen ruzie over maken. Maar twaalf jaar is een lange tijd, liefste.'

Marta verbeet haar tranen terwijl ze bij de deur vandaan stapte.

Ze had gedaan alsof ze sliep. Ze had Minou tegen haar horen fluisteren in de kelder toen ze dachten dat ze zouden verdrinken, en ook gisteren toen ze door koorts geteisterd werd. Ze was bang voor wat ze misschien in haar delirium gezegd had. Glimpen van vage herinneringen waarvan ze niet had geweten dat ze die had waren teruggekeerd en hadden zich vermengd met stukjes van haar leven die ze nooit een plek had kunnen geven: dat ze over het binnenplein van een kasteel in de bergen werd gedragen, dat ze met de wijzer van een kompas speelde en vriendelijk terechtgewezen werd door een oude man met een lieve stem, dat ze een uit een waaier gevallen zwarte veer opraapte, dat ze een houten rozenkrans uit een kistje stal, een herinnering aan een geborduurd mutsje vol bloedvlekken.

De jongen die haar in de blauwe kamer had achtergelaten. Louis.

Marta's vingers sloten zich om de rozenkrans en ze voelde de schaamte als kramp in haar maag. Dit waren goede mensen. Ze hielden van elkaar, dat kon ze zien. Als zij de waarheid over haar kenden zouden ze haar verachten. Het leven dat zij had geleid was niet eervol, dat wist ze, maar het was het enige leven dat ze had.

Mijn vrouwe van de mist...

Ze schudde haar hoofd. Als zij wisten wat ze was, wat ze had gedaan, zouden ze haar afwijzen. Het waren fatsoenlijke mensen, hoe konden ze haar in vredesnaam weer als hun dochter accepteren? Het had geen zin. Ze zou naar Parijs gaan, zoals ze altijd van plan was geweest. Ze zou de hertog van Guise vertellen wat ze wist en zich aan zijn genade overleveren. Alles zou toch nog goed komen. Alles zou gaan zoals ze van plan was geweest.

Toen ze nog een laatste keer de kamer rondkeek, bleven haar ogen rusten op het dagboek dat Minou had achtergelaten. Tranen bleven in haar keel steken toen ze zich het laatste gesprek herinnerde dat ze gisteravond hadden gevoerd.

'Ik heb iets voor je,' had haar moeder gezegd, vreemd nerveus.

'Mag ik voor u dat aan me geeft, madame Reydon, eerst iets zeggen?'

'Natuurlijk.'

'Ik begrijp dat u ervan overtuigd bent dat er een bepaalde band tussen ons bestaat. Onze gelijkenis is opvallend, dat kan iedereen zien. Ons uiterlijk, onze ogen, het is ongelooflijk. Maar u hoeft zich echt niet voor mij verantwoordelijk te voelen. Mijn vader heeft me goedverzorgd achtergelaten.'

Knipperend met haar ogen probeerde Marta de herinnering te verdringen, madame Reydons verslagen blik, hoewel ze haar best had gedaan om die te verbergen. Op dat moment had Minou haar hand in haar zak gestoken en haar dagboek tevoorschijn gehaald. 'Neem dit. Lees het als je wilt.'

'Wat is het?'

Minou had zichzelf gedwongen om te glimlachen. 'Het is het verhaal van een meisje.'

In het blauwe licht van de middag opende Marta het boek en las de eerste datum die ze tegenkwam hardop: 'Château de Puivert. Vrijdag 6 juni 1572.'

Ze keek nog een laatste keer de kamer rond en liet het dagboek in haar tas glijden. Daarna glipte ze weg naar de stallen, waar haar koets stond te wachten.

'Misschien moet ik nog eens met haar praten,' zei Minou. 'Ze moet met ons mee teruggaan naar Amsterdam, iedereen wacht op haar.'

'Je hebt alles gedaan wat je kon.'

Minou wuifde met haar hand. 'En dit dan, mon coeur?' zei ze met een gemaakt opgewekte stem. 'Zelfs als Louis het heeft overleefd, is dit volgens de wet allemaal van jou. Dit is gebouwd met behulp van Du Plessis' rijkdom.'

Piet liet zijn hoofd in zijn handen zakken. 'Ik kan niet geloven dat hij er niet meer is.'

'Vidal?' Minou trok aan een draadje op de armleuning van de stoel waarop ze zat. 'Vidal meende dat hij onoverwinnelijk was. Hij had nooit gedacht dat de dood hem zou komen halen... tenminste niet voordat hij daar zelf klaar voor was.' Ze was even stil. 'Denk jij dat zijn dood een ongeluk was?'

Piet haalde een hand door zijn grijze haar. 'Dat is lastig te zeggen. De jongen was geschrokken door wat hij had gedaan, dat denk ik in elk geval. In de korte tijd die ik met Vidal heb doorgebracht had hij iets wilds over zich, een obsessie met wat hij hier dacht te bereiken.'

'Wat wilde hij dan?'

Piet zuchtte. 'Hij zag zichzelf als de priester-biechtvader van een nieuwe Kerk, een die de Heilige Liga naar de kroon moest steken. Rome naar de kroon moest steken. Door de relieken te verzamelen probeerde hij dat te bereiken.'

'Macht, dus.'

Piet dacht even na. 'Nee. Hij vreesde het wegsterven van het licht. Hij vreesde voor wat hem te wachten stond. De hel, niet de hemel. Hij stierf bang, Minou, en zonder absolutie te hebben gekregen voor zijn zonden.'

Minou legde haar hand op die van hem. 'Het is nu voorbij. Je kunt er niets meer aan doen.'

Er werd op de deur geklopt.

'Binnen,' riep Piet.

'Monsieur, uw koets staat te wachten.'

'Mooi.'

Minou stond op. 'Dan ga ik nu naar haar toe,' zei ze snel. 'Om te zien of ze klaar is.'

De bediende schraapte zijn keel. 'Mademoiselle Cabanel vroeg me om u dit te geven, madame Reydon.'

Minou voelde de grond onder haar voeten verdwijnen. Het was alsof ze keek naar de hand van iemand anders die de brief aanpakte en openvouwde, hoewel ze al wist wat erin zou staan.

'Minou, wat is het?'

Piets stem leek van heel ver weg te komen.

'Minou?'

Niet in staat om iets te zeggen overhandigde ze hem het briefje. Er stonden maar twee woorden op het papier, maar die waren voldoende om haar hart te breken.

Vergeef me.

97

Twee maanden later
Zeedijk, woensdag 31 oktober

De klokken van de Oude Kerk weergalmden boven de grachten van Amsterdam. Op de Plaats kibbelden zoals altijd klanten en verkopers over de prijs van haring en turf. Vrouwen en mannen bliezen hun koude handen warm onder de bogen van het oude stadhuis, waarin tegenwoordig een voornamelijk calvinistische raad zetelde.

Na een zachte septembermaand, waarin de bladeren aan de bomen tot roodbruin, goud en koper verschoten en Amsterdam met hun kleuren lieten stralen, was het weer omgeslagen. Op het IJ zag je nog maar enkele masten. De laatste zeegaande schepen waren op het oktobertij uitgevaren. De vogels bereidden zich voor op hun reis naar het zuiden op zoek naar de zon. Naar de Canarische Eilanden, naar Lissabon en Sevilla, naar de Kaap de Goede Hoop.

Minou had zojuist de boekhouding van het vorige kwartaal afgerond. Toen het in de kamer kouder begon te worden rolde ze haar mouwen omlaag en dacht erover Agnes te roepen om aanmaakhoutjes voor het vuur te brengen. Ze keek naar de koude haard. Van het korter worden van de dagen werd ze altijd somber, hoewel ze ook van de winters in Amsterdam hield, wanneer het water van de grachten bevroor en de kinderen op de Singel schaatsten en met hun houten schaatsen prachtige witte tekeningen in het ijs kerfden.

Ze richtte haar aandacht weer op haar papieren. Later werden ze allemaal in het huis van Cornelia en Alis verwacht om haar verjaardag te vieren. Salvadora was er al; zij verkoos het comfort van het huis in de Warmoesstraat boven de drukte van het hofje. Vandaag was Minou tweeënveertig geworden. Ze had lang genoeg geleefd om oud te worden. Piet en zij, Johannus en Bernarda zouden allemaal gaan, samen met Frans en Agnes, de twee oudste bewoners van hun weeshuis.

Er ontbrak maar één persoon.

Minou depte de inkt van de kolom cijfers droog. Ze vond de afleiding wel prettig. In de calvinistische kerk werd er niet veel gedaan op de avond van Allerheiligen, maar op dagen als deze herinnerde ze zich de rituelen uit haar katholieke jeugd: de rozenwaterkoekjes, het slokje warme wijn, de bloemen die op de graven van de overledenen werden gelegd. Aimeric, Alis en zij die in de schaduw van de basiliek van Saint-Nazaire in Carcassonne stonden en luisterden terwijl hun vader bij het graf van hun moeder een gebed zei, waarna ze zich allemaal weer naar binnen, naar het vuur haastten.

Ze sloeg een bruine kartonnen map open en richtte haar aandacht op de nieuwste voorstellen van de bestuurders van het nieuwe stadsweeshuis op de plek van het Sint-Luciaconvent aan de Kalverstraat. Hun succes aan de Zeedijk betekende dat Piet en zij veel om advies werden gevraagd. Tante Salvadora, die sinds augustus bij hen woonde, had zich ook als uitstekend raadgever ontpopt. In de donkere dagen nadat Piet en Minou alleen uit Chartres waren teruggekeerd was ze een betrouwbare steun en bondgenoot gebleken.

Minou trok de kaars naar zich toe en begon te lezen.

'Moeder.'

Ze keek op. 'Bernarda, je bent te vroeg. Het is nog geen tijd om te gaan. Kun je jezelf nog iets langer vermaken?'

'Er is iemand aan de deur die naar jou vraagt. Een dame.'

Minou leunde naar achteren op haar stoel. 'Heeft ze gezegd hoe ze heette? Of waarom ze me wil spreken?'

Het meisje fronste. 'Ik weet het niet zeker. Ze sprak Frans, heel snel. Ik ben bang dat ik haar verkeerd heb begrepen.'

Minou glimlachte. 'Ik weet zeker dat je meer hebt verstaan dan je denkt. Wat zei ze volgens jou?'

Bernarda keek naar haar voeten. 'Ik weet het niet. Ze is erg mooi.'

Minou voelde een vlaag van medelijden met haar onhandige dochter, die stotterde en bloosde en altijd het gevoel had dat ze het verkeerd deed. 'Het geeft niet. Je hebt het vast heel goed gedaan.' Ze stond op. 'Laat haar maar binnen. Ga jij aan je broer en je vader vragen of ze zich klaarmaken. Het duurt vast niet lang. En dan gaan we om zes uur naar de Warmoesstraat om pannenkoeken te eten.'

Bernarda's gezicht klaarde op. 'En bier te drinken?'

'Omdat het mijn verjaardag is mag je een klein beetje bier, ja. Maar alleen een slokje, denk erom. Ga nu maar.'

Minou ruimde de papieren op haar bureau op. Ze deed de dop op haar inktpotje en pakte de punt van haar veer in zodat ze die morgen meteen weer kon gebruiken.

Ze hoorde voetstappen en draaide zich om om haar bezoeker te begroeten. Ze hoopte maar dat het niet al te lang zou duren.

De vrouw kwam in een wolk van blauw fluweel en zijde de kamer in. Minou zag haar ogen naar het wandkleed aan de muur dwalen en daarna weer terug naar Minou zelf. Heel bijzondere ogen, één blauw en één bruin.

'Ik ben Marta,' zei ze.

Minou knikte. Meer hoefde er niet gezegd te worden.

EPILOOG

Chartres

Februari 1594

Tien jaar later
Kathedraal van Chartres, zondag 27 februari 1594

In het koude zonnetje van een februarimiddag stonden Minou en haar familie samen met de andere geëerde gasten in het prachtige hoge schip van de kathedraal. Gekleed in met edelstenen bezet fluweel en bont en getooid met diademen en kronen was iedereen hierheen gekomen voor de allereerste kroningsceremonie van een Franse koning in de indrukwekkende kathedraal van Chartres.

Hoewel de man in naam al vijf jaar lang koning was, was noch de Heilige Liga noch Catharina de' Medici bereid geweest om een hugenoot op de Franse troon te accepteren, dus hadden de oorlogen zich voortgesleept. Nu was Guise eindelijk dood, en de door en door pragmatische Navarra had zich in juli 1593 tot het katholieke geloof bekeerd om zo Parijs voor zich te winnen. Hoewel zijn besluit slechts door weinigen werd gewaardeerd, dacht Minou toch dat dit de beste kans was op langdurige vrede voor een generatie. Salvadora, die Navarra jarenlang had geminacht, was nu zijn grootste voorvechter. Een prins van koninklijk bloed, toe maar.

Minou keek opzij en glimlachte naar Piet, wiens heldere ogen bij deze gelegenheid straalden. De hele hugenootse adel was aanwezig en stond schouder aan schouder met zijn katholieke broeders en zusters. Alis en Cornelia waren in Amsterdam bij Salvadora gebleven, die te broos was om te reizen, maar alle anderen waren meegegaan: Johannus, Bernarda en Marta.

Henri van Navarra, gekleed in een karmozijnrood hemd, liep naar het altaar, waar de bisschop van Chartres stond te wachten. Hij kuste het zwaard van Karel de Grote en knielde daarna voor het altaar.

'Waarom is koningin Marguerite niet bij hem?'

Minou glimlachte naar haar achtjarige kleindochter. 'Ze zijn van elkaar vervreemd.'

'Wat betekent vervreemd? En waarom ligt hij op de grond?'

Minou legde een vinger tegen haar lippen. 'Dat is traditie.'

De bisschop van Chartres bad voor de koning en zalfde hem op het hoofd, de borst, tussen de schouders en op de ellebogen, waarbij hij telkens dezelfde woorden sprak. '*Ugno te in regem.*'

'Waarom zegt hij steeds hetzelfde?'

'Stil,' fluisterde Marta. 'Je mag niet praten.'

Minou en Piet grijnsden naar elkaar; ongetwijfeld herinnerden ze zich elke gelegenheid in Marta's jeugd waarbij ze haar hadden moeten smeken om haar mond te houden. Ze wisten niet wie de vader van Marta's kind was – ze had geweigerd te praten over wat er gebeurd was of waar ze geweest was in de twee maanden tussen haar vertrek uit Chartres in augustus 1584 en haar aankomst in Amsterdam ongeveer tien weken later op de avond van Allerheiligen – maar qua temperament en karakter was het meisje het evenbeeld van haar moeder: levendig en slim, ongeduldig, vrijpostig voor haar leeftijd.

Navarra stond op om te worden gekleed in een blauwe tuniek vol in goud geborduurde lelies en een kazuifel met granaatappels erin geweven, en daarna knielde hij opnieuw om op zijn handpalmen te worden gezalfd.

'Waarom duurt het zo lang?'

Deze keer legde Bernarda haar arm om de schouders van haar nichtje.

Daarna werden door de edelen van het rijk handschoenen, fluwelen laarzen, de ring en de scepter aan de koning aangeboden. Toen nam eindelijk de bisschop de kroon van het altaar en zette die op zijn hoofd.

'*Vive le roi!* Lang leve de koning. Vive le roi!'

De kreet weergalmde door de hele kathedraal en verspreidde zich ook over de straten, waar grote menigten zich hadden verzameld. Toen klonken de *hautbois*, hoorns, trompetten, fluiten en trommels, de kanonnen bulderden een saluut, de musketiers vuurden schot na schot af en het 'Te Deum' werd gezongen. Minou legde haar hand tegen Piets wang. Zijn haar was inmiddels wit geworden, maar zijn geest was helder als altijd.

'Dit is een geweldige dag.'

'Frankrijk is eindelijk weer verenigd. Een nieuw tijdperk begint.'

Glimlachend draaide Minou zich om naar Marta. Ze schrok toen ze de verandering zag die zich in haar dochter had voltrokken. Haar ogen waren groot van schrik en alle kleur was uit haar gezicht verdwenen.

'Wat is er? Wat is er aan de hand?'

Hoofdschuddend sloeg Marta een hand voor haar mond.

Minou keek in de richting waarin haar dochter staarde: verderop bij het altaar, waar de edelen van Chartres een erehaag rond de nieuwe koning vormden. In het midden van de rij stond een lange, donkerharige man met een witte streep in zijn haar.

Minou kreeg het ijskoud. Ze keek achterom naar haar dochter, en toen naar haar kleindochter, die met de punt van haar schoen tekeningetjes maakte in het zand op de vloer. En toen drong het tot haar door. 'Was hij het?' fluisterde ze vol ontzetting. 'Is hij Louises vader?'

Marta keek haar moeder aan en knikte.

Buiten gooiden herauten gouden en zilveren munten naar de menigte.

Dankwoord

Ontzettend veel mensen hebben me praktische, professionele en enthousiaste hulp geboden tijdens het schrijven van *Stad van tranen*.

Mijn goede vriendin en uitgever bij Mantle, Maria Rejt, en de hele club van London Pan Macmillan, met name Anthony Forbes Watson, Josie Humber, Kate Green, Sarah Arratoon, Lara Borlenghi, Jeremy Trevathan, Sara Lloyd, Kate Tolley, James Annal, Stuart Dwyer, Brid Enright, Anna Bond, Charlotte Williams, Jonathan Atkins, Laura Ricchetti, Cormac Kinsella; iedereen bij Pan Macmillan Australië, Nieuw-Zeeland en India, en Terry Morris en Veronica Napier van Pan Macmillan Zuid-Afrika.

Mijn fantastische agent Mark Lucas en iedereen die me heeft gesteund bij The Soho Agency en ILA, onder wie Niamh O'Grady, Alice Saunders, Nicki Kennedy, Sam Edenborough, Jenny Robson, Katherine West, Alice Natali en George Lucas van Inkwell Management in New York.

Ik prijs me gelukkig met heel veel bijzondere buitenlandse uitgevers en vertalers, in het bijzonder: Maaike le Noble, Frederika van Traa en Jorien de Vries van Meulenhoff Boekerij, en Rienk Tychon voor zijn uitstekende hulp met de zestiende-eeuwse Nederlandse geschiedenis (en spelling!); mijn redacteur Catherine Richards van Minotaur Books en het hele team van St. Martin's Press in New York, onder wie Hector DeJean, Danielle Prielipp en Nettie Finn; iedereen van Planeta de Libros, met name Míriam Vall Rosinach; van Sonatine Éditions Marie Misandeau, Carine Fannius, Auxanne Bourreille en Muriel Arles; Lena Schaefer, Stefanie Zeller en Barbara Fischer van Bastei Lübbe; iedereen bij Newton Crompton Editori.

Veel dank voor het geweldige advies van dr. Emily Guerry (universitair docent middeleeuwse geschiedenis aan de University of Kent en directeur van het Centre for Medieval and Early Modern Studies) over de Sainte-Chapelle en het zestiende-eeuwse Parijs (eventuele fouten zijn voor mijn rekening!); dr. Diana Winch, directeur van het Huguenot Museum en haar team; dr. Tessa Murdoch (FSA), voor heel veel behulpzame introducties bij hugenootse organisaties in New Paltz, New York en South Carolina; het personeel van het Huguenot Museum in Franschhoek, Zuid-Afrika. Enorm veel dank aan Alain Pignon, *manager du centre-ville* van Carcassonne (die alles weet wat er over de geschiedenis van Carcassonne te weten valt) en aan Christine en Adélaïde Pujol voor hun gastvrijheid door de jaren heen in het Hôtel de la Cité.

Ik was ontzettend dankbaar dat ik door het Nederlands Letterenfonds werd uitgenodigd om in april 2019 als writer in residence in Amsterdam onderzoek te kunnen doen voor dit boek. Mijn speciale dank gaat uit naar Maaike Pereboom.

Alle schrijvers weten dat familie, vrienden en buren ervoor zorgen dat het dagelijks leven tijdens het schrijven van een boek gewoon doorgaat en dat ze vanuit de buitenwereld koffie, wijn en vrolijkheid mee naar binnen nemen, dus speciale dank aan: Jon Evans, Clare Parsons, Tony Langham, Jill Green, Anthony Horowitz, Saira Keevil, Stefan van Raay (die het bovendien goedvond dat ik zijn achternaam 'leende'), Linda en Roger Heald, Dale Rooks, Syl Saller, Tessa Ross, Margaret Dascalopoulos, Sylvia Horton, Pierre Sanchez en Chantal Bilautou.

Veel liefde en dank ben ik verschuldigd aan mijn familie, met name aan mijn legendarische schoonmoeder Rosie Turner; mijn zwagers Mark Huxley en fotograaf Benjamin Graham, die vreselijk gul is met zijn tijd en altijd klaarstaat om te helpen; mijn lieve zus Caroline Matthews; mijn fantastische zus Beth Huxley (en Thea en Ellen) voor haar niet-aflatende steun (niet beperkt tot hond uitlaten, ballonnen kopen en theezetten!); aan Ollie Burston voor puzzelen en kaas; en ter herinnering aan mijn ouders, Richard en Barbara Mosse, zeer geliefd en erg gemist.

Ten slotte, als altijd: ik had dit niet kunnen doen zonder mijn lieve man Greg Mosse – mijn eerste liefde en eerste lezer – en onze fantastische, geweldige (volwassen!) kinderen Martha Mosse en Felix Mosse. Zonder jullie drie zou het allemaal weinig zin hebben. Ik ben vreselijk trots op jullie.

LEES MEER VAN

Kate Mosse

Citadel

Carcassonne, 1942. Terwijl talloze Franse soldaten aan het front hun leven geven om de Duitsers het hoofd te bieden, besluit de dappere jonge Sandrine haar eigen strijd te voeren. Onder de codenaam Citadel brengt ze een groep vrouwelijke verzetsstrijders bijeen.

Samen met hen riskeert ze alles wat haar lief is om een einde te maken aan de angst die de Duitse bezetting met zich meebrengt. De vrouwen van de Citadel-verzetsgroep weten nog niet dat ze zich mengen in een strijd die veel ouder en duisterder is dan ze ooit hadden voorzien: de jacht op een eeuwenoude codex die de loop van de geschiedenis radicaal zou kunnen veranderen.

LEES MEER VAN

Kate Mosse

Het verloren labyrint

Twee tijden, twee vrouwen, één noodlot...
Kunnen ze beschermen wat hun lief is?

Juli 2005. Bij archeologische opgravingen aan de voet van de Pyreneeën ontdekt Alice Tanner twee eeuwenoude skeletten. Het zijn niet alleen de oude botten die haar een onprettig gevoel geven, de gehele tombe straalt een overweldigende, kwaadaardige sfeer uit. Als de politie zich met de vondst gaat bemoeien, besluit Alice om op eigen houtje naspeuringen te doen en stuit ze op zeer merkwaardige zaken...

Juli 1209. Aan de vooravond van de kruistocht die de Languedoc uit elkaar zal rijten, krijgt de zestienjarige Alaïs een mysterieus boek van haar vader. Hoewel Alaïs de vreemde woorden en symbolen niet begrijpt, beseft ze dat het haar lotsbestemming is om dit geheim tegen elke prijs, hoe hoog ook, te beschermen.

Verkrijgbaar als
e-book
& papieren boek

[illegible] ire regit [illegible] sub his [illegible]

[illegible] suu [illegible]

[illegible] contra leges agitur. et mali [illegible]

[illegible] alescat remaneat impunita. ne [illegible]

[illegible] transeat in exemplum [illegible]

[illegible] b iuris regulis limitare. ut [illegible]

[illegible] At boni [illegible]

[illegible] finibus. si [illegible]

[illegible] propositum [illegible]

[illegible]